ALLISON PATAKI

# DÉSIRÉE

Im Herzen der Revolution,
im Herzen Napoleons



atb aufbau taschenbuch

Allison Pataki

# Désirée

## Im Herzen der Revolution, im Herzen Napoleons

*Aus dem Amerikanischen*
*von Gabriele Weber-Jarić*

Roman

atb aufbau taschenbuch

Die Originalausgabe unter dem Titel
*The Queen's Fortune*
erschien 2020 bei Ballantine Books, an imprint of Random House,
a division of Penguin Random House LLC, New York.

MIX
Papier | Fördert
gute Waldnutzung
FSC
www.fsc.org
FSC® C083411

ISBN 978-3-7466-3785-3

Aufbau Taschenbuch ist eine Marke
der Aufbau Verlage GmbH & Co. KG

1. Auflage 2023

Satz Greiner & Reichel, Köln
Druck und Binden CPI books GmbH, Leck, Germany
Printed in Germany

www.aufbau-verlage.de

*Für Lucy, mit Dank.*

# PROLOG

*Stockholm, Dezember 1860*

Wenn um Mitternacht Schnee fällt, der die leeren kopfsteingepflasterten Gassen bedeckt und den Glockenturm der Storkyrkan weiß pudert, wird die Phantasie geweckt. Für eine Frau, die wie ich aus dem Süden Europas kommt, wo der warme Wind den Salzgeruch des Meeres und einen Hauch der Zitronenbäume mit sich führt, ist das plötzliche Auftauchen dieser weißen Flächen etwas, das nie aufhört, mich zu verwundern.

»*Runt och runt*«, sagen sie hier. Immer rundherum. Es ist einer der wenigen schwedischen Ausdrücke, die ich mir die Mühe gemacht habe zu lernen: »Immer rundherum fährt sie, unsere verrückte alte Königin, sie fährt durch den Schnee und die mitternächtlichen Straßen und stellt sich vor, sie wäre in Paris.«

Ich lächele in mich hinein, drücke mich tiefer in den weichen Polstersitz der Kutsche und schmiege meine Wange an den Kragen meines Silberfuchsmantels. Wie sie sich irren. Ich fahre nicht durch das dunkle, verschneite Stockholm, um mir einzubilden, ich wäre in Paris. Ich fahre nicht durch die winterliche Nacht, um an ihn zu denken oder an sein Kaiserreich, an die goldglänzenden Adler auf den Standarten oder an den kühnen Spitzturm von Notre-Dame, der sich am Seineufer erhebt, ein trotziger, von Menschenhand gemachter Finger aus Stein, der Gott ins Auge sticht.

Nein, nein. Immer rundherum fahre ich, um sie noch einmal zu sehen: das Mädchen, dessen Name Désirée lautete, die Begehrte. Das Mädchen aus einem anderen Leben, jenseits des zugefrorenen Meeres und des vom Krieg versehrten Kontinents. *Désirée.* So hieß sie, bevor sie mich umtauften und mich, ihre Königin und schwedische Mutter, Desideria nannten.

Wahrscheinlich kommt er doch in diesen mitternächtlichen Träumereien vor – alle von damals tun es –, aber nur im Hinblick auf das Mädchen, das er liebte, das Mädchen, das den jungen, raubeinigen Soldaten aus Korsika für sich gewann. Das Mädchen, das er hätte wählen können. Hätte ich seinen Hunger stillen können, statt ihn anzustacheln? Hätte ich das Unheil verhindern und der unersättlichen Gier Einhalt gebieten können, die alles auf ihrem Weg verschlang – Krone, Kaiserreich, Kontinent, das eigene Leben?

Nachts in meiner schneebedeckten, königlichen Kutsche denke ich an sie. An das Mädchen, das ihn hätte retten können. Das uns alle hätte retten können.

*Runt och runt.* Immer rundherum laufen die Gedanken und die Erinnerungen, auch jene geisterhaften Phantome, die ganze Reiche eroberten und verloren. Herumwirbelnder Seidenstoff, Füße, die über das Tanzparkett gleiten. Dunkle Augen mit entschlossenem Blick, starke Arme, aufblitzende Farben von Offiziersuniformen. Kronen, mit Pomp und großem Zeremoniell aufgesetzt und später formlos heruntergerissen. Gelächter. Es ist das ihre. Auch seines. Hochrufe und Champagner, Trinksprüche und Lieder, immer so viele Worte. Sie sind alle verschwunden, sowohl die Worte als auch die Redner, nur ich bin noch da. Bin als Einzige geblieben.

Sollen sie über mich sagen, was sie wollen. Über ihre schöne Königin. Ihre schlaue Königin. Ihre liebenswürdige Königin. Ihre verrückte, alte Königin. Ich lasse sie. Sie werden mir Wörter anstecken und andere abnehmen. Was soll's, ich habe etliche Mäntel und Kronen und Namen getragen. Doch niemand wird bestreiten, dass es etwas gibt, das ich von jeher gewusst habe, nämlich nicht nur, wie man über Menschen und ein Königreich herrscht; das schafft jeder Ehrgeizling, der eine Armee zur Verfügung hat. Ich aber – ich weiß, wie man überlebt.

Und obwohl ich nun spüre, dass jede Atemwolke, die ich ausstoße, meine letzte sein könnte, habe ich doch noch die Möglichkeit, alle zu überraschen. Das werde ich auch tun. Es beginnt mit dem feurigen Herzen eines jungen Mädchens, dessen Name »die Begehrte« bedeutete.

# Teil I

# Kapitel 1

*Kloster Notre-Dame*

*Südfrankreich, 1789*

Ich spürte, dass uns etwas Schlimmes bevorstand. An diesem Morgen erkannte ich es an den verkniffenen Mienen der Nonnen, daran, wie sie über die Flure hasteten, mit aufgeregt klappernden Absätzen auf den uralten, kalten Steinböden der Abtei. Geflüster lag in der Luft, verhalten und unstet wie der schwach zuckende Kerzenschein, der den Dahineilenden nur wenig Licht spendete.

Mein Magen knurrte. Ich drückte eine Faust hinein und zwang mich, an etwas anderes als an meinen Hunger zu denken. »Seit Jahrzehnten hatten wir keine so schlechte Ernte.« Das erzählten die Nonnen uns, seit ich im Kloster war. Halb klang es wie Resignation, halb wie ein Tadel, als hätten wir uns die schlechte Ernte selbst zuzuschreiben. »Gott prüft unseren Glauben.« Gottes Prüfung dauerte zuerst Wochen, dann Monate. Monate, die einem hungrigen elfjährigen Mädchen wie eine Ewigkeit schienen. »Wir müssen für die gequälten, leidenden Seelen beten. Wir beten für die Armen, die hungern müssen.« Das sagten die Nonnen jeden Abend zur Vesper und jeden Morgen zur Laudes. *Warum denn nur für die?*, hätte ich am liebsten gerufen. *Habe ich etwa keinen Hunger?* Aber natürlich hütete ich mich davor, den Schwestern jemals anders als mit bekümmertem Nicken und fromm gesenktem Blick zu antworten. Ich wollte nicht, dass mein Hinterteil mich ebenso wie mein leerer Magen schmerzte.

Nur auf der Krankenstation gab es genug zu essen, das war uns allen bekannt. Als meine Schwester Julie im vergangenen Winter krank wurde und dort in einem sauberen Bett zwischen frischen weißen Laken lag, hüpfte ich auf dem Weg zu ihr. Ich warf mich auf sie, presste meinen Mund auf ihren. »Wie ein Kerl in der Brunft«, sagte Julie schockiert. Ich hatte sie in ihrer Sittsamkeit verletzt, und sie imitierte den pikierten Blick, den ich von unserer Mutter kannte.

Doch es hatte funktioniert – ich wurde herrlich krank, viel kränker noch als Julie. Zwei Wochen lang konnte ich mich mit Essen vollstopfen, mich im warmen Bett aalen und vor mich hin dösen, während die Glocken zur Matutin läuteten und die anderen Mädchen todmüde und mit knurrendem Magen über die dunklen Flure zum Gebet in die eiskalte Kapelle schlurften. Selbst als meine Halsschmerzen aufgehört hatten und meine Lunge frei war, tat ich noch für einige Tage so, als wäre ich leidend. Demnach hatte ich nicht nur gelogen, sondern es überdies getan, um die zweifache Sünde der Völlerei und der Faulheit zu begehen. Und ich hatte jede Minute genossen.

Doch an diesem Morgen war ich zweifellos in Schwierigkeiten. Nicht, weil ich meine Krankheit hinausgezögert hatte, auch nicht, weil ich gelogen hatte, um mehr essen und länger schlafen zu können. Nein, an diesem Morgen hatte ich noch schlimmer gesündigt. *Du sollst nicht stehlen.* Ich kannte die Zehn Gebote, trotzdem hatte ich gegen eines von ihnen verstoßen.

Oder vielleicht hatte ich nicht richtig gestohlen, sondern bloß etwas verborgen. An diesem Morgen hatte Schwester Marie-Bénédictine während unserer Unterrichtspause eine schwere, mit dicken, großen Melonen beladene Karre über den Hof geschoben. Als die Karre umkippte, rollte eine Frucht der verführerischen Fracht über das kleine Stück ausgedörrten, gelben Grases, an dem ich stand. Schwester Marie-Bénédictine befahl uns, ihr beim Einsammeln zu helfen. Ich stellte mich vor eine Melone und trat sie hinter einen Busch. Ich war ausgehungert, und die Melone wirkte so reif und saftig – und so nah. Für einen Moment fühlte ich mich schuldig, denn Schwester Marie-Bénédictine zählte zu den netten Nonnen, doch dann ging dieses kleine Unbehagen in meiner Vorfreude auf den Leckerbissen unter. Als die Schwester mit der frisch beladenen Karre zur Küche gehinkt war, bat ich Julie, die Melone mit mir ganz hinten auf dem Hof zu verstecken, dort, wo niemand sie sehen konnte. Sie war unser Schatz.

Doch irgendjemand musste es mitbekommen haben. Dieser Jemand hatte uns verpetzt, und nun wusste es auch Mère Supérieure, dessen war ich mir sicher.

»Tut es sehr weh?«, fragte ich meine Schwester auf dem Weg über den trüb beleuchteten Flur, der zu unserem Schlafsaal führte.

»Was?«

»Du weißt schon«, flüsterte ich.

Julie schüttelte den Kopf.

»Die Schläge«, erklärte ich, und man hörte die Panik in meiner Stimme.

Julie runzelte die Stirn. »Woher soll ich das wissen?«

Richtig, sie hatte sich bisher nie einer Verfehlung schuldig gemacht. Oder genauer gesagt, man hatte sie nie ertappt. Julie war zu vorsichtig, zu klug. Nur ich war von jeher unbedacht und waghalsig gewesen.

»Sie haben die Melone gefunden.« Ich biss ein Stück Haut von meinem Finger ab und bemerkte den metallischen Geschmack von Blut in meinem Mund.

»Hör auf, an deinen Fingern zu kauen«, sagte Julie. Sie war sechs Jahre älter als ich. In der Regel war sie mir mehr Mutter als Schwester.

Meine Hand fiel schlaff von meinem Mund herab. »Aus welchem anderen Grund hätten sie den Unterricht unterbrechen und uns befehlen sollen, in den Schlafsaal zu gehen?« Für mich war unser Schicksal besiegelt.

»Ah, die beiden Clary-Mädchen, da seid ihr ja. Julie. Désirée.« Mit wehendem weißem Habit und flatterndem Schleier kam Mutter Marie-Claude uns den Flur entgegengeeilt.

Das war der größte aller Schrecken. Mère Supérieure, die Mutter Oberin, war persönlich gekommen, um uns zu züchtigen. *Lieber Gott, in meinem ganzen Leben werde ich niemals wieder eine Melone stehlen. Bitte, lieber Gott, verschone mich diesmal vor Deinem Zorn. Ich erflehe Deine Gnade. O Heilige Muttergottes, bitte verwende Dich für mich bei Deinem Sohn.*

Doch als ich Mutter Oberin ins Gesicht blickte, konnte ich dort keine Empörung entdecken. Vielmehr erkannte ich das, was ich selbst empfand: Mutter Oberin hatte Angst.

»Wir haben eure Familie verständigt«, sagte sie. »Ihr werdet umgehend abgeholt und nach Hause gebracht.«

Julie und mir verschlug es die Sprache.

»Warum denn?«, fragte Julie schließlich. In ihrer Verwunderung vergaß sogar meine artige Schwester, sich ehrerbietig auszudrücken.

»Packt eure Sachen zusammen«, war die einzige Antwort, die wir erhielten.

Ich sah meine Mutter vor mir, die Miene stets missmutig, vielleicht auch stets enttäuscht. Was würde sie sagen, wenn wir fortgeschickt würden?

»Bitte, Mutter Oberin!« Ich fiel auf die Knie. Man hörte sie auf dem Steinboden aufschlagen. Das würde blaue Flecken geben. Ich schob den Gedanken zur Seite und flehte mit erhobenen Händen: »Es war meine Schuld. Ich habe es verdient, nach Hause geschickt zu werden, meine Schwester nicht. Sie hat nichts damit zu tun. Ich bitte Sie, Julie zu –«

»Schweig, Désirée.« Mutter Oberin machte eine abwehrende Handbewegung und wirkte ungeduldig. »Sei ausnahmsweise einmal still, du dummes Mädchen. Ihr werdet nach Hause fahren, ebenso wie alle Mädchen, deren Familien für eine sichere Reise sorgen können. Die anderen, deren Familien in der Fremde leben … bei ihnen haben wir noch nicht entschieden, wie –« Mutter Oberin stieß einen Seufzer aus, ein für sie seltenes Zeichen innerer Anspannung. »Wie auch immer. Ihr beide habt Glück. Eure Familie wohnt nicht weit entfernt. Zu Hause werdet ihr geschützter als in unserem Kloster sein.«

»Aber warum? Wir haben doch noch gar keine Ferien.« Julie schien das Ganze ebenso wenig zu begreifen wie ich. Warum waren wir im Kloster plötzlich nicht mehr sicher?

»Weil Krieg ist«, antwortete Mutter Oberin, deren Blick angesichts unserer Verwirrung für einen Moment milder geworden war. »Ihr müsst beten. Für uns alle. Und für Frankreich.«

»Krieg?«, wiederholte ich ungläubig. Das Wort klang fremd und beinhaltete etwas so Merkwürdiges, als hätte Mutter Oberin uns erzählt, die Jungfrau Maria warte im Refektorium, um mit uns Brot zu essen und Milch zu trinken. »Krieg mit wem?«

Mutter Oberin zog die Brauen zusammen. »Mit uns selbst. Es ist Revolution.«

Julie nahm meine Hand, und ich spürte, wie kalt und feucht ihre Finger waren.

»Das Volk hat sich erhoben«, sagte Mutter Oberin. »Die Revolutionäre scheinen zu glauben, dass ihre Feinde im Adel und ... und in der Kirche zu finden sind. Deshalb sind wir hier nicht mehr sicher. Im ganzen Land werden Klöster in Brand gesetzt und geplündert. Mönche werden niedergestochen, Nonnen geschändet.« Als wolle sie beten, legte Mutter Oberin ihre Hände vor ihrer Brust zusammen. »Ich habe schon zu viel gesagt. Mehr müsst ihr nicht erfahren ... dazu habe ich keine Zeit.« Sie sah uns gebieterisch an. »Geht sofort in euren Schlafsaal und packt. Heute Abend werdet ihr abgeholt.« Ihr Blick ruhte noch eine Weile auf mir, und ihre Miene schien Sorge auszudrücken – und noch etwas. War es Kummer? Oder Angst um meine ungewisse Zukunft? Doch gleich darauf wirkte sie wieder streng, straffte die Schultern und richtete sich zu voller Höhe auf. Dann machte sie kehrt und schritt eilig davon.

»Revolution«, sagte Julie, als wir allein waren, so leise, dass es kaum hörbar war. »Mönche werden umgebracht. Klöster niedergebrannt. Wie sollen wir es da lebend nach Hause schaffen?«

Ich drückte die Hand meiner Schwester. »Papa wird uns heil zurückbringen. Oder Nicolas. Mach dir keine Sorgen, morgen um diese Zeit sind wir daheim.« Mein Vertrauen in meinen Vater und unseren älteren Bruder war grenzenlos. Im Übrigen stimmte mich die Aussicht froh, endlich wieder nach Hause zu kommen, ganz gleich wie schrecklich der Grund für den Adel und die Kirche sein mochte.

## Kapitel 2

*Marseille, 1794*

Sobald meine Mutter zu jammern begann, verzog ich mich nach draußen. Außer unserer Köchin fiel das niemandem auf, doch ihr einvernehmlicher Blick und ihr kaum erkennbares Lächeln besagten, dass sie mein Geheimnis wahren würde.

»Psst!«, machte ich, wenn ich an der warmen Küche vorüberschlich, legte einen Finger auf meine Lippen und sah unsere Köchin bittend an. Sie nickte und griff nach der nächsten Zwiebel oder Karotte, um sie zu hacken.

Auch an diesem Morgen huschte ich an der Küche vorüber, summte vor mich hin und hüpfte hinaus in den Garten. Die Sonne war so hell, dass ich blinzeln musste. Wie gut es tat, aus der Enge unserer vollgepfropften Räume – mit zugezogenen Damastvorhängen, leisen Auseinandersetzungen und den lauten Klagen meiner Mutter über ihre Kopfschmerzen – in unseren wunderbar duftenden Garten zu verschwinden, wo leuchtende Farben auf mich einstürmten und in der milden Luft Vögel zwitscherten.

Damals wusste ich noch nicht, was für eine seltene Kostbarkeit es war, das ganze Jahr lang Vögel singen zu hören und den frischen Duft von Pflanzen zu riechen, deren saftige Blätter sich frühmorgens entfalteten, voll von den prallen Perlen des

Taus. Woher hätte ich das in meinen jungen Jahren auch wissen sollen? Aber ich genoss jene heimlichen Stunden in unserem Garten. Der warme Wind strich über die Spaliere voller Hibiskus und durch die Ranken fielen dünne Schäfte Sonnenlicht. Man hörte das Geschrei der Möwen, durchsetzt vom Tuten der großen Schiffe, die in den Hafen einliefen.

Vor einigen Monaten war mein Vater gestorben, seither war die Atmosphäre in unserem Haus beklemmend geworden, ein Zustand, der sich in jüngster Zeit noch verschlimmert hatte. Meine Mutter war mit den Nerven am Ende. Jeden Tag lamentierte sie, dass wir alle das gleiche Schicksal wie unser Vater erleiden würden.

»Papa ist nicht in den Folgen der Revolution umgekommen«, erwiderte Nicolas jedes Mal. »Er musste nicht unter die Guillotine.« Nicolas war siebzehn Jahre älter als ich und nun der Patriarch der Familie Clary. Das Leid und die Furcht, die wir empfanden, drückten sich bei ihm in einer verkrampften Kinnpartie und neuen Stirnfalten aus. Trotzdem blieb er sanft und ruhig und fuhr meine Mutter nie an, wie ich es an seiner Stelle getan hätte. »Kein Tribunal hat uns irgendeines Vergehens bezichtigt, Maman.«

»Noch nicht«, entgegnete meine Mutter stets, bekam rote Flecken im Gesicht und knetete hektisch ihre Finger.

Daraufhin seufzte Nicolas geduldig. »Vater ist eines natürlichen Todes gestorben, Maman.«

»Eines natürlichen Todes? Niemals.« Meine Mutter stöhnte und antwortete immer wieder das Gleiche. »Die Sorge hat ihn umgebracht. Die Angst vor der Guillotine war sein Tod. Er hatte erkannt, dass wir alle in Gefahr sind.«

An diesem Punkt suchte Julie für gewöhnlich meinen Blick. *Du sagst kein Wort,* bedeutete sie mir stumm. *Wenn du still bist, ist es gleich vorbei.*

»Wir sind zu wohlhabend«, sagte meine Mutter, eine Beschwerde, die noch vor wenigen Jahren sonderbar geklungen hätte. »Sie werden uns holen. Wir haben schon zu lange überlebt.«

Ich war jung und naiv, eine behütete, verwöhnte Sechzehnjährige, doch ich wusste genug, um zu erfassen, dass die Ängste meiner Mutter nicht aus der Luft gegriffen waren. Unser Land war vom Wahnsinn befallen worden, von einer Schreckensherrschaft, die uns im Würgegriff hatte, gerade als hingen wir schon am Strang. Es war keine schöne Zeit, die wir in Frankreich erlebten. Unsere Furcht war so groß, dass man sie in den Straßen riechen und in den Gesichtern der Menschen erkennen konnte. Man hatte unseren König und unsere Königin ermordet, hatte sie vor den Augen einer aufgebrachten Menge enthauptet, ein schmachvolles Schicksal, das zuvor nur Verbrechern und Landesverrätern vorbehalten war. König Louis XVI. und Königin Marie-Antoinette hatten ihre Ämter von Gottes Gnade erhalten, so zumindest hatten wir es im Kloster gelernt. Inzwischen war Gott verbannt und von einem »höchsten Wesen« ersetzt worden. König und Königin waren in namenlose Gräber geworfen worden und fütterten die Würmer, zusammen mit Mitgliedern des Adels und gewöhnlichen Verbrechern. Und wer war an ihre Stelle getreten? Ein sogenannter Nationalkonvent oder die Herrschaft des Terrors. Es durfte keinen Adel mehr geben, auch unsere althergebrachte Religion war abgeschafft worden, und jeder, der über den Adel oder

Gott etwas Gutes zu sagen wagte, fiel dem neuen Gesetz über die Verdächtigen zum Opfer.

Deshalb kontrollierte Maman uns noch strenger als zuvor, erst recht seit dem Tod meines Vaters. Insbesondere Nicolas bewachte sie wie eine Löwin ihr Junges. Sie war davon überzeugt, dass die Revolutionstribunale – denen ihr Mann durch seinen Tod entgangen war – sich nun an seinem Sohn und Erben rächen würden, schließlich gehörten wir Clarys zur Klasse begüterter Kaufleute und somit zum gehobenen Bürgertum. Allerdings war mein Vater aus bescheidenen Verhältnissen gekommen. Er hatte sich emporgearbeitet und im Handel mit Seide, Seife und Kaffee ein ansehnliches Vermögen erwirtschaftet. Doch Nicolas hatte das Geschäft geerbt und zählte nunmehr zu den wohlhabendsten Männern Südfrankreichs, besaß ein größeres Vermögen als etliche der Adligen, die geköpft worden waren. Das war das, was meine Mutter panisch machte. Meistens versuchten Nicolas und Julie sie zu beschwichtigen, doch dann regte meine Mutter sich nur noch mehr auf.

Ich, die Jüngste der Familie, half mir durch diese schwierige Zeit, indem ich die Einsamkeit suchte, die mir wenigstens für kurze Zeit Ruhe bot. Meistens versteckte ich mich im Garten, um den Tränen und der Sorge meiner Mutter zu entrinnen, und reckte mein Gesicht in die Sonne.

Ich vergaß nicht für eine Sekunde, dass außerhalb unseres Hauses der Terror regierte. In der Stadtmitte, dort, wo La Place war, kam man an der gefürchteten neuen Einrichtung – der Guillotine – vorüber. Zahllose Male hatte ich sie erblickt, auf dem Weg zum Markt, zum Ufer des Meeres oder an dem Bauwerk entlang, das einmal die Marienkirche von Marseille gewesen war und nun Tempel der Vernunft hieß. Ich hatte das Sägemehl auf dem Schafott gerochen, hatte die Karren erblickt, auf denen die Verdammten dorthingebracht wurden, auch die geköpften Leichen hatte ich gesehen, was das Allerschlimmste war. Ich bestritt nicht, dass wir die Hölle auf Erden hatten. Sogar jetzt in unserem Garten schauderte ich und begann trotz der warmen Morgensonne zu zittern.

Doch ebenso war ich mir darüber im Klaren, dass ich machtlos war. Es wäre müßig, mir vorzustellen, ich, eine Sechzehnjährige, könnte etwas ausrichten, wenn das nicht einmal unserem König und unserer Königin gelungen war. Meine Mutter, Nicolas und Julie waren viel eher in der Lage, für das Wohlergehen unserer Familie zu sorgen. Schon vor langer Zeit hatte ich erfasst, dass es für uns alle das Beste war, wenn ich mich abseitshielt, statt meiner Mutter noch mehr Grund zum Jammern zu geben.

An diesem Tag entdeckte ich im Garten ein Vogelnest auf der Erde. In der Nacht hatte es gestürmt und geregnet, dabei musste es aus dem Wacholderstrauch gerissen worden sein. Ich ging in die Hocke und sah die zerbrochenen Eier, die Scherben der Schalen in einem Blau gesprenkelt, das leuchtender war als der klare Himmel über mir.

Ich beugte mich tiefer hinab und spürte, wie mein Herz sich schmerzhaft zusammenzog. Es lag nicht nur an den zerbrochenen Vogeleiern, sondern auch an dem noch intakten, jedoch leeren Nest. Es hatte den Sturm und den Sturz aus dem Wacholder überstanden, und ich erkannte, mit welcher Sorgfalt die Zweige miteinander verwoben waren, um ein sicheres Heim zu schaffen, neues Leben willkommen zu heißen und aufzuziehen. Wie viel Vorfreude in diese Arbeit geflossen sein musste. Ebenso Hoffnung und ganz offenkundig Liebe. Und nun waren nur noch die zerbrochenen Eier übrig, in denen sich bereits Würmer wanden, um sich von den Überresten des zerstörten Lebens zu ernähren. Wo waren die Vogeleltern? Was wurde aus der Liebe, die ihrem Nachwuchs hatte gelten sollen?

Ich sagte mir, dass ein oder zwei Eier unversehrt geblieben sein könnten. Die wollte ich suchen und mit ins Haus nehmen. Unsere Köchin würde mir helfen, sie zu wärmen und die winzigen, zarten Lebewesen darin zu erhalten. Vorsichtig tastete ich über die feuchte Erde.

»Grundgütiger, was machst du da?«, hörte ich Julies Stimme. »Kopf in den Wolken und die Hände im Dreck. Musst du dich immer wie ein Kind benehmen? Ausgerechnet heute?«

Ich hatte meine Schwester nicht kommen hören und ihre Worte taten mir weh. Ich wandte mich zu ihr um. »Warum, was ist heute?«

Julie wedelte meine Frage mit der Hand fort. »Komm ins Haus. Maman möchte mit dir sprechen.«

In einer schwachen Form des Protests runzelte ich die Stirn und hoffte, Julie würde mich decken, wie sie es schon so oft getan hatte. Konnte sie nicht sagen, sie hätte mich nirgends gefunden?

Offenbar konnte sie es nicht. »Sofort, Désirée«, sagte sie ungeduldig. »Maman ist außer sich. Bekommst du von dem, was geschieht, gar nichts mehr mit?«

Ihr Ton war so scharf, dass ich mich rasch aufrichtete, die Erdkrumen von meinen Händen klopfte und meinen Rock glatt strich.

»Was ist heute?«, fragte ich noch einmal, diesmal den Rücken meiner Schwester, denn sie eilte bereits wieder davon.

Im Haus waren die Vorhänge zugezogen, um die helle Sonne auszusperren. In den großen, dämmrigen Räumen, die wir durchschritten, herrschte gespenstische Stille. Im Salon saß meine Mutter in einem mit dunkelrotem Satin bezogenen Sessel, die Füße auf einem Polsterschemel. Sie wirkte lethargisch. Selbst ihre Gesichtszüge waren unter der Last ihrer Sorgen erschlafft. Von Nicolas war nichts zu sehen, vielleicht war ihm das Warten auf mich zu lang geworden, und er hatte sich entschuldigt.

»Komm her, Désirée.« Maman winkte mich zu sich. Das war ungewöhnlich, normalerweise rief meine Mutter nur nach Julie und Nicolas. Zögernd trat ich näher. Sie nahm meine Hand mit festem Griff. »Mein liebes Mädchen, vielleicht bist du unsere Rettung.«

Das hörte sich selbst für meine Mutter eigenartig an. Ich entzog ihr meine Hand und schwieg.

»Wir brauchen dich.«

Ich drehte mich zu Julie um. »Wozu?«

»Du musst in die Stadt gehen«, antwortete meine Mutter.

Ich glaubte nicht recht zu hören. »Ich muss was?« Das war das genaue Gegenteil von dem, was meine Mutter uns an allen anderen Tagen befahl. *Du gehst nicht in die Stadt. Du meidest La Place. Du machst einen Bogen um die Guillotine und hältst dich von Menschenmengen fern.*

Meine Mutter massierte ihre Schläfen mit kreisförmigen Bewegungen. »Du gehst ins *Hôtel de Ville*.«

»Was soll ich da?«, fragte ich verwirrt.

Meine Mutter brach in Tränen aus.

»Es geht um Nicolas«, flüsterte Julie. »Er … er wurde festgenommen.«

Der Brust meiner Mutter entrang sich ein lauter Schluchzer. Ich sah meine Schwester mit großen Augen an. »Nicolas – festgenommen?«

Julie nickte.

»Warum?«, presste ich hervor, obwohl ich wusste, dass es eine dumme Frage war. Ebenso hätte man fragen können, warum nicht? Bei uns herrschte der Terror, und Nicolas war der Erbe eines großen Vermögens. Viele Menschen wurden täglich aus weitaus nichtigeren Gründen verhaftet.

»Es ist schlimmer, als ich befürchtet habe.« Meine Mutter betupfte ihre Augen mit einem Taschentuch, in das die Initialen meines Vaters gestickt waren. »Euer Vater hat uns größere Probleme hinterlassen, als ich ahnen konnte.«

Ich sah meine Schwester fragend an.

»Euer Vater …« Meine Mutter schluckte schwer, bevor sie weitersprach. »Vor einigen Jahren hatte er sich an den König gewandt und ihm eine großzügige Gabe zukommen lassen, gepaart mit der Bitte, uns in den Adelsstand zu erheben. Wir wären adlig geworden, bevor … bevor dann alles anders gekommen ist.« Ihre Kraft verließ sie, und sie schlug die Hände vors Gesicht.

Julie drückte meine Schulter. Ich wandte mich ihr zu. »Ich verstehe noch immer nicht, was ich tun soll.« Vor Angst wurde mein Mund trocken. »Und warum ich?«

»Maman glaubt, dass du am ehesten erfolgreich sein wirst.« Julies Miene wurde bittend. »Du gehst zum Rathaus und verwendest dich für Nicolas.«

Das Ungeheuerliche – und ganz und gar Vergebliche – dieser Aufgabe raubte mir kurz die Sprache. Dann fragte ich: »*Ich* soll das tun?«

»Ja«, antwortete Julie.

»Du wirst es als Erste versuchen.« Meine Mutter ließ die Hände sinken. »Du bist jung. Und sieh dich an. Wie hartherzig müsste jemand sein, der nicht von deiner Unschuld gerührt würde?«

Ich verschränkte die Arme vor der Brust. »Das kann ich nicht. Ich bin nicht …« Meine Stimme erstarb, denn in meinen Kopf ging es drunter und drüber.

Meine Mutter runzelte die Stirn. »Was bist du nicht? Heraus damit.«

»Ich bin nicht klug. Nicht so klug wie Julie«, antwortete ich, denn davon war ich felsenfest überzeugt. »Sag ihr, sie solle gehen.«

Meine Mutter wischte meinen Einwand mit einer ungeduldigen Handbewegung fort. »Klugheit hat damit nichts zu tun, du dummes Ding. Du bist *schön*, Désirée, schöner als Julie. Du wirst liebreizend sein, sanft und flehend, verstanden? Schau den Beamten im Rathaus ebenso ängstlich in die Augen wie jetzt mir. Jeder Mann wird willens sein, dir deinen Wunsch zu erfüllen.«

Meine Gedanken verknäuelten sich noch mehr. So etwas hatte meine Mutter noch nie zu mir gesagt. Es war kein Kompliment, darüber war ich mir im Klaren. Ebenso wenig wollte sie Julie beleidigen. Stattdessen trieb sie der verzweifelte Wunsch, ihren Sohn zurückzubekommen. Ich erfasste das ganze Ausmaß ihrer Not. Aber wie kam sie dazu, mir eine derart gewaltige Aufgabe zu übertragen?

Es war richtig, dass ich jung und hübsch war, ich hatte es den Blicken entnommen, mit denen mich Männer bedachten. Zuvor war ich nur ein kleines, bürgerliches Mädchen gewesen, das in der Respekt einflößenden Begleitung von Maman, Julie, unserer Köchin oder Nicolas eine Straße hinunterlief. Nun jedoch verharrten sie interessiert oder kehrten zu mir zurück. Sie wanderten über die Rundungen meines Körpers, ruhten auf meiner Taille oder meinem Dekolleté und bekamen einen Ausdruck, der hungrig wirkte. Ebenso war mir aufgefallen, dass mein Bruder mitunter die Brauen zusammenzog, wenn er mich musterte und sich leise fragte: »Musste Papa uns ausgerechnet in dem Jahr verlassen, als Désirée zur Frau wurde?«

Ich war selbst überrascht, wie schnell mein Körper sich in den vergangenen Monaten verändert hatte. Mein Monatsfluss hatte eingesetzt, die Kleider aus meiner Mädchenzeit passten mir nicht mehr, meine Brüste quollen aus meinem Korsett, meine Glieder waren voller und weicher geworden. Wenn ich in den Spiegel blickte, entdeckte ich in meinen dunklen Augen bisweilen einen Ausdruck, als wäre ich zu etwas erwacht, das ich noch nicht verstand. Ich studierte mein Gesicht, um das sich mein brünettes Haar in glänzenden Wellen rankte. War ich tatsächlich schöner als Julie? Vielleicht. Doch, das war ich. Unsere Augen und unser Haar hatten die gleiche dunkle Farbe, aber ihr Körper war eckiger und flacher als meiner. Im Gesicht glichen wir uns wie Schwestern, doch das ihre war länger und schmaler als das meine, ihre Züge waren weniger gefällig arrangiert.

Dennoch wusste ich meine neu erworbenen Reize nicht zu gebrauchen. Und wie sollte ich dann mit ihrer Hilfe das Leben meines Bruders retten?

»Ich begleite dich zum Rathaus«, sagte Julie. »Du wirst mit den Zuständigen sprechen, aber ich werde bei dir sein.«

Ich spürte, wie sich meine ängstlich verspannten Schultern lockerten. »Danke.«

»Nimm das an dich, Julie.« Meine Mutter zog eine prall gefüllte Seidenbörse aus den Falten ihres Gewands hervor und reichte sie Julie. »Der Preis spielt keine Rolle. Wenn der Betrag in der Börse nicht hoch genug ist, unterschreibst du einen Kreditbrief und erklärst, dass wir den Rest umgehend begleichen werden. Eine Obergrenze gibt es nicht, verstehst du? Selbst wenn wir unser gesamtes Vermögen opfern müssen, um Beamte und Wachen zu bestechen, ist es mir einerlei. Die Hauptsache, ihr bringt mir meinen Sohn zurück.«

Julie nahm die Börse entgegen. »Bist du so weit?«, fragte sie mich.

Ich wollte Nein sagen, doch dem Blick meiner Mutter konnte ich entnehmen, dass ich keine Wahl hatte. Offenbar war es an der Zeit, dass auch ich dazu beitrug, unser zerbrechlich gewordenes Leben zu schützen.

Hand in Hand traten Julie und ich hinaus in den Sonnenschein und zogen unsere Hauben tiefer in die Stirn, um unsere Augen vor dem hellen Licht zu beschirmen.

Wir wohnten in einem der besten Viertel der Stadt, nicht weit von der Place Saint-Michel entfernt. Auch der Weg zum Rathaus war nicht weit.

Die Gassen des Vieux Port im Herzen Marseilles kannte ich

zeit meines Lebens, doch an den Gestank, der an einem warmen Tag vom Hafen in die Stadt zog, hatte ich mich noch immer nicht gewöhnt. Insbesondere gegen Mittag, wenn die Sonne am höchsten stand, verließ ich unser Haus nur selten.

Nun liefen Julie und ich naserümpfend an den Kalksteingebäuden entlang, bahnten uns einen Weg durch die Menge, rochen Fisch, Brackwasser, Pferdemist, überreifes Obst und Gemüse, das auf dem Markt verdarb.

Doch in den vergangenen Jahren hatte sich ein weiterer Geruch über das Viertel des alten Hafens gesenkt. Ebenso wie in anderen Städten stank es dort nun nach Sägemehl und Blut.

Als wir uns La Place näherten, wo die täglichen Hinrichtungen Schaulustige zuhauf anlockten, drehte sich mir der Magen um. Ich zwang mich, stur geradeaus zu sehen, nicht zu dem Podest, dem Auffangkorb und dem Gerüst, dessen Fallbeil nach dem morgendlichen Spektakel jedes Mal gesäubert wurde und in der Sonne glänzte.

Lieber blickte ich auf die Weite des schimmernden blauen Mittelmeers, auf die Frachter, die großen Handelsschiffe und die Fischerboote. Ich schaute zum Château d'If hinüber, das sich auf seiner Felseninsel erhob. Vor Jahrhunderten war es als Seefestung errichtet worden, nun diente es den Jakobinern als Gefängnis. Bei seinem Anblick bekam ich trotz des warmen Tags eine Gänsehaut. Ich wandte den Blick von den dicken, unüberwindlichen Mauern ab und befahl mir, nicht an die armen Seelen zu denken, die sich dahinter an ihr elendes Leben klammerten.

Auch die Marienkirche schien aus einem felsigen Hügel zu wachsen, ein Bauwerk, das die Altstadt überragte. Nein, verbesserte ich mich, »Kirche« war falsch. Als Tempel der Vernunft war sie nun ein Gebäude im Dienst des Volkes.

Ihr Geläut hatten wir nicht mehr gehört, seit Revolutionäre die Kirche gestürmt und die Glocken geraubt hatten, um sie einzuschmelzen und Gewehrkugeln für die Nationalgarde daraus zu schmieden.

»Heda, Bürgerin!« Auf der anderen Seite der stinkenden Gasse stieß ein ungeschlacht aussehender Mann einen Pfiff aus und grinste mich mit einem Mund voller Zahnlücken an. »Suchst du etwas, das es in den feinen Salons nicht gibt? Ich hätte eine schöne Rute zu bieten.« Mit einer obszönen Geste griff er in seinen Schritt. Ich erstarrte und konnte nicht glauben, dass ich gemeint sein sollte. Wie konnte jemand bei Tageslicht und vor aller Augen derart vulgär sein? Wie eine junge Clary auf so ekelhafte Weise beleidigen?

»Beachte ihn nicht.« Julie drückte meine Hand. Mit der anderen umklammerte sie die Börse, die sie in den Falten ihres Rocks verbarg. »Lauf weiter!« Sie zog mich mit sich. »Dieses Schwein«, zischte sie. »Solche Menschen sind nun die Herren unserer Stadt.«

Wir überquerten einen belebten Platz, vorbei an jungen Mädchen mit weißen Leinenhauben, die Blumen feilboten; an jungen Männern, die die neumodischen langen Hosen trugen, die Sansculotten der Jakobiner. Etliche von ihnen saßen auf den Bänken und debattierten, in den Händen ein Pamphlet oder ein Buch. Ebenso sahen wir ausgemergelte Frauen mit schmutzigen Gesichtern und einem Säugling an der bloßen Brust. Sie hielten die Hände auf und bettelten.

Schließlich erreichten wir das Barockgebäude, in dem das

Rathaus untergebracht war. Die schwere, tiefliegende Eingangspforte wurde an beiden Seiten von hohen Bogenfenstern flankiert; die blau-weiß-rote Fahne der Republik fiel an diesem windstillen Tag schlaff von der Stange herunter.

Mein Herz zuckte ängstlich, und mein Schritt wurde schleppend. Julie nahm es wahr. »Komm«, sagte sie fest. »Wir tun es für Nicolas.«

Wir betraten das Rathaus. In der großen, hohen Eingangshalle war es kühl. Wir sahen geschäftig umherlaufende Beamte, doch keiner von ihnen schenkte uns einen Blick. »Wohin gehen wir?«, fragte ich Julie und war unglaublich froh, dass sie mitgekommen war. Zwar war ich früher schon einige Male mit meinem Vater hier gewesen, nie jedoch mit einem so wichtigen Auftrag wie heute.

»Dahin.« Julie deutete auf eine lange Schlange von Bittstellern an einem Schalter, hinter dem ein gleichgültig aussehender Mann seinen Dienst offenbar im Schneckentempo versah.

»Sollen wir hier bis Weihnachten stehen?«, flüsterte ich. »Wo ist Nicolas?«

»Warum fragst du mich das?«, antwortete Julie gereizt. Aber vielleicht hatte auch sie einfach nur Angst. »Ich weiß nicht mehr als du.«

Ich wandte mich an eine Wache, die vor einer Seitentür Posten bezogen hatte. »Entschuldigung.« Der Mann sah mich an, antwortete jedoch nicht. »Unser Bruder wurde fälschlicherweise inhaftiert. Wir sind gekommen, um seine Kaution zu zahlen. Wären Sie so freundlich, uns zu sagen, wo wir denjenigen finden, der für die Entlassung der Gefangenen zuständig ist?«

Der Wachmann taxierte mich, dann Julie, dann wieder mich. Sein Blick glitt über meinen Körper. Er grinste. Ich krallte meine Hände ineinander. Die unverhüllte Lüsternheit in seinem Gesicht erschreckte mich.

»Was bietest du mir denn, wenn ich dir helfe?«, fragte er lachend.

Ich errötete. Julie versteifte sich, und bevor ich eine Antwort stammeln konnte, sagte sie: »Wir haben Geldmittel.«

Der Wachmann musterte sie amüsiert. »Angesichts eurer Kleidung dachte ich mir das schon.« Sein Atem roch sauer nach Wein. »Aber Geldmittel hatte auch Louis Capet.« Er betonte den bürgerlichen Namen unseres ehemaligen Königs verächtlich. »Hat ihm nicht viel genützt.« Wieder lachte er und kratzte sich mit einem Finger im Schritt seiner schmutzigen Hose. »Ihr wartet, bis ihr an der Reihe seid, wie alle anderen freien Männer und Frauen auch.« Mit seinem stoppeligen Kinn deutete er auf die Menschenschlange. »Eure feine Kleidung beeindruckt mich nicht. Kann höchstens sein, dass eine der Wachen sie euch herunterreißt, um sie zu verscherbeln.«

»Komm, Julie.« Ich griff nach der Hand meiner Schwester und bedauerte, dass ich diesen Widerling angesprochen hatte. Doch unsere Entschlusskraft war nach der Begegnung mit ihm ins Wanken geraten, und wir entfernten uns mit hängenden Köpfen.

»Sieh dir die Schlange an«, murmelte Julie, während wir die Halle durchquerten, ohne zu wissen, wohin wir uns wenden sollten. Die Hauptsache war, dass wir von diesem grässlichen Wachmann fortkamen. »Wir werden hier tagelang stehen, ohne Nicolas helfen zu können. Bis wir an dem Schalter sind, könnte er schon verurteilt und hingerichtet worden sein.«

Ich nickte hilflos. Der Anblick des Château d'If, der entweihten Marienkirche, der Guillotine, die Begegnung mit dem vulgären Mann auf der Straße und nun mit dem Wachmann hatten mich verstört. Den Mann vor mir sah ich erst, als ich in ihn hineinlief. Ich taumelte zurück. »Entschuldigen Sie, Monsieur – ich meine, Bürger. Ich habe nicht aufgepasst.« Ich wagte kaum, ihn anzusehen, aus Furcht, er würde mich ebenso grob wie der Wachmann behandeln.

»Eine Dame muss sich nicht entschuldigen«, antwortete er zu meinem Erstaunen. In seiner Stimme schwang weder Feindseligkeit noch Bosheit oder Lüsternheit mit. Vorsichtig linste ich unter dem Rand meiner Haube hervor. Der Mann hatte ein gebräuntes, rotwangiges Gesicht. Er war nicht attraktiv, doch der Blick seiner großen Augen wirkte ebenso freundlich wie sein Lächeln. Ich entspannte mich ein wenig.

»Eine Dame sollte sich auch nicht sorgen und die Stirn krausziehen, doch Sie tun offenbar das eine wie das andere.« Er hatte einen ausländischen Akzent, womöglich einen spanischen, sprach jedoch mit der Autorität eines Mannes, der Einfluss besaß. Allerdings trug er weder eine Uniform noch eine andere offizielle Bekleidung, sondern die Hose der Sansculotten und eine einfache Jacke, an deren Aufschlag unübersehbar die blau-weiß-rote Kokarde der Revolutionäre steckte. Hochgewachsen und breitschultrig war er, auch älter als ich, wahrscheinlich Mitte oder Ende zwanzig. Aber wie kam es, dass er mich als »Dame« statt als »Bürgerin« bezeichnete? Und wer war er?

»Joseph Buonaparte, zu Ihren Diensten«, beantwortete er meine stumme Frage, wedelte elegant wie ein Höfling mit der Hand und verneigte sich vor meiner Schwester und mir. »Und

Sie sind?« Er sah mich verschmitzt an, vielleicht sogar belustigt.

»Désirée Clary.« Ich schaute zu Boden und machte einen kleinen Knicks. »Julie Clary«, sagte meine Schwester und knickste ebenfalls.

»Ah, die berühmten Clary-Mädchen.« Joseph Buonaparte schlug die Hände zusammen. »Die Töchter des verstorbenen François Clary, des vorbildlichen Bürgers, der zum Reichtum dieser Hafenstadt beigetragen hat.«

Julie und ich tauschten einen verstohlenen Blick. Offenbar fragte auch sie sich, wer dieser merkwürdige Mann mit dem netten Lächeln und dem sonderbaren Akzent war.

»Bitte sagen Sie mir, was ich für die Töchter von François Clary tun kann.« Buonapartes Augen huschten zwischen Julie und mir hin und her, bevor sie auf mir ruhen blieben.

Die Frage überraschte mich so sehr, dass mir keine Antwort einfiel.

Julie sprang für mich ein. »Wenn es Ihnen mit Ihrer Frage ernst ist, wenn Sie tatsächlich gewillt sind, uns zu helfen –«

Buonaparte ließ sie nicht ausreden. »Ein Korse bietet nie etwas an, an das er sich nachher nicht hält. Es sei denn, er ändert seine Meinung. Aber das ist eine andere Geschichte.« Er lachte und sah mich noch immer an.

Ich tat, als hätte ich den Sinn seiner Worte verstanden. Aber wenigstens hatte ich erfasst, dass er Korse war. Demnach hatte er einen italienischen Akzent. Doch warum gab er vor, uns helfen zu können?

»In dem Fall werde ich Ihnen Ihr Entgegenkommen mit Offenheit vergelten, Monsieur – Bürger.« Julie schien diesem leutseligen Mann zu vertrauen und berichtete ihm, dass unser Bruder Nicolas festgenommen worden war und wir uns für ihn verwenden wollten. Von unserer Sorge wegen des Geldgeschenks unseres Vaters an Louis XVI. erzählte sie ihm nichts.

Buonaparte hörte ihr aufmerksam zu und verzog keine Miene, auch nicht, als der Kummer Julie zu übermannen drohte.

Als sie geendet hatte, verschränkte er die Arme vor seiner breiten Brust und sagte: »Verstehe.«

»Wir wären Ihnen sehr dankbar, wenn Sie uns helfen könnten.« Julie griff in die Falten ihres Gewands und ließ die Geldbörse aufblitzen. »Wir würden uns auch erkenntlich zeigen.«

Buonaparte warf einen raschen Blick nach allen Seiten. Dann beugte er sich vor und hielt Julies Hand fest. Es war eine vermessene Geste, doch als er sagte: »Bitte, Bürgerin Clary, stecken Sie das wieder fort«, war an seinem Ton nichts Ungebührliches zu erkennen, sondern nur die Befürchtung, jemand hätte die Börse gesehen.

Julie betrachtete seine Hand, die ihre umfasst hielt. Dann befreite sie sich, und die Börse verschwand wieder.

»Vielleicht tun Sie Folgendes«, schlug Buonaparte vor.

»Wir tun alles«, fiel ich ein und spürte meine aufkeimende Hoffnung.

Er wandte sich mir zu. »Auf der anderen Seite des Vorplatzes ist ein hübsches Kaffeehaus. Warten Sie dort auf mich. Vielleicht bestellen Sie mir etwas Kaltes zu trinken – ein Glas Wein wäre schön. Ich verspreche Ihnen, dass Sie, bevor wir heute schließen, mit Ihrem Bruder nach Hause gehen können.«

Wieder wechselten Julie und ich einen Blick. Konnten wir diesem eigentümlichen Mann glauben?

Julie schaute kurz zu der langen Menschenschlange hinüber. »Sie geben uns Hoffnung. Vielen Dank.«

»Bedanken Sie sich, wenn ich Ihnen Ihren Bruder bringe. Nicolas ist der Name, oder?«

»Nicolas Clary«, antwortete Julie. »Er wurde heute Morgen abgeholt, aber wir wissen nicht, wohin er gebracht wurde.«

»Das finde ich heraus.« Buonaparte zwinkerte mir zu. »Und jetzt husch, husch ins Kaffeehaus. Das Hôtel de Ville ist kein Ort für Damen. Hier gibt es Schurken, die sich als Revolutionäre ausgeben.«

In dem Kaffeehaus schwiegen Julie und ich für lange Zeit und rührten unsere kalten Limonaden kaum an. Ich war mir sicher, dass meine Schwester ebenso wie ich überlegte, wer dieser Joseph Buonaparte sein konnte. Hatte er tatsächlich vor, uns zu helfen? War er dazu überhaupt in der Lage?

Draußen vor den Fenstern wanderte die Sonne langsam nach Westen. Es wurde Nachmittag, bald würde es Abend sein, und dann würde das Rathaus schließen.

Ich begann auf meinem Stuhl herumzurutschen, fuhr mit dem Finger rastlos über die klebrigen Spuren, die ein paar Tropfen Limonade auf meinem Glas hinterlassen hatten. Die Gedanken, die mir durch den Kopf gingen, waren schwermütiger Natur. Ich erinnerte mich an meinen Vater in den Tagen vor seinem Tod. Er war geschwächt, lag in seinem großen

Bett und fiel hin und wieder in einen unruhigen Schlaf. Meine Mutter saß an seiner Seite. Sie weinte und betete, obwohl uns das Beten verboten war.

Nun stellte ich mir voller Grauen vor, wie es wäre, unverrichteter Dinge zu ihr zurückkehren zu müssen.

»Ich glaube es nicht.« Julies Stimme riss mich aus meinen düsteren Gedanken. »Sieh doch.« Sie deutete über den belebten Vorplatz des Hôtel de Ville.

Ich sah junge Männer, Frauen, kleine Kinder und jede Menge Tauben. Dann fiel mein Blick auf zwei Männer, die das Rathaus verließen. Einer war hochgewachsen und breitschultrig, der andere zierlicher, gut gekleidet und mir nur zu bekannt. Sie traten in das warme Licht des frühen Abends.

»Nicolas!«, rief ich. Julie und ich sprangen auf und stürzten aus dem Kaffeehaus. Ich war schneller und erreichte unseren Bruder kurz vor meiner Schwester. Außer Atem fielen wir in seine ausgebreiteten Arme.

Nicolas drückte uns an sich.

»Gott sei Dank«, flüsterte ich und lachte unter Tränen.

»Der Dank gebührt Monsieur Buonaparte«, entgegnete Nicolas und ließ zu, dass wir ihn noch ein wenig länger herzten. Einige Passanten sahen uns interessiert zu. Sicherlich waren ihnen vor dem Rathaus bisher mehr unglückliche als glückliche Menschen begegnet.

»Danke, Joseph Buonaparte.« Julie wandte sich unserem Wohltäter zu. »Wie können wir das jemals gutmachen?«

Buonaparte verneigte sich. Seiner Miene nach schien er sich zu fragen, ob wir allen Ernstes an ihm gezweifelt hatten. Das hatten wir natürlich, aber damit hatten wir ihm Unrecht getan.

»Bist du … frei?«, fragte ich meinen Bruder. Am liebsten hätte ich seine Hand genommen und ihn von dem Rathaus mit seinen Beamten und Wachen in die Sicherheit unseres Elternhauses gezogen.

»Wie du siehst, bin ich es«, antwortete Nicolas.

Ich konnte es noch immer nicht ganz glauben. »Bist du auch nicht mehr in Gefahr?«

Nicolas hob die Schultern. »So weit das in unserem Land möglich ist, nein.«

Wieder umarmte ich ihn. »Nur weil meine kleine Schwester das Herz eines wichtigen Mannes verzaubert hat«, flüsterte er mir ins Ohr, bevor er sich mir entzog und in meine Wange zwickte. Ich spürte, wie ich feuerrot anlief. *Nur weil meine kleine Schwester das Herz eines wichtigen Mannes verzaubert hat.* Nicolas betrachtete mich amüsiert, Joseph Buonaparte lächelte erwartungsvoll. Ich schaute zur Seite.

Julie rettete mich aus meiner Verlegenheit. »Sie haben mehr getan, als wir zu hoffen wagten«, sagte sie zu Buonaparte. »Aber wir müssen darauf bestehen, uns für Ihr Entgegenkommen erkenntlich zu zeigen.«

»Bitte holen Sie nicht wieder die Geldbörse hervor, Mademoiselle – Bürgerin Clary. Sie würden das Ehrgefühl eines Korsen verletzen.«

»Dann sagen Sie uns, wie wir Ihnen eine Freude machen können«, bat Nicolas.

Buonaparte schürzte die Lippen, betrachtete den Hut in seinen Händen. »Wenn meine Bitte nicht allzu kühn ist, würde es mich freuen, Ihre Schwestern gemeinsam mit Ihnen sicher nach Hause geleiten zu dürfen.«

Nicolas deutete ein Lächeln an und bot Julie seinen Arm an. »Dieses Angebot nehmen wir gern an. Nicht wahr, Désirée?«

Mein Bruder sah mich an. Julie arrangierte ihre Miene auf eine Weise, die ich nicht entschlüsseln konnte, was nur selten der Fall war. Joseph lächelte hoffnungsvoll. Ich legte keinen Wert auf die Aufmerksamkeit dieses Mannes, der so viel älter als ich war und so verwegen. Doch mir war klar, dass wir in seiner Schuld standen, und ich wusste, was mein Bruder von mir erwartete. »Aber selbstverständlich«, sagte ich.

Beschwingt trat Joseph zu mir und reichte mir seinen Arm. Und so machten wir uns zu viert auf den Weg.

Mich hatte noch nie ein Mann nach Hause begleitet. Die einzigen Ausnahmen waren mein Bruder und mein Vater gewesen. Es hatte mir auch bisher niemand den Hof gemacht, immerhin war ich erst sechzehn Jahre alt, und wir lebten in unruhigen Zeiten. Im Übrigen hätten mein Vater und mein Bruder so etwas nie gestattet, und darüber hinaus waren die jungen Männer unseres Standes entweder umgekommen, saßen im Gefängnis oder waren zu sehr mit der Politik beschäftigt, um etwas so Triviales zu tun, wie mit einer Frau poussieren.

Doch nun spazierte ich plötzlich an der Seite eines Mannes, dem ich erst vor wenigen Stunden begegnet war, durch den Abend.

Nicolas hatte Julie ein flottes Tempo vorgegeben, vielleicht um meinem Begleiter und mir ein wenig Abstand zu lassen. Doch behütet und schüchtern, wie ich war, fühlte ich mich an Buonapartes Arm unbehaglich und war froh, dass es zu unserem Haus nicht weit war.

Glücklicherweise redete er die ganze Zeit, sprach über Korsika und Marseille, ohne dass ich antworten musste. »Die Stadt, aus der ich komme, heißt Ajaccio, vielleicht haben Sie einmal von ihr gehört. Sie müssen sie sehen. Eines Tages. Auch dort blickt man auf das Mittelmeer. Nur dass meine Mutter nie Wein und Olivenöl kaufen muss, wir haben dort einen eigenen Weinberg und eigene Olivenbäume.«

An unserer Eingangspforte blieben Nicolas und Julie stehen und warteten auf uns. »Bitte kommen Sie mit hinein«, bat mein Bruder unseren neuen Bekannten. »Ich könnte schwören, dass meine Mutter meinen Befreier kennenlernen möchte.«

Buonaparte schien nichts gegen die Einladung zu haben. »Es wäre mir ein Vergnügen, die Dame kennenzulernen, die zwei so reizende Töchter hervorgebracht hat.«

»Obacht, mein Guter.« Nicolas lächelte liebenswürdig. »Mag sein, dass ich Ihnen mein Leben verdanke, doch ich werde nicht zusehen, wie Sie meinen Schwestern schöne Augen machen.«

»Ich bin Korse!«, antwortete Buonaparte emphatisch. »Korsen nutzen jede Gelegenheit, um einer hübschen Frau zu schmeicheln.« Er lachte tief aus dem Bauch heraus, doch meinen Arm ließ er dabei nicht los.

Die Freude meiner Mutter über Nicolas' Rückkehr war ebenso übertrieben, wie es sonst ihre Klagen waren. Sie schlang die Arme um ihn und schien ihn nicht mehr freigeben zu wollen. Dann rief sie einen Dienstboten, der Champagner bringen, Kerzen anzünden und die Fenstertüren nach draußen öffnen musste.

Milde Abendluft drang in den Salon. Wir hörten Möwen schreien und Laubfrösche quaken. »Auf Ihr Wohl.« Meine Mutter hob ihr Glas. »Auf den Helden der Familie Clary.« Sie strahlte Buonaparte an, der die Dankesbekundungen meiner Mutter ganz offenkundig genoss.

Ich dagegen hätte am liebsten nur ein Glas Champagner getrunken, einen kleinen Imbiss zu mir genommen und wäre dann mit Julie nach oben in unser Zimmer gegangen, um alles, was an diesem Tag vorgefallen war, mit ihr zu bereden.

Doch meine Mutter wollte sich mit unserem Besucher unterhalten und die Gastgeberin spielen. Sie ließ uns allen nachschenken. »Ihr Akzent ist mir nicht vertraut, Bürger Buonaparte. Sind Sie Italiener?«

»Nicht ganz. Ich bin Korse.«

»Korse.« Meine Mutter legte die Stirn in Falten. »Wie ungewöhnlich. Ich glaube nicht, dass ich jemals einem Korsen begegnet bin.«

»So viele gibt es von uns auch nicht«, antwortete Buonaparte und lächelte gutmütig. Sein Blick wanderte zu mir. »Korsika ist eine kleine Insel, mit Bergen, Wäldern, Weinbergen und Olivenhainen. Aber es ist meine Heimat. Oder war es zumindest.«

»Wahrscheinlich ist die Lage dort ebenso unbeständig wie bei uns, oder?« Meine Mutter ließ die nächste Flasche Champagner bringen.

Ich wurde ungeduldig und wunderte mich über ihre Redseligkeit und ihr Interesse an Korsika. So gut gelaunt wie an diesem Abend hatte ich sie seit einer ganzen Weile nicht mehr erlebt, nicht seit Vaters Tod oder noch länger, seit dem Beginn der Revolution. Ich nahm an, dass sie nach den Monaten, in denen sie gedacht hatte, unser Wohlstand und unser Ansinnen, adlig zu werden, könnten unseren Untergang bedeuten, in

Buonaparte nun einen Beschützer sah und vor Erleichterung überschäumte. Sicherlich war sie auch entschlossen, dafür zu sorgen, dass er uns gewogen blieb.

»Sie sind nicht nur so schön wie Ihre Töchter, Madame, sondern auch gut informiert«, antwortete Buonaparte. »Die Lage in Korsika ist tatsächlich ausgesprochen heikel. Zudem fürchte ich, dass meine Familie sich in der Politik auf die falsche Seite geschlagen hat. Daher leben einige von uns nun im Exil, und Frankreich ist unsere neue Heimat.« Den letzten Teil betonte er, als müsse er es sich selbst noch einreden.

Meine Mutter leerte ihr zweites Glas. »Wie dem auch sei, Monsieur Buonaparte.« Ihre Stimme war voller Wärme. »Korsikas Verlust ist unser Gewinn. Sie haben meinen Sohn gerettet und müssen uns gestatten, dass wir Ihnen unseren Dank erweisen.«

Buonaparte zog die Brauen hoch. »Warum ist es Ihnen allen so wichtig, Ihre Dankbarkeit unter Beweis zu stellen? Gibt es in Frankreich niemanden mehr, der etwas Gutes tut, ohne eine Gegenleistung zu erwarten?«

Meine Mutter hob die Schultern. »Wir sind Kaufleute. Bitte sehen Sie es uns nach, wenn wir Wert auf ausgeglichene Konten legen.«

»Nun, in dem Fall gibt es etwas«, antwortete Buonaparte und eine leise Röte stieg ihm ins Gesicht.

»Nennen Sie es«, sagte meine Mutter und lächelte aufmunternd.

Buonaparte holte tief Luft. »Wenn es Ihnen recht ist, würde ich Ihrer Tochter Désirée gern des Öfteren meine Aufwartung machen.«

Stille breitete sich aus. Julie verlagerte ihr Gewicht. Meine Mutter richtete ihren Blick auf mich und betrachtete mich perplex. Das war eindeutig nicht das, was sie erwartet hatte. Doch dann veränderte sich ihre Miene. Maman hatte das Vorteilhafte der Bitte erfasst. »Natürlich müssen Sie wiederkommen.« Sie lächelte entzückt. »Wir bestehen darauf.«

»*Grazie*. Wie wäre es mit morgen, vielleicht gegen –« Buonaparte brach ab. Draußen waren Rufe laut geworden. Unsere Salontüren öffneten sich zum Garten, die Rufe schienen aus der Gasse hinter der Gartenmauer zu kommen. »Wo steckst du, *bastardo*?«

Wir konnten nur wenig Italienisch, doch das Wort »bastardo« hatten wir verstanden.

»Gute Güte.« Meine Mutter war blass geworden. »Wie unangenehm«, sagte sie betreten. »Normalerweise bleiben wir in dieser Gegend von den Auswüchsen des Pöbels verschont. Vielleicht ist es ein Student, der ein Glas über den Durst getrunken hat.«

»Ich weiß, dass du da drinnen bist, du Hurensohn!«

»Um Himmels willen.« Meine Mutter schaute mich entsetzt an. »Désirée, bitte schließ die Türen. Nicolas, sieh zu, dass einer der Dienstboten die Gendarmen verständigt. Wir können es nicht dulden, dass ein Betrunkener in unserer Gegend Obszönitäten brüllt.«

Ich machte Anstalten aufzustehen, doch Buonaparte hielt mich fest. »Bitte, warten Sie.« Dann trat er auf unsere Terrasse hinaus, formte mit den Händen ein Sprachrohr an seinem Mund und rief: »Halt die Klappe, *bastardo*, sonst drehe ich dir den Hals um.«

Meine Mutter rang um Luft. Nicolas runzelte die Stirn. Julie und ich sahen uns mit großen Augen an. Ich musste lachen und presste eine Hand auf meinen Mund.

Buonaparte kehrte zurück und schüttelte den Kopf. »Denkt der Idiot, ich kann weniger gut fluchen als er?«

Wir gaben ihm keine Antwort. Meine Mutter wirkte benommen.

Buonaparte lachte. »Kein Grund zur Sorge, das ist nur mein Bruder.«

»Ihr … Bruder?«, wiederholte meine Mutter verdattert.

»Ja.« Buonaparte griff nach seinem Hut und schien nicht zu merken, wie schockiert wir waren. »Wir nennen ihn nicht umsonst ›Rabulione‹.«

Nicolas konnte von uns allen noch am besten Italienisch und fragte: »Rabulione, bedeutet das nicht so etwas wie ›Radaubruder‹?«

»Richtig«, antwortete Buonaparte zufrieden. »Das war er von jeher.«

»Nun dann.« Meine Mutter signalisierte Nicolas mit ihrem Blick, unseren Gast zu verabschieden.

»Radaubruder«, sagte ich und kniff die Lippen zusammen, um angesichts der gepeinigten Miene meiner Mutter nicht loszuprusten. Was für ein eigentümlicher Tag das war. »Und wie lautet sein richtiger Name?« Der Mann, der über die Mauern des herrschaftlichen Hauses fremder Menschen hinweg seinen Bruder beleidigte, den er drinnen vermutete, hatte mich neugierig gemacht.

Buonaparte war bereits an der Tür. »Er heißt Napoleone«, antwortete er. »Bis morgen, die Damen.«

Meine Mutter bedankte sich erneut bei ihm, doch auf ihre Einladung für den morgigen Tag kam sie nicht mehr zurück.

Ich trat an die geöffneten Terrassentüren und spähte hinaus. In der Dunkelheit konnte ich hinter unserer Gartenpforte ganz schwach den Umriss einer einsamen Gestalt ausmachen.

Was hatte Buonaparte gesagt, wie der Name seines Bruders lautete? Napoleone? Diesen Namen hatte ich noch nie gehört. Aber vielleicht passte der ungewöhnliche Name zu einem Mann, der sich so ungewöhnlich benahm.

# KAPITEL 3

*Marseille, 1794*

Die Brüder Buonaparte sollten ein fester Bestandteil unseres Lebens werden.

Joseph erschien am nächsten Morgen – zu einer früheren Uhrzeit, als wir erwartet hatten –, und er war nicht allein.

Maman, Julie und ich saßen noch beim Frühstück auf der sonnigen Terrasse, als einer unserer Dienstboten mit leicht irritierter Miene den Besuch der Herren Joseph und Napoleone Buonaparte meldete. Glücklicherweise waren wir bereits für den Tag gekleidet.

Meine Mutter seufzte. »Führen Sie die Herren zu uns.« Als wir allein waren, fügte sie leise hinzu: »Ich wünschte, er wäre ohne diesen fürchterlichen Bruder gekommen. Trotzdem werden wir äußerst charmant sein. Irgendwie scheint dieser Joseph Buonaparte so einflussreich zu sein, dass er uns schützen kann. Deshalb dürfen wir uns seine Gunst auf keinen Fall verscherzen.«

Gleich darauf waren die Buonapartes auf der Terrasse. Meine Schwester und ich standen auf und begrüßten sie. Zu meiner Verwunderung lächelte Julie Joseph auffallend herzlich an, was eigentlich nicht ihre Art war. Mich interessierte der jüngere Bruder mehr – dieser Napoleone, der den Beinamen Rabulione trug.

»Bitte, nehmen Sie doch Platz.« Meine Mutter deutete auf die freien Stühle am Tisch.

»Mit Vergnügen«, antwortete Joseph. »Ich freue mich, dass Sie nach den gestrigen Ereignissen so wohl aussehen. Schöner als die Sonne an diesem Morgen.« Er legte seinen Hut ab, an dem die Kokarde steckte, ebenso wie an dem Dreispitz seines Bruders.

So unauffällig wie möglich verglich ich die beiden Männer miteinander und stellte fest, dass sie sich äußerlich überhaupt nicht ähnelten, wahrscheinlich auch nicht in ihrem Wesen. Joseph war ein kräftiger Mann, mit breitem offenem Gesicht und strahlendem Lächeln. Napoleone wirkte weniger ungezwungen, auch schienen ihm Josephs geschmeidige Gesten zu fehlen, und von seiner Statur her war er eher schmächtig. Regelrecht steif wirkte er in seiner Offiziersuniform mit dem hohen roten Kragen und den glänzenden Messingknöpfen. Sein Haar war ebenso dunkel wie das seines Bruders, doch es reichte bis zu seinen Schultern und machte einen ungepflegten Eindruck. Seine schmale, gebogene Nase verlieh ihm etwas Römisches, die dunkelgrünen Augen blickten stur geradeaus, sein Gesichtsausdruck war mürrisch.

Ich wusste nicht, wie alt die beiden Buonapartes waren, doch mir schien, dass Joseph der Ältere war. Dennoch hatte ich den Eindruck, dass der jüngere Bruder tonangebend war. Er setzte sich zuerst, danach erst ließ Joseph sich nieder.

Ich betupfte meinen Mund mit meiner Serviette und schämte mich, wie es vor mir auf dem Tisch aussah. Wie würde dieser Anblick auf unsere Besucher wirken? Auf dem Kaffee in meiner Schale schwammen Fettaugen, weil ich meine gebutterten

Scheiben Baguette eingetunkt hatte. Auf meinem Teller lagen Reste des aufgeweichten Brots. Es sah kindlich aus und schlampig, ganz anders als die makellose Uniform, die Napoleone trug.

Meine Mutter wies auf die Zutaten unseres Frühstücks. »Dürfen wir Ihnen Kaffee anbieten? Eine Brioche, ein Stück Kuchen?«

Napoleone gab eine Art Grunzen von sich, nahm sich eine Brioche mit der Hand und biss hinein. Es war schwer zu sagen, ob er sich absichtlich schlecht benahm oder es nicht besser wusste. »Danke, Bürgerin«, murmelte er mit vollem Mund.

»Gern geschehen«, entgegnete meine Mutter mit kaum verhohlenem Abscheu. Ein gut erzogener Mensch stopfte sein Essen nicht in sich hinein, wenn Fremde oder sogar Damen zugegen waren, nahm sich auch nicht einfach etwas mit der Hand und sprach erst recht nicht mit vollem Mund.

Ich musste mir ein Lächeln verbeißen. Napoleone hob den Kopf und sah mich an. Der Blick seiner grünen Augen war so intensiv und besaß eine derart magische Anziehungskraft, dass ich nervös schluckte und keinen Bissen mehr hinunterbrachte.

»Sie haben meinen Bruder gestern Abend nicht kennengelernt«, sagte Joseph. »Nur seine blumige Art, sich auszudrücken.«

»In der Tat«, antwortete meine Mutter spitz.

Napoleone schien sein Verhalten vom Vorabend einerlei zu sein, er entschuldigte sich nicht. Stattdessen deutete er mit dem Kinn auf mich und sagte: »Ich freue mich, Sie kennenzulernen.« Die Freude war weder seiner Miene noch seinem Ton anzumerken. Doch als sich unsere Blicke trafen, begann mein Herz schneller zu schlagen.

»Was für einen seltsamen Namen Sie haben«, bemerkte meine Mutter hölzern. Offenbar war sie nicht gesinnt, die Dankbarkeit und das Entgegenkommen, die sie Joseph am Vortag gezeigt hatte, auf seinen Bruder zu übertragen. »Napoleone. Ist das ein korsischer Name?«

»Italienisch.« Seine Stimme war einzigartig, weicher als die seines Bruders und mit einem seidigen Schmelz. »Aus dem Land Machiavellis. Kennen Sie seine Schriften?«

»Natürlich kenne ich die. Ich erinnere mich an seine Aussage, dass der Zweck die Mittel heilige«, erwiderte meine Mutter pikiert.

»Das war nur eine seiner vielen Aussagen.« Napoleone löste seinen Blick von mir und blickte meine Mutter an. »Stimmen Sie mit ihm überein?«

Maman zog die Brauen zusammen. »Worin?«

»Sind Sie der Auffassung, dass das Wohl eines Staates jede Tat des Herrschers rechtfertigt, ganz gleich wie rücksichtslos sie in jeder anderen Hinsicht ist?«

Meine Mutter zuckte mit den Schultern und wich Napoleones Blick aus. »Darüber habe ich noch nicht nachgedacht, und ganz sicher tue ich es nicht so früh am Morgen.«

»Wie dem auch sei«, begann Joseph, doch Napoleone unterbrach ihn mit einer herrischen Handbewegung und sprach weiter: »Ich betrachte es als die Pflicht eines jeden, über derlei Dinge nachzudenken. Immerhin sind wir nun freie Bürger und selbst für unser Tun verantwortlich. Zudem obliegt es uns, einen neuen Staat zu errichten.«

Danach konzentrierte Napoleone sich wieder auf mich. Ich zwang mich, seinen Blick zu erwidern, denn ich war nicht bereit, mich von ihm einschüchtern zu lassen. Dabei spürte ich, wie sich in mir ein Gefühl ausbreitete, das mir neu, jedoch nicht unangenehm war. Ebenso nahm ich wahr, dass meine Mutter – genauso wie Julie und Joseph – mitbekam, dass Napoleone und ich uns anstarrten. Schließlich hüstelte er; ich schaute auf meinen Schoß und strich über die Seide meines Kleids, die sich dort gebauscht hatte.

Wir kleideten uns stets elegant, auch in Zeiten der Revolution, immerhin verdankten wir unseren Wohlstand unter anderem dem Seidenhandel. An diesem Morgen trug ich ein Kleid aus himbeerroter Seide, mit eng anliegendem Mieder und üppig geschnittenem, weitem Rock. *Sie hat zwar ihren Kopf verloren, aber ihre Macht ist geblieben*, sagte meine Mutter häufig über unsere frühere Königin und bezog sich dabei auf den Einfluss, den Marie-Antoinette nach wie vor auf die Mode ausübte.

Wie viele Mädchen Frankreichs hatten auch Julie und ich Marie-Antoinette verehrt und ihren luxuriösen Geschmack in Kleidung, Frisuren und Schmuck bewundert. In unserem Zimmer hatten gemalte Miniaturen von ihr gestanden, auf jeder hatte sie ein anderes ihrer extravaganten Kleider getragen. Heutzutage würde nur eine einzige von ihnen unser Todesurteil bedeuten. Doch wir kleideten uns weiterhin nach der Mode, die an ihrem unglückseligen Hof geherrscht hatte. An diesem Morgen war ich dafür besonders dankbar, denn ich registrierte, wie dieser Mann, dieser Napoleone Buonaparte, mich immer wieder musterte, und hatte den Eindruck, dass ihm das, was er sah, gefiel.

Da meine Mutter seit ihrem und Napoleones Wortwechsel über Machiavelli missmutig schwieg, übernahm Julie die Rolle der Gastgeberin. »Mein Bruder Nicolas ist leider nicht zu Hause. Er ist in unserem Handelshaus, um unsere Angestellten über seine Befreiung zu unterrichten.« Wieder lächelte sie Joseph an. »Wäre er hier, würde er sicherlich noch einmal seine Dankbarkeit Ihnen gegenüber bekunden, die aber nicht nur er, sondern wir alle empfinden.«

Joseph holte Luft, um zu antworten, doch Napoleone kam ihm zuvor. »Wir waren Ihnen gern behilflich.«

»Wir?«, fragte Julie und zog die Brauen hoch.

Napoleone nickte, nahm sich eine zweite Brioche und biss hinein. »Hat mein Bruder sich das Verdienst etwa allein zugeschrieben?« Er stieß seinen Bruder in die Seite und sagte etwas auf Italienisch zu ihm. Dann wandte er sich mir wieder zu. »Wie immer hat er sich in meinem Licht gesonnt. Das ist die korsische Familie für Sie. Und wenn Sie nun glauben, dass er keine Scham kennt, sollten Sie erst erleben, wie meine Schwestern mich ausnutzen. Oder meine Mutter. Aber diesmal mache ich Joseph keine Vorwürfe. Wer würde sich nicht wünschen, die Dankbarkeit der schönen Schwestern Clary zu erringen?« Napoleone lachte und knuffte seinen Bruder erneut in die Seite.

Von dem selbstbewussten, redegewandten Joseph Buonaparte vom Vortag war nicht mehr viel zu sehen. Er war von seinem Bruder überschattet worden.

»Ich bin mit den Brüdern Robespierre befreundet«, fuhr Napoleone fort. »Augustin zählt zu meinen Bewunderern und Maximilien hört auf ihn.«

»Maximilien Robespierre?«, flüsterte meine Mutter.

»Ja«, antwortete Napoleone, als wäre die Bekanntschaft mit dem mächtigsten Mann Frankreichs – dem gefürchtetsten und unbarmherzigsten Vollstrecker revolutionärer Gerichtsbarkeit – etwas, das man normalerweise zwischen einem Schluck Kaffee und einem Bissen Brioche erwähnte.

»Und wie – wenn ich mir die Frage erlauben darf – ist es gekommen, dass Augustin Robespierre zu Ihren … Bewunderern zählt, wie Sie sagten?« Der Ton meiner Mutter war freundlicher geworden, aber es schwang etwas Ungläubiges mit.

»Man bezeichnet meinen Bruder als Knabengeneral. Als Wunderkind«, erklärte Joseph, ohne dass Napoleone ihm diesmal das Wort verbot.

Allerdings hob er die Hand und sagte: »Du machst mich verlegen.« Sein Blick huschte zu mir, vielleicht um meine Reaktion zu ermessen. Dann klatschte er in die Hände. »Wir müssen gehen.«

»Schon?« Joseph schien enttäuscht.

»Ja, vielleicht ist die Antwort bereits im Rathaus eingetroffen.«

Ergeben zuckte Joseph mit den Schultern. »Mein Bruder interessiert sich nicht für gesellschaftliche Gepflogenheiten. Ich konnte froh sein, dass er sich bereit erklärt hat, mich zu Ihnen zu begleiten.«

Napoleone stand auf. »Im Rathaus warten dringende Angelegenheiten.«

»Knabengeneral«, wiederholte meine Mutter und erhob sich ebenfalls. »Wie können Sie in Ihrem Alter bereits General sein?« Sie wirkte beeindruckt, auch wenn Napoleone ihr noch immer nicht ganz geheuer schien. »Sie sind doch höchstens dreißig Jahre alt.«

»Ich bin vierundzwanzig.« Napoleone setzte seinen Dreispitz auf.

»Und dann schon General?« Meine Mutter betrachtete seine Uniform mit neuem Interesse.

Joseph, der zivil mit Hose und Gehrock bekleidet war, antwortete: »Mein Bruder ist ein genialer Stratege. Nun, da uns die Engländer, die Italiener und sämtliche Fürstentümer zwischen den beiden angreifen, brauchen wir fähige militärische Führer.«

Wir begleiteten die Brüder zur Tür, und ich registrierte erfreut, dass Napoleone an meiner Seite blieb. Er neigte sich mir zu und sagte so leise, dass nur ich es hören konnte: »Seit gestern hat mein Bruder unentwegt von Ihnen gesprochen.«

Ich schwieg und wartete darauf, dass er mehr sagte.

»Nun kann ich es nachvollziehen«, fügte er hinzu.

Um das Lächeln zu bremsen, das sich auf meinem Gesicht ausbreiten wollte, biss ich auf meine Unterlippe und überlegte, was ich darauf antworten sollte. Doch Napoleone sprach bereits weiter. »Mein Bruder hat recht, ich interessiere mich tatsächlich nicht für gesellschaftliche Gepflogenheiten, aber ich würde mich gern länger mit Ihnen unterhalten. Heute Abend besuche ich Sie wieder.«

Es war eine Aussage, keine Bitte, die ich gewähren oder ablehnen konnte. Ich deutete ein Nicken an, doch selbst das wirkte überflüssig. Mit seinem wachen, prüfenden Blick hatte er bereits erfasst, dass ich ihn wiederzusehen wünschte.

# Kapitel 4

*Marseille, 1794*

Die Ereignisse des vergangenen Tags hatten meine Mutter so mitgenommen, dass sie erneut über Kopfschmerzen klagte.

»Was für ein unangenehmer Mensch dieser jüngere Bruder ist«, erklärte sie, nachdem die Buonapartes sich verabschiedet hatten. »Joseph ist vielleicht ein wenig ungestüm, aber er besitzt zumindest einen gewissen Charme. Ist umgänglich. Dieser andere ist ein griesgrämiger Flegel. Dennoch dürfen wir ihre Freundschaft nicht zurückweisen.« Sie seufzte. »Aber falls er tatsächlich General sein sollte, wird er wohl bald fort sein. Soldaten bleiben nie lange an einem Ort.« Danach zog sie sich für den Rest des Tages in ihr Bett zurück.

Da Nicolas am Abend noch nicht wieder da war, blieb es Julie und mir überlassen, die Brüder Buonaparte zu empfangen, als sie nach dem Abendessen gemeldet wurden.

Es war auch keineswegs ungehörig, schließlich war meine Mutter im Haus, und wir würden zu viert sein, umgeben von Dienstboten, die ihren Pflichten nachkamen.

Julie, ganz die versierte Gastgeberin, bat die Herren in den Salon, dem die letzten Strahlen der untergehenden Sonne zusammen mit dem Kerzenlicht einen warmen Glanz verliehen. »Meine Mutter ist ein wenig unpässlich, doch sie hat uns gebeten, Sie an ihrer statt zu empfangen und ihre Abwesenheit zu entschuldigen.«

Ich nahm mit meiner Schwester auf dem mit schwerem Seidenstoff bezogenen Zweiersofa Platz und gab mir Mühe, nicht über das ganze Gesicht zu strahlen. Es war so unerwartet gekommen und ein so schwindelerregendes Gefühl, dass uns zwei Männer ihre Aufmerksamkeit schenkten. Sie waren nicht nur unsere Beschützer, sondern schienen nun auch unsere Verehrer werden zu wollen. Meine ersten Verehrer, fuhr es mir durch den Sinn.

In der Hoffnung, Napoleone kehre tatsächlich am Abend wieder, hatte ich mich hübsch gemacht, in einem Kleid aus lilafarbenem Musselin, das meinen Körper umschmeichelte. Meine Haare hatte ich locker zurückgekämmt und eine Perlenkette hindurchgewunden. Aber auch Julie hatte sich Mühe gegeben und war in ihrem blassgrünen Kleid schön anzusehen.

»Napoleone ist ein unangenehmer Mensch«, hatte sie gesagt, als wir uns ankleideten. »Da gebe ich Maman recht.«

Ich sah das anders, doch das behielt ich für mich. Was meine Mutter als griesgrämig bezeichnet hatte, fand ich reizvoll, und sein etwas unkultiviertes Benehmen erschien mir erfrischend und ein Ausdruck seiner Verachtung für leere Formalitäten.

Julie sprach weiter. »Joseph dagegen ist ausgesprochen reizend, findest du nicht?« Sie blickte mich von der Seite an, und ich wunderte mich. Es sah ihr nicht ähnlich, sich lobend über einen Mann zu äußern, sich vor dem Spiegel endlos hin und her zu drehen und mit ihrer Frisur unzufrieden zu sein. Meine Schwester war eine stolze, praktisch veranlagte Frau, die sich nie um die Aufmerksamkeit eines Mannes bemüht, nie jemanden ermuntert hatte. Dabei hatte es etliche Bewerber gegeben, immerhin würde sie eine ansehnliche Mitgift erhalten.

Nun lächelte sie kokett, und ihre Wangen hatten sich gerötet, was gewiss nicht an der lauen Abendluft lag, die von draußen hereinkam.

»Dürfen wir Ihnen etwas zu trinken anbieten?« Julie sprach Joseph an und legte den Kopf schief.

Wir durften und baten einen Bediensteten, Julie und mir Sherry und den beiden Herren Portwein zu bringen.

Napoleone nickte zum Dank, als ihm sein Glas gereicht wurde. Danach ließ er seinen scharfen Blick schweifen und schien mit seinen grünen Augen Details wahrzunehmen, die seinem Bruder entgingen.

Der Abend war so schön, dass wir die Türen zur Terrasse öffneten und die Geräusche der Natur zu uns drangen. Napoleone deutete mit seinem Glas nach draußen. »Sollen wir uns mit unseren Gläsern nicht hinausbegeben? Es ist die Bitte eines Soldaten, die Sie mir hoffentlich verzeihen werden. Doch an der frischen Luft fühle ich mich wohler als in einem Salon.«

»Ich dachte, wir könnten vielleicht musizieren.« Julie wies auf das Hammerklavier. Da sie regelmäßig übte, war ihr Spiel recht gut. Ich lächelte in mich hinein. Sie wollte einen gewissen älteren Bruder beeindrucken.

»Die Laute der Natur sorgen für eine schönere Begleitmusik als das, was wir Menschen hervorbringen können«, antwortete Napoleone.

Meine Schwester legte ihre Stirn in unwillige Falten. Ein wohlerzogener Herr hätte sich niemals gegen einen Vorschlag seiner Gastgeberin ausgesprochen.

Napoleone verstand ihren Gesichtsausdruck entweder nicht oder beschloss, darüber hinwegzugehen. Er stand auf. »Komm, Joseph.«

Als Joseph ihr seinen Arm reichte, glättete sich die Stirn meiner Schwester, und das Musizieren war vergessen.

Napoleone bot mir seinen Arm an. Ich unterdrückte mein freudiges Lächeln und hoffte, dass er das leise Zittern meines Körpers nicht bemerkte. »Die beiden passen gut zusammen«, sagte er und deutete mit dem Kopf zu Julie und Joseph hinüber, die zum anderen Ende des Gartens spazierten. »Ich habe meinem Bruder zu Ihrer Schwester geraten. Auf so etwas verstehe ich mich. Wahrscheinlich, weil ich ein ausgezeichnetes Gespür für die Natur eines Menschen besitze.«

Wieder war ich um eine Antwort verlegen, doch ich begutachtete ihn erneut und versuchte, es wieder so unauffällig wie möglich zu tun. Er hatte mandelförmige Augen, sein Teint besaß einen warmen, honigfarbenen Ton, den er sicherlich seiner korsischen Herkunft und einem Leben unter südlicher Sonne verdankte.

War Napoleone Buonaparte ein attraktiver Mann? Nicht im herkömmlichen Sinn, dazu war er zu klein und dünn, das Haar zu lang und ungepflegt, der Gesamteindruck zu unkultiviert. Offenbar legte er nur bei seiner Uniform Wert auf Makellosigkeit. Und doch war sein Gesicht so markant und ausdrucksvoll, dass ich wahrscheinlich nie müde würde, es zu betrachten.

In diesem Moment fiel mir auf, dass ich ihn zu lange angeschaut hatte, und ich richtete meinen Blick auf Julie. Sie schwebte an Josephs Seite durch den dunklen Garten, hatte ihm den Kopf zugeneigt und schien ihm zu lauschen.

»Sein gefälliges Wesen und ihre Ernsthaftigkeit ergänzen sich«, fuhr Napoleone fort. »Auch altersmäßig passen sie zusammen.« Er sah mich an. »Ich bin einige Jahre älter als Sie. Aber auch wir passen zusammen.«

Ich schlug die Augen nieder, doch mein Herz machte einen Satz. Napoleone führte mich von der Terrasse hinunter auf die Wiese, wo mir der berauschende Duft des Jasmins in die Nase stieg.

»Spielen Sie auch?«, fragte er.

»Wie bitte?«

»Klavier. Ihre Schwester hatte offenbar den Wunsch, ihre Künste vorzuführen. Hatten Sie das auch vor?«

»Nein. Ich … ich spiele nicht sehr gut.«

»Dann müssen Sie üben.«

Ich lachte unsicher. »Wahrscheinlich haben Sie recht.«

Wir folgten einem schmalen Pfad, der von niedrigen Sträuchern gesäumt wurde. »Mittelmäßigkeit ist kein wünschenswertes Ziel«, fuhr er fort. »Nicht, wenn man durch Üben besser oder sogar gut werden kann.«

*Ich male lieber*, hätte ich antworten können. Dabei konnte ich mit Papier, Kreide oder Wasserfarben ans Meer gehen und mich dort stundenlang von den Farben der Landschaft und meinem Gefühl inspirieren lassen. Ich wollte ihm gerade davon erzählen, doch er spann seinen Gedanken weiter. »Natürlich gibt es Dinge, bei denen nicht einmal die größte Mühe der Welt helfen könnte, aus Nichtvorhandenem etwas zu machen. Etwa dann, wenn es einem an Verstand fehlt. An Schönheit oder an Charakter. Obwohl, wenn man sich anstrengt, wird man selbst in solchen Fällen den Mangel ein wenig ausgleichen können.«

Er kehrte zum vorigen Thema zurück. »Joseph ist ein guter Mann.«

»Ja, er wirkt freundlich.«

»Er *ist* freundlich. Und entgegenkommend. Ihre Schwester könnte es nicht besser treffen. In unserer Kindheit wollte er Priester werden. Bis ihm klar wurde, wie hart es ihn ankäme, nicht zu heiraten. Nun möchte er Olivenbauer werden.«

Ich konnte mir nicht vorstellen, dass Joseph Buonaparte sich unter heißer Sonne um die Olivenbäume auf einem Stück Land kümmern würde. Nach meinem Eindruck gehörte er in die Stadt und unter Menschen, wo er mit Damen kokettieren und sich mit einflussreichen Männern anfreunden konnte.

»Er ist anders als ich, er möchte kein Soldat sein.«

Ich lauschte dem seidigen Klang seiner Stimme und genoss die Art und Weise, wie er mit seinem italienischen Akzent Wörter aussprach und das »r« wie Donner rollen ließ.

»Wie alt ist Ihr Bruder?«, fragte ich.

»Er ist ein Jahr älter als ich, doch das ist seit einer Weile nicht mehr von Bedeutung.«

»Ach.«

»Ich bin das Oberhaupt der Familie. Das hat meine Mutter am Sterbebett meines Vaters entschieden. Es wirkt sich auf Josephs und mein Verhältnis aus.«

»Wie alt waren Sie da?«

»Sechzehn.«

Sechzehn. So alt wie ich heute.

»Seinerzeit war ich auf der École Militaire in Paris und habe die zweijährige Ausbildung in einem Jahr absolviert. Mir war klar, dass ich für meine Familie sorgen musste. Nicht nur für meine Mutter, sondern auch für meine Geschwister. Einschließlich Joseph.«

»Haben Sie sich das von jeher gewünscht? Ein Leben als Soldat?« Ich bemerkte, wie eifrig ich das fragte. Doch ich wollte mehr über diesen faszinierenden Mann erfahren, dessen Ausstrahlung so viel größer war, als es seine zierliche Statur vermuten ließ.

»Für mich hat es nie etwas anderes gegeben«, erwiderte er. »Von Anfang an wusste ich, dass ich für die Schlacht geschaffen bin. Sogar meine Zeugung fand zwischen Kämpfen statt.«

»Oh.« Mir wurde bewusst, dass mein bloßer Arm an seinen gedrückt wurde, der jedoch vom Ärmel seiner Uniformjacke verhüllt wurde.

»Meine Eltern gehörten zu den Rebellen, die im Hochland von Korsika bis zum bitteren Ende gegen die französischen Streitmächte für die Unabhängigkeit unserer Insel kämpften. Als meine Geburt bevorstand, schaffte meine Mutter es gerade noch rechtzeitig zurück zu unserem Haus. Noch heute behauptet sie, dass sie mich gleich hinter der Eingangstür zur Welt gebracht hat.«

Ich war es nicht gewöhnt, dass jemand so offen über Zeugung und Geburt sprach, und war froh, dass die Dunkelheit mein Erröten verbarg.

»Ich war noch nie geduldig«, fügte er hinzu, und man hörte, dass er lächelte.

»Sie wurden also einem korsischen Rebellen geboren.«

»Nicht nur einem. Meine Mutter ist ebenso kämpferisch veranlagt, wie es mein Vater war.«

»Zwei korsischen Rebellen also. Aber nun sind Sie in Frankreich.«

»Ja, nach einer Weile hatte mein Vater sich mit der französischen Verwaltung der Insel arrangiert und wurde wieder als Anwalt tätig. Doch ich hatte seit jeher den Wunsch, mich im Kampf hervorzutun. Als Junge habe ich die Geschichten über Julius Cäsar, Alexander den Großen und Hannibal verschlungen.«

Es waren die Namen früherer Kriegsherren, so viel war mir bekannt, obwohl ich nicht hätte sagen können, wo und wann diese Männer sich ausgezeichnet hatten.

»Eines Tages wird man meinen Namen im gleichen Atemzug mit den ihren nennen.«

Ich lachte, weil ich dachte, er hätte gescherzt, doch ich musste mich geirrt haben. Als Napoleone weitersprach, war seiner Stimme keine Belustigung zu entnehmen. »Allerdings werde ich mich, anders als Julius Cäsar und Alexander, nicht hinter meinen Männern verschanzen. Ich werde sie von vorn führen, werde mich ebenso wie sie dem gegnerischen Feuer stellen.«

»Das klingt gefährlich.« Ich hatte Julie aus den Augen verloren, doch das war mir nur recht. Im Übrigen schien auch ihr nicht daran gelegen, als Anstandsdame in meiner Nähe zu bleiben.

»Sicher ist es gefährlich, aber das Glück ist mit den Mutigen. Ich werde mir meinen Ruhm nicht verdienen, indem ich meine Leute vorschicke und selbst in Sicherheit bleibe. Bei der Schlacht um Toulon hat mir ein englischer Unteroffizier beim Sturm auf die Stadt eine Lanze ins Knie gestoßen.«

Erschrocken warf ich einen Blick auf seine Beine, aber er zog keines nach.

»Hat mich das vom Kampf abgehalten? Nein. Ich habe den Mann getötet und anschließend Brandgranaten und glühende Kanonenkugeln auf die englischen Schiffe im Hafen abgefeuert.«

Bei der Vorstellung befiel mich eine leichte Übelkeit, dennoch fand ich seinen Bericht aufregend. »Aber wie … wie konnten Sie mit einer Beinwunde weiterkämpfen?«

Napoleone überlegte einen Moment, bevor er antwortete: »Ich besitze außergewöhnliche geistige Fähigkeiten.«

Diesmal war ich mir sicher, dass er es scherzhaft gemeint hatte, eine solche Prahlerei war einfach zu viel. »Das meine ich ernst«, fuhr er fort, als hätte er meine Gedanken erraten. »Es war von jeher so. Stellen Sie sich die Schubladen einer Kommode vor, von denen jede ein Problem enthält. Ich öffne eine, widme mich dem Problem darin und lasse mich von nichts und niemandem ablenken. Wenn es gelöst ist, schließe ich die Schublade, öffne die nächste und verfahre nach dem gleichen Prinzip. Auf die Weise konnte ich die Wunde an meinem Bein vergessen und mich wieder dem Angriff zuwenden.«

Wir erreichten den Brunnen unseres Gartens und blieben stehen. Die Fontänen plätscherten leise und schimmerten im Mondlicht. Napoleones Gesicht blieb halb im Dunkeln. Als er sich mir zuwandte, lag ein Glanz in seinen Augen. »Dank dieser Fähigkeiten weiß ich stets, was ich zu tun habe, und führe es aus.«

Ich war mir nicht sicher, ob er noch von seinen soldatischen Qualitäten oder von etwas anderem sprach.

»Demzufolge kann ich mich auf das Gespräch mit Ihnen konzentrieren, obwohl ich bis zu meinem Aufbruch hierher eine große militärische Operation geplant habe.«

»Interessant.« Ich versuchte, mit seinen Gedankengängen mitzuhalten, hatte jedoch das Gefühl, hoffnungslos auf der Strecke zu bleiben.

»Deshalb war ich heute Morgen so in Eile, zum Rathaus zu gelangen. Ich habe dem Wohlfahrtsausschuss eine Invasion des Piemont vorgeschlagen, anschließend den Angriff auf Österreich. Das ist durchaus möglich und würde Frankreichs Ruhm vergrößern. Nun warte ich auf die Antwort aus Paris.«

Ich staunte, denn ich kannte niemanden, der derartige Angriffspläne entwarf und darüber mit denjenigen diskutierte, die in Frankreich das Sagen hatten. »Doch solange ich nichts höre, bleibe ich in Marseille. Ich werde Ihnen den Hof machen, Désirée Clary.«

Ich sollte rasch lernen, dass Napoleone Buonaparte weder Bitten äußerte noch um Erlaubnis bat. Vielmehr verkündete er eine Absicht und setzte sie um.

Wünschte ich, dass er mir den Hof machte? Ja, das tat ich. Aber spielte mein Wunsch überhaupt eine Rolle? Wahrscheinlich nicht. Ebenso wie alle Menschen, die ihm begegneten, sollte ich erfahren, dass er wusste, wie man seinen Willen durchsetzte, und Widerstand ihn nur noch entschlossener machte.

»Sie fragen sich, warum ich mich für Sie entschieden habe«, sagte er mit einem Blick so durchdringend, dass ich sicher war, er schaute bis hinter meine Stirn und erkannte den Wirrwarr meiner Gedanken.

Ich nickte.

»Sie sind ein guter Mensch, Désirée. Sie sind aufrichtig und rein. Können Sie sich vorstellen, wie erfrischend so etwas für einen Soldaten ist? Wie selten das in unserer Zeit des Aufbegehrens und der Uneinigkeit zu finden ist? Sie sind so vieles, was ich nicht bin. Ich kenne mich und weiß, was ich brauche. Ich brauche jemanden wie Sie.«

Er nahm meine Hand, lächelte, und in seinem Blick glaubte ich Zuneigung zu erkennen. Mit seiner und meiner Hand deutete er in die Höhe.

Ich folgte dieser Geste mit den Augen und schaute in den sternenbedeckten Himmel.

Wie auf Befehl – als gehorchte selbst der Himmel Napoleone Buonaparte, dem korsischen Emigranten, Knabengeneral der französischen Armee und Planer von Schlachten – huschte eine Sternschnuppe durch die Dunkelheit.

Napoleone neigte sich zu mir. »Haben Sie das gesehen?«, flüsterte er, und ich spürte, wie sein Atem über meinen Hals strich.

»Wie eine fliegende Flamme, die eine Leuchtspur hinterlässt. Ich bin weder ein Romantiker noch so unterhaltsam wie mein Bruder. Ich werde Ihnen keine Gedichte schreiben oder Sie mit süßen Worten umwerben. Aber wenn Sie mir folgen, Désirée, werden Sie mit mir wie diese Flamme durch die Lüfte fliegen.«

# Kapitel 5

*Marseille, 1794*

»Heiraten?«, fragte ich ungläubig. Ich kannte niemanden, der weniger impulsiv als meine Schwester war, was ihre Nachricht umso schockierender machte.

»Ja«, antwortete Julie fest. »Ich habe eingewilligt, Joseph Buonaparte zu heiraten.«

»Weiß das Maman?«

»Natürlich weiß sie es.« Julie wandte sich wieder dem Spiegel zu.

Ich war gekränkt. Wie konnten Julie und Maman über etwas so Wichtiges diskutiert oder es vielleicht sogar geplant haben, ohne auch mit mir darüber zu sprechen?

Julie gähnte. »Ich bin müde.« Sie bürstete ihr langes Haar.

An diesem Abend waren wir mit den Brüdern Buonaparte im Theater gewesen, hatten sie gerade erst verabschiedet und machten uns nun zur Nacht fertig.

»Ist Nicolas damit einverstanden?«

»Sicher.«

»Aber was halten Maman und er davon?« Sahen sie nicht, wie überstürzt diese Entscheidung war?

»Sie freuen sich.« Julie legte ihre Bürste mit dem Elfenbeingriff ab. »Maman findet es ratsam, in dieser Zeit mit einem

Buonaparte liiert zu sein, und sie schätzt Joseph, wie du weißt. Mehr als … nun ja.«

Ich wusste, was meine Schwester hatte sagen wollen. *Mehr als Napoleone*. Verärgert streifte ich mein aufgeschnürtes Korsett ab und zog das leichte Gewand für die Nacht über.

»Na komm, Désirée«, ermahnte Julie mich sanft. »Freust du dich denn nicht für mich? Ihr hattet doch immer Angst, mich würde niemand heiraten.«

»Ich nicht«, antwortete ich kühl. Genauer gesagt, hatte ich mir darüber bisher nie den Kopf zerbrochen, mir weder gesagt, Julie würde uns eines Tages verlassen, noch mir überhaupt vorgestellt, zwischen uns könnte sich jemals etwas ändern. Julie war meine Schwester und ein so fester Bestandteil meines Lebens wie der Aufgang und Untergang der Sonne. Nie gab es eine Stunde, in der ich sie nicht in meiner Nähe wusste.

Julie sah mir meine Verwirrung an, kam zu mir und schloss mich in die Arme. »Mach dir keine Sorgen, Désirée, ich werde immer deine Schwester bleiben, und in unserem Haus wird es stets einen Platz für dich geben.«

*In unserem Haus?* Waren sie und Joseph schon zu einem »wir« geworden? Und ich war nur noch der Gast, der sie besuchen durfte? Ich schluckte meine Tränen hinunter. Ich würde nicht weinen. Nicht, wenn alles schon geregelt war und ich behandelt wurde, als wäre ich ein dummes Kind, mit dem man nachsichtig verfahren musste. Ich würde ebenso praktisch und reif wie Julie sein. Ich löste mich von ihr. »Wann heiratest du?«

»Bald. Joseph und Napoleone warten noch immer auf den Bescheid des Wohlfahrtsausschusses. Sollte Napoleone zur Besprechung seiner Pläne nach Paris gerufen werden, geht Joseph mit ihm. Und falls Napoleone in der Armee weiter aufsteigt, steht Joseph womöglich eine Laufbahn in der Regierung offen. Er hofft auf den diplomatischen Dienst. Aber ich kann ihn nur begleiten, wenn wir verheiratet sind.«

Ich tat mein Bestes, all diese Informationen aufzunehmen, doch Julie hatte meine Frage nicht richtig beantwortet. »Also wann genau?«

»Im Juli.«

»Aber … das ist in einem Monat. Wie kannst du denn jemanden heiraten, den du gerade erst kennengelernt hast?«

Julie seufzte und zwang sich sichtlich zur Geduld, wahrscheinlich, weil sie Mitleid mit mir hatte. Auch das nahm ich ihr übel.

»Es ist so das Beste, Désirée.«

»Ach«, antwortete ich giftig. »Du findest also, es ist das Beste, uns zu verlassen?«

»Du weißt selbst, wie unser Leben ist. Wie Maman immerzu klagt und sich ängstigt. Meine Heirat könnte Abhilfe schaffen. Könnte uns allen nützen. Joseph hat die richtigen Beziehungen, jedoch kein Vermögen. Wir sind wohlhabend, aber ohne Schutz. Wenn er und ich uns miteinander verbinden, heben wir die jeweiligen Nachteile auf und haben nur noch Vorteile.«

Ich setzte mich auf die Bettkante und ließ mir ihre Worte durch den Kopf gehen. Julie gesellte sich zu mir, und wir sanken in die dicke Zudecke und die weiche Matratze ein.

»Ich bin nicht so schön wie du«, sagte Julie leise. »Auch nicht mehr ganz jung. Auf einen besseren Mann als Joseph kann ich nicht hoffen. Er ist freundlich und wird gut zu mir sein. Zu unserer ganzen Familie.«

»Ja, aber warum muss es so bald sein? Warum kannst du nicht noch für einige Jahre warten?« *Bis auch ich verheiratet bin*, fügte ich in Gedanken hinzu.

»Oh, Désirée.« Meine Schwester tätschelte meine Hand. »Du weißt noch nichts über das Verhältnis von Männern und Frauen. Es gibt gewisse Dinge, die … eine Dame … nicht tun kann. Jedenfalls nicht, solange sie nicht verheiratet ist.«

Unser Garten war kaum wiederzuerkennen. Mit der verschwenderischen Pracht der Rosen, deren Duft die Luft tränkte, und mit zahllosen Kerzen hatte meine Mutter ein kleines Paradies geschaffen. Auch Joseph hatte üppige Blumenbuketts bringen lassen, die gemeinsam mit Ranken aus Hibiskus und Geißblatt die großen Banketttische schmückten, die wir draußen aufgestellt hatten.

Nicolas hatte tief in die Tasche gegriffen und für den Wein und das Hochzeitsmahl gesorgt. Als die Abenddämmerung einsetzte, mischten sich in die Blumendüfte die Aromen von geröstetem Lamm und Schwein, von Safranreis, gedünsteten Aprikosen und gebratenen Fischen, die auf großen Platten serviert wurden.

Es war ein warmer Abend, an dem sich nur ein leises Lüftchen regte. Die Geräusche, die wir an anderen Tagen hörten – die Möwenschreie, das Tuten der Schiffe im Hafen –, gingen in den Stücken des Musikquartetts unter, das meine Mutter engagiert hatte.

Nicolas, der einige seiner wichtigsten Kunden eingeladen

hatte, blickte sich zufrieden um. Meine Mutter, in mitternachtsblauem Seidengewand, überwachte die Dienstboten und nahm die Hochzeitsgäste in Empfang. Den ganzen Tag lang war sie das reinste Nervenbündel gewesen, doch nun, als der Erfolg des Festes schon abzusehen war, strahlte sie.

An diesem Abend lernte ich auch den Rest der Familie Buonaparte kennen. Sie trafen alle kurz vor Beginn des Festmahls ein, zuerst die jüngeren Brüder von Joseph und Napoleone: Lucien, Louis und Jérôme. Alle hatten sie dunkles Haar und sprachen mit italienischem Akzent. Allerdings blieben sie unter sich oder unterhielten sich mit ihren Schwestern Pauline, Caroline und Elisa, die ihnen gefolgt waren.

Inmitten dieser Schar befand sich die Mutter, Letizia, eine Frau, die in jungen Jahren sicherlich schön gewesen war, nun jedoch scharfe Gesichtszüge bekommen hatte, die von einem harten Leben unter der unbarmherzigen Sonne Korsikas sprachen. Sie bedankte sich bei meiner Mutter dafür, dass wir das Fest ausrichteten, doch im Übrigen war sie recht schweigsam. Als ich sie begrüßte, lächelte sie nicht. Sie hatte eine Adlernase, ebenso wie Napoleone, so dass ich mir auch sie gut im alten Rom vorstellen konnte.

»Es ist mir eine Ehre, Sie kennenzulernen, Madame Buonaparte«, sagte ich und knickste vor ihr.

Sie musterte mich so prüfend, wie ich es von Napoleone kannte. Ich wusste nicht, was er ihr über mich erzählt hatte, ob überhaupt etwas, doch wenn, behielt sie es für sich. Nachdem sie meine Begrüßung erwidert hatte, wandte sie sich ihrer am nächsten stehenden Tochter zu und verlangte ein Glas Wein. Ich fand sie einschüchternd.

Seitdem die Kirche entmachtet worden war, waren auch kirchliche Trauungen nicht mehr erlaubt, nur noch kurze, staatliche Zeremonien im Rathaus. Die Trauung von Joseph und Julie hatte direkt vor dem Hochzeitsfest stattgefunden. Nicolas und Napoleone hatten als Trauzeugen fungiert. Meine Aufgabe war es, Julie während des Fests zur Seite zu stehen, falls sie mich brauchte.

Der Tanzabend wurde auf die nun einzig denkbare Weise eröffnet, nämlich indem die Musiker laut und schmissig die Marseillaise spielten, die Nationalhymne unserer neuen Republik. Revolutionäre Soldaten aus Marseille hatten das Lied im Jahr 1792 beim Einzug in Paris, kurz vor dem Sturm auf die Tuilerien, gesungen. Wir sangen es ebenfalls und drückten eine Hand auf unser Herz.

Das Lied war kaum verklungen, als jemand auf meine Schulter tippte. Ich wandte mich um, doch ich wusste bereits, wer hinter mir stand. Ich war Napoleone seit seiner Ankunft mit dem Blick gefolgt, hatte beobachtet, wie er mit seiner Schwester Pauline lachte und wie er seine Mutter umsorgte, ihr den Fisch anreichte, den Zitronenkuchen, ihr Wein nachschenkte. Es hatte mir gefallen, wie er mit den Frauen umging, die er liebte. Natürlich war ich auch eifersüchtig gewesen, doch dieser Schmerz war rasch wieder vergangen.

»Darf ich?« Napoleone reichte mir seine Hand und führte mich auf die Tanzfläche, wo die Musikanten zu einem Menuett aufspielten. Wie ich feststellte, tanzte Napoleone mit präzisen, sicheren Schritten, wenn auch nicht sehr elegant.

Trotz der Musik und des Stimmengewirrs der Gäste hörten wir Joseph lachen. »Er ist glücklich«, sagte Napoleone.

»Julie auch«, entgegnete ich. Sie war es tatsächlich, und ich freute mich für sie. Dennoch spürte ich eine leise Wehmut, wenn ich daran dachte, dass meine Schwester uns an diesem Abend verlassen würde. Zwar hatten sie und Joseph nicht weit von uns entfernt eine Wohnung gemietet, aber Julie wäre eben nicht mehr bei mir, würde sich nicht mehr ein Zimmer mit mir teilen.

»Meine Mutter mag Sie«, sagte Napoleone.

Ich vergaß den Verlust meiner Schwester und spähte unauffällig zu Letizia Buonaparte hinüber, die mit missmutigem Gesicht zwischen ihren Töchtern saß. Zwei ihrer Söhne standen wie Wachposten hinter ihr.

»Wirklich?«, fragte ich.

»Sie findet, Sie seien ein liebes Mädchen. Aus einer anständigen Familie.«

Ich nahm an, das war etwas Gutes.

»Bei unserer Hochzeit werden meine Männer vor dem Fest einhunderteins Salutschüsse abgeben.«

Ich glaubte, wenn er mich nicht gehalten und durch die nächsten Schritte geführt hätte, wäre ich umgesunken. *Bei unserer Hochzeit?* Er hatte doch noch gar nicht um meine Hand gebeten.

»Wie klingt das?«, fragte er.

Ich schüttelte den Kopf.

»Was bedeutet das Kopfschütteln?« Für einen Moment schien seine Selbstsicherheit ins Wanken zu geraten.

»Ich möchte bei meiner Trauung etwas anderes.«

»Aha?« Napoleone runzelte die Stirn. »Und das wäre?«

Ich straffte meine Schultern und befahl mir, nicht klein beizugeben. »Ich habe gehört, dass es in Paris eine neue Erfindung gibt. Ballons, die mit heißer Luft gefüllt werden und fliegen können.«

»Sie meinen die Montgolfière. Die habe ich schon einmal gesehen.«

»Und, flog sie?«

»Ja. Und wenn Sie auf unserer Hochzeit durch die Lüfte segeln möchten, dann tun wir das.«

Mein Herzschlag beschleunigte sich. Wieder war das Wort »Hochzeit« gefallen. Wollte er mich wirklich heiraten?

»Aber noch ist es nicht so weit«, fuhr er in sachlichem Ton fort. »Zuerst muss der Wohlfahrtsausschuss meinen Angriffsplan genehmigen, und in der darauffolgenden Schlacht muss ich siegreich sein. Ich möchte nicht, dass Sie mit sechzehn Jahren schon Witwe werden.«

Auch in dem Punkt fragte Napoleone nicht nach meiner Meinung. Er hatte alles beschlossen und damit war die Sache für ihn erledigt.

Ich überlegte, ob ich Napoleone Buonaparte heiraten wollte. Was wünschte ich mir an dem Abend, als ich auf der Hochzeit meiner Schwester tanzte, die mir so nah wie kein anderer Mensch war? Ebenso wie viele Franzosen, die in Furcht und Schrecken lebten, wünschte ich mir das Ende des Terrors. Ich wünschte mir, dass alle, die ich liebte, diese Zeit heil überstanden.

Ich dachte an meine Familie und an mein Zuhause. Wünschte ich, beides zu verlassen? Eigentlich nicht. Aber wollte ich ohne Julie tagein, tagaus meiner Mutter ausgeliefert sein? Nein. Julie hatte davon gesprochen, dass sie und ihr Mann Napoleone nach Paris folgen würden. Sollte ich dann in Marseille zurückbleiben?

Ich sagte mir, dass mir ein außergewöhnlicher Mann die Möglichkeit bot, mit ihm fortzugehen. Ein Mann, der selbstbewusster und einflussreicher war als jeder andere, den ich kannte. Der mehr Wissen und Lebenserfahrung besaß, als ich jemals besitzen würde. Der Pläne machte und wusste, wie man sie verwirklichte. Der Julies Schwager war. Gerade als ich geglaubt hatte, ohne Julie zu leben, bedeute das Ende der Welt, hatte er mir einen Ausweg gezeigt. Und mein Herz hatte er bereits erobert.

Ich ließ meiner Phantasie freien Lauf, stellte mir vor, wie wir verheiratet wären. Ich würde mit Julie zusammen sein, in einer anderen Stadt ein neues Leben führen. Wir würden zwei Paare sein, die dank ihrer Verbundenheit stärker wären als nur ein Paar allein. Was konnte es Besseres geben?

# Kapitel 6

*Marseille, 1794*

Ich hatte gehofft, Julie nach ihrer Hochzeit so oft wie möglich zu sehen. Allerdings hatte ich nicht damit gerechnet, dass sie bereits am nächsten Morgen bei uns erschien, noch bevor ich fertig gefrühstückt hatte.

Meine Mutter und ich saßen auf der Terrasse. Noch ganz verschlafen trank ich Kaffee und spürte, wie bleiern meine Glieder nach der durchtanzten Nacht waren, wie träge mein Verstand war. Maman wirkte angesichts des gelungenen Festes triumphierend, doch auch ihr sah man an, dass sie noch Schlaf brauchte. Unser Garten machte ebenfalls einen mitgenommenen Eindruck. Und dann stand mit einem Mal Julie vor uns, mit rot geweinten Augen und bleichem Gesicht, an ihrer Seite ihr frischgebackener Ehemann.

»Julie!«, sagte meine Mutter. »Wolltet ihr heute Morgen nicht nach Nizza fahren?« Sie wechselte einen besorgten Blick mit mir. Konnte Julies Hochzeitsnacht so furchtbar gewesen sein, dass sie zu uns zurückkehren wollte – oder ihr Mann sie zurückbrachte?

Meine Schwester drückte ein Taschentuch auf ihren Mund und sah mich an.

»Was ist passiert?«, fragte Maman.

»Es geht um Napoleone«, antwortete Joseph mit belegter Stimme und griff nach der Hand meiner Schwester.

»Was … was ist mit ihm?« Ich stellte meine Kaffeeschale ab und stand langsam auf.

»Er wurde denunziert«, antwortete Julie.

»Denunziert?«, wiederholte meine Mutter erschrocken. Einer Denunziation folgte für gewöhnlich die Guillotine oder zumindest das Gefängnis. »Ich denke, er steht Robespierre nahe.«

»Das ist das Problem«, erwiderte Joseph. »Zurzeit geht etwas sehr Großes vonstatten. Mein Bruder ist nicht als Einziger in Gefahr.«

Meine Mutter wurde blass, ich vermutlich auch. Bestürzt erinnerte ich mich daran, dass ich noch vor wenigen Stunden mit Napoleone getanzt und über unsere Hochzeit gesprochen hatte.

Joseph fuhr sich nervös mit den Fingern durch sein Haar, und mir schoss in den Sinn, dass ein Mann nach der Hochzeitsnacht eigentlich glücklich aussehen sollte. »Ich würde ja in die Stadt gehen, um mehr zu erfahren, doch ich fürchte mich vor dem Mob. Aus Paris kam die Nachricht, dass man Robespierre … enthauptet hat.«

Meine Mutter stöhnte. Ich ließ mich auf meinen Stuhl fallen und versuchte, mir einen Reim auf Josephs Worte zu machen. Robespierre, der über uns herrschte, der den Tod zahlloser Menschen angeordnet hatte, einschließlich unseres Königs und unserer Königin, sollte selbst hingerichtet worden sein? Wie wahnsinnig wollte dieses Land denn noch werden, und wer würde übrig bleiben, wenn die gierige Schlange der Revolution nun anfing, sich vom Kopf an selbst zu verzehren?

»Und nicht nur ihn, sondern auch seinen Bruder. Danton

und Desmoulins wurden ja schon im April getötet, nun soll die beiden Robespierres und Saint-Just das gleiche Schicksal ereilt haben.«

Die Namen waren uns allen wohlbekannt, es waren die radikalen Revolutionäre, die mit eisernem Willen die Macht an sich gerissen hatten und sich in ihrem sogenannten Wohlfahrtsausschuss für die gnadenlose Politik der Massenhinrichtungen eingesetzt hatten.

»Im Wohlfahrtsausschuss denunziert und verurteilt nun einer den anderen, jeder bangt um sein Leben. Und Napoleone war mit den Robespierres befreundet, insbesondere mit Augustin.«

»Wo ist Ihr Bruder?«, fragte ich. »Hier im Château d'If?«

»Ich wünschte, er wäre so nah, aber er wurde nach Antibes gebracht. Ins Fort Carré. Kennen Sie die Festung?«

Ich schüttelte den Kopf.

»Man hat seine Schriften beschlagnahmt«, fuhr Joseph fort. »Pamphlete, in denen er sich für die Jakobiner und die Revolution ausspricht. Aber nun heißt es, er habe sie zur Unterstützung Robespierres verfasst.«

»Und was wird nun aus uns?«, fragte meine Mutter. Ihr Gefühl des Triumphes war erneut in Panik umgeschlagen. Die Verbindung zu den Buonapartes war nicht mehr hilfreich, sondern gefährlich geworden.

»Wir warten ab«, antwortete Joseph. »Mehr können wir nicht tun. Paul Barras, der im Wohlfahrtsausschuss großen Einfluss besitzt und angeblich hinter dem Sturz Robespierres steht, ist ein vergleichsweise moderater Mann. Möglicherweise wird er bei meinem Bruder Nachsicht üben.«

Julie setzte sich zu mir und nahm meine Hand. »Davon müssen wir ausgehen. Seit der Rückgewinnung von Toulon ist Napoleone ein Kriegsheld. Er hat sich nie eines Verbrechens gegen Frankreich schuldig gemacht. Im Gegenteil.«

Joseph seufzte. »Wir wissen alle, dass selbst Kriegshelden und Unschuldige nicht vom Fallbeil verschont geblieben sind.« Er sah mich an und zwang sich offenbar, eine zuversichtliche Miene aufzusetzen. »Nur Mut, Désirée. Mein Bruder wird von seinen Männern geliebt. Sie würden die Gefängnismauern stürmen und ihn befreien, bevor sie zuließen, dass man ihn auf einem Karren zur Guillotine schafft. Solange seine Soldaten frei sind, gibt es keinen Grund zu verzagen.«

Trotz Josephs Ermutigung zog meine Mutter sich nach dem Besuch in ihr Schlafzimmer zurück. »Wir sind am Ende«, sagte sie zu mir. »Genau wie ich befürchtet habe. Es war närrisch zu glauben, wir könnten uns durch eine vorteilhafte Eheschließung schützen. Stattdessen wird man uns nun mit einer Familie in Verbindung bringen, die an oberster Stelle in Ungnade gefallen ist.«

In der nachfolgenden Zeit wurde es für mich zunehmend schwieriger, allein mit meiner Mutter zusammenzuleben. Dann und wann flüchtete ich zu Julie, doch auch dort war die Stimmung bedrückt. Immerzu rang Julie ihre Hände und hatte Angst, ihr Mann würde als Nächster verhaftet werden. Nicolas wiederum hatte sich ein eigenes Haus am Hafen zugelegt – wahrscheinlich wollte auch er den ewigen Klagen meiner Mutter entrinnen – und war zu beschäftigt, um sich mit mir abzugeben. Ich sah ihn höchstens, wenn er sonntags einmal zum Essen kam.

Schließlich machte ich es mir zur Gewohnheit, am Morgen oder Nachmittag an unserer zerklüfteten Felsküste entlangzulaufen. Doch währenddessen wurde ich von innerer Unruhe getrieben, wie eine Frau, die auf den Mann wartet, der zum Fischfang hinaus aufs Meer gefahren ist.

Napoleone war stets in meinen Gedanken, und nachts ließ mich meine Sorge um ihn nicht schlafen. Wenn mich doch nur eine Nachricht von ihm erreichen würde, die mir sagte, wie es ihm ging, oder ich ihn besuchen könnte oder die Möglichkeit hätte, ihm zu schreiben. Doch wir erlebten erneut eine Zeit des Umsturzes, und Gefangenen waren keinerlei Kontakte mit der Außenwelt erlaubt.

Wenn ich eine Aufgabe suchte, um meine rastlosen Hände zu beschäftigen, begann ich zu malen. Meistens setzte ich mich ans Meer und zeichnete die Küste in Kreide, immer in der Hoffnung, jemand käme, um mir zu sagen, Napoleone sei frei.

Wie hatte alles so plötzlich und unerwartet auseinanderbrechen können? Noch vor Tagen hatte mich Seligkeit erfüllt, ich hatte zum ersten Mal die Süße der Liebe gekostet und mir ausgemalt, bald verheiratet zu sein. In Sicherheit. Und *glücklich*. Napoleone hatte so bestimmt von unserer Hochzeit gesprochen, von hunderteins Salutschüssen oder einer Ballonfahrt. Und ich hatte ihm geglaubt. Wie hätte ich jemandem wie ihm auch nicht glauben können?

Und nun war mir alles genommen worden. Der Mann, den ich liebte, war in Machtkämpfe verstrickt, die so viel größer waren als wir. Er saß in einer dunklen, mittelalterlichen Festung, und nichts war mehr gewiss. Nicht einmal mehr sein Überleben.

Auf diese Weise verstrichen die Tage. An einem Abend Ende August saß ich in unserem Garten und schaute in die Sterne, die über mir am Himmel standen. Meine Mutter hatte sich bereits zurückgezogen. Ich war aufgeblieben, weil ich ohnehin nicht schlafen würde.

Aus dem Augenwinkel nahm ich am anderen Ende des Gartens eine Bewegung wahr und verkrampfte furchtsam. Als ich genauer hinschaute, entdeckte ich eine behände, schmale Gestalt, die über das Tor in der Gartenmauer kletterte und in unseren Garten sprang. Es war ein Mann. Ich glaubte, die Messingknöpfe einer Uniformjacke aufscheinen zu sehen. Ich regte mich nicht. Konnte es Napoleone sein?

Schließlich winkte der Mann mich ungeduldig zu sich. Ich stand auf, meine Sinne bis aufs Äußerste geschärft. Zögernd trat ich näher. »Napoleone?«

Er legte einen Finger auf seine Lippen und blickte zu dem Fenster hinauf, aus dem schwacher Kerzenschein fiel.

»Meine Mutter ist zu Bett gegangen.«

»Und Ihr Bruder?«

»Nicolas hat ein Haus gekauft und ist ausgezogen.«

»Ich möchte Sie zu einem Ausflug einladen«, flüsterte er und streckte seine Hand aus.

Ich nahm seine Hand, schloss das Gartentor auf und verschwand mit ihm, ohne mich noch einmal umzudrehen oder meiner Mutter zu sagen, dass ich aus dem Haus gehen würde. Ich hatte selbst entschieden.

In der dunklen Gasse hinter unserem Garten wartete eine kleine Kutsche. Napoleone hielt mir die Tür offen. Ich raffte meine Röcke und stieg ein. Napoleone kam mir nach, wir ließen uns auf der schmalen Bank nieder.

Als das Gefährt sich in Bewegung setzte, klammerte ich mich an ihn. »Ihnen ist nichts geschehen«, flüsterte ich unendlich erleichtert und schmiegte meinen Kopf an seine Brust. Er hatte mich noch nie geküsst, doch ich hob ihm mein Gesicht entgegen und schloss erwartungsvoll die Augen. »Ich bin so froh, Sie wiederzusehen.«

Er tätschelte meinen Rücken, was angesichts meines Gefühlsüberschwangs eine recht verhaltene Geste war. Als sein Kuss ausblieb, presste ich mein Gesicht an seine Uniformjacke, atmete ihren Geruch ein und tröstete mich damit, dass er nach unserer qualvollen Trennung unversehrt zurückgekehrt war.

»Mein liebes Mädchen«, sagte er so beschwichtigend, als spräche er mit einem Kind. Er hielt mich von sich ab und sah mir in die Augen. Erst jetzt stellte ich fest, wie erschöpft er wirkte, die Augenlider schwer, das Haar noch ungepflegter als sonst. Auch hatte er an Gewicht verloren, seine Wangenknochen und sein Kinn sprangen schärfer hervor als früher, sein ganzer Körper machte einen geschrumpften Eindruck. Doch in seinen Augen glühte ein Feuer, noch stärker, als ich es bisher bei ihm gesehen hatte.

Ich spürte, wie ihm mein ganzer Körper entgegenstrebte, wie eine Flut, die der Anziehungskraft des Mondes gehorcht.

»Wohin fahren wir?« Durch mein Seitenfenster erkannte ich, dass die Kutsche am Wasser entlangrollte. Doch eigentlich war mir unser Ziel ganz gleich. Ich war einfach nur froh, bei ihm zu sein.

»Das wird eine Überraschung.«

Ich legte meinen Kopf an seine Schulter. »Ich weiß nicht, ob ich heute Abend eine weitere Überraschung verkrafte.«

»Sie wird Ihnen gefallen.«

Wir verließen die Küstenstraße und bogen in eine Gasse ein, die hügelaufwärts führte.

»Jetzt müssen Sie die Augen schließen.«

Ich zog die Brauen hoch. »Muss ich das?«

»Ja.« Napoleone nahm seine Schärpe ab und verband mir die Augen. »Nur um sicherzugehen.«

»Napoleone Buonaparte, kann es sein, dass das Gefängnis aus Ihnen einen Romantiker gemacht hat?«

»Nicht das Gefängnis. Sie, Désirée Clary, haben es getan.«

Bei diesen Worten schwoll mein Herz so sehr, dass ich mit ihm überallhin gefahren wäre. »Ich hoffe, der Kutscher weiß wenigstens, wohin wir unterwegs sind.«

»Natürlich. Ein guter Offizier weiht seine Gefolgsleute in seine Pläne ein.«

»Und welche Rolle spiele ich in diesem Plan?«

»Sie sind meine Kriegsbeute.«

Sein Atem hatte meine Wange gekitzelt, und ich wäre am liebsten noch ewig mit ihm gefahren. Am Hufschlag der Pferde und der Neigung der Kutsche erkannte ich, dass es noch immer bergauf ging. Seit ich die Augenbinde trug, hatten es andere Sinne übernommen, mir bei der Orientierung zu helfen. Ich nahm den salzigen Geruch der warmen Nachtluft ebenso überdeutlich wahr wie das Klappern der Pferdehufe.

Schließlich hielten wir an. Napoleone legte eine Hand auf meinen Arm. »Ich helfe Ihnen hinaus.«

»Darf ich die Schärpe abnehmen?«

»Noch nicht.« Er vergewisserte sich, dass sie noch richtig saß.

Nur von seiner Hand geführt, verließ ich die Kutsche. Als ich festen Boden unter den Füßen spürte, lehnte ich mich an Napoleone. Wir machten ein paar Schritte. Der Wind hatte aufgefrischt. Er blies mir ins Gesicht, zerrte an meinen Röcken und fuhr mir ins Haar. Irgendwo in der Ferne schlugen Wellen gegen Felsen.

»*Et voilà*.« Napoleone nahm meine Augenbinde ab.

Ich öffnete die Augen. Über mir war die samtige Weite des Himmels, an dem die Sterne wie Brillanten glitzerten, tief unter uns erstreckte sich das Meer. Ich kannte den Hügel, auf dem wir waren. Es war der Hügel La Garde. »Da ist la Bonne Mère!«

»Wie bitte?«

Ich deutete auf die Marienkirche, die wie aus Felsen gewachsen auf dem Hügel thronte. »Notre-Dame de la Garde. Früher hieß es, dass die Kirche über Marseille wacht. Wir nennen sie die gute Mutter.« Sie hatte als kleine Marienkapelle begonnen. Als die Kuppe des Hügels La Garde von König François I. zu einer militärischen Festung ausgebaut wurde, war sie für zivile Gläubige nur noch über eine Zugbrücke zu erreichen. Vor der Revolution waren Pilger aus ganz Frankreich hierhergekommen und unter der heißen Augustsonne den Hügel hinaufgestiegen, um Mariä Himmelfahrt zu feiern. Ich entsann mich selbst noch sehr gut der Festgottesdienste, an denen ich als Kind mit meiner Familie teilgenommen hatte. Nun war es nur noch eine Erinnerung, an der die Zeit wie die Wellen an unserer Felsküste nagte.

»Ich sollte wohl sagen, wir *nannten* sie so«, fuhr ich fort. »Bis dann die … bis zur Revolution.« Die Aufständischen waren mit Piken und Heugabeln bewaffnet in die Kirche eingedrungen. Die Priester wurden verhaftet, die Silberstatue der Heiligen Jungfrau wurde geraubt und, wie wir erfuhren, später eingeschmolzen. Der Jesusfigur am Kreuz setzten sie die rote Jakobinermütze auf und hefteten eine Kokarde daran, wie sie es auch bei König Louis getan hatten.

»Aus den Glocken wurden Gewehrkugeln gemacht«, sagte Napoleone.

Das war uns in Marseille nur zu bekannt. Das Läuten der Glocken war nun von dem Geräusch des fallenden Beils ersetzt worden und von dem Johlen der Menge, die sich auf La Place versammelte, um zuzusehen, wie Menschen der Kopf abgeschlagen wurde.

»Aber der Glockenturm steht noch«, fügte Napoleone hinzu. »Er ist der höchste Punkt der Stadt.«

»Kommen Sie.« Er fasste meinen Arm und zog mich mit sich.

»Wohin?«

»Hinauf.«

»Sie meinen – Sie wollen mit mir den Glockenturm hinaufsteigen?

»Waren Sie dort schon einmal?«

»Nein.«

»Von dort hat man die beste Aussicht von ganz Südfrankreich. Oder gar von ganz Frankreich.«

»Aber … aber wie sollen wir in die Kirche hineinkommen?«

Er deutete ein Lächeln an und holte einen großen, angelaufenen Messingschlüssel aus der Tasche seiner Uniform. »Habe ich nicht gesagt, dass ein Offizier zu planen versteht?« Er nahm meine Hand und schloss die Pforte auf.

In der Kirche war es dunkel und kühl. Ich schnupperte und glaubte, noch ganz schwach den Duft des Weihrauchs wahrzunehmen, der hier seit Jahrhunderten verströmt worden war. »Wie lange ich schon nicht mehr hier war«, flüsterte ich und hörte, wie meine Stimme von den Wänden zurückgeworfen wurde, die nun bar ihrer kostbaren Stoffbehänge waren. Als wir das Kirchenschiff durchquerten, klackten unsere Schuhe auf dem uralten Steinfußboden.

Die Nonnen und Priester, die die Kirche in Stand gehalten und unserer Gemeinde gedient hatten, waren inhaftiert oder ermordet, die Buntglasfenster eingeworfen worden. Als meine Augen sich an die Dunkelheit gewöhnt hatten, schauderte ich angesichts des kahlen Innenraums. Wir hatten kein Licht, doch das brauchte ich auch nicht, ich wusste, wo die Heiligenfiguren gestanden hatten und dass sie allesamt geraubt und auf Auktionen zu Geld gemacht worden waren.

Zu Beginn der Revolution waren hier auch Angehörige von König Louis gefangen gehalten worden, bevor man sie ebenfalls zur Guillotine verfrachtet hatte. Für die Revolutionäre dürften sie in dieser Kirche die wertloseste Ausbeute gewesen sein.

Im Glockenturm nahm Napoleone eine kleine Öllampe von einem Fenstersims und zündete sie an. Dann stieg er hinter mir eine schmale Wendeltreppe hinauf.

Es dauerte nicht lang, bis ich außer Atem war und spürte, wie mein Korsett auf meine Brust drückte. Als ich stehen blieb und um Luft rang, ließ Napoleone mich einen Moment lang verschnaufen, doch dann drängte er mich weiterzugehen. »Wir sind gleich da«, sagte er und war nicht einmal ansatzweise außer Atem. Sicherlich hatte ihn sein Kriegshandwerk gestählt.

Schließlich erreichten wir die Glockenstube. Keuchend trat ich an eines der kleinen Fenster.

»Der Ausblick war die Anstrengung wert, oder?«, fragte Napoleone.

Er hatte recht. Zu meinen Füßen wanden sich die Gassen hinunter zum Hafen, beleuchtet von Öllaternen, in den Tavernen und Kaffeehäusern schimmerten Lichter. Und dann erkannte ich auch den Umriss des Château d'If, das sich schwarz vor dem nachtblauen Himmel abhob.

Napoleone stand nun dicht neben mir. »Ist es nicht großartig?«, fragte er.

Ich nickte, doch seine Nähe lenkte mich von dem Anblick ab. Ob er mich nun endlich küssen würde?

»Elf Tage lang habe ich im Fort Carré gesessen und durch eine kleine Öffnung in der Mauer auf das Meer hinausgeschaut.« Er fuhr mit der Hand über meinen Rücken. Es war eine so intime und erregende Geste, dass mein Atem stockte und ich mich kaum noch auf seine Worte konzentrieren konnte.

»Bei jedem Sonnenaufgang habe ich mich gefragt, ob es mein letzter sein würde. Ich tröstete mich mit dem Gedanken, dass das Meer schon lange vor meiner Geburt da war und auch nach meinem Tod weiterrauschen würde. Das Meer ist ewig. Wenigstens darauf kann man sich in einer Welt verlassen, in der es kaum noch Gewissheiten gibt.«

Ich wandte mich zu ihm um und schob meine Hand in seine. »Wie kommt es, dass Sie wieder frei sind?«

Blasses Mondlicht fiel auf sein Gesicht. »Ich würde Ihnen

gern erzählen, dass ich mutig für meine Freiheit gekämpft habe. Auf dem Festungswall mit einem Wärter gefochten habe, bis mir Piraten mit einer geraubten Kanone zur Hilfe kamen. Möchten Sie das hören?«

Ich schüttelte den Kopf. Eigentlich interessierte es mich nicht, wie es ihm gelungen war, freizukommen. Für mich zählte nur, dass er wieder bei mir war. Und bei mir bliebe.

Er taxierte meine Miene. »Sind Sie froh, dass ich wieder da bin?«

»Froh?« Ich lachte auf. »Das Wort reicht nicht aus, um das, was ich empfinde, auszudrücken.«

Napoleone strahlte, was ich bisher noch nie an ihm erlebt hatte. Dann wurde er wieder ernst. »Mein Gewissen ist das einzige Tribunal, das für mich zählt. Ich war unschuldig, und die neuen Machthaber haben es eingesehen.«

Ich senkte den Blick. »Ich hatte Angst um Sie.«

»Aber Sie haben tapfer durchgehalten. Nur darauf kommt es an.«

Hatte ich tapfer durchgehalten? Ich wusste es nicht. Eigentlich war mir nichts anderes übrig geblieben. Doch es gefiel mir, in Napoleones Augen Stärke zu besitzen.

Er legte einen Finger unter mein Kinn und hob es an, so dass ich ihm in die Augen blicken musste. »Sind Sie mir zugetan, Désirée?«

Ich nickte.

»Ist das wahr?«

Offenbar brauchte er größere Gewissheit. Ich beschloss, sie ihm zu geben, immerhin hatte er mich tapfer genannt, und ich wünschte nichts sehnlicher, als mich seiner Zuneigung würdig zu erweisen. »Wie sehr, ist mir erst bewusst geworden, als Sie fort waren.«

»Demnach sind Sie einverstanden.«

Ich sah ihn fragend an. *Womit einverstanden?*

»Einverstanden, die Meine zu werden.«

Mein Herz begann schneller zu schlagen, doch Napoleone wirkte ganz ruhig. Als er weitersprach, war es, als wäre ich einer seiner Männer, dem er ein Vorhaben schilderte. »Als ich in dieser elenden Zelle saß, habe ich mir geschworen, mich nie mehr der Gnade irgendeines Machthabenden auszusetzen. Ich werde mein Glück allein schmieden und Großes tun. Ich werde selbst groß sein. Dazu brauche ich Sie an meiner Seite. Sie … und Joseph. Meine Kriegspläne werden nun vermutlich abgelehnt werden, andererseits weiß niemand genau, was die neuen Mitglieder des Nationalkonvents vorhaben. Deshalb muss ich nach Paris gehen und mich selbst von der gegenwärtigen Lage überzeugen. Doch ich gehe nur, wenn Sie versprechen, mir nachzukommen. Und meine Frau zu werden.«

Ich verstand nicht alles von dem, was er gesagt hatte. Nicht in diesem Moment. Ich wusste auch nicht, was das Leben mit ihm bedeuten würde. Mir war nur klar, eine geringere Liebe als die zu ihm und ein geringeres Leben als das mit ihm kam für mich nicht mehr infrage. Beides wäre anders als mit jedem anderen Mann, hätte nichts mit dem Leben zu tun, das ich mir bisher vorgestellt hatte. Mit ihm zusammen zu sein, würde eine höhere Ebene bedeuten – und dort wollte ich sein.

»Sind Sie dazu bereit, Désirée?«

Wieder nickte ich.

»Sprechen Sie es aus«, befahl er. »Ich muss es von Ihnen hören.«

»Ja, ich werde Ihre Frau.« Meine Stimme zitterte und ging im Rauschen des Windes unter, doch er hatte meine Antwort vernommen.

»Dann sind wir uns einig. Ich bin der Ihre … für immer. Und Sie sind die Meine. Lassen Sie uns diesen Schwur leisten. Niemand wird ihn aufheben können.«

»Ich schwöre«, antwortete ich fest. Er nahm meine Hände, und mit einem Mal fühlte ich mich nicht mehr zittrig, sondern spürte, wie mich Kraft durchflutete. Ich dachte an die verheirateten Paare, die ich kannte und die sich geliebt hatten, und ließ das Leben von Maman und Papa an mir vorüberziehen. Ich dachte an Julie und Joseph. Daran, mit wie wenig sich die Ärmsten begnügt hatten.

Wie ihre Liebe verblasste, wenn ich das Licht des Mannes vor mir dagegenhielt. Das, was ich empfand, konnten sie unmöglich empfunden haben, denn die Liebe eines Mannes wie Napoleone Buonaparte war mehr, weil er selbst so viel mehr als alle anderen Menschen war.

Er packte mich und zog mich an sich. Und dann küsste er mich endlich, stürmisch und mit nacktem Verlangen. Ich war noch nie von einem Mann geküsst worden – und würde wahrscheinlich auch von keinem anderen mehr geküsst werden –, doch das spielte keine Rolle. Ich war mir sicher, kein Kuss konnte diesem gleichkommen.

Auch bei dem, was danach geschah, entschied er, doch ich gehorchte ihm gern.

Er streifte seine Uniformjacke ab und breitete sie auf dem kalten Steinfußboden des Glockenturms aus. Dann nahm er mich in die Arme und bettete mich darauf.

Ich küsste ihn bar jeden Schamgefühls, denn nun gehörte ich ihm und er mir. Ich strich über sein Haar, seinen Rücken und seine Arme, spürte, wie dünn er geworden war, sich sehnig jedoch stark anfühlte. Er reagierte auf meine Berührung mit einem Seufzer, was mich ermutigte, weiterzumachen, seinen Körper für mich zu beanspruchen und ihm dafür meinen darzubieten.

Auch sein Begehren hatte etwas Wildes, ich spürte es, als seine Hände gierig meinen Körper erkundeten und Stellen berührten, die bisher unberührt gewesen waren. Als er Schwierigkeiten hatte, mir mein Kleid und meinen Petticoat auszuziehen, musste ich lachen und half ihm.

Erst als er mir mein Korsett und dann mein dünnes Unterkleid abstreifte, wurde ich unsicher. Noch nie hatte ich mich einem Mann so entblößt gezeigt – auch keinem anderen Menschen –, doch es dauerte nicht lang, bis sich meine Unsicherheit legte. Und als sein Mund seine forschenden Hände ablöste, stieg eine Welle der Lust in mir auf.

»Désirée«, sagte er heiser. »Die Begehrte.«

Hastig befreite er sich von seiner Kleidung, bis nichts mehr unsere Körper trennte. Julies Worte gingen mir durch den Sinn. *Es gibt gewisse Dinge, die … eine Dame … nicht tun kann. Jedenfalls nicht, solange sie nicht verheiratet ist.* Und doch war ich nur zu bereit, diese Dinge zu tun, schließlich würden wir bald heiraten. Er würde für immer der Meine sein, das hatte er gesagt. Und ich die Seine. Diesen Schwur hatten wir geleistet.

Wie üblich bat Napoleone auch bei dem, was er als Nächstes tat, nicht um Erlaubnis. Offenbar hatte er die Reaktionen meines Körpers als Einverständnis aufgefasst. Und ich wollte ihn ja auch in mich aufnehmen. Er schloss die Augen, sein Gesichtsausdruck wurde konzentriert, seine Bewegungen wurden hastiger und drängender. Er stöhnte, und mich durchfuhr ein stechender Schmerz. Danach wurde es ein wenig besser. Doch bevor ich wusste, wie mir geschah, stieß er einen Schrei aus. Und während ich noch überlegte, ob ich etwas falsch gemacht hatte, wurde sein Gesicht schlaff, und er sackte auf mir zusammen.

Als er sich von mir auf den Steinfußboden wälzte, spürte ich eine leise Enttäuschung.

Napoleone lachte kurz und legte eine Hand auf seine Stirn.

Instinktiv streifte ich mein Unterkleid über, denn mit einem Mal wollte ich mich bedecken. Warum schämte ich mich plötzlich meiner Blöße, wenn mir Napoleones Berührung doch gerade noch willkommen gewesen war?

Schweigend lagen wir nebeneinander und hörten, wie sich unser Atem beruhigte. Ich wusste weder, was ich sagen, noch, was ich tun sollte. Ich hatte Durst, und mein Körper schmerzte von dem harten Steinboden.

Nach einer Ewigkeit, wie mir schien, drehte Napoleone sich zu mir um und schob eine Hand zwischen meine Schenkel. Ich widerstand dem Impuls, mich diesem derben Griff zu entziehen; ich wollte ihn nicht kränken. Auch als er mir einen kleinen Kuss auf die Stirn drückte, regte ich mich nicht. Mit einer Hand fest auf meiner Scham flüsterte er: »Ich habe schon viele Kämpfe gewonnen, doch das, meine Begehrte, war bisher mein größter Triumph.«

# KAPITEL 7

*Marseille, 1794*

Nach dieser Nacht war für mich nichts mehr wie zuvor. Ich war zur Frau geworden. Napoleone hatte meine Welt betreten und meinen Platz in dieser Welt neu definiert. Ich war die Frau, die mit ihm aufsteigen würde.

Wenn ich das, was wir getan hatten, Revue passieren ließ, daran dachte, wie er mich berührt, mich geküsst und angesehen hatte, wurde mir schwindelig. Napoleone und ich hatten nun ein Geheimnis, das nur uns gehörte.

Wie konnten Maman und Julie das nicht erkennen? Sie waren doch auch Frauen. Sahen sie nicht, dass ich jetzt ebenfalls zu diesem Kreis zählte? Waren meine Wangen nicht erhitzt, war mein Blick nicht wissend geworden? Doch natürlich sagte ich ihnen nichts, sondern hütete mein Geheimnis und war stolz darauf.

Julie bekam nichts davon mit. Sie ging zu sehr in ihrer neuen Rolle als Ehefrau auf, in der Führung ihres Haushalts und ihrem Wunsch, schwanger zu werden. Auch meine Mutter merkte nichts, sie hatte mich von jeher unterschätzt. Für sie war ich noch immer ein dummes Mädchen. Wie sollte sie sich vorstellen können, dass ich die Leidenschaft eines Mannes geweckt hatte und er mir die Ehe versprochen hatte – eines Mannes wie Napoleone?

Auch in Frankreich gingen große Veränderungen vor sich. Aus der Zeitung erfuhren wir, dass eine Gruppe sogenannter »Thermidorianer« – nach dem Monat Thermidor benannt, dem »Hitzemonat« des neuen revolutionären Kalenders – die radikalen Jakobiner um Maximilien Robespierre gestürzt hatten, um ihre Schreckensherrschaft zu beenden.

Als der Sommer sich dem Herbst näherte, waren die Radikalen hingerichtet worden oder geflohen. Im Vergleich zu ihnen waren die Thermidorianer moderate Männer, die sich zwar zur Republik bekannten, jedoch liberale Landbesitzer, pragmatische Kaufleute, sogar einige der vor den Revolutionären geflüchteten und nun zurückgekehrten Adligen in ihren Reihen hatten. Die Rechte und Einflussmöglichkeiten des gefürchteten Wohlfahrtsausschusses wurden beschnitten.

»Die neue Regierung ist doch gut, oder?«, fragte ich Maman eines Nachmittags auf dem Weg zu Julie. Es war bereits Herbst, die Tage wurden kürzer, die Hitze ließ nach und wurde durch angenehmere Temperaturen ersetzt. Ich genoss den milden Sonnenschein auf meinem Gesicht.

Napoleone war seit Wochen in Italien, in einem Ort namens Oneglia, um sich auf einen Feldzug gegen Streitkräfte aus Österreich und Sardinien vorzubereiten. Ich hoffte, dass Joseph eine Nachricht von ihm erhalten hatte und mir mehr darüber sagen konnte.

Meine Mutter seufzte. »Ich habe es aufgegeben, in diesem allgemeinen Wahnsinn etwas erkennen zu wollen.« Sie ging einer jungen Frau aus dem Weg, die auf dem bevölkerten Hafenplatz Blumen und Gewürze feilbot. Der Duft von Safran und Lavendel tränkte die Luft. Aus einer nahen Bäckerei mischte sich der Geruch frisch gebackenen Brots darunter. Ich war großzügig gestimmt und warf einer Bettlerin einen Sou zu, der von meinen Besorgungen für unsere Köchin übrig geblieben war. Meine Mutter hatte es nicht mitbekommen, sie hielt ihren Blick stur geradeaus gerichtet. »Die Politik Frankreichs verstehe ich seit Jahren nicht mehr«, fuhr sie fort. »Manchmal denke ich, das Schicksal deines Vaters war für ihn ein Segen. So musste er wenigstens nicht mehr erleben, was aus unserem Land geworden ist.«

Seit die Thermidorianer an der Macht waren, hatte sich die Anzahl der Hinrichtungen auf La Place verringert, und ich wagte langsam zu hoffen, dass wir künftig nicht mehr täglich um unser Leben bangen mussten.

Das Haus, in dem Julie und Joseph wohnten, war schmal und vierstöckig. Sie hatten die erste und zweite Etage gemietet und hübsch eingerichtet. Die Zimmer waren nicht sehr groß, doch sie besaßen schöne, helle Fenster, die vom Boden zur Decke reichten und minzgrüne Rollläden hatten. Da Joseph noch ohne Einkommen war und sie von der Mitgift meiner Schwester lebten, hatten sie nur wenige Dienstboten eingestellt.

Auch an diesem Haus gab es einen ummauerten Garten, und dort an einem Tisch im Schatten der Bäume saßen Joseph, Julie und – zu meiner Überraschung – Napoleone und tranken Limonade.

Julie kam zu uns, um uns zu begrüßen. Die beiden Männer erhoben sich.

Napoleone trug seine Uniform, stand steif da und machte ein ernstes Gesicht. Wie mir aufgefallen war, lächelte er selten, sobald mehrere Personen zusammen waren. Julie dagegen wirkte glücklich, seit sie sicher war, dass ihr Mann nicht verhaftet werden würde. Auch Joseph schien erleichtert.

»Wie schön, dass ihr gekommen seid«, sagte Julie. »Napoleone konnte sich für kurze Zeit von seinen Verpflichtungen freimachen. Ist das nicht wundervoll?«

»Sehr wundervoll«, antwortete meine Mutter frostig. Sie mochte Napoleone noch immer nicht, obwohl sie zuließ, dass er mir den Hof machte. Was würde sie erst sagen, wenn sie wüsste, dass ich seine Geliebte geworden war?

Julie wandte sich meiner Mutter zu. »Ich brauche deinen Rat, Maman.«

»Wozu?«

Julies Stirn legte sich in Sorgenfalten. »Ich fürchte, unser Schlafzimmer ist für den Kleiderschrank, den wir hineingestellt haben, zu klein. Wir müssen uns etwas anderes besorgen, aber dazu wollten Joseph und ich deine Meinung hören.«

Meine Mutter zog die Brauen hoch. »Dieser Schrank ist ein Erbstück unserer Familie. Wie kommst du auf die närrische Idee, ihn ersetzen zu wollen? Wahrscheinlich musst du nur umräumen. Ich werde mir das einmal anschauen.«

Julie winkte Joseph zu sich. Die drei verschwanden im Haus. Ich hätte wetten können, dass Julie spürte, wie dankbar ich ihr war.

Ich eilte zu Napoleone.

Er küsste meine Hände. Als er sich aufrichtete, umspielte ein Lächeln seine Lippen. »Désirée.« Er schaute mir in die Augen, und ich befahl mir, nicht schamhaft die Lider zu senken. »Seit unserer letzten Begegnung bist du noch schöner geworden. Es ist nicht richtig, dass die Männer in Marseille deinen Anblick genießen durften, während ich in Italien im Feldlager leben musste.«

Ich wollte in seine Arme sinken, sein Gesicht mit Küssen bedecken und ihm schwören, dass er der einzige Mann sei, der mich interessierte. Doch ich tat es nicht. Selbst in meinem jugendlichen Überschwang spürte ich, dass eine Dame ihre Liebesbekundungen dosieren sollte und es einem Mann wie Napoleone nicht schaden konnte, ein wenig eifersüchtig zu sein. Ich legte den Kopf schief und lächelte neckend. »Wäre es dann nicht besser, du würdest nicht mehr so lange fortbleiben?«

Er zuckte mit den Schultern. »Komm, wir setzen uns.«

Wir ließen uns an dem Gartentisch nieder. Ich nahm die Karaffe Limonade, schenkte ihm nach und füllte ein Glas für mich.

»Es gibt so viel, was ich dir sagen möchte«, erklärte er. »Aber ich weiß nicht, wie lange wir ungestört sein werden.«

Ich nahm einen kleinen Schluck und versuchte, anmutig dazusitzen und keine Limonade zu verschütten, obwohl meine Hand aufgrund unseres plötzlichen Wiedersehens zitterte.

Napoleone erzählte, dass die militärischen Operationen an der italienischen Front zum Stillstand gekommen seien. »Unsere Mittel sind erschöpft. Im Land ist erneut das Brot knapp geworden. Hier und da erheben sich royalistische Gruppen und versuchen, die Macht zurückzugewinnen. Die Armee wird eingesetzt, um diese Aufstände niederzuschlagen. Aber die Franzosen sind am Ende ihrer Kräfte. Sie sind immer noch arm und hungrig und können keine Besserung ihres Lebens erkennen.«

Als er schwieg, nahm ich das fröhliche Vogelgezwitscher ringsum wahr, das so gar nicht zu dem passte, was Napoleone gesagt hatte.

»Aber es hat doch auch ein Gutes, wenn es an der italienischen Front nicht weitergeht, oder?«

Napoleone runzelte die Stirn. »Was soll daran gut sein?«

»Dass du bei mir bleiben kannst.«

Er nahm sein Glas, schaute hinein und ließ die Limonade kreisen. »Das wird nicht möglich sein, fürchte ich.«

»Warum nicht?«

»Ich gehe nach Paris«, erwiderte er mit der Entschiedenheit, die für ihn typisch war.

»Nach Paris?« Hatte er nicht gerade erklärt, wie unsicher die Lage in unserem Land war? Warum wollte er nicht hierbleiben, wo es keine Aufstände gab?

»Im Chaos entstehen Gelegenheiten«, beantwortete er meine stumme Frage.

»Aber warum musst du so rasch wieder fort?«

Peinlich berührt nahm ich wahr, dass ich wie ein quengelndes Kind geklungen hatte. Doch es gefiel mir nicht, ihn schon wieder zu verlieren. Zuerst war er im Gefängnis gewesen, und nun, kaum, dass er aus einem Feldlager zurück war, wollte er erneut fort. Was war denn mit uns? Wie wollte er mir von Paris aus den Hof machen? Ich sah ihn an, doch er betrachtete die Kletterrosen, die an der Hauswand emporrankten.

Als er weitersprach, war sein Ton sachlich.

»Ich werde mich direkt an den Nationalkonvent wenden. Die Mitglieder haben bereits von mir gehört, ich möchte, dass sie mich auch persönlich kennenlernen.«

Meine Freude über unser Wiedersehen erlosch. Trübsinnig betrachtete ich mein Glas Limonade.

»In Marseille gibt es für mich nichts zu tun, Désirée. Mit jedem Tag hier verliere ich einen Teil des Wohlwollens, das man mir in Paris aufgrund meines Erfolgs in Toulon entgegenbringt. Ein Mann meines Alters, der talentiert und ehrgeizig ist, muss sichtbar sein. Ich muss in die Hauptstadt, um dem neuen Regime meine Loyalität zu beweisen. Vielleicht wird mich einer der alten Generäle unter seine Fittiche nehmen und sich für mich verwenden. Ob etwas daraus wird, kann ich noch nicht sagen. Ich weiß nur, dass es töricht wäre, hier untätig herumzusitzen.«

»Wann brichst du auf?«

Napoleone faltete seine Hände auf dem Tisch. »Bald.«

»Wie bald?«

»In dieser Woche. Ich bin gekommen, um mich zu verabschieden.«

Ich fiel in mich zusammen. Bevor ich die Worte für eine Antwort finden konnte, beugte er sich vor, jedoch ohne mich zu berühren oder auch nur meine Hände zu nehmen. »Ich habe dir nie verschwiegen, dass ich mich zu Großem berufen fühle, vielmehr habe ich es dir von Anfang an gesagt.«

Ich wollte nicht weinen und schluckte die aufsteigenden Tränen hinunter. Schließlich nickte ich ergeben. »Und wie lange bleibst du fort?«

Er zuckte mit den Schultern. »Das kann ich noch nicht sagen.«

»Ich … ich habe nichts gegen Paris. Wenn wir verheiratet wären, würde ich mit dir –«

Er unterbrach mich, indem er abwehrend die Hand hob und den Kopf schüttelte. »Dort wäre es für dich nicht sicher. Ich werde allein gehen und diejenigen, die zurzeit an der Macht sind, von meinen Fähigkeiten überzeugen. Sobald ich meinen Platz gefunden habe, hole ich dich und Joseph nach.«

Was sollte ich darauf noch erwidern? Napoleone hatte entschieden, und ich hatte nur noch die Wahl, mit seiner Entscheidung einverstanden zu sein. Doch ich vertraute ihm. Er würde Joseph an seiner Seite haben wollen und nach ihm schicken. Und nach mir.

Aus dem Haus näherten sich Stimmen. Julie sprach laut, um uns zu warnen. Offenbar ging es noch immer um den Schrank.

»Wir haben nur noch wenige gemeinsame Stunden.« Napoleone drückte meine Hand. »Die möchtest du doch nicht im Streit mit mir vertun, oder?«

Ich schüttelte den Kopf, war dankbar, dass er mich nun berührte.

»Können wir uns morgen Abend sehen? Sag deiner Mutter, dass du Julie besuchst, und dann treffen wir uns hier.«

»Julie wird nicht da sein. Sie geht morgen Abend mit Joseph ins Theater.«

»Richtig. Und deshalb werden wir uns hier treffen.«

Als ich am nächsten Abend ankam, öffnete Napoleone mir die Tür, bevor ich angeklopft hatte. Anscheinend hatte er nach mir Ausschau gehalten.

»Deine Schwester hat den Dienstboten heute Abend freigegeben«, sagte er und zog mich ins Haus.

Mit dem prickelnden Gefühl, etwas Verbotenes zu tun, durchquerte ich den Flur. Dabei war ich hier schon zahllose Male gewesen, doch noch nie ohne Julie. Und nun war ich mit Napoleone allein, was seit der Nacht im Glockenturm nicht mehr vorgekommen war. Bei der Erinnerung spürte ich, wie mir Röte in die Wangen stieg. Ich fragte mich, ob wir an diesem Abend das Gleiche wie im Glockenturm tun würden, und war sicher, dass Napoleone daran gedacht hatte, als er vorschlug, wir sollten uns hier allein treffen. Ebenso wie ich daran gedacht hatte, als ich mich einverstanden erklärte.

Napoleone fasste meinen Arm. »Hast du schon gegessen?«

Ich nickte, obwohl es nicht zutraf. Ich war viel zu aufgeregt gewesen, um etwas hinunterbringen zu können.

»Möchtest du etwas trinken?«

»Ja.« Ich legte meine Haube und meine Handschuhe auf der Konsole im Flur ab. Napoleone holte eine Karaffe Rotwein und zwei Gläser aus der Küche. Wir gingen hinaus in den Garten und ließen uns an dem Tisch nieder. Napoleone schenkte uns Wein ein. Danach schwiegen wir, lauschten den Geräuschen der Stadt. Ich spürte die leichte Abendbrise, die im Laub der Bäume raschelte.

Als ich mein Glas geleert hatte, schenkte Napoleone mir nach.

»In Marseille ist es angenehm«, erklärte er schließlich.

»Ja, das ist es«, antwortete ich und dachte: *Warum willst du dann fort?*

»Trotzdem wird mir die Stadt nicht fehlen.«

Die Worte taten mir weh, auch die schonungslose Offenheit,

mit der er sie geäußert hatte. Ich war froh, dass die einsetzende Dunkelheit meine gekränkte Miene verbarg.

»Man ist zu weit weg von den Zentren der Macht. Die Seeluft und der Blick aufs Meer, das ist alles gut und schön. Wahrscheinlich gibt es sogar Soldaten, die diese Gegend bevorzugen. Doch das Friedliche lullt einen ein. Es ist wie das Lied der Sirenen, das wundervoll klingt, aber verhängnisvoll ist.«

Ich nippte an meinem Wein und gestand mir ein, dass ich kaum wusste, wovon er redete.

»Das Einzige, das mir fehlen wird ...« Nun schwang in seiner Stimme etwas Gefühlvolles mit. »Der einzige Gedanke, der mir zu schaffen macht, ist, dass ich dich nicht mehr sehen werde, Désirée.«

Es war dunkler geworden, ich konnte seinen Gesichtsausdruck nicht mehr erkennen. Der Mond und die Sterne, die mir hätten Licht spenden können, wurden von Wolken verdeckt.

Er griff nach meiner Hand. »Versprichst du, mir treu zu sein?« Nun klang er drängend.

Ich hätte lachen können. Wie absurd, sich vorzustellen, ich könnte ihm jemals untreu werden. Ich drückte seine Hand an meine Wange. »Ich verspreche es nicht nur, ich schwöre es.«

»Manchmal frage ich mich, warum eine Clary sich mit einem Buonaparte einlassen sollte.« Napoleone zog die Brauen zusammen. Er schien sich Sorgen zu machen und eine ungewöhnliche Anwandlung von Selbstzweifel zu erleben. »Ich habe kein Geld, war im Gefängnis. Habe meine Heimat verloren und besitze keine einflussreichen Freunde. Meine Zukunft ist unsicher. Warum solltest du mich wählen?«

Meine Mutter hatte sich am Morgen ähnlich ausgedrückt.

»Ein Buonaparte in der Familie ist mehr als genug.« Sie hatte getan, als spräche sie mit sich selbst, sich jedoch vergewissert, dass ich in Hörweite war. Ich war nicht darauf eingegangen, hatte lieber an meine Zukunft mit Napoleone gedacht.

Nun tröstete ich mich damit, dass er mich nachholen würde, sobald er in Paris Fuß gefasst hatte. Und wenn aus seinen Plänen im Norden nichts würde und er sich für einen anderen Ort entschied, würde ich ihm auch dahin folgen.

Ich beugte mich zu ihm vor. »Selbst wenn du keinen einzigen Sou hättest, wärst du mir mehr wert als ein reicher Würdenträger. Vergiss das nicht. Ganz gleich, was aus dir wird, ich werde dir immer treu sein und den Tag herbeisehnen, an dem du nach mir schickst.«

Er stand auf und strich über mein Haar. Dann zog er mich hoch und führte mich in Julies Gästezimmer. Ich ließ zu, dass er mich auf das Bett niederdrückte und erwiderte seine Küsse mit einer Leidenschaft, die ihn befeuerte. Ungeduldig versuchte er, mich zu entkleiden, wieder kam ich ihm zu Hilfe.

Als er sich zu mir legte, schloss ich die Augen. Doch er war erneut hastig und grober, als es mir gefiel, und als wir uns vereinigten, musste ich einen Schmerzensschrei unterdrücken. Es dauerte nicht lang, bevor sich sein Körper aufbäumte und dann auf mir zusammensackte. Gleich darauf wälzte er sich von mir herunter und seine Gedanken schienen in die Ferne zu wandern, so wie ich es im Glockenturm erlebt hatte. Wie kurz seine Hingabe gewesen war. Wieder fragte ich mich, ob ich etwas falsch gemacht hatte.

Ich dachte, dass zu einer Umarmung eigentlich mehr gehören müsste als diese eilige Paarung. Doch da ich mich nicht auskannte, hätte ich nicht sagen können, was ich eigentlich erwartete und was mir fehlte. Julie konnte ich nicht fragen, das hätte ich niemals gewagt. Sie wäre außer sich, wenn sie erführe, was ich getan hatte, ohne verheiratet zu sein. Daher ignorierte ich das Sehnen, das durch meinen Körper pulsierte, und verdrängte den Wunsch, Napoleone hätte mich noch ein wenig in den Armen gehalten, mich zärtlicher und länger geliebt. Es konnte doch nicht richtig sein, dass ein Mann nur rasch sein eigenes Bedürfnis befriedigte.

Müde nach einer Nacht, in der ich wieder einmal kaum geschlafen hatte, und in gedrückter Stimmung verabschiedete ich Napoleone am nächsten Tag am Hafen. Von dort aus ging die Postkutsche nach Paris.

Julie hielt meine Hand, während die Brüder sich auf Italienisch unterhielten und Joseph Napoleone eine Geldbörse zusteckte.

Ich erinnerte mich daran, dass Napoleone viel von Tapferkeit hielt, und zwang mich, nicht zu weinen.

»Schreibst du mir?«, fragte er, als wir uns zum letzten Mal umarmten.

»Natürlich.«

»Ich werde auch nicht in Vergessenheit geraten, wenn ein anderer kommt, um dir den Hof zu machen?« Sein Blick war brennend, doch dann wurde er prüfend, als suchte er bei mir nach Fehlern oder Schwächen, die er vielleicht übersehen hatte.

Ich drückte seine Hand. »Napoleone Buonaparte, du bist kein Mann, den man vergisst.«

Joseph half dem Kutscher, Napoleones Reisetasche oben auf dem Wagen zu befestigen.

Napoleone ließ mich los, stieg in die Kutsche und winkte.

Gleich darauf fuhr sie los, holperte über den Hafenplatz, wurde kleiner und kleiner, bis sie um eine Ecke bog und verschwand.

Erst da ließ ich meinen Tränen freien Lauf und gab mich meinem Kummer hin. Ich wollte nicht mehr tapfer sein, spürte nur noch den Verlust des Mannes, den ich liebte, und fühlte mich grenzenlos allein. Seit ich Napoleone begegnet war, hatte er meine Gedanken beherrscht. Ich hatte mich um ihn gesorgt, auf ihn gewartet, mir ausgemalt, wie es wäre, mit ihm verheiratet zu sein. Nun erfüllte mich plötzlich große Leere, und ich wusste nicht, wie ich es ohne ihn aushalten sollte.

Doch in der darauffolgenden Zeit stellte ich fest, dass sich trotz Napoleones Abwesenheit wenig für mich geändert hatte: Er war noch immer der Fixstern, um den meine Gedanken kreisten.

Im Übrigen hatte er dafür gesorgt, dass ich beschäftigt war, und mir einen Lehrplan hinterlassen, der Musik, Philosophie und andere Themenbereiche, die ihn interessierten, umfassten. Ich war nie eine gute Schülerin gewesen, doch für die Ablenkung war ich dankbar. Darüber hinaus war ich bereit, mich weiterzubilden, in der Hoffnung, Napoleone zufriedenzustellen. Auch hatte er mit einem Verlag in Paris vereinbart, mir die neuesten Musikstücke zu schicken, damit ich sie auf dem Klavier üben konnte. Ebenso drängte er mich, ich solle mich im Gesang fortbilden. Die Schriften, die ich lesen sollte, stammten unter anderem von Jean-Jacques Rousseau, Charles de Montesquieu, Thomas Jefferson und Marcus Aurelius. Napoleone bat mich, ihm meine Meinung darüber zu schreiben.

*Du musst stets danach trachten, Deinen Verstand zu schulen, mein liebes Mädchen*, schrieb er in seinem ersten Brief, den er bereits während seiner Reise nach Paris verfasst hatte. *Schließlich habe ich vor, ein großer Mann zu werden, und Du musst die große Frau an meiner Seite sein. Stell Dir vor, wie stolz ich sein werde, wenn andere Generäle sagen, meine Frau sei ohne ihresgleichen, eine aufgeklärte Bürgerin unserer Republik, die über die zentralen Thesen der Staatstheorie und der Philosophie debattieren kann.*

Sobald ich seine Adresse in Paris erhalten hatte, schrieb ich ihm: *Lieber, als stundenlang zu lesen oder Klavier zu üben, schule ich meine Fähigkeiten als Malerin. Ich habe bereits ein Porträt im Kopf, nämlich das des Knabengenerals Napoleone Buonaparte. Ich werde Dich im Profil zeichnen und mich von meiner Erinnerung leiten lassen. Auf die Weise werde ich sowohl meine Hände beschäftigen und meine Fertigkeiten verbessern als auch etwas erschaffen, das ich mit großer Freude betrachten kann.*

*Eine schöne Idee*, antwortete er. *Allerdings habe ich einen Gegenvorschlag: Wenn die Zeichnung fertig ist, musst Du sie mir senden. Ich möchte mir gern ein Bild von Deinem künstlerischen Können machen und feststellen, wie naturgetreu Deine Arbeit ist. Im Übrigen unterstütze ich diese Idee von ganzem Herzen und bin froh, dass Du Stunden damit verbringen wirst, Dir mein Gesicht vorzustellen und nicht das eines anderen Mannes.*

Ich lachte in mich hinein und freute mich über die Eifersucht meines Liebsten. Dann fiel mein Blick auf das Postskriptum: *Dennoch solltest Du Deine Bücher nicht vernachlässigen, meine liebe Désirée. Ich warte noch immer auf Deine Meinung über die Thesen von Rousseau und Jefferson.*

Im Lauf der nächsten Wochen, während der länger werdenden Herbstabende, tat ich mein Bestes, um mich durch die dicken Bücher zu kämpfen, die Napoleone für mich ausgesucht hatte. Aber viel lieber hätte ich in seinen Briefen gelesen, wie sein Leben in Paris aussah. Wie war seine Unterkunft? Was trugen die Pariser Frauen, nun, da Marie-Antoinette nicht mehr da war, um die Mode Frankreichs zu bestimmen. Gab es wieder Bälle, auf denen wie früher Menuette getanzt wurden? Traf das, was wir in den Journalen lasen, zu? War es wirklich chic, ein rotes Band um den Hals zu tragen, um an die Folgen der Guillotine zu erinnern?

Wenn ich mich danach erkundigte, statt mich über Philosophie, Staatstheorien und Musik zu äußern, schalt Napoleone mich sanft. *Frivolität ist schädlich und Nachlässigkeit krankhaft, meine Liebe. Weder das eine noch das andere darf man bei sich tolerieren.* Widerwillig ging er auf das ein, was mich interessierte, doch in seinen Beschreibungen steckte stets ein Tadel. *Alle sind entschlossen, das vergangene Leid zu kompensieren und die Hölle, der sie so knapp entronnen sind, herunterzuspielen.* Und dann schilderte er seine Eindrücke eines der berüchtigten *Bals des victimes* – der Bälle der Opfer –, an dem er mit anderen Offizieren teilgenommen hatte. *Es ist modisch, im Gefängnis gesessen zu haben, beinahe umgekommen zu sein oder einen geliebten Menschen gehabt zu haben, der enthauptet wurde. Tatsächlich tragen die Frauen rote Bänder um den Hals und lassen sich die Haare à la victime so kurz scheren, wie es bei den Verdammten auf dem Weg zum Schafott der Fall war. Aber warum interessiert Dich so etwas?*

Ich las solche Beschreibungen mit einer Mischung aus Neugierde und Gruseln. Die Schreckensherrschaft der vergangenen Jahre war in unseren Gedanken noch immer so gegenwärtig – ein gefangenes Tier, das jederzeit ausbrechen und erneut zuschlagen konnte –, dass es mich wunderte, wie die Pariser schon wieder so unbeschwert sein konnten.

Napoleone schien von dem Leben in der Stadt sowohl eingeschüchtert als auch abgestoßen zu sein. *Paris ist ein Irrenhaus. Die Wohlhabenden wetteifern miteinander, um festzustellen, wer in den vergangenen Jahren das Meiste verloren hat. Demnach könnte auch ich mich mit meiner Armut brüsten. Doch die Frauen, die für das gehobene gesellschaftliche Leben zuständig sind, haben durchaus Vermögen. Sie führen ihre Salons, verführen reiche Männer, geben Feste, auf denen sie Seidenkleider tragen und wo der Champagner fließt.*

In den Herbstmonaten staunte ich über das bunte Laub, das er erwähnte. Das gab es bei uns in Marseille nicht, hier färbten sich die Blätter der Bäume höchstens gelb. Und als der Winter begann, erzählte er, dass es geschneit hatte, auch das kannte ich nur vom Hörensagen. *Die Extravaganz von Handschuhen kann ich mir nicht leisten, ebenso wenig einen dicken Mantel. Stattdessen erinnere ich mich an meine Begehrte, meine Sommerliebe, und wärme daran meine Gedanken, während mein Körper friert.*

Ich stellte mir vor, ich wäre in Paris, hätte mich bei ihm untergehakt, würde zitternd vor Kälte mit ihm am Seineufer entlangspazieren und auf dem Fluss die ersten Eisschollen meines Lebens sehen.

Ich wünschte mir so sehr, bei ihm zu sein und das Gleiche wie er zu erleben. Der Kälte würde ich trotzen. Ich wollte mein Leben an seiner Seite beginnen, den Süden Frankreichs verlassen und mich mit neuen Eindrücken umgeben.

Leider machte ich bei meiner Zeichnung kaum Fortschritte. Zwar begann ich damit jeden Morgen, aber das, was dabei herauskam, frustrierte mich, bis ich mein Werk jedes Mal zerriss und mir vornahm, es am nächsten Tag besser zu machen. Doch je länger Napoleone und ich getrennt waren, desto schwieriger wurde es für mich, die Einzelheiten seines Gesichts heraufzubeschwören. Das, was ich produzierte, wurde dem Mann, der meine Gedanken dominierte, nicht gerecht, und ich hätte nie gewagt, es einem so kritischen und anspruchsvollen Menschen wie Napoleone zu zeigen. Es fiel mir leichter, Aquarelle von Meerlandschaften und Gärten zu malen.

Er aber erkundigte sich immer wieder nach meinen Fortschritten und wollte wissen, wann er die fertige Zeichnung sehen dürfe. Ich hielt ihn jedes Mal hin und erklärte, ich sei noch nicht so weit. Ebenso wollte er stets wissen, wie es mit meinen Klavier- und Gesangsübungen aussehe, und stellte mir Fragen zu den Schriften, die er mir geschickt und empfohlen hatte. Nie jedoch schrieb er Genaueres über sein persönliches Weiterkommen in der Armee und wie seine diesbezüglichen Pläne im Einzelnen aussahen. Auch wann er mich nachholen würde, behielt er für sich.

Im Frühling erfuhr ich, dass Napoleone mit einem Expeditionskorps auf See gewesen und gescheitert war. Es hatte die Aufgabe gehabt, Korsika von den Engländern zu befreien, die die Insel besetzt hatten. Joseph hatte darüber Bescheid gewusst, doch Napoleone hatte ihn gebeten, mir nichts zu erzählen, da ich mir sonst zu große Sorgen mache. Ich erfuhr es erst, als Napoleone wieder in Paris war und mir in seinem Zimmer im Hôtel de la Liberté davon schrieb.

An einem verregneten Frühlingstag besuchte ich Julie und Joseph. Dort war ich so oft wie möglich, um den ewigen Klagen meiner Mutter zu entrinnen und mich von meiner Schwermut abzulenken.

Meine Schwester war noch immer nicht schwanger geworden. Es lastete auf ihr, doch ihr Eheglück hatte sich deshalb nicht getrübt. Joseph war ein aufmerksamer Ehemann, für den das oberste Gebot lautete, meine Schwester glücklich zu machen. Auch zu mir war er stets liebenswürdig und versprach mir, ich sei für ihn wie eine Schwester, die im Haus Buonaparte stets willkommen sei.

Doch als wir uns an diesem Tag zum Mittagessen niederließen, wirkte Joseph bedrückt.

»Heute Früh hat Joseph einen Brief von Napoleone erhalten«, erklärte meine Schwester und legte eine dicke Scheibe gekochten Schinken auf meinen Teller.

»Und?«, fragte ich mit klopfendem Herzen. Ich hatte an diesem Tag keine Post von ihm empfangen.

»Er ist niedergeschlagen.« Joseph seufzte und erzählte mir mehr über Napoleones gescheiterte Expedition. »Auf dem Weg nach Korsika ist er auf einen Teil der englischen Flotte gestoßen und hat nach einem kurzen Gefecht zwei Schiffe verloren.

Die Engländer haben ihn übers Mittelmeer zurückgejagt. Er ist gedemütigt worden und kann seine Hoffnung, in der Armee weiter aufzusteigen, begraben.«

Ich erschrak. »Und wie geht es in Paris nun für ihn weiter?« Ich überlegte, ob jemand wegen einer gescheiterten Militärmission zum Tode verurteilt werden konnte. In den vergangenen Jahren waren Offiziere aus allen möglichen Gründen auf dem Schafott gelandet, zum Teil ohne Gerichtsverhandlung.

»Man hat ihn nicht gefangen gesetzt«, beruhigte Joseph mich. »Er wurde zur Westarmee abgeordnet und sollte dort unter General Hoche kämpfen.«

Die Westarmee ging gegen die Aufständischen in der Vendée vor. Bei ihnen handelte es sich um royalistische Gruppen, die in der Vendée und benachbarten Départements gegen die Republikaner und für die Rückkehr der Monarchie kämpften.

»Napoleone hat das abgelehnt«, fuhr Joseph fort.

»Warum das denn?« Seit wann war mein Liebster nicht mehr bereit, einen militärischen Auftrag zu übernehmen?

»Er betrachtet die Vendée als ein uninteressantes Randgebiet, wo er gezwungen wäre, auf Franzosen zu schießen.« Joseph zuckte mit den Schultern. »Und nun ist er in seiner geliebten Armee erneut ohne Funktion.«

Ich war sprachlos. Was Joseph gesagt hatte, stimmte so gar nicht mit dem Bild überein, das Napoleone in seinen Briefen an mich zeichnete. Danach versüßten ihm meine Briefe nicht nur das Leben, sondern stachelten ihn auch an, seinen militärischen Aufstieg zu beschleunigen. Nicht mit einem einzigen Wort hatte er angedeutet, dass er einen Auftrag ablehnen könnte.

Dann jedoch fiel mir ein, dass ich zwischen seinen Zeilen seit Kurzem eine gewisse Rastlosigkeit wahrgenommen hatte, einen melancholischen Unterton, eine kaum merkliche Verdrossenheit. Ich wusste, dass er in Geldnot war und sich als Außenseiter fühlte, nicht nur, was die neuen Machthaber betraf, sondern auch die Pariser Gesellschaft. Doch Joseph hatte mir nun ein Bild gemalt, das noch um einiges hoffnungsloser war als das, was Napoleone mir beschrieb.

»Wenn er in der Vendée unter Hoche kämpft, kommt er nicht weiter«, sagte Joseph. »In dem Punkt gebe ich ihm recht. Die eigenen Landsleute zu besiegen, ist ohne Ruhm. Zudem ist Hoche noch jung, kaum älter als mein Bruder, er wird weder bald sterben noch den Dienst quittieren. Ebenso wenig wird er Napoleone fördern.«

»Aber wie sehen dann seine nächsten Schritte aus?«, fragte Julie. Auch sie konnte keine Pläne schmieden, solange Joseph auf das Fortkommen seines Bruders wartete.

»Es könnte sein, dass Napoleone zum ersten Mal in seinem Leben planlos ist«, antwortete Joseph und stocherte lustlos in seinem Essen. »Zurzeit gibt es über hundert Generäle, die älter und erfahrener sind als er. Ich fürchte, mein Bruder muss für eine Weile in Wartestellung gehen, was ihm zutiefst verhasst ist.«

Julie sah mich an. »Was schreibt er denn dir über seine Lage?«

In dem Moment begann die Uhr auf dem Kaminsims die Stunde zu schlagen, und ich wartete, bevor ich betreten zugab: »Er hat mich bislang noch nicht über die neuesten Entwicklungen unterrichtet.«. In Wahrheit war ich verunsichert, wann oder gar ob er mich überhaupt jemals derart ins Vertrauen ziehen würde wie offenbar seinen Bruder.

»Er fühlt sich elend, Désirée«, sagte Joseph. »Sonst hätte er schon nach dir geschickt. Aber wie soll er eine Frau ernähren, wenn er kaum genug Geld für sich selbst hat? Zumal mit einer Frau stets die Möglichkeit besteht, dass man über kurz oder lang für mehr als zwei Personen aufkommen muss.«

Wahrscheinlich hatte er mich beruhigen wollen, indem er mir das Verhalten seines Bruders erklärte, doch das war ihm nicht gelungen. Die Möglichkeit, die er nannte, war ja das, was ich wollte.

Auch Julie machte nun ein unglückliches Gesicht. Vielleicht dachte sie an ihren eigenen Wunsch, ein Kind zu bekommen. Ich nahm ihre Hand und drückte sie.

Joseph sprach weiter. »Trotz allem will mein Bruder in Paris bleiben, denn dort ist das Zentrum der Macht und dort bieten sich Gelegenheiten. Das Problem ist nur, dass er kein Geld hat. Ohne militärische Aufgabe bekommt er keinen Sold. Er benutzt seine Ersparnisse, um unsere Mutter und unsere Schwestern finanziell zu unterstützen, und bestreitet die Kosten der Offiziersschule, in der er Louis untergebracht hat. Napoleone hungert und hat in Paris keine Freunde. Seine Unterkunft bietet kaum genügend Platz für ihn, geschweige denn für ihn und eine Ehefrau. Dennoch hat er dich nicht vergessen, Désirée, daran darfst du keinen Moment lang zweifeln. Ohne deine Liebe liefe er Gefahr, sich unter eine Kutsche zu werfen, das hat er mir mehr als einmal geschrieben.«

Seine Worte waren ein kleiner Trost, doch ich wünschte, Joseph – und Napoleone – würden erkennen, dass meine Liebe über materielle Belange erhaben war. Das Einzige, was ich wollte, war, bei Napoleone zu sein und ihm zur Seite zu stehen.

Seine leeren Taschen und die bescheidene Unterkunft kümmerten mich nicht. Aber wie sollte ich ihm das vermitteln, ohne seinen Stolz zu verletzen? Napoleone wollte etwas aus sich machen, und ich sollte an ihn glauben, das war das, was er sich wünschte.

Doch unsere Hoffnung schien sich auf Vages zu stützen, auf Gelegenheiten, die sich eines Tages ergeben könnten. Es war, als gliche unsere Zukunft den hilflosen Kreidestrichen, mit denen ich vergeblich versuchte, Napoleones Porträt hinzubekommen. Ich sehnte mich danach, mit Julie und Joseph nach Paris zu gehen und das Leben zu beginnen, das Napoleone und ich uns ausgemalt hatten. Ich wollte Ehefrau sein, mit einem eigenen Heim und einer Familie. Doch wie es schien, war Napoleone dazu noch nicht bereit.

Jeden Tag behagte es mir weniger, in Marseille festzusitzen und nichts dagegen unternehmen zu können, nicht zu wissen, wie ich Napoleone helfen konnte. Obwohl ich nie sonderlich fromm gewesen war, wusste ich mir keinen anderen Rat, als für ihn zu beten. Zwar hatte man es uns verboten, doch abends in meinem Bett rief ich Gott, seinen Sohn und die heilige Muttergottes an und erflehte ihren Beistand. *Bitte, lieber Gott, gib Napoleone die Chance, die er sucht, um sich auszeichnen zu können. Wenn ihm das gelingt, wird er mich zu sich holen und mich zu seiner Ehefrau machen.*

Nie hätte ich mir vorstellen können, in welchem Ausmaß ein Teil meiner Gebete erhört würde.

# Kapitel 8

*Marseille, 1795*

Zu meinem Erstaunen ließ Julie mir durch einen Dienstboten eine Einladung zu einem Abendessen bei ihnen bringen; normalerweise besuchte ich sie unangemeldet und zu jeder Tageszeit. Nun ging ich davon aus, dass sie mir etwas mitzuteilen hatte, wahrscheinlich, dass sie ein Baby erwartete.

Doch als ich abends ankam, machte Julie keinen sonderlich glücklichen Eindruck. Ich hatte mich hübsch gekleidet, mir eine kleine Feier vorgestellt, vielleicht sogar im Kreis von Letizia und anderen Mitgliedern der Familie Buonaparte, ein Baby wäre schließlich für sie alle eine freudige Nachricht. Zudem hatte ich mir ausgemalt, dass ein Kind meiner Schwester auch mich enger an die Buonapartes binden würde, immerhin würde in diesem Kind das Blut unserer beiden Familien fließen – so wie es eines Tages auch bei Napoleones und meinen Kindern sein würde.

»Julie!« Ich umarmte meine Schwester und schnupperte den Wohlgerüchen nach, die aus der Küche gezogen kamen. Dann überreichte ich ihr den Strauß aus Jasmin und Geißblatt, den ich in unserem Garten gepflückt hatte.

»Danke.« Julie nahm den Strauß zerstreut entgegen und legte ihn auf die Konsole im Flur, ohne ihn ins Wasser zu stellen.

Als Nächstes fiel mir auf, wie bemüht sie lächelte, als sie mich ins Esszimmer führte. »Hast du Hunger?«, fragte sie, ohne mich anzusehen.

»Ein bisschen.«

»Gut, das Essen ist fertig.«

Im Esszimmer erwartete uns Joseph. Er hatte ein Glas Wein in der Hand. Ich hatte mit Champagner gerechnet und einem festlich geschmückten Tisch, doch es gab weder das eine noch das andere. »Ah, Désirée«, sagte er, »schön, dass du da bist.«

Wir ließen uns am Tisch nieder, wo für drei Personen gedeckt war. Demnach würden keine weiteren Mitglieder der Familie Buonaparte erscheinen. Die Köchin brachte eine Platte mit einer gebratenen Ente und leicht angeschmorten Orangenschalen darauf.

»Wie geht es dir, Désirée?« Joseph legte ein Stück Entenbrust auf meinen Teller.

»Danke, gut.«

»Und Maman?«, fragte Julie.

»Maman ist wie immer.« Ich sah meine Schwester irritiert an. »Warum fragst du das, du hast sie doch gestern besucht.«

Meine Schwester zuckte mit den Schultern und breitete ihre Serviette über ihren Schoß. Dann warf sie ihrem Mann einen Blick zu.

»Wir haben Neuigkeiten«, sagte Joseph und schenkte mir Wein ein.

»Aha.« Ich spießte ein Stück Ente mit der Gabel auf.

»Wir ziehen fort.«

Ich legte meine Gabel ab und spürte, wie mir der Appetit verging.

»Wir verlassen Marseille«, ergänzte Joseph, als dächte er, ich hätte ihn beim ersten Mal nicht verstanden.

Ich räusperte mich. »Geht ihr nach Paris? Zu Napoleone?«

»Nein.« Joseph griff nach Julies Hand. »Wir ziehen auf einen Bauernhof zwischen Saint-Julien und Les Olives.«

Ich kannte die Gegend, sie war nicht weit von Marseille entfernt und durch ihre Olivenwälder berühmt geworden.

»Ich werde als Olivenbauer mit der Frau, die ich liebe, auf dem Land leben.« Joseph streichelte Julies Hand. »Wir werden ein einfaches Leben führen und eine Familie gründen.«

Er sagte es bestimmt, demnach stand alles schon fest. Und Julie hatte es nicht einmal für nötig befunden, vorher mit mir darüber zu reden oder mich in ihre Pläne einzubeziehen.

Joseph musste mir meine Enttäuschung entweder angesehen haben oder er wollte einfach freundlich sein, denn er beeilte sich hinzuzufügen: »Du bist unsere Schwester, Désirée, und darfst gern mit uns kommen, bis … nun … bis mein Bruder eine Entscheidung hinsichtlich seiner Zukunft getroffen hat.«

Meine Gedanken überschlugen sich, während ich versuchte, das Gehörte richtig zu begreifen. »Aber was ist mit Paris?« Ich sah Julie an. »Ich dachte, ihr wolltet nach Paris. Wir alle wollten doch dahin.«

»Das war der Plan«, antwortete Joseph. »Es ist nur so, dass wir …« Wieder tauschten er und meine Schwester einen kurzen Blick. Ich neidete ihnen die Einigkeit, die es ihnen ermöglichte, sich auf diese wortlose Weise zu verständigen. Meine Schwester war nicht allein, ganz gleich, was Napoleone entscheiden würde, ich aber könnte es sein.

»Wir wissen nicht genau, wie Napoleones Pläne zurzeit aussehen«, fuhr Joseph in ruhigem Ton fort. »Vielleicht liegt seine Zukunft in der Armee, vielleicht in Paris: Oder er wählt einen ganz anderen Weg.«

»Wir können nicht endlos auf etwas warten, das vielleicht nie eintrifft«, sagte Julie. »Hätte sich die Gelegenheit ergeben, wäre Joseph nach Paris gegangen, um der neuen Regierung zu dienen. Doch nun haben wir beschlossen, das Heft selbst in die Hand zu nehmen, statt weiter zu warten.«

Das war es also. Die hochfliegenden Ideen der Brüder Buonaparte waren ins Leere gelaufen. Napoleone hatte sich vorgestellt, mit seinen Männern in den Kampf zu ziehen und Ruhm zu ernten; Joseph hatte gehofft, in seinem Kielwasser einen Posten in der Regierung zu finden. Nun wollte der eine Olivenbauer werden – und der andere, was wollte der?

Julie griff nach Messer und Gabel. »Aber wie Joseph schon sagte, Désirée, du bist uns immer willkommen. Ganz gleich, was geschieht.«

Ich fragte mich, wie Napoleone auf die Entscheidung von Joseph und Julie reagieren würde. Ob er, ebenso wie ich, dächte, dass sein Bruder den Glauben an ihn und ihre Zukunftspläne verloren hatte.

Doch statt sich darüber zu erzürnen, war er mit Josephs Umzug einverstanden, hieß ihn sogar gut und schrieb mir: *Joseph hat sich von jeher ein einfaches Leben gewünscht. Zuerst als Priester, dann als Olivenbauer. Vielleicht sollten wir uns ebenfalls aufs Land zurückziehen.* Gleich darauf ging es mit ihm durch. *Wenn er einen Olivenhain kauft, kaufen wir uns in seiner Nähe ein Château. Dort lege ich für Dich einen Weingarten an und wir werden unseren eigenen Wein kreieren. Dann wäre es wie früher bei uns in Korsika, wir hätten stets genug Wein und Oliven. Und eine wilde Horde kleiner Buonapartes, die überall frei herumtollen können.*

Ich las die Zeilen ein ums andere Mal und versuchte, mir ein solches Leben auszumalen. Eine Zukunft auf dem Land hatte ich mir bisher nie vorgestellt, und ein Leben als Frau eines Winzers würde grundverschieden von dem einer Offiziersfrau sein. Aber wenigstens wäre Julie in meiner Nähe. Auch hatte Napoleone sich seit Langem nicht mehr so begeistert über etwas geäußert. Angesichts der düsteren Aussichten für so viele Menschen in unserem Land gab es zudem Schlimmeres, als in einem Château zu leben und einen Weingarten anzulegen. Im Geist sah ich Napoleon und mich in einfacher Kleidung durch die Reihen der Rebstöcke schreiten.

Doch kaum hatte ich mich an den Gedanken gewöhnt, erreichte mich sein nächster Brief, ebenfalls voller Enthusiasmus, jedoch mit einem gänzlich neuen Ziel. *Mit jedem Tag wächst meine Überzeugung, dass es neue Länder zu sehen gilt. Überdies strebe ich danach, Großes zum Ruhme Frankreichs zu tun, und werde die Führung einer wichtigen militärischen Mission in Konstantinopel übernehmen, um die Armee des Sultans Selim III. zu modernisieren. Vielleicht erreiche ich das, was Lafayette auf der Seite der Kolonisten während des amerikanischen Unabhängigkeitskriegs gelungen ist. Das wäre großartig – und eine enorme Herausforderung. Stell Dir vor, von Konstantinopel aus weiter in das Heilige Land zu reisen. Oder noch weiter nach Indien! Ich könnte mich den Streitkräften der Ostindien-Kompanie anschließen und reich wie ein Rajah zurückkehren.*

*Was sagst Du dazu, meine Liebste? Möchtest Du auf einem juwelengeschmückten Elefanten durch den Dschungel reiten? Ich glaube, die Pluderhosen, die man dort trägt, würden mir stehen. Und für Dich gäbe es einen Sari, darin würde ich Dich zu gern sehen.*

Nach diesem letzten Brief brach ich in Tränen aus. Ich konnte nicht einmal Maman davon erzählen, sie wäre vor Entsetzen außer sich geraten. Immer wieder fragte ich mich, wie Napoleone sich eine derartige Zukunft für uns vorstellen konnte, weit entfernt von Frankreich und den Menschen, die wir liebten. Ich würde nach Paris ziehen, meinetwegen auch aufs Land – aber nach Indien? Wie konnte er sich, ohne mich zu fragen, bereit erklären, nach Konstantinopel zu gehen?

All diese Gedanken hätte ich mir sparen können, denn wenige Tage später hieß es: *Ich bin dabei, einen Roman über uns zu schreiben, meine Liebste. Darin bist du eine schöne Sechzehnjährige mit Namen Eugénie. Ich bin Clisson, ein Soldat, den die Umstände zwingen, Bauer zu werden, bis er dann doch wieder für sein Land kämpfen muss.*

Ich ließ den Brief sinken. Napoleone war Romanschriftsteller geworden? Dann las ich den Auszug, den er dem Brief beigefügt hatte. Ich sollte ihm dazu meine Meinung schreiben. In dem Auszug ging es um die erste Begegnung von Eugénie und Clisson. *Ihre Blicke trafen sich. Ihre Herzen verschmolzen miteinander. Schon nach wenigen Tagen erkannten sie, dass sie dazu bestimmt waren, einander zu lieben. Es war, als wären ihre beiden Seelen zu einer geworden. Sie überwanden alle Hindernisse und blieben für immer zusammen.*

So erhaben ich diese Zeilen fand, begann ich mich doch allmählich zu fragen, ob es den Mann, den ich gekannt hatte, noch gab. Es war ja gut und schön, dass er so wundervoll über unsere Liebe schreiben konnte und darüber, dass wir für immer miteinander verbunden waren, doch wann sollte das in die Tat umgesetzt werden? Wann würden wir ein Leben wie Joseph und Julie führen? Warum musste sich erst eine berufliche Gelegenheit auftun, bevor er bereit war, mich zu sich zu rufen?

Ich wollte keinen Roman, sondern ein Leben, wie ich es bei meiner Schwester sah – morgens ein gemeinsames Frühstück mit meinem Ehemann, bei dem wir plaudern und vielleicht Zeitung lesen würden, am Abend ein Essen zu zweit. Das waren die schönen, einfachen Momente eines Ehelebens, ohne hochtrabende Bekundungen und Schwüre.

Glücklicherweise ließen Julie und Joseph sich mit ihrem Umzug Zeit, und ich konnte ersatzweise an ihrem Eheleben teilnehmen. Durch sie erfuhr ich auch, dass es in Paris erneut einen Aufstand gegeben hatte.

In Marseille war ein schöner Oktobertag angebrochen. »Oktober«, so nannten wir den Monat im privaten Kreis noch immer, auch wenn er nach dem Revolutionskalender offiziell »Vendémiaire« – Monat der Weinlese – hieß.

Joseph lief los, um Besorgungen zu machen und weitere Informationen über diesen Aufstand einzuholen, aber nach dem Frühstück wurde Julie die Tageszeitung gebracht, und wir lasen sie gemeinsam in ihrem Salon. Die Nachrichten erfüllten uns mit Angst und Schrecken. Wieder würde es einen Regierungswechsel geben. Der Konvent sollte nun durch einen Rat der Fünfhundert und einen Rat der Alten ersetzt werden. An die Stelle des Wohlfahrtsausschusses sollte ein Exekutivdirektorium treten. Doch sowohl aus der Tagespresse als auch Napoleones

Briefen und Josephs Kommentaren wusste ich, dass man den Männern, die nun als neue Machthaber genannt wurden, Korruption und Unfähigkeit vorwarf. Wie wollten sie ein Land retten, das inzwischen in Schulden versank? Wie die Hungersnot beenden? In Paris gab es so viele notleidende Menschen wie zu der Zeit, als Marie-Antoinette angeblich gesagt hatte, dass diejenigen, die kein Brot hatten, doch Kuchen essen sollten.

Zudem kursierten Gerüchte, dass Österreich angesichts der innenpolitischen Schwäche Frankreichs vorhatte, den Kampf gegen uns wiederaufzunehmen und dem Bruder König Louis' XVI. zum französischen Thron zu verhelfen. Schließlich waren die Bourbonen durch die Ehe von Louis XVI. und Marie-Antoinette mit den Habsburgern verwandt. Angeblich waren an der österreichischen Westgrenze bereits Truppen zusammengezogen worden. Das Volk wiederum wünschte sich, dass die Umstürze und das Leid endlich aufhörten. Es sehnte sich nach Ordnung und wollte ein Ende der Hungersnot.

Nach den Zeitungsberichten hatten die Royalisten vor, diese unsichere Lage für ihre Zwecke zu nutzen. Sie hatten sich bewaffnet und waren zum Palais des Tuileries marschiert, in dessen Theatersaal der Konvent seine Sitzungen abhielt. Auch in den Reihen der Nationalgarde gab es offenbar große Gruppen, die sich den Aufständischen angeschlossen hatten.

Als Joseph zurückkehrte, überfiel Julie ihn mit Fragen. Wie er erfahren hatte, lieferten sich die feindlichen Fraktionen in Paris erbitterte Kämpfe. Einige Mitglieder des Konvents hatten sich in den Tuilerien verbarrikadiert, andere waren aufs Land geflohen.

Ich wusste, dass Napoleone in dieser Woche in Paris ins Theater gehen wollte, einer seiner früheren Kameraden hatte ihm die Karte geschenkt, die er sich selbst nicht hätte leisten können. Er hatte sich darauf gefreut, doch nun würde er vermutlich darauf verzichten müssen. Oder doch nicht? »Napoleone wird hoffentlich vernünftig sein«, sagte ich zu Joseph, »und sich von dem Aufstand fernhalten.«

Joseph hob die Schultern. »Kriegerische Auseinandersetzungen sind für meinen Bruder nichts Besonderes.«

»Aber einen Aufstand hat er noch nicht erlebt«, entgegnete ich.

»Wie kommst du darauf?«, fragte Joseph. »Als während der Revolution der Palais des Tuileries gestürmt wurde, war Napoleone in Paris stationiert. König Louis und Königin Marie-Antoinette standen dort unter Hausarrest, nachdem ihre Flucht nach Varennes gescheitert war, und Napoleone hat erlebt, wie ein Mob, mit Gewehren, Piken, Äxten und Messern bewaffnet, die Verteidiger des Palastes abschlachtete.«

Ich erinnerte mich an die Berichte über die mordenden Revolutionäre, ebenso an die Erzählungen über die niederträchtige Art, wie sie unseren König und unsere Königin behandelt hatten, bevor diese schließlich enthauptet wurden.

»Mein Bruder hat gesehen, wie der König gezwungen wurde, die rote Jakobinermütze aufzusetzen und sich die Kokarde anzustecken. Wie er der johlenden Menge gewinkt, sich wie ein Tanzbär aufgeführt und zugelassen hat, dass seine Frau auf obszöne Weise beleidigt wurde.«

Gerade als ich Joseph fragen wollte, was Napoleone dazu gesagt hatte, fuhr er bereits fort.

»Mein Bruder hat die Gemetzelten in den Palastgärten gesehen und war zutiefst erschüttert. Napoleone ist weiß Gott kein Monarchist, aber er glaubt an die Notwendigkeit einer starken Regierung. Schwäche, Unentschlossenheit, halbherzige Maßnahmen, die zu Chaos und Anarchie führen, eine Regierung, die sich dem Pöbel beugt, all das widert ihn an. Deshalb vermute ich, dass er in Paris zurzeit für den Einsatz der Armee gegen die Aufständischen plädiert.« Joseph runzelte die Stirn. »Die Frage ist nur, wer sich dort für die Meinung eines jungen Manns namens Napoleone Buonaparte interessiert.«

In der Nacht tat ich wieder einmal kein Auge zu, sondern sorgte mich, Napoleone könnte tatsächlich ins Theater gegangen und auf dem Weg in blutige Auseinandersetzungen verwickelt worden sein.

Als das erste Tageslicht durch die Vorhänge in mein Zimmer sickerte, stand ich auf, kleidete mich an und ging hinunter, um zu sehen, ob es bereits etwas zu frühstücken gab.

In der Küche wurde gerade das Feuer im Herd entzündet. Ich setzte mich ins Frühstückszimmer. Wenig später drang der Duft von Kaffee und frisch gebackenem Brot zu mir, und unsere Köchin brachte mir eine Tasse heißen Kaffee. Ich trank sie allein, mit meiner Mutter war zu einer so frühen Stunde noch nicht zu rechnen.

Da ein Brief von Napoleone über das Geschehen in Paris mich erst nach Tagen erreichen würde, falls er am gestrigen Tag überhaupt zum Schreiben gekommen war, machte ich mich auf den Weg zu Julie.

Trotz der frühen Stunde hatten sich auf La Place bereits Menschen versammelt, die auf Zeitungen mit den neuesten

Nachrichten warteten. Da die Zahl der Hinrichtungen in der letzten Zeit weiter abgenommen und ich nicht gehört hatte, dass für diesen Tag welche geplant waren, huschte ich nicht wie sonst über den Platz, sondern trat mutig an eine junge Frau mit einem Säugling auf dem Arm heran und fragte, ob es bereits Nachrichten aus der Hauptstadt gebe.

Sie verlagerte ihr Baby von einem Arm auf den anderen und antwortete: »Kennen Sie den jungen korsischen Offizier, der vor einer Weile in Marseille gewohnt hat? Zuvor hatte er in Toulon gekämpft. Der mit dem eigenartigen Namen.«

»Meinen Sie General Buonaparte?«, fragte ich gepresst.

Die Frau nickte. »Genau den.«

Ich spürte, wie mir das Blut aus den Wangen wich. »Was ist mit ihm?«

Der Säugling begann zu wimmern, und die Frau wiegte ihn in den Armen.

»Bitte«, drängte ich. »Was wissen Sie über ihn?«

»Er ist der Mann, der die Republik vor den royalistischen Rebellen gerettet hat.«

Mir wurde schwindlig, und ich hielt mich an ihrer Schulter fest. Die Frau wich einen Schritt zurück, und meine Hand fiel herab. Ich entschuldigte mich und trat zu einem Mann, der eine Zeitung hatte. »*Pardon*, darf ich einmal hineinschauen?« Er reichte mir die Zeitung. Sofort sprang mir die Schlagzeile entgegen:

*Napoleon Bonaparte rettet die Republik!*

Ich registrierte flüchtig, dass man seinen Namen geändert hatte, der nun französisch klang, dann las ich den Bericht. Danach war Napoleone vor den Konvent getreten, als die Regierungstruppen wegen der hohen Anzahl aufständischer Royalisten noch wie gelähmt waren, und hatte den Mitgliedern seinen Plan vorgelegt, den sie schließlich angenommen hatten. Der erste Schritt war, aus Neuilly vierzig Kanonen herbeischaffen zu lassen, die er rings um den Regierungssitz in den Tuilerien so in Stellung brachte, dass die Rebellen nicht manövrieren konnten und der Beschuss von allen Seiten ihre Angriffe verhinderte. Es musste wohl alles recht schnell gegangen sein, doch das Endergebnis war, dass Napoleone es geschafft hatte, den Aufstand der Royalisten niederzuschlagen.

Ich reichte dem Mann die Zeitung zurück und bedankte mich.

Vor meinem inneren Auge stiegen Bilder auf. Sie zeigten Napoleone, wie er in seiner Uniform und auf einem Pferd Truppen in Aufstellung brachte und ihnen mit einem flammenden Blick aus seinen grünen Augen das Zeichen zum Feuern gab.

Der ansteigende Lärm um mich herum rüttelte mich wach. Auf dem Platz war die Fahne der Republik gehisst worden. Menschen reckten die Fäuste in die Luft und riefen: »*Vive le Général Bonaparte! Sauveur de la Révolution!*«

Ich erinnerte mich daran, dass Napoleone sich nicht der Westarmee angeschlossen hatte, um in der Vendée nicht gegen Franzosen kämpfen zu müssen. Doch nun hatte er es getan und wurde dafür als Held gefeiert. Ich fragte mich, wie er das miteinander in Einklang bringen wollte.

# Kapitel 9

*Marseille, 1795–96*

»Befördert?« Ich küsste Julie, die mit Joseph zu uns gekommen war.

»Ja, endlich ist es so weit.« Joseph streifte seinen regennassen Mantel ab und überreichte ihn einem unserer Dienstboten. »Es heißt, dass er einen Bürgerkrieg verhindert hat. Zum Lohn wurde er zum Generalmajor befördert und zum Befehlshaber der Innenarmee – zwei Feldarmeen, die für innere Ordnung sorgen werden.«

»Ach.« Wir gingen in den Salon, und ich rang mir ein Lächeln ab, während ich mich fragte, warum mein Liebster mir nichts darüber geschrieben hatte.

Joseph wärmte seine Hände am Kaminfeuer. »Napoleone übernimmt diese Position von Paul Barras, der demnächst Mitglied des neuen Direktoriums wird. Barras ist ein Mann mit großem Einfluss, vielleicht wird er zu dem Freund und Förderer, den mein Bruder sich seit Monaten erhofft.«

Ich setzte mich, faltete meine Hände im Schoß und ließ mir die Nachricht durch den Kopf gehen.

In den kalten, feuchten Herbsttagen, die in diesem Jahr viel zu früh gekommen waren, hatte ich mich nach einer Nachricht von Napoleone gesehnt, doch seine Briefe waren spärlich geworden. Bis vor Kurzem hatte er mich stets angefleht, ihm zu schreiben, und mir Vorwürfe gemacht, wenn ich es einmal einen Tag lang versäumt hatte, und nun konnten viele Tage vergehen, ohne dass ich von ihm hörte. Natürlich entschuldigte er sich nicht für sein Schweigen, erwähnte höchstens, dass er seit der Niederschlagung des Aufstands viel zu tun habe. Mit der neuen Position dürfte er sicher noch weniger Zeit haben, mir zu schreiben.

In den nächsten Tagen setzte ich mein gewohntes Leben fort. Ich malte, las, besuchte meine Schwester und meinen Bruder, machte Besorgungen für meine Mutter oder für unsere Köchin. Aber ich war keine Närrin. Mein Liebster war beinahe über Nacht von einem Mann, der sich kaum ein Glas Wein leisten konnte, zum Helden von Paris, wenn nicht ganz Frankreich, geworden. Und ich war mir sicher, dass er diesen plötzlichen Ruhm genoss.

Bei ihrem Besuch bei uns hatte Joseph noch gesagt: »Diese Beförderung bringt natürlich ein ansehnliches Gehalt mit sich. Achtundvierzigtausend Franc im Jahr.« Er hatte die Zahl geflüstert, schließlich sprach man in Gegenwart von Damen nicht über Geld. Julie und ich schnappten nach Luft. Achtundvierzigtausend Franc im Jahr! Noch vor einem Jahr hätte diese Summe Napoleones kühnste Träume überstiegen. Mit diesem Einkommen konnte er sich einen Sekretär leisten, ihm Briefe an mich diktieren.

Ich sehnte mich nach Napoleone. Es schmerzte mich, wenn er mir mitteilte, er habe zu viel zu tun, um mir zu schreiben, es jedoch schaffte, mit seinem Bruder regelmäßig zu korrespondieren. War ihm nicht klar, dass ich bei den Besuchen bei meiner Schwester erfuhr, wie oft er Joseph schrieb? Dass ich hörte, wie viel Zeit er hatte, seinem Bruder zu schildern, was er im Theater gesehen, in Restaurants gegessen und getrunken und was er bei seinen Einladungen in die eleganten Pariser Salons erlebt hatte?

Einmal entdeckte ich einen Brief, den Joseph auf einem Tisch in ihrem Salon liegen gelassen hatte. Unter anderem stand dort: *In Paris scheint man entschlossen, sich für alles, was man erlitten hat, zu entschädigen und sich angesichts der ungewissen Zukunft keine Vergnügung entgehen zu lassen.*

Ich fragte mich, an welchen Vergnügungen Napoleone nun teilnahm.

Wenn ich doch einmal einen Brief von ihm erhielt, machte er mir Vorhaltungen. Die liebevollen Anreden und zärtlichen Neckereien waren verschwunden und wurden von Strenge und Kälte ersetzt. Und was das Allerschlimmste war, er war wieder zu dem förmlichen Sie übergegangen. *Sie haben mir nie gesagt, was Sie von Rousseaus Schriften halten, so dass ich mich frage, ob Sie die Bücher, die ich Ihnen empfohlen hatte, überhaupt gelesen haben. Ich habe Ihnen mehr als einmal erklärt, dass diese Werke sich nicht nur auf Ihren Verstand, sondern auch auf Ihre Seele günstig auswirken werden.*

Es war furchtbar. Ich wartete sehnsüchtig auf seine Briefe, doch wenn sie eintrafen, schien jeder von ihnen nur seinen wachsenden Verdruss angesichts meiner Unzulänglichkeiten auszudrücken. Auch bat er mich nicht mehr darum, ihm das, was ich gemalt oder gezeichnet hatte, zu schicken. Ich wiederum bot es ihm nicht mehr an, wahrscheinlich hätte er doch nur daran herumgemäkelt.

*In Ihrem letzten Brief, Désirée, waren etliche Grammatikfehler. Wie oft habe ich Sie gebeten, Ihre Fähigkeiten in dieser Hinsicht zu verbessern und Ihren Verstand zu schärfen.*

Häufig brach ich nach der Lektüre eines Briefes in Tränen aus und fühlte mich schlechter als an den Tagen, an denen ich keine Post bekam.

*Sie schreiben, dass Sie mit Ihrer Schwester und Joseph ein Konzert besucht haben, aber wie sieht es mit Ihren eigenen Klavierübungen aus? Musikalisches Können sollte für eine Frau an oberster Stelle stehen. Dazu gehören Disziplin und der Wunsch, Vollkommenheit zu erreichen, denn Letztere beglückt die Seele.*

Stets drehte es sich um meinen Verstand, meinen Geist, meine Seele, nie mehr um das, was in meinem und seinem Herzen vor sich ging. Im Lauf der nächsten Monate wurden seine Briefe noch distanzierter. Mir entglitt der Mann, der mir einmal geschworen hatte, für immer der Meine zu sein. Mitunter erkannte ich ihn kaum wieder. Die Namensänderung war nun offiziell, und so unterschrieb er seitdem auch seine Briefe an mich, als Napoleon Bonaparte.

All diese Veränderungen nahm ich mit steigendem Seelenkummer wahr, doch ich verbot mir, etwas davon in meinen Briefen an ihn zu erwähnen. Anfangs hatte ich ihn oft geneckt und mit leisem Spott auf die Strenge hingewiesen, mit der er mich hin und wieder behandelt hatte. Das wagte ich nun nicht mehr; ich fürchtete mich zu sehr vor seiner Reaktion.

Als das neue Jahr begann, streute er in seine Briefe vage Bemerkungen ein, die jedoch tiefere Bedeutung zu haben schienen.

*Sie wissen, dass der Kampf mit all seinen Gefahren mein Schicksal ist, ganz gleich, ob er mich zum Ruhm führt oder in den Tod. Deshalb sollten auch Sie Ihren Neigungen nachgehen und das genießen, was für Sie greifbar ist.*

Ich ignorierte diese Bemerkungen und antwortete ihm zärtlich, in der Hoffnung, seine Kälte mit liebevollen Worten zu durchbrechen. Doch dahinter verbarg sich meine Furcht vor unserer Entfremdung. Ich wollte bei ihm sein, doch er lud mich nicht zu sich ein. Vielmehr begannen die Briefe nun mit der Anrede »Mademoiselle«, statt »liebe Désirée« oder einfach nur mit »Désirée«.

Aufgrund seines kometenhaften Aufstiegs wurde in den Zeitungen fortwährend über Napoleon berichtet. Dazu zählten Artikel in den Klatschspalten, in denen seine Kutsche geschildert wurde, die großartigen Bälle, die er besuchte, die vornehmen Salons, die er frequentierte.

Aus der Zeitung, von Joseph und dem Wenigen, das Napoleon mir mitteilte, wusste ich, dass es seine Aufgabe war, Frankreich vor Bedrohungen von innen zu bewahren. Er überwachte die Presse, insbesondere regimekritische Journalisten. Er überprüfte Theaterstücke und Opern auf unpatriotische Inhalte. In den Salons spitzte er die Ohren, um sich ein Bild über die Gesinnung der Gäste zu verschaffen. Er entließ Offiziere, die mit den Royalisten sympathisierten, ebenso schloss er Klubs, in denen die radikalen Ideen der Jakobiner vertreten wurden.

Er war tatsächlich ein viel beschäftigter Mann, doch sein Einkommen dürfte ihm ein Trost gewesen sein. Es ermöglichte ihm nicht nur die eigene Kutsche, sondern auch eine große, elegant möblierte Wohnung in einer wohlhabenden Gegend, nicht weit von der Place de la Concorde entfernt, die bis vor Kurzem noch Place de la Révolution geheißen hatte.

Zu meinem grenzenlosen Erstaunen begann er plötzlich über die Modeartikel zu schreiben, die er sich zugelegt hatte – elegante Stiefel, Lederhandschuhe, Halstücher aus Seide. Noch vor nicht allzu langer Zeit hätte er dergleichen als Firlefanz und Extravaganz abgetan. Einen Kammerdiener, der sich um die Pflege und den Schnitt seines Haars kümmerte, erwähnte er ebenfalls. Wenn ich das las, sagte ich mir, dass er sich nun eigentlich auch eine Ehefrau leisten konnte.

Die einzig gute Nachricht war, dass sein Roman veröffentlicht worden war. Demnach schien ich doch noch einen Platz in seinem Herzen zu haben. *Clisson et Eugénie* lautete der Titel.

Auch diesmal erfuhr ich davon nur von Joseph, der von seinem Bruder ein Exemplar erhalten hatte. Dennoch war ich stolz, dass ich Napoleon zu der weiblichen Hauptfigur inspiriert hatte.

Ich fragte Joseph, ob er mir sein Exemplar leihen würde. Er gab es mir – es war nur ein schmales Bändchen, mehr Novelle als Roman – und erklärte, da Liebesgeschichten ihn nicht interessierten, habe er nicht einmal hineingeschaut.

Wie einen Schatz trug ich das Büchlein nach Hause, setzte mich in den Salon und begann mit der Lektüre.

Einige Passagen kannte ich bereits, die hatte Napoleon mir geschickt, als er sich noch für meine Meinung interessierte. Ebenso kannte ich die Geschichte in groben Zügen. Doch wie ich nun feststellte, hatte er einiges geändert, und als ich den Roman zu Ende gelesen hatte, saß ich wie versteinert.

Das war nicht die Geschichte, die er mir beschrieben hatte. Zwar lieben Clisson und Eugénie einander leidenschaftlich und gehen die Ehe ein. Als Clisson den Armeedienst quittiert, leben sie als wohlhabende Bauern auf dem Land, bis Clisson die Waffen wiederaufnimmt, um für sein Vaterland zu kämpfen. Das war das, was ich erwartet hatte. Doch dann las ich, dass Eugénie, während Clisson im Krieg sein Leben aufs Spiel setzt, ein Verhältnis mit einem anderen Mann beginnt und die Liebe zu Clisson verrät. Als Clisson das erfährt, entscheidet er sich für einen gefährlichen Einsatz an vorderster Front und stirbt.

Seltsamerweise konnte ich über das Schicksal der Hauptfiguren nicht einmal weinen. Als ich ahnte, wie der Roman enden würde, hatte ich mich nur noch gefragt, wie Napoleon dazu gekommen war, so etwas zu Papier zu bringen. Die Figur des Clisson beruhte zweifellos auf der Vorstellung, die er von sich selbst hatte, aber konnte er tatsächlich annehmen, ich würde mich jemals so schändlich wie Eugénie betragen? Und unsere Liebe – sollte sie ihm etwa auch als Vorlage gedient haben? Vertraute er mir, oder Frauen im Allgemeinen, so wenig?

Mich überlief ein Frösteln. Glaubte Napoleon wirklich, ich hätte ihn betrogen? Vielleicht war dieser Verdacht der Grund für seine Kälte.

Ich nahm das Buch, das mir nun zuwider war, zog mir etwas über und lief zu meiner Schwester. Es war schon spät, doch ich konnte nicht warten. Ich musste mit Joseph sprechen.

»Ich muss sofort nach Paris«, rief ich, sobald ich in ihren Salon geführt worden war.

Joseph lag auf dem Sofa, den Kopf auf Julies Schoß gebettet. Sie hatte ihm offenbar vorgelesen, nun ließ sie ihr Buch sinken. Beide sahen mich verdutzt an. Joseph setzte sich auf. Julies Blick fiel auf das kleine Buch in meiner Hand.

»Wie hat dir die Geschichte gefallen?«, fragte sie.

»Habt ihr sie gelesen?«

Sie schüttelten den Kopf.

»Ich verstehe nicht, wie er so etwas Furchtbares schreiben konnte«, sagte ich aufgebracht. »Irgendjemand muss ihm etwas über mich gesagt haben, das nicht wahr ist. Ich muss zu ihm und alles richtigstellen.«

Joseph wechselte einen Blick mit meiner Schwester.

»Was ist?«, fragte ich, und meine Brust schnürte sich zusammen. »Sagt es mir.« Ich war es leid, dass sie stets mehr über Napoleon wussten als ich.

Julie bat Joseph, uns zwei Gläser Wein zu holen.

»Setz dich zu mir, Désirée.« Julie klopfte auf den frei gewordenen Platz auf dem Sofa.

Schwerfällig ließ ich mich nieder. »Bitte, Julie, sag mir, was du weißt.«

Julie nahm meine Hand und sah mich bekümmert an. »Napoleon hat uns gebeten, nach Paris zu kommen.«

»Wen? Wer ist ›uns‹?«

»Joseph und ich. Er hat für Joseph einen Posten in der Regierung gefunden, und ich werde mit ihm gehen.«

Ich musste um Luft ringen und spürte, wie das Blut in meinen Ohren rauschte. Dennoch klammerte ich mich an das, was Napoleon mir geschworen hatte, auch wenn er diesen Schwur seit einer ganzen Weile nicht mehr erwähnt hatte. »Ich begleite euch«, erklärte ich mit unsteter Stimme. »Wir werden wieder zu viert sein, so wie wir es uns vorgenommen haben.«

Julie wich meinem Blick aus. Als Joseph uns den Wein brachte, bat sie ihn, uns einen Moment allein zu lassen.

Julie griff nach ihrem Glas und leerte es zur Hälfte. Dann

atmete sie tief durch. »Du weißt, wie rasch Napoleon in Paris aufgestiegen ist.«

Ich nickte.

»Bitte, nimm einen Schluck Wein.« Julie deutete auf das Glas auf dem Tischchen vor uns, das ich nicht angerührt hatte.

Ich nippte daran. »Julie, warum rückst du nicht raus mit der Sprache?«

»Weil ich selbst nichts Genaues weiß, Désirée. Ich kenne nur die Gerüchte, die aus Paris hierhergelangen, und Dinge, die ich in der Zeitung gelesen habe. Napoleon selbst hat uns nichts darüber geschrieben ... sonst hätte ich es dir erzählt.«

Ich fasste ihre Hand. »Bitte, sag es mir, Julie.«

Julie schluckte nervös. »Napoleon hat alle Waffen in Privatbesitz konfiszieren lassen. Es ist eine Maßnahme, um weitere Aufstände der Royalisten zu verhindern.«

»Und weiter?«

Julie seufzte. »Dabei hatte er mit vornehmen Familien zu tun. Mit Adligen, die ihre Loyalität gegenüber der neuen Regierung beweisen wollten und nur zu bereit waren, ihre Waffen herzugeben. Anscheinend hat Napoleon jemanden aus diesen Kreisen kennengelernt.«

»Jemanden?«

»Eine Frau.«

Ich nahm einen großen Schluck Wein und blinzelte die aufsteigenden Tränen fort. »Wer ist sie?«

»Das kann ich dir nicht sagen. Joseph erzählt mir nicht viel, vielleicht weiß auch er nicht mehr.« Julie stand auf, trat an ihren kleinen Sekretär und holte eine zusammengefaltete Seite aus einer Schublade. »Mehr habe ich nicht.«

Es war ein Zeitungsausschnitt. Ich wischte meine Tränen ab und las die kurze Gesellschaftsnotiz, die Joseph oder Julie angestrichen hatte. *General Bonaparte wurde gesehen, wie er im noblen Restaurant Esprit de Nation in Gesellschaft einer der kultiviertesten und begehrtesten Damen unserer Stadt speiste.*

Die Zeilen verschwammen vor meinen Augen. »Er hat nur in ihrer Gesellschaft gespeist, steht hier. Das muss doch noch nicht bedeuten, dass er …« Meine Stimme verebbte. Warum sollte ich mir etwas vormachen? Natürlich steckte mehr dahinter. Es erklärte die seltenen Briefe und den kühlen Ton, wenn er mir schrieb. Und dass er mich nicht zu sich gebeten hatte, nicht einmal jetzt, wo Julie und Joseph nach Paris gehen würden. Das, was ich seit Monaten befürchtet hatte, entsprach der Wahrheit. Ich war dabei, Napoleon zu verlieren.

In den Tagen darauf litt ich wie noch nie in meinem Leben. Immer wieder dachte ich über die Zeilen im Gesellschaftsteil der Pariser Zeitung nach und quälte mich mit den Bildern, die sie in mir hervorriefen.

Dann kam der Morgen, als ich eine Zeitung holen ging und nicht in den Klatschspalten nach Informationen über Napoleons Leben suchen musste. Stattdessen sprang mir die Schlagzeile in Riesenlettern entgegen: *Bonaparte wird General der Liebe.*

Ich erstarrte und brauchte einen Moment, bevor ich weiterlesen konnte. *General Bonaparte, der Retter der Revolution, besucht die Komische Oper in Begleitung seiner schönen Geliebten Joséphine, Vicomtesse de Beauharnais.*

Die Zeitung fiel aus meinen zitternden Händen, und es war mir gleich, ob sich die Leute auf der Straße über mich wunderten. Mein Herz hämmerte gegen meine Rippen, jeder Schlag tat mir weh und vergrößerte mein Leid.

Was war aus dem Mann geworden, den ich liebte? Dem Mann, dem ich vertraut hatte. Galten seine Schwüre ihm nichts mehr?

Ich kannte den Mann nicht mehr, der in Paris ein mondänes Leben führte, sich für seine Garderobe interessierte und seinen Namen hatte ändern lassen. Den Mann, der mich verlassen hatte, so kalt und gleichgültig, als schuldete er mir nichts. Der mein Herz brach und mich ohne weitere Erklärung durch eine Frau mit Namen Joséphine ersetzte.

# TEIL II

# Kapitel 10

*Paris, 1796*

Wer war Joséphine de Beauharnais? In Marseille hatte ich nicht viel über sie herausfinden können, doch in Paris stieß ich auf mehr Informationen, als mir lieb war.

Hier schien man von der Frau wie hypnotisiert zu sein, konnte gar nicht genug über diese dunkelhaarige Schönheit hören und lesen, die nun die Mätresse des allseits beliebten Generals Napoleon Bonaparte war.

Keiner der Journalisten, die über Joséphine und den General der Liebe schrieben, schien etwas von meiner Existenz zu wissen. Sie kannten keine junge Frau namens Désirée Clary aus Marseille, die bis vor Kurzem davon ausgegangen war, bald den korsischen Emigranten Napoleone Buonaparte zu ehelichen. Aber da es war, als hätte es diesen Mann gar nicht gegeben, konnte er wohl auch niemandem die Ehe versprochen haben.

Ich hatte Julie und Joseph nach Paris begleitet und wohnte in dem Stadthaus, das die beiden in der Rue des Capucines gemietet hatten. Dort erfuhr ich tagtäglich den neuesten Klatsch über Joséphine, die berüchtigte Lebedame der Pariser Gesellschaft. Offenbar war sie eine schillernde Persönlichkeit mit einer fragwürdigen Vergangenheit, die auf alle, die ihr begegneten, faszinierend wirkte.

Nach den Zeitungsberichten wurde Joséphine als Marie Josèphe Rose Tascher de La Pagerie auf Martinique, einer unserer karibischen Inselkolonien, geboren, wo ihr Vater eine heruntergekommene Zuckerrohrplantage besaß. Mit siebzehn Jahren reiste sie nach Paris und heiratete Vicomte Alexandre de Beauharnais. Es war keine glückliche Ehe. Beauharnais erwies sich als gewalttätiger Mann, der zudem eine Affäre nach der anderen hatte. Dennoch entstammten der Ehe zwei Kinder, Hortense und Eugène, von denen Beauharnais behauptete, sie seien nicht von ihm. Er starb im Sommer 1794 unter der Guillotine.

Nach seiner Hinrichtung wurde auch Joséphine verhaftet und kam in das Pariser Gefängnis des Carmes, doch nach dem Sturz Robespierres wurde sie freigelassen. Auf den zügellosen Festen, die der Schreckensherrschaft in Paris folgten, wurde sie zu einer festen Größe.

Offenbar war sie als geistreich und charmant bekannt und führte den kleinen, aber einflussreichen Kreis begehrenswerter Frauen an, die »Les Merveilleuses« genannt wurden. Es hieß, zu ihren Festen und Diners wollte jeder Mann, der etwas auf sich hielt, eingeladen werden. Offenbar fehlte es bei diesen Anlässen, trotz der allgemeinen Lebensmittelknappheit, an nichts und der Champagner floss in Strömen. Ein böses Gerücht besagte, dass die Damen sich bereits zum Dessert ihrer durchsichtigen Gewänder entledigten. Ein Journalist schrieb, passend zu den Sansculotten – also Männern ohne Hosen – könne man les Merveilleuses als Sans-Chemise bezeichnen: Frauen ohne Hemden. Ich errötete, wenn ich las, wie diese ausschweifenden Feste zu Orgien wurden, bei denen die Frauen unter den Männern herumgereicht wurden.

Da es Joséphine nach dem Tod ihres Mannes an Geld mangelte, ließ sie sich nacheinander von mehreren hohen Offizieren aushalten, bevor sie schließlich die Geliebte des Generals Lazare Hoche wurde. Er war ebenfalls im Gefängnis des Carmes inhaftiert gewesen, dort hatten sie sich kennengelernt.

Ich erinnerte mich, dass ich den Namen des Generals schon einmal gehört hatte. Er war der Mann, unter dessen Führung Napoleon den Aufstand in der Vendée hatte niederschlagen sollen. Damals hatte er sich geweigert und erklärt, ein solcher Einsatz werde ihn beruflich nicht weiterbringen und Hoche ihm nicht nützlich sein. Wie es schien, hatte er aber nichts dagegen, Hoches ehemalige Mätresse zu übernehmen. Und diese Frau war meine Nachfolgerin geworden. Bei dem Gedanken verkrampfte sich mein Herz.

Allerdings hatte Joséphine nach Hoche einen weiteren Liebhaber gehabt. Das war Paul Barras, Mitglied des Direktoriums, der sie in einem herrschaftlichen Haus in der vornehmen Rive Droite unterbrachte. Bei ihm musste es Joséphine und ihren Kindern gut gegangen sein. Und großzügig, wie er war, hatte er seine Geliebte mit Napoleon, seinem Nachfolger als Befehlshaber der Innenarmee, geteilt. »Vielleicht gehört sie zu dem Posten«, hatte Julie gesagt, die nur selten giftig wurde.

Ich wohnte im zweiten Stock des Hauses, das Joseph und Julie in Paris bezogen hatten, und besaß einen kleinen Salon, ein Schlafzimmer und ein Ankleidezimmer. Meine Schwester und ihr Mann hatten mich mit der für sie typischen Liebenswürdigkeit bei sich aufgenommen und gaben mir auch nie das Gefühl, das fünfte Rad am Wagen zu sein, selbst wenn ich mich oft so fühlte.

Zu meinem Erstaunen waren meine Mutter und Nicolas mit meinem Umzug nach Paris einverstanden gewesen, wahrscheinlich, weil sie wussten, dass ich bei Joseph und meiner Schwester in guten Händen war. Vielleicht hatten sie sich auch gesagt, es könnte mir nicht schaden, meinen Horizont zu erweitern und etwas mehr als die enge Welt Marseilles kennenzulernen.

»Wird es nicht zu schmerzhaft für dich sein?«, hatte Julie mich vor unserer Abreise gefragt. »Jeden Tag wirst du seinen Namen in der Zeitung lesen. Du wirst ihm bei uns begegnen. Ihr auch.«

Meine Schwester hatte nie viel von Napoleon gehalten. Nachdem er mich so schändlich behandelt hatte, war er in ihrer Achtung noch tiefer gesunken.

»Das macht mir nichts aus«, log ich.

In Wahrheit wusste ich nicht, was ich bei diesen Anlässen empfinden würde. Ich hatte Napoleon lange nicht gesehen und seit vielen Wochen nichts mehr von ihm gehört. Doch ganz gleich, was er mir angetan hatte, Paris wollte ich mir von ihm nicht nehmen lassen. Ich war schließlich noch jung und konnte ein neues Leben beginnen. Also bestellte ich mir in Marseille für den Pariser Winter einen pelzgefütterten Mantel, packte meine Reisetruhen und reiste mit meiner Schwester und meinem Schwager nach Norden.

Bisher war ich Napoleon noch nicht begegnet. Nur Joseph hatte ihn kurz nach unserer Ankunft getroffen.

Julie und ich richteten das Haus ein und stellten Dienstboten ein. Nachmittags spazierten wir durch die noblen Straßen der Rive Droite oder entlang der Seine, sahen uns in den Geschäften um und wagten uns auf den großen Markt Les Halles.

Doch während dieser Ausflüge war ich nie richtig entspannt. Jedes Mal, wenn wir das Haus verließen oder zurückkehrten, hielt ich verstohlen nach der vertrauten Gestalt Ausschau. Sah ich eine Armeekutsche, stockte mir der Atem, und ständig hatte ich Angst, er käme mir irgendwo Arm in Arm mit ihr entgegen. Immerzu huschten meine Augen umher und suchten das Gesicht, an das ich mich mit einer qualvollen Mischung aus Zorn und Sehnsucht erinnerte.

Doch an diesem Tag würde ich Napoleon tatsächlich sehen. Julie und Joseph hatten ihn zum Mittagessen eingeladen.

Und er würde Joséphine mitbringen.

»Ich war dagegen«, entschuldigte Julie sich, während wir die Servietten falteten. »Ich wollte, dass nur er kommt, aber Joseph wünschte es anders.«

»Das stört mich nicht«, antwortete ich und versuchte, gleichmütig zu klingen. »Ich bin über ihn hinweg.« Ich griff nach der nächsten Serviette. Als ich aufschaute, traf ich auf Julies besorgten Blick. »Doch, es ist wahrhaftig so«, beharrte ich und schluckte krampfhaft. »Er wird sich sehr verändert haben. Wird kaum noch der Mann sein, den ich einmal heiraten wollte.«

Julie betrachtete mich skeptisch. Schließlich nickte sie. »Wahrscheinlich hast du recht.«

Wir legten die Servietten auf die Teller. Ich überlegte, ob ich in der Lage sein würde, etwas zu essen; mein Magen war wie zugeschnürt.

»Joseph hat gesagt, als Bruder sei es seine Pflicht, Joséphine bei sich zu empfangen … und sie zu akzeptieren. Offenbar haben die Schwestern Bonaparte und Letizia das bisher abgelehnt. Seit Napoleon mit Joséphine zusammen ist, weigern sie sich, nach Paris zu kommen.«

»Warum?«, fragte ich verblüfft. Ganz Paris schien die Liaison der beiden gutzuheißen.

Julie schürzte ihre Lippen und begutachtete den gedeckten Tisch. »Vielleicht, weil ihr Lebenswandel zu wünschen übrig ließ.«

Es wunderte mich, dass die Damen Bonaparte daran Anstoß nahmen. Die meisten Frauen in Joséphines Kreisen hatten ebenso viele Liebhaber wie Joséphine gehabt, wenn nicht mehr.

»Letizia scheint der Auffassung zu sein, dass sie unter Napoleons Würde ist.«

»Wahrscheinlich, weil sie unter so vielen Männern gelegen hat.«

»Désirée!«, rief Julie schockiert, doch dann musste sie lachen. »Sie spaltet die Familie Bonaparte. Die Brüder scheinen nichts gegen sie zu haben, nur die Schwestern und die Mutter missbilligen sie. Wie dem auch sei, heute werden wir uns selbst ein Bild von ihr machen können. Ich hoffe bloß, dass es dir nicht zu viel wird.« Julie trat zurück und begutachtete den Tisch. »Hätte ich vielleicht doch mit dem Limoges-Service eindecken lassen sollen? Oder mit dem Steingut-Service aus Nevers? Das wäre nicht so förmlich.«

»Der Tisch sieht sehr schön aus, lass ihn so«, antwortete ich.

Julie runzelte die Stirn, nahm ein Silbermesser auf und hielt es mit kritischem Blick ans Licht.

In Marseille hätte sie sich keine Gedanken gemacht, wäre Napoleon zum Mittagessen erschienen. Damals war er der ungepflegte, ungesittete jüngere Bruder ihres Mannes, der froh sein konnte, wenn man ihm eine ordentliche Mahlzeit servierte. Hier in Paris war es anders. Nun waren wir die Außenseiter, denen die Pariser Gesellschaft ebenso fremd war wie der eiskalte Wind, der von der Seine kommend durch die Straßen pfiff. Napoleon dagegen gehörte mittlerweile zu dieser Gesellschaft und war ein Mann von Bedeutung geworden. Darüber hinaus würde er mit Joséphine kommen, der Anführerin der Merveilleuses, und das machte uns beide nervös.

Napoleon erschien pünktlich auf die Minute.

Als er den Salon betrat, verkrampfte sich mein Körper, einschließlich meines Herzens, doch ich zwang mich zu einem höflichen Lächeln und bemühte mich um eine verbindliche Miene.

Wie oft ich mir vorgestellt hatte, ihn wiederzusehen. Seit dem Tag, als er in Marseille in die Kutsche stieg, noch einmal winkte und ich ihm mit tränenverschleierten Augen nachblickte, hatte ich an kaum etwas anderes gedacht. In der vergangenen Nacht hatte ich mich schlaflos hin und her gewälzt und versucht, mich innerlich auf die Wiederbegegnung einzustellen.

Doch als er nun, mit Joséphine am Arm, den Salon betrat, stellte ich fest, dass ich mich auf diesen Anblick unmöglich hätte vorbereiten können.

Nichts erinnerte mehr an den dünnen, blassen Mann, den ich in Marseille gekannt und geliebt hatte. Das Haar war nicht mehr lang, sondern endete exakt über dem Kragen seiner blauen Uniformjacke. Das Gesicht mit den vormals scharf gemeißelten Zügen war weicher geworden, der Körper fülliger. Drahtig und sehnig hatte er früher gewirkt, nun machte er einen wohlgenährten Eindruck, mit rosigen Wangen und Bauchansatz.

Der größte Unterschied lag jedoch in dem Hochmut, den sein Gesicht und seine Haltung ausdrückten. Zwar war Napoleon von jeher äußerst selbstbewusst gewesen – es hatte zu den Eigenschaften gehört, die ich an ihm bewundert hatte –, doch als er sich im Salon umsah, als müsse er ihn inspizieren, die Brauen zusammengezogen und die Hände in die Seiten gestemmt, kam er mir einfach nur überheblich vor. Natürlich besaß er nun Macht und war wohlhabend geworden, insofern sollte mich seine Art vielleicht nicht wundern, aber sie war unschön.

Mein Blick wanderte zu der Frau an seiner Seite, der Napoleon aus dem pelzgefütterten Umhang half, bevor er seinen Mantel ablegte und beides einem Dienstboten reichte.

Joséphine war anmutig aus dem Umhang geschlüpft, eine schlanke Gestalt in einem fließenden Kleid aus zartem, lilafarbenem Seidenchiffon. Es war wie ein Gewand der griechischen Antike geschnitten, allerdings mit tiefem Ausschnitt, und wurde an den Schultern von zwei großen Diamantbroschen gehalten. Ich fand, es hätte besser zu einem Sommerfest als zu einem Mittagessen im Pariser Winter gepasst, aber Joséphine schien seltsamerweise nicht zu frieren.

Wir alle sahen zu, wie sie ihren Blick schweifen ließ. Dabei lächelte sie mit geschlossenem Mund; es sah aus, als würde sie gleich kichern.

Schließlich wanderten ihre mandelförmigen, braunen Augen mit den dunklen Wimpernkränzen zu mir.

Ich wusste nicht, wie ich reagieren sollte, und hörte, wie die mir vertraute, seidige Stimme sagte: »Meinen Bruder kennst du, Liebste. Gestatte, dass ich dich nun auch mit meinen Schwestern bekannt mache.« Napoleon deutete auf Julie. »Julie Bonaparte, die Frau meines Bruders, ist unsere Gastgeberin. Aber auch ihre kleine Schwester Désirée zählt zu den geschätzten Mitgliedern unserer Familie.«

Er stellte mich als seine *Schwester* vor? Ich spürte, wie mein Blut zu kochen begann. *Schwester?* hätte ich am liebsten gerufen. *Weißt du nicht mehr, was wir getan haben? Tut man das mit seiner Schwester? Bittet man sie, seine Frau zu werden, und schwört ihr, für immer der Ihre zu sein?*

Julie tastete nach meiner Hand und drückte sie. Es fiel nicht auf, wir konnten unsere Hände in den tiefen Falten unserer Brokatkleider verbergen. Ich biss mir auf die Zunge und schmeckte Blut. Doch selbst das war besser, als mich durch eine erbitterte Antwort bloßzustellen.

Ich sah Napoleon mit hocherhobenem Kopf an und stellte erstaunt fest, dass wir auf Augenhöhe waren, obwohl er früher eine Spur kleiner als ich gewesen war. Anscheinend trug er nun Schuhe, die ihn größer machten.

Ich lächelte. »Wie schön, Sie nach so langer Zeit wiederzusehen, Napoleon.« Vielleicht erwartete er mittlerweile, als General Bonaparte angesprochen zu werden, doch ich war nicht gewillt, seiner Eitelkeit zu schmeicheln.

Ich schaute in seine grünen Augen, um zu sehen, ob dort noch ein Anflug seiner früheren Zuneigung erkennbar war oder vielleicht der Hauch eines Schuldbewusstseins – und nahm ein kurzes Flackern wahr, das sofort wieder erlosch. Er räusperte sich, zog seine Uniformjacke glatt und legte eine Hand auf Joséphines unteren Rücken. »Die Freude ist ganz meinerseits, Désirée. Als wir uns zuletzt gesehen haben, waren Sie noch ein Mädchen. Nun sind Sie zu einer jungen Frau gereift und sehen wohl aus. Offenbar ist es Ihnen seit unserer letzten Begegnung gut ergangen.«

Was für ein Heuchler er war. Ich spürte, wie zornige Röte in meine Wangen stieg.

Doch bevor ich antworten konnte, sprach Napoleon weiter. »Darf ich euch mit Vicomtesse Marie Josèphe de Beauharnais bekannt machen?«

Joseph verneigte sich vor Joséphine. »Sie sind uns willkommen.«

Sie strich Napoleon über den Arm und sah uns alle lächelnd an. »Bitte, nennen Sie mich Joséphine. Bonaparte hat sich den Kosenamen ausgedacht, seitdem nennen mich alle so.« Ihr Blick streichelte Napoleons Gesicht. »Du neigst dazu, den Menschen neue Namen zu geben, nicht wahr, Liebster? Und sie nach deiner Vorstellung umzuformen.«

Napoleon schlang einen Arm um ihre Taille und zog sie an sich, als wäre er mit ihr allein im Raum.

Joséphine versetzte seiner Hand einen Klaps, aber dann schmiegte sie sich an ihn. Und obwohl sie eindeutig größer als er war, schaffte sie es irgendwie, kleiner zu wirken.

»Nicht, Liebling.« Mit sanftem Nachdruck schob sie seine Hand fort, die zu wandern begonnen hatte. »Wir sind hier zu Gast, und ich vermute, dass unsere Gastgeber hungrig sind.«

»So wie ich«, flüsterte er so laut in ihr Ohr, dass wir es alle hören konnten. »Ich hungere nach dir.«

Joséphine legte den Kopf zurück und lachte hell auf. »Schon wieder?«, gurrte sie. »Wirst du denn niemals satt?«

Ihre Stimme war weich und der Tonfall schleppend, so wie ich es in Marseille schon von den Kreolen aus der Karibik gehört hatte.

Napoleon blickte sie an, als wolle er sie vor unseren Augen verschlingen.

»Geduld, mein Lieber«, sagte Joséphine und schüttelte Napoleons Arm ab. »Später darfst du kosten, was du möchtest.« Sie warf Julie einen Blick zu, als wolle sie sagen, *diese unersättlichen Bonapartes*.

Julie reagierte nicht, sie wirkte ebenso schockiert wie ich.

Joséphine trat zu Julie und nahm ihre Hände. »Wie liebreizend Sie und Ihre Schwester sind. Ich bin so froh, Sie endlich kennenzulernen.«

»Ebenso«, antwortete Julie und wirkte plötzlich befangen. Joséphine schien sie einzuschüchtern.

In Marseille hatten wir dank der steten Lieferung neuer Seidenstoffe zu den modischsten jungen Frauen der Stadt gezählt. Doch im Vergleich zu Joséphine waren wir altbacken gekleidet, mit eng geschnürtem Korsett und schweren Brokatkleidern, die vorn mit Schleifen verziert waren. Joséphines Kleid dagegen gehörte zur neuesten Mode, die wir als Stil des Directoire bezeichneten, und unter dem dünnen Stoff trug sie eindeutig kein Korsett.

»Darf ich zum Essen bitten?« Julie winkte uns zur Tür.

Joséphine nahm Napoleons Arm. Die beiden folgten Julie und Joseph zum Esszimmer. Ich schloss mich ihnen an und überlegte, ob es vielleicht ebenso ihre Haltung war, die Joséphine von Julie und mir unterschied. Sie bewegte sich mit Grazie und um einiges lässiger als wir. Offenbar war sie auch älter als Napoleon, vielleicht Mitte dreißig, doppelt so alt wie ich. Und mit mindestens zweimal so viel Lebenserfahrung ausgestattet, wie ich vermutete.

Auf ihre eigene Art war Joséphine schön. In Paris war es üblich, dass modebewusste, begüterte Frauen ihr Haar und ihr Gesicht weiß puderten, um eine gespenstische Blässe zu erreichen. Das galt als vornehm. Einige gingen sogar so weit, sich dünne bläuliche Adern ins Gesicht zu malen, um den Eindruck durchscheinender Haut zu erwecken. Joséphine tat das Gegenteil, sie trug den bronzefarbenen Teint einer Kreolin mit Selbstbewusstsein und puderte auch ihr dichtes, kastanienbraunes Haar nicht. Vielmehr gab sie ihrem Gesicht noch mehr Farbe, indem sie Rouge auftrug, die weit auseinanderstehenden Augen mit Kajal umrandete und ihre Lider dunkel färbte, wahrscheinlich mit Holunderpaste. All das verlieh ihr einen exotischen Reiz. Vielleicht war das ihre Absicht, oder aber sie hatte sich gesagt, dass der weiße Puder – eingeführt von französischen Aristokratinnen, die nun in Massengräbern langsam zu Staub zerfielen – ihren dunklen Teint ohnehin nicht kaschieren würde. Im Übrigen konnte sie es sich, dank ihres gesellschaftlichen Ranges, leisten, gegen den Strom zu schwimmen. Womöglich würde sie sogar zum Vorbild werden und sich bald keine Frau mehr wie zur Zeit Marie-Antoinettes pudern und schminken.

Zudem fiel mir auf, dass sie sich beim Gehen in den Hüften wiegte und der zarte, weiche Stoff ihres Kleides sich dabei um ihre Beine legte. Und dann sah ich, dass sie Sandalen trug. Im kalten Pariser Winter! Sie waren aus Leder, mit einem komplizierten Geflecht dünner Riemchen. Solche Fußbekleidung kannte ich von Bildern, die römische Gladiatoren zeigten. Wie entsetzt meine Mutter bei ihrem Anblick wäre! Die Damen, mit denen wir verkehrten, würden es nie wagen, Sandalen zu tragen, die ihre bloßen Füße und das Fußgelenk enthüllten, und so zu einem Essen gehen. Nicht einmal, wenn es warm war, würden sie es tun. Und hier lag auf den Straßen Schnee.

»Joséphine hat die niedlichsten kleinen Füße, die man sich vorstellen kann«, sagte Napoleon, als hätte er meine Gedanken erraten. »In ihrer Kindheit ist sie barfuß über Wiesen und Strände gelaufen, statt mit zu engen Schuhen über Straßen. Ist es nicht so, meine schöne Kreolin?«

»O ja.« Joséphine bedeckte ihren Mund mit der Hand und lachte fröhlich. »Selbst jetzt kann ich mich nicht überwinden, meine Füße in die Folterinstrumente zu zwängen, die in der französischen Damenwelt als Schuhe gelten. Das Leben ist zu kurz, um zu leiden. Deshalb trage ich auch kein Korsett.«

Napoleon wandte sich seinem Bruder zu. »Joséphine ist wie wir auf einer Insel groß geworden.«

Wir betraten das Esszimmer.

Am Tisch ließen Napoleon und Joséphine sich Seite an Seite nieder. Ich setzte mich meinem ehemaligen Liebsten gegenüber zu Julie. Joseph nahm an der Stirnseite des Tisches Platz. Julie gab den Bediensteten das Zeichen, den ersten Gang aufzutragen.

Der Hauptgang bestand aus pochiertem Steinbuttfilet mit einer Soße aus Wein und Zitrone, dazu Dampfkartoffeln. Ich hatte keinen Appetit. Auch Joséphine stocherte nur in ihrem Essen.

Napoleon gönnte mir kaum einen Blick, er war zu sehr mit seiner neuen Geliebten beschäftigt. Er schenkte ihr Wein nach, wollte wissen, ob es ihr schmecke, flüsterte ihr etwas ins Ohr. Es war erstaunlich, wie aufmerksam er sein konnte.

Ich fragte mich, was ihn seinerzeit für mich eingenommen hatte? Wahrscheinlich hatten ihm meine frisch erblühten Reize gefallen, unser vornehmes Haus und der Wohlstand unserer Familie. Vielleicht hatte er mich sogar geliebt, zumindest hatte er mir das geschrieben. Doch seine Beziehung zu Joséphine war etwas ganz anderes, sie schien er anzubeten.

Immer wieder fiel mir auf, dass Joséphine nur mit geschlossenem Mund lächelte. Der Grund wurde mir klar, als sie einen kleinen Bissen Fisch in den Mund führte und ich ihre braunen, verfaulten Zähne sah. Vielleicht hatte sie auf der Zuckerrohrplantage früher zu viel Süßes gegessen und sich auf die Weise die Zähne verdorben. Es war ein ganz scheußlicher Makel, wie ich zufrieden feststellte.

Doch ebenso wie ihre bronzefarbene Haut hatte Joséphine es verstanden, aus diesem Schönheitsfehler etwas Anziehendes zu machen, denn wenn sie beim Sprechen versuchte, ihre Zähne zu verbergen, klang das, was sie sagte, wie ein Raunen. Wollte ein Mann sie verstehen, musste er nahe an sie heranrücken. Er würde ihr nach Jasmin duftendes Parfum riechen, ihr Haar seine Wange kitzeln, sein Blick in ihren Ausschnitt gleiten. Sie war wie eine Katze, die ihre Beute fing, ohne eine Kralle zu rühren.

Nach dem Steinbutt gab es Kaffee und eine Auswahl an Desserts. Ich konnte das Ende dieses Mahls kaum erwarten.

Doch Napoleon beschrieb lang und breit ein aufrührerisches Theaterstück, das er verboten hatte, und als er fertig war, schlug Joseph seinen Gästen vor, ihnen das Haus zu zeigen.

»Unbedingt«, sagte Napoleon und schlug mit der Hand auf den Tisch. »Ich muss prüfen, ob die Regierung meinem Bruder eine angemessene Unterkunft zur Verfügung gestellt hat.«

»Eigentlich brauchen wir kein so großes Haus«, entgegnete Julie. Offenbar hatte sie keine Lust, ihren Schwager in seiner Wichtigtuerei zu bestärken.

»Dann müsst ihr es mit kleinen Bonapartes füllen.« Napoleon sah seinen Bruder streng an.

Meine Schwester senkte den Blick.

»Wer übernimmt die Führung?« Napoleon stand auf. Der Gedanke, dass er Joseph und Julie zu nahegetreten sein könnte, schien ihm nicht zu kommen.

»Liebling.« Joséphine fasste seinen Arm.

Napoleon sah sie zärtlich an.

»Während du dir das Haus anschaust, mache ich einen kleinen Spaziergang.« Joséphine wandte sich mir zu. »Vielleicht begleiten Sie mich, Désirée, Sie kennen das Haus ja schon.«

Ich wusste nicht, was ich darauf antworten sollte, und wand mich verlegen.

Napoleon antwortete gekränkt: »Warum möchtest du nicht bei mir bleiben und das Haus sehen?«

Joséphine blickte ihn von unten herauf an und raunte: »Wir werden deinen lieben Bruder noch oft besuchen, und bei unserem nächsten Besuch zeigst du mir das Haus. Heute möchte ich mich mit Désirée unterhalten und mir erzählen lassen, wie ihre Reise hierher war. Für Frauen, die wie sie und ich aus dem

Süden kommen, bietet das winterliche Paris einen rauen Empfang.«

Napoleon zuckte resigniert mit den Schultern.

Joséphine lächelte mich an. »Ich hoffe, Sie sind einverstanden.«

Was wusste Joséphine über mich? War ihr die Rolle bekannt, die ich einmal im Leben ihres Liebhabers gespielt hatte? Irgendetwas musste ihr zu Ohren gekommen sein, warum hätte sie sonst mit mir spazieren gehen wollen? Joséphine war schön und charmant, doch darüber hinaus hatte ich den Eindruck, dass sie alles andere als dumm war und kaum etwas ohne triftigen Grund tat.

»Wohin sollen wir gehen?«, fragte sie, als wir das Haus verließen, und sah mich an, als gäbe es für sie nichts Schöneres, als sich nach meinem Wunsch zu richten.

Ich hob die Schultern. »Ich habe noch keine Lieblingsstrecke.« Es ärgerte mich, dass sie tat, als wäre der Spaziergang unser beider Idee gewesen.

»Ich habe auch Jahre gebraucht, bis ich mich hier ausgekannt habe.« Bei der Erinnerung entrang sich ihr ein Seufzer. »Aber gut, dann zeige ich Ihnen einen geschichtsträchtigen Platz nicht weit von hier.«

Wir liefen die Straße hinunter, bogen nach rechts ab und gingen in Richtung des Flusses weiter. Es war so kalt, dass wir unseren Atem sehen konnten.

Joséphine zitterte, obwohl sie nun wenigstens ihren pelzgefütterten Umhang trug. »An die Kälte kann ich mich einfach nicht gewöhnen. Darf ich mich bei Ihnen unterhaken?«

Warum um alles in der Welt war sie nicht in Julies warmem Haus geblieben? Ich deutete auf ihre Sandalen. »Ihre Füße müssen eisig sein.«

»Nur ein bisschen. Wir sind auch gleich da.« Sie schob ihren dünnen Arm unter meinen. »Wenn ich friere, muss ich bloß an den Keller im Gefängnis des Carmes denken, wo man mich während der Schreckensherrschaft eingesperrt hatte. Kein Ort kann kälter sein.« Sie warf mir einen Seitenblick zu, um sich zu vergewissern, dass ich die Tragweite ihrer Worte erfasst hatte. Ich nickte, und sie drückte meinen Arm fester an sich. »Wir beide kommen aus einer warmen Gegend, für uns ist der Pariser Winter nichts. Überhaupt haben wir einige Gemeinsamkeiten.«

Ich fragte mich, welche das außer der Beziehung zu Napoleon sein sollten.

»Vermissen Sie Marseille?«

Ich überlegte. »Meine Mutter und mein Bruder fehlen mir«, antwortete ich schließlich. »Auch das Meer und das Haus meiner Kindheit. Trotzdem war es an der Zeit fortzugehen.«

»Das verstehe ich.«

Aus Höflichkeit fragte ich: »Wie ist es bei Ihnen? Vermissen Sie Ihre Heimat?«

»Sie sprechen von Martinique, vermute ich, denn inzwischen ist Paris meine Heimat.« Als ich nicht antwortete, sprach sie weiter. »Auf Martinique ist es warm. Man riecht das Meer, die Tamarinden- und Orangenbäume. Leider riecht man es auch, wenn das Blattwerk auf den Zuckerrohrfeldern vor der Ernte abgebrannt wird. Und man hört die Schreie der Sklaven, wenn sie gezüchtigt werden. Oder wenn ihnen etwas zustößt. Wie oft schneiden diese armen Menschen sich bei der Ernte einen Finger oder eine Hand ab. Oder sie verletzen sich in der Zuckerfabrik.«

Joséphine schien zu erkennen, dass mir die Vorstellung zusetzte. »Entschuldigung«, sagte sie. »Diese Eindrücke hätte ich Ihnen nicht zumuten dürfen.«

»Ich weiß leider sehr wenig über das Leben der Sklaven in unseren Kolonien.«

»Es ist ein schreckliches Schicksal. Die Sklaven fristen ein elendes Dasein, und die Sklavenhalter sind rohe, niederträchtige Menschen. Es ist gut, dass es in Frankreich keine Sklaverei gibt. Ich wünschte, wir würden sie auch in den Kolonien abschaffen. Napoleon und ich unterhalten uns oft darüber.«

Offenbar hatte Napoleon in ihr eine Gefährtin gefunden, die, im Gegensatz zu mir, über politische Themen diskutieren konnte.

Gerade als ich mich fragte, wohin sie mich führte, bogen wir in eine Straße ein, wo uns der kalte Wind mit Macht entgegenblies. Inzwischen hatte ich, trotz Strümpfen und Stiefeln, kalte Füße bekommen. Joséphines Füße waren wahrscheinlich schon taub geworden.

Doch sie ließ sich nichts anmerken. »Jedenfalls kann ich mir vorstellen, wie Sie sich in Paris fühlen.«

Das bezweifelte ich, doch ich hatte nicht vor, mit ihr über mich zu sprechen.

Sie dagegen schien nur zu bereit, sich mir mitzuteilen. »Ich hatte es anfangs schwer. Mein Ehemann – Vicomte de Beauharnais – war …« Ihre Stimme versandete.

Ich erinnerte mich an das, was Julie mir erzählt hatte, dass Joséphines Ehe nicht glücklich und ihr Mann guillotiniert worden war.

»Alexandre war ein brutaler Mann. Er hat mich geschlagen, zu Hause eingesperrt, mich bespuckt und mich als Hure bezeichnet. In Wahrheit war er derjenige, der untreu war und sich mit anderen Frauen einließ. Manchmal brachte er sie mit nach Hause.«

»Das ist furchtbar«, antwortete ich und fragte mich, warum sie mir – einer beinahe Fremden – all das erzählte?

»Ich war noch sehr jung und wusste mich nicht zu wehren. Mein Zuhause war weit fort und somit auch die Menschen, die mir hätten beistehen können. Es gab Tage, an denen ich damit gerechnet habe, dass Alexandre mich umbringt. Und andere Tage, an denen ich es am liebsten selbst getan hätte. Er war ein furchtbarer Mann, der behauptete, nicht der Vater meiner Kinder zu sein. Als er des Landesverrats angeklagt und verhaftet wurde, warf man mich ebenfalls ins Gefängnis, obwohl wir zu dem Zeitpunkt bereits geschieden waren.«

Ich verspürte einen Anflug von Mitgefühl.

»In dem Keller, wo ich gefangen war, waren die Wände noch mit dem Blut der Karmeliter beschmiert, die dort massakriert worden waren.«

Mir wurde übel.

»Ich habe die Mäuse und Ratten beneidet, die zwar ihren eigenen Kot gefressen haben, sich aber frei bewegen konnten. Der Gestank nach Blut und nach den Latrinen war grauenhaft. Nachts hörte man die Frauen stöhnen, die sich mit den widerlichen Wärtern einließen. Adlige Witwen, die sich wie Straßenhuren aufführten, um schwanger zu werden, denn schwangere Frauen kamen nicht aufs Schafott. Auf die Weise konnte man sein Leben wenigstens für weitere neun Monate verlängern. Man tut alles, wenn man am Leben bleiben will, sogar wenn es nur noch für einen einzigen Tag ist.«

Ihr kreolischer Zungenschlag stellte einen eigenartigen Kontrast zu den abscheulichen Szenen dar, die sie so plastisch beschrieb.

Ich erinnerte mich, wie ich mich während der Schreckensherrschaft gefürchtet hatte, wenn ich an La Place vorbeikam, wie panisch meine Mutter gewesen war und wie wir um Nicolas gebangt hatten, als er verhaftet worden war. Nun wurde mir bewusst, wie sicher ich in den Mauern unseres Hauses gewesen war, wie weit entfernt von der Hölle, die Joséphine durchgemacht hatte. *Man tut alles, wenn man am Leben bleiben will, sogar wenn es nur noch für einen einzigen Tag ist.* Vielleicht hatte auch sie ihren Körper für ihr Überleben eingesetzt. Doch das würde ich nie wagen, sie zu fragen.

»Eines Tages hieß es, dass ich am nächsten Morgen in die Conciergerie gebracht werden sollte. Jeder wusste, was dieser Ort bedeutete. Es war die letzte Station vor der Guillotine. Ich musste mein Lager räumen und verbrachte die letzte Nacht im des Carmes auf einem verdreckten Haufen Stroh. In dieser Nacht habe ich abwechselnd geweint und gebetet. Dann habe ich mich gefragt, ob es angesichts des Leids so vieler Menschen überhaupt einen Gott geben kann. Als das Tageslicht dämmerte, wartete ich darauf, abgeholt zu werden. Und plötzlich wurden Stimmen laut und riefen, Robespierre sei hingerichtet worden und seine Schreckensherrschaft beendet. Ich konnte es nicht glauben. Und dann ließ man mich frei. Ich habe Glück gehabt.«

»Danach wurde Napoleon inhaftiert.« Ich hatte mit ihm auf Julies Hochzeitsfest getanzt, während Joséphine die Nacht durchlitt, die sie für ihre letzte gehalten hatte. In jener Nacht hatte er erstmals von unserer Hochzeit gesprochen. Am nächsten Tag hatte man ihn ins Fort Carré gebracht, ihn erst nach Tagen wieder freigelassen, und er war zu mir gekommen. Wir waren zum Glockenturm gefahren.

Bei der Erinnerung begann mein Herz schmerzhaft zu zucken. Ich wollte Joséphine noch mehr erzählen, vielleicht zu viel, doch sie kam mir zuvor. »Das ist mir bekannt«, antwortete sie schroff. Von dem sanften Raunen war nichts mehr zu erkennen. Doch dann lächelte sie wieder, sah mich mit ihren braunen Augen warmherzig an und drückte meinen Arm. »Wir sind da.«

Unser Gespräch hatte mich so sehr gefangen genommen, dass ich aufgehört hatte, auf den Weg zu achten. Nun standen wir an einem großen Platz, der auf allen Seiten von prunkvollen Stadthäusern gesäumt wurde. Durch die Mitte zog sich ein breiter Boulevard. »Das war einmal die Place de Louis le Grand. Hier wohnte einst César de Bourbon, Duc de Vendôme. Sicherlich wissen Sie, dass er der Sohn von Henri IV. und seiner Geliebten Gabrielle d'Estrées war. Hier hat auch einmal ein Reiterdenkmal von Louis XIV. gestanden, unserem Sonnenkönig. Es wurde während der Revolution zerstört.« Betrübt blickte Joséphine auf die leere Fläche und schlang die Arme um sich.

»Hier hat es lange nach Blut gerochen«, fuhr sie schließlich fort. »Die gesamte Innenstadt hat danach gestunken, die Guillotine stand ja gleich nebenan auf der Place de la Révolution. Doch über der ganzen Ecke hier liegt für mich noch immer der Hauch des Todes.« Joséphine erschauerte und zog die Schultern hoch. Wahrscheinlich dachte sie daran, dass sie selbst kurz davor gewesen war, auf dem Schafott zu enden.

»Niemand scheint zu wissen, was wir mit dem Platz anfangen sollen. Aber Napoleon hat ein paar Ideen.«

Plötzlich drehte Joséphine sich zu mir um, mit einem Blick so wach, dass ich wusste, sie war wieder bei mir und in der Gegenwart. »Entschuldigen Sie, Désirée, ich rede zu viel über bedrückende Themen, dabei kennen wir uns kaum. Wahrscheinlich bedauern Sie es längst, sich auf diesen Spaziergang eingelassen zu haben.«

Sie legte den Kopf zur Seite und taxierte mich. Ich erwiderte ihren Blick und stellte fest, dass die Kälte die rote Farbe auf ihren Wangen noch vertieft hatte. Doch auch das stand ihr gut.

»Sie sind wirklich hübsch«, erklärte sie lächelnd. »So wie Napoleon Sie beschrieben hat. Rund, gesund und unschuldig.«

»Danke«, antwortete ich und überlegte, ob es ein Kompliment war. Es war mir unangenehm, dass Napoleon über mich sprach. »Das Gleiche könnte ich zu Ihnen sagen.«

Joséphine zog die Brauen hoch. »Unschuldig bin ich nun wirklich nicht. Rund eigentlich auch nicht.«

»Aber Sie sind schön«, antwortete ich und hasste mich für meine unbeholfene, mädchenhafte Art, mit der ich ihr immer einen Schritt hinterherhinkte.

Sie nahm meine Hand. Ihre Finger waren eiskalt, ihr Griff jedoch erstaunlich fest. »Ich nehme an, Sie können sich denken, warum ich mit Ihnen allein sein wollte.«

Ich schüttelte den Kopf.

»Napoleon spricht so lobend von Ihnen. Nein, er schwärmt von Ihnen und betrachtet Sie und Julie als liebe Schwestern. Ich spüre, dass wir Freundinnen werden.« Sie drückte meine Hand. Eine einsame Schneeflocke setzte sich auf ihren Wimpern ab. »Deshalb sollen Sie auch als Erste die gute Nachricht erfahren. Napoleon und ich werden heiraten und dann werden auch wir beide Schwestern sein.«

# Kapitel 11

*Paris, 1796*

»Wir sollten uns entschuldigen und wieder gehen. Es ist nicht richtig, dass du dir das …« Julie fasste meinen Arm und fragte zum dritten Mal, ob es mir nicht zu viel werden würde.

Bevor ich ihr antworten konnte, betrat Joséphine das Standesamt, ein mit dunklem Holz vertäfelter Raum, in dem nur wenige Kerzen brannten.

Wieder trug sie ein fließendes Kleid, diesmal aus weißem Musselin, und um die schmale Taille eine blau-weiß-rot gestreifte Schärpe. Die dunklen Locken hatte sie zurückgekämmt, bis auf einige Strähnen, die ihr geschminktes Gesicht rahmten. Halb wirkte sie wie eine Jakobinerin, halb wie eine griechische Göttin.

Lächelnd trat sie zu uns. »Die Damen Clary und Bonaparte, vielen Dank, dass Sie gekommen sind.«

Wir standen bei dem Standesbeamten, einem säuerlich aussehenden Mann, der sich mürrisch als Bürger Leclerq vorgestellt hatte. Das Büro machte einen vernachlässigten Eindruck, und von irgendwoher zog es. Stühle gab es nicht, niemand hatte im Kamin Feuer gemacht.

»Napoleon war sicher, dass Sie an der Trauung teilnehmen würden.«

Julie und ich wichen Joséphines Blick aus und schwiegen. Von Joseph hatten wir erfahren, dass Napoleons Mutter und Schwestern sich geweigert hatten, zu der Trauung zu erscheinen. »In Paris gibt es zahllose Huren, die du jederzeit haben kannst«, hatte Letizia angeblich zu Napoleon gesagt. »Warum musst du eine von ihnen heiraten?«

Statt Joséphine aufzugeben, war Napoleon vor Zorn außer sich geraten, hatte getobt und gedroht, seiner Mutter und seinen Schwestern keinen Sou mehr zukommen zu lassen, bis sie Joséphine als Familienmitglied akzeptierten.

Um nicht an der Trauung teilnehmen zu müssen, hatten Letizia und ihre Töchter erklärt, der Aufenthalt in Paris sei ihnen im Moment nicht möglich. Wutschnaubend war Napoleon daraufhin zu Joseph gestürmt. Julie und ich waren im Nebenzimmer und hörten, wie er die Frauen seiner Familie verfluchte, sie als undankbare Schlangen bezeichnete. Joseph musste ihm zusagen, als Trauzeuge zu fungieren. Ebenso sollte er Julie und mich mitbringen. Wir waren der Ersatz für seine Mutter und seine Schwestern.

Joseph hatte Julie gebeten, den Wunsch seines Bruders zu respektieren. Joséphines Kinder hatten nicht nach Paris kommen können. Hortense war auf der Schule für junge Damen von Madame Campan in Saint-Germain-en-Laye und Eugène im selben Ort am Institut von Monsieur Mestre, wo er eine wissenschaftliche Ausbildung erhielt. Nach längerem Hin und Her gab Julie nach.

Ich war weniger entgegenkommend gewesen. Wie konnte man von mir erwarten, bei der Trauung des Mannes zu erscheinen, der mir einmal die Ehe versprochen und mich dann sitzengelassen hatte? Und wie feige Napoleon war, mich nicht persönlich zu bitten, sondern über Joseph meine Anwesenheit zu verlangen und davon auszugehen, dass ich gehorchte.

Doch schließlich willigte ich ein. Ich wollte Julie keine Schwierigkeiten bereiten, wollte sie vor Napoleons Wutanfällen verschonen und verhindern, dass er sich rächte, indem er ihr und Joseph auf irgendeine Weise schadete. Hätte ich sie darum gebeten, hätte Julie mir die Teilnahme erspart und dafür gesorgt, dass Joseph sich damit einverstanden erklärte. Doch ich sagte mir, dass Napoleon ein Teil ihres Lebens war, als Bruder und enger Vertrauter ihres Mannes, sogar als sein Arbeitgeber, wie es schien. Deshalb gab ich nach und nahm mir vor, nach dieser Trauung würde ich versuchen, Napoleon zu vergessen.

Und so standen wir nun an einem späten Frühlingsnachmittag in diesem schäbigen Standesamt und warteten auf den Bräutigam.

Doch Napoleon, sonst so pünktlich, kam nicht. Es wurde Abend, und er war noch immer nicht da. Die Kerzen waren heruntergebrannt, wurden nur durch eine einzige neue ersetzt; vor den Fenstern senkte sich die Dunkelheit herab.

Joséphine spielte mit ihren Haaren, räusperte sich, zupfte an ihrem Kleid. Hin und wieder warf sie Julie und mir einen entschuldigenden Seitenblick zu, sagte jedoch nichts.

Es wurde noch später. Wir lehnten uns gegen die Wand. Niemand brachte uns Stühle oder bot uns etwas zu trinken an, ein Glas verdünnten Wein oder eine heiße Brühe, um uns aufzuwärmen.

Zu guter Letzt gähnte der Standesbeamte, warf einen Blick hinaus in die Dunkelheit und sagte: »Jetzt reicht es mir, ich gehe nach Hause. Sollte der Bürger Bonaparte irgendwann auftauchen, dürfen Sie gern nachschauen, ob noch ein Beamter im Haus ist, der die Trauung vollzieht.« Er stand auf und verschwand.

Nun begann offenbar auch Joséphine sich Sorgen zu machen. »Napoleon hat furchtbar viel zu tun«, erklärte sie. »Sie wissen sicherlich, worauf er sich vorbereitet.«

Julie und ich schüttelten den Kopf.

»Es ist ein Geheimnis, doch Ihnen darf ich es wohl verraten. Schließlich gehören Sie zur Familie und sind so freundlich, mit mir zu warten.« Sie senkte ihre Stimme, machte uns ebenfalls zu Geheimnisträgerinnen. »Napoleon ist zum Oberbefehlshaber der Italienarmee ernannt worden. Endlich wird das wahr, was er sich seit Langem gewünscht hat. Er wird gegen Italien und Österreich ins Feld ziehen.«

Ich fragte mich, warum das ein Geheimnis sein musste, und erinnerte mich, dass Napoleon schon in den ersten Tagen unserer Bekanntschaft von einem solchen Angriff gesprochen hatte. Damals war sein Plan in den Wirren untergegangen, die auf Robespierres Sturz folgten. »Wann bricht er auf?«, fragte ich.

»Noch in dieser Woche.« Betrübt begutachtete Joséphine ihre Fingernägel. »Ich werde eine sehr einsame, frischgebackene Ehefrau sein.«

»Das tut mir leid«, sagte Julie.

Joséphine seufzte. »Aber ich habe ja Sie beide, die mir Gesellschaft leisten werden.« Ihr Lächeln war so matt wie das Kerzenlicht in diesem Raum. »Auf meine Schwiegermutter und meine Schwägerinnen kann ich leider nicht zählen, sie lehnen mich ab. Napoleon nimmt ihnen das sehr übel, aber mich liebt er deshalb umso mehr.« Sie lächelte erneut, diesmal etwas beherzter. »Nein, Bonaparte liebt mich nicht, er betet mich an. Kein Mann vor ihm hat mich jemals so –«

In diesem Moment flog die Tür auf und Napoleon kam herein, gefolgt von Joseph und Paul Barras, dem Mann, der Napoleon gefördert hatte und bei Joséphine sein Vorgänger gewesen war. Nun sollte er der zweite Trauzeuge sein.

Napoleon stürzte zu Joséphine. »Meine Liebste, mein Herz!« Sein Gesicht rötete sich. »Ich musste mich um militärische Angelegenheiten kümmern, bitte verzeih mir.« Er drückte sie an sich und küsste sie. Als er sie losließ, strahlte Joséphine. Seine Verspätung war offenbar verziehen.

Joseph lief los, um einen Standesbeamten aufzutreiben und kam mit einem subalternen Angestellten zurück.

Napoleon überreichte Joséphine einen goldenen Ring und erklärte, dass er innen »Au destin« hatte eingravieren lassen, denn er vertraue dem Schicksal.

Als es nach der kurzen Zeremonie darum ging, die erforderlichen Dokumente zu unterschreiben, stellte sich heraus, dass Napoleons Geburtsurkunde fehlte. Daraufhin erklärte der Ersatzstandesbeamte, Napoleons eidesstattliche Erklärung, bezeugt von seinem Bruder und Paul Barras, würde ihm genügen.

Zu meinem Erstaunen hörte ich, dass Napoleon sein Alter mit achtundzwanzig Jahren angab und als Datum seines Geburtstags den 5. Februar 1768. Ich wusste, dass er am 15. August 1769 geboren war. Nun war er nur noch wenige Wochen jünger als Joseph.

Joséphine hatte ebenfalls keine Geburtsurkunde vorzuweisen. Sie nannte als Geburtstag den 24. Juni 1768 und machte sich auf die Weise fünf Jahre jünger. Danach dürfte sie bei der Geburt ihres ersten Kindes kaum in der Pubertät gewesen sein. Im ersten Moment begriff ich nicht, was die falschen Daten sollten, bis mir klar wurde, dass Napoleon und Joséphine ihren Altersunterschied aufgehoben hatten. Nun waren sie gleich alt.

Joseph schwieg dazu und unterzeichnete die eidesstattlichen Erklärungen. Joséphine hatte nur Augen für ihren neuen Ring.

»Ich lade euch alle zu mir ein«, sagte Napoleon. »Ich möchte meine Hochzeit feiern.«

Nachdem ich so lange vergeblich darauf gewartet hatte, dass Napoleon mich zu sich bat, durfte ich nun sein Haus betreten, um an seiner Hochzeitsfeier mit einer anderen Frau teilzunehmen.

Es war beinahe Mitternacht, als wir bei ihm ankamen. Im Esszimmer hatten die Dienstboten gedeckt. Napoleon ließ uns Champagner reichen.

Wir setzten uns an die Tafel, die sich bald unter den aufgetragenen Speisen bog – Platten mit Austern, Pute gefüllt mit Kastanien, kalter Braten, mehrere Käsesorten, geschmorte Äpfel und Schalen voller Früchte und Nüsse. Joséphine verzichtete auf ihren Stuhl. Sie setzte sich auf Napoleons Schoß, herzte ihn und trank Champagner.

Joséphines Hund, ein kleiner Mops mit Namen Fortuné, bellte und schnappte eifersüchtig nach Napoleons Beinen. »Der Köter hat etwas gegen mich«, sagte Napoleon, »aber Fortuna ist mir hold.« Er hob sein Glas und prostete uns zu. »Ich bin der glücklichste Mann auf Erden, denn ich habe eine Frau, die mir unvorstellbare Freuden beschert.« Ohne sich zu genieren, strich er über Joséphines Brüste. Wir anderen wandten den Blick ab. Ich stocherte in meinem Essen.

Auch Napoleon schien keinen Appetit zu haben, jedenfalls nicht auf das, was auf dem Tisch stand. Er drehte Joséphine so, dass sie ihn ansehen musste. »Was meinst du, meine schöne Kreolin? Soll ich dich zu meiner Frau machen?« Ohne auf ihre Antwort zu warten, hob er sie hoch und trug sie zur Tür. Dort sah er sich noch einmal um. »Ihr bleibt noch. Esst und trinkt, bis der Champagner alle und jedermann betrunken ist. Das ist ein Befehl!«

Als er mit Joséphine verschwunden war, widmeten wir uns wieder unserem Mahl. Die Unterhaltung verlief schleppend. Schließlich sprachen Joseph und Barras leise über den bevorstehenden Einsatz der Armee in Italien. Julie versuchte, ein Gähnen zu unterdrücken. »Ich bin müde«, sagte sie leise.

»Ich auch«, antwortete ich.

Nebenan begann der Mops zu bellen. Wir hörten, dass Napoleon ihn anbrüllte, ruhig zu sein. Dann ertönte Joséphines leisere Stimme, die versuchte, den Hund oder ihren Mann zu beschwichtigen.

Barras lachte. »Klingt, als wolle Fortuné die Hochzeitsnacht verhindern.« Joseph sagte ihm etwas ins Ohr, das ich nicht verstand. Barras schüttete sich aus vor Lachen.

Wenig später drangen andere Geräusche an unser Ohr. Zuerst Gelächter, dann Stöhnen. Das Stöhnen wurde lauter, steigerte sich zu Lustschreien. Untermalt wurde das Ganze vom Gebell des Hundes.

Ich legte meine Gabel ab und sah Julie an, die krebsrot geworden war und sich offenbar ebenso peinlich berührt fühlte wie ich.

Barras nahm einen Schluck Champagner. »Der kleine korsische Mistkerl will anscheinend, dass wir alle hören, was für ein Glückspilz er ist.«

»Ihr müsst mich entschuldigen.« Unter dem Tisch griff ich nach Julies Hand. »Ich fühle mich nicht gut … habe plötzlich Kopfschmerzen bekommen.«

»Natürlich entschuldigen wir dich.« Julie wandte sich zu ihrem Mann um. »Lass unsere Kutsche kommen, Joseph. Désirée und ich fahren nach Hause.«

Ich stand auf und verabschiedete mich eilig. Draußen im Flur hörte ich Joséphines helles Lachen.

In der Kutsche brach ich in Tränen aus. Julie nahm mich in die Arme und hielt mich, während mein Körper von Schluchzern geschüttelt wurde. Ich fühlte mich zutiefst gedemütigt. Wie grausam es für eine Frau war, sich anhören zu müssen, wie der Mann, der einmal der Ihre gewesen war, dem sie sich hingegeben und gehofft hatte, ihre Liebe wäre für immer, mit einer anderen Frau schlief.

Wenige Tage später wurden wir von dem frischgebackenen Ehepaar erneut eingeladen, diesmal um Napoleon vor seinem Aufbruch nach Italien zu verabschieden.

Noch immer waren Napoleons Mutter und seine Schwestern nicht in Paris; Joseph, Julie und ich waren die einzigen Gäste.

*Wenigstens ist er dann fort*, sagte ich mir, *und hoffentlich für lange Zeit*.

An diesem Tag trug Joséphine ein legeres, zitronengelbes Gewand und hatte sich einen dazu passenden, dünnen Schal um den Kopf gewunden, wie es bei den Frauen in den Überseekolonien üblich war. Ihre Augen waren rot gerändert und geschwollen. Sie ruhte in einem Sessel, die Füße auf einen Pouf gelegt und darüber eine orientalisch gemusterte Decke gebreitet. Man servierte uns Tee.

Dann und wann kam ein Dienstbote herein und wollte von Napoleon wissen, ob er dies oder jenes in seine Reisetruhe packen solle.

Napoleon erzählte uns, es bereite ihm Sorge, seine Frau allein zu lassen. Daraufhin begann Joséphine zu weinen.

»Wenn ich nur mit dir kommen könnte.« Mit einer kraftlosen Geste streckte sie die Arme nach ihm aus.

Napoleon küsste sie. »Aber nicht in ein Feldlager, mein Herz.«

»Mein Platz ist an deiner Seite.« Joséphine schmollte.

Napoleon schüttelte den Kopf. »Du musst stark sein, Liebling«, antwortete er zärtlich, aber fest.

»Ich weiß nicht, ob ich das kann.« Joséphine barg ihr Gesicht in den Händen.

Ich betrachtete sie verwundert. Diese Frau hatte in jungen Jahren den Atlantik überquert, hatte einen gewalttätigen Ehemann überlebt, Kinder geboren, wäre beinahe guillotiniert worden. Sie war bitterarm gewesen und hatte es geschafft, bis zur Spitze der Pariser Gesellschaft aufzusteigen. Der Feldzug ihres Mannes dürfte sie eigentlich nicht schrecken.

Doch je länger ich sie und Napoleon beobachtete, das Auf

und Ab der Tränen und Tröstungen, desto deutlicher wurde mir bewusst, dass ihnen dieses Spiel gefiel. Überhaupt schienen sie sich wunderbar zu ergänzen. War er der liebestolle Ehemann, spielte sie die Verführerin und Muse. War er der General, der ins Feld zog, gab sie die treue, weinende Ehefrau.

Es war erstaunlich, mit welcher Finesse Joséphine sich wie ein kunstvoll gearbeitetes Instrument präsentierte, das auf die wechselnden Launen seines Spielers reagierte – in ihrem Fall auf den Mann, dem sie ihre Gunst schenkte. Dieser Mann war nun Napoleon, der vermutlich annahm, er wäre der Spieler, in Wahrheit jedoch war er ihr rettungslos erlegen.

Als er schließlich aufbrach, waren wir gezwungen, bei dem Abschied der beiden zuzusehen.

»Du wirst immer an meinem Herzen sein«, sagte er und schlüpfte in seine Uniformjacke. An der Brust steckte eine Miniatur mit Joséphines Bild.

»Nimm mich mit«, flehte Joséphine und klammerte sich an ihn.

»Nicht in die Schlacht.« Sanft schob Napoleon sie von sich fort und legte eine Hand auf ihren Bauch. »Erst recht nicht, wenn hier mein kleiner Sohn wächst.« Er umarmte sie. »Ich werde stets an dich denken. Du bist mein Leben.«

Joséphine brach erneut in Tränen aus.

Napoleon griff nach seinem Mantel. »Du musst mir jeden Tag mindestens einmal schreiben, sonst verliere ich den Verstand und muss dich nach meiner Rückkehr bestrafen.« Er küsste sie innig. »Aber jetzt heißt es Adieu.«

Joséphine schien sich kaum noch auf den Beinen halten zu können.

Napoleon bat Julie und mich, Joséphine in den Garten hinter dem Haus zu begleiten, um ihr den Blick seiner davonfahrenden Kutsche zu ersparen. Dann winkte er Joseph mit sich und die beiden verschwanden. Fortuné rannte uns auf seinen dicken Stummelbeinen nach.

Wenig später hörten wir das Rattern mehrerer abfahrender Kutschen. Julie und ich flankierten Joséphine, Fortuné hechelte uns hinterher.

Es dauerte nicht lang, bis Joséphine sich gefasst hatte, ihre Tränen versiegt waren und sie hochaufgerichtet ging.

»Ihr Hund wird froh sein, Sie wieder für sich allein zu haben«, sagte Julie in einem Versuch, Konversation zu machen.

Joséphine lachte. »Bonaparte hat Angst, in seiner Abwesenheit könnte ich einen anderen Mann in mein Bett lassen. Sogar auf den Hund ist er eifersüchtig.«

Julie und ich lachten aus Höflichkeit mit ihr. Wahrscheinlich fragte auch Julie sich, seit wann wir mit Joséphine so dick befreundet waren, dass sie uns intime Details ihres Ehelebens verriet.

»Als Bonaparte die erste Nacht bei mir verbrachte, das war kurz nachdem wir uns kennengelernt hatten« – *das war auch, als ich noch dachte, er wäre der Meine* –, »hat Fortuné ihn gebissen. Bonaparte wurde wütend und drohte, meinen Hund zu erschießen. Ich habe ihm erklärt, wenn er in mein Bett wolle, müsse er sich mit Fortuné abfinden, der länger als jeder andere mein treuer Gefährte gewesen ist. Treue ist für mich das Wichtigste im Leben.«

»Aber nun haben die beiden sich aneinander gewöhnt, nehme ich an«, antwortete Julie.

Ich war ihr dankbar, dass sie bereit war, sich mit Joséphine zu unterhalten. Ich fühlte mich dazu außerstande.

Joséphine ging über Julies Antwort hinweg und spann ihren Faden weiter. »Was die Treue angeht, empfindet Bonaparte ebenso wie ich.« Julie und ich sahen uns erstaunt an, sagten aber nichts. »Deshalb trifft ihn das abtrünnige Verhalten seiner Mutter und seiner Schwestern so hart.«

»Sie werden ihre Meinung ändern«, entgegnete Julie. »Joseph glaubt, wenn sie kein Geld mehr haben, werden sie ihre –«

Joséphine unterbrach sie. »Er grämt sich meinetwegen und weiß nicht, ob ich ohne ihn zurechtkommen werde. Und ohne die Unterstützung seiner Mutter und seiner Schwestern.« Sie zuckte mit den Schultern. »Ich habe ihn gefragt, ob er wirklich glaubt, nach allem, was ich hinter mir habe, sei ich auf weiblichen Beistand angewiesen.«

Die weinende, untröstliche Ehefrau, die ihren Mann in die Schlacht ziehen lassen musste, war verschwunden. Stattdessen war eine Frau mit einem harten Kern zum Vorschein gekommen, und mir war, als spräche sie nicht nur über Napoleons Mutter und Schwestern, sondern ließe auch Julie und mir eine Warnung zukommen oder vielleicht allen Frauen, die es wagten, ihr zu schaden. Während ihr Mann, um seinen Ruhm und Wohlstand zu vergrößern, in die Schlacht zog, hatte Joséphine offenbar beschlossen, eigene Grabenkämpfe auszufechten.

## Kapitel 12

*Rom und Mailand, 1797*

Wieder hatten Napoleons Mutter und seine Schwestern begonnen, über Joséphine herzuziehen. Ganz gleich, wie oft sie sich zankten und miteinander stritten, wenn es um Napoleons Ehefrau ging, waren sie sich einig.

Ich warf Julie einen Hilfe suchenden Blick zu. Sie tat, als wäre sie auf ihre Stickarbeit konzentriert. Mir fiel es schwer, die gehässigen Bemerkungen der Damen Bonaparte mit der zarten, eleganten Frau zu verbinden, die ich im vergangenen Winter in Paris kennengelernt hatte. Sicher, Joséphine hatte kein tadelloses Leben geführt, dennoch besaß sie etwas Kultiviertes, sogar eine gewisse Würde. Jedenfalls hob sie sich angenehm von ihren lauten und giftigen Schwägerinnen und ihrer Schwiegermutter ab.

»Wenn er sich wenigstens eine Jüngere genommen hätte«, sagte Pauline. »Nicht diese verschlissene Kokotte.«

Es war ein grauer Tag, und wir saßen in dem großen Salon der Botschaft. Regentropfen rannen an den Fensterscheiben herab. Jede der Damen Bonaparte hatte eine Stickerei auf dem Schoß, doch keine rührte ihre Arbeit an, sie zogen es vor, Joséphine schlechtzureden.

Joseph war seit Kurzem französischer Botschafter im Vatikan, und wir waren ihm nachgereist, auch meine Mutter und Nicolas. Ich hatte mich auf den Aufenthalt gefreut und konnte es kaum erwarten, mir die ewige Stadt mit ihren antiken Stätten, Palazzi, engen Gassen und Kaffeehäusern anzusehen.

Joséphine hatte sich geweigert, uns zu begleiten, obwohl Napoleon noch immer in Italien kämpfte und sie ihm hier näher gewesen wäre. Folglich hatten die Eheleute nach ihrer Hochzeit nur wenige gemeinsame Nächte verbracht, doch Joséphine schien das hinzunehmen.

Napoleon wiederum war von einem Sieg zum nächsten geeilt und hatte nach dem Italienfeldzug gegen Österreich gekämpft. Bis Mantua war er vorgerückt, dort hatten die österreichischen Truppen sich ergeben.

»Wir wissen, weshalb Joséphine nicht hier ist«, sagte Caroline. »Sie hat einen Liebhaber. Jeder in Paris weiß das. Es ist ein schneidiger junger Offizier mit Namen Hippolyte Charles.«

Letizia schüttelte den Kopf, als könne sie es nicht glauben, obwohl ihr die Nachricht keineswegs neu gewesen sein dürfte, schließlich hatte sie ihre Spitzel überall. »Und so jemanden hat mein Sohn geheiratet. Jede Frau hätte er haben können.« Sie deutete auf mich. »Er hätte Désirée haben können.« Napoleons Schwestern nickten und seufzten. Ich hielt meinen Blick stur auf die Vase gerichtet, die ich versuchte zu zeichnen.

So liefen ihre Gespräche täglich ab. Zuerst überboten sie sich in boshaften Bemerkungen über Joséphine, danach lobten sie mich, wahrscheinlich nur, weil ich nicht Joséphine war. Wer weiß, was sie über mich gesagt hätten, wäre ich Madame Bonaparte geworden.

»Désirée wäre wahrscheinlich schon schwanger«, sagte Caroline. Taktgefühl zählte eindeutig nicht zu den Vorzügen der

Bonapartes. Daher wunderte es mich insgeheim, dass Joseph Diplomat geworden war. Zwar hatte er seit Langem davon gesprochen, doch ich war der Meinung, dass diese Rolle eigentlich nicht zu ihm passte. Sie hätte zu keinem der Bonapartes gepasst.

»Joséphine behauptet, sie käme nicht nach Italien, weil sie schwanger sein könnte«, sagte Pauline. »Die Reise sei ihr zu gefährlich. Hält sie uns für dumm? Wäre sie schwanger, wüsste sie es doch längst. Zumindest, wenn das Kind von Napoleon wäre. Im Übrigen ist sie zu alt. Sie ist nur dreizehn Jahre jünger als du, Mamma.«

Letizia setzte eine gepeinigte Miene auf. »Mein armer Sohn. Er ist von Feinden umringt, und seine Frau weigert sich, ihn zu besuchen. Du hättest ihn besucht, Désirée, nicht wahr? Natürlich hättest du es getan, du bist ja hier.«

Ich beschloss, das Thema zu wechseln, und schaute aus dem Fenster. »Ich hoffe, Maman und Nicolas stören sich nicht an dem Wetter.«

Meine Mutter und mein Bruder waren unterwegs, um sich die Parkanlage Villa Borghese anzuschauen. Wegen des Regens hatten Julie und ich auf den Ausflug verzichtet. Inzwischen wünschte ich, ich hätte mich ihnen angeschlossen.

»Ich verstehe nicht, warum sich jemand einen Park ansehen will«, sagte Letizia.

»Ich habe noch etwas gehört.« Elisa lenkte das Gespräch zu ihrem Lieblingsthema zurück. »Als sie noch Barras' Hure war, hat sie bei einem Diner gewettet, ihr Kleid wiege nicht mehr als zwei Ein-Franc-Münzen. Um es zu beweisen, hat sie sich splitterfasernackt ausgezogen und ihr Kleid wiegen lassen.«

»Nein!« Letizia tat, als wolle sie ausspucken.

»Wie sie sich in Paris aufspielen wird«, sagte Pauline. »Sie wird sich für Napoleons Siege feiern lassen.«

Letizia schnaubte verächtlich. »Sie lässt sich *Notre dame des victoires* nennen und dann kommt sie nicht, um ihm beizustehen.«

»Ihre Kinder tun mir leid«, kam es von Elisa. »Ihretwegen bleibt sie bestimmt nicht in Paris. Sie hat beide in Internate abgeschoben. Was für eine Vorstellung, dass sie dort womöglich von ehemaligen Nonnen und Priestern erzogen werden!«

Ich tauschte einen raschen Blick mit Julie. Wir waren von Nonnen erzogen wurden, doch seit der Revolution erwähnten wir das nicht mehr.

»Für die Internate zahlt unser Bruder«, fügte Caroline hinzu. »Zum Dank lässt sie es sich mit ihrem Geliebten gut gehen, lacht über Napoleon und gibt sein Geld mit vollen Händen aus.«

»Jeden Sou, den er verdient, verschwendet sie«, sagte Letizia mit bitterer Miene.

Ich fragte mich, ob ein Teil ihres Zorns und ihrer Verachtung vielleicht daher rührte, dass Napoleons Geld nun auch Joséphine zugutekam, nicht mehr nur seiner Familie.

»Allein ihr neues Esszimmer hat Tausende gekostet. Und für ihr Schlafzimmer lässt sie einen Maler kommen, der Schwäne und Rosen auf die Wände malen muss, die Kosten sollen sich auf –« Pauline brach ab.

Joseph war hereingekommen und sah Pauline streng an. Er war die täglichen Hasstiraden leid.

Joseph küsste zuerst Julie, dann Letizia. Anschließend wollte er wissen, wo meine Mutter sei.

»Sie besichtigt den Park Villa Borghese mit Nicolas«, erklärte ich.

»Können wir uns kurz unterhalten?«, fragte er mich. »Am besten in meinem Arbeitszimmer.«

»Natürlich.« Verwundert legte ich Zeichenblock und Kreide ab und sah Julie fragend an. Ihre verdutzte Miene verriet mir, dass sie ebenso wenig wie ich wusste, was Joseph auf dem Herzen hatte.

Letizia und Josephs Schwestern beäugten uns neugierig.

Josephs Arbeitszimmer lag am anderen Ende des langen Flurs, ein großer, überladener Raum mit schweren Eichenmöbeln. Wir ließen uns nieder.

»Napoleon hat mir einen Brief geschrieben«, begann Joseph und setzte sich in Positur. Der Aufstieg seines Bruders hatte ihm etwas Pompöses verliehen.

»Und?« Ich fragte mich, was Napoleons Brief mit mir zu tun hatte.

»Du weißt, dass er unter schwersten Bedingungen gekämpft hat.«

»Ja.« Ich wusste es aus Josephs Berichten und aus Zeitungsartikeln, in denen Napoleons militärisches Genie und sein Siegeszug beschrieben worden waren. *Er fliegt wie ein Blitz und wirft die Feinde Frankreichs mit der Gewalt eines Donnerschlags nieder.* Mitunter hatte ich den Verdacht, dass Napoleon die Artikel selbst formulierte.

»Nun hat er beschlossen, sich eine Erholungspause zu gönnen. Dazu hat er Mailand gewählt. Dort werden wir uns mit ihm treffen.«

Ich überlegte, ob das mich einschloss.

»General Léonard Duphot wird dort ebenfalls sein.«

Der Name sagte mir nichts, doch in meiner Magengrube breitete sich ein ungutes Gefühl aus.

»Am besten, du liest selbst.« Joseph reichte mir den Brief seines Bruders. Ich erkannte die vertraute Handschrift.

*Duphot hat den Wunsch geäußert, Deine Schwägerin zur Frau zu nehmen. Für Désirée wäre das eine erstrebenswerte Verbindung.*

Es war noch schlimmer, als ich befürchtet hatte, und ich musste die Sätze mehrmals lesen, um mich von ihrem Inhalt zu überzeugen. Dann reichte ich den Brief zurück und starrte Joseph an.

»Das ist kein Grund, mich so schockiert anzusehen«, sagte er. »Mein Bruder will dein Bestes.«

Ich brachte keinen Ton hervor und schaute auf meine Hände, die von der Kreide verschmiert waren.

»Du hast Glück«, fuhr Joseph fort. »Durch Julies Ehe bist du mit einem der mächtigsten und beliebtesten Männer Frankreichs verbunden. Nur eine Närrin würde diese Beziehung nicht zu einer vorteilhaften Eheschließung nutzen. Duphot ist wohlhabend und ein erfolgreicher General. Du machst eine gute Partie.«

Ich wusste nicht, ob ich lachen oder weinen sollte.

»Duphot hat einen Sohn. Du wärst nicht einmal gezwungen, ihm einen Erben zu schenken. Solltet ihr doch einen Sohn bekommen, würde er dich danach von allen ehelichen Pflichten entbinden. Du könntest leben, wie es dir gefällt.«

Was für eine Ehe sollte das denn sein? Mir fehlten die Worte.

»Was sagst du dazu?« Joseph legte Napoleons Brief zu seinen Unterlagen.

Ich versuchte, mich zu fassen. »Darf ich diesen Mann nicht wenigstens vorher näher kennenlernen?«

»Selbstverständlich.« Joseph blickte mich vorwurfsvoll an. »Wofür hältst du Napoleon und mich? Glaubst du, wir verheiraten dich einfach so? Natürlich wirst du Duphot kennenlernen, deshalb trifft er sich ja mit uns in Mailand.«

Falls Joseph dafür meinen Dank erwartete, musste ich ihn enttäuschen.

»Sobald es seine militärischen Aufgaben zulassen, wird Duphot zu uns stoßen. Sogar Joséphine lässt sich herab, uns in Mailand mit ihrer Gegenwart zu beehren.« Josephs Miene war spöttisch. Offenbar schätzte er die Frau seines Bruders ebenso wenig, wie seine Mutter und seine Schwestern es taten. Solange Napoleon im Feld war, verwaltete Joseph die Finanzen der Familie, womöglich nahm auch er an Joséphines Ausgaben Anstoß. Die Gerüchte, dass sie einen Geliebten hatte und ausschweifende Feste besuchte, dürften ihm genauso wenig gefallen. Aber Joseph war klug genug, sich mit seinen Ansichten zurückzuhalten. Er würde es nicht riskieren, Napoleon gegen sich aufzubringen. Mein Schwager war zu einem Mann geworden, der still im Hintergrund taktierte, und vor so jemandem musste man sich oftmals mehr in Acht nehmen als vor einem, der seine Meinung frei heraus sagte und mit offenen Karten spielte.

»Das wäre also geregelt«, schloss er. »Du reist mit uns nach Mailand und triffst deinen neuen Verehrer. Ich finde, das passt wunderbar.«

Der Palazzo Serbelloni, wo wir während unseres Aufenthalts in Mailand logierten, war ein phantastisches Anwesen und groß genug, um ein kleines Dorf zu beherbergen. Als wir in unserer Kutsche durch das schmiedeeiserne Tor auf den Vorplatz fuhren, blieb uns angesichts der prachtvollen Fassade der Mund offen stehen.

Auch die riesige Eingangshalle war überwältigend. Dort zogen sich Marmorsäulen an den Wänden entlang, die einen goldenen Fries zu stützen schienen. An der hohen Decke hingen schwere Kristalllüster. Es war, als betrete man eine Kathedrale statt des Patrizierhauses, das Napoleon für seine Wiedervereinigung mit Joséphine gewählt hatte.

Noch mehr als die Architektur beeindruckten mich die verschwenderischen Blumenarrangements, die Napoleon in Auftrag gegeben hatte. Auf jedem Tischchen, jeder Vitrine und Kommode standen üppige Gebinde in schweren, kostbaren Vasen und erfüllten die Räume mit ihrem Duft.

Im Parterre führten die Türen der hinteren Räume zu der Terrasse und dem anschließenden herrschaftlichen Park, aus dem zusätzlich der süße Duft der Sommerblumen ins Haus gezogen kam.

Auch die Kunstwerke in den Räumen waren imponierend – Madonnengemälde, biblische Szenen und Motive des klassischen Altertums. Und überall standen Statuen und Büsten, Glasschränke voller ledergebundener Bücher.

Ehrfürchtig lief ich von Raum zu Raum. Noch nie hatte ich in einem Haus einen solchen Reichtum gesehen.

Wir – das waren Joseph, Julie und die restlichen Damen Bonaparte, mit denen Napoleon sich inzwischen ausgesöhnt hatte – kamen nach Napoleon im Palazzo an, jedoch vor Joséphine.

Mit verdrießlicher Miene küsste Napoleon seine Mutter, nickte uns anderen zu und verschwand mit Joseph in seinen Gemächern. Es war offenkundig, dass ihn die Verspätung seiner Frau ärgerte.

Ich bezog die Räumlichkeiten im ersten Stock, die mir zur Verfügung gestellt worden waren: ein kleines Ankleidezimmer und ein großes Schlafzimmer mit holzvertäfelten Wänden, Spiegeln, einem breiten Himmelbett und deckenhohen Fenstern, die zum Vorplatz hinausgingen.

Als ich hinausschaute, entdeckte ich zu meinem Erstaunen Fuhrwerke, die, mit Gemälden und Statuen beladen, durch das Tor kamen. Ich fragte mich, woher diese Schätze stammten und wo sie noch untergebracht werden sollten. Dann kam ein Dienstmädchen herein, das meine Reisetruhe auspacken wollte, und ich beschloss, wieder nach unten zu gehen und mich weiter umzusehen.

Ich entdeckte einen Salon, in dem niemand war. Meine Schuhe klackten auf dem Marmorfußboden, als ich mir die Kunstschätze dort näher ansah – Gemälde, Bronzebüsten, hohe Terrakottavasen und die Marmorstatue eines Manns. Vor ihr blieb ich stehen.

Die Figur war mit einem kurzen Umhang dargestellt worden, einem Kopf voller Locken und einem triumphierend hochgereckten Arm. Von dem Umhang abgesehen, war sie unbekleidet, das Geschlecht deutlich herausgearbeitet, selbst das Schamhaar war zu erkennen.

»Er ist beeindruckend, oder?«, ertönte Napoleons Stimme.

Ich fuhr herum. Er war durch die Tür am anderen Ende des Salons gekommen und trat zu mir.

»Ich … ich wollte mir nur … dieses Kunstwerk ansehen«, stammelte ich und spürte meine brennenden Wangen.

»Denken Sie daran, die Statue zu zeichnen?«

Demnach erinnerte er sich noch an meine künstlerischen Ambitionen.

»Vielleicht wäre das Gemälde dort angemessener.« Lächelnd deutete er auf ein Landschaftsgemälde mit Schafen und einem schlafenden Hirten.

»Wahrscheinlich«, murmelte ich verlegen. Und dann schaute er mich einen Moment lang wie damals in Marseille an, und ich geriet aus dem Gleichgewicht. *Dieser Mann ist er nicht mehr*, ermahnte ich mich. *Er hat nicht einmal mehr denselben Namen.*

»Einen Teil dieser Kunstobjekte habe ich selbst zusammengetragen.« Mit Besitzerstolz blickte Napoleon sich um. »Sie kommen aus den Städten, die ich geplündert habe. Der Reichtum der italienischen Fürstentümer ist sagenhaft. Ich habe jedes Stück zum Ruhm Frankreichs requiriert und werde alles im Louvre ausstellen lassen.«

Das war Raub, dachte ich. Wie sonderbar, dass er sich damit brüstete. »Aber es sind doch Kostbarkeiten.«

»Zweifellos.«

»Und was haben die Besitzer dazu gesagt?«

Napoleon lachte. »Sie hatten nichts zu sagen. Ich bin der Sieger, sie sind die Besiegten. Zudem werden diese Kunstwerke in unserem freien Frankreich für alle Bürger zu sehen sein, hier waren sie im Privatbesitz korrupter Machthaber und der Kirche.« Er breitete die Arme aus. »Ich werde den Louvre zu dem

Ort machen, wo man die größten Kunstschätze der Welt besichtigen kann.«

»Napoleon?« Das war Josephs Stimme. »Sie wird gleich da sein.«

Mehr musste er nicht sagen, wir wussten, wer gemeint war.

»Das wurde aber auch Zeit.« Napoleon wandte sich seinem Bruder zu. »Wenn wir mit dem Abendessen auf sie hätten warten müssen, wäre ich noch zorniger geworden.«

Napoleon bat uns, Joséphine mit ihm vor dem Palazzo zu empfangen. Und so sahen wir zu, wie sechs Kutschen durch das Tor kamen, mit Joséphine, ihren Begleitern, Dienstboten und Reisetruhen.

Napoleon stand mit finsterer Miene zwischen Joseph und seiner Mutter, die Arme vor der Brust verschränkt. Er sah aus, als inspizierte er eine ankommende Truppe, mit der er unzufrieden war.

Ich nutzte die Zeit, um ihn in Ruhe zu betrachten, und stellte fest, dass er weiter zugenommen hatte. Die scharfen, markanten Gesichtszüge von einst hatten sich in Fleischpolstern verloren, der Bauch stand deutlich vor, und die Stiefel saßen eng.

Ich richtete meinen Blick wieder auf die Kutschen. Von der hintersten sprang ein Bediensteter von einem Tritt und öffnete den Schlag.

Die Federn ihres Kopfputzes zitterten, als Joséphine über die herausgeklappte Treppe aus der Kutsche stieg. Im Gegensatz zu

Napoleon hatte sie nicht zugenommen, sondern war so rank und schlank, dass sie mit Sicherheit kein Kind Napoleons im Leib trug. Stattdessen hielt sie ihren Mops in den Armen. Napoleons Miene verfinsterte sich noch mehr.

»Bonaparte, endlich«, rief Joséphine. »Du ahnst nicht, was für eine grauenhafte Reise ich hinter mir habe.«

Dienstboten kamen herbei, nahmen die Reisetruhen in Empfang und brachten sie in den Palazzo.

Joséphine trippelte zu ihrem Mann, der ihr keinen Schritt entgegenkam. Als sie bei ihm war, setzte sie Fortuné ab und sank an Napoleons Brust. »Wenn du wüsstest, wie ich dich vermisst habe«, raunte sie.

Napoleon schob sie von sich fort. »Wie eigenartig, dass du mir dann so selten geschrieben hast«, antwortete er kalt. »Und dass es dir bisher zu mühselig war, zu mir zu kommen. Barras hat mich wissen lassen, dass er dich förmlich in die Kutsche zwingen musste.«

Joséphine warf einen raschen Blick auf Letizia und Napoleons Schwestern. Dann lächelte sie und sah ihrem Mann in die Augen. »Liebster Bonaparte.« Sie legte eine Hand auf seine Brust. »Du möchtest doch nicht mit mir streiten, nun, da wir uns nach so langer Zeit wiedersehen. Ich kenne Besseres, unsere Wiedervereinigung zu feiern.«

Falls ihn ihre Worte besänftigten, ließ Napoleon es sich nicht anmerken. Mit undurchdringlicher Miene bot er Joséphine seinen Arm an und führte sie in den Palazzo.

Wir aßen spät zu Abend. Napoleon betrat den Speisesaal mit Joséphine, ihre Gesichter wirkten angespannt. Er wies ihr einen Platz ihm gegenüber am anderen Tischende zu und gab den Dienstboten das Zeichen, den ersten Gang zu servieren.

»Lasst uns anstoßen«, Joséphine fixierte ihren Ehemann. »Auf General Bonaparte, den Nationalhelden Frankreichs.«

»Bravo!« Joseph hob sein Glas. Letizia und seine Schwestern taten es ihm mit sichtlichem Widerwillen nach, wahrscheinlich, weil Joséphine den Trinkspruch vorgeschlagen hatte.

Ich nippte an meinem Rotwein, der vollmundig und weich war. Vielleicht hatte Napoleon in Italien nicht nur Kunstschätze requiriert.

»Wie man mir gesagt hat, hat meine Frau es sich in Paris gut gehen lassen. Hat von meinen Siegen profitiert.« Napoleon zog die Platte mit dem Wildschweinbraten zu sich heran und schnitt sich eine dicke Scheibe ab.

Sollte Joséphine sich von seinen Worten unangenehm berührt fühlen, wusste sie es gut zu verbergen. Sie lächelte unbefangen und nahm einen Schluck Wein.

Napoleon drehte sich zu Pauline um, die zu seiner Rechten saß. »Schmeckt es dir, Paulette?«

»Ja, das Essen ist köstlich«, antwortete sie und schien sich zu freuen, dass er ihren Kosenamen benutzt hatte. Napoleon tat auch ihr eine Scheibe Braten auf.

»Ich hoffe, wenigstens einige von euch schätzen die Mühe, die ich mir für dieses Familientreffen gegeben habe. Vielleicht würdigt jemand die Unterkunft, die ich für euch ausgesucht habe.«

Pauline sah Joséphine an und streckte ihr die Zunge heraus.

Ich stieß Julie mit dem Fuß an. Sie nickte, demnach hatte sie es auch mitbekommen. Ich schielte zu Joséphine hinüber. Ihre Miene war unbewegt.

Der nächste Gang bestand aus einer großen Platte mit Hummern, Garnelen und Muscheln. Mit dem Dienstboten, der sie trug, kam Fortuné hereingerast, bellte wie verrückt und flitzte auf Joséphine zu.

»Fortuné!« Joséphine strahlte und klatschte in die Hände. In seiner Hast, zu ihr zu gelangen, schnitt der Hund dem Bediensteten den Weg ab. Dieser geriet ins Stolpern und ließ die Porzellanplatte fallen. Sie zerschellte auf dem Boden, und Fortuné stürzte sich auf die Schalentiere.

»Fortuné, pfui!« Joséphine sprang auf und raffte ihren Mops an sich. Pauline schrie, als ginge es um ihr Leben, der Dienstbote machte sich daran, Meeresfrüchte und Scherben aufzulesen. Letizia sagte kopfschüttelnd: »Dieses widerliche Tier hat hier nichts zu suchen.«

Napoleon erhob sich mit zornrotem Gesicht und umrundete den Tisch zu Joséphine, die den sich windenden Hund in den Armen hielt. Fortuné kläffte, was das Zeug hielt.

»Wenn der Hund nicht auf der Stelle verschwindet«, presste Napoleon hervor, »dann spieße ich ihn auf und werfe ihn in der Küche ins Feuer.«

Fortuné knurrte ihn an. Joséphine drückte den Hund an sich. »Es war ein Missgeschick«, sagte sie und sah Napoleon entschuldigend an.

»Ein schöneres Missgeschick wäre es, ihn heute Nacht draußen zu lassen, damit die Wölfe ihn fressen.«

Joséphine brach in Tränen aus und stürzte mit Fortuné aus dem Speisesaal.

Napoleon starrte grimmig zu Boden. Letizia murmelte etwas auf Italienisch. Dann riss Napoleon seine Serviette ab, sagte ebenfalls etwas auf Italienisch und folgte seiner Frau.

Während Dienstboten die Bescherung auf dem Boden beseitigten, beendeten wir unser Mahl – ohne Meeresfrüchte und schweigend.

Schließlich räusperte sich Pauline. Sie war jünger als ich und häufig die Wortführerin, wenn wir uns zu mehreren unterhielten. Sie wandte sich ihrer Mutter zu. »Hast du gehört, was Napoleon gesagt hat? Barras musste sie in die Kutsche zwingen.«

Letizia lächelte abfällig. »Schwanger ist sie auch nicht.«

»Weil sie zu alt ist.« Caroline warf Pauline einen Beifall heischenden Blick zu und wurde mit einem Nicken belohnt.

»Ich frage mich, was an ihr so wundervoll sein soll«, fuhr Pauline fort. »Warum wetteifern die Schneider in Paris darum, ihre Garderobe anzufertigen?« Sie nahm einen Schluck Wein. »Sie kann die Leute ja nicht einmal bezahlen.«

»Sie nimmt Bestechungsgelder an«, verkündete Elisa. »Verspricht den Geschäftsleuten, denen sie Geld schuldet, sie mit Napoleon bekannt zu machen. Verspricht ihnen Aufträge der Armee.«

Paulines Miene wurde verdrießlich. »Ich bin genauso schön wie sie. Nur nicht so alt und erfahren.«

»Die Erfahrungen, die sie gesammelt hat, möchtest du nicht haben«, sagte Joseph übellaunig. »Und nun hört auf. Wir sind gekommen, um Napoleon wiederzusehen, das ist das Einzige, was zählt.«

Nach dem Essen stiegen Julie und ich die Treppe als Letzte hinauf. Hinter uns löschten die Dienstboten die Kerzen. Auf dem Flur oben blieb ich stehen und lauschte, weil ich Schreie gehört hatte.

»Komm weiter.« Julie zog an meiner Hand und beschleunigte ihren Schritt. Die Schreie dauerten an, doch sie kamen nicht von Menschen in Not, sondern von Napoleon und Joséphine, die sich hinter einer der Türen liebten.

Das Frühstück am nächsten Morgen nahmen wir ohne Joséphine und Napoleon ein. Die beiden tauchten erst zum Mittagessen wieder auf, das in einem kleineren Speisesaal als am Abend serviert wurde.

Joséphine hatte sich mit dem Schal, den sie durch ihre Haare gewunden hatte, wieder wie eine Kreolin zurechtgemacht und lächelte mit rosigen Wangen in sich hinein.

Dennoch war es ein recht schweigsames Mahl. Joseph schwärmte krampfhaft von dem Park des Palazzo, und Joséphine erklärte, sie wolle ihn sich ansehen.

Diesmal durfte sie an Napoleons Seite sitzen, offenbar war sie bei ihm wieder in Gnade. Während des Essens tauschten sie zärtliche Blicke, flüsterten miteinander, berührten sich ständig – auch unter dem Tisch, wie mir schien.

Nach dem pochierten Lachs mit grünem Salat wurde Käse gereicht, danach Kaffee und Mandelgebäck. Wir waren noch nicht ganz fertig, als Napoleon aufstand und uns in den Musiksaal bat, da Joséphine uns etwas auf der Harfe vorspielen wollte.

Als wir den Saal betraten, stand eine Harfe bereit, daneben

ein Schemel. Für uns Zuhörer waren zwei Stuhlreihen aufgestellt worden. Ich fand einen Platz zwischen Julie und Elisa.

Joséphine ließ sich auf ihrem Schemel nieder, lächelte ihren Mann an und sammelte sich.

Mit geschlossenen Augen spielte sie ein Stück, das langsam begann, schneller wurde und dann zu ätherischen Klängen überging. Napoleon nickte beifällig, und ich dachte an die Worte, die er mir einmal geschrieben hatte. *Musikalisches Können sollte für eine Frau an oberster Stelle stehen. Dazu gehören Disziplin und der Wunsch, Vollkommenheit zu erreichen, denn sie beglückt die Seele.*

Ich hatte ihm nie etwas vorgespielt, er hatte mich auch nie darum gebeten.

»Bravo«, sagte Napoleon, während Joséphines schlanker Arm sich graziös hin und her bewegte und ihre Finger geschickt die Saiten zupften.

Elisa neigte sich mir zu und flüsterte: »Es heißt, dass sie dem Fingerspiel auf der Harfe ihre Kunstfertigkeit im Bett verdankt.«

Pauline hatte die Worte mitbekommen und prustete los. Napoleon schleuderte ihr einen vernichtenden Blick zu.

Als Joséphine geendet hatte, stand er auf und rief: »Großartig!« Er ließ seinen Blick über unsere Gesichter gleiten, vergewisserte sich, dass wir alle gebührend beeindruckt waren. »Habt ihr jemals ein solch musikalisches Können erlebt?«

Wir applaudierten höflich.

Joséphine ignorierte uns, sie hatte nur Augen für ihren Ehemann.

Er trat zu ihr und küsste sie auf den Mund. Dann zog er sie

hoch, legte einen Arm um sie und fragte für alle hörbar: »Wie wäre es nun mit einer kleinen Privatvorstellung?«

Sie schmiegte sich an ihn, und die beiden verließen den Musiksaal. Wir sahen sie erst am Abend wieder.

Der nächste Tag war so heiß, dass wir uns nach dem Mittagessen in unsere Gemächer zurückzogen, um zu ruhen oder zu schlafen.

Ich war nicht müde und beschloss, den Palazzo weiter zu erkunden und mir die Kunstwerke, die Napoleon geraubt hatte, näher anzusehen.

Bei meinem Streifzug durch die Räume waren nicht einmal mehr Dienstboten zu sehen, und bis auf das Plätschern des Springbrunnens war alles still.

Anschließend wanderte ich durch den Park. Auf dem Rückweg sah ich, dass die Terrassentür zu Joséphines Räumlichkeiten weit offen stand. Ich trat näher und stellte fest, dass in ihrem Salon niemand war. Leise rief ich ihren Namen. Keine Antwort. Mein Blick fiel auf ein Marmortischchen, darauf ein Stapel Briefe. Lautlos bewegte ich mich darauf zu und erkannte die Handschrift. Es waren Briefe von Napoleon.

Einen Moment lang widerstand ich der Versuchung, sie zu lesen, hielt mir vor Augen, wie peinlich es wäre, wenn mich jemand dabei ertappte. Doch meine Hand führte ein Eigenleben und griff nach dem zuoberst liegenden.

Mit wehem Herzen strich ich über die Schrift, dachte an die Briefe, die er mir seinerzeit geschrieben hatte. Es war, als hätte es in einem anderen Leben stattgefunden. Ich las die ersten Zeilen.

*Du bist stets in meinen Gedanken. Immerzu stelle ich mir vor, was du gerade tust.*

So ähnlich hatte er mir früher auch geschrieben, doch als ich weiterlas, sah ich, dass er sich in einem Maße steigerte, das ich nicht von ihm gekannt hatte.

*Meine einzigartige Joséphine! Ohne Dich gibt es für mich keine Freude. Inmitten meiner Kämpfe, an der Spitze meiner Truppen, bist nur Du der Mittelpunkt meines Herzens. Du hast mir nicht nur meinen Seelenfrieden geraubt, sondern auch meine Freiheit, denn Du bist das ständige Objekt all meiner Gedanken.*
*Mit welchen Künsten hast Du mich verzaubert? Ist es Hexerei, meine Liebste? Für Joséphine zu existieren, das ist nun zu meinem einzigen Lebenszweck geworden.*

Ich wusste, dass ich aufhören sollte zu lesen, doch es gelang mir nicht.

*Wenn Du mich so lieben würdest wie ich Dich, würdest Du mir zweimal am Tag schreiben. Stattdessen amüsierst Du Dich mit Deinen Verehrern und füllst Deinen wertvollen Geist mit Klatschgeschichten. Eine gesittete Frau bliebe zu Hause, dächte an ihren Ehemann und lebte nur für ihn. Tausend Dolche zerreißen mein Herz. Mir wird übel, wenn ich mir vorstelle, wie Dich andere Männer berühren.*
*Ich leide Höllenqualen, wenn ich daran denke, dass ich sterben*

*könnte, ohne noch einmal von Dir geliebt zu werden. Mein Leben ist ein einziger Alptraum. Wenn ich Dich verliere, gibt es für mich kein Glück mehr.*

Eine solche Eifersucht hatte er bei mir nie an den Tag gelegt, auch nicht diese Leidenschaft.

*Ich sende Dir tausend Küsse, meine Liebste – mein Leben. Ein Kuss auf Dein Herz, dann einen tiefer und noch tiefer.*
*Immer sehe ich Dich vor mir, stelle mir Dich mit einem runden Bauch vor. Dir soll es an nichts fehlen. Mein einziger Wunsch ist Dein Wohlergehen.*

Ich griff nach dem nächsten Brief. Offenbar versuchte er darin, Joséphine eifersüchtig zu machen.

*Fünf- oder sechshundert schöne Frauen haben versucht, mich zu bezaubern; keine von ihnen besaß das liebliche Gesicht, das in mein Herz graviert ist. Ich habe nur Dich vor mir gesehen.*

Als ich den dritten Brief las, schoss mir glühende Hitze ins Gesicht.

*Du weißt, wie sehr ich mich danach sehne, in deinen kleinen schwarzen Wald zu tauchen. Ich küsse ihn tausendmal und warte ungeduldig auf den Augenblick, da ich wieder in ihm bin. In Joséphine zu leben, heißt im Elysium zu leben. Ich wäre glücklich, wenn ich Dich nun ausziehen könnte. Ich küsse Deinen Mund, Deine Augen, Deine Schultern, Deine Brüste. Überall, überall, überall!*

Mit unsteten Händen legte ich den Brief ab und rührte auch keinen anderen mehr an. Ich hatte genug gelesen, mehr, als gut für mich war.

Als ich den Kopf hob, blickte ich in einen Spiegel. Und da sah ich sie, nur wenige Schritte hinter mir.

Errötend drehte ich mich zu ihr um.

»Wie ich sehe, haben Sie meine Briefe gefunden«, sagte Joséphine mit amüsiertem Augenzwinkern. »Ich habe nach ihnen gesucht.«

»Aber sie lagen doch hier … für jedermann sichtbar«, antwortete ich beschämt.

Joséphine zuckte mit den Schultern. An diesem Tag trug sie ein einfaches Kleid aus cremefarbenem Seidenchiffon. Den tiefen Ausschnitt zierte eine mit Gold- und Silberfäden gestickte Borte, im dunklen Haar glitzerte eine schmale Tiara. Auf bloßen Füßen kam sie und nahm die Briefe an sich.

»Napoleon hat mich in der Nacht nicht ruhen lassen, wahrscheinlich fehlte mir die Kraft, mich auf die Suche zu konzentrieren.« Sie wedelte mit den Briefen. »Er ist ein solcher Romantiker. Aber das kennen Sie sicherlich auch von ihm.«

Mir hatte er gesagt, er sei kein Romantiker.

»Manchmal glaube ich, seine Liebe zu mir wird ihn noch in den Wahnsinn treiben.«

Ich nahm den satten, honigfarbenen Ton ihrer bloßen Schultern und Arme wahr. Ihre Haut war glatt und makellos. Ein zarter blumiger Duft ging von ihr aus, nach Orangenblüten vielleicht.

Sie legte eine Hand auf meinen Arm. »Habe ich Ihnen schon einmal gesagt, wie gern wir Sie bei uns haben? Es ist wundervoll, dass Sie Ihrer Schwester so nahestehen und immer mit ihr zusammen sein möchten. Aber wahrscheinlich würde auch eine Ehe Sie glücklich machen. Duphot sollte jeden Tag bei uns eintreffen. Ich bin gespannt, was Sie von ihm halten werden.«

Ich überlegte, ob er ebenfalls zu ihren zahlreichen Männerbekanntschaften zählte, doch ich wollte ihr nicht den Gefallen tun, sie danach zu fragen.

»Geben Sie Duphot eine Chance, mehr verlangen wir nicht. Er ist ein erfahrener General. Und ein reifer Mann.«

Ich fragte mich, wem mehr an meiner Ehe mit Duphot gelegen war, Napoleon oder Joséphine?

In diesem Augenblick drangen die schrecklichsten Laute an unser Ohr. Sie kamen aus dem Park und klangen, als wäre ein Tier in Todesangst.

»Fortuné!«, rief Joséphine. Mit wehendem Kleid stürzte sie hinaus. »Nein! Reißt diesen Hund von ihm fort!«

Ich folgte ihr.

Unten auf dem Rasen hatte ein großer Hund Joséphines Mops im Maul und schüttelte ihn wie eine Jagdbeute.

Ich mochte den Mops nicht, doch ich beobachtete mit Entsetzen, wie Fortuné zappelte und schrie. Mir schien, es war ein aussichtsloser Kampf.

»Lass ihn los!« Joséphine hatte die beiden Tiere erreicht. Es sah aus, als wolle sie sich auf den Angreifer stürzen.

Wie aus dem Nichts tauchte Napoleon mit einem Bediensteten auf. »Hilf ihm!«, schrie Joséphine.

Als der Dienstbote es schaffte, Fortuné zu befreien, gab dieser keinen Ton mehr von sich, nur Joséphines Schluchzen erfüllte die Luft. Der Dienstbote legte den leblosen Mops ins Gras.

»Nein!« Joséphine bückte sich und starrte ihren Hund fassungslos an. »Bitte, tu doch was«, sagte sie zu niemand Bestimmtem.

Als sie sich aufrichtete, war ihr Gesicht fleckig und tränennass. »Warum hilft ihm denn keiner?«, fragte sie Napoleon.

Napoleon zuckte mit den Schultern und sah sie bedauernd an. »So ist der Kampf, meine Liebe. Der eine siegt, der andere lässt sein Leben.«

# KAPITEL 13

*Mailand und Rom, 1797*

Am Abend darauf kam Duphot im Palazzo Serbelloni an. Als ich ihn sah, wusste ich, was Joséphine gemeint hatte, als sie ihn »reif« nannte. General Léonard Duphot war alt. Sehr alt.

Während des Abendessens saß er neben mir, unterhielt sich jedoch die ganze Zeit mit Napoleon über die Stärken und Schwächen der Italienarmee. Aber eigentlich war mir das ganz recht, ich wusste ohnehin nicht, was ich zu ihm sagen sollte – zu einem Mann, der vermutlich älter als mein Vater war, hätte dieser noch gelebt.

Nach dem Essen lud er mich zu einem Spaziergang durch den Park ein, und da es alle mitbekamen und uns anschauten, blieb mir nichts anderes, als mit ihm zu gehen.

Er bot mir seinen Arm an und führte mich nach draußen, wo es bereits dunkelte. Eine Zeit lang folgten wir schweigend einem schmalen, von halbhohen Hecken gesäumten Kiesweg, hörten das Plätschern des Springbrunnens und das ferne Rattern der Kutschen in der Stadt. Dann drang aus dem Musiksaal Gesang zu uns. Es war eine Frauenstimme. Offenbar hatte Napoleon Joséphine gebeten, den Gästen eine weitere Kostprobe ihres musikalischen Könnens zu geben. Ich bedauerte, dass ich nicht dabei sein konnte.

In dem Licht, das aus den Räumen des Palazzo nach draußen fiel, begutachtete ich Duphot hin und wieder von der Seite. Er musste einmal ein kraftstrotzender junger Mann gewesen sein, selbst in seinem fortgeschrittenen Alter gab er in seiner Uniform noch eine gute Figur ab und hielt sich gerade. Aber sein Haar war dünn und weiß, und während des Essens hatte er mitunter gehustet, als wäre er lungenkrank. Ich verstand nicht, warum Napoleon ihn für mich ausgesucht hatte.

»Als Bonaparte mir von Ihnen erzählte, bin ich neugierig geworden.« Duphot führte mich tiefer in den Park hinein. »Sie kommen aus einer angesehenen Familie. Ihr Vater war ein erfolgreicher Kaufmann, Ihre Mitgift ist beträchtlich. Hübsch seien Sie auch, sagte Bonaparte. Er hat nicht gelogen.«

Ich überlegte, was ich darauf antworten sollte. Sollte ich mich für das Kompliment bedanken? Würde Duphot meinen Dank so auslegen, dass ich mit seinem Werben um mich einverstanden war? Bevor ich mich entschieden hatte, fuhr er fort. »Bitte gestatten Sie mir, offen zu sein und Ihnen vor Augen zu führen, dass auch Sie von unserem … Einvernehmen profitieren werden.«

Duphot blieb stehen. »Mir ist bekannt, dass Sie seine Geliebte waren. Ich nehme es Ihnen nicht übel. Wenn er sich etwas in den Kopf gesetzt hat, kommen nur wenige gegen ihn an.«

Ich senkte den Blick und fühlte mich gedemütigt.

»Die Ehe mit mir wäre ein Schutzmantel für Sie. Sie erhielten einen guten Namen.«

Ich entdeckte eine Bank. »Wenn es Ihnen nichts ausmacht, würde ich mich gern setzen.«

»Aber bitte, wie Sie wünschen.«

Wir ließen uns auf der Bank nieder.

»Ich verlange nicht viel. Vielleicht wissen Sie, dass ich einen Sohn habe.« Duphot wandte sich zu mir um. »Wie alt sind Sie?«

»Ich bin gerade zwanzig geworden.«

»So alt wie mein Sohn.«

Alles in mir sträubte sich gegen diese Ehe. Ich wollte auch keinen Stiefsohn in meinem Alter.

»Wissen Sie, was das für Sie bedeutet?«

Ich schüttelte den Kopf.

»Es bedeutet, dass ich nicht verzweifelt auf einen Erben warte«, erklärte Duphot so langsam, als spräche er mit einem begriffsstutzigen Kind. »Ich habe bereits einen Erben, der kräftig und gesund ist. Bald wird er eigene Söhne haben, mein Vermächtnis ist gesichert. Dennoch wird es mich freuen, wenn Sie mir ein Kind schenken. Ich werde sogar dankbar sein und Ihnen anschließend Ihre Unabhängigkeit gewähren.« Er hielt inne, als warte er auf meine Antwort. Als ich nichts sagte, sprach er weiter. »In finanzieller Hinsicht werde ich großzügig sein. Auch was Ihr Verhalten betrifft. Ich werde Ihnen weder Vorschriften machen noch Ihre Vergnügungen einschränken. Ich wage zu behaupten, die meisten schönen jungen Frauen wüssten ein solches Angebot zu schätzen.«

Ich fragte mich, ob Duphot mir die Ehe antrug oder sich als Ware anpries. Napoleon mochte zwar kein Romantiker gewesen sein, doch im Vergleich zu Duphot war er geradezu schwärmerisch gewesen.

»Vielleicht haben Sie noch mädchenhafte Illusionen, was die Liebe betrifft.«

An Duphots Stimme hörte ich, dass er lächelte. Wahrscheinlich war es das herablassende Lächeln eines Mannes, der glaubte, alles besser zu wissen.

»Lassen Sie uns auch in diesem Punkt offen sein. Liebe ist in einer guten Ehe nicht ausschlaggebend. Zumindest nicht zwischen Ehemann und Ehefrau. Ich habe seit Jahren eine Geliebte, die ich nicht aufgeben werde. Folglich werden auch Sie Ihre Freiheiten haben.« Duphot tätschelte meine Hände, die ich in meinem Schoß gefaltet hatte. »Jedenfalls solange Sie sich nicht von einem anderen Mann schwängern lassen. Nachlässigkeiten finden bei mir kein Verständnis. Ein außereheliches Kind werde ich nicht als mein eigenes anerkennen, werde weder für seinen Lebensunterhalt noch für seine Erziehung aufkommen. Auch Ihren Ruf werde ich in einem solchen Fall nicht schützen. Ich bin ein vernünftiger, liberaler und aufgeklärter Mann, aber kein Narr, den man ausnutzt.«

Ich spürte das dumpfe, aufgebrachte Schlagen meines Herzens und wäre am liebsten davongerannt, fort von diesem alten Mann, der mir fremd und unangenehm war, fort von dem Palazzo – an irgendeinen weit entfernten Ort.

Ich verstand nicht, warum er solche schrecklichen Dinge sagte. Ich war jung und naiv, das war mir bewusst. Mir waren auch die gesellschaftlichen Gepflogenheiten bekannt, über die Duphot gesprochen hatte. Er hatte sich als vernünftigen Mann bezeichnet, offenbar war die Ehe für ihn ebenfalls eine Sache der Vernunft und nicht der Gefühle.

Aber was war mit Napoleon, dem Mann, der einmal geschworen hatte, für immer der Meine zu sein? Wollte er mich tatsächlich mit einem Mann wie Duphot verheiraten? Joseph wollte es, das hatte er mir deutlich zu verstehen gegeben. Bedeutete ich ihnen mittlerweile so wenig? Doch dann glaubte ich den Grund zu erahnen. Dadurch, dass ich mich Julie angeschlossen hatte, war ich ihnen lästig geworden. Vielleicht nahm auch Joséphine an meiner ständigen Gegenwart Anstoß. Ich schmeichelte mir nicht, dass sie mich als Rivalin betrachtete. Dazu war sie zu selbstbewusst, sich der Liebe ihres Mannes zu sicher. Dennoch könnte es ihr nicht passen, überall die ehemalige Geliebte ihres Mannes anzutreffen. Wahrscheinlich wünschten sie alle, dass ich endlich heiratete, einen eigenen Hausstand gründete und ein separates Leben führte.

Duphot riss mich aus meinen trüben Gedanken. »Ist es Ihnen recht, wenn ich in Rom mit Ihrer Mutter und Ihrem Bruder spreche?«

»Habe ich eine Wahl?«

»Im Moment nicht.« Duphot lachte. »Warten wir ab, was Ihre Mutter zu meinem Antrag sagt.« Er stand auf. »Machen Sie sich Ihre Lage bewusst, Désirée. Ihr Vater ist tot. Sie sind jung, aber keine Jungfrau mehr. Vielmehr sind Sie eine Frau, die einer der einflussreichsten Männer Frankreichs zu verheiraten hofft. Vielleicht passen Sie Ihre Erwartungen den Gegebenheiten an.«

Nach einer Woche war unser Aufenthalt in Mailand beendet. Duphot erklärte, er werde mich zurück nach Rom begleiten. Dort würde er die Stelle als Militärkommandant von Rom antreten, zu dem Napoleon ihn ernannt hatte, und, wie er sagte, weiter um mich werben.

Napoleons Mutter und seine Schwestern würden nach Paris

reisen, wo Napoleon ihnen, nahe den Tuilerien, ein Stadthaus gemietet hatte. Napoleon selbst hatte vor, mit Joséphine eine schön gelegene Villa außerhalb Mailands zu beziehen. Dort wollte er seine nächsten Vorstöße gegen italienische und österreichische Truppen planen.

»Ich möchte zurück nach Paris«, verkündete Joséphine bei unserem letzten Abendessen in Mailand missgestimmt. »Das Leben in Italien bekommt mir nicht, und die Fahrten über die schlechten Straßen sind mir ein Gräuel. Auf der Reise hierher bin ich, gleich nachdem ich Frankreich verlassen hatte, krank geworden.«

Napoleon schüttelte den Kopf und weigerte sich, ihr diesen Wunsch zu erfüllen. Er brauche seine Frau, erklärte er.

Für den Rest unseres Mahls schwieg Joséphine verdrossen. Später, als wir uns alle für die Nacht zurückgezogen hatten, hörten wir Schreie aus ihrem Zimmer, entweder weil sie und Napoleon sich stritten oder erneut bei ihrem Liebesspiel waren – oder beides.

Als Napoleon am nächsten Morgen mit seinem Gefolge aufbrach, saß Joséphine in seiner Kutsche, und ich war nicht traurig, sie beide davonfahren zu sehen.

Julie, Joseph und ich kamen kurz vor Weihnachten bei schönem Wetter in Rom an. Der Winter in dieser Stadt war weitaus milder und sonniger als in Paris, doch meine Stimmung blieb bedrückt.

Sobald wir in der Botschaft waren, lief ich zu meiner Mutter. Sie wusste bereits, dass General Duphot um meine Hand angehalten hatte. Ich erklärte ihr, dass ich nicht das Geringste für diesen Mann empfinde.

Am Abend wurde die Angelegenheit auch mit Nicolas, Julie und Joseph besprochen. Meine Mutter betrachtete Duphots Antrag ebenso pragmatisch wie dieser und sagte zu mir: »Ich weiß beim besten Willen nicht, worüber du dich beklagst.« Joseph sagte, er verstehe es auch nicht. Nicolas betrachtete mich kopfschüttelnd und schloss sich ihrer Meinung an. Nur Julie schlug sich auf meine Seite.

»Wie könnt ihr wollen, dass ich so jemanden heirate?«, beschwerte ich mich. »Vom Alter her könnte er mein Vater sein. Und er liebt eine andere Frau.«

»Liebe hat mit einer Ehe nur wenig zu tun«, antwortete meine Mutter.

»Du hast Papa geliebt«, erinnerte ich sie.

Maman seufzte. »Und nach seinem Tod hat er mir nichts als Kummer gemacht.«

»Und Julie liebt Joseph.«

»Mit der Zeit wirst du General Duphot zumindest respektieren«, antwortete meine Mutter.

Und so begann Duphot mich regelmäßig zu besuchen, und ich musste ihn jedes Mal empfangen.

Anders als in Frankreich spielte die Kirche in Rom eine große Rolle, und Weihnachten war für die Römer eine festliche Angelegenheit.

Aber auch wir in der französischen Botschaft feierten den Weihnachtstag mit einem Festessen, mit üppigen Gängen und likörgetränkten Desserts.

Ich blieb niedergeschlagen und fuhr schweren Herzens und unter dröhnendem Glockengeläut mit meiner Familie zur Mitternachtsmesse im Petersdom.

Zudem galt in Rom noch der alte, gregorianische Kalender und das Jahr begann mit dem 1. Januar. In der Zeit von Weihnachten bis Neujahr wurde in Rom gefeiert, die Menschen spazierten durch die Straßen, tranken, aßen und schienen guter Dinge.

Wir verabschiedeten uns von Joseph, der auf Betreiben der französischen Regierung in diplomatischer Mission nach Parma reisen würde.

Am selben Tag gingen Maman und Nicolas abends zur Messe, um für ein gutes neues Jahr zu beten. Ich war schlechter Laune und weigerte mich, sie zu begleiten. Julie, die wegen Josephs Abreise Trübsal blies, blieb bei mir.

Wir setzten uns in den Salon, der nur von wenigen Kerzen erhellt wurde. Julie hatten den Dienstboten freigegeben, damit sie den Abend im Kreis ihrer Familien feiern konnten. Sie nahm sich ein Buch und begann zu lesen; ich legte mir eine Patience.

Mit einem Mal drang von draußen tumultartiger Lärm zu uns herein. Julie und ich sahen uns verwundert an.

»Da scheinen ein paar Leute zu viel getrunken zu haben«, sagte ich, um mein Unbehagen zu überspielen. Die Stimmen hatten beängstigend nah und wütend geklungen. Ich stand auf und trat an ein Fenster, das zum Vorplatz der Botschaft hinausging. Mir stockte der Atem.

»Was ist?«, Julie legte ihr Buch zur Seite.

»Da sind … da sind Männer. Sie versuchen, sich an dem Zaun hochzuhangeln.«

»Was sagst du?« Julie kam zu mir und spähte ebenfalls nach draußen.

»Tod den Franzosen«, brüllten die Männer.

»Tyrannen!«

»Verschwindet, ihr Hurensöhne!«

Die Männer waren nicht betrunken, sondern schienen gegen die französischen Besatzer in ihrem Land zu protestieren.

Julie wurde kreidebleich und fasste meinen Arm. »Wir sind allein im Haus. O Gott, was sollen wir tun?«

»Nicolas wird gleich zurück sein«, versuchte ich, sie und mich zu beruhigen.

Julie zog mich vom Fenster fort. »Die Leute werden gar nicht durch das Tor kommen. Und darüberklettern werden sie auch nicht, die Eisenspitzen sind viel zu gefährlich.«

Ich war mir dessen nicht so sicher. »Lass uns hinauf in dein Zimmer laufen und die Tür zusperren.«

Noch einmal warf ich einen Blick nach draußen. Die ersten Demonstranten hatten den Zaun problemlos überwunden und rannten mit brennenden Fackeln über den Vorplatz.

Mir gefror das Blut in den Adern. »Glaubst du, sie werden in die Botschaft gelangen?«, fragte ich zittrig. Das war das, was die Aufständischen in Frankreich getan hatten. Schlösser und Klöster hatten sie gestürmt und mit den Menschen darin kurzen Prozess gemacht. Würden wir, die wir den Terror in unserem Land überlebt hatten, nun von aufgebrachten Italienern ermordet werden?

Hinter uns öffnete sich die Tür des Salons knarrend. Julie und ich standen wie erstarrt. Als ich mich umzudrehen wagte, sah ich eine Gestalt im Türrahmen und flüsterte: »Wer ist da?«

»Désirée?« Es war Duphot.

»Dem Himmel sei Dank.« Vor Erleichterung wäre ich beinah in Tränen ausgebrochen. Ich lief zu ihm, war noch nie so froh gewesen, ihn zu sehen. »Wie sind Sie hereingekommen?«

Mit grimmiger Miene blickte Duphot zum Fenster. »Durch die hintere Pforte und dann durch den Dienstboteneingang. Die Meute hat sich auf dem Vorplatz zusammengerottet.«

»Vielleicht kommen auch Maman und Nicolas von hinten ins Haus«, sagte Julie.

»Nicht, wenn sie mit einer Kutsche unterwegs sind«, antwortete Duphot. »Man würde sie hören und sehen. Ich war allein und konnte im Schutz der Dunkelheit ins Haus schlüpfen.« Er trat ans Fenster und schaute kopfschüttelnd hinaus. »Diese Narren haben sich Mut angetrunken und brüllen sinnloses Zeug. Warum randalieren sie nicht vor den Kirchen und Schlössern Italiens? Dort sitzen die Menschen, die sie ausbeuten und die uns dafür die Schuld in die Schuhe schieben. Napoleon ist derjenige, der ihnen Freiheit und Gleichheit bringen will.«

Ich tastete nach Julies Hand und verschränkte meine Finger mit ihren.

Duphot war zornig, doch er blieb gefasst. Wahrscheinlich hatte er schon ganz anderen Feinden gegenübergestanden. »Diese Leute beleidigen Frankreich«, erklärte er mit zusammengezogenen Brauen. »Ich werde dem ein Ende setzen, bevor das Ganze eskaliert. Sie bleiben bitte im Haus.«

Duphot verschwand. Voller Entsetzen beobachteten Julie und ich die immer größer werdende Menge auf dem Vorplatz.

Mit einem Mal löste sich aus dem Eingang der Botschaft eine

einsame Gestalt. Es war Duphot, der eine Muskete im Anschlag hielt. Er rief den Leuten etwas zu.

Die Demonstranten brüllten eine Antwort, die Gesichter im unruhigen Feuer der Fackeln wutverzerrt. Duphot rief wieder etwas und drohte ihnen mit der Waffe.

Julie drückte eine Hand auf ihre Brust. »Was sagt Duphot?«

Ich zuckte mit den Schultern. »Die Leute sind zu laut, um ihn zu verstehen.«

»Er soll lieber wieder hereinkommen.«

Die Meute näherte sich Duphot, bedrängte ihn und begann ihn zu schubsen. Er stieß sie zurück. Einer der Männer griff nach seiner Muskete. Gleich darauf zog sich der Kreis um Duphot enger, wir konnten ihn unter den anderen kaum noch ausmachen. Julies Hand fühlte sich nun eiskalt und feucht an.

Und dann hörten wir einen Schuss, der den Lärm der Menge übertönte. Das Gebrüll wurde lauter, die Menschen dort unten waren nur noch eine wild wogende Masse. Der nächste Schuss ertönte. Dann noch einer.

Julie und ich blickten uns wie versteinert an.

Unten wich die Menge von dem Mann zurück, der getroffen zu Boden sank. Duphot.

# Kapitel 14

*Paris, 1798*

Dieser Pariser Winter kam mir besonders grausam vor, mit eisigen Winden und tief hängenden zinngrauen Wolken. Dennoch waren Spaziergänge für mich die einzige Möglichkeit, meinen schwermütigen Gedanken zu entfliehen, die mich seit Rom verfolgten, und wenigstens einen Hauch innere Ruhe zu finden. Julie und Joseph bewohnten ein wundervolles Haus, sie hatten mich großzügig und warmherzig in ihr Leben aufgenommen, und doch befiel mich immer wieder ein Gefühl großer Einsamkeit.

Ich hatte Duphot nicht heiraten wollen, war ganz gewiss nicht in den Mann verliebt gewesen. Er war mir zu alt gewesen, hatte eine Geliebte gehabt und für mich nur wenig empfunden. Dennoch ging mir sein Tod nahe. Immer wieder sah ich ihn im Geist blutüberströmt am Boden liegen und nachts träumte ich davon.

Wir hatten Rom gleich nach dem Mord an ihm verlassen und waren nach Paris zurückgekehrt. Doch auch diese Stadt fühlte sich für mich nicht heimatlich an, war keine Zuflucht, und meine Spaziergänge lenkten mich nur für kurze Zeit ab.

In meinem dicken Mantel, mit Pelzmütze und Muff, lief ich ziellos durch die Stadt. Irgendwann gelangte ich stets an die

Seine, den breiten silbergrauen Fluss, der von der Bourgogne her einen großen Teil unserer Republik durchquerte, bevor er sich in den Ärmelkanal ergoss.

Ich wanderte am Ufer entlang, sah zu, wie die Frachtkähne aus dem Norden oder Süden kommend anlegten und ihre Ware entluden – Lachse und Käse aus der Normandie, Weinfässer aus der Provence und der Bourgogne. Am Fluss roch die Luft besser als in den schmalen Gassen der Stadt, wo es nach menschlichen und tierischen Exkrementen stank, nach dem Rauch der Kamine und Öfen, nach feuchter Wollkleidung und den Ausdünstungen der Menschen, die keine Möglichkeit hatten, sich richtig zu waschen.

An diesem Tag fühlte ich mich besonders unwohl. Am Abend sollte ich auf einen Ball gehen, der anlässlich Frankreichs Sieg über Österreich und des nachfolgenden Friedens von Campo Formio stattfinden würde. Napoleon sollte dort als erfolgreicher Kriegsherr gefeiert werden, und natürlich würde seine geliebte Joséphine an seiner Seite sein.

Da Joseph nun fest als Napoleons Vertrauter und Berater fungierte, gab es für mich, als Mitglied seines Haushalts, kaum die Möglichkeit, dem Ball fernzubleiben, auch wenn sich alles in mir gegen die Teilnahme sträubte.

Nach seinen Siegen in Italien und Österreich leuchtete Napoleons Stern noch heller als in den Tagen, in denen er als Retter der Revolution gefeiert worden war. Ihm verdanke die leidgeprüfte Republik Frieden und neuen Ruhm, sagte man. Seine Rückreise von der Front war ein einziger Siegeszug gewesen. Überall in Frankreich hatte die Bevölkerung ihm zugejubelt.

Nichts jedoch konnte es mit der Begeisterung aufnehmen, mit der die Pariser ihren Liebling willkommen hießen. Die Rue Chantereine, in der Napoleon und Joséphine wohnten, wurde in Rue de la Victoire umbenannt, Napoleon als »Sohn der Revolution« bezeichnet, den man, zusammen mit seiner schönen *dame des victoires*, hochleben ließ.

Für den Moment war vergessen, dass die Hälfte der Pariser noch immer Hunger litt und kein Geld für Brennholz hatte, Joséphine dagegen Unsummen für die neue Ausgestaltung ihres Hauses ausgegeben hatte und dort nun ein glänzender Ball mit fünfhundert Gästen gefeiert werden sollte, für den die Regierung aufkam.

Am Ballabend trug ich ein saphirblaues Seidenkleid mit engem Mieder und weitem Rock, dazu eine Halskette und eine Tiara aus Rubinen.

Joseph half Julie und mir aus der Kutsche und führte uns durch das Eingangstor zu dem Vorplatz, der bereits Teil des Festes war.

»Phantastisch«, sagte er angesichts der Szene, die sich uns dort bot. »Das war die Idee meines Bruders.«

Der gesamte Vorplatz war wie ein Feldlager hergerichtet worden, mit Zelten, Soldaten, Lagerfeuern, Geschützen und Pferden. »Er wollte seinen Gästen einen Eindruck von der Front vermitteln.«

Wir betraten die Eingangshalle. Joseph dirigierte uns in einen Saal, der im Licht zahlloser Kerzen schimmerte. An den Wänden sah man einen Teil der Gemälde, die Napoleon in Italien konfisziert hatte. Die Luft war getränkt vom Parfum der Damen und dem Duft der Blumen, die überall in Vasen standen.

Ich erinnerte mich, dass Napoleon sich einmal von der Pariser Gesellschaft eingeschüchtert gefühlt und sich über sie beklagt hatte, doch an diesem Abend war alles, was Rang und Namen hatte, da, um ihm zu huldigen.

Joseph wies uns auf Adlige hin, die aus dem Exil zurückgekehrt waren, auf Offiziere, Regierungsmitglieder und berühmte Damen der Gesellschaft. Sie standen in Grüppchen zusammen und plauderten, umgeben von vielen Bäumchen in Blumenkübeln, die wie ein Wald anmuteten.

Unauffällig deutete Joseph auf unseren Außenminister, Charles-Maurice de Talleyrand, der am Fuß einer großen geschwungenen Treppe Hof hielt, deren Geländer mit Myrtenzweigen umwunden war.

»Napoleon ist noch nicht da«, stellte Joseph fest. »Er wird warten, bis alle Gäste eingetroffen sind. Dann werden sie ihren großen Auftritt haben.«

Er musste nicht erklären, wen er mit »sie« meinte.

Die Zeit verstrich. Und dann endlich erschienen Joséphine und Napoleon in der Tür und verharrten für einen Moment auf der Schwelle. Napoleon trug seine Generalsuniform, die Schärpe in den Farben der Trikolore, die Brust mit Orden geschmückt.

Joséphine hatte ein einfaches Gewand aus weißem Seidenchiffon gewählt und eine Tiara im dunklen Haar, die einer Krone glich. Erstaunlicherweise lächelte sie nicht, vielmehr wirkte ihr Mund leicht verkniffen. Sie war auch kaum geschminkt. Es war bekannt, dass sie für ihre zahlreichen Cremes, Salben und Puder in einer Woche mehr ausgab, als ein Arbeiter in einem Jahr verdiente, deshalb wunderte es mich, dass sie sich zu diesem großen Anlass nicht mit der gleichen Raffinesse wie sonst zurechtgemacht hatte. Wie unbeteiligt sie auf die versammelten Gäste blickt, bemerkte ich verwundert.

Die Musikanten des Quartetts in einer Ecke verstummten, die Stimmen und das Gelächter verebbten, selbst die Champagnergläser klirrten nicht mehr. Alle Augen richteten sich auf das Paar im Türrahmen.

Napoleons Blick wanderte über die Versammelten, als wolle er sich jedes Gesicht merken, vielleicht um sich im Geist zu notieren, wer es gewagt hatte, seine Einladung zu ignorieren.

Als er und Joséphine sich schließlich in den Saal bewegten, tauchte hinter ihnen eine schlanke junge Frau auf, die ähnlich wie Joséphine gekleidet war.

»Das ist Hortense«, flüsterte Julie mir ins Ohr. »Joséphines Tochter aus erster Ehe und Napoleons Stieftochter.«

Hortense kam mir nur wenige Jahre jünger als ich vor, und ich fragte mich wie schon so oft, warum Napoleon mir eine so viel ältere Frau vorgezogen hatte.

Talleyrand trat als Erster zu dem Paar und schien jeden Moment dieser Inszenierung zu genießen. Er erklärte für jedermann vernehmlich, die Musiker des Abends haben, zusammen mit einem ausgewählten Gesangssolisten, ein Stück Napoleon und Joséphine zu Ehren einstudiert. Er nickte der kleinen Musikgruppe zu. Der Violinist hob seinen Geigenbogen.

Es war eine flotte Melodie, mit leichten Anklängen an einen Militärmarsch. Als der Sänger sich Joséphine zuwandte und mit schöner, inbrünstiger Tenorstimme »Sie sind sein Glück, Sie stehen für den Dank, den Frankreich ihm schuldet« sang, wurde ihre Miene weicher und sie zeigte ein erstes Lächeln.

Das Festbankett begann erst kurz vor Mitternacht. Bis dahin hatten die Gäste reichlich Wein und Champagner getrunken und waren in gehobener Stimmung.

Napoleon ließ sich an der Stirnseite des Mitteltisches nieder, Joséphine zu seiner Rechten. Ich saß nicht weit entfernt und sah, dass sie kaum etwas aß, wohingegen Napoleon die Köstlichkeiten, die es gab, mit großem Appetit verzehrte.

Talleyrand stand auf, um sein Glas zu heben und als Erster einen Trinkspruch auszubringen. »Heute Abend feiern wir nicht nur Napoleon Bonaparte, sondern auch die Bürgerin, die dem Mann, der Frankreichs Ruhm erhöht, teuer ist. Auf Joséphine, die liebende Gefährtin unseres Nationalhelden.«

Applaus brach aus und Hochrufe wurden laut. Joséphine deutete ein Nicken an. Doch das Souveräne und Glanzvolle, das ihr sonst eigen war, fehlte. Ich fragte mich, ob es auch den anderen Gästen auffiel.

Das Diner bestand aus Lachs mit gedünsteten Gurken und Dillsoße, Seezunge in Weißwein, gebratenem Huhn mit Rosmarin und Zwiebeln, in Gruyère gebratenen Kartoffeln, mehreren frisch gebackenen Brotsorten, Oliven, Weintrauben und zahllosen Desserts. Es war so aufwendig wie alles an diesem Abend, doch mir war das meiste zu reichhaltig, und ich nahm nur ein wenig Seezunge.

Nach dem Dessert verkündete Talleyrand, dass unser geliebter General ein besonderes Geschenk für uns habe, etwas, das in Paris noch unbekannt sei, einen Tanz, den er aus Österreich mitgebracht habe und der sich »Walzer« nenne. Er bat uns in den benachbarten Saal, wo die Musiker etwas Schwungvolles im Dreivierteltakt zu spielen begannen.

Napoleon und Joséphine führten uns den Tanz vor, der, anders als unsere Kontratänze, viele Drehungen und einen schockierend engen Körperkontakt beinhaltete. Er schien Joséphine zu liegen, sie tanzte anmutig und ohne aus dem Tritt zu geraten.

Wenig später begann draußen ein Feuerwerk. Natürlich war auch das beeindruckend, und es endete mit der Parole »Vive la république«, die blau-weiß-rot leuchtend und riesengroß am nächtlichen Winterhimmel erschien.

Später, als Joseph, Julie und ich Kaffee tranken und Gebäck knabberten, kam Napoleon zu uns. »Wie ich sehe, beansprucht mein Bruder die beiden schönsten Frauen dieses Abends für sich«, sagte er. Sein Blick glitt über mein Dekolleté und dann tiefer. Ich versteifte mich unangenehm berührt. Warum klebte er nicht wie sonst an Joséphines Seite?

»Was für ein großartiges Fest«, sagte Joseph. »Es würde einem König gerecht werden.«

Im ersten Moment dachte ich, er wolle Napoleon warnen, künftig bescheidener aufzutreten, doch dazu war seine Miene zu unbeschwert. Wahrscheinlich hatte er es neckend gemeint.

Napoleon wirkte geschmeichelt. Dann deutete er auf die Wände des Ballsaals. Auch hier hingen einige der geraubten Gemälde. »Alles, was ihr seht, verdanken wir meinen Siegen. Und alles dient dazu, den Ruhm Frankreichs zu vergrößern.«

»Darauf sollten wir anstoßen.« Joseph winkte einen Bediensteten herbei, der ein Tablett voller Champagnergläser herumreichte, und nahm sich ein Glas. Napoleon und ich taten es ihm nach. Julie lehnte dankend ab. Sie trank weder Alkohol noch rührte sie reichhaltige Speisen an, aus Angst, das eine wie das andere könnte eine Schwangerschaft verhindern.

»Da ist ja der Mann der Stunde!«, ertönte eine sonore Stimme mit dem Akzent des französischen Südwestens. »Wie nennt man Sie noch gleich, Bonaparte? Sohn der Revolution?«

»Ah, Bernadotte.« Napoleon lachte. »Und wie nennt man Sie? General Schönbein, wenn ich mich nicht irre.«

Bernadotte grinste schief. »Eine Verzweiflungstat. In den Schlachten sehnen unsere Männer sich nach dem Anblick schöner Frauenbeine. Ich durfte als Ersatz herhalten.«

»Trotzdem muss man Ihre Beine bewundern«, antwortete Napoleon.

Wir alle schauten auf die langen, muskulösen Beine Bernadottes, die in der engen Uniformhose deutlich zu erkennen waren.

»Ich richte meine Bewunderung lieber auf jemanden, der sie verdient«, entgegnete Bernadotte und blickte mich mit seinen dunklen Augen an. »Warum machen Sie mich nicht mit den Damen bekannt? Ihren Bruder kenne ich bereits.«

»Entschuldigen Sie, Bernadotte, wo sind meine Manieren?«

»Sie sind Korse, Sie hatten nie welche.«

»Sagt jemand, der aus dem Béarn kommt.« Napoleon wandte sich Julie und mir zu. »Meine Damen, darf ich Ihnen einen meiner besten Offiziere vorstellen? Der zwar Bearneser, aber trotzdem ein hervorragender Stratege ist? Jean-Baptiste Bernadotte.«

»Einer *Ihrer* Offiziere?« Bernadotte zog die Brauen hoch. »Ich weiß nicht, ob ich mich dagegen wehren oder es durchgehen lassen soll, weil Sie ein Kompliment hinzugefügt haben.«

»Was wollen Sie?«, fragte Napoleon. »Auf dem Italienfeldzug haben Sie unter mir gedient.«

»Und wer hat die Deutschen nach Osten zurückgetrieben? Und später die Österreicher von Italien aus nach Norden?« Bernadotte lachte gutmütig, und ich stellte fest, dass er blendend weiße Zähne hatte, was man nur selten sah. Zu seinem gebräunten Gesicht und seinem dichten dunklen Haar boten sie einen hübschen Kontrast. »Als Sie Hilfe brauchten, bin ich trotz Schnee und Eis über die Alpen gekommen, um –«

»Schon gut.« Napoleon winkte ab. »Sie sind ein tapferer Kämpfer und Held, und wenn Sie einen Moment lang den Mund halten, werde ich Ihnen die Damen vorstellen.« Er deutete auf Julie. »Das ist meine Schwägerin Julie Bonaparte. Die Dame an ihrer Seite ist meine liebe alte Freundin Désirée Clary.«

»Keine der Damen ist alt.« Bernadotte verneigte sich vor uns. Dann nahm er meine Hand, küsste sie und schaute mir dabei in die Augen. »Obwohl Sie eine Freundin Bonapartes sind, freut es mich, Sie kennenzulernen, Mademoiselle.«

»Ist es nicht eigenartig, dass wir alle aus dem Süden stammen und nun im kalten Paris gelandet sind?«, sagte Napoleon.

»Und woher genau kommen die Damen?«, fragte Bernadotte.

»Aus Marseille«, antwortete ich.

»Dort haben wir uns kennengelernt«, warf Napoleon ein. »Vor Jahren.«

»Die Stadt kenne ich gut«, erklärte Bernadotte. »In Marseille hatte ich einen meiner ersten Einsätze. Damals war ich in einem Regiment der königlichen Marine. Wir wurden zum Schutz des Hafens abgestellt.«

»Sein Herz schlägt noch immer für die Marine, aber das sollten wir ihm verzeihen«, warf Napoleon ein.

Bernadotte ging darüber hinweg. »Ihr Nachname lautet Clary?«, fragte er mich.

»Ja.«

»In Marseille kannte ich einen François Clary.«

»Das war mein Vater«, sagte ich eifrig.

Bernadotte legte die Stirn in Falten. »Ein angesehener Kaufmann, wenn ich mich recht entsinne.«

»Ja, das war er«, antwortete ich und errötete unter seinem Blick.

»Würden Sie mit mir tanzen, Mademoiselle Clary? Vielleicht können wir die Österreicher auch beim Walzer, oder wie man ihren Tanz nennt, übertrumpfen.«

Ich neigte meinen Kopf zum Zeichen meines Einverständnisses. Und ohne mich noch einmal umzublicken, folgte ich Bernadotte in den Ballsaal.

Ich hatte nicht die geringste Ahnung, wie man Walzer tanzte, doch Bernadotte wusste es und führte mich so sicher, dass ich den Bogen bald heraushatte und meine Füße sich wie von allein zu bewegen schienen.

Während wir uns drehten, fiel mein Blick auf Joséphine, die mit ihrer Tochter am Rand der Tanzfläche stand und sich mit Talleyrand unterhielt. Napoleon entdeckte ich auch. Er plauderte mit einer schönen Frau in einem auberginefarbenen Seidenkleid und mit einem voluminösen Kopfschmuck aus Pfauenfedern. Ich wunderte mich, dass er an diesem Abend so wenig Zeit mit seiner geliebten Frau verbrachte.

»Sind Sie seit Langem mit Bonaparte befreundet?«, fragte Bernadotte, als er merkte, dass ich mich nicht mehr eisern auf jeden Schritt konzentrieren musste.

Ich überlegte, was ich ihm antworten sollte, ich wusste ja nicht, ob Napoleon ihm schon etwas erzählt hatte. Dann sagte ich: »Er war eine Zeit lang in Marseille stationiert. Sein Bruder hat meiner Schwester den Hof gemacht und sie schließlich geheiratet. Dadurch habe ich die Familie Bonaparte kennengelernt.« Das war nicht gelogen, auch wenn es nicht die ganze Wahrheit war.

»Ich bin der Familie erstmals bei meinem Einsatz in Korsika begegnet. Zunächst nur Letizia, die wohl jeder auf der Insel kennt. Eine gestrenge Dame. Damals war sie für jedermann Mamma Buonaparte. Aber Madame Mère, wie sie jetzt genannt wird, klingt natürlich vornehmer.«

»In Marseille trugen auch die Brüder noch den Namen Buonaparte.«

»Aber an diesem Fest nimmt Letizia nicht teil.«

»Das ist mir auch aufgefallen.«

»Sie erträgt Joséphine nicht und ist mit ihren Töchtern in den Süden gereist, um heute Abend nicht hier sein zu müssen. Sie führt einen Kleinkrieg mit Napoleon.«

»Ach«, sagte ich interessiert. »Ich dachte, sie hätten sich versöhnt.«

Bernadotte schüttelte den Kopf. »Letizia ist der Meinung, dass Joséphine zu verschwenderisch mit Napoleons Geld umgeht. Und ihre Gunst zu großzügig an andere Männer verteilt. Napoleon kennt diese Vorwürfe.«

»Falls sie solche Gerüchte öffentlich verbreitet, dürfte er sehr wütend auf sie sein.«

»Das ist er bereits, weil sie Joséphine nicht schätzt.«

Ich blickte zu ihm hoch. »Woher wissen Sie das überhaupt?«

Bernadotte lachte. »Unter Soldaten wird mehr getratscht als in den Pariser Salons. Ist Ihnen das nicht bekannt?«

»Nein.« Würde Napoleon es dulden, dass seine Mutter in der Öffentlichkeit schlecht über Joséphine sprach? Das konnte ich mir nicht vorstellen. Aber er kannte ihre Meinung, und wahrscheinlich quälte es ihn, dass die beiden Frauen, die er am meisten liebte, sich nicht verstanden.

Ich entschied mich für ein unverfänglicheres Thema und fragte: »Waren Sie in Korsika mit Napoleon befreundet?«

Bernadotte lachte in sich hinein. »Als wir uns kennenlernten, war er ein Mickerling, der wie ein Gassenhund um unsere Kaserne strich und jeden, dessen er habhaft werden konnte, mit Fragen über Geschütze, Schießpulver und Musketen löcherte. Irgendwann war er fort, war in Frankreich auf der königlichen Militärakademie von Brienne. Jedes Mal, wenn er kurz davor ist, größenwahnsinnig zu werden, erinnere ich ihn daran, dass ich schon als Grenadier auf seiner Heimatinsel war, als er in Brienne noch kein einziges Mal in die Latrine geschissen hatte. – Pardon, Mademoiselle.« Bernadotte sah mich erschrocken an. »Bitte, entschuldigen Sie meine vulgäre Ausdrucksweise. Wenn Sie einen Bearneser monatelang mit rauen Männern zusammenstecken, verliert er die wenigen guten Manieren, die er hatte. Können Sie mir verzeihen?«

»Das tue ich aber nur, weil Sie nichts sagen, wenn ich Ihnen auf die Füße trete«, antwortete ich. Ich mochte seine ungezwungene Art.

Zudem beeindruckte mich das Selbstbewusstsein, das er bei Napoleon an den Tag gelegt hatte. Das hatte ich bisher noch bei niemandem erlebt, nicht einmal bei Joseph. Auch nicht bei

Joséphine, die bei ihrem Mann Vorsicht walten ließ – wie der erfahrene Seekapitän, der die Winde gut genug kennt, um sein Schiff sicher zu steuern, jedoch weiß, dass er im Ernstfall einer höheren Macht unterliegt.

Bernadotte dagegen überragte Napoleon nicht nur körperlich, er wagte es auch, sich über ihn lustig zu machen, sogar im Beisein anderer. Noch erstaunlicher war, dass Napoleon dies gut gelaunt hingenommen hatte.

Alles in allem gefiel Bernadotte mir so sehr, dass ich hoffte, die Walzermusik würde noch nicht so bald enden. Ich wollte mich noch ein wenig länger von seinen Armen halten lassen.

»Meine Füße haben nicht das Geringste gespürt, Mademoiselle. Sie sind eine wunderbare Tänzerin.«

Errötend senkte ich den Blick. »Waren Sie ebenso wie Napoleon und haben sich schon in jungen Jahren für das Militär interessiert?«

»Nicht ganz. Ich wollte Anwalt werden und in Pau, das ist meine Heimatstadt, eine Kanzlei eröffnen. Kennen Sie Pau?«

»Ich war leider noch nie da.« Eigentlich hätte ich nicht einmal genau sagen können, wo diese Stadt lag.

»Von uns aus ist es nicht weit zu den Pyrenäen und zur spanischen Grenze, aber es ist ein verschlafenes Städtchen. Mein Vater starb sehr früh und hinterließ uns eine Menge Schulden. An eine Ausbildung zum Anwalt war für mich nicht mehr zu denken, zumal ich eine ganze Reihe Geschwister habe. Daher habe ich mich bei der Königlichen Marine gemeldet und wurde angenommen.«

Wie offen er war, dachte ich, wie einfach man mit ihm reden konnte. »Und in der Republik war es für Sie möglich, bis zum

General aufzusteigen. Trotz Ihrer Herkunft als armer, vaterloser Junge aus Pau.«

»Die Verhältnisse, in denen Sie aufgewachsen sind, dürften weniger bescheiden gewesen sein.«

»Das schon, aber in den Jahren der Schreckensherrschaft hatten wir große Angst.«

Wir blieben stehen, der Walzer war zu Ende.

»Diese Jahre liegen hinter uns«, sagte Bernadotte. »Ich hoffe, dass Frankreich nun eine Zeit des Friedens und des Wohlstands erlebt. Unter einer fähigen, klugen Regierung.«

Wie von allein schweiften unsere Blicke zu dem gedrungenen, kleinwüchsigen Mann, der an diesem Abend gefeiert wurde.

In den Wochen darauf schien Napoleon nichts anderes im Sinn zu haben, als mit seiner Frau Feste zu feiern, und die Pariser Gesellschaft war nur zu bereit, dabei mitzumachen. Auch viele der von der Front zurückgekehrten Offiziere fanden sich nun abends in den Pariser Salons ein, plauderten mit Politikern und Lebedamen, stets in der Hoffnung, Zugang zu dem inneren Kreis zu finden, der sich um Napoleon gebildet hatte.

Joseph empfing ebenfalls Besucher und Bittsteller; Julie und ich gewöhnten uns daran, von einem Moment zum anderen die Gastgeberin spielen zu müssen.

Einige Tage nach dem Ball in Napoleons Haus kam es abends wieder zu einem dieser spontanen Empfänge. Diesmal waren Talleyrand und andere hohe Beamte des Außenministeriums vorbeigekommen. Wir versammelten uns im Salon und nahmen die ersten Getränke zu uns, als ein Bediensteter einen neuen Gast meldete. »General Jean-Baptiste Bernadotte.«

Mein Pulsschlag beschleunigte sich. Ich trat rasch zu der Gruppe um Julie und gab vor, ihrem Gespräch interessiert zu lauschen. Aus dem Augenwinkel nahm ich wahr, dass Bernadotte meinen Schwager und Talleyrand begrüßte. Danach kam er mit großen Schritten zu mir. »Einen schönen guten Abend, General Schönbein«, sagte ich lächelnd. Er küsste zuerst meine, dann Julies Hand.

»Wie wäre es mit einem Glas Champagner, Herr General?«, fragte Julie.

»Das wäre wunderbar, vielen Dank, Madame.«

Julie verschwand.

Ich blieb bei diesem groß gewachsenen, gut aussehenden Mann in Generalsuniform und hoffte, er führte mein Erröten auf die Nähe des Kaminfeuers zurück.

»Ich freue mich, Sie wiederzusehen, Mademoiselle.« Als er sich verneigte, fiel ihm eine dunkle Strähne ins Gesicht, was ihn noch attraktiver machte.

»Bitte nennen Sie mich Désirée.«

Ein Bediensteter brachte zwei Gläser Champagner auf einem Silbertablett. Bernadotte und ich nahmen jeder ein Glas. Julie war nicht zurückgekehrt, sie stand nun bei Joseph und Talleyrand und sagte etwas zu ihrem Mann, worauf Joseph zu mir herüberschaute.

Mit einem Mal empfand ich das Feuer im Kamin unerträglich heiß und befühlte meine Wangen. »Macht es Ihnen etwas aus, wenn wir für einen Moment an die frische Luft gehen?«

»Ich folge Ihnen überallhin«, antwortete Bernadotte galant.

Ich entschied mich für den großen Garten hinter dem Haus. Dort atmete ich tief die frische Abendluft ein und war froh, den neugierigen Blicken im Salon entronnen zu sein. Es war ein kalter, jedoch windstiller Abend, der Himmel so klar, dass die Sterne und der Mond einen schwachen Schein über den Garten warfen.

»Ich vermisse den weiten Himmel im Süden Frankreichs.« Bernadotte streifte seine Uniformjacke ab und legte sie mir um. Ich bedankte mich und kuschelte mich in die Jacke, die noch die Wärme seines Körpers enthielt.

»Und mir fehlt der Anblick der Sterne über dem Meer«, ergänzte ich wehmütig. »Ich konnte mich nie entscheiden, ob ich sie am Himmel oder als Schimmer auf dem Meer schöner fand.«

»In den Pyrenäen glaubt man, ihnen so nah zu sein, dass man sie mit den Fingerspitzen berühren kann.«

Ich nahm einen großen Schluck Champagner, spürte das Prickeln des Getränks auf der Zunge und gleich darauf eine angenehme Leichtigkeit in meinem Kopf.

»Nach dem Tod meines Vaters, wenn mir das Lärmen meiner kleinen Geschwister zu viel wurde, habe ich mich abends oft aus dem Haus gestohlen und in den Himmel geschaut. Ich war mir nicht ganz sicher, wo mein Vater war, doch unser Pastor hatte mir erklärt, er sei dort oben und sehe zu uns hinunter.«

Ich seufzte mitfühlend. »Sicherlich haben Sie gelitten, als ihr Vater starb.« Ich erinnerte mich, wie sehr ich um meinen Vater getrauert hatte, und fühlte mich mit Bernadotte verbunden. Schon in jungen Jahren hatten wir einen der wichtigsten Menschen unserer Leben verloren.

Er überlegte, bevor er antwortete: »Ich glaube, das Schlimmste war, dass nach seinem Tod so vieles anders wurde. Auch meine Mutter änderte sich, sie wirkte verloren. Es schien keine Hoffnung zu geben. Für keinen von uns.«

Das konnte ich nur zu gut nachvollziehen. Nach dem Tod meines Vaters hatten die Ängste meiner Mutter eingesetzt und ihre fortwährenden Klagen.

»Wenn ich abends draußen war, stellte ich mir vor, mein Vater sei einer der Sterne«, fuhr Bernadotte fort. »Und manchmal suchte ich Sterne aus, um sie meiner Mutter und meinen Geschwistern zu schenken, und versah sie mit ihren Namen.«

Ich stellte mir ihn als Jungen vor, der im Gras lag, in den Himmel starrte und Trost in den Sternen suchte.

Er trat dichter an mich heran. »Natürlich habe ich mir selbst auch einen geschenkt.«

Ich blickte in den Himmel. »Kann man Ihren Stern sehen?«

»Hm«, machte Bernadotte. »Natürlich wandern die Sterne mit der Jahreszeit, aber ich glaube, es ist der da oben, an der Deichsel des Kleinen Wagens.«

Ich blickte in den Himmel, entdeckte den Kleinen Wagen und den hell leuchtenden Stern am Ende der Deichsel. »Das ist der Polarstern.«

»Richtig.« Bernadotte nahm meine Hand und führte seine Lippen an mein Ohr. »Nun müssen wir auch für Sie einen Stern aussuchen.«

Mein Herz begann schneller zu schlagen.

»Es muss ein Stern sein, der heller als meiner leuchtet. Da! Das ist der Abendstern, der schönste von allen. Nun gehört er Ihnen.«

Ich dachte an einen anderen Abend zurück, als ich mit einem anderen Mann unter einem Sternenhimmel stand. … *wenn Sie mir folgen, Désirée, werden Sie mit mir wie diese Flamme durch die Lüfte fliegen …*

Wie verschieden die beiden Männer waren, von denen ich einen geliebt hatte und mich nun zu dem anderen hingezogen fühlte. Napoleon hatte sich als Flamme gesehen, die ihre Leuchtspur am Himmel hinterließ, und mich als die Frau, die mit ihm fliegen durfte, wenn sie ihm folgte. Dagegen verglich Bernadotte mich mit einem Stern, der von sich aus schön war und hell leuchtete. Für ihn war ich ein eigenständiges Wesen.

Es war nicht das letzte Mal, dass mir die Unterschiedlichkeit der beiden Männer auffiel.

# Kapitel 15

*Paris, 1798*

Der Frühling kündigte sich mit Vogelgezwitscher an, mit zartgrünen Knospen an Kastanienbäumen und Platanen, längeren Tagen und der zunehmend kräftiger werdenden Sonne.

Eines Nachmittags machten Julie und ich uns zu einem Spaziergang im Parc Monceau auf, einem wunderschönen Landschaftsgarten, den der Herzog von Orléans und Chartres im vergangenen Jahrhundert hatte anlegen lassen. Nun war er im Besitz des Volkes, doch umringt von luxuriösen Stadthäusern, lag er noch immer in einer der besten Gegenden von Paris.

In den Beeten blühten Schneeglöckchen und Veilchen, die Büsche und Sträucher schlugen aus, und in der Sonne konnte man sich bereits auf den Steinbänken niederlassen. Auch der Springbrunnen war angestellt worden. Das Herzstück des Parks war jedoch eine im klassizistischen Stil errichtete Rotunde in Form eines dorischen Tempels. Das Erdgeschoss wurde einst als Zollhaus genutzt, die obere Etage war dem Herzog vorbehalten gewesen.

Doch Julie und ich waren mit den Gedanken in der Gegenwart und sprachen über General Jean-Baptiste Bernadotte.

An diesem Morgen hatte er mir einen Besuch abgestattet

und mir, bevor er sich verabschiedete, einen Brief überreicht. Ich hatte den Brief bei mir und dachte unentwegt an das, was er geschrieben hatte. *Sie haben aus einem erfahrenen Offizier einen blutjungen Soldaten gemacht, einen Burschen, der unsicher ist, weil er noch nie im Feld war. Ich weiß mich nicht zu wehren und ergebe mich Ihrem Lächeln.*

Julie hakte sich bei mir unter. »Bei Napoleon ging es wegen Joséphine zu Ende.«

Ich nickte.

»Und bei Duphot – dem armen Duphot – war es zu Ende, als er … nein, an diesen schrecklichen Abend mag ich nicht mehr denken.«

»Ja, der arme Duphot.« Ich bekreuzigte mich. Es war eine instinktive Geste, die noch aus meiner Kindheit rührte; seit der Regierung des Direktoriums stand darauf wenigstens nicht mehr die Todesstrafe.

»Bernadotte ist ein guter Mann«, sprach Julie weiter. »Ein beliebter General. Mitunter heißt es, er sei ein klügerer Stratege als … aber lassen wir das. Die Meinung anderer interessiert mich eigentlich nicht, ich möchte wissen, was du von ihm hältst.« Julie wandte sich mir zu. »Gibt es für dich etwas, das gegen ihn spricht?«

Ich spürte, wie die Röte an meinem Hals aufstieg und über meine Wangen kroch. Doch auch ohne dieses verräterische Zeichen hätte ich meine Gefühle vor Julie nicht verbergen können. Sie wusste, wie viel ich für Bernadotte empfand. Seit unserem Walzer auf dem Ball zu Ehren Napoleons hatte ich unentwegt an ihn gedacht. Und wenn er mich besuchte und mir zärtliche Briefchen zusteckte, war ich glücklich.

Vor Kurzem hatte er in Sceaux, südlich von Paris, ein großes Anwesen gemietet, seitdem war er nicht mehr jeden Tag in der Stadt. Doch wenn er nach Paris kam, stattete er zuerst mir einen Besuch ab. Dann setzten wir uns mit Julie in den Salon, mitunter auch mit Joseph, und plauderten so unbeschwert, als wären wir alte Bekannte. Oder wir spielten bis in die Nacht hinein Karten und amüsierten uns königlich. Einmal spielte Bernadotte seinen Herzbuben aus, um mich beim Whist zu schlagen.

Ich zog die Brauen hoch und fragte: »Sind Sie ein Bube, der mit Herzen spielt, General Bernadotte?«

Er sah mich ernst an. »Das war ich vielleicht einmal. Wenn nun Herz gespielt wird, beuge ich mich der Königin.«

Julie und Joseph tauschten einen vielsagenden Blick. Ich schaute auf meine Karten und versuchte, mein seliges Lächeln zu verbergen.

An schönen Nachmittagen spazierten Bernadotte und ich durch die Stadt, entweder am Ufer der Seine entlang oder durch den Park der Tuilerien. Hinter uns, in diskretem Abstand, fuhr die Kutsche mit einem von Julies Dienstboten. Da meine Mutter und Nicolas in Marseille waren, hatten meine Schwester und mein Schwager eine Art Elternrolle übernommen und achteten darauf, dass wir uns der Sitte entsprechend benahmen.

Bernadotte schien mit dieser traditionellen Form des Werbens einverstanden zu sein, für meinen Geschmack zu einverstanden. Er hatte mich noch nicht einmal geküsst. Dabei sehnte ich mich danach, von ihm geküsst zu werden, dachte immerzu daran, auch dann, wenn er nicht bei mir war. Und manchmal fragte ich mich besorgt, ob ich in ihm vielleicht kein Verlangen wachrief.

Als ich meine Sorge an diesem Nachmittag Julie offenbarte, lächelte sie in sich hinein.

»Was ist?«, fragte ich. »Was weißt du und sagst es mir nicht?«

Im ersten Moment sah es aus, als wolle sie mir nicht antworten, doch dann gab sie nach. »Ich glaube nicht, dass du noch sehr lange auf deinen Kuss warten musst.«

Ich blieb stehen. »Und was bedeutet das?«

Julie lachte vergnügt. Dann erzählte sie, dass Bernadotte am Morgen, nach seinem Besuch bei mir, darum gebeten hatte, mit Joseph unter vier Augen zu sprechen. Als er sich verabschiedet hatte, war Julie in Josephs Arbeitszimmer gerufen worden und hatte den Grund für die Unterredung erfahren. »Er hat um deine Hand angehalten, Désirée.«

Bernadotte wollte mich heiraten? Mein Herz machte einen Sprung.

Julie führte mich zu einer Steinbank und fragte mich, ob ich Bernadottes Frau werden wolle.

Ich hatte Napoleon besser als Bernadotte gekannt, sogar auf intime Weise. Wir hatten uns zahllose Briefe geschrieben, ich hatte ihn geliebt, mich nach ihm gesehnt, so wie es nur ein junges Mädchen vermag, das von der Liebe nicht viel weiß und noch nie ein gebrochenes Herz hatte. Ich dachte daran, wie schändlich Napoleon sich benommen hatte, wie rasch er seine Schwüre vergessen hatte.

Bernadotte kannte ich bisher nur als galanten Mann und aufmerksamen Verehrer. Mein Gefühl sagte mir, dass er mich niemals wie Napoleon verletzen würde. Vielleicht war ich noch immer naiv, aber ich hielt Bernadotte für einen anständigen Menschen, für einen Mann, dem ich mein Herz schenken konnte.

Ich spürte, wie sich auf meinem Gesicht ein Lächeln ausbreitete. Ja, ich wollte Bernadottes Frau werden. Seit meiner Zeit mit Napoleon hatte ich mir nichts mehr so sehr gewünscht.

Julie griff nach meiner Hand. »Ich frage dich noch mal, Désirée: Gibt es einen Grund, warum Joseph Bernadotte abweisen sollte?«

»Nein.« Ich drückte ihre Hand. »Nicht einen einzigen.«

Als der Frühling weiter vorangeschritten war, die Bäume ein dichtes, grünes Blätterkleid trugen und überall Tulpen und Narzissen blühten, bat Jean-Baptiste Bernadotte mich, seine Frau zu werden, und ich willigte frohen Herzens ein.

»Sie haben einem Soldaten gezeigt, dass es im Leben mehr als kriegerische Erfolge gibt.« Bernadotte nahm meine Hände und seufzte. »Ich habe so oft feindliches Feuer erlebt, dass ich geschworen hätte, mich kann nichts mehr aus dem Gleichgewicht bringen, doch nun …« Er atmete tief durch. »Nun scheinen mir die Worte zu fehlen, um Ihnen zu sagen, wie viel ich für Sie empfinde. Wie … glücklich Sie mich machen würden, wenn Sie …« Er errötete, und ich spürte, dass seine Hände zitterten.

»Ja«, sagte ich und lächelte ermunternd.

Er sah mich hilflos an.

»Ja, Jean-Baptiste Bernadotte, ich bin bereit, Sie zu heiraten.«

Er stieß einen langen Atem aus und nach kurzem Zögern nahm er mich in die Arme und küsste mich zärtlich.

Später tranken wir mit Julie und Joseph Champagner. Julie wischte ihre Augen und wünschte uns alles Gute.

»Auf Herrn und Frau Bernadotte.« Joseph hob sein Glas. »Und auf eine glückliche Zukunft.

*Herr und Frau Bernadotte*, fuhr es mir durch den Kopf. Wie schön das klang. Ich betrachtete meinen künftigen Ehemann, sein attraktives Gesicht, die kraftvolle Gestalt, sein liebevolles Lächeln und ließ die vergangenen Jahre vor meinem inneren Auge Revue passieren, die zu diesem Moment geführt hatten.

Ich dachte an Napoleons großartige Schwüre, seine eiligen Umarmungen, seine Kälte und seinen Treuebruch. Er hatte nie offiziell um meine Hand angehalten, anders als Bernadotte, der meine Mutter und meinen Bruder schriftlich um ihre Einwilligung gebeten und mit Joseph gesprochen hatte. Und nun, an diesem wunderschönen Frühlingstag, war er mein Verlobter geworden.

Er hatte mir nicht versprochen, dass ich mit ihm wie eine Flamme durch die Lüfte flöge. Aber er würde wirklich der Meine sein, mit Leib und Seele, dessen war ich mir sicher. Und das war mehr, als ich mir wünschen konnte.

# Kapitel 16

*Paris, 1798–99*

Wieder einmal ging es in unserem Land um Napoleon. In den Zeitungen, in der Regierung, in den Salons und Kaffeehäusern stand sein neuestes Vorhaben im Mittelpunkt der Diskussionen. Diesmal handelte es sich um ein militärisches Unterfangen, das seinen Italienfeldzug weit in den Schatten stellen würde. Napoleon hatte sich vorgenommen, Ägypten zu erobern.

Doch interessierte das eine junge Frau, die verliebt war und bald heiraten würde? Nicht sehr, das musste ich zugeben. Bernadotte würde an dem Feldzug nicht teilnehmen, das war das Einzige, was für mich zählte. Er hatte sich für mehrere Monate beurlauben lassen und als offiziellen Grund angegeben, dass er nach den zahlreichen Kämpfen der vergangenen Jahre eine Erholungspause brauche.

Zu mir sagte er jedoch: »Ich möchte zur Abwechslung einmal nicht Soldat, sondern Liebhaber sein.« Er zwinkerte mir zu.

Wir hatten den Abend damit verbracht, mit Joseph und Julie Karten zu spielen, und ich begleitete ihn zur Tür. Ich spürte die aufsteigende Röte in meinen Wangen. Bernadotte lächelte, küsste mich und lief hinaus zu der wartenden Kutsche.

Wir würden im Sommer heiraten. Ich hatte ihm gestanden, dass ich nicht gern in seinem Anwesen in Sceaux leben würde, es war mir zu ländlich und zu weit von Julie entfernt. Daraufhin mietete er ein Stadthaus inmitten von Paris, in der Rue de Monceau. Von dort aus war es zu Julie nicht weit und zu meinem geliebten Parc Monceau lief man nur wenige Schritte.

Statt mir also über Napoleons Ägyptenpläne den Kopf zu zerbrechen, vervollständigte ich meine Aussteuer und suchte die Möbel für unser Pariser Haus aus.

Doch wenn ich bei Julie war, schnappte ich unwillkürlich die ein oder andere Information sowohl über Napoleons neues Vorhaben als auch das politische Geschehen in Frankreich auf. So erfuhr ich, dass die Mitglieder des Exekutivdirektoriums aufgrund ihrer Korruption und Unfähigkeit hoffnungslos in Ungnade gefallen waren.

Julie sagte, es werden sogar Stimmen laut, die Napoleon aufforderten, einen Platz in der Regierung einzunehmen und mit demselben Kampfgeist gegen die Direktoren vorzugehen wie gegen feindliche Armeen.

Doch Napoleon hatte andere, großartigere Ziele. Mithilfe seiner Orientarmee plante er, der britischen Marine ihre Stützpunkte im Mittelmeer zu rauben, die Landenge von Sues mit einem Kanal zu durchstechen und von dort aus die britische Vorherrschaft auf den Handelswegen des Indischen Ozeans zu beenden.

Joséphine war von diesen Plänen wenig begeistert. Das wiederum wusste ich von den Schwestern Bonaparte, die, wenn sie Julie und mich besuchten, beinahe von nichts anderem als von Joséphine sprechen konnten. Pauline war ihre Wortführerin. »Sie fleht meinen Bruder an, sie mitzunehmen, und weint sich nachts in den Schlaf. Angeblich hält sie die Trennung von ihm nicht aus, dabei weiß jeder, dass es ihr nur um sein Geld geht, ohne das sie in Paris hilflos ist. Niemand wird ihr mehr Kredit gewähren, wenn Napoleon nicht da ist, um ihre Rechnungen zu begleichen. Deshalb möchte sie lieber mit nach Ägypten reisen.«

Joséphines Verschwendungssucht war in ganz Paris bekannt. Die Gesichter der Ladenbesitzer leuchteten auf, wenn ihre vergoldete Kutsche vor ihrem Geschäft hielt, sie sich die neuesten Waren zeigen ließ und es nichts gab, das ihr zu teuer war. Ihre Gier nach Luxusartikeln schien unersättlich.

Nicht einmal die Juwelen, die Napoleon in Italien konfisziert und Joséphine geschenkt hatte – Diamanten, Rubine, Saphire und Amethyste –, genügten ihr. Wie gemunkelt wurde, standen ihre Schmuckkäufe denen von Marie-Antoinette kaum noch nach. Ihre Kleider wiederum ließ sie bei Rose Bertin anfertigen, der exklusivsten Schneiderei von Paris, und die Veränderungen, die sie in ihrem Haus in der Rue de la Victoire in Auftrag gegeben hatte, überstiegen finanziell die schlimmsten Vorhersagen ihrer Schwägerinnen und Schwiegermutter. Unter anderem gab sie bei Jacques-Louis David, dem berühmtesten und teuersten Maler Frankreichs, Wandgemälde und die künstlerische Gestaltung der Deckenfresken in Auftrag. Als die Kosten dafür publik wurden, empörten sich sogar die Franzosen, die Napoleon und seiner schönen Ehefrau sonst treu ergeben waren.

Wie es aussah, war Napoleon der Einzige, der es wagte, Joséphine einen Wunsch zu versagen. Zwar sah er ihr die Verschwendungssucht mittlerweile nach und hatte sich auch ihrem Wunsch gebeugt, das Château de Malmaison im Westen von

Paris als Landsitz zu erwerben. Aber als sie erklärte, sie wolle ihn nach Ägypten begleiten, gestattete er es nicht. Auch ihre Tränen stimmten ihn nicht um. Er ging davon aus, dass die Eroberung des rückständigen Landes und die Beendigung der englischen Vorherrschaft im Mittelmeerraum Jahre beanspruchen und Joséphine ihn von seinen Aufgaben ablenken werde. Allerdings würde er ihren Sohn Eugène mitnehmen, den er inzwischen zum Offizier ernannt hatte. Joséphine sollte ihn nur bis Toulon begleiten.

Wir, die wir Napoleon und Joséphine bei Abendessen, Ausflügen und Theaterbesuchen trafen, wussten, dass ihre Beziehung turbulent war, es bei ihm häufig zu Wutausbrüchen und bei ihr zu Tränen kam.

Als wir eine Woche vor Napoleons Aufbruch alle zusammen ins Theater fuhren, um *Macbeth* zu sehen, war Joséphine aus irgendeinem Grund so unmutig, dass sie während des ersten Akts schmollend in der Kutsche blieb und sich weigerte, das Theater zu betreten.

Ich hörte, wie Pauline zu Joseph und Julie sagte: »Entweder will sie sehen, ob er bei ihr bleibt, um sie zu trösten. Oder sie will in Lady Macbeth nicht mit ihrem Ebenbild konfrontiert werden.«

Wie froh ich in solchen Momenten war, bald einen eigenen Haushalt zu führen und mit Bernadotte zusammen zu sein. Auf die Begegnungen mit den Schwestern Bonaparte konnte ich verzichten.

Zuvor erlebte ich jedoch noch den Aufwand, der zu Napoleons Ägyptenexpedition gehörte. Da er nicht nur militärische Eroberungen ins Auge gefasst hatte, sondern auch die Erforschung und die Modernisierung Ägyptens, sollten ihn etliche der namhaftesten französischen Wissenschaftler, Ingenieure und Künstler begleiten. Joseph würde in Paris bleiben, um Napoleons Interessen in der Regierung zu wahren.

Napoleon und Joséphine verließen Paris in den frühen Morgenstunden des 4. Mai. Um englische Spione nicht auf ihre Spur zu lenken, reisten sie in einer einfachen Postkutsche, Napoleon mit einem Pass, der auf einen falschen Namen ausgestellt war.

Ich war froh, den beiden eine Zeit lang nirgendwo begegnen zu müssen und mich voll und ganz auf meine Hochzeit konzentrieren zu können, die in gut drei Monaten stattfinden würde.

Am 17. August war es dann so weit. Die Trauung wurde im Rathaus von Sceaux vollzogen, einem ehrwürdigen, zitronengelben Gebäude, das nur eine kurze Kutschfahrt von Bernadottes Landsitz entfernt lag.

Joseph und Julie waren unsere Trauzeugen. Meine Mutter hatte uns ihren Segen gegeben; die Reise nach Paris war ihr allerdings zu beschwerlich gewesen, und Nicolas hatten geschäftliche Verpflichtungen abgehalten.

Anschließend fuhren wir zu Bernadotte, um im Garten zu Mittag zu essen. Der Tisch war im Schatten eines Kastanienbaums gedeckt.

Mit feuchten Augen brachte Julie einen liebevollen Trinkspruch auf meinen frischgebackenen Ehemann aus.

Josephs Tischrede zog sich in die Länge. Gleich nach seinen Glück- und Segenswünschen für meinen Mann und mich kam er auf Napoleon zu sprechen, der am 1. Juli vor Alexandria mit seiner Flotte vor Anker gegangen war und nach anstrengenden Märschen durch die Wüste und kräftezehrenden Kämpfen gegen die Truppen des Murad Bey, einem der Herrscher Ägyptens, Kairo eingenommen hatte.

Joséphine war mittlerweile wieder in Paris und damit beschäftigt, für die Verschönerung von Malmaison Unsummen auszugeben. Meine Einladung zur Hochzeit hatte sie mit »größtem Bedauern« ausgeschlagen. Ich nahm an, sie hatte die Begegnung mit den Schwestern Bonaparte vermeiden wollen, die meiner Einladung gefolgt waren. Vermutlich war es auch besser so, ich wollte bei meiner Hochzeitsfeier keine Zänkereien.

Das Festmahl bestand aus einer kalten Lauchsuppe, Feigen mit Ziegenkäse, Fasan gefüllt mit Salbei und Äpfeln, vielerlei Kuchensorten und natürlich Champagner.

Es wurde ein wundervoller, heiterer Nachmittag, an dessen Ende unsere Gäste zufrieden und unter Dankesbekundungen davonfuhren.

Als die letzte Kutsche verschwunden war, nahm Bernadotte meine Hand und sagte: »Endlich bin ich mit meiner Frau allein.«

Ja, endlich, dachte ich glücklich. Wie lange hatte ich befürchtet, eine Heirat wäre für mich wie eine Tür, die mir ewig versperrt bliebe. Ich drückte seine Hand. »Mein lieber Ehemann.«

Bernadotte trug mich über die Schwelle des Hauses hinauf in unser Schlafzimmer. Ich spürte, wie kräftig und muskulös er war, ganz anders als Napoleon, der seinerzeit eher schmächtig gewesen war. Als er mich auf das große Bett legte und innig küsste, schmolz ich dahin.

»Also dann, Madame Bernadotte.«

»Was dann, Monsieur Bernadotte?«

Einen Augenblick lang stand er da und sah mich mit zärtlichem Blick an. »Ich hätte nicht gedacht, dass ich in meinem Leben noch mal scheu werde.«

»Wie wäre es, wenn du das Hemd ausziehst?« Ich war leicht angetrunken und voller Verlangen.

Bernadotte streifte sein Hemd ab.

Ich glaubte, meinen Augen nicht zu trauen und starrte entsetzt auf seinen Oberarm. »Tod den Königen« war darauf tätowiert.

Bernadotte nahm meinen Schock wahr und warf einen bedauernden Blick auf die Tätowierung. »Entschuldige, Désirée, wahrscheinlich hast du so etwas noch nie gesehen.«

Ich schüttelte den Kopf.

»Es ist eine Jugendsünde. Das Problem ist nur, dass man den Spruch nicht mehr so ohne Weiteres entfernen kann.«

Ich überwand mich und antwortete: »Es ist nicht schlimm. Ich hatte nur nicht damit gerechnet.«

»Natürlich nicht.« Bernadotte setzte sich auf die Bettkante. »Ich wollte dich nicht erschrecken.« Er hob den Arm und begutachtete die Tätowierung. »Hinter dem Motto stehe ich noch immer.«

Für einen Moment war es still im Raum. Auch draußen war kaum ein Laut zu hören. Noch einmal las ich die Botschaft. *Tod den Königen.*

»Findest du es sehr abstoßend?«

Ich betrachtete seine wohlgeformten Arme, die breiten Schultern, die kräftige Brust. Dann schaute ich in seine Augen und erkannte sein Begehren. Auch ich begehrte ihn. »Nein«, antwortete ich. »Überhaupt nicht.« Ich setzte mich auf und schlang meine Arme um seinen Hals.

Meine Befürchtung, Bernadottes bisherige Zurückhaltung könnte auf mangelnde Leidenschaft deuten, wurde bei unserem Kuss hinfällig.

Es dauerte auch nicht lang, bis unsere Kleidungsstücke auf dem Fußboden lagen und ich in den starken Armen meines Mannes auf einer Woge der Lust davongetragen wurde.

In den ersten Tagen unserer Ehe hatten unsere Dienstboten kaum etwas zu tun, sie mussten uns nur etwas zu essen machen und das auf einem Tablett ins Schlafzimmer tragen. Nicht einmal die Räume des Hauses, die ich noch nicht kannte, und der weitläufige Park konnten mich aus dem Bett locken. Das Einzige, was ich erkunden wollte, war der Körper meines Mannes, und wenn ich das nicht tat, genoss ich das Vergnügen, das Bernadotte mir bereitete und das für mich neu und sinnverwirrend schön war.

Irgendwann jedoch kamen wir aus dem Schlafzimmer hervor und machten uns bereit, in unser Pariser Stadthaus zu fahren.

»Da wären wir«, sagte Bernadotte, als wir in der Rue de Monceau an dem hohen schmiedeeisernen Zaun anhielten. Er half mir aus der Kutsche.

Auf dem großen Vorplatz blieb ich stehen und betrachtete

stolz und glücklich unser Haus – die hohen Fenster, die Balkone am Haupttrakt, die Flügel an den Seiten. Für zwei Personen war es eigentlich viel zu groß, doch es hatte genügend Platz, um Gäste zu beherbergen – und irgendwann auch unseren Nachwuchs.

Wir gingen hinein und ich konnte kaum fassen, wie schön die Zimmer geworden waren. Natürlich waren sie nicht so großartig eingerichtet wie die Räume in Napoleons Palais, doch die Möbel wie auch die kleinen Ziergegenstände harmonierten genauso, wie ich es mir vorgestellt hatte, als ich sie mit Julie aussuchte.

Hinter den Glastüren der Vitrinen schimmerte unser Service aus Sèvres, auf dem großen Mahagonitisch im Speisesaal sah man hübsch bemalte Porzellanschalen. Für den Salon hatte ich Beistelltische mit Marmorplatten ausgewählt. Auf jedem stand eine Porzellanvase, jede mit einem eigenen Landschaftsmotiv bemalt, und den Kaminsims zierte eine vergoldete Uhr im Stil Louis XIV. Die goldgerahmten Spiegel an den Wänden, so hatte ich es mir vorgestellt, würden abends das Kerzenlicht wiedergeben.

Überglücklich drehte ich mich im Kreis, und Bernadotte beobachtete mich lächelnd.

Ich nahm seine Hand und zog ihn in den nächsten Raum, eine Galerie voller Ölgemälde, die liebliche Landschaften und Schäferszenen zeigten.

Von dort aus erreichten wir den Wintergarten, einen lichtdurchfluteten, verglasten Raum mit Blick auf unseren Garten. Hier würde ich wieder malen, das hatte ich mir bereits vorgenommen.

In der Eingangshalle führte eine geschwungene Treppe in den ersten Stock. Mein Mann hob mich hoch und trug mich die Stufen hinauf.

»Wohin willst du?«, fragte ich.

»Ins Schlafzimmer. Die Fahrt hierher war lang.«

Ich lachte. »Hat sie dich ermüdet?«

»Das habe ich nicht gesagt.«

Unser Schlafzimmer lag am Ende des Flurs. Bernadotte drückte die Türklinke mit dem Ellbogen herunter, trat sie mit dem Fuß hinter sich zu und legte mich auf der Brokatdecke des großen Mahagonibetts ab, über dem ein Himmel aus Seide schwebte.

Aus Seide war auch der Paravent, hinter dem wir uns an- und auskleiden würden. Am Kamin hatte ich eine Sitzecke einrichten lassen und für den Kaminsims eine zierliche, rosafarbene Porzellanuhr ausgesucht, auf die mit Goldfarbe Sonne, Mond und Sterne gemalt waren.

»Es ist höchste Zeit, das schöne Bett einzuweihen«, sagte Bernadotte, setzte sich auf die Bettkante und versuchte die engen Stiefel auszuziehen. »Hilf mir oder ich muss meinen Kammerdiener rufen.«

Ich stieg aus dem Bett. »Immer zu Ihren Diensten, Monsieur.«

Bis zum späten Nachmittag blieben wir im Schlafzimmer und vergaßen die Welt.

Als ich später erschöpft und zufrieden in seinen Armen lag, strich Bernadotte zärtlich über meinen Rücken.

»Die Dienerschaft muss uns für verrückt halten«, murmelte ich schläfrig. »Kaum sind wir da, verschwinden wir stundenlang im Schlafzimmer.«

»Wir sind verrückt. Ich jedenfalls. Ich bin verrückt nach dir.«

Ich schmiegte mich an ihn und fand es wunderbar, wie inbrünstig er es gesagt hatte. Dann stellte ich die Frage, die mich bereits seit einer Weile beschäftigte. »Warum hast du mich gewählt?«

Er sah mich verständnislos an.

»Warum liebst du mich? Und warum behandelst du mich so gut?« Ich legte mich auf den Bauch, stützte mich auf und sah ihn an.

Einen Moment lang ließ er sich vom Anblick meiner Brüste ablenken, dann räusperte er sich und antwortete: »Dasselbe könnte ich dich fragen.«

Er wollte nach meinen Brüsten greifen. Ich schlug seine Hand fort. »Auf dem Ball bei Napoleon, als wir uns kennenlernten, waren viele Frauen, die sich gefreut hätten, wenn du dich ihnen genähert hättest. Warum hast du dir Julie Bonapartes kleine Schwester ausgesucht, die in Paris ein Niemand ist?«

Bernadotte legte sich zurück und starrte in den Seidenhimmel. »Ich sage es dir, aber du musst mir versprechen, nicht böse zu werden.«

Mir wurde beklommen zumute. Solche Bitten bedeuteten nichts Gutes.

»Versprichst du mir das?«

Ich seufzte. »Ja, meinetwegen.«

»Also, es war so, dass …« Seine Stimme versandete.

»Wie? Es war, wie?«

»Napoleon hatte mir gesagt, dass er einen Ehemann für dich sucht. Zwar lasse ich mir von ihm nichts vorschreiben, doch ich erklärte mich bereit, deine Bekanntschaft zu machen.«

Ich war mir sicher, hätte ich gestanden, hätte ich mich setzen müssen. Napoleon hatte sich erneut angemaßt, für mich einen Ehemann auszusuchen? Und ich verdankte meine Ehe nun dem Mann, der mich im Stich gelassen hatte?

Kochend vor Wut rückte ich von Bernadotte ab, legte mich auf den Rücken und zog die Decke bis zum Hals. Demnach hatte Bernadotte mir nicht aus Zuneigung den Hof gemacht, sondern Napoleon einen Gefallen getan. Mir wurde übel.

»Denk an dein Versprechen.« Bernadotte wollte mich in die Arme nehmen, ich stieß ihn fort.

»Muss dieser Mann sich in alles einmischen?«, fragte ich aufgebracht. »Von den Geschicken Frankreichs und sämtlichen Ländern Europas und des Orients bis hin zu den Ehemännern für frühere Freundinnen?«

Bernadotte seufzte. »Ich wünschte, ich hätte nichts gesagt. Nun hast du einen falschen Eindruck gewonnen und glaubst, ohne Napoleon hätte ich mich nie für dich interessiert. Aber dem ist nicht so, das schwöre ich.«

»Was hat er noch gesagt?«, fuhr ich ihn an. »Hat er auch über die intimeren Momente mit mir geplaudert?«

»Wohl kaum, Désirée.« Bernadotte schoss Röte ins Gesicht. »Im Übrigen spielt das, was Napoleon gesagt hat, für mich keine Rolle. Ja, ich bin auf dich zugegangen, weil er es angeregt hatte. Aber wenn du mir nicht gefallen hättest, wäre es dabei geblieben.«

Ich spürte die aufsteigenden Tränen und schluckte sie hinunter. Ich würde nicht weinen. Was für eine Närrin ich gewesen war, wieder einem Mann zu vertrauen. Ihn zu lieben. Ich hatte geglaubt, Bernadotte sei anders als Napoleon, hatte mich endgültig von Napoleon befreien wollen. Was würden die beiden Männer als Nächstes tun? Ihre Liebeserlebnisse mit mir vergleichen?

»Bitte, Désirée.« Bernadotte berührte meine Schulter.

»Fass mich nicht an.« Ich rückte noch weiter von ihm fort, aber er war stärker als ich und zog mich sanft zu sich zurück.

»Hör mir zu, Désirée. Napoleon und du, ihr habt euch einmal geliebt. Er hat mir beschrieben, wie hübsch du bist, und gesagt, der Mann, der um dich werben dürfe, sei ein Glückspilz.« Bernadotte schaute mich mit einem Blick voller Liebe an und streichelte meine Wange. »Das, was einmal war, können wir nicht ändern, aber wir sollten alles tun, um zusammen ein gutes Leben zu führen. Ich möchte dich glücklich machen, denn ich liebe dich mehr, als ich es jemals für möglich gehalten hätte. Und das hat nichts mit Napoleon zu tun.«

# Kapitel 17

*Paris, 1799*

Bernadotte erwies sich als wunderbarer Ehemann. Und ich konnte endlich die Momente genießen, die während eines liebevollen Zusammenlebens zu den schönen Gewohnheiten eines Ehepaars wurden. Im Bett konnte ich meine kalten Füße in Bernadottes Kniekehlen wärmen, mich morgens noch ganz verschlafen von ihm küssen lassen, und beim gemeinsamen Frühstück lasen wir uns aus der Zeitung vor, wenn wir etwas interessant fanden. Ich lernte die verschiedenen Arten seines Lächelns kennen und was sie jeweils auslöste. Und wie ich es liebte, wenn er mich auf dem Flur im Vorbeigehen rasch an sich drückte und küsste.

Als gut situierte Ehefrau hätte ich es mir leisten können, mein Frühstück im Bett zu mir zu nehmen, doch ich stand meistens frühzeitig auf, um mit meinem Mann zu frühstücken. Etwa ein Jahr nach unserer Hochzeit hatte das Direktorium Bernadotte zum Kriegsminister ernannt, und da seine Tage lang und arbeitsreich waren, wollte ich mit ihm zusammen sein, bevor er aufbrach.

In seiner neuen Position hatte er es sich zur Aufgabe gemacht, die chaotischen Finanzen der Armee zu ordnen, die zahlreichen organisatorischen Schwachstellen zu beheben und gegen jede

Form von Korruption vorzugehen. In den Zeitungen wurde er gelobt, erst recht, als er auch die Versorgungslage der Truppen in den eroberten Gebieten zu verbessern begann und ihnen regelmäßig Sold zahlen ließ. Bernadotte war ein aufrechter Mann und ein Patriot und dementsprechend verhielt er sich.

Ich merkte, wie gut es ihm tat, wieder eine anspruchsvolle Aufgabe zu haben und dafür geschätzt zu werden. Wenn wir mit der Kutsche durch Paris fuhren und die Leute Bernadotte erkannten, ließen sie ihn hochleben – und er lächelte zufrieden.

Ich sah die Vorteile dieser Position vor allem in dem großzügig bemessenen Gehalt und darin, dass die Arbeit in Paris stattfand und ihn nicht in eines der besetzten Gebiete führte.

Als der Sommer 1799 langsam in den Herbst überging, war mir noch mehr daran gelegen, Bernadotte bei mir zu haben, denn da wusste ich, dass wir ein Kind erwarteten.

Julie hatte ich es zuerst verraten. Ich hatte mich davor gefürchtet, schließlich sehnte sie sich seit Jahren vergeblich nach einem Baby, doch meine Sorge war ganz überflüssig gewesen. Julie reagierte auf ihre liebenswürdige Art und freute sich mit mir oder zumindest wusste sie alle anderen Gefühle zu verbergen.

An diesem Morgen wollte ich meinem Mann die frohe Botschaft überbringen. Ich wartete, bis die Dienstboten uns in unserem Frühstückszimmer allein gelassen hatten. Bernadotte ging eine Reihe französischer und englischer Tageszeitungen durch.

»Ich weiß, dass du stets auf der Höhe politischer Ereignisse im In- und Ausland sein möchtest«, begann ich.

Bernadotte brummelte etwas, las weiter, nahm einen Schluck Kaffee.

»Künftig dürfte dir das morgens schwerer fallen.«

Er hatte mir nicht zugehört und nickte geistesabwesend.

»Es könnte zu laut werden.«

Er hob den Kopf und sah mich fragend an.

»Ich meine, wenn das Baby da ist.«

Einen Moment lang starrte er mich verständnislos an. Dann breitete sich auf seinem Gesicht ein glückseliges Lächeln aus. »Wir bekommen ein Kind?«

Ich nickte.

Bernadotte sprang auf und stieß einen Jauchzer aus. Dann kam er und legte eine Hand auf meinen Bauch, der unter Petticoat und Rock verborgen war und sich bisher kaum verändert hatte. Vielleicht hatte ich ein wenig zugenommen, doch das konnte auch an unserer hervorragenden Köchin liegen.

»Man fühlt noch nichts«, erklärte Bernadotte. »Bist du dir sicher?«

Ich lachte. »Meinst du, eine Frau weiß nicht, was los ist, wenn ihr Körper sich seit einigen Monaten nicht mehr an seinen Zyklus hält?«

Bernadotte musterte mich besorgt. »Leidest du unter Übelkeit?«

Ich schüttelte den Kopf. »Zum Glück nicht.« Tatsächlich fühlte ich mich so gesund wie noch nie. Ich war zwar des Öfteren müde, doch ich spürte die Kraft, die in mir arbeitete, um das neue Leben zu nähren.

Mein Mann küsste mich hingebungsvoll und löste sich erst von mir, als eine Bedienstete eine frische Kanne Kaffee brachte, sich verlegen räusperte und eilig wieder verschwand.

»Ich bin im siebten Himmel«, flüsterte er mir ins Ohr, bevor er sich wieder auf seinem Platz niederließ.

»Ich auch.«

»Versprich mir, dass du nun besonders gut auf dich aufpasst, oft genug ruhst und keine Mahlzeit auslässt. Und wenn du einen Wunsch hast, musst du es mir sagen. Ich werde alles tun, um ihn dir zu erfüllen.«

Erneut spürte ich, wie sehr ich diesen Mann liebte.

Mit einem Lächeln auf den Lippen griff er nach einer englischen Zeitung. Ich nahm mir noch eine Scheibe Brot und bestrich sie dick mit Butter.

»Mein Gott«, sagte Bernadotte plötzlich. »Das darf nicht wahr sein.«

»Warum, was ist?«

»Wie gedankenlos kann ein Mensch eigentlich sein?« Bernadotte reichte mir *The Morning Chronicle* und tippte auf einen groß aufgemachten Artikel. Ich sah die Namen »Napoleon« und »Joséphine«, doch meine Englischkenntnisse genügten nicht, um mehr zu erfassen. »Was steht da?«

»Ein englisches Kriegsschiff hat ein französisches Postschiff abgefangen, das auf dem Weg von Ägypten nach Frankreich war. Napoleon hatte der Fracht seine private Korrespondenz beigefügt, die nun zur Freude der Engländer in ihren Zeitungen abgedruckt wird.«

Ich verbiss mir ein Lachen. »Das wird ihm nicht gefallen.«

»Mit Sicherheit nicht. Einer der Briefe war für Joseph bestimmt. Darin beschwert Napoleon sich über Joséphines Untreue.«

Ich legte meine Brotscheibe ab. Das war das, was Napoleons

Schwestern von Anfang an behauptet hatten. Ich hatte es nie recht glauben wollen und mich gefragt, wie falsch – oder unbedacht – Joséphine sein müsste, wenn sie Napoleon betrog.

»Napoleon wird wortwörtlich zitiert. ›Dass sie mich derart getäuscht hat. Wehe ihr und den Männern. Ich werde sie alle ausrotten, diese Stutzer und Schwächlinge. Ich habe keine Lust, zum Gegenstand des Gespötts zu werden. Ich werde mich von ihr scheiden lassen. Scheidung – ich möchte eine öffentliche und sensationelle Scheidung. Der Schleier ist zerrissen, die Illusion zerstört und kann nicht wiederhergestellt werden.‹«

Wie musste er getobt haben, als er das schrieb. Und wie grässlich, dass nun die ganze Welt über seine Gefühle Bescheid wusste. Und zu allem Überfluss verdankte er das seinen Erzfeinden, den Engländern, die jetzt über ihn lachten.

»Es geht noch weiter«, sagte Bernadotte. »Das Folgende stammt aus einem Brief, den er Joseph einen Tag später geschrieben hat. ›Ich würde alles darum geben, dass es unwahr ist. Oder dass meine Ohren, falls es wahr ist, es wieder ungehört machen könnten. Ich liebe sie so sehr. Ich kann nicht ohne sie leben. Ich mag Länder erobern, aber Joséphine hat mein Herz erobert.‹«

»Das ist furchtbar.« Ich wischte meine Hände an einer Serviette ab. »Was für ein Skandal.«

»Das war noch nicht das Schlimmste.«

»Kann es noch schlimmer kommen?«

»Einer oder mehrere seiner Generäle müssen Napoleon von der Untreue seiner Frau erzählt haben. Nach ihren Aussagen hat Joséphine nicht nur Affären gehabt, sondern auch finanziell von ihnen profitiert.«

»Wie soll sie das denn gemacht haben?«

»Sie hat den Männern versprochen, sie mit Napoleon und seinen Generälen bekannt zu machen, und sich dafür bezahlen lassen.«

Auch darüber hatten Napoleons Schwestern sich immerfort die Mäuler zerrissen.

»Selbst über zwielichtige Geschäfte seiner Frau hat er Joseph geschrieben. Anscheinend betrifft das unsere Armeebestände.« Bernadotte nahm die Zeitung wieder an sich und las weiter. »Verdammt. Angeblich hat sie sich auch von Waffenlieferanten für ihren Einfluss auf Napoleon Schmiergelder zahlen lassen. Wenn das zutrifft, werden die diese Gelder auf ihre Preise aufschlagen und unserer Armee finanziell schaden.« Angewidert schob er die Zeitung fort. »Vielleicht vergibt Napoleon ihr ihre Untreue, aber das darf er nicht verzeihen.«

Als ich mich angekleidet hatte und Bernadotte in sein Ministerium gefahren war, machte ich mich zu Julie auf. Ich fand sie noch im Morgenmantel im Salon. Joseph, seine Schwestern und Letizia waren ebenfalls da.

Letizia saß ganz in Schwarz auf einem Sessel, als sei sie auf dem Weg zu einer Beerdigung. »Diese Hure«, sagte sie. »Diese Schlange!«

Joseph lief vor dem Kamin auf und ab.

»Wie konnte sie ihm das antun?« Pauline zog mich auf das Sofa, wo sie und Julie saßen. »Wie kann sie ihn betrügen, während er in der Wüste um sein Leben kämpft?«

»Er hätte Sie heiraten sollen«, erklärte Letizia, beugte sich vor und griff nach meiner Hand. Es war erstaunlich, wie kräftig ihre dünnen, knochigen Finger waren.

Ich sagte nichts, ich war mit Bernadotte so glücklich, dass ich sehr froh war, nicht mit Napoleon verheiratet zu sein.

Joseph blieb stehen und schlug mit der Faust auf den Kaminsims. »Ich werde ihr den Geldhahn zudrehen. Sie wird von seinem Geld keinen einzigen Sou mehr sehen.«

»Von unserem Geld«, verbesserte ihn Letizia. »Ich darf nicht daran denken, wie viel er ihr schon gegeben hat.«

»Sie wird keinen Fuß mehr in mein Haus setzen«, fuhr Joseph fort. »Nicht vor seiner Rückkehr. Wenn er wieder hier ist, kann er entscheiden, wie er mit ihr verfahren will, aber ich empfange sie nicht mehr.« Joseph warf Julie einen strengen Blick zu. Meine Schwester nickte im Einverständnis. »Unsere oberste Priorität«, sprach Joseph weiter, »die einzige Priorität für jeden Bonaparte heißt, Napoleon zu schützen. Auf jede erdenkliche Weise.«

Als sich die Nachricht von Joséphines skandalösem Verhalten in ganz Paris herumgesprochen hatte, kam es vor ihrem Palais zu einem Menschenauflauf. Auch vor dem Haus meiner Schwester versammelten sich Pariser und schrien aufgebracht durcheinander, ich sah sie bei meinem nächsten Besuch. Julie sagte mir, dass Bankiers und Kaufleute zu ihnen kamen, die gehört hatten, dass Joséphine von Joseph kein Geld mehr erhielt. Wie Julie mir erzählte, verlangten sie nun von Joseph das Geld zurück, das sie Joséphine geliehen hatten.

»Zieh die Vorhänge zu«, bat mich Julie. »Ich habe in meinem Leben genug wütende Menschenmengen gesehen.«

Wenig später hieß es, dass Joséphine nachts mit ihrer Tochter nach Malmaison geflohen war und sich mit ihrer Dienerschaft hinter den Mauern des Schlösschens verschanzt hatte. Ich fragte mich, wovon sie ihre Leute bezahlte.

Kurz danach erhielt ich einen Brief von ihr. Im ersten Moment starrte ich verdutzt auf das mir unbekannte Siegel, dann brach ich es auf und entfaltete den Brief. Ihre Schrift war ebenso elegant wie sie selbst, und das Papier duftete nach ihrem Parfum. Ihre Probleme erwähnte sie nicht. Ich las die wohlgesetzten Worte.

*Meine liebste Désirée,*
*würden Sie, meine liebe Schwester und Freundin, mich mit Ihrer verehrten Schwester im Château de Malmaison besuchen? Ich sehne mich danach, mit Ihnen beiden zu sprechen, Ihnen mein Herz auszuschütten und den Trost zweier Frauen entgegenzunehmen, die unvoreingenommene, treue Freundinnen sind. Meine Tochter ist bei mir. Mein Sohn dient meinem Mann in Ägypten als Adjutant. Ich vermisse Eugène sehr und sorge mich täglich um sein Wohlergehen.*
*Werden Sie zu mir kommen? Ich glaube, die Treibhäuser und die Blumenpracht von Malmaison werden Ihnen gefallen. Frauen, die wie wir aus südlichen Gefilden stammen, finden in Paris doch nie genug des üppigen Grüns, das wir aus unserer Kindheit kennen.*
*Sie wissen nicht, wie sehr mein Mann und ich Sie schätzen. Sie nehmen in unseren Herzen einen ganz besonderen Platz ein.*
*Ich bin und bleibe*
*Ihre treue Freundin*
*Joséphine*

Ich wollte mit Bernadotte über die Einladung sprechen, doch er würde erst spät am Abend nach Hause kommen. Daher lief ich zu Julie und traf sie in ihrem Salon an. Leider war dort auch Joseph, so dass ich nicht umhinkam, ihm den Brief ebenfalls zu zeigen.

»Wie kann Sie es wagen, das Wort ›treu‹ zu benutzen«, sagte er verärgert. »Wahrscheinlich plant sie, Julie und dich zu beschwatzen, damit ihr euch für sie bei mir einsetzt.« Sein Gesicht rötete sich vor Zorn. »Vielleicht hat sie auch vor, euch zu den Festen mit ihren halbseidenen Freunden einzuladen.« Er las den Brief erneut und zerknüllte ihn in seiner Hand. »Ihr verdanken wir, dass unser Name durch den Dreck gezogen wird. Am liebsten würde ich nach Malmaison marschieren, um sie in Ketten legen und in ein Pariser Gefängnis werfen zu lassen. Schade, dass die Bastille abgerissen wurde, sonst könnte sie dort im Kerker schmachten.«

»Joseph, bitte.« Julie legte eine Hand auf seinen Arm. »Sie ist allein und sucht Unterstützung.«

»Und sie weiß, dass sie die bei deinen Schwestern nicht finden wird«, fügte ich hinzu. »Erst recht nicht bei deiner Mutter.«

»Da liegt sie richtig. Wir Bonapartes halten zusammen. Auch bei euch wird sie nichts erreichen. Désirée, du schlägst ihre Einladung aus – nein, du antwortest ihr gar nicht.«

Ich antwortete Joséphine doch, alles andere hätte ich zu unhöflich gefunden. Doch ich sagte ihr ab und war froh, dass ich meine Schwangerschaft als Ausrede vorschieben konnte.

Wenige Tage später ließ sie mir die schönsten Babysachen zukommen – Kleidchen und Mützchen aus Seide und Chantilly-Spitze, Decken aus feinster Wolle, eine hölzerne weiße Wiege mit wundervollen Blumenmalereien verziert. Sie hatte eine Nachricht dazugelegt, in der sie erklärte, wie sehr sie sich mit mir freue.

Ich sagte mir, dass ihre Lage weniger prekär gewesen wäre, hätte sie Napoleon ein Kind geschenkt. Vielleicht hätte er dann nicht so rasch von Scheidung gesprochen. Nun jedoch konnte niemand vorhersehen, was er nach seiner Rückkehr unternehmen würde.

Joséphine wiederholte ihre Einladung nicht. Während sie sich weiterhin in Malmaison vor ihren Gläubigern versteckte, konnte man Napoleon in den Zeitungen gar nicht genug rühmen. Selbst die Kleidermode, der Schmuck und die Einrichtungsgegenstände muteten seit Neuestem ägyptisch an.

Ich selbst hatte mich mit der zunehmenden Rundung meines Bauchs auch für fließende Gewänder entschieden, statt weiterhin enggeschnürte Korsetts und Seidenkleider zu tragen.

Und ebenso wie alle anderen Pariser verschlang ich die Zeitungsartikel, in denen von Napoleons erfolgreichen Kämpfen gegen Wüstenvölker – Beduinen, Fellachen und Mameluken – die Rede war und davon, wie er aus Ägypten eine französische Kolonie machen werde, in der sich die modernen Errungenschaften Frankreichs auf das Beste mit der altehrwürdigen ägyptischen Kultur verbanden. Tatsächlich wurde er in einem Atemzug mit seinen Vorbildern Julius Cäsar und Alexander dem Großen genannt, doch es hätte mich nicht gewundert, wäre der Anstoß dazu von ihm selbst gekommen.

Ebenso wie diese legendären Feldherren legte Napoleon sich in den eroberten Gebieten Geliebte zu. Fortwährend schrieben die Zeitungen über seine Amouren, beinah täglich erhielten wir diesbezüglich einen neuen schlüpfrigen Bericht, und ich hatte den Verdacht, auch in diesen Fällen lieferte er die Inhalte selbst.

Zwar hatte er sein Feldlager in der Wüste aufgeschlagen, doch dort schien an Frauen kein Mangel zu herrschen. Wie wir erfuhren, gab es schlehenäugige Ägypterinnen, die halbnackt vor den höheren Offizieren orientalische Tänze aufführten, Lagerhuren für die unteren Ränge und die Ehefrauen etlicher Offiziere, die ihre Männer begleitet hatten.

Napoleon, so las ich, hatte eine leidenschaftliche Affäre mit einer dieser Ehefrauen, einer zwanzigjährigen Schönheit namens Pauline Fourès, deren Porträt in der Zeitung abgebildet wurde. Als ich es sah, traute ich meinen Augen nicht. Sie hätte meine Zwillingsschwester sein können.

Mitten in der Nacht wachte ich in verschwitzen Laken auf und spürte, dass die Wehen eingesetzt hatten. Aufgeregt rüttelte ich Bernadotte wach.

»Was ist?«, fragte er verschlafen.

In diesem Augenblick durchfuhr mich ein Schmerz, der sich wie eine Klammer um meinen Bauch legte. »Es ist so weit.« Ich stöhnte. »Das Baby kommt.«

Bernadotte stürzte aus dem Bett und weckte die Dienstboten. Eine Stunde später standen mein Arzt, meine Hebamme, meine

Schwester und eine kleine Gruppe weibliche Bedienstete an meinem Bett. Joseph war ebenfalls gekommen, doch Bernadotte zog sich mit ihm in sein Arbeitszimmer zurück.

In den Stunden darauf klammerte ich mich an Julies Hand und schrie vor Pein. Mein Bett war feucht, und ich wusste nicht, ob es Blut war oder Fruchtwasser oder beides. Nur halb registrierte ich, dass es draußen hell geworden war. »Ich bin bei dir«, sagte Julie ein ums andere Mal.

Als es erneut dunkelte, nahm ich nur noch verschwommen wahr, dass die Dienstmädchen mit Schüsseln Wasser, Tüchern und frischen Laken kamen. Ich spürte, dass die Hebamme mein Gesicht mit einem kühlen, feuchten Tuch betupfte und mich immer wieder ermahnte zu atmen.

Zuletzt, als ich dachte, der Schmerz reiße mich entzwei, und erschöpft die Augen schloss, hörte ich einen zarten Laut, aus dem ein kräftiger Schrei wurde.

Ich schlug die Augen auf. Am Fuß des Bettes stand die Hebamme mit meinem Sohn, der endlich hervorgekommen war, ein rosiges, schreiendes Bündel mit schwarzem Haar.

Als er gesäubert worden war, wurde er in frisches Leinen eingeschlagen und in meine Arme gelegt. Julie brach in Tränen aus. Die Hebamme zeigte mir, wie ich mein Baby zum Stillen anlegen musste. Es trank gierig und hieb mit seinen winzigen Fäusten auf meine Brust. Es war ein seltsam kitzelndes Gefühl.

Gleich darauf kam Bernadotte, verscheuchte alle aus dem Zimmer und setzte sich zu mir ans Bett. Wie gebannt starrten wir auf den schlafenden kleinen Jungen in meinen Armen, konnten kaum fassen, dass er da war und von nun an Teil unseres Lebens sein würde.

»Wie sollen wir ihn nennen?«, fragte ich leise, um den Schlaf des Kindes nicht zu stören.

»Welchen Namen möchtest du denn für ihn?« Mit einem Zeigefinger strich mein Mann vorsichtig über den dunklen Haarschopf des Kleinen.

Ich hatte oft darüber nachgesonnen. »Ich dachte an Joseph François.« François war der Name meines Vaters gewesen und Joseph der des Mannes, der jahrelang für mich wie ein Bruder gewesen war und sich selbst sehnlichst einen Sohn wünschte. Auch meine Schwester würde die Namenswahl gutheißen.

»Joseph François«, sagte Bernadotte nachdenklich. »Warum nicht?«

»Das klingt nicht sehr begeistert.« Das Baby öffnete sein Mündchen, als suchte es nach seiner nächsten Mahlzeit. Ich legte es wieder an die Brust.

»Es gibt noch einen anderen Vorschlag.«

Ich löste den Blick von meinem trinkenden Sohn und sah meinen Mann an. »Von wem? Wen außer uns geht denn der Name unseres Kindes etwas an?«

»Was meinst du wohl? Wer mischt sich denn in jedermanns Angelegenheiten ein?«

»Etwa Napoleon? Das ist nicht dein Ernst.«

»Doch.« Bernadotte seufzte. »Er hat mir geschrieben und sich gewünscht, dass wir einen Jungen nach einer Gestalt aus seinem Lieblingsepos ›Die Gesänge des Ossian‹ nennen.«

Ich wusste, dass Napoleon belesen war und Epen liebte, doch von den »Gesängen des Ossian« hatte ich noch nie gehört. »Und wie lautet der Name?«

»Oscar.«

»Oscar?« Ich sagte den Namen mehrmals hintereinander. Es war ein ungewöhnlicher Name oder zumindest kein französischer. Er klang irgendwie ulkig, aber auch kraftvoll. Dennoch wollte ich den Kopf schütteln. Napoleon hatte uns nichts zu sagen. Wenn er einen Jungennamen bestimmen wollte, dann sollte er das bei seinem eigenen Sohn tun, den er irgendwann vielleicht haben würde.

Andererseits zählte Napoleon zu den mächtigsten Männern Frankreichs. Wenn er sich damit schmeichelte, den Namen unseres Sohnes ausgesucht zu haben, könnte es diesem vielleicht zugutekommen.

Wie rasch ich bereit war, meine Meinung zu ändern. Wie wenig mein Stolz und meine Eitelkeit mir noch bedeuteten, wenn es um die Zukunft und das Wohlergehen meines Kindes ging. Wäre es wirklich so schlimm, wenn wir Napoleon in diesem Punkt nachgaben?

»Also gut. Aber zuerst kommen die anderen Namen und unser Sohn heißt Joseph François Oscar Bernadotte.

»Noch etwas, Liebste.« Bernadotte streichelte meine Wange. »Du darfst die Patentante aussuchen. Ich kann mir auch denken, wen du möchtest. Dafür darf ich den Patenonkel wählen.«

Ich blickte auf unser Kind, das bereits wieder schlief. »Ich hätte mich für Julie und Joseph entschieden. Wen möchtest du denn? Einen deiner früheren Kameraden?«

Bernadotte wich meinem Blick aus. »Haben wir überhaupt die Wahl?«

»Warum, wer ist es?«

»Der Mann, der uns miteinander bekannt gemacht hat. Der

mich dem Direktorium als Kriegsminister vorgeschlagen hat, damit ich in deiner Nähe sein konnte. Ich fürchte, niemand außer Napoleon kann der Pate unseres Jungen sein.«

# Kapitel 18

*Paris, 1799*

Wie immer wurde anfangs nur im Dunkeln davon geflüstert, was mitunter gefährlicher war, als laut darüber zu reden oder in den Straßen aufzubegehren. Lieber machte man leise Andeutungen, zog vielsagend die Brauen hoch, nickte sich zu. Jemand schlug vor, um Mitternacht bei Kerzenschein wieder zusammenzukommen. Ein langsamer Tanz hin zum Verrat.

Ich wurde von meinem Baby in Beschlag genommen, seinem Wunsch, gestillt, gewickelt und gewiegt zu werden, dennoch bekam ich die geflüsterten Wörter mit.

*Coup.*

*Unauffällig.*

*Die Bankrotteure loswerden.*

*Schnell, bevor sie reagieren können.*

Natürlich nahm ich auch die Besucher wahr, die im Arbeitszimmer meines Mannes erschienen, die Stimme senkten oder verstummten, wenn ich kurz hereinkam. Der ehemalige Abt Emmanuel Joseph Sieyès, der kürzlich in das Direktorium gewählt worden war, gehörte zu ihnen, ebenso Antoine Maurin, ein Offizier und ehemaliger Kamerad meines Mannes. Talleyrand kam vorbei, mein Schwager Joseph, seine Brüder Lucien, Louis und Jérôme.

Falls ich ihnen bei ihrer Ankunft begegnete, begrüßten sie mich und fragten, wie es mir und dem Baby gehe, ohne meine Antwort abzuwarten. Stattdessen eilten sie mit meinem Mann in sein Arbeitszimmer und schlossen die Tür.

Wenn ich den Zeitungen Glauben schenkte, war Bernadotte zurzeit das einzige Mitglied der Regierung, das vom Volk geschätzt wurde. Jeder wusste, dass er mit Leib und Seele Republikaner war und ein erfolgreicher General. In den vergangenen Monaten hatte er in *Le Moniteur Universel* Beiträge geschrieben, in denen er die Leser zu Patriotismus und zum Dienst an der Republik aufrief. In der Armee genoss er das Vertrauen der Soldaten, in den höheren Rängen wurde er als kluger, pragmatischer und zuverlässiger Kamerad geschätzt.

In den Zeitungen stand auch, dass uns erneut Unruhen drohten. Die Mitglieder des Exekutivdirektoriums galten seit Langem als unfähig, die beiden Kammern des Parlaments als hilflos. Keiner dieser Instanzen gelang es, im Land für Stabilität zu sorgen. Auch untereinander waren sie uneins und fochten Machtkämpfe aus. Vor Jahren hätte einer den anderen zur Guillotine schaffen lassen.

Bernadotte hatte mir erzählt, dass sich für die Bevölkerung seit dem Sturm auf die Bastille kaum etwas gebessert hatte, die Menschen hungerten nach wie vor und standen in den Armenvierteln an den Suppenküchen an. Ich durfte nicht daran denken, wie es ihnen im Winter ergehen würde, wenn es ihnen zudem an Brennholz fehlte.

Auch die Kämpfe zwischen Republikanern und Royalisten waren wieder aufgeflammt und wurden in den Straßen ausgetragen. Hinzu kam, dass die französischen Besatzer überall in Europa von englischen, österreichischen und russischen Truppen vertrieben wurden und Napoleons Gebietsgewinne verloren gingen. Deshalb riefen die Menschen nach Napoleon und warteten voller Ungeduld darauf, dass er nach zweijährigen Kämpfen in Ägypten endlich zurückkehrte und für Ordnung sorgte.

Oscar – ja, Napoleons Namenswahl hatte sich durchgesetzt – hatte es sich angewöhnt, mich mehrmals nachts zu wecken. Eines Nachts, als ich ihn auf dem Flur unten hin und her trug, hörte ich Stimmen, die aus dem Arbeitszimmer meines Mannes drangen. Verdutzt trat ich näher an die Tür, die nur angelehnt war, und wunderte mich, dass mein Mann zu dieser späten Stunde noch Besuch hatte. Die Stimmen kannte ich.

»Unsere Truppen sind demoralisiert«, sagte Barras, der sich seit dem ersten Direktorium als Mitglied gehalten hatte. »Ich weiß, Sie haben Ihr Bestes getan, Bernadotte, aber die Truppen verschlucken einfach zu viel Geld, die Waffenlieferanten sind korrupt, und unsere Soldaten in den besetzten Gebieten desertieren in Scharen.«

»Wir brauchen eine neue Regierung«, erklärte Talleyrand. »Mit einem Mann an der Spitze, dem die Menschen vertrauen.«

»Das sehe ich genauso«, antwortete mein Mann. »Aber würden wir dieses Vertrauen mit unserem Vorhaben nicht missbrauchen?«

»Nein«, erwiderte Talleyrand. »Sie würden unserem Land einen Dienst erweisen.«

»Ich diene unserer Verfassung«, sagte Bernadotte.

»Das Militär stünde hinter Ihnen«, kam es von Sieyès, dem Mann, der in ganz Frankreich für seine Intelligenz und seine

Raffinesse bekannt war. »Wir bilden eine Regierung, die Ihren Machtanspruch unterstützt. Wenn Sie darauf bestehen, lassen wir Sie auch wählen. Die Verfassung ändern wir anschließend entsprechend.«

Bernadotte seufzte. »Warum kommen Sie damit zu mir? Warum suchen Sie sich nicht jemanden aus Ihren eigenen Reihen? Sie sind diejenigen, die einen Putsch wollen, ich nicht.«

»Es können nur Sie sein, Bernadotte, verstehen Sie das nicht?« Das war wieder Barras. »Sie haben eine reine Weste, die Menschen lieben Sie, Sie haben die Unterstützung des Militärs. Außerdem wollen die Franzosen einen General an ihrer Spitze. Es muss jemand sein, der für Stärke steht und die verschiedenen Fraktionen befrieden kann.«

Erschrocken lehnte ich mich gegen die Wand. Sieyès, Barras und Talleyrand zählten zu den einflussreichsten Männern in unserem Land. Sieyès und Barras waren Mitglieder des Direktoriums, Talleyrand war bis vor Kurzem Außenminister gewesen, und nun wollten sie meinen Mann für einen Staatsstreich gewinnen? Wollten sie noch mehr Macht an sich raffen? Und Bernadotte sollte ihnen als Aushängeschild dienen, weil er über den Verdacht, er könne eigennützig handeln, erhaben war?

Ich wiegte Oscar, der unruhig geworden war. Vielleicht hatte er mein Entsetzen gespürt.

Im Arbeitszimmer war es so still geworden, dass ich Angst hatte, sie würden das laute Schlagen meines Herzens hören.

»Niemand steht Ihnen im Weg«, sagte Talleyrand schließlich mit samtiger Stimme. »Sie können auf die Armee bauen. Sie hätten die Macht, Sie müssen nur die Hand ausstrecken und danach greifen.«

Ich konnte mir nicht vorstellen, dass Bernadotte bei diesem Komplott mitmachte. Es wunderte mich, dass man es ihm überhaupt antrug. Kannten diese Männer ihn so schlecht? Wussten sie nicht, wie charakterfest er war, wie aufrecht und gesetzestreu? Jemand, der sich Tod den Königen auf den Arm hatte tätowieren lassen, strebte nicht danach, der mächtigste Mann im Land zu werden.

## Kapitel 19

*Paris, 1799*

»Wie kann er es wagen?« Bernadottes Wut war leise und beherrscht, was sie für mich umso beängstigender machte.

Noch nie hatte ich meinen Mann so zornig erlebt. Wir, Barras, Bernadotte und ich, saßen in unserem Salon. Ich schaukelte Oscar, der in seiner Wiege schlief und das Glück hatte, nichts mitzubekommen.

Die politische Situation schien nun dank Napoleons Einflussnahme außer Kontrolle zu geraten. In der ganzen Stadt wurde darüber geredet, deshalb nahm man auch in meiner Gegenwart kein Blatt mehr vor den Mund.

»Ich bin dafür, abzuwarten«, sagte Barras, der um einiges gelassener als Bernadotte war. »Zunächst einmal muss sich unser Verdacht gegen ihn erhärten.«

»Es ist kein Verdacht, wie wir beide wissen«, antwortete Bernadotte gepresst und schlug mit der Zeitung in seiner Hand auf den Kaminsims.

Ich fuhr zusammen und warf Oscar einen Blick zu, doch wie alle Neugeborenen schlief er den Schlaf der Gerechten.

Der Verdacht bezog sich auf Napoleon.

In Ägypten war die französische Flotte von den Engländern vernichtet worden, und der gesamte Ägyptenfeldzug hatte zahllose Soldaten das Leben gekostet. Nun hatte Napoleon sich mit einem kleinen Gefolge eingeschifft, um zurück nach Frankreich zu segeln und, wie man vermutete, in irgendeiner Form eine Führungsrolle zu beanspruchen.

»Er hat von den instabilen Verhältnissen hier erfahren«, sagte Bernadotte, »und seine Chance gerochen. Sobald er bei uns ist, wird er die Macht an sich reißen. Der Ruhm Frankreichs und die Kameradschaft seiner Männer interessieren ihn nicht einmal im Ansatz. Auf seinem katastrophalen Feldzug Richtung Syrien hat er in Jaffa Pestkranke besucht. Seine Männer haben die Pest bekommen, er hat nicht einmal für Quarantäne gesorgt. Vielleicht schleppt er die Pest auch bei uns ein. Und zur Krönung des Ganzen lässt er seine Leute im Stich. So jemand käme normalerweise vor ein Kriegsgericht. Ich hoffe, er will uns nicht weismachen, dass er unserem Land gedient hat. Napoleon dient niemandem außer sich selbst.«

Angewidert blickte Bernadotte auf den *Messager du Soir* in seiner Hand, dessen Schlagzeile lautete: »Alle warten auf Napoleon. Er ist die neue Hoffnung.«

»Geduld, Bernadotte, Geduld«, sagte Barras. »Bonaparte ist ehrgeizig, das weiß keiner besser als ich. Aber er ist kein Narr. Für seine Rückkehr nach Paris könnte es auch andere Gründe geben.«

Am nächsten Morgen küsste Bernadotte mich und Oscar nach dem Frühstück, bevor er sich auf den Weg ins Kriegsministerium machte.

Wie er mir später berichtete, wurde er dort an der Eingangshalle von mehreren rangniederen Offizieren in Empfang genommen. Ihr Wortführer teilte ihm mit, dass er seines Amtes enthoben sei.

»Aus welchem Grund?«, fragte Bernadotte. »Und auf wessen Befehl?«

Der Mann ignorierte seine Fragen und erklärte, falls er sich weigere, seinen Platz zu räumen, werde er gefangen genommen. Bernadotte gab sich geschlagen und wurde zu einer Kutsche eskortiert. Dort standen Wachposten, um sicherzugehen, dass er einstieg und davonfuhr.

Als er mir die Geschichte mit aschfahlem Gesicht erzählte, war ich ebenso fassungslos wie er.

»Es wird immer chaotischer«, sagte er. »Und ich weiß nicht einmal, wer dahintersteckt.«

Ich wollte mir nicht anmerken lassen, wie sehr mich dieser Zwischenfall verstörte, zumal ich nicht wusste, was er für uns bedeutete.

Einige Tage danach traf Napoleon in Paris ein und wurde wie ein Kriegsheld empfangen. Wir erfuhren davon aus den Morgenzeitungen.

Während des Frühstücks wurde uns Julie gemeldet, die gleich darauf in unser Frühstückszimmer stürzte und sich auf einen Stuhl fallen ließ. Zwischen hastigen Schlucken Kaffee erklärte sie, der gesamte Clan Bonaparte treffe sich an diesem Abend bei Napoleon. Wir wurden ebenfalls erwartet, einschließlich Oscar. Napoleon wolle sein Patenkind kennenlernen.

»Ohne mich.« Bernadotte sah mich an. »Du und Oscar werdet auch hierbleiben. Napoleon kommt aus einer Gegend, in der die Pest gewütet hat, wer weiß, ob er sich nicht angesteckt hat.«

»Das halte ich für unklug.« Julie setzte ihre Tasse ab. »Napoleon hat diese Einladung höchstpersönlich ausgesprochen, ich an eurer Stelle würde ihr folgen.«

Als Julie sich verabschiedet hatte, stritt ich mich den ganzen Morgen mit Bernadotte. Auch mir schien es ratsam, die Einladung anzunehmen, wir hatten ja nicht einmal einen konkreten Grund, sie auszuschlagen.

Zu guter Letzt einigten wir uns auf einen Kompromiss. Bernadotte und Oscar würden hierbleiben. Ich würde an dem Treffen teilnehmen, um unsere Familie zu vertreten. Darüber hinaus wollte ich erfahren, wie Napoleons Zukunftspläne aussahen und welche Auswirkungen diese Pläne auf meine Familie haben würden.

Am Abend war es kühl und es regnete in Strömen. Ich ließ mich zu Julie fahren und stieg dort zu ihr und Joseph in die Kutsche.

»Wer wird denn alles da sein?«, fragte ich und zog meinen Umhang enger um mich.

»Die ganze Familie«, antwortete Julie. »Wie ich es dir gesagt habe.«

»Joséphine auch?«

Joseph seufzte. »Ich wollte Napoleon heute Früh besuchen, um ihn willkommen zu heißen. Er war nicht zu sprechen. Ein Dienstbote hat mir zugeraunt, die Herrschaften seien noch in ihrem Schlafgemach.«

Fast hätte ich gelacht, es war doch immer das Gleiche. »Es ist erstaunlich, wie sie das jedes Mal schafft.«

Julie zuckte mit den Schultern. »Er kann nicht an allen Fronten kämpfen.«

Trotz des Regens hatten sich vor dem Palais in der Rue de la Victoire Menschen versammelt. »Vive Bonaparte« riefen sie, als sie Joseph sahen, und schwenkten blau-weiß-rote Fähnchen. »Napoleon, er lebe hoch! Napoleon, Retter der Republik!«

Etliche von ihnen wirkten regelrecht euphorisch und verlangten zu meiner Überraschung lautstark, Napoleon solle König werden.

Ich zog die Kapuze meines Umhangs über, huschte durch den Regen ins Haus und war froh, dass Bernadotte dieses Theater nicht erlebte.

Wir wurden in den Speisesaal gebeten.

Napoleon saß an der Stirnseite des langen Esstisches, Joséphine auf seinem Schoß – ein Bild, das uns allen vertraut war.

Vielleicht fehlte Napoleon tatsächlich die Kraft, sich nach den beiden Jahren im Feld mit Joséphine auseinanderzusetzen. Oder das, was gemunkelt wurde, traf zu, und er hatte Höheres im Sinn, so dass Joséphines Untreue zu einem Nebenschauplatz geworden war. Ebenso war es möglich, dass er von einer Scheidung absah, um jegliches Gerede über den Grund zu vermeiden. Sicherlich wollte er nicht vor aller Welt als gehörnter Ehemann dastehen.

Aber was wusste ich schon? Ich verstand ja nicht einmal, warum er Joséphine so grenzenlos liebte.

Joséphine schien ausgesprochen gut gelaunt, als sie sich in ihrem eleganten weißen Kleid erhob, auf ihrem Platz niederließ und dabei den Duft ihres Parfums verbreitete.

Napoleons Schwestern dagegen saßen mit mürrischer Miene am Tisch. Sie hatten mit Sicherheit gehofft, Napoleon ließe sich scheiden. Letizia war nicht anwesend.

Napoleon war dank der Sonne Ägyptens tief gebräunt. Auch er war parfümiert, mit einem schweren, orientalisch anmutenden Duft, der mir unangenehm war. »Ah, Madame Bernadotte«, rief er. »Die strahlende junge Mutter. Darf ich Ihnen zur Geburt Ihres Sohnes gratulieren?«

»Danke.« Ich rang mir ein Lächeln ab. »Wie schön, dass Sie gesund zu uns zurückgekehrt sind.«

»Ich bin auch als Patenonkel zurückgekehrt.« Napoleon blickte sich suchend um. »Und ich hatte erwartet, mein Patenkind heute Abend zu sehen. Ebenso wie seinen Vater. Wo ist Bernadotte?«

»Mein Mann lässt sich entschuldigen. Er – er hat sehr viel zu tun.«

Napoleon legte den Kopf schief, an seinem Hals bildete sich eine Speckrolle. Anders als seine Soldaten, hatte er während des Feldzugs offenbar nicht an Entbehrungen gelitten.

»Was hat Bernadotte denn zu tun? Seinen Posten als Kriegsminister hat er doch verloren.«

Ich fragte mich, ob vielleicht Napoleon hinter Bernadottes Entlassung gesteckt hatte, und merkte, dass ich gereizt wurde. Betrachtete er meinen Mann etwa als Rivalen? Als Hindernis auf einem Weg, den er selbst ins Auge gefasst hatte? Wie falsch er damit liegen würde.

Alle Bonapartes blickten mich an. Ich beschloss, lieber über Oscar zu sprechen. »Das Baby – Oscar …« Ich wusste nicht weiter.

Napoleon zog die Brauen hoch. »Was ist mit dem Jungen?«

»Ihm geht es nicht gut, wir wollten, dass er zu Hause bleibt. Bernadotte kümmert sich um ihn.«

»Wie passend.« Napoleon lächelte spöttisch. »Bernadotte hat auf mich von jeher den Eindruck eines Kindermädchens gemacht.«

Am nächsten Tag ließ Napoleon meinem Mann eine gesonderte Einladung zukommen. Bernadotte lehnte ab, und mir schwoll der Kamm.

»Ich finde, du solltest dich unbedingt mit ihm treffen«, sagte ich zornig.

Bernadotte schüttelte den Kopf. »Ich habe keine Lust, mir bei ihm die Pest zu holen.«

»Herrgott noch mal, Bernadotte, ich bin sicher, dass er etwas im Schilde führt. Unsere Regierung steht auf wackligen Beinen, sogar unter den Direktoren gibt es welche, die sie stürzen wollen. Sie wünschen einen General an ihrer Seite, um jegliche Rebellion gegen ihre Umsturzpläne mit militärischen Mitteln niederzuschlagen. Falls Napoleon dieser General sein wird, wäre es ungeschickt, ihn vor den Kopf zu stoßen. Ich weiß, dass er sich zu Höherem berufen fühlt. Was, wenn es ihm irgendwann in den Sinn kommt, der neue König von Frankreich zu werden?«

»Napoleon wird nicht König.« Bernadotte lachte. »Das würden die Franzosen nicht dulden. Nicht, nachdem wir für die Revolution so viel geopfert haben. Er käme eher auf die Guillotine als auf den Thron.«

Bei der Vorstellung überlief es mich kalt, doch die Meinung meines Mannes teilte ich nicht. Wussten die Menschen immer so genau, was sie wollten? Die meisten wünschten sich doch nur, dass sie genug Geld zum Leben hatten und eine stabile Regierung, die ihre Sicherheit garantierte.

Ich dachte an den vergangenen Abend, als ich mit Joseph und Julie auf dem Weg zu Napoleon gewesen war und die Menschen gerufen hatten, er solle König werden. Was wäre, wenn Napoleon irgendwann doch den Königsthron anstrebte und ihn bekäme? Bisher hatte er immer bekommen, was er wollte.

Am Tag darauf hatte ich Geburtstag und wurde zweiundzwanzig Jahre alt. Am Morgen kamen Joseph und Julie, um mir zu gratulieren. Ich war nicht in Feierlaune, zu sehr belasteten mich die Gerüchte, dass es in Paris erneut einen Aufstand geben würde. Die Nationalgarde hatte bereits vor dem Palais des Tuileries und auf den Seinebrücken Stellung bezogen.

Joseph wandte sich meinem Mann zu. »Haben Sie mittlerweile eingewilligt, Napoleon zu besuchen?«

Julie setzte Oscar auf ihren Schoß und ließ ihn auf einem Schenkel reiten. Ich knetete meine Finger und versuchte mir nicht anmerken zu lassen, wie sehr mich Bernadottes Weigerung beunruhigte.

»Nein«, antwortete er knapp.

Joseph runzelte die Stirn. »Ich rate Ihnen dringend, zu ihm zu gehen. Je eher, desto besser.«

Ich hätte Joseph vor Dankbarkeit küssen können, doch Bernadotte stand mit grimmigem Gesichtsausdruck auf, trat an die Terrassentür und blickte hinaus in den Garten. »Lassen Sie mich, Bonaparte«, sagte er.

Josephs Miene versteinerte. »Bernadotte, als Freund – und als Bruder – bitte ich Sie, Ihre Meinung zu ändern.«

Julie sah mich ängstlich an.

Bernadotte drehte sich um und verschränkte die Arme vor der Brust. Ich spürte, wie viel Kraft es ihn kostete, ruhig zu bleiben. »Bitte verlangen Sie das nicht von mir.«

»Ich bitte Sie nur, weil mir Ihr Wohlergehen am Herzen liegt. Und das Ihrer Familie.«

»Das reicht.« Vor Zorn lief Bernadotte dunkelrot an. »Ich möchte vor Ihnen nicht schlecht über Ihren Bruder reden. Bitte zwingen Sie mich nicht dazu.«

Angespannte Stille breitete sich aus. Im Kaminfeuer zerbarst ein Holzscheit und Funken sprühten auf. Oscar wimmerte erschrocken. Ich nahm ihn aus Julies Armen, wiegte ihn und trat zu Bernadotte. »Bitte, Liebster, tu es mir und unserem Kind zuliebe.«

Er sah mich an, als könne er nicht fassen, dass ich seine Gefühle für uns benutzte, um ihn umzustimmen. Dennoch zwang ich mich weiterzusprechen. »Heute ist mein Geburtstag. Bitte ruiniere mir den Tag – oder sogar unser aller Leben – nicht, indem du dich weiterhin so stur stellst. Warum willst du Napoleon kränken? Du weißt, dass er so etwas nie vergisst.«

Bis in den späten Abend wartete ich auf Bernadottes Rückkehr von Napoleon. Ich hätte nicht schlafen können, ohne ihn wieder sicher bei mir zu wissen.

Gegen Mitternacht kam er ins Schlafzimmer, riss seinen Dreispitz vom Kopf und schleuderte ihn durch den Raum. »Was für ein unleidlicher, schamloser Irrer.«

Meine Hoffnung, die Begegnung wäre gut ausgegangen, verflog. Ich setzte mich auf. »Warum, was hat er gesagt?«

Bernadotte trat seine Stiefel ab. »Nichts außer Andeutungen und Anspielungen. Er wollte wissen, welchen Posten ich mir in der Regierung wünsche, ließ durchblicken, dass er die Macht besitze, mir jeden diesbezüglichen Wunsch zu erfüllen. Ich müsste nur öffentlich erklären, dass er bei allem, was er vorhat, auf meine Unterstützung zählen kann.«

»Und was hat er vor?«

»Er will an die Macht.« Bernadotte ließ sich schwer auf die Bettkante sinken.

Ich seufzte. »Wie wir vermutet haben.«

Er drehte sich zu mir um, und ich glaubte, auf seinem Gesicht Enttäuschung wahrzunehmen. Offenbar hatte er sich von mir eine andere Reaktion gewünscht. Dann verschloss sich seine Miene. »Ich werde ihn nicht unterstützen.«

»Setzt du lieber unsere Sicherheit aufs Spiel?«, fragte ich gereizt.

»Ich kann niemanden unterstützen, der seinen Einfluss in der Armee ausnutzt, um dem Volk die Macht zu entreißen, die es sich sehr teuer erkauft hat. Wir sind eine Republik, wir haben Gesetze und eine Verfassung, denen ich mich verpflichtet fühle.«

»Diese Gesetze sind biegsam und in den vergangenen Jahren

von allen möglichen Leuten zu ihrem Vorteil benutzt worden«, antwortete ich.

»Es geht um meine Integrität«, beharrte Bernadotte. »Ich habe Prinzipien. Ich dachte, die hättest du auch.«

»Was nützen uns Prinzipien, wenn wir festgenommen werden oder umkommen?«

Mitten in der Nacht wurden wir von einem unserer Dienstmädchen geweckt. Erschrocken setzte ich mich im Bett auf. »Ist etwas mit Oscar?«

»Nein, Madame, Ihr Sohn schläft«, flüsterte die junge Frau.

»Um was geht es dann?«

Bernadotte regte sich und murmelte etwas.

»Sie haben Besuch. Monsieur Bonaparte möchte Sie und den General sprechen.«

Nun richtete sich auch mein Mann auf. »Bonaparte?« Er stieg aus dem Bett, stieß gegen den Nachttisch und fluchte.

Unser Dienstmädchen stellte den Kerzenleuchter auf der Kommode ab.

»Was will er?« Mit rasendem Herzschlag verließ ich das Bett. Das Mädchen reichte mir meine Pantoffeln.

»Das weiß ich nicht, Madame. Monsieur Bonaparte wartet im Salon auf Sie.«

Bernadotte und ich gingen nach unten.

Zu meiner Erleichterung saß Joseph im Salon, nicht Napoleon. Ein anderer Dienstbote hatte die Kerzenleuchter in dem Raum angezündet. Josephs Gesicht lag im Schatten, doch ich erkannte, wie blass er war, wie angespannt seine Miene wirkte. Er stand auf.

»Ich bin so froh, dass du es bist und nicht …« Ich ließ den Satz unvollendet und umarmte meinen Schwager.

Joseph befreite sich aus meinen Armen und wandte sich Bernadotte zu. »Es ist geschehen. Wir hoffen, Sie bleiben trotzdem unser Freund.«

Wie ließen uns nieder.

»Was ist geschehen?«, fragte Bernadotte steif.

Wir trugen Morgenmäntel über unserer Nachtkleidung und bildeten einen merkwürdigen Kontrast zu Joseph, der für den Tag gekleidet war und auch nicht den Eindruck machte, in dieser Nacht schlafen zu wollen.

»Mein Bruder, General Bonaparte … hat die lauten Rufe des französischen Volkes vernommen. Er hat ihre Verzweiflung gesehen und erkannt, dass unsere Regierung untauglich ist. Ein eigennütziges Schlangennest. Er hat sich dem Willen der Franzosen gebeugt und die Zügel übernommen, die das Volk ihm übergeben hat.«

»Sie sprechen mit uns«, sagte Bernadotte ungeduldig. »Was sollen die hochtrabenden Worte. Wann ist es geschehen?«

Joseph senkte den Blick. »In dieser Nacht.«

»Wie konnte das möglich sein?«, fragte ich.

»Mein Bruder hat die beiden Räte aus den Tuilerien nach Saint-Cloud bringen lassen. An einen sicheren Ort.«

Saint-Cloud war ein früherer Königspalast außerhalb von Paris.

»An einen sicheren Ort?«, fragte Bernadotte höhnisch. »Heißt das, er hat die Räte festnehmen lassen?«

»Nein.« Joseph zuckte mit den Schultern. »Es dient zu ihrem Schutz.«

Bernadotte lachte verächtlich.

»Unsere Regierung hat im Volk jede Glaubwürdigkeit verloren. Napoleon wird das Direktorium auflösen und eine neue Regierung bilden. Seine Truppen stehen hinter ihm.«

»Ein Coup mithilfe des Militärs«, erwiderte Bernadotte erbittert. »Er hat die Gelegenheit erkannt und sie beim Schopf ergriffen. Bessere Männer als er hätten –«

»Bitte, sprechen Sie nicht weiter«, fiel Joseph ein. »Ich möchte nichts hören, das nachher gegen Sie ...« Er seufzte und legte seine Hände wie zum Gebet zusammen. »Er möchte, dass Sie sich ihm anschließen. Einen Platz an seiner Seite einnehmen. Als Waffenbruder und als ein Bruder, der zu seiner Familie gehört.« Joseph warf mir einen flehenden Blick zu, dann wandte er sich wieder Bernadotte zu. »Sie wissen, wie beliebt er seit seiner Rückkehr aus Ägypten ist. Die Generäle unterstützen ihn, Barras desgleichen. Nun gehören auch Sieyès und Talleyrand dazu. Er braucht nur noch Sie.«

Wir kannten diese Männer und ihre Machenschaften. Es waren dieselben, die Bernadotte gebeten hatten, mit ihrer Hilfe an die Macht zu gelangen. Doch Bernadotte hatte ihnen eine Absage erteilt.

Bernadotte begann auf- und abzulaufen. Einmal blieb er stehen und blickte mit gerunzelter Stirn zu Boden.

Joseph sah mich fragend an. Ich zog die Schultern hoch und wartete ebenso besorgt wie er auf Bernadottes Entscheidung.

Schließlich hob mein Mann den Kopf und schaute Joseph an. »Es tut mir leid, aber ich kann nicht.«

Ich stöhnte auf.

Joseph schüttelte den Kopf. »Bernadotte«, sagte er bekümmert. »Wenn Sie sich weigern, unser Freund zu sein, bleibt uns nichts anderes übrig, als Sie als unseren … Feind zu betrachten.«

Bernadotte verschränkte die Arme vor der Brust. »Ich werde weder gegen unsere rechtmäßige Verfassung verstoßen noch einen Mann unterstützen, der es tut. Das dürfen Sie Ihrem Bruder ausrichten.« Seine Miene war eisern.

Joseph drehte sich zu mir um und wirkte plötzlich müde. »Bitte, Désirée, kannst du nicht etwas sagen?«

Ich schüttelte den Kopf. »Ich habe es versucht. Zahllose Male und jedes Mal ohne Erfolg.«

»Verstehe.« Joseph nickte langsam. »Dann müsst ihr Paris verlassen. Beide. Hier ist es nicht sicher, falls die Ereignisse sich überschlagen sollten.«

Ich spürte, wie ich panisch wurde.

Bernadotte legte eine Hand auf meine Schulter, ich schüttelte sie ab. Ich wollte nicht, dass er mich berührte, mochte ihn nicht einmal ansehen. Dank seiner Sturheit musste ich mein Heim verlassen. Warum begriff er nicht, dass das, was gerade geschah, größer als seine verdammten Prinzipien war?

»Gut, wenn Sie meinen, verlassen wir Paris«, antwortete Bernadotte.

»Und wohin sollen wir gehen?«, fragte ich mit erstickter Stimme.

»Wir werden etwas finden, Liebste, das verspreche ich dir«, entgegnete Bernadotte.

»Noch was«, sagte Joseph.

»Was?«, fragte ich matt.

»Ich nehme Oscar mit.«

Ich starrte ihn an. »Nein«, flüsterte ich. »Bitte nicht.«

»Nur vorübergehend«, entgegnete Joseph sanft.

Bernadottes Gesicht verfärbte sich. »Wenn Sie glauben, dass ich meinen Sohn zurücklasse, müssen Sie wahnsinnig sein.«

»Das kommt nicht infrage, Joseph.« Seit Tagen war ich mit meinem Mann einmal einer Meinung.

»Nur bis die Lage sich beruhigt hat. Das wird nicht lange dauern.«

»Glaubst du, ich fliehe ohne meinen Sohn?« Ich war kurz davor, nach oben zu laufen und mein Baby fest an mich zu drücken.

»Oscar wird bei uns sicherer sein«, sagte Joseph eindringlich. »Ich werde ihn beschützen, als wäre es mein eigenes Kind. Das schwöre ich beim Leben deiner Schwester.«

Ich schüttelte den Kopf, blickte Joseph ins Gesicht und mir war, als sähe mich Napoleon an. »Warum können wir nicht alle drei bei dir bleiben, wenn du so viel Einfluss hast?«

»Weil mein Einfluss begrenzt ist, Désirée. Ein unschuldiges Baby kann ich schützen, zumal es sein Patenkind ist. Aber …«

»Aber unsere Sicherheit können Sie nicht garantieren«, vervollständigte Bernadotte den Satz.

Joseph schüttelte den Kopf. »Nein, aber ich schwöre, dass Ihrem Sohn nichts zustoßen wird. Für Sie ist es ratsam, Paris zu verlassen, aber Oscar wird bei mir ebenso gut aufgehoben sein wie meine Frau.«

Mir stiegen die Tränen auf und rannen heiß über meine Wangen. Ich konnte nichts mehr tun. Ich musste Paris verlassen und meinen kleinen Jungen, der nicht einmal ein Jahr alt war, der Obhut meines Schwagers übergeben.

Meine Wut auf Bernadotte war grenzenlos. So wütend war ich noch nie auf jemanden gewesen. Ich hatte ihn für seine Stärke geliebt, für seine innere Festigkeit und Zuverlässigkeit. Nun jedoch sah ich die Schattenseiten dieser Eigenschaften und erkannte, dass er unbeweglich war und auch dann noch auf seinen Prinzipien beharrte, wenn seine Familie darunter leiden musste.

Ich wischte über meine Augen. »Sag Julie, dass ich sie liebe. Und dass sie mein Kind beschützen soll.«

»Sie liebt dich ebenfalls«, antwortete Joseph mit unglücklicher Miene. »Dich und dein Kind. Wir schreiben dir, sobald wir wissen, wo du bist.«

Ich griff nach seiner Hand und für einen Moment fragte ich mich, wie mein Leben geworden wäre, hätte ich sein anfängliches Interesse an mir erwidert.

»Oscar ist bei uns in Sicherheit«, wiederholte er und drückte meine Hand.

»Danke, Joseph.« Ich fiel in mich zusammen, spürte, wie schmerzhaft mein Herz in meiner Brust zuckte, und fühlte mich besiegt.

# KAPITEL 20

*Paris, 1799*

Mit der Hose und der Jacke eines unserer Dienstboten bekleidet, das Haar unter einer Kappe versteckt, saß ich in der einfachen Kutsche, in der wir uns der Stadtgrenze näherten.

Der Wachposten an der Kontrollstelle schenkte mir kaum einen Blick, wahrscheinlich hielt er mich für den Diener meines Mannes. Er grüßte Bernadotte, der wie ein wohlhabender Landbesitzer gekleidet war, warf einen flüchtigen Blick auf unsere gefälschten Papiere und winkte uns weiter.

Auf dem Weg nach Villeneuve-Saint-Georges, einem Dorf, tief in einer Waldgegend gelegen, wechselten wir kaum ein Wort.

Für mich bedeutete jede Umdrehung der Kutschenräder, dass ich mich weiter von Oscar entfernte, und mir war, als hätte man mir in Paris das Herz herausgerissen. Ein ums andere Mal tauchte sein pausbäckiges Gesichtchen vor mir auf und ich fragte mich beklommen, ob er nun dachte, ich hätte ihn verlassen.

In den frühen Morgenstunden, als die aufgehende Sonne die Wipfel der Bäume rosig färbte, erreichten wir unser Ziel, ein adrett aussehendes, von Lindenbäumen umstandenes Häuschen am Ufer der Seine.

Ich streifte meine Kappe ab und schüttelte mein Haar aus. Mit der Hose und der Jacke musste ich mich an diesem Morgen wohl abfinden.

»Das ist das Haus von General Thomas Alexandre Dumas«, erklärte Bernadotte.

Ich war noch immer wütend auf ihn, aber ich antwortete: »Wer ist das?« Meine Stimme bebte vor Zorn und Erschöpfung. Ich hatte nicht geschlafen, war in einer kalten Kutsche über bucklige Waldwege geholpert und meine Arme sehnten sich nach meinem Baby.

»Ein alter Freund, dem ich vertraue. Ein Offizier, der sich weder für politische Ränkespiele noch für persönliche Rivalitäten interessiert. Er ist ein Außenseiter, ebenso wie ich, er wird uns nicht verraten.« Bernadotte fasste meinen Arm. Leise fügte er hinzu: »Wundere dich nicht über sein Aussehen. Sein Vater war ein französischer Adliger, der auf Saint-Domingue gelebt hat, seine Mutter Sklavin.«

Ich wusste nicht recht, was er mir damit sagen wollte, doch bevor ich danach fragen konnte, öffnete sich die Tür des Hauses. Im Türrahmen erschien eine dunkle Männergestalt im Morgenmantel, die einen Kerzenleuchter hochhielt. »Bernadotte, sind Sie es?« Der Mann trat vor. »Kommen Sie.« Er winkte uns ins Haus. »Ich freue mich, Sie wiederzusehen.«

Als ich den Mann aus der Nähe sah, verstand ich, was Bernadotte gemeint hatte. Dumas war dunkelhäutig, und ich musste unwillkürlich an die Schreckensgeschichten denken, die Joséphine mir über die Sklaven auf Martinique erzählt hatte.

Ich betrachtete ihn verstohlen von der Seite. Dumas trug einen Backenbart, war auffallend muskulös und so breitschultrig wie mein Mann. Ich fragte mich, wie er nach Frankreich gekommen war und von welchem Feldzug er und Bernadotte sich kannten.

Wir folgten ihm in eine große Küche.

»Entschuldigen Sie, dass wir zu einer so frühen Stunde bei Ihnen erscheinen«, sagte Bernadotte.

Dumas zuckte mit den Schultern. »Was für eine Rolle spielt das in Zeiten wie diesen?« Er begutachtete meinen sonderbaren Aufzug, sagte jedoch nichts.

Eine alte Frau betrat die Küche und stopfte ihr graues Haar unter eine Leinenhaube. Eine Dienstbotin, wie ich vermutete. Allerdings war es ungewöhnlich, dass eine Französin für jemanden wie Dumas arbeitete.

Dumas lächelte freundlich. »Manon zeigt Ihnen Ihr Zimmer, Madame Bernadotte.« Er war kein unattraktiver Mann, ganz im Gegenteil.

»Sicherlich möchten Sie sich umziehen und ein wenig ruhen.« Er reichte Manon die Reisetasche, die ich nachts hastig gepackt hatte.

Ich wollte ihm erklären, dass ich unmöglich schlafen könnte, doch da hatte er sich bereits an meinen Mann gewandt. »So, Bernadotte, beim Kaffee können wir uns in Ruhe über die neue Lage unterhalten.«

*Brumaire.*

Früher hatten wir diesen Monat »November« genannt, nun hieß er »Brumaire«, der Nebelmonat. Doch einen passenderen

Namen hätte es für diesen November, mit den nebligen Tagen und undurchsichtigen Machenschaften, nicht geben können.

Drei Tage blieben wir bei Dumas, der höflich zu mir war, jedoch distanziert blieb. Womöglich ahnte er, dass ich in Gedanken bei Oscar war, und wollte mir Raum lassen. Immerzu sehnte ich mich nach meinem Baby, fragte mich, was in Paris vor sich ging und ob Oscar bei Julie wirklich gut aufgehoben war. Oder hatte er Angst und wunderte sich, wo ich war? Vielleicht hätte ich ihn doch mitnehmen sollen.

Die meiste Zeit blieb ich in dem kleinen Zimmer, das Dumas uns überlassen hatte. Ich wagte es nicht, nach draußen zu gehen, nicht einmal den kurzen Weg zur Seine mochte ich zurücklegen, aus Furcht, jemand könnte mich entdecken. Ich stellte mir vor, Napoleons Agenten hätten unsere Spur verfolgt und suchten in dieser Gegend nach Bernadotte und mir. Ständig tauchten vor mir Schreckensbilder auf, die zeigten, wie mein Mann und ich zur Guillotine geschleift wurden.

Bernadotte schien diese Sorgen nicht zu kennen, er unternahm ausgedehnte Spaziergänge, entweder allein oder mit Dumas. Wenn er zurückkehrte, wirkte er tief in Gedanken.

Ich sprach kaum mit ihm. Es war seine Schuld, dass wir Paris hatten verlassen müssen und uns nun wie Verbrecher auf dem Land versteckten.

Am dritten Tag erhielten wir endlich Nachrichten aus Paris, zwei Briefe, die uns beim Frühstück gebracht wurden. Der Brief für mich war von Julie, der für Bernadotte von Joseph. Ungeduldig brach ich das Wachssiegel auf. Es waren nur wenige Zeilen.

*Komm zurück, liebe Schwester, Dir wird nichts geschehen. Oscar geht es gut. Es gibt nichts mehr zu befürchten.*

Es war Julies Siegel und ihre Schrift, daran gab es keinen Zweifel.

Bernadotte reichte mir Josephs Brief.

Er hatte das Gleiche geschrieben. Darüber hinaus hatte er Bernadotte berichtet, was in den vergangenen Tagen in Paris geschehen war.

So erfuhren wir, dass das Direktorium durch drei Konsuln ersetzt worden war: Napoleon, Sieyès und Roger Ducos. Sieyès und Ducos hatten bereits dem letzten Direktorium angehört, Napoleon stand als Erster Konsul an der Spitze dieses Triumvirats.

*Mein Bruder zählt Sie zu seinen Freunden*, schrieb Joseph. *Ihre Frau und Ihr Sohn gehören zu seiner Familie. Ich garantiere Ihnen, dass Ihnen nichts zustoßen wird, sollten Sie in Ihr Haus zurückkehren und Ihren Platz in unserer Familie – und in der Regierung – erneut einnehmen.*

Bernadotte sah mich an. Es war, als würde sich seine düstere Miene endlich wieder etwas lichten. Um seine Lippen huschte ein Lächeln.

Mir fiel ein Stein vom Herzen, doch ich konnte ihm noch nicht verzeihen.

»Bist du nun zufrieden?«, fragte ich spitz. »Du hast deinen Standpunkt klargemacht und bist integer geblieben. Ich frage mich nur, was du damit erreicht hast. Wir haben trotz allem eine neue Regierung, an deren Spitze Napoleon steht. Wahrscheinlich wird es auch eine neue Verfassung geben.«

»Zweifellos«, antwortete er resigniert.

Ich stand auf. »Du kannst machen, was du willst, ich fahre zurück nach Paris.«

»Ja, schon gut.« Mit einer müden Geste steckte Bernadotte Josephs Brief ein. »Ich komme mit dir.«

# Teil III

# Kapitel 21

*Paris, 1799*

Napoleons stechender Blick passte nicht recht zu dem Lächeln, mit dem er sich an Bernadotte wandte. »Vor Kurzem hatte ich Gelegenheit, Ihren Sohn bei meinem Bruder kennenzulernen. Leider waren Sie an dem Tag nicht in Paris.«

Bernadotte und ich hatten auf einem Zweiersofa Platz genommen, Napoleon und Joséphine saßen uns gegenüber. Sie hatte sich ein rotes Band durch die Haare gewunden und wirkte verschlafen, dabei war es bereits Nachmittag. Mit übereinandergeschlagenen Beinen lehnte sie sich an ihren Mann.

»Auch in den vergangenen Tagen habe ich vergebens nach Ihnen Ausschau gehalten«, fuhr Napoleon fort.

Bernadotte und ich gaben ihm keine Antwort.

Wir befanden uns im Salon des Petit Luxembourg, einem hübschen Landhaus, in dem Napoleon und Joséphine nun residierten. Königin Maria de' Medici hatte den Petit Luxembourg erworben, als sie den benachbarten Palais du Luxembourg errichten ließ, in dem seit der Revolution Regierungsbüros untergebracht waren.

»Dürfen wir Ihnen etwas zu trinken bringen lassen?« Mit ihren langen, schmalen Fingern strich Joséphine über Napoleons Arm. »Kaffee? Oder lieber ein Glas Wein?«

»Danke, aber das ist nicht nötig«, antwortete ich.

Napoleon hatte meinen Mann nicht aus den Augen gelassen. »Hatten Sie in Villeneuve-Saint-Georges einen angenehmen Aufenthalt?«

Bernadotte versteifte sich. Ich war sicher, dass er sich zur Ruhe zwang. »Lassen wir das, Bonaparte. Wir sind alte Freunde, und Sie kennen meine Meinung. Es ist nichts Persönliches.«

Napoleons Miene war undurchdringlich. »Natürlich nicht.« Sein Mund wurde zu einem dünnen Strich.

»Ich diene Frankreich, dem Land, an dessen Spitze Sie nun stehen. Somit diene ich auch Ihnen. Auf Leben und Tod, wenn es sein muss.«

Napoleon schwieg. Ich hörte die Uhr auf dem Kaminsims ticken, sonst war es still. Von draußen rief jemand: »*Vive*, Napoleon!«

»So geht das von früh bis spät.« Napoleon seufzte. Dann umfasste er den Raum mit einer weiten Armbewegung. »Wie gefällt Ihnen unser neues Zuhause?« Er deutete auf die Fenstertüren, die ins Grüne führten. »Wir wohnen inmitten eines wundervollen Parks, trotzdem ist das Haus zentral gelegen. Auch zum Gefängnis des Carmes ist es nicht weit.«

Napoleon tätschelte die Hand seiner Frau. »Joséphine kennt das Gefängnis aus der Zeit der Schreckensherrschaft. Um ein Haar wäre sie unter die Guillotine geraten.«

Joséphine schauderte.

Napoleon studierte meinen Mann nachdenklich. »Wie ich gehört habe, gingen Sie davon aus, dass die Guillotine auch mein Schicksal wäre, sollte ich die Macht übernehmen.«

»Offenbar habe ich den Willen des Volkes falsch eingeschätzt«, antwortete Bernadotte frostig.

Ich spürte, dass er sich aufzuregen begann, doch ich widerstand dem Drang, meine Hand begütigend auf seinen Schenkel zu legen. Napoleon hätte gewusst, was diese Geste bedeutete, und warum sollte ich ihm die Gefühle meines Mannes verraten? Zudem wusste Bernadotte auch ohne meine Hilfe, dass wir hier waren, um die Unstimmigkeiten zwischen ihm und Napoleon beizulegen.

»Den Willen des Volkes falsch einzuschätzen, ist gefährlich«, antwortete Napoleon.

»Sieht ganz danach aus«, sagte Bernadotte.

»Ich tue das nie.« Napoleon legte einen Arm um Joséphine und flüsterte ihr etwas ins Ohr. Sie lachte kehlig. Dann konzentrierte er sich wieder auf meinen Mann.

»Sie haben mich gekränkt, Bernadotte. Alle meine Freunde haben mir ihre Unterstützung zugesagt und mir ihre Treue geschworen, nur Sie nicht. Ich war Ihnen böse, das gebe ich zu. Sehr böse. Das habe ich auch Joseph gesagt. Er hat sich für Sie eingesetzt. Und natürlich habe ich auch an meinen Patensohn gedacht.«

Bei dem Gedanken, mit einem anderen Patenonkel wären nicht nur wir, sondern auch Oscar in Gefahr gewesen, drehte sich mein Magen um.

Napoleon wandte sich mir zu und seine Miene schien etwas weicher zu werden. »Darüber hinaus ist Désirée eine alte Freundin von mir. Meine Frau hat Sie ins Herz geschlossen, Désirée. Sie haben sie stets freundlich behandelt, zu einer Zeit, als die Frauen meiner Familie das nicht getan haben.«

Joséphine nickte, schmiegte sich an ihren Mann und lächelte mich an.

Bernadotte setzte sich um. Ich hörte ihn tief ein- und ausatmen.

»Sie idealisieren die Revolution, Bernadotte«, fuhr Napoleon fort. »Haben Sie die Angst der Menschen in jenen Tagen schon vergessen? Das Morden? Die Anarchie?«

Bernadotte holte Luft, um zu antworten, doch Napoleon sprach weiter. »Der Revolution verdanken wir den Sturz einer dekadent gewordenen Monarchie, das ist wahr. Vor einigen Jahren hat das Volk sich erhoben und eine neue Führung gewünscht – eine Regierung, die seine Gesinnung vertrat und seinen Interessen diente. Aber jetzt sehnt das Volk sich nach Sicherheit und Frieden. Nach Wohlstand. Die Revolution ist vorbei. Und ich stehe für die neue Ordnung.«

# Kapitel 22

*Paris, 1800*

»Für so viel Prunk bin ich nicht gemacht«, sagte Joséphine mit einem Seufzer. »Manchmal höre ich den Geist von Marie-Antoinette. Er fragt mich, was ich in ihrem Bett zu suchen habe.« Lachend griff sie nach meiner Hand. »Als Kind bin ich ohne Schuhe und Strümpfe über die Wiesen und Strände von Martinique gerannt und Napoleon ist barfuß über die Hügel und Felder Korsikas gelaufen. Und nun sind wir hier.« Sie sah sich um. »Weil das Volk es will.«

Ich fragte mich, ob das Volk tatsächlich wollte, dass Joséphine und Napoleon nun im Palais des Tuileries wohnten, dem ehrwürdigen Pariser Stadtschloss französischer Herrscher, auch wenn die beiden zweifellos das neue Regentenpaar Frankreichs waren. Dass sie in den Gemächern der Bourbonen lebten und nachts in ihren Betten schliefen. Es waren Gemächer, in denen das Volk gewütet hatte, um sie zu zerstören. Nun wurden sie kostspielig restauriert.

Natürlich sagte ich das nicht, immerhin hatten Bernadotte und ich uns gerade mit Napoleon ausgesöhnt.

»Hier entlang.« Joséphine zog mich mit sich. Julie folgte uns.

Es war ein milder, sonniger Frühlingstag. Die Fenster des Palasts waren weit geöffnet, und von draußen zog frische Luft in die modrig riechenden Räume.

Joséphine hatte uns zum Tee eingeladen, und weder Julie noch ich hatten es gewagt, ihre Einladung auszuschlagen. Nicht einmal Joseph, der Joséphine ihre Seitensprünge während Napoleons Ägyptenfeldzug noch immer verübelte, hatte etwas dagegen gesagt.

»Wir nehmen den Tee oben in meinen Gemächern zu uns.« Joséphine steuerte eine breite Marmortreppe an, die berühmte »große« Treppe des Palasts. »Hier unten ist es zu laut.«

Tatsächlich wurde überall gearbeitet. Seit dem 16. Jahrhundert, als Caterina de' Medici das Stadtschloss errichten ließ, war es ständig erweitert worden, ganz wie die jeweiligen königlichen Bewohner es wünschten. Nun umfasste es rund vierhundert Räume.

Ich sah Diener in neuen, mit Goldlitze eingefassten Livreen, mindestens so prächtig anzusehen, wie es die Dienerschaft der Bourbonenherrscher gewesen war. Sie befestigten Wandteppiche, brachten Vorhänge an, rollten Teppiche aus. Wieder andere stellten die neuen, mit blau-weiß gestreifter Seide bezogenen Sessel und Sofas auf, die Napoleon in Auftrag gegeben hatte. Blau und Weiß, das waren die Farben der Bourbonen gewesen. Wie es schien, hatte Napoleon sie übernommen. In anderen Räumen hatte ich Dienstboten gesehen, die Silber putzten, kostbare Porzellanvasen arrangierten und einen Teil der Gemälde hängten, die Napoleon aus Italien mitgebracht hatte.

Abgesehen davon erkannte man in dem Palast noch immer die Verheerungen, die während der Revolution angerichtet worden waren.

Der Park der Tuilerien stand dem Volk weiterhin zur Verfügung, ich hatte die vielen Menschen gesehen, die dort spazieren gingen, die bettelnden Kinder, die Limonadenverkäufer und die Freudenmädchen.

»Das ein oder andere bitte ich Sie im Moment noch zu entschuldigen.« Joséphine deutete auf eine verrußte Wand und auf Wandteppiche voller Brandlöcher. Hier hatten Revolutionäre, nachdem sie das Königspaar verjagt hatten, Kochfeuer entzündet.

Etliche der Spiegel waren gesprungen oder lagen zerbrochen auf dem Boden, die Möbel waren zu Kleinholz gemacht worden.

An der großen Treppe, die Könige, Königinnen, Adlige und Minister hinauf- und hinabgeschritten waren, befiel mich angesichts der dunklen Flecken auf den Stufen eine leichte Übelkeit. Hier war das Blut der Schweizergarde geflossen, die das letzte Königspaar der Bourbonen vergeblich gegen den Ansturm der aufgebrachten Massen verteidigt hatte.

Joséphine musste mir meine Bestürzung angesehen haben. »Es ist scheußlich, ich weiß.« Wir stiegen die Treppe hinauf. »Ich habe Napoleon schon oft gebeten, die Treppe und die Wände reinigen zu lassen. Aber die Dienstboten scheuen sich offenbar, die Blutflecke zu entfernen.« Sie seufzte. »Mir graut vor der Begegnung mit den blutüberströmten Gespenstern, die hier nachts herumgeistern werden.«

Oben angekommen, folgten wir einem langen Korridor zu Joséphines und Napoleons Privatgemächern. Hier erinnerte nichts mehr an den halb fertigen Zustand der unteren Räume, vielmehr war alles neu und nach Joséphines Wünschen gestaltet worden. Zwar hatte sie gerade verkündet, sie sei für Prunk nicht gemacht, doch die Großartigkeit, die sie bei der Ausstattung der Tuilerien an den Tag gelegt hatte, stand der Pracht der Bourbonen in nichts nach.

»Napoleon wollte, dass es schöner als das alte Versailles wird«, flüsterte sie mir zu und lächelte verschmitzt. Wir betraten den ersten Salon.

Mit offenem Mund bestaunte ich die seidigen Wandteppiche, die zarten Porzellanvögel auf den Kaminsimsen, die goldenen Rahmen der Spiegel, die schimmernden Kristallleuchter an den Decken. Es war unglaublich, wie Joséphine es geschafft hatte, die Räume zu einem Spiegelbild ihrer selbst werden zu lassen.

Wir betraten den nächsten Raum. Er war in dunklen Farben gehalten, auf dem Kaminsims standen Büsten. Ich nahm an, hier hatte sich Napoleons Geschmack durchgesetzt. Joséphine deutete auf die Büsten. »Julius Cäsar, Alexander der Große und George Washington. Napoleons Helden.«

Sie öffnete die nächste Tür. Nun betraten wir einen großen Salon mit fliederfarben bezogenen Sitzmöbeln und Vorhängen in der gleichen Farbe. »Hier halte ich mich am liebsten auf«, erklärte Joséphine. »Jeden Tag lasse ich mir aus den Treibhäusern im Park frischen Flieder kommen.« Auch in den Wandspiegeln und den blank polierten Marmortischchen spiegelte sich die Farbe.

Wir wanderten durch die nächsten luxuriösen Räume. Sie hätten mit denen des Château de Versailles zur Zeit der Bourbonen fraglos mithalten können.

»Diesen Raum zeige ich Ihnen auch.« Joséphine öffnete die Tür zu einem Schlafgemach. Sprachlos sahen Julie und ich uns um. Dieses Zimmer übertraf die anderen noch in seiner Opulenz.

»Ich wollte, dass das Schlafgemach etwas Friedliches und Natürliches ausstrahlt«, erklärte Joséphine. »Es ist unsere Zuflucht in einer chaotischen Welt. Wie gefällt es Ihnen?«

»Es ist wundervoll.« Ich ließ meinen Blick über die blassblaue Satintapete wandern, die mit Blumen bemalten Porzellanvasen, die heiteren Schäferszenen auf den Gemälden an den Wänden, dann zu dem hellblauen Prunkbett und dem mit schweren Volants bestückten Himmel darüber, unter dem einst Marie-Antoinette genächtigt hatte.

Die blutüberströmten Gespenster, vor denen Joséphine grauste, dürften sie auch in ihrem Schlafgemach heimsuchen. Aber vielleicht vergaß sie angesichts der glanzvollen Ausstattung, dass sie im Bett der ermordeten Königin schlief.

»Liebster!«, rief Joséphine. »Wir haben dich nicht kommen hören.«

Napoleon war durch eine Seitentür eingetreten. Ich stellte fest, dass er erneut zugenommen hatte.

Joséphine umarmte ihn. »Ich habe unsere lieben Schwestern zum Tee eingeladen.« Sie küsste seine Wange. »Gerade zeige ich ihnen die wunderbaren Räume, mit denen du mich beglückt hast.« Sie trat einen Schritt zurück. »Was tust du hier?«

»Ich wollte mir den Balkon noch einmal ansehen und überlegen, was wir mit ihm machen.«

Joséphine drehte sich zu Julie und mir um und deutete auf die Balkontüren. »Napoleon hat miterlebt, wie König Louis auf diesem Balkon versucht hat, sich dem Pöbel anzubiedern. Obwohl es offenkundig war, dass die Leute seinen Tod wollten.«

Napoleon wandte sich mir zu. »Wie geht es meinem Freund Bernadotte?«

»Danke, gut.« Es war die Wahrheit. Zu meiner Erleichterung hatte mein Mann sich mit der neuen Regierung abgefunden und in Paris wieder eine Position in der Armee eingenommen. Nun wartete er auf die nächsten Schritte des neuen Konsulats. »Er genießt die Vaterschaft.«

»Wie schön für ihn.« Napoleons Blick glitt über meinen Körper und blieb auf meinen Brüsten haften. Da ich Oscar noch immer stillte, waren sie üppiger als früher. Ich zwang mich, seinen Blick auszuhalten, statt meine Stola verlegen über mein Dekolleté zu ziehen.

»Dann lasse ich die Damen jetzt allein.« Napoleon küsste Joséphine auf den Mund. Dabei umfasste er ihren Hals mit einer besitzergreifenden Geste, die ich abstoßend fand. Schließlich löste er sich von ihr und befingerte die traubengroßen Smaragde an ihrer Kette. »Diese Kette habe ich noch nie gesehen. Woher kommt sie?«

»Nanu?«, antwortete Joséphine leichthin. »Die habe ich doch schon lange.«

»Aber die Smaragde, die ich aus Italien mitgebracht habe, sind es nicht.«

»Nein.« Joséphine zuckte mit den Schultern. Dann klatschte sie in die Hände. »Wir müssen zurück, sonst wird unser Tee kalt.«

»Wie schrecklich das wäre.« Napoleon lächelte spöttisch und tätschelte Joséphines Wange. Er nickte Julie und mir noch einmal zu. »Genießen Sie Ihre Teestunde.« Dann war er fort.

Joséphine atmete geräuschvoll aus. »Er kann furchtbar kleinlich sein.« Mit zittriger Hand befühlte sie die Smaragdkette. »Und nie vergisst er etwas. Wenn ich nicht möchte, dass er mir wegen eines neuen Schmuckstücks Vorwürfe macht, muss ich ein wenig flunkern.«

Napoleons Vorwürfe konnte ich nachvollziehen. Joseph hatte erzählt, dass Napoleon nach seiner Rückkehr aus Ägypten Joséphines Schulden beglichen hatte. Von Bernadotte wusste ich, dass unser Erster Konsul sich ein exorbitantes Gehalt zugebilligt und dank seiner Raubzüge durch Europa ein Vermögen zusammengetragen hatte. Doch Joséphine schien das Geld schneller auszugeben, als er es einnahm.

Und doch hatte sie erklärt, sie sei für Prunk nicht gemacht. Inwendig schüttelte ich den Kopf.

Joséphine wies auf das große Bett. »Napoleon besteht darauf, dass wir in einem Bett schlafen. Er möchte so oft wie möglich mit mir zusammen sein.« Sie lächelte dünn. »An meiner Seite fühlt er sich sicher. Mein Schlaf ist so leicht, dass ich es sofort hören würde, sollte sich ihm jemand in böser Absicht nähern.«

Wir kehrten in den fliederfarbenen Salon zurück. Ein Diener kam herein und deckte ein Tischchen zwischen zwei Sofas mit einem wunderschönen, hauchdünnen Tee-Service in zarten Pastellfarben. Joséphine schenkte den Tee selbst aus. Ihre Hände waren noch immer unstet. »Sie haben mir gefehlt«, sagte sie. »Wie geht es Ihrem lieben kleinen Jungen, Désirée?«

»Gut.« Ich spürte das Lächeln, dass sich auf meinem Gesicht ausbreitete. Oscar war mein ganzes Glück. Wenn man mich ließ, konnte ich stundenlang von ihm erzählen.

»Sie müssen mich mit ihm in Malmaison besuchen«, fuhr Joséphine fort. »Die Räume hier sind zwar sehr schön, aber unser wahres Zuhause ist Malmaison. Deshalb bitte ich Napoleon täglich, sich gar nicht erst an die Tuilerien zu gewöhnen. Sobald Malmaison fertig ist, lade ich Sie ein.«

Offenbar war sie noch immer dabei, Malmaison nach ihren Wünschen zu gestalten, dabei hatte dieses Projekt bereits Unsummen verschlungen.

»Ihr Sohn wird unseren Zoo lieben. Wir werden uns exotische Tiere halten, einen Orang-Utan, ein Lama und schwarze Schwäne. Auch die Pflanzen werden sehenswert sein, ich habe dort mehrere Treibhäuser errichten lassen. Der kleine Park von Malmaison wird der schönste von allen werden. Obwohl, klein ist er eigentlich nicht. Dort werden tropische Pflanzen blühen, aus der Karibik, dem Orient und Asien. Glücklicherweise hat Napoleon eine Schwäche für alles, was aus südlichen Gefilden kommt. Ich gehöre wohl dazu.«

*Ich habe auch einmal dazugehört*, hätte ich um ein Haar hinzugefügt.

Privat lag Napoleon seiner Frau zu Füßen und erfüllte ihr jeden ihrer kostspieligen Wünsche. Doch als Erster Konsul leitete er eine Kommission, die in Frankreich ein einheitliches bürgerliches Gesetzeswerk schuf, den *Code civil*, in dem von der Gleichheit aller Männer vor dem Gesetz die Rede war, wohingegen die Frauen kaum Rechte erhielten.

*Eine Frau muss ihrem Ehemann Gehorsam und Treue versprechen.*

Ehebruch wurde bei einer Frau mit Gefängnis bestraft, ein Mann kam mit einer Geldbuße davon. Und ein Mann, der seine Frau tötete, weil er sie in den Armen eines anderen ertappt hatte, konnte mit Freispruch rechnen. Zudem hatten Ehefrauen kein Verfügungsrecht über den gemeinschaftlichen Besitz, durften keinen Besitz verschenken, veräußern oder verpfänden und ihn nur mit der schriftlichen Einwilligung des Ehemanns erwerben. Auch an der Politik und an öffentlichen Debatten sollten Frauen nicht teilnehmen.

Während der Revolution hatten Frauen Seite an Seite mit Männern gekämpft, nun sollten sie an den häuslichen Herd zurückkehren und still und bescheiden sein. Laut unserem Ersten Konsul leisteten Frauen der Gesellschaft den größten Dienst, wenn sie heirateten, Kinder bekamen und diese zu Patrioten erzogen.

Für Napoleon selbst schienen dagegen gar keine Regeln zu gelten. Bernadotte erzählte mir, es sei ein offenes Geheimnis, dass Napoleon zahlreiche Affären hatte, mit Schauspielerinnen, Kurtisanen und den Ehefrauen seiner Generäle und Minister.

Joséphine wiederum hielt sich mittlerweile zurück. Sie wusste, dass sie ihren Mann aufgrund ihrer Liebschaften um ein Haar verloren hätte. Wahrscheinlich hatte sie eingesehen, dass es klüger wäre, ihm treu zu sein – und zu seinen Eskapaden zu schweigen.

Dank Napoleons Reformen kehrten wir auch zu unseren früheren Anreden »Monsieur, Madame, Mademoiselle« zurück. Von »Bürger« und »Bürgerin« war nicht mehr die Rede. Ebenso durfte der katholische Glaube erneut praktiziert werden. Nun läuteten die Kirchenglocken wieder, die Kirchenpforten öffneten sich zu Gottesdiensten, die deportierten Priester und Nonnen kehrten zurück, und das Volk wurde ermuntert, regelmäßig an Gottesdiensten teilzunehmen.

Nachdem Napoleon den römisch-katholischen Glauben als die »Religion der großen Mehrheit des französischen Volkes« anerkannt und sich mit der Kirche ausgesöhnt hatte, war Ostern das erste religiöse Fest, das wir feiern konnten. Napoleon hatte seine Familie und uns nach der Messe in die Tuilerien eingeladen.

Auf der Fahrt dorthin hörte ich überall in der Stadt die Glocken läuten und genoss die Wärme, die in der feuchten Frühlingsluft zu spüren war. Oscar, ganz in weiße Seide und weißes Leinen gekleidet, lauschte fasziniert dem Glockenklang und verzog sein Gesicht zu einem breiten Grinsen.

Das Essen im großen Speisesaal der Tuilerien wurde von nobel aussehenden Dienstboten serviert und bestand aus einer Fischvorspeise gefolgt von dem traditionellen Lammbraten, Kartoffeln und grünen Bohnen.

Joséphine trug ausnahmsweise kein Kleid aus Musselin oder Chiffon, sondern ein rosenrotes Seidenkleid. Napoleon war in seiner Generalsuniform erschienen. Inmitten des Essens sagte er plötzlich: »Eine neue Regierung muss die Menschen beeindrucken, sie sogar in Erstaunen versetzen. Wenn ihr das nicht gelingt, wird sie scheitern.«

Julie und ich wechselten einen fragenden Blick.

»Den Damen kommt dabei eine ganz besondere Rolle zu,

erst recht denen, die heute an meinem Tisch sitzen, dem Tisch des Ersten Konsuls. Sie müssen Vorbild sein, zu Ihnen schauen die anderen Frauen Frankreichs auf.«

Joséphine nickte mit ausdrucksloser Miene.

»In der Mode war Frankreich einmal für ganz Europa tonangebend«, fuhr Napoleon fort. »Ich möchte, dass es wieder so wird.«

Joséphine lächelte. Es wirkte gezwungen.

Napoleon sprach weiter. »Joséphine weiß, dass ihr Aussehen von unserem Volk beurteilt wird, dafür sorgen bereits unsere Journalisten. Deshalb verzichtet sie nun auf Kleider aus Musselin, denn dieser Stoff kommt aus Indien, einer englischen Kolonie. Warum sollen wir unseren Feind bereichern und unseren Landsleuten Arbeit und Einkommen vorenthalten? Von nun an trägt Joséphine nur noch Kleider aus Stoffen, die in Frankreich hergestellt wurden. Samt aus den Webereien in Lyon, Spitze aus Chantilly oder Alençon, Leinen aus Saint-Quentin. Der Grund leuchtet ihr ein, nicht wahr, mein Liebling?«

»Natürlich«, antwortete Joséphine. »Außerdem erinnerst du mich jeden Morgen daran, wenn du mir beim Ankleiden zusiehst.«

Sie hatte es spitz gesagt. Alle Blicke richteten sich auf Napoleon, jeder wartete auf seine Reaktion. Doch er schwieg und aß weiter. Nur die Röte, die von seinem Hals in sein Gesicht stieg, deutete auf seine Verärgerung. Wahrscheinlich würde er Joséphine nach unserem Abschied zur Rede stellen.

Eine Woche später erschien meine Schneiderin bei mir, um meine Sommergarderobe mit mir durchzusprechen. Es war Madame Bertin, von der ich meine Garderobe mittlerweile, ebenso wie Joséphine, anfertigen ließ. Sie erklärte, es gebe einen neuen Stil.

»Ach«, sagte ich, »und wie sieht der aus?«

»Er wurde von der Frau unseres Ersten Konsuls vorgegeben.« Madame Bertin breitete Zeichnungen auf dem Tisch aus und hielt ein Lorgnon vor ihre Augen. »Die Silhouette wird sich ein wenig ändern. Und es werden nur noch französische Stoffe verwendet.«

Ich studierte die Zeichnungen. Die Taille würde künftig unter der Brust sitzen und der Rock von dort aus weich nach unten fließen. Der Schnitt war wunderbar geeignet, die Anfänge einer Schwangerschaft zu verbergen, und ich fragte mich, ob es Joséphine endlich gelungen war, guter Hoffnung zu sein.

Zu Napoleons Vision für Frankreich gehörten die wirtschaftliche Stabilisierung des Landes und der Frieden, doch unsere Feinde hatten andere Pläne. Aus Italien hatten sie uns vertrieben, uns im Norden über den Rhein zurückgedrängt, unsere Tage in Ägypten schienen ebenfalls gezählt. Nun hieß es, die Engländer ebenso wie die Österreicher seien fest entschlossen, erneut gegen Frankreich Krieg zu führen.

Folglich machte Napoleon sich bereit, wieder Richtung Osten zu ziehen und den Kampf gegen sie aufzunehmen. Allerdings würde Bernadotte ihn nicht begleiten, ihn ernannte Napoleon zum Oberbefehlshaber der Westarmee, die ihr Hauptquartier in Rennes in der Bretagne hatte.

Ich war noch nie in der Bretagne gewesen, wusste nur, dass sie an der rauen Atlantikküste lag, und wünschte, mein Mann müsste nicht dorthin. Ich wollte nicht fernab von unserem Haus und meiner Schwester leben.

Auch als Bernadotte bereits in der Bretagne war, verzögerte ich meine Abreise so lange wie möglich. Im Frühling fanden in Paris Bälle und Soireen statt, die Menschen flanierten durch die frische Blütenpracht der Parks und machten Picknicks an der Seine. Zusammen mit Julie und Joseph nahm ich an etlichen dieser Ausflüge und Gesellschaften teil.

Doch im Sommer waren die Briefe meines Mannes so voller Klagen über seine Einsamkeit, dass ich beschloss, mit Oscar zu ihm zu reisen.

Bernadotte hatte in Saint-Malo Quartier bezogen, in einem alten Château, wo unter den Bourbonen die Gouverneure der Region residiert hatten.

Ich traf auf eine Stadt voller abweisender grauer Steingebäude, wo es fortwährend regnete und der vom Atlantik kommende Wind durch die Straßen pfiff. Es war so kalt, dass ich Angst hatte, Oscar könnte ernsthaft krank werden.

Auch im Château zog es in allen Räumen, und überall roch es penetrant nach Salzwasser und feuchter Kleidung. Nachts fror ich, doch wenn ich meine Füße wärmesuchend an Bernadottes Beine drückte, murrte er und zog seine Beine fort. Auch tagsüber war er meistens missgestimmt.

Im Juni gelang es Napoleon, die Österreicher in einer Schlacht bei Marengo südwestlich von Mailand in die Flucht zu schlagen und mit ihnen einen Waffenstillstand auszuhandeln. Als wir davon erfuhren, wurden in Saint-Malo Kanonen abgefeuert, und in der Stadt wurde gefeiert. Die Menschen tranken, sangen und immer wieder wurde der Ruf »Vive Napoleon« laut. Bernadotte wurde noch übellauniger.

Um ihn aufzumuntern, sagte ich: »Du befiehlst über die Westarmee, die für den Frieden in diesem Teil des Landes sorgt. In meinen Augen ist das eine große Aufgabe.«

Politisch zählte die Bretagne zu den problematischen Gegenden Frankreichs. Hier gab es starke royalistische Umtriebe, die nur durch eine permanente militärische Präsenz eingedämmt werden konnten.

Bernadottes Miene verdüsterte sich. »Ich bin nichts weiter als ein Polizist, der für Ruhe und Ordnung sorgt. Napoleon hat mich ganz bewusst auf diesen Außenposten versetzt. Ich soll keinen Ruhm erlangen und ihm seinen nicht streitig machen.«

## KAPITEL 23

*Paris, 1800*

Für Heiligabend hatten Napoleon und Joséphine ins Konzert eingeladen. Es war vereinbart, dass ich mich mit ihnen in den Tuilerien traf und dann in ihrer Kutsche weiter zur Oper fuhr.

Ich traf verspätet in den Tuilerien ein, obwohl mir bekannt war, wie sehr Napoleon Unpünktlichkeit hasste. Nur ein Streit mit Joséphine konnte ihn noch mehr verstimmen. Wie es aussah, musste er an diesem Abend beides ertragen.

Ich wusste nicht, was dem Streit vorausgegangen war, ich platzte mitten hinein. Das Ganze fand in der großen Empfangshalle statt, in Gegenwart mehrerer Dienstboten, der Schwestern Bonaparte, von Julie, Joseph und mir. Ich hörte, wie Napoleon seine Frau »Lügnerin« schimpfte. Joséphine war kreidebleich, die Augen vom Weinen geschwollen. »Ich bin kein Narr und weiß, dass das Rote Meer gekommen ist.«

»Warum ist das so schlimm?« Joséphine rang die Hände. »Es bedeutet doch nur, dass ich eine gesunde Frau bin und noch immer empfangen kann. Bitte, hab noch ein wenig Geduld.«

Napoleons Schwestern lächelten maliziös.

»Geduld? Ich übe mich seit Jahren in Geduld.« Napoleon atmete schwer und deutete mit dem Finger auf seine Frau. »Du wolltest es vor mir verbergen. Du dachtest, ich finde es nicht heraus.« Aufgebracht zerrte er an dem zu engen Kragen seiner Uniform.

Plötzlich wurde mir klar, worum es ging. Joséphine war noch immer nicht schwanger geworden, sondern hatte ihren Monatsfluss bekommen. Wahrscheinlich hatte Napoleon eine ihrer Dienerinnen beauftragt, ihn jeden Monat darüber zu unterrichten.

Joséphine schien nicht mehr aus noch ein zu wissen. Sie griff nach Napoleons Hand und bat ihn um Verzeihung.

In diesem Augenblick schlug irgendwo eine Uhr acht Mal. »Wir unterhalten uns später weiter«, sagte Napoleon brüsk und befahl uns, in die beiden Kutschen vor dem Eingang zu steigen. »Du fährst in der zweiten Kutsche«, teilte er seiner Frau mit. »Joseph, du kommst mit mir in die erste.«

Bernadotte, so war es abgemacht, sollte bei unserer Ankunft in der Oper sein und uns dort zusammen mit anderen Generälen und Ministern erwarten.

Julie und ich stiegen zu Joséphine in die zweite Kutsche.

Napoleons Schwester Caroline folgte uns. Zu Anfang des Jahres hatte sie General Murat geheiratet und war bereits schwanger. In Anbetracht ihres Umfangs dürfte das Kind jeden Tag kommen. Leider war ihrer Miene deutlich zu entnehmen, wie sehr es sie freute, dass ihr Zustand ihren Bruder mit Neid erfüllte und Joséphine seelisch zusetzte. Sie ließ sich schwerfällig nieder, legte eine Hand auf ihren Bauch und sagte mit selbstgefälligem Lächeln: »Hoffentlich wartet das Baby noch die Aufführung heute Abend ab.«

Wir sollten Haydns Oratorium »Die Schöpfung« hören.

Mit einem Mal steckte Napoleon den Kopf in unsere Kutsche, vielleicht um sich zu vergewissern, dass seine Gäste vollzählig waren. Als sein Blick auf Joséphine fiel, schoss ihm Zornesröte ins Gesicht. »Was habe ich vorhin gesagt, Joséphine?«

Offenbar wusste sie es nicht, sie sah ihn verwirrt an.

»Habe ich nicht gesagt, dass alle da sein werden? Talleyrand, Bernadotte –« Er brach ab und sein Blick zuckte zu mir. »Ich hatte dich gebeten, auf deine Kleidung zu achten.«

»Aber … das habe ich getan.« Unsicher sah Joséphine an sich hinunter. Sie trug ein silbriges Gewand, das nach der neuen Mode geschnitten war, und um die Schultern eine hellblaue Stola mit einem Muster aus ineinander verschlungenen Weinranken. »Gefällt dir das Kleid nicht?«

Napoleon riss an ihrer Stola. »Dieses Tuch kommt aus Konstantinopel. Das weiß ich, weil ich die Rechnung begleichen durfte. Wie kommst du dazu, an Weihnachten ein Kleidungsstück aus einem heidnischen Land zu tragen? Abgesehen davon habe ich dir befohlen, ausschließlich französische Stoffe zu verwenden. Oder versuchst du wieder, mich zum Narren zu halten? Hol dir sofort eine andere Stola und spute dich.«

Joséphine stürzte aus der Kutsche und lief in den Palast. Napoleon stapfte wutschnaubend zu seiner Kutsche.

Kurz darauf kam Joséphine zurückgehastet, um die Schultern eine Stola aus hellblauer Lyoner Seide. Wortlos und mit gesenktem Kopf setzte sie sich zu uns, und wir fuhren los. Nun würden wir uns noch mehr verspäten.

Mit stolzer Miene strich Caroline über die Wölbung ihres Leibs. »Das Kind ist so groß, dass mein Bauch ihm nicht genügend Platz zu bieten scheint. Hatten Sie dieses Gefühl auch, als Sie schwanger waren, Désirée?«

»Ja«, murmelte ich verlegen und vermied es, Julie und Joséphine anzusehen.

Wir hatten die Place du Carrousel überquert und bogen in die Rue Saint-Nicaise.

»Napoleon möchte ständig etwas über meine Schwangerschaft erfahren«, fuhr Caroline fort. »Alles, was damit zusammenhängt, interessiert ihn. Wahrscheinlich, weil er sich selbst so sehr nach Nachwuchs sehnt.«

Joséphine ließ sich nichts anmerken. Sie lächelte und antwortete: »Ich weiß noch, wie ich mich vor der Geburt meines Sohnes gefühlt habe. Er hat immerzu gestrampelt, zu jeder Tages- und Nachtzeit. Ein kleiner Teufel, der einfach keine Ruhe geben wollte. Mir schwante Fürchterliches, doch als er auf der Welt war, stellte er sich als das friedlichste Kind heraus, das man sich denken konnte.«

Caroline zog die Brauen hoch. »Ich wundere mich, dass Sie sich noch daran erinnern. Das ist doch schon ewig her.«

Joséphines Miene versteinerte. Doch bevor sie etwas antworten konnte, gab es draußen eine gewaltige Explosion, und wir blieben mit einem Ruck stehen.

Es klang, als wären Kanonen abgefeuert und die Erde aufgerissen worden. Die Pferde wieherten, die Kutschenfenster zerbarsten, und wir rutschten schreiend von unseren Sitzen. Wie aus der Ferne hörte ich die Stimmen der Kutscher, die vergebens versuchten, die Pferde zu beruhigen, und presste die Hände auf meine klingelnden Ohren.

Julie lag neben mir auf dem Boden, hielt sich ebenfalls die

Ohren zu und wimmerte. Caroline weinte und krümmte sich schützend über ihren Bauch. Joséphine war ohnmächtig geworden. Doch keine von uns schien ernsthaft verletzt.

Ich stemmte mich auf die Knie, spähte vorsichtig aus einem der zerbrochenen Fenster und dachte, mein Herz bliebe stehen.

In der Rue Saint-Nicaise waren Hausmauern eingestürzt, bei anderen Häusern fehlten die Dächer. Türen waren aus den Angeln gerissen worden.

Eine Höllenmaschine musste explodiert sein, schoss es mir durch den Kopf, und im gleichen Augenblick wusste ich ohne jeden Zweifel, dass es ein Angriff auf Napoleon gewesen war.

Als das Klingeln in meinen Ohren aufhörte, nahm ich die Stimmen der Kutscher wieder laut und deutlich wahr. Sie versuchten noch immer, die Pferde zu besänftigen. Draußen schrien Menschen, ich sah sie panisch durch die Straße rennen, andere lagen blutüberströmt auf dem Straßenpflaster.

Über dieser Szene schwebte der Rauch der Explosion. Und dann ertönte Napoleons Stimme. »Was ist mit meiner Frau?« Er riss die Kutschentür auf und schloss Joséphine in die Arme. »Liebste.« Er küsste sie, klopfte auf ihre Wangen.

Langsam kam Joséphine zu sich, wirkte jedoch desorientiert.

»Du bist ohnmächtig geworden.« Napoleon wiegte Joséphine in den Armen. »Weißt du, dass du mein Leben gerettet hast?«

Joséphine hatte eindeutig keine Ahnung, wovon er redete, und mir ging es ebenso. Ich registrierte nur seinen euphorischen Blick, den ich verwunderlich fand.

»Deine dumme Stola hat mich gerettet, Liebling. Ihretwegen haben wir uns verspätet, und die Explosion konnte uns nichts anhaben. Und das verdanke ich allein dir, mein Engel, du hast mich vor dem Tod bewahrt.«

Zu meinem Erstaunen bestand er darauf, dass wir wie geplant weiter zur Oper fuhren.

»Bist du sicher?«, fragte Joseph, der hinzugekommen war und Julie tröstend in die Arme nahm.

»Natürlich«, antwortete Napoleon entschieden. »Niemand soll glauben, ich wäre tot.«

Wie sich herausstellte, war keinem von uns etwas zugestoßen, wir waren nur alle etwas wacklig auf den Beinen.

Ich wäre am liebsten nach Hause gefahren und hätte ein großes Glas Cognac getrunken. Danach hätte ich ein heißes Bad genommen und mich anschließend ins Bett verzogen, an meiner Seite die Wiege mit meinem friedlich schlafenden Baby. Doch Napoleon erklärte, von ein paar Attentätern ließe er sich keine Angst einjagen. Also setzten wir unseren Weg fort.

Als wir Napoleons Loge betraten, hörten wir das aufgeregte Raunen der Konzertbesucher und dann frenetischen Beifall. Ich hatte keine Ahnung, woher die Leute in so kurzer Zeit von dem Anschlag erfahren hatten, zumal das Oratorium bereits begonnen hatte.

Ich ließ mich hinten in der Loge nieder. Bernadotte war nicht da, und ich fragte mich, wo er geblieben war.

Napoleon musste sich dieselbe Frage stellen. Mit hochgezogenen Brauen drehte er sich zu mir um und erkundigte sich nach ihm.

Ich hob die Schultern.

Bernadotte erschien kurz darauf und machte einen mitgenommenen Eindruck. Napoleon wandte sich erneut um und musterte ihn mit gerunzelter Stirn.

Bernadotte deutete eine Verneigung an und ließ sich neben mir nieder. Er war außer Atem.

»Hast du gehört, was passiert ist?«, wisperte ich.

Napoleon beobachtete uns noch einen Moment, dann wandte er sich wieder dem Orchester zu.

In einer geflüsterten Kurzfassung schilderte ich Bernadotte, was vorgefallen war.

»Allmächtiger.« Er nahm meine Hand. »Gut, dass dir nichts zugestoßen ist.«

»Wo warst du?«, fragte ich. »Und warum hast du dich so abgehetzt?«

Bernadotte zuckte mit den Schultern. »Bin die Treppen hinaufgelaufen.«

Ich wollte mich auf Haydns »Schöpfung« konzentrieren, doch es gelang mir nicht. Ein ums andere Mal lief die Szene in der Rue Saint-Nicaise vor mir ab. Zudem beunruhigte mich die Verspätung meines Mannes, erst recht, da ich nicht wusste, wo er gewesen war.

Nach der Aufführung fuhren wir zurück in die Tuilerien. Napoleon hatte uns alle zu einem Weihnachtsessen eingeladen und wünschte auch in diesem Punkt keine Planänderung.

Doch als wir uns an der festlich gedeckten Tafel niederließen, war unsere Stimmung bedrückt. Daran konnten auch die Köstlichkeiten, die uns serviert wurden, nichts ändern.

Aber erst als die Glocken von Notre-Dame zur Mitternachtsmesse läuteten, schien das, was geschehen war, Napoleon einzuholen. Mit einem Mal wirkte auch er angegriffen, das Weinglas in seiner Hand zitterte, und er hörte auf zu essen.

Schließlich beugte er sich zu Joseph vor und sagte: »Ich habe keine Erben. Wer hätte mein Amt übernommen, wenn die Attentäter Erfolg gehabt hätten?«

Joséphine schlug die Augen nieder.

»Warum zerbrichst du dir darüber den Kopf?«, antwortete Joseph. »Du lebst doch noch.«

Napoleon zog die Brauen zusammen. »Die Frage beschäftigt mich trotzdem. Wer tritt in meine Fußstapfen, wenn ich nicht mehr bin?«

Joseph lehnte sich zurück. »Jemand aus unserer Familie würde dein Werk fortsetzen.«

Napoleon schüttelte den Kopf. »Nein«, sagte er und ließ seinen Blick über die Gästeschar wandern, bis er auf Bernadotte haften blieb.

Mein Mann erwiderte seinen Blick, ohne eine Miene zu verziehen.

Napoleon lächelte freudlos. »Wäre mir heute Abend etwas zugestoßen, hätte Bernadotte nach dem Ruder gegriffen. An ihn hätte das Volk sich in seiner Trauer um mich gewandt. Wie Marcus Antonius hätte er den blutgetränkten Umhang des Cäsars aufgehoben und den Platz, den ich freigemacht hätte, eingenommen.«

# KAPITEL 24

*Paris, 1801–2*

Wieder einmal wurde in den Straßen von Paris gelärmt, diesmal allerdings vor Freude. Die Menschen waren glücklich und dankten Napoleon, der Frankreich erneut Frieden gebracht hatte.

So jedenfalls verkündete es Napoleon, schrieben es die Zeitungen und verbreiteten es die Ausrufer im ganzen Land. Nach der Revolution, nach Kriegen und Blutvergießen habe der Erste Konsul nun für den Beginn einer neuen Ära gesorgt, hieß es.

Nach dem Frieden mit Österreich, der am 9. Februar in Lunéville geschlossen worden war, wurde der Friedensvertrag mit England am 25. März in Amiens unterzeichnet. Diese Vertragsverhandlungen hatte Joseph geführt. Die Bedingungen besagten, dass England sich verpflichtete, etliche der besetzten französischen Kolonien zurückzugeben. Frankreich wiederum erklärte sich bereit, sich aus Ägypten zurückzuziehen, und öffnete mehrere Häfen in Italien für britische Schiffe. Französische Kriegsgefangene sollten freigelassen werden.

Napoleon galt nun als »Friedenbringer«, »Friedensengel«, »Friedensgott« und »Befreier Europas«. Seine Büsten und Bilder, auf denen er wie römische Imperatoren einen Lorbeerkranz trug, nahmen reißenden Absatz; es gab Gedichte und Lieder, die seine Taten rühmten.

Als wir in diesem Frühjahr mit den Bonapartes die Oper besuchten, schallten Napoleon Hochrufe entgegen. Es gab lange stehende Ovationen, bis Napoleon nickte, die Hand huldvoll zum Gruß hob und die Leute sich wieder setzten.

Als Friedenbringer hörte er nun auch auf, Uniform zu tragen. Stattdessen kleidete er sich in rote Samtjacken mit hohem, goldbesticktem Kragen, in enge cremefarbene Hosen, um die Taille eine Schärpe in der gleichen Farbe. Dazu ließ er sich dunkle Lederstiefel anfertigen, die bis zu seinen Knien reichten, und als Erinnerung an seine kriegerische Vergangenheit schmückte er sich mit einem juwelenbesetzten Säbel. Überhaupt schien mir, dass er immer eitler wurde; wenn wir uns im Kreis der Familie abends zum Plaudern oder Musizieren trafen, konnte es sein, dass er Joséphine bat, seine Fingernägel mit einem Taschentuch aus Batist zu polieren, wobei er ihre Arbeit minutiös verfolgte.

Als der Frühling kam, brach Napoleon nicht, wie so oft, zu einem Feldzug auf, sondern blieb entweder in den Tuilerien oder zog sich mit Joséphine nach Malmaison zurück und führte von dort seine Regierungsgeschäfte. Aus Napoleon dem Feldherrn war Napoleon der Staatsmann geworden.

In dieser Rolle hatte er die religiöse Befriedung Frankreichs fortgesetzt, Verhandlungen mit dem Heiligen Stuhl geführt und ein Konkordat mit Papst Pius VII. unterzeichnet. »Nun haben wir nicht nur mit den irdischen Mächten Frieden geschlossen«, erklärte Napoleon, »sondern auch mit denen des Himmels.«

Wir Franzosen dankten ihm auch das. Die Mehrheit von uns hatte weder das verordnete Heidentum der Jakobiner angenommen noch der Heiligen Dreieinigkeit abgeschworen. Nur wenige hatten sich dem höchsten Wesen und dem Kult der Vernunft gebeugt, die von den revolutionären Jakobinern propagiert worden waren. Insofern war Napoleons Einigung mit Rom ein kluger politischer Schachzug.

Eines Sonntags waren wir auf dem Weg, um in der Kathedrale Notre-Dame an der ersten Messe von Jean-Baptiste de Belloy teilzunehmen, dem Bischof, dem Napoleon das Erzbistum Paris übertragen hatte.

Bernadotte und ich saßen mit Joseph und Julie in einer Kutsche und folgten Napoleon, Joséphine, Hortense und Eugène, die uns in ihrer Kutsche vorausfuhren.

Joseph deutete aus dem Fenster. »Seht nur, wie belebt die Straßen wieder sind, wie fröhlich die Menschen aussehen.«

Wie jedes Jahr hatten beim ersten warmen Sonnenstrahl Verkaufsstände aufgemacht, und überall tummelten sich Menschen, die ihr Gesicht lächelnd in die Sonne reckten.

Wie Napoleon uns mehrfach erzählt hatte, war er entschlossen, aus Paris die blühendste Hauptstadt Europas zu machen, die sowohl von Franzosen als auch ausländischen Gästen zuhauf besucht würde. Und tatsächlich traf man in der Stadt seit vielen Jahren wieder Menschen aus aller Welt an, Engländer insbesondere.

Im Palais des Tuileries entstand auf Napoleons Wunsch ein Salon mit exklusiven, wöchentlichen Soireen, bei denen Joséphine als Gastgeberin auftrat. Es dauerte nicht lang, bis die Bankette, die Gespräche, die musikalische Unterhaltung dieses

Salons in der ganzen Stadt berühmt waren. Joséphine saß bei diesen Treffen erhöht, und jedes Mitglied der besseren Gesellschaft bemühte sich, ihre Freundschaft zu erringen und zu den Abenden eingeladen zu werden.

Am Morgen nach diesen Zusammenkünften durfte ein kleiner Kreis am Lever von Napoleon und Joséphine teilnehmen, einem Morgenempfang, wie er früher am Hof der Bourbonen und in den Reihen des französischen Hochadels Mode gewesen war.

Aber für mich war die schönste Neuigkeit, dass meine Schwester nach der langen Zeit, in der sie sich vergebens ein Kind gewünscht hatte, schwanger geworden war. Napoleon lächelte sichtlich bemüht, wenn von Julies Zustand die Rede war, und sollte Joséphine mit im Raum sein, sah er sie missbilligend an.

Eines Abends, als ich in den Tuilerien mit Joseph und Julie zusammensaß, trat Napoleon zu uns und erklärte, wie sehr er sich mit seinem Bruder und seiner Schwägerin über die baldige Ankunft ihres Kindes freue.

»Wir sind sehr glücklich«, sagte Joseph und warf meiner Schwester einen liebevollen Blick zu. »Ich hoffe, du wirst als Nächster Vater werden.«

»Das hoffe ich auch. Ich frage mich, wie ihr das geschafft habt. Ich meine, nach so langer Zeit.«

Joseph zuckte mit den Schultern. »Vielleicht lag es an der Kur, die Julie in Plombières-les-Bains gemacht hat. Sie hat das Wasser der Thermalquellen getrunken und sich gesund ernährt. Nach ihrer Rückkehr hat es nicht lang gedauert, bis sie schwanger wurde.«

Eine Woche später bestieg Joséphine in Begleitung ihrer Tochter eine Kutsche nach Plombières-les-Bains.

Napoleon, als Kenner der Geschichte des Römischen Reiches, war sich der Bedeutung von Brot und Spielen zweifellos bewusst. Und so bestimmte er den 15. August, an dem er in diesem Jahr seinen dreiunddreißigsten Geburtstag beging, zu einem nationalen Feiertag.

Früher einmal hatten wir an dem Tag Mariä Himmelfahrt gedacht, doch trotz seiner Aussöhnung mit der Kirche entschied Napoleon, es solle ein Tag zu seinen Ehren sein. Er nannte ihn den »Sankt-Napoleonstag«.

In den Zeitungen lasen wir, dass ganz Frankreich ihm alles Gute zum Geburtstag wünsche. Doch nur eine erlesene Gruppe war abends nach Malmaison geladen, um im privaten Kreis mit ihm zu feiern.

Er selbst traf an dem Abend erst ein, nachdem er sich bei einer Kutschfahrt durch Paris hatte umjubeln lassen, und trug, wie sein großes Vorbild Julius Cäsar, einen Lorbeerkranz auf dem Haupt. Joséphine, die ihn begleitet hatte, erschien in einem wundervollen Kleid aus rosafarbenem Georgette, an dem frische Rosenblüten befestigt waren. Dazu trug sie ein Diadem aus glitzernden Brillanten.

Irgendwann am Abend trat Napoleon zu Bernadotte und mir. Ich hatte meinen Mann gebeten, sich von seiner besten Seite zu zeigen, und zu meiner Beruhigung hatte er sich daran gehalten.

»Der Erste Konsul, er lebe hoch«, sagte Bernadotte und prostete Napoleon zu. »Wir haben Frieden, und das Volk ist glücklich.« Er lächelte, aber ich wusste, wie bitter ihm diese Worte geschmeckt hatten.

Doch sosehr ihm Napoleons Machtübernahme und die neue Konsulatsverfassung widerstrebt hatten, musste auch Bernadotte zugeben, dass Napoleon das Land gestärkt hatte. Die Ernte im Herbst würde gut ausfallen, und Napoleon hatte Getreidespeicher errichten lassen, um künftigen Missernten und hohen Brotpreisen vorzubeugen. Von den regionalen Gouverneuren ließ er sich kontinuierlich über den Brotpreis unterrichten. Niemand sollte sagen können, er habe unter Napoleons Regierung Hunger gelitten. Ebenso förderte er den Handel, folglich waren auch die Kaufleute Frankreichs von Napoleon begeistert.

Kulturell erlebte Frankreich gleichfalls einen Aufschwung. Die in- und ausländischen Besucher des Louvre staunten über die dort ausgestellten Kunstwerke, die Napoleon zusammengetragen hatte.

Unser Land war also nach langer Zeit noch einmal wohlhabend, und es wurde von der Prägung neuer Goldmünzen mit Napoleons Konterfei gesprochen.

Das schönste Geburtstagsgeschenk für Napoleon dürfte jedoch das Plebiszit gewesen sein, das ihn als Ersten Konsul auf Lebenszeit bestätigte. Damit war er der unumstrittene Herrscher Frankreichs.

Auf den Trinkspruch meines Mannes reagierte Napoleon mit einem knappen Nicken. Auch schien er abgelenkt, denn während er bei uns stand, glitt sein Blick über die Feiernden. Vielleicht hielt er nach Joséphine Ausschau oder prüfte wie üblich, ob jemand seiner Einladung nicht gefolgt war. Doch dann konzentrierte er sich wieder auf uns und sagte: »Auch dem Mächtigen werden nicht alle Wünsche erfüllt.«

Ich fand die Aussage merkwürdig. Er hatte so viel erreicht, und wir waren zusammengekommen, um ihn und seine Erfolge zu feiern. Doch dann begriff ich, dass er von seinem Privatleben sprach, von dem Kummer, noch immer keinen Sohn zu haben. Joséphine war, trotz der Heilquellen von Plombières-les-Bains, nicht schwanger geworden.

Ich hatte den Eindruck, seit dem versuchten Attentat auf ihn hatte sich Napoleons Kinderwunsch zu einer regelrechten Obsession entwickelt, und fast tat er mir deshalb leid. Mit Sicherheit kannte er den Spott der englischen Zeitungen, die im Gegensatz zur französischen Presse nicht Napoleons Zensur unterlagen. Bernadotte hatte mir einige von ihnen gezeigt. »Die Engländer verhöhnen ihn, weil er keinen Sohn bekommt. Sie nennen ihn impotent, spielen auf seinen kleinen Wuchs an. Vor allem aber schüren sie seine Angst, ohne Nachkommen zu sterben.« Er tippte auf eine Karikatur, die Napoleon als Cäsar darstellte, im Hintergrund eine Gruppe Senatoren in Togen, die Messer wetzten. Darunter stand: »Und wie endete Cäsar?«

Es war eine kaum verhüllte Drohung. Die Engländer, mit denen wir gerade Frieden geschlossen hatten, schienen von Napoleons gewaltsamem Tod zu phantasieren.

»Da ist Hortense«, sagte Napoleon und holte mich gedanklich wieder zu seiner Geburtstagsfeier zurück.

Ich blickte zu seiner Stieftochter, die nicht weit entfernt stand.

»Sie gibt mir Grund zur Freude, auch wenn meine Frau es nicht tut.«

Er bezog sich auf die sanfte Wölbung von Hortenses Bauch, die unter ihrem weit fallenden, elfenbeinfarbenen Kleid zu erkennen war. Hortense war neunzehn Jahre alt, hatte vor einigen Monaten Napoleons jüngeren Bruder Louis geheiratet und war bereits in gesegneten Umständen.

»Das Kind wird die Linie der Bonapartes fortsetzen. So wäre es auch bei unserem Kind.« Noch einmal warf er einen Blick auf Hortense. »Wenn es ein Junge wird, nennt Louis ihn Napoleon, das hat er mir versprochen. Dennoch bin ich es leid, Onkel und nun auch Stiefgroßvater zu werden, aber niemals Vater.«

## Kapitel 25

*Paris, 1803*

Hortense brachte einen Sohn zur Welt, der, wie ihr Mann versprochen hatte, den Namen Charles Louis Napoleon erhielt.

Doch die Kinderlosigkeit, unter der Napoleon und Joséphine litten, führte zwischen den beiden zu immer größeren Spannungen. Oftmals, wenn wir uns in den Tuilerien oder in Malmaison zu einem Familienessen trafen, verzögerte sich das Mahl, weil Joséphine zu spät und mit verweinten Augen erschien. Manchmal nahm sie gar nicht daran teil.

Hinzu kam, dass seit Kurzem das Gerücht kursierte – von Napoleons Schwestern genüsslich verbreitet –, Napoleon sei der Vater von Hortenses Sohn und dass Joséphine ihre Tochter in seine Arme getrieben habe, damit sie ihm den Erben schenke, den sie selbst ihm nicht geben konnte. Ich war jedes Mal peinlich berührt, wenn eine der Schwestern Bonaparte mir diese Gehässigkeit ins Ohr flüsterte, und wünschte, sie ließen Joséphine endlich in Frieden.

Überhaupt nahm ich nur noch äußerst ungern an diesen Familientreffen teil. Von den Schwestern Bonaparte abgesehen, störten mich auch Napoleons Wutanfälle, zu denen es seit Neuestem aus dem kleinsten Anlass kam.

Julie, die ohnehin immerzu bei ihrer kleinen Tochter Zénaïde sein wollte, erklärte Joseph, dass sie und ich uns vor den Ausbrüchen seines Bruders fürchteten und nur noch zu wenigen Familientreffen erscheinen wollten. Joseph nahm es notgedrungen hin und dachte sich Entschuldigungen für uns aus.

Julie und ich nutzten die Zeit, um uns bei ihr oder mir zu treffen, zu plaudern und unsere Kinder beim Krabbeln und Spielen zu beobachten. Es war niedlich zu sehen, wie lieb Oscar zu seiner kleinen Cousine war und wie er sich in der Rolle als Älterer und Größerer der beiden gefiel.

Doch an einem Morgen wurde mir aus den Tuilerien eine Einladung überbracht, die so gebieterisch klang, dass ich ihr folgen musste. Der Umschlag trug das Siegel des Ersten Konsuls, doch der Brief war von Joséphine. Ich solle allein in die Tuilerien kommen, trug sie mir auf, ohne Bernadotte, ohne Julie. Nicht einmal Oscar durfte ich mitbringen, was mir für ihn leidtat. Oscar besuchte Napoleon und Joséphine gern, wahrscheinlich weil er jedes Mal Bonbons und Spielsachen geschenkt bekam und noch zu klein war, um die Spannungen zwischen den Erwachsenen wahrzunehmen.

Für Bernadotte hingegen war es gar nicht möglich mitzukommen, er war wieder bei der Westarmee in der Bretagne. Ich konnte nicht einmal mit ihm überlegen, was hinter der Einladung stecken könnte.

Für den Besuch wählte ich ein elegantes, weißes Kleid aus Seidenchiffon und steckte eine Brosche mit Saphiren und Rubinen an – zusammengenommen waren es die Farben der Tricolore.

Da wir einen schönen Frühlingstag hatten, waren die Wege

im Park der Tuilerien voller Menschen. In der Auffahrt stand Kutsche an Kutsche.

Ein Dienstbote aus Napoleons wachsendem Hofstaat empfing mich und geleitete mich die große Treppe hinauf. Die Blutflecke auf den Stufen waren noch immer schwach zu erkennen, ich wandte den Blick ab.

Ich hatte nicht die geringste Ahnung, welche Laune Joséphine bewogen hatte, mich zu sich zu rufen. Wenn ich raten müsste, würde ich vermuten, dass sie endlich schwanger geworden und dabei war, die frohe Botschaft zu verbreiten. Vielleicht hatte sie mir eine Rolle als Botin zugedacht. Doch ganz gleich, was es war, wahrscheinlich würde ich den Zweck erst erfassen, wenn ich getan hatte, was sie verlangte.

Ich wurde in Joséphines gelben Salon geführt. Zu meinem Erstaunen war dort nur Napoleon, der mit dem Rücken zu mir aus einem der hohen Fenster schaute.

Er drehte sich um und kam zu mir. »Ah, Désirée, meine liebe Schwester.« Er küsste meine Hand, richtete sich auf und sah mich mit seinen grünen Augen an.

Sein Blick machte mich befangen, und ich überlegte, wann wir zuletzt allein in einem Raum gewesen waren. War es in Marseille gewesen? Nein, es war in Mailand, jetzt fiel es mir wieder ein.

»Vielen Dank, dass Sie gekommen sind.« Er lachte. »Ich bin nur ein einfacher Soldat, aber dank meiner Frau weiß ich in etwa, was gutes Benehmen ist und dass ich Ihnen etwas anbieten muss. Möchten Sie etwas trinken? Oder essen?«

Ich hatte Durst, trotzdem antwortete ich: »Nein danke, Monsieur.« Warum, wusste ich selbst nicht.

»*Monsieur?*«, wiederholte Napoleon mit hochgezogenen Brauen. Offenbar wollte er an diesem Tag liebenswürdig und galant sein. »So reden Sie mich als eine meiner ältesten Freundinnen an?«

Ich wartete darauf, dass er mir sagte, wie ich ihn stattdessen ansprechen sollte, doch das verriet er mir nicht.

Wir ließen uns in einer mit gelber Seide bezogenen Sitzgruppe nieder.

»Joséphine kommt vielleicht später noch. Im Moment nimmt sie ein Bad. Sie liebt es, sich stundenlang im warmen Wasser zu aalen. Für mich haben ihre täglichen Bäder in Jasmin- oder Rosenwasser etwas Fremdländisches. Selbst die Bourbonen haben nur wenige Male im Jahr gebadet.« Er lächelte kopfschüttelnd.

Ich wünschte, er würde mir den Grund meines Besuchs nennen. Joséphines Badegewohnheiten interessierten mich nicht.

Napoleon betrachtete mich mit schief gelegtem Kopf. »Ich freue mich, dich zu sehen, Désirée.«

*Dich?* Waren wir jetzt wieder per Du?

»Ebenso«, antwortete ich vorsichtig und bemühte mich um eine ausdruckslose Miene.

»Wie geht es Oscar?«

»Danke, ihm geht es gut.«

»Schön zu hören. Und Bernadotte?«

»Er ist in der Bretagne, ich hoffe, auch ihm geht es gut.«

»Hm.« Napoleon schlug die Beine übereinander und faltete die Hände auf den Knien. Die Hände wirkten weich und so glatt, als hätte er nie etwas Schwereres als eine Porzellantasse gehoben. Ich wusste, dass Joséphine sich um seine Maniküre kümmerte, hatte erlebt, wie sie seine Nägel polierte und die Hände mit duftenden Ölen einrieb, doch das Weiche stieß mich ab.

Napoleon hatte meinen Blick verfolgt, streckte die Hände aus und betrachtete sie zufrieden. »Joséphine pflegt mich, als wäre ich eine Frau. Es bereitet ihr so viel Vergnügen, dass ich es ihr nicht verbieten kann. Sie ist eine aufopferungsvolle Ehefrau.«

»Sie haben eine gute Wahl getroffen.«

»Und Sie, Désirée?«

»*Pardon?*« Ich sah ihn verwirrt an. »Die Frage verstehe ich nicht.«

Er beugte sich zu mir vor, sein Tonfall wurde vertraulich. »Welche Ehefrau sind Sie?«

Ich setzte mich so weit wie möglich zurück und wog meine Antwort sorgfältig ab. Napoleon hatte den Ruf, ein Schürzenjäger zu sein. Er schlief sowohl mit verheirateten als auch ledigen Frauen. Vielleicht hatte er den Kreis williger Gespielinnen erschöpft und versuchte längst vergangene Liebschaften zu beleben. Es war ein unangenehmer Gedanke.

»Ich bin eine treue Ehefrau«, antwortete ich fest. »Mein Mann und mein Sohn bedeuten mir alles. Deshalb versuche ich, eine aufmerksame Ehefrau und eine liebevolle Mutter zu sein.«

Napoleon betrachtete mich abwägend.

Wie fleischig sein Gesicht geworden war. Nicht nur sein Gesicht, sein ganzer Körper verriet, dass die Feste, Soireen und die Mahlzeiten seiner berühmten Köche ihren Tribut forderten. Napoleon war schlichtweg dick geworden.

»Würden Sie sich jemals … gegen Ihren Mann stellen? Wenn es eine Situation gäbe, die es von Ihnen verlangt?«

Ich ahnte nicht im Entferntesten, wovon er sprach. Wollte er wissen, ob ich Bernadotte für ihn ausspionieren oder sonst etwas gegen ihn unternehmen würde? »Ich weiß nicht, was Sie meinen«, erwiderte ich. »Deshalb kann ich Ihre Frage nicht beantworten.«

Napoleon machte eine ungeduldige Handbewegung. »Vergessen Sie es.« Er sah sich im Salon um. »Wie gefallen Ihnen unsere Kunstwerke?«

Wie kam er plötzlich auf die Kunstwerke? »Ich habe noch nie schönere gesehen«, antwortete ich steif. »Hier und im Louvre kann man Kunstschätze bewundern, um die uns andere Länder beneiden.«

Napoleon wies auf eine Marmorbüste, die ihn darstellte. »Diese Büste habe ich von einem Italiener anfertigen lassen. Von Giuseppe Ceracchi.«

»Sie ist sehr naturgetreu. Ceracchi war ein großartiger Künstler.«

In Napoleons Augen flammte Zorn auf. »Kannten Sie ihn gut?«

Mir fiel ein, dass Ceracchi vor zwei Jahren von Napoleon zum Tode verurteilt worden war. »Nicht sehr gut, nein. Ich bin ihm nur einmal kurz auf einem Ihrer Feste begegnet.«

Sein Blick wurde bohrend. »Ist das die Wahrheit?«

»Ja, natürlich.«

»Sie wissen, dass er mir nach dem Leben getrachtet hat.«

Das hatte Napoleon immer behauptet, aber nie beweisen können. Allerdings hatte er im In- und Ausland Spione, die ihn mit allen möglichen Informationen versorgten, doch nicht alle mussten wahr sein. Ich erinnerte mich nur an das Gerücht,

Ceracchi habe Napoleon aus politischen Gründen umbringen wollen. Aber was hatte das mit mir und meinem Mann zu tun?

Napoleon schlug die Beine auseinander und drückte seine Hände auf die Knie. »Ceracchi ist mir in die Oper gefolgt und hatte einen Dolch dabei. Er wollte mich erstechen.«

»Das ist furchtbar«, sagte ich teilnahmsvoll und wünschte, ich könnte verschwinden – oder dass wenigstens Joséphine käme und wir über etwas Unverfängliches sprechen könnten.

Napoleon bemerkte mein Unbehagen nicht, oder es war ihm gleichgültig. »Ich weiß, wie man Männer verhört.«

Ich nickte.

»Auch Frauen. Ich weiß, wie man die Wahrheit aus einem Menschen herausbekommt.«

Mein Mund wurde trocken. Ich schluckte mehrmals, um ihn zu befeuchten. »Sie haben aus der Erfahrung gelernt, nehme ich an.«

»So ist es. Man muss wissen, wie man den Widerstand eines Menschen bricht. Erstaunlicherweise kann das bei einem starken Mann ganz schnell gehen, wohingegen ein kleiner Junge hart wie Damaszenerstahl bleiben kann.« Napoleon runzelte die Stirn und schien sich in Erinnerungen zu verlieren.

Ich hörte die Uhr auf dem Kaminsims ticken und das Klopfen meines Herzens.

»Noch etwas«, sagte Napoleon schließlich.

Ich wartete.

»Wissen Sie, dass Ihr Mann ihm Geld geschuldet hat?«

Ich starrte Napoleon an. »Wem?«

»Ceracchi.«

»Nein, das wusste ich nicht. Wofür sollte Bernadotte ihm Geld geschuldet haben?«

»Das wüsste ich selbst gern. Aber ich finde es noch heraus.« Er drehte sich um und studierte die Büste, die Ceracchi geschaffen hatte. Als er sich mir wieder zuwandte, strahlte er. »Sie wissen, dass ich Sie mag, nicht wahr?«

»Ja«, antwortete ich unsicher.

»Und ich kann offen mit Ihnen sprechen, oder?«

*Ich wünschte, du wärst vor Jahren offen zu mir gewesen. Stattdessen habe ich vergeblich auf deine Einladung, zu dir zu kommen, gewartet.* Doch diese Antwort behielt ich für mich. Warum sollte ich etwas ausgraben, das der Vergangenheit angehörte? Zumal es keine Rolle mehr spielte. »Selbstverständlich können Sie das.«

»Das freut mich. Ihre Schwester ist meine Schwägerin, wir sind eine Familie. Und für Korsen ist die Familie heilig. Selbst wenn es darunter Mitglieder gibt, die man am liebsten ersäufen möchte.« Er lachte freudlos. »Ich habe einigen von ihnen sehr viel verzeihen müssen, aber ich war ihnen immer treu.«

Wieder nickte ich.

»Ich möchte, dass Sie sich für meine Treue revanchieren.«

Ich fragte mich, ob ich richtig gehört hatte. Für welche Treue sollte ich mich revanchieren?

»Ihr Mann ist auf dem Weg nach Paris. Seine Aufgabe in der Bretagne ist beendet. Er hat mich mit genug Dreck beworfen. Natürlich lächelt er mich auf meinen Festen freundlich an, doch das tut er wahrscheinlich, weil Sie es ihm aufgetragen haben. Seinen wahren Gefühlen entspricht das nicht. Deshalb werde ich ihm einen neuen Posten anbieten, und Sie werden darauf bestehen, dass er ihn annimmt.«

Ich spürte, wie sich mein Magen zusammenzog. »Welchen Posten?«

»Den eines Gouverneurs.«

Das klang nicht nach der Bestrafung, die ich befürchtet hatte. »Das ist sehr großzügig.«

»Er wird Gouverneur unserer Kolonie Louisiana. Ich schicke Ihren hitzköpfigen Mann und Sie nach Amerika.«

## Kapitel 26

*La Rochelle, 1803*

In drei Kutschen reisten wir entlang der Loire in Richtung der Hafenstadt La Rochelle an der Atlantikküste. Draußen zogen fruchtbare Felder und saftige Weiden vorüber, die in der Sommersonne glänzten; Weingärten mit prallen grünen und blauen Reben, am Ufer des Flusses prächtige Schlösser und Dörfer mit Gassen voller Leben, bei deren Anblick Oscar vor Freude quiekte.

*Mein schönes Frankreich*, dachte ich bekümmert. *Wie kann ich dich bloß verlassen?* Unglücklich schaute ich aus dem Kutschenfenster und versuchte, so viele Eindrücke wie nur möglich in mein Gedächtnis aufzunehmen.

In Orléans, Blois und Tours übernachteten wir in einfachen Herbergen. Sowohl Bernadotte als auch ich waren angesichts dessen, was uns bevorstand, so erschüttert, dass wir bei Tag nur wenig miteinander sprachen; abends wünschten wir uns höchstens eine gute Nacht.

Während der Fahrt bemühte ich mich Oscar zuliebe um ein fröhliches Gesicht, doch in Wahrheit war ich verzweifelt. Mir graute vor der langen Seereise und vor Louisiana, einem sumpfigen Gebiet, wie ich gehört hatte, das zu den letzten Resten der ehemaligen Nouvelle France gehörte. Schon jetzt sehnte ich mich nach Paris zurück, und Julie fehlte mir auf schmerzhafte Weise.

Darüber hinaus waren mir bereits am ersten Abend in Orléans die Männer aufgefallen, die Bernadotte und mich zu beobachten schienen. Auch in der Herberge waren sie, und als ich Bernadotte auf sie aufmerksam machte, erklärte er, das seien Napoleons Spitzel. »Die werden uns verfolgen, bis unser Schiff in La Rochelle den Anker lichtet und sich bereit macht, den Atlantik zu überqueren.«

Bisher hatte ich noch nicht den Mut gefunden, ihn auf den Grund für seine Versetzung anzusprechen, zu fragen, ob sie mit den fehlgeschlagenen Attentaten auf Napoleon zu tun haben könnte. Ich wusste, dass er Napoleon ablehnte, doch dass er sich irgendwann mit Ceracchi oder anderen Verschwörern zusammengetan hatte, um unseren Ersten Konsul umzubringen, wollte mir nicht in den Sinn. Falls Napoleon es ihm unterstellte, tat er ihm unrecht. Die beiden Männer waren Rivalen, aber keine Todfeinde.

Doch dann dachte ich daran, dass Bernadotte in jener Weihnachtsnacht nicht in der Oper gewartet hatte. Er war erst erschienen, als wir unsere Plätze eingenommen hatten, und seine Miene war angespannt gewesen.

Ich verscheuchte die Erinnerung und sagte mir, dass er seinerzeit niemals in einen Anschlagsplan eingewilligt hätte. Er hatte ja gewusst, dass ich in der Kutsche hinter der von Napoleon saß. Und als er »Tod den Königen« auf seinen Arm hatte tätowieren lassen, war er noch blutjung gewesen.

Nein, ich glaubte nicht an seine Schuld. Trotzdem würde ich erst inneren Frieden finden, wenn ich mit ihm darüber gesprochen hatte. Allerdings würde ich es nicht während der Fahrt nach La Rochelle tun, bei der wir unter Beobachtung standen und unsere Gespräche in den Herbergen belauscht wurden. Ich würde das Thema anschlagen, wenn der Atlantik zwischen uns und Napoleons Spitzeln lag.

Vor allem aber sorgte ich mich um unsere Zukunft, und mitunter wurde mein Seelenkummer so groß, dass ich mich zwingen musste, rasch an etwas Angenehmes zu denken. In der Regel hob ich dann Oscar auf meinen Schoß, zeigte ihm Kühe oder Schafe draußen auf den Feldern und erfreute mich daran, wie er die Welt mit großen Augen in sich aufnahm.

Manchmal versuchte ich, mir Louisiana auszumalen. »Was meinst du, wie das Haus des Gouverneurs von Louisiana aussieht?«, fragte ich meinen Mann.

Bernadotte zuckte die Achseln. »Wenn es dort tatsächlich so sumpfig ist, wie man sagt, hoffe ich, dass es erhöht liegt und jede Menge Fenster zum Lüften hat.«

Dann und wann jubelten uns Menschen am Straßenrand zu. Sie hatten erkannt, dass wir in Kutschen ihrer geliebten Regierung fuhren.

In solchen Momenten versteifte sich Bernadottes Kieferpartie. Und einmal sagte er: »Es soll bloß niemand glauben, ich wäre befördert worden. Napoleon schickt mich ins Exil. Die Bretagne war ihm offenbar nicht weit genug von Paris entfernt.«

Falls es zutraf, hoffte ich, dass wir nicht auf Lebenszeit verbannt sein würden. Julie und Joseph hatten mir versprochen, sich bei Napoleon für uns einzusetzen. Meine Hoffnung war, dass wir zurückkommen durften, wenn Bernadottes Amtszeit als Gouverneur abgelaufen war. Ich mochte Oscar nicht fern von Frankreich und seiner Familie großziehen, und für meine Familie wollte ich nicht zur Fremden werden.

»Ich frage mich, wie Frankreich sein wird, wenn wir zurückkommen«, sagte ich kurz vor unserer Ankunft an der Küste. Man roch bereits die salzige Luft des Meeres, und der Wind hatte aufgefrischt.

»Warum fragst du dich das?«, antwortete Bernadotte missmutig. In seinem Gesicht war weder Liebe noch Lebensfreude zu erkennen. »Es wird alles wie immer sein. Napoleon wird sich wie ein König aufführen und Frankreich ihm zu Füßen liegen. Vielleicht werden noch mehr Soldaten in den Schlachten umgekommen sein, die er im Namen der Freiheit führt.«

Ich zog es vor, ihm nicht zu antworten.

Wenig später erreichten wir La Rochelle, die Stadt, deren Hafen bereits im 12. Jahrhundert zum größten der Atlantikküste ausgebaut worden war. Danach hatte sich La Rochelle zu einer florierenden Handelsstadt entwickelt. Später, im Jahr 1573, wurde sie durch den erfolgreichen Kampf ihrer Hugenotten gegen die Armee Heinrichs III. berühmt, im Jahr 1628 durch deren Niederlage gegen die Truppen Louis XIV.

Nun war La Rochelle in erster Linie wieder Hafenstadt. Von hier aus stachen die Schiffe zu den französischen Überseeinseln, nach Québec und nach Louisiana in See. Andere gingen hier vor Anker, um auf dem Weg in die neue Welt ihre Vorräte aufzufrischen.

Ich fand, es war passend, dass Bernadottes letzter Blick auf Frankreich einer Stadt gelten würde, die sich einst gegen Könige erhoben hatte.

Im Hafen drängten sich Seeleute, Kaufleute und Marktfrauen,

die von Salz bis zu bemaltem Porzellan alles Mögliche feilboten. Die Luft war erfüllt von ihren Rufen und dem Kreischen der Möwen.

Unser Schiff, die *Sibella*, lag schon bereit, doch unsere Überfahrt würde erst am nächsten Tag beginnen. Noch einmal mussten wir eine Nacht in einer Herberge verbringen.

Unser Abendessen bestand aus einem Fischeintopf und frisch gebackenem Brot. Ich war hungrig und wollte mich gerade darüber hermachen, als der Adjutant meines Mannes zu uns trat und Bernadotte einen Umschlag überreichte. »Eine Nachricht aus Paris, Herr General.«

»Danke.« Bernadotte riss den Umschlag auf und zog ein Schreiben und einen Zeitungsartikel heraus. Er las zuerst den Brief, dann den Artikel.

Ich hatte meinen Löffel sinken lassen und beobachtete Bernadottes Miene. Sie verriet mir nicht das Geringste.

Zu guter Letzt blickte er mich an, und in seinen Augen brannte ein Licht, das ich seit Wochen oder Monaten nicht mehr gesehen hatte. Er lächelte. »Gut, dass unsere Reisetruhen noch nicht auf der *Sibella* sind.«

»Warum, was steht in dem Schreiben?«, fragte ich.

»Du hast dich ganz umsonst gegrämt. Schon morgen kannst du die Rückreise nach Paris antreten. In einigen Tagen bist du wieder in unserem Haus und bei deiner Schwester.«

»Was soll das, Bernadotte?«, fragte ich konsterniert. »Ich verlasse dich und Oscar nicht.«

»Das ist nicht nötig, wir fahren mit dir zurück. Napoleon hat seine Meinung geändert und meine Ernennung zum Gouverneur von Louisiana rückgängig gemacht.«

Ich seufzte. »Kannst du dich nicht etwas deutlicher ausdrücken?«

Er schob mir das Schreiben und den Artikel zu. »Unser viel geliebter Erster Konsul hat beschlossen, Louisiana an Amerika zu verkaufen. Für achtzig Millionen Franc.«

»Warum?« Ich überflog den Brief und den Artikel. »Darüber steht hier nichts.«

»Natürlich nicht. Aber der Grund liegt eigentlich auf der Hand. Napoleon braucht Geld. Mir scheint, er hat wieder vor, in den Krieg zu ziehen.«

»Mit wem?« Ich reichte Bernadotte Brief und Artikel zurück. »Ich dachte, wir haben mit allen europäischen Mächten Frieden geschlossen.

Bernadotte schnaubte spöttisch. »Wahrscheinlich mit England. Der Frieden mit ihnen stand von Anfang an auf tönernen Füßen.«

»Trotzdem würde Napoleon einen Anlass brauchen.«

»Es gibt genügend Anlässe. Napoleon kann sich einen aussuchen und jeder wird ihm recht sein. Ein Krieg lenkt die Franzosen ab, falls er doch vorhat, König von Frankreich zu werden.«

# KAPITEL 27

*Paris, 1804*

»Eine Hexe hat mir einmal geweissagt, dass ich eines Tages mehr als eine Königin sein werde.« Mit einem zufriedenen Lächeln strich Joséphine über den weißen Satin ihres Krönungsgewands, das ihre Schneiderin ihr hinhielt. Wie ein Wasserfall ergoss der Stoff sich von ihren Armen herab.

Ich überlegte, wen Joséphine mit »Hexe« meinte, ob sie von einer Wahrsagerin sprach.

Joséphine wandte sich wieder mir zu. »Die Weissagung war vor langer Zeit. Und wissen Sie, was mein erster Ehemann gesagt hat, als ich es ihm erzählte? Dass es über einer Königin nichts mehr gibt.« Sie lachte. »Doch jetzt wird die Prophezeiung wahr.«

Wir waren in einem ihrer Salons. Um uns huschten Bediens-tete, Frisörinnen und Näherinnen, alle mit der Krönung am nächsten Tag beschäftigt.

»Damals konnte ich mir keinen Reim auf die Vorhersage machen.« Joséphine zuckte die Schultern. »Die Hexe war eine alte Frau, die in den Bergen von Martinique hauste, weit hinter unserer Plantage. Man hatte mir verboten, zu ihr zu gehen. Ich musste mich nachts mit meiner Sklavin aus dem Haus schleichen, um mir von ihr wahrsagen zu lassen.«

Ich spürte, wie es mir kalt über den Rücken lief. Für mich waren Hexen Abgesandte des Teufels. Eigentlich hätte ich Joséphine gar nicht zuhören dürfen.

Verschwörerisch senkte Joséphine ihre Stimme, so dass nur ich sie verstehen konnte. »Die Alte war beinahe blind, aber sie konnte in die Zukunft sehen. Sie nahm meine Hände und hat sie eine Zeit lang festgehalten. ›Du wirst einen dunkelhaarigen Mann heiraten, der kein Vermögen besitzt‹, sagte sie. ›Er wird großen Ruhm ernten und du wirst mehr als eine Königin sein.‹«

Ich lauschte mit angehaltenem Atem, nahm kaum noch die Frauen ringsum wahr.

»Meine Sklavin hat gelacht«, fuhr Joséphine fort. »Sie dachte, die Alte hätte sich etwas ausgedacht. Aber ich wusste es besser.« Sie schlug die bloßen Beine übereinander und lehnte sich zurück. »Sie ahnen nicht, wie oft ich diese Worte für mich wiederholt habe. Ich habe es auch immer dann getan, wenn ich verzweifelt war. Selbst als es damals im Gefängnis hieß, am nächsten Tag warte die Guillotine auf mich, habe ich mich noch daran geklammert.« Sie griff nach ihrem Glas Wein und nahm einen Schluck.

Ich stieß einen langen Atem aus und konnte kaum glauben, dass das, was eine alte Zauberin vor vielen Jahren in den Bergen von Martinique geweissagt hatte, sich nun bewahrheitete. Und doch: Am nächsten Tag, dem 2. Dezember, würde Joséphine de Beauharnais, Tochter eines verarmten Zuckerrohrpflanzers, Witwe eines guillotinierten Adligen, die selbst beinah auf dem Schafott gelandet wäre, in Satin und Hermelin gekleidet und mit Juwelen geschmückt in der Kathedrale Notre-Dame zur Kaiserin der Franzosen gekrönt werden.

Zuvor würde Napoleon zum Kaiser gekrönt. Er hatte diesen Prozess mit einer Schläue und Schnelligkeit in die Wege geleitet, dass selbst die unter uns, die von seinem Plan wussten, sich verdutzt die Augen rieben und überlegten, wie es so rasch dazu hatte kommen können.

Doch Napoleon hatte die Stimmung im Volk erkannt und erfasst, dass es keinen weiteren Krieg wünschte, sondern Wohlstand und eine starke Führung. Dafür war es bereit, die Ideale der Revolution zu opfern.

Zwar hatte Napoleon eine Englandarmee aufgestellt und drohte mit einer Invasion des Landes, doch dazu kam es nicht. Und obwohl ihm bekannt war, dass Österreich mit Russland und Großbritannien antifranzösische Koalitionsverhandlungen führte, in die Preußen einzusteigen gedachte, und an der russischen Westgrenze eine große Arme zusammengezogen worden war, sah er davon ab, die Kämpfe seinerseits wiederaufzunehmen.

Stattdessen sorgte er dafür, dass die französischen Zeitungen ihn als Nationalheld und Retter des Volkes feierten – böse Zungen behaupteten, einen Teil der Artikel habe Napoleon selbst geschrieben.

Doch während sein Beliebtheitsgrad neue Höhen erreichte, gab er sich betont zurückhaltend und bescheiden, wies nur darauf hin, dass von England und Russland gedungene Mörder nach seinem Leben trachteten, mit dem Ziel, Frankreich zurück in die Anarchie zu versetzen.

»Überall sind die Dolche gezückt«, klagte er seinen Bewunderern, die sich sofort um ihn scharten, wenn er irgendwo erschien. »Ausländische Tyrannen wollen mich töten, um die Revolution zunichtezumachen. Aber ich bin die Revolution und werde sie und mich verteidigen.«

Plötzlich meldeten sich in der Presse – die von Napoleons Regierung kontrolliert wurde – Stimmen, die von den Vorzügen einer Monarchie für Frankreich sprachen.

Napoleon lehnte solche Gedanken nach außen hin ab und erklärte: »Die Menschen wollen keinen König« und dass seine Regierung bei der Konsulatsverfassung bliebe.

Der Senat, zu einem Teil von Napoleon ernannt, vertrat jedoch die Auffassung, dass Napoleon einen neuen Titel brauche. Konsul auf Lebenszeit sei nicht weitreichend genug, um die Stabilität Frankreichs zu garantieren. Da Napoleon sich aus Ehrfurcht vor der Revolution weigere, die Königskrone anzunehmen, müsse man nach Alternativen suchen, sich an der Antike orientieren, daran, wie das römische und byzantinische Reich diese Frage gelöst haben. Schließlich schlug der Senat den Titel eines Kaisers vor.

»Nur wenn das Volk es will«, sagte Napoleon demütig und beharrte darauf, dass die Frage eines Kaiserreichs durch eine weitere Volksabstimmung entschieden werden müsse. Und so schrieben es dann auch die Zeitungen.

Wie sich herausstellte, war die große Mehrheit der Franzosen dafür und Napoleon wurde die Kaiserwürde angetragen.

Bernadotte hatte gesagt, der Ausgang der Wahl habe von vornherein festgestanden. Er hatte mir die Umtriebe von Napoleon, seinen Brüdern Joseph und Lucien, auch von Talleyrand beschrieben, die in Ministerien, Lokalverwaltungen und den Kammern der Regierung dafür gesorgt hatten, dass es zu diesem Ergebnis kam.

Und wie empfand mein Mann, der einmal allen Königen den Tod gewünscht hatte, diese Entwicklung? Er sagte, für ihn sei es lediglich der letzte Schritt eines Prozesses, den er seit Langem habe kommen sehen. Er kenne Bonaparte und den Ehrgeiz, der ihn anstachelte, und habe seine Machenschaften stets mit Sorge verfolgt.

Seltsamerweise schien Napoleon plötzlich wieder daran gelegen, Bernadotte für sich einzunehmen. Noch bevor das Wahlergebnis des Volkes publik geworden war, lud er meinen Mann und mich zu einem Privatgespräch in die Tuilerien ein. Wir nahmen die Einladung an, was blieb uns auch anderes übrig.

Bei unserer Ankunft eilte Joséphine zu mir und umarmte mich. »Meine liebe Désirée«, rief sie überschwänglich. »Ich muss Ihnen die Orchideen im Treibhaus zeigen. Sie blühen in allen Farben – rosa, weiß, gelb und violett –, es ist eine wahre Pracht. Kommen Sie, Sie dürfen sich eine aussuchen.« Sie nahm meinen Arm und zog mich hinaus zu den Treibhäusern.

Auf der Rückfahrt schwieg mein Mann sich über seine Unterredung mit Napoleon aus. Erst als wir in unserem Haus waren, führte er mich ins Schlafzimmer, um mir darüber zu berichten. In allen anderen Räumen bestand die Gefahr, von unseren Dienstboten belauscht zu werden, von denen wir nicht wussten, ob und wie viel sie Napoleon weitererzählten.

»Mach dir keine Gedanken«, sagte Bernadotte leise. »Napoleon und ich haben ein Bündnis geschlossen.«

»Was für ein Bündnis?«

»Zuerst hat er mir lang und breit erklärt, mit der Kaiserwürde erfülle er nur den Willen des Volkes. Dann wies er mich darauf hin, dass sich diesem Willen alle Franzosen beugen müssen und es nicht zu tun, schädlich sei. Anschließend forderte er mich auf, mit ihm und dem französischen Volk in eine Richtung zu marschieren.«

»Wohin?« Ich musste lachen. »Und was hast du dazu gesagt?«

»Dass ich gehofft und geglaubt habe, Frankreich könne auch als Republik fortbestehen. Dieser Meinung war Napoleon nicht.« Bernadotte seufzte. »Er wollte wissen, ob er mir angesichts meiner republikanischen Gesinnung trauen könne. Das habe ich bejaht und ihm meine Treue zugesichert. Für Frankreich. Und dieses Wort werde ich halten.«

»Er wird eine neue Regierung bilden«, vermutete ich. »Die Konsuln wird er abschaffen.«

Bernadotte zuckte die Achseln. »Sicher bekommen wir auch eine neue Verfassung. In der stehen wird, dass die Kaiserwürde bei Napoleons Tod auf seine männlichen Nachkommen übergeht.«

Ich fragte mich, wer diese Nachkommen sein sollten.

»Zuletzt hat er mir einen Posten angeboten.« Trotz allem klang mein Mann zufrieden.

»Welchen?«, erkundigte ich mich beunruhigt. Ich hoffte, es war weder ein Posten in der Armee noch der eines Gouverneurs in einer unserer Kolonien.

»Er beruft sich auf König Philipp II., der das Amt des Marschalls von Frankreich eingeführt hat. Unter Napoleon wird daraus der Marschall des französischen Kaiserreichs. Dazu wird er achtzehn seiner besten und treuesten Generäle ernennen. Ich soll einer von ihnen sein.«

»Ach.« Ich versuchte, Napoleons Überlegungen nachzuvollziehen. Vielleicht hatte er daran gedacht, dass Bernadotte in der

Armee beliebt und ein erfolgreicher General war. Aber er war auch ein leidenschaftlicher Republikaner und hatte sich Napoleons Machtansprüchen widersetzt. Allerdings war er durch unsere Ehe mit Julie und Joseph verbunden. Vielleicht hatte Napoleon sich zuletzt gesagt, um Bernadotte komme er leider nicht herum.

Dann erinnerte ich mich daran, dass Napoleon ein gerissener Taktiker war. Womöglich war es weder die verwandtschaftliche Beziehung, die ihn hatte großmütig werden lassen, noch sein Respekt vor Bernadotte als General, sondern die Absicht, Bernadotte, den Kritiker, mit einem hohen Amt zu bestechen und auf die Weise mundtot zu machen.

Wie dem auch sei, ich war für Napoleons Entscheidung dankbar. Bernadottes Augen glänzten wie seit Langem nicht mehr.

»Kannst du dir das vorstellen, Liebste? Jean-Baptiste Bernadotte, der vaterlose Junge aus dem Béarn, der zu arm war, um seine Ausbildung zum Advokaten beenden zu können, wird Marschall des französischen Kaiserreichs?«

Ich streichelte seine Wange. »Das kann ich mir sehr gut vorstellen. Für mich gibt es dazu keinen verdienstvolleren Mann als dich.«

Mir fuhr durch den Sinn, dass Napoleone Buonaparte, dem vaterlosen Korsen, zu arm, um sich ein vernünftiges Essen leisten zu können, ein noch größerer Aufstieg gelungen war. In was für eigentümlichen Zeiten wir lebten.

Zur Sicherheit fragte ich: »Du hast das Angebot doch angenommen, oder?«

Bernadotte nickte und legte die Arme um mich. »Ich musste ihm einen Treueeid schwören. Ich habe geschworen, Frankreich zu dienen. Und das werde ich tun, selbst wenn es diesen Schurken einschließt.«

Doch damit war es noch nicht genug. Mein Mann wurde von Napoleon auch zum Fürsten von Pontecorvo ernannt. Auf die Weise wurde ich zur Fürstin und erhielt meine erste Krone.

Alle Familienmitglieder und Favoriten Napoleons wurden mit herrschaftlichen Titeln und den dazugehörigen Ländereien beschenkt, die Napoleon den besiegten Feinden Frankreichs abgenommen hatte. Der Großteil ging an seine Mutter, seine Geschwister und an Joséphine.

Pontecorvo war ein kleines Fürstentum, in dem weniger Menschen lebten als in Marseille. Weder Bernadotte noch ich war jemals dort gewesen, ich hätte zuerst nicht einmal sagen können, wo Pontecorvo zu finden war. Nun wusste ich, es lag südlich von Rom und nicht allzu weit vom Tyrrhenischen Meer entfernt. Allerdings würden wir nicht dorthinziehen, Bernadotte würde sein Fürstentum vielleicht dann und wann besuchen, vor allem aber die Ehre seines Fürstentitels genießen.

Darüber hinaus erhielten wir das schöne Stadthaus des Generals Jean-Victor Moreau, den Napoleon nach Amerika verbannt hatte. Es lag in der vornehmen Rue d'Anjou. Allerdings fehlte die Einrichtung, die hatte Joséphine für sich beansprucht und nach Malmaison bringen lassen. Als Ersatz gestand Napoleon uns eine hohe Geldsumme zu, mit der wir uns neu einrichten konnten. Auch mit Bernadottes Marschalltitel war ein ansehnlicher Betrag verbunden.

Und nun saß ich mit Joséphine in ihrem Salon, inmitten der hektischen Vorbereitungen für ihre Krönung.

»Aber die Hexe hat noch etwas gesagt«, flüsterte sie. »Sie hat mich … gewarnt.« Plötzlich wurde sie blass und drückte eine Hand auf ihre Brust.

»Wovor hat sie Sie gewarnt?«, fragte ich aufgeregt.

Joséphine wandte den Blick zur Seite und schüttelte den Kopf. »Nichts. Wahrscheinlich habe ich mich verhört. Es war nur das Gebrabbel einer alten Frau.« Sie rang sich ein Lächeln ab und sah sich um. »Ist dieser Salon nicht prächtig? Alles ist so luxuriös wie in einem Märchen aus Tausendundeiner Nacht. So wird auch der morgige Tag sein.« Sie richtete ihren Blick auf die Tabletts voller Juwelen, die Bedienstete vor sie gestellt hatten. »Leider hat Napoleon noch immer keine Lösung für die Jungfrauen gefunden.«

»Welche Jungfrauen?«

Joséphine kicherte. »Sie wissen, wie detailverliebt er ist, wie perfektionistisch. Er hat gelesen, dass bei den Kaiserkrönungen im alten Rom Vestalinnen den Gekrönten am Altar segneten.«

»Davon habe ich noch nie gehört«, antwortete ich und beobachtete, wie gierig Joséphine den Schmuck beäugte.

»Talleyrand und Sieyès hatten den Auftrag, in Paris Jungfrauen zu finden.« Sie lachte amüsiert. »Aber sie finden keine. Es sei denn, wir nehmen Nonnen.«

Ich war mir sicher, dass es in Paris Jungfrauen gab, aber ich wollte mich nicht einmischen.

»Ich konnte ihnen leider nicht helfen, mir sind keine Jungfrauen bekannt. Ich weiß kaum noch, was das Wort bedeutet.«

Joséphine nahm ein Schmuckstück auf und hielt es ins Licht. »Genug geplaudert, Sie müssen zur Anprobe, Désirée.«

Ich ließ mir mein Kleid geben und streifte es hinter einem Paravent über. Anschließend begutachtete ich mich in den Spiegeln, die Joséphine hatte aufstellen lassen. Bei der Krönung würde ich eine von Joséphines Hofdamen sein, und wir alle trugen das gleiche Kleid, eine schlichtere Version des Meisterwerks aus Satin und Tüll, in dem Joséphine gekrönt würde.

Meine Schneiderin zupfte an dem Kleid herum. Ich drehte mich und fand mich wundervoll.

Joséphine deutete auf ihr Krönungskleid. »Wie gefällt Ihnen mein Kleid? Es ist genau, wie Napoleon es gewünscht hat.«

Es wunderte mich nicht, dass Napoleon hinsichtlich des Kleides präzise Vorstellungen gehabt hatte und Joséphine klug genug gewesen war, sich nach ihnen zu richten.

»Ihr Kleid ist ein Traum.« Noch nie hatte ich ein prunkvolleres Gewand gesehen. Es bestand aus perlweißem Satin. Der Saum, die Vorderseite, der hochangesetzte Gürtel und die kleinen Puffärmel waren mit goldfarbenem Tüll verziert, den Ausschnitt umrandete ein zarter, duftiger Stehkragen. Dazu würde sie eine mit großen Diamanten besetzte Kette, diamantene Ohrringe und Armbänder tragen. Ihre schwere, goldbestickte Schleppe aus rotem Samt würde einen Teil des Mittelgangs von Notre-Dame bedecken.

Nachdem Joséphine sich eine Weile in den Anblick ihres Kleids vertieft hatte, sah sie mich an und lächelte. »Sie sehen wunderschön aus, Désirée. Alle meine lieben Schwestern sollten morgen hübsch aussehen, das war Napoleons ausdrücklicher Wunsch. ›Die Frau Cäsars muss von schönen und guten Hofdamen umringt sein‹, hat er gesagt. Und Sie sind beides, Désirée, Sie sind gut und schön.«

Ich bedankte mich für das Kompliment. Jede Hofdame hatte zehntausend Franc erhalten, um sich für die Krönung mit Kleid und Schmuck auszustatten, doch sowohl Julie als auch ich hatten mehr ausgegeben. Bernadotte war einverstanden gewesen. Wir hatten genug Geld, und er wusste, was am morgigen Tag von mir erwartet wurde. Dennoch hatte er mich darauf hingewiesen, dass eine französische Familie im ganzen Jahr nur den Bruchteil meiner Ausgaben zur Verfügung hatte.

Joséphine schlüpfte in einen rosenroten Morgenmantel aus Seide, stellte sich vor einen Spiegel und hielt ihr Krönungsgewand vor sich. »So viel Pracht«, murmelte sie verzückt.

Sie reichte das Gewand an eine Näherin und trat zu mir. »Soll ich Ihnen ein Geheimnis verraten?«, flüsterte sie.

Meine Schneiderin, die vor mir auf dem Boden kniete und noch etwas am Saum änderte, seufzte und bat mich stillzuhalten.

Joséphine zog mich von ihr fort in eine Ecke. Mit vergnügt funkelnden Augen sah sie mich an. »Ich sage es nur Ihnen, Sie waren immer am nettesten zu mir.« Sie führte ihren Mund an mein Ohr. »Heute Nacht werden wir heiraten.«

»Wer heiratet?«, fragte ich verwirrt.

»Napoleon und ich. Um Mitternacht.«

»Aber Sie sind doch schon verheiratet. Ich war bei Ihrer Trauung.«

»Das war nur eine standesamtliche Zeremonie, aber nun traut uns Kardinal Fesch«, wisperte Joséphine. »Dann sind wir auch vor Gott Mann und Frau, und der Heilige Vater gibt uns seinen Segen. Dieses Band kann niemand mehr zerreißen. Nicht einmal Letizia wird das gelingen.«

Bernadotte und ich waren nur standesamtlich getraut worden; Joseph und Julie ebenfalls, eigentlich alle Paare, die in der Zeit der Revolution geheiratet hatten. Bernadotte hatte die Kirche zwar von jeher respektiert, aber er war kein gläubiger Mensch, der kirchliche Segen hätte ihm nichts bedeutet. Napoleon wiederum hatte Frankreich mit der Kirche ausgesöhnt, doch ich war stets davon ausgegangen, dass es nur aus taktischen Überlegungen geschehen war. Dass er plötzlich fromm geworden war, wollte mir nicht in den Sinn. Auch bei Joséphine konnte ich es mir nicht vorstellen.

»Ich war bei Papst Pius«, fuhr Joséphine fort. »Er ist vor einigen Tagen angekommen.«

»Ja, aber was wollten Sie von ihm?«

»Ich habe ihm gesagt, dass es mir nicht recht erscheine, an seiner Krönungsmesse teilzunehmen und mich zur Kaiserin salben zu lassen, wenn ich nach den Gesetzen der Kirche nicht Napoleons Frau sei.«

Allmählich begann mir etwas zu dämmern.

»Daraufhin hat Seine Heiligkeit mit Napoleon gesprochen und erklärt, er salbe keine Frau zur Kaiserin, die in Gottes Augen eine Konkubine sei. Er bestand auf unserer kirchlichen Trauung, ohne die er nicht bereit war, uns seinen Segen zu geben. Hätte ich Napoleon darum gebeten, hätte er mir meinen Wunsch ausgeschlagen, aber nun würde er die Krönung durch den Papst aufs Spiel setzen und das wird er so kurz vor dem morgigen Tag nicht wagen.« Sie lächelte zufrieden. »Kardinal Fesch wird uns heute Nacht heimlich trauen.«

»Hat Napoleon Ihnen das nicht übel genommen?« Ich kannte seine Wutanfälle, wenn er das Gefühl hatte, von jemandem übertölpelt worden zu sein, auch wenn dies nur selten vorkam.

»Natürlich hat er das«, antwortete sie gleichmütig. »Er hat getobt. Ich habe geweint, mich vor ihn gekniet und ihn angefleht, mir zu verzeihen.« Sie legte die Hände zusammen und setzte eine zerknirschte Miene auf. »Dann habe ich ihm erklärt, dass wir auf diese Weise allen zuvorkommen, die an unserer Krönung Anstoß nehmen könnten. Niemand wird jemals behaupten können, dass etwas unrechtmäßig war, es würde bedeuten, Gottes Segen anzuzweifeln. Zu guter Letzt hat Napoleon mir verziehen.«

Ich konnte nicht anders, als sie zu bewundern.

Joséphine trat einen Schritt zurück, strich ihren Morgenmantel glatt und betrachtete sich im Spiegel. »Außerdem möchte er nicht auch noch mit mir streiten. Er hat genug mit seinen Schwestern und seiner Mutter zu tun.«

Ich verstand sie sehr gut. Hinter Joséphines Lächeln, ihrem Luxusbedürfnis und ihren Ränkespielen verbargen sich andere Gefühle, allen voran die Furcht, das, was sie erreicht hatte, wieder zu verlieren.

In diesem Jahr war sie erneut zu einer Wallfahrt aufgebrochen, diesmal nach Aachen, der ehemaligen Hauptresidenz Karls des Großen. Sie hatte darum gebetet, Napoleon zur Krönung das Kind schenken zu können, das er sich ersehnte, doch ihr Gebet war nicht erhört worden.

Seitdem waren aus Napoleons Andeutungen, sich scheiden zu lassen, Drohungen geworden. Auch seine Liebschaften versuchte er seit Neuestem nicht mehr vor Joséphine zu verbergen, sondern schlief mit seinen Geliebten in den Tuilerien, und als Joséphine ihn einmal auf frischer Tat ertappte, entschuldigte er sich nicht, sondern scheuchte sie aus dem Raum.

Ebenso wurden ihre Auseinandersetzungen zunehmend hässlicher und endeten in seinen Tobsuchtsanfällen und ihren Tränen.

Allerdings wusste ich das nicht von Joséphine, sondern von Julie. Auch Bernadotte bekam das ein oder andere mit. Er erzählte, dass Napoleon ein Modell von Notre-Dame hatte anfertigen lassen, in dem er die Krönungszeremonie mit kleinen Pappfiguren durchspielte. Joséphine schob er mal an seine Seite, mal näher zu den Hofdamen, ohne sich entscheiden zu können, wo er sie unterbringen sollte.

Julie hatte mir berichtet, dass Joseph auf seinen Bruder einredete, Joséphine nicht an seiner Seite zu platzieren.

Ich war mir sicher, dass Joséphine sowohl Napoleons Überlegungen als auch die Einflüsterungen seiner Familie kannte. Daher hatte sie die Initiative ergriffen und die kirchliche Trauung in die Wege geleitet, der Napoleon sich nicht entziehen konnte. Die kleine Pappfigur mit ihrem Namen hatte ihren Platz an seiner Seite errungen.

Selbst bei dem Festessen, das am Abend vor der Krönung in den Tuilerien stattfand, schossen die Schwestern und Letizia ihre Giftpfeile ab. Sie hätten glücklich sein sollen, immerhin würde Napoleon am nächsten Tag Kaiser der Franzosen, ein unglaublicher Erfolg für ihn und seine Familie, die vor noch nicht allzu langer Zeit ihr karges Dasein auf Korsika gefristet hatte. Doch die Damen waren nicht in Feierlaune.

Mit finsterer Miene ließen Letizia und ihre Töchter sich am Tisch nieder. Selbst Julie warfen sie einen bösen Blick zu. Meine Schwester würde Prinzgemahlin des Kaiserreichs werden, denn solange Napoleon keinen Erben hatte, würde Joseph als sein Nachfolger gelten und Prinz des Kaiserreichs sein. Die Schwestern hingegen waren von der Nachfolge ausgeschlossen und schienen die letzten Stunden vor der Krönung nutzen zu wollen, um doch noch einen neuen Titel zu ergattern.

»Warum werden wir nicht kaiserliche Prinzessinnen?«, fragte Elisa und blickte Napoleon zornig an. »Wie kannst du andere erhöhen und deine eigene Familie nicht?«

Napoleons Miene verhärtete sich, sein Blick blieb auf das Essen auf seinem Teller gerichtet. Es hätte mich nicht gewundert, wenn er aufgestanden wäre und den Speisesaal verlassen hätte. Doch dann sagte er: »Darf ich dich daran erinnern, dass es in unserem Land Tausende gibt, die sich um Frankreich verdienter gemacht haben als ihr? Und diese Menschen haben dafür nicht das Geringste verlangt. Insofern wäre es vielleicht klüger, du würdest dein selbstsüchtiges Gejammer unterlassen.«

Letizia lief dunkelrot an, beugte sich zu Napoleon vor und zischte: »Sprich nicht so mit uns oder hast du vergessen, dass wir deine Familie sind und vor allen anderen kommen sollten?« Wahrscheinlich war sie noch verärgerter als ihre Töchter. Sie hatte sich den Titel »Kaiserliche Mutter« gewünscht, würde jedoch »Madame Mutter seiner Majestät des Kaisers« sein.

Napoleon antwortete ihr nicht. Er hatte Letizia anlässlich seiner Krönung eine hohe Geldsumme zukommen lassen, ihr ein

Château in Brienne und ein Palais in Paris geschenkt, doch nicht einmal das stellte seine Mutter zufrieden.

»Ich habe große Lust, an dem Zirkus morgen nicht teilzunehmen«, fügte sie hinzu.

»Das geht mir genauso.« Paulines Blick zuckte zu ihrem Bruder und kehrte zu ihrer Mutter zurück. Sie lachte höhnisch auf. »Der Gedanke, mich vor einer Kreolin aus dem horizontalen Gewerbe zu verneigen, ist mir unerträglich.«

Joséphine wusste, wie sehr Napoleon solche Gehässigkeiten verabscheute und wie leid er die ewigen Sticheleien seiner Mutter und seiner Schwestern war. Also sah sie gelassen zu, wie diese Frauen Napoleons Unmut schürten. Auf den Eklat musste sie nicht lange warten.

Caroline lehnte sich zurück und fragte: »Wisst ihr, wann in Frankreich zuletzt eine Frau gekrönt wurde?«

Als niemand antwortete, fuhr sie fort: »Das war Maria de' Medici im Jahr 1610. Leider wurde ihr Ehemann, Heinrich IV., schon am nächsten Tag erdolcht.« Sie lächelte Napoleon boshaft an. »Ich weiß, wie sehr du an Geschichte interessiert bist. Lass uns hoffen, dass sie sich in deinem Fall nicht wiederholt.«

Julie wurden diese Gemeinheiten zu viel, sie wechselte das Thema und fragte Joséphine nach ihrem Kleid für den nächsten Tag.

»Es ist wundervoll«, antwortete Joséphine und sah meine Schwester dankbar an. »Noch schöner, als ich zu hoffen gewagt habe. Die Schleppe ist so lang, dass sie getragen werden muss.«

»Falls sie glaubt, ich trage die Schleppe, ist sie verrückt«, sagte Elisa an Pauline und Caroline gewandt. Alle drei lachten angesichts einer solch absurden Vorstellung.

»Ich würde nicht im Traum daran denken«, antwortete Pauline.

»Eine gute Idee.« Mit wütend blitzenden Augen warf Napoleon seine Gabel auf den Tisch. »Ihr werdet die Schleppe beide tragen.«

Pauline schnaubte gehässig und nahm einen Schluck Wein. »Wie kämen wir dazu? Wir sind die Schwestern des Kaisers.«

»Und Joséphine ist meine Frau«, presste Napoleon hervor.

Elisa schüttelte den Kopf. »Du bist unser Bruder. Wie kannst du verlangen, dass wir etwas tun, das unter unserer Würde ist? Erst recht, wenn man bedenkt, wessen Schleppe –«

Napoleon ließ sie nicht ausreden. »Es ist mein Recht, etwas von euch zu verlangen. Vergesst nicht, was ihr mir zu verdanken habt. Elisa wird Fürstin von Lucca, Pauline Herzogin von Guastalla und Caroline Großherzogin von Cleve und Berg. Keine von euch wird meiner Frau, der künftigen Kaiserin der Franzosen, das verweigern, was ihr zusteht.« Er griff nach seiner Gabel und aß wutschnaubend weiter.

Joséphine nippte an ihrem Wein und schwieg.

Pauline sah aus, als würde sie gleich in Tränen ausbrechen. Hilfe suchend wandte sie sich ihrer Mutter zu. »Müssen wir einer Frau wie Joséphine die Schleppe tragen, Mamma?«

Letizia betrachtete ihre Schwiegertochter hasserfüllt. »Einer Frau, die nicht weiß, was eheliche Treue ist?«

»Es reicht.« Napoleon schlug mit der Faust auf den Tisch und sprang auf. »Mir ist der Appetit vergangen. Komm, Joséphine.«

Joséphine lächelte sanft. »Wohin, Liebster?«

»Ins Bett.«

Joséphine stand auf und schmiegte sich an ihren Mann.

Napoleon ließ seinen Blick über die Tischrunde gleiten. »Morgen werde ich zum Kaiser gekrönt. Diejenigen von euch, die nicht an der Krönung teilnehmen, verzichten auf meine kaiserlichen Gaben. Diejenigen, die morgen da sein werden, richten sich nach meinen Befehlen. Etwas anderes dulde ich nicht, denn ich bin der Kaiser.«

»Hoffentlich bleibst du es auch«, sagte seine Mutter.

»Basta!«, schrie Napoleon und stierte seine Mutter mit vorquellenden Augen an. »Ihr undankbares Gesindel! Ich regiere Frankreich, doch alle Franzosen zusammen verursachen mir nicht so viele schlaflose Nächte wie ihr.«

Ich dachte an die Trauung, die noch in dieser Nacht stattfinden würde. Ganz offenkundig wussten die Damen Bonaparte nichts von ihr, und ich lächelte in mich hinein.

# KAPITEL 28

*Paris, 1804*

Am Krönungstag wurde ich in aller Herrgottsfrühe wach. Draußen schneite es, und in unserem Schlafzimmer war es so kalt, dass ich meinen Atem sah.

Beim Ankleiden stellte ich mir die glatten, schneebedeckten Straßen vor, die Menschenmassen, die sich wahrscheinlich schon jetzt am Weg von den Tuilerien zur Kathedrale Notre-Dame drängten, um einen Blick auf Napoleon zu erhaschen, den Mann, den sie zum Kaiser bestimmt hatten.

Der Tag der Krönung war ein Kompromiss. Papst Pius hätte sie gern an Weihnachten vollzogen, Napoleon hatte für den 9. November plädiert, dem Jahrestag seiner Machtübernahme. Zuletzt hatten sie sich auf den Morgen des 2. Dezember geeinigt.

An der Vorbereitung der Krönungsfeierlichkeiten hatten viele mitgewirkt, doch Napoleons Handschrift war bei allem unverkennbar. Er hatte sich von der Geschichte inspirieren lassen. Der Adler Julius Cäsars war sein kaiserliches Wappentier, die Bienen Childerichs von Tournai, dem ersten König Frankreichs, wurden zu seinem persönlichen Emblem.

Wir, Joséphines Hofdamen, trafen uns am frühen Morgen in Joséphines Gemächern in den Tuilerien, wo Frisörinnen,

Schneiderinnen und Kosmetikerinnen letzte Hand an uns legten.

Wegen der Zeitknappheit war ich bereits am Vorabend frisiert worden und hatte in der Nacht kaum geschlafen, aus Furcht, meine Frisur zu ruinieren.

Joséphine gestand mir, vor lauter Aufregung habe auch sie schlecht geschlafen. Dennoch war sie voller Elan und sah zauberhaft aus. Ihr Haar legte sich in Locken um ihren Kopf, sie war perfekt geschminkt, roch wunderbar nach ihrem Jasmin-Parfum und ihre Juwelen schimmerten und funkelten um die Wette.

»Ich bin froh, dass wir zur Krönung nicht nach Rom reisen mussten.« Sie drehte sich vor einem Spiegel und begutachtete ihr Aussehen. »Die Feierlichkeiten sind hier schon sehr aufwendig, stellen Sie sich vor, wir hätten das alles an einem fremden Ort bewerkstelligen müssen.«

Papst Pius hatte die Krönung in Rom vornehmen wollen, doch dagegen hatte Napoleon sich gewehrt. Ich bedauerte den Papst. Er war ein alter Mann, für ihn war es eine lange, beschwerliche Winterreise gewesen. Vielleicht hatte er es den französischen Gläubigen zuliebe getan, vielleicht, weil das Konkordat erst vor kurzer Zeit zustande gekommen und noch nicht gefestigt war, oder aber Napoleons Geldgeschenke vermischt mit Drohungen hatten gewirkt.

Als wir angekleidet waren, trafen wir uns unten in den Tuilerien mit Napoleon und dem männlichen Hofstaat. Napoleon war mit weißer, goldbestickter Hose und einem purpurroten Samtumhang bekleidet, weit genug geschnitten, um seine Leibesfülle zu kaschieren. Auf dem Kopf trug er einen goldenen

Lorbeerkranz. Die Zeremonialroben würde das kaiserliche Paar erst im Palast des Erzbischofs anlegen.

Napoleon studierte jeden der Versammelten mit kritischem Blick. Als er Joséphine taxierte, hielt ich den Atem an. »Hinreißend«, sagte er, und seine grünen Augen leuchteten auf. Mir schien, dass ich nicht die Einzige war, die einen erleichterten Atem ausstieß.

Als ich unter Napoleons Begleitern meinen Mann entdeckte, winkte ich ihn zu mir.

»Durchlaucht.« Lächelnd deutete er eine Verneigung an. Er war nicht ganz so prächtig wie Napoleon gekleidet, doch wenn man mich fragte, sah er tausendmal besser aus. Sein Umhang, die Kniebundhose, die Seidenstrümpfe, das Halstuch aus weißem Satin und die scharlachrote Schärpe, all das passte wundervoll zu seiner großen, kräftigen Gestalt.

»Du bist der schönste Marschall des Kaiserreichs, den man sich denken kann«, sagte ich liebevoll.

»Und du, meine Liebste, siehst ebenso entzückend aus wie Joséphine, obwohl der Kaiser gewünscht hat, dass keine Hofdame seiner Kaiserin ebenbürtig sein darf.«

Ich fühlte mich geschmeichelt und war mit einem Mal so glücklich wie seit Langem nicht mehr. Auch die freudige Erwartung, die in der Luft lag, fand ich wundervoll und wünschte mir, dass viele Franzosen sie teilten.

»Es ist so weit«, sagte Napoleon und warf meinem Mann einen ungeduldigen Blick zu. Bernadotte drückte mir rasch einen Kuss auf die Wange und kehrte in die Reihen der Marschälle und Höflinge zurück.

Seit dem frühen Morgen hatten wir das Rattern der Kutschen gehört, die auf dem Weg zur Kathedrale waren, nun würden wir uns der Prozession anschließen.

Ich fuhr mit Julie und den Schwestern Bonaparte in einer Kutsche. Joséphine und Napoleon folgten uns in einer vergoldeten Kutsche, die von acht goldbraunen Pferden gezogen und von zahlreichen Kavalleristen und den Klängen ihrer Militärkapellen begleitet wurde, von Kanonendonner und dem Geläut von Kirchenglocken.

»Schaut euch die Menschenmenge an«, sagte ich, als wir in die Uferstraße entlang der Seine bogen.

Es schneite und es war kalt, doch die Menschen standen dicht an dicht, ließen Napoleon und Joséphine hochleben, sangen und schwenkten kleine blau-weiß-rote Fahnen. Für die Fahrt, die sonst nur zehn Minuten dauerte, benötigten wir zwei Stunden.

Schließlich erreichten wir den Vorplatz der Kathedrale und wurden von ohrenbetäubendem Beifall und erneutem Kanonendonner empfangen. Ein Spalier von Soldaten stand in Habachtstellung. Der Jubel und Beifall wurden noch lauter, als die kaiserliche Kutsche hinter uns erschien.

In diesem Moment hörte es auf zu schneien und helle Sonnenstrahlen durchstachen die schwere Wolkendecke. Lächelnd deutete Julie auf das Licht, und ich dachte nicht zum ersten Mal, dass selbst der Himmel sich nach Napoleons Wünschen zu richten schien.

Wir verließen unsere Kutsche und traten zur Seite. An der kaiserlichen Kutsche half Napoleon Joséphine auszusteigen. Wieder schwoll der Beifall an, ihr Name wurde gerufen, und die Menschen reckten die Hälse, um ihren Schmuck und ihre

Kleidung zu sehen. Joséphine winkte ihnen, und Napoleon lächelte stolz.

Anschließend wurden wir in den Palast des Erzbischofs geführt, der sich der Kathedrale anschloss. Joseph und mein Mann halfen Napoleon in seinen schweren roten Krönungsmantel aus Hermelin, der mit goldenen Bienen und Lorbeerkränzen bestickt war. Er streifte weiße Handschuhe über und griff nach dem mannshohen goldenen Zepter.

Joséphine klatschte in die Hände. »Du siehst großartig aus.« Sie himmelte ihren Mann an.

»Wirklich?« Napoleon lächelte geschmeichelt. »Ich wünschte, mein Vater könnte mich sehen«, sagte er mit leiser Wehmut.

Nach dem Streit am Vorabend hatte Letizia ihre Drohung wahr gemacht und sich geweigert, an der Krönung teilzunehmen. Wahrscheinlich hatte sie gehofft, ihr Sohn würde in letzter Minute nachgeben und ihren Töchtern und ihr die Titel verleihen, die sie sich wünschten. Doch Napoleon war hart geblieben. Falls es ihm zusetzte, dass seine Mutter diesen großen Tag nicht mit ihm feierte, ließ er es sich nicht anmerken.

Joséphines Krönungsmantel war ebenfalls rot und aus Hermelin, nur die Goldstickereien waren nicht ganz so aufwendig wie bei ihrem Mann. Als sie ihn angelegt hatte, nickte Napoleon uns, dem Gefolge, zu und wir machten uns zum Einzug in die Kathedrale bereit.

Wie bei den früheren Königinnen Frankreichs wurde ein Thronhimmel über Joséphine gehalten, und die Schwestern Bonaparte griffen mit grimmigen Mienen nach der Schleppe. Julie und ich reihten uns hinter ihnen ein.

Unter Fanfarenstößen betraten wir die Kathedrale. Gleich

darauf setzte die Musik ein, auch sie so laut, dass mir war, als vibrierte sie in meinem Körper.

Da wir uns verspätet hatten, erwarteten uns in der überfüllten Kathedrale seit fast zwei Stunden Papst Pius, Geistliche, Minister und Adlige; sogar Abgesandte der Mameluken, gegen die Napoleon in Ägypten gekämpft hatte, waren gekommen und trugen die herrlichsten, mit Edelsteinen und Federn geschmückten Turbane. Erzbischof Jean-Baptiste de Belloy besprengte uns mit Weihwasser.

Meine Aufgabe war es, Joséphines Taschentuch auf einem Kissen zu tragen. Sie selbst kam nur mühsam voran, Napoleons Schwestern hielten ihre Schleppe nicht richtig, ließen sie mitunter schleifen, so dass Joséphine Schwierigkeiten hatte, die Last des schweren Pelzes mit sich zu ziehen. Am liebsten wäre ich vorgetreten und hätte die Schleppe an Paulines Stelle getragen.

Auf einer der Emporen entdeckte ich Jacques-Louis David mit seinem zerzausten dunklen Haar, Napoleons Lieblingsmaler, dessen Aufgabe es war, die Krönung in einem Gemälde festzuhalten. Ich fragte mich, wie es ihm gelingen sollte, die vielen Farben und Menschen wiederzugeben und zudem die Atmosphäre in der Kathedrale einzufangen, die Musik, das Raunen, das andächtige Staunen.

Schließlich nahm Joséphine ihren Platz vor Papst Pius und Erzbischof Belloy ein. Und dann kam der Moment, auf den wir alle gewartet hatten. Napoleon erschien, abermals begleitet von Fanfarenstößen. Ihm folgten die kaiserlichen Marschälle, die seine Insignien trugen – Krone, Reichsapfel, Kette, mehrere reich verzierte Schwerter. Bernadotte sollte den Kragen tragen, den Napoleon vor der Krönung ablegen würde.

Napoleon kam besser voran als Joséphine und kniete sich zu ihr vor den Altar. Papst Pius salbte ihre Hände und Stirnen mit Öl. Die früheren Monarchen Frankreichs hatten sich bei ihrer Krönung bäuchlings vor den Altar gelegt, das hatte Napoleon als zu demütigend abgelehnt.

Als Nächstes segnete der Papst die kaiserlichen Kronen auf dem Altar. Napoleons Krone war der Karls des Großen nachgestaltet worden, eine goldene, mit Schmucksteinen besetzte Bügelkrone. Das Original lag in der Wiener Hofburg und wäre ihm von seinen österreichischen Feinden wohl kaum zur Verfügung gestellt worden. Joséphines Krone aus Gold und mit Edelsteinbesatz auf acht flach geschwungenen Bügeln, war angeblich kostbarer als jede, die jemals von einer französischen Monarchin getragen worden war.

Als Papst Pius Napoleon die Krone aufsetzen wollte, glaubte ich meinen Augen nicht zu trauen, denn Napoleon nahm sie ihm aus den Händen und setzte sie sich selbst auf.

In diesem Augenblick donnerten wieder die Kanonen und meldeten ganz Paris, dass Napoleon zum Kaiser gekrönt worden war.

Mit einer kleinen Handbewegung winkte Napoleon Joséphine näher zu sich. Sie stand auf und wollte zu ihm treten. In diesem Moment ließen die Schwestern Bonaparte die Schleppe los. Joséphine schwankte kurz, doch dann sammelte sie ihre Kraft und legte die wenigen Schritte ruhig und anmutig zurück. Napoleon schleuderte seinen Schwestern einen vernichtenden Blick zu, woraufhin diese leise kicherten.

Mit sanftem Lächeln kniete Joséphine sich vor Napoleon, und er setzte auch ihr die Krone auf. Offenbar saß sie nicht ganz so, wie er es wünschte, denn er justierte sie noch einmal nach. Joséphine hob den Kopf und sah ihren Mann mit Tränen in den Augen an. Napoleon lächelte wohlwollend.

Papst Pius segnete den Kaiser. *Vivat in aeternum semper Augustus*. Napoleon las die Eidesformel, mit der er schwor, die Unversehrtheit der Republik zu erhalten, die Gesetze zu respektieren und dafür zu sorgen, dass diese respektiert wurden.

Jacques-Louis David hatte sich über seinen Zeichenblock gebeugt, seine Hand mit dem Stift flog nur so über das Papier. Ich überlegte, ob er es wagen würde, die mürrischen Mienen der Schwestern Bonaparte naturgetreu wiederzugeben.

Anschließend setzte erneut Musik ein, draußen wurden Salutschüsse laut. Napoleon war nun Kaiser der Franzosen und Joséphine unsere Kaiserin.

Auf dem Rückweg zu den Tuilerien fuhren wir einen großen Umweg durch die Straßen von Paris. Aus ihrer goldenen Kutsche winkten Napoleon und Joséphine den vielen Menschen, die aus ganz Frankreich gekommen waren, um ihnen zu huldigen. In Fenstern und Balkonen hingen Fahnen mit einem großen N darauf, und auf Napoleons Geheiß brannten in allen öffentlichen Gebäuden Öllampen.

Auch dieser Tag war zu einem Nationalfeiertag bestimmt worden. An das Volk wurde kostenloses Essen ausgeteilt und aus den Brunnen floss Rotwein für alle. Am Abend würde es ein großes Feuerwerk geben.

Die Säle des Palais des Tuileries waren mit Flieder, Lilien, Orchideen und Oleander aus den Treibhäusern geschmückt, die langen Bankettische festlich gedeckt, und überall brannten Kerzen. Zum Auftakt reichte man uns Champagner.

Ebenso wie alle anderen, die bei der Krönung eine Aufgabe gehabt hatten, und sei sie noch so klein gewesen, atmete ich auf und war froh, dass alles wie geplant abgelaufen war. Die geladenen Gäste, auch sie großartig gekleidet, suchten die Nähe des Kaiserpaars, um es zu beglückwünschen.

Napoleon ließ seinen Blick über die Menschen, den Blumenschmuck, das Lichtermeer der Kerzen wandern und wirkte zufrieden. Als er seine Hand hob, verstummten die Gespräche, alle sahen ihn erwartungsvoll an. Doch statt einen Trinkspruch auszubringen, entschuldigte er sich und erklärte, er und die Kaiserin würden nur zu zweit in ihren Privatgemächern speisen.

Die Schwestern Bonaparte standen in meiner Nähe, und Elisa sagte laut: »Maman hatte recht, dieser Veranstaltung fernzubleiben. Ich wünschte, ich hätte es auch getan.«

Napoleon tat, als hätte er es nicht gehört. Mit einem zärtlichen Blick reichte er Joséphine die Hand und sagte: »Während des Essens musst du deine Krone aufsetzen. Keine Frau kann eine Krone anmutiger tragen als du.«

Joséphine lächelte und sah die Schwestern Bonaparte an. »Genießen Sie das Diner«, sagte sie mit samtweicher Stimme und verließ den Saal mit ihrem Mann.

# KAPITEL 29

*Paris, 1805*

»Maman«, sagte Oscar. »Was ist ein ›Februar‹?« Auf dem Frühstückstisch lagen die Morgenzeitungen, und Oscar versuchte, die Schlagzeilen zu lesen.

»Das ist der Name des Monats, den wir gerade haben.«

»Nein, der heißt Pluviôse.«

»So hieß er nach dem Revolutionskalender. Nun nennen wir ihn wieder Februar. Kaiser Napoleon hat den alten Kalender wiedereingeführt.«

Oscar runzelte die Stirn. »Und was kommt danach? Nicht mehr Ventôse?«

»Der nächste Monat heißt März.«

»März«, wiederholte Oscar, um sich das Wort einzuprägen. »Und woher weißt du das?«

Ich setzte mich zu ihm. »Als ich ein Mädchen war, haben wir den alten Kalender benutzt, und ich habe dessen Monatsnamen nicht vergessen.«

Ich war froh, dass wir wieder die früheren Monatsnamen verwendeten, an die des Revolutionskalenders hatte ich mich nie richtig gewöhnt. Vielleicht waren sie mir zu kindlich – Pluviôse war der Regenmonat, Ventôse der Windmonat, Thermidor der Hitzemonat, Floréal der Blumenmonat.

Auch die egalitäre Sparsamkeit der Revolutionsjahre hatte Napoleon beendet. Nach seinen Worten sollten Frankreich und seine Regierung zur Opulenz der Bourbonenkönige zurückkehren. Frankreich sei wieder ein reiches Land und alle Welt solle es wahrnehmen. »Ich möchte Herrlichkeit«, erklärte Napoleon. »Die Franzosen sollen Gold und Glanz sehen.«

Auch die Tuilerien sollten noch prächtiger werden. Napoleon ließ einen neuen Bankettsaal einrichten, an dessen Stirnseite zwei vergoldete Thronsessel standen. Die Wände des Palasts erhielten Tapeten aus Seide und Brokat; der kaiserliche Adler fand sich in der Stuckatur und in den Tischbeinen wieder; die Bienen, die er zu seinem Emblem gewählt hatte, sah man auf den Teppichen und Vorhängen, auf seinen Kutschen und im Schmuck der Kaiserin und ihrer Hofdamen.

»Ich werde den Schwan als mein Emblem wählen«, erklärte Joséphine meiner Schwester und mir bei einem unserer Besuche. Sie bat uns häufig zum Tee oder zum Kartenspielen oder sie lud uns auf ein Glas Wein ein, und wir wussten, wie töricht es wäre, eine solche Einladung auszuschlagen.

»Eine gute Idee«, sagte ich und meinte es auch so. Der Schwan passte zu Joséphine. Wenn er an einem vorbeizog, war er der Inbegriff von Grazie und Eleganz, doch unter der Oberfläche arbeiteten seine Füße stetig, um ihn voranzutreiben. Und wehe, man griff ihn an.

Wieder einmal hatte mein Mann mich und Oscar verlassen müssen. Napoleon hatte ihn zum Gouverneur von Hannover ernannt. Dort übernahm Bernadotte das Kommando über die Hannover-Armee, einen Teil von Napoleons Grande Armée, die sich erneut auf einen Krieg vorbereitete.

Zusätzlich zu den bereits existierenden Truppenverbänden hatte Napoleon den Senat angewiesen, weitere 80000 Männer ausheben zu lassen, und besaß nun eine Gesamtstreitmacht von rund 180000 Soldaten. Mit diesem Riesenaufgebot wollte er gegen Österreich und dessen Verbündete Russland und England vorgehen.

Vorher hatten wir auf dem Champ de Mars an einer Truppenparade teilgenommen und die Männer verabschiedet, die Richtung Osten marschieren würden. Es war ein großartiges Bild gewesen, als die goldenen Adler der Standarten in exakten Reihen an uns vorüberzogen.

Oscar griff aufgeregt nach meiner Hand und flüsterte: »Maman, da ist mein Patenonkel.«

»Ja, du hast recht.«

Napoleon stand auf einem Podest, den Blick auf die im Karree aufmarschierenden Truppen gerichtet und umgeben von jubelnden Zuschauern.

Ich fand, die Zivilkleidung der vergangenen Jahre hatte ihm besser gestanden als die enge kaiserliche Uniform, die ihm ein kugelförmiges Aussehen verlieh. Dennoch ging von ihm eine ungeheure Energie aus, eine geballte Kraft, die nur darauf wartete, freigesetzt zu werden.

Die Truppen nahmen vor ihm Aufstellung.

»Soldaten«, rief Napoleon. »Die Adler der Standarten führen euch an. Schwört ihr, sie mit eurem Leben zu verteidigen?«

Der Schwur erfolgte mit ohrenbetäubendem Gebrüll. Die

Zuschauer applaudierten und schwenkten blau-weiß-rote Fähnchen.

Wieder ergriff Napoleon das Wort. »Die Habsburger und ihre Freunde haben mich daran erinnert, dass ich Soldat bin. Sie wollen Krieg, dann werden sie ihn bekommen!«

Für die Zeit seiner Abwesenheit hatte Napoleon Joséphine Verhaltensvorschriften hinterlassen, die sie gehorsam befolgte. Man sah sie in der Oper in ihrer Loge. Wenn sie im Park der Tuilerien spazierte, hörte sie sich die Bittgesuche der Besucher an. Sie gab Empfänge und Feste und sorgte dafür, dass der kaiserliche Hof zum Zentrum von Politik, Kunst und Mode wurde. Ich war bei diesen Treffen und Festlichkeiten ein häufiger Gast.

Zu meiner Verwunderung hatte Napoleon die alten Regelwerke der Bourbonen aus den Archiven holen lassen und sie studiert. Sie bestimmten nun jedes Detail des Palastlebens, angefangen vom Betreten des Palasts bis zu seinem Verlassen. Offenbar wollte Napoleon in der Einhaltung der Etikette strenger als die Bourbonen sein.

Zu den Vorschriften, nach denen Joséphine sich richten musste, gehörte unter anderem, dass sie sich mindestens dreimal am Tag umzog und kein Kleid zweimal trug. Sie hatte Dienerinnen, die sich ausschließlich ihrer Garderobe und der Pflege ihres Schmucks widmeten. Und ständig sprachen Schneider und Goldschmiede bei ihr vor, um ihr die neuesten Kreationen zu zeigen. In der Zeitung stand, sie besitze mehr Schmuck als Marie-Antoinette.

Mehr noch als zuvor wurde Joséphine in Modefragen tonangebend. Diejenigen, die nicht die Ehre hatten, sie persönlich zu kennen, konnten die Zeichnungen ihrer Kleider in den Modejournalen bewundern. Der Stil schmal geschnittener Kleider mit hoher Taille und fließendem Rock, den Joséphine bevorzugte, seit ich sie kannte, erhielt einen neuen Namen und wurde zur Empiremode. Allerdings wurden die Stoffe nun aufwendig bestickt und statt zu Seide und Seidenchiffon griff man seit Neuestem oftmals zu Samt.

Als der Sommer allmählich in den Herbst überging, reisten meine Gedanken häufig nach Osten, wo Bernadotte sich bereit machte, gegen Österreich zu kämpfen. Wir waren noch nie so lange wie dieses Mal voneinander getrennt gewesen, und ich sehnte mich nach meinem Mann. Auch Oscar fragte immerzu nach ihm.

Im Oktober reiste Joséphine nach München, um sich mit Napoleon zu treffen. Sie würde eine Zeit lang fortbleiben, nicht einmal zu Weihnachten sollte sie in Paris sein.

Mir war es recht, Weihnachten im kleinen Kreis zu feiern und nicht bei einem Festessen in den Tuilerien. Mich grämte nur, dass Bernadotte nicht bei uns sein konnte.

Schließlich lud ich Joseph, Julie und ihre Töchter zu uns ein; Julie hatte mittlerweile ein zweites Mädchen zur Welt gebracht, die kleine Charlotte Napoléone.

Auf Napoleons Wunsch würde Joseph demnächst nach Neapel ziehen, um das Gebiet in den französischen Machtbereich einzugliedern. Zu meinem Kummer würde Julie mit ihm gehen. Der Gedanke, bald ohne sie zu sein, war für mich nur schwer zu ertragen.

Doch an Weihnachten waren sie noch in Paris und bei dem Weihnachtsessen berichtete Joseph, dass es, nachdem Napoleon in Österreich einmarschiert war, bei einem Ort namens Austerlitz zu einer großen Schlacht gekommen war, aus der Frankreich siegreich hervorgegangen war. Die antifranzösische Koalition hatte sich daraufhin aufgelöst, und Napoleon residierte in Wien im Schloss Schönbrunn der Habsburger.

Joseph las uns den Brief vor, den sein Bruder ihm direkt nach der Schlacht von Austerlitz geschrieben hatte. »*Ich möchte Dir sagen, wie zufrieden ich mit der Leistung all derer bin, die das Glück hatten, an dieser denkwürdigen Schlacht teilzunehmen. Meine Soldaten! Sie sind die besten Kämpfer der Welt. Die Erinnerung an diesen Tag und unsere Taten wird ewig währen. Noch in Tausenden von Jahren wird man sich an diese Schlacht erinnern, solange von den Ereignissen der Welt berichtet werden wird.*« Joseph wirkte tief bewegt.

»Sonst hat er nichts geschrieben?«, fragte Julie.

»Doch.« Joseph las weiter vor. »*Seit acht Tagen trage ich dasselbe Hemd. Doch ich fühle mich großartig. Kaiser Franz bittet um Frieden. Stell Dir das vor. Ein Kaiser aus einem alten Fürstengeschlecht erniedrigt sich und bittet mich, den Sohn einer einfachen korsischen Familie, um Frieden. Ich stehe nun auf dem Gipfel meiner Macht, bin Herr über das Schicksal Europas. Bald komme ich nach Paris zurück.*«

Wieder hatte Napoleon die besiegt, die auf ihn hinabgesehen hatten, und erneut Ruhm geerntet. Ich hoffte, dass er nun zufrieden war und Bernadotte bald zurückkehren konnte.

# Kapitel 30

*Mainz, 1806–7*

»Schmecken Sie das Fruchtige und das Spritzige?«, fragte Joséphine. »Spüren sie das leichte Prickeln auf der Zunge?« Sie führte das Glas zum Mund und atmete das Aroma des Weins ein, bevor sie das Glas in einem Zug leerte. Lachend wischte sie mit der Hand über ihren Mund. »Auf das Vergnügen! Und die Männer, die es uns bescheren.«

Sie war betrunken. Ich nahm einen kleinen Schluck des Rieslings und schaute aus dem Fenster auf die sanft gewellten Hügel auf der anderen Flussseite. Mit der gutturalen deutschen Sprache und dem reichhaltigen Essen kam ich nicht zurecht, doch die Aussicht von Napoleons barocker, am Rhein gelegener Residenz, war wunderschön.

Nun war ich also im Rheinland, in einer Stadt namens Mainz, die an einer großen Biegung des Rheins lag, mit Blick auf Weinberge, den breiten Fluss und gemächlich vorbeiziehende Frachtkähne. Unter Napoleon war Mainz französisch geworden.

Napoleon und seine Truppen befanden sich mittlerweile auf dem Weg nach Polen, doch Joséphine und wir Hofdamen waren auf seinen Wunsch zurückgeblieben.

Für mich war der Aufenthalt in Mainz weder Vergnügen

noch Abenteuer, sondern ein Befehl, dem ich nur widerwillig gehorcht hatte. Mein Sohn war in Paris in der Obhut seines Kindermädchens und seines Lehrers, Julie in Neapel und Bernadotte bei Napoleon. Ich war wie ein ankerloses Schiff.

Joséphine war noch unglücklicher als ich. Zwar gab sie sich Mühe, einen fröhlichen Eindruck zu erwecken, doch ich sah, wie wenig es ihr behagte, dass Napoleon sie zurückgelassen hatte, um neue Gebiete zu erobern und neue Liebschaften einzugehen, wie man munkelte.

Mitunter griff sie nach meiner Hand und drückte sie an ihre Wange, als sehne sie sich nach der tröstlichen Berührung eines Menschen.

Die Tage versuchte sie mit hektischen Aktivitäten zu füllen – Schifffahrten auf dem Rhein, Ausritte mit einem deutschen Adligen, der das Wohlwollen Napoleons erringen wollte, Spaziergänge, Kartenspiele, und immer wieder Trinkrunden, bei denen sie dem Wein übermäßig zusprach. An manchen Tagen bestand sie darauf, dass wir bereits zum Frühstück das erste Glas tranken.

»Diesen Riesling lasse ich nach Paris bringen«, erklärte sie eines Abends mit schwerer Zunge. »So viele Kisten wie möglich. Napoleon wird sich freuen. Er hat gesagt, ich müsse für den guten Geschmack an unserem Hof sorgen, er könne das nicht. Wenn es nach ihm ginge, würden wir am Spieß gebratene Hühner essen und den Essig trinken, den man in Korsika als Wein bezeichnet.« Sie kicherte.

Gleich darauf bekam sie einen Schluckauf, zog die Knie an und schlang die Arme um sie wie ein kleines Mädchen.

Anfangs hatte ich angenommen, Joséphine sehne sich nach ihrem Mann. Inzwischen glaubte ich, sie wünschte vielmehr, dass er sich nach ihr sehnte.

Die Tage des Italienfeldzugs, als er sich nach ihr verzehrt und sie in seinen Briefen angefleht hatte, zu ihm zu kommen, waren zweifelsohne vorbei. Nun war sie diejenige, die bei ihm sein wollte, und er schrieb ihr, das Feldlager sei kein Ort für eine Dame. Es war eine Ausrede, wir wussten, dass ihm dort etliche Damen Gesellschaft leisteten.

Wenn Joséphine einen Brief von ihm erhielt – längst nicht mehr täglich –, zog sie sich nach der Lektüre in ihr Bett zurück und weinte, weil der Brief nüchtern und distanziert gewesen war.

Joséphine hungerte nach zärtlichen Worten. Sie wollte lesen, dass sie in seinem Herzen an erster Stelle stand. Ich konnte ihre Qualen bestens nachvollziehen. Wie gut ich mich noch an ähnliche Briefe erinnerte, so kalt, dass sie mich zum Weinen gebracht hatten. Ich erzählte es ihr nicht, es waren Erinnerungen, die nur mir gehörten und in der Vergangenheit begraben bleiben sollten.

Doch auf irgendwelchen Wegen war es Napoleon zu Ohren gekommen, dass Joséphine sich nach seinen Briefen den Tränen überließ.

*Ich habe erfahren, dass Du immerzu weinst*, schrieb er ihr. *Ich möchte, dass Du Dich meiner würdig erweist und Charakterstärke zeigst. Ich mag keine Schwächlinge.*

An den kalten Oktoberabenden versammelten wir uns in Joséphines Salon am Kaminfeuer. Wir durften erst zu Bett gehen, wenn die Kaiserin selbst zu schlafen wünschte, was häufig sehr spät der Fall war, manchmal brach bereits der neue Tag an. Ich nahm an, dass sie nachts nicht gern allein war. Aber sie schlief auch schlecht und fürchtete sich vor unschönen Gedanken, die sie in ihren schlaflosen Stunden bisweilen befielen. In der Regel mussten wir mit ihr spielen – Scharaden, Schach, Whist, Gesangswettbewerbe.

An diesem Abend hatte sie eine Kartenleserin einbestellt, eine dunkeläugige alte Frau mit einem malvenfarbenen Turban. Sie hatte ein kleines dunkelhaariges Mädchen bei sich, eine Dienerin oder Enkelin.

Joséphine ließ sich der Frau gegenüber nieder. Das Mädchen reichte der Alten zwei Kartenstapel.

Joséphine klatschte in die Hände und sagte aufgekratzt: »Das wird ein Spaß.«

Ich tauschte einen beunruhigten Blick mit Élise la Flotte, einer weiteren Hofdame Joséphines. Élise hatte dieselbe Klosterschule wie ich besucht und war in meinem Alter, jedoch schon verwitwet. An Joséphines Hof waren wir uns nach vielen Jahren wiederbegegnet und uns nähergekommen. Élise tröstete mich über Julies Abwesenheit hinweg und war mir um ein Vielfaches lieber als die Schwestern Bonaparte, die leider auch bei uns waren.

»Es wird ein Kind geben«, sagte die Wahrsagerin.

Joséphine schluckte aufgeregt. Sie war nun Anfang vierzig, und die Chance, noch einen Sohn zu gebären, wurde zunehmend kleiner.

»Ist das wahr?«, fragte sie begierig.

»Aber das Kind …« Die alte Frau schloss kurz die Augen. Als sie weitersprach, schien sie in Trance. »Ich sehe es nicht bei Ihnen. Es ist nicht Ihr Kind.«

Joséphine sah sie bestürzt an. Dann hellte sich ihr Gesicht auf. »Wahrscheinlich sehen Sie meine Tochter Hortense, die wieder schwanger ist. Sie wird meinem Mann einen zweiten Enkel schenken.«

»Hortense?« Die Wahrsagerin studierte die ausgelegten Karten. »Ist sie blond?«

»Nein, sie hat so dunkles Haar wie ich.« Nervös fuhr Joséphine sich durch ihr Haar. »Was sehen Sie noch?« Sie hob ihr Weinglas und bat mich, ihr nachzuschenken.

Wir alle kannten das Gerücht, dass Éléonore Denuelle, eine schöne junge Frau, die zu Napoleons Geliebten zählte, ein Kind von ihm erwartete. Aber ob sie blond oder dunkelhaarig war, wusste ich nicht.

Ich füllte Joséphines Glas und zog mich auf meinen Platz zurück.

Joséphine nahm einen hastigen Schluck.

»Ich sehe ein wunderschönes Haus«, murmelte die alte Frau. »Großartig wie ein Schloss.«

»Malmaison.« Joséphine lächelte. »Meine ganze Freude.«

Die Alte runzelte die Stirn. »Dort wachsen viele Pflanzen.«

»Das sind meine Treibhäuser. Ich züchte Pflanzen aus der ganzen Welt – sogar aus Amerika, Siam und Madagaskar.«

»Aber eine wird zu groß.« Die alte Frau starrte auf einen Punkt in der Ferne. »Sie droht, alle anderen Pflanzen zu ersticken. Sehen Sie sich vor.«

»Was soll das bedeuten?« Joséphine wurde ärgerlich.

Die Wahrsagerin hob die Schultern. »Ich sehe nur die Pflanzen. Achten Sie auf alles, was zu hoch wächst, und seien Sie vorsichtig.«

Joséphine setzte sich zurück. »Ich wollte von Ihnen keinen Rat zur Gartenpflege.« Sie griff nach ihrem Glas.

Erneut beugte die Alte sich über ihre Karten. »Ich sehe einen großen Sieg. Er wird Ihnen davon berichten.«

In dem Moment klopfte es an der Tür, und wir schrien erschrocken auf.

Im ersten Moment starrte Joséphine die Tür ängstlich an. Dann straffte sie die Schultern und wurde wieder zur Kaiserin.

Élise öffnete die Tür. Ein Dienstbote trat ein, verneigte sich vor Joséphine und übereichte ihr einen Brief. »Eine Nachricht von Seiner Majestät, dem Kaiser.«

Joséphine nahm den Brief und winkte den Dienstboten fort. Mit unsteter Hand öffnete sie den Umschlag. Doch als sie den Brief überflog, entspannten sich ihre Züge. Sie lächelte und las ihn uns laut vor. »*Noch nie wurde eine feindliche Armee vernichtender geschlagen. Ich habe die Preußen bei Jena mit geschickten Manövern außer Gefecht gesetzt und einen großen Sieg errungen.*«

Joséphine schaute die alte Wahrsagerin an. »Das ist der große Sieg, den Sie gesehen haben. Wenigstens in dem Punkt haben Sie die Karten richtig gelesen.«

Sie las weiter vor. »*Wieder haben meine Feinde eine Niederlage erlitten. Die Grande Armée ist die stärkste Kraft, die es jemals auf unserem Kontinent gab. Nur an Bernadotte geht kein Dank. Ich hätte ihn erschießen lassen oder wenigstens vor ein Kriegsgericht stellen sollen.*«

Betroffen ließ Joséphine den Brief sinken. Die Schwestern Bonaparte steckten die Köpfe zusammen und tuschelten aufgeregt miteinander. Élise griff nach meiner Hand.

»Es tut mir leid, Désirée«, sagte Joséphine mit aufrichtigem Bedauern. »Das hätte ich nicht vorlesen sollen.«

»Das macht nichts«, antwortete ich so gleichmütig wie möglich. »Wir wissen doch, wie aufgewühlt Männer sind, wenn sie aus der Schlacht kommen. Wahrscheinlich sind die beiden morgen schon wieder beste Freunde.«

Am nächsten Tag erhielt ich einen Brief von Bernadotte, in dem er den Streit mit Napoleon bestätigte. Offenbar waren sie kurz nach dem Sieg aneinandergeraten. Er klang noch immer zornig. *Napoleons Vorwürfe waren irrational*, schrieb er. *Nicht ein einziges Mal ließ er mich zu Wort kommen, sondern erklärte immer wieder, er solle mich erschießen lassen, werde nur davon absehen, um Dich nicht unglücklich zu machen. Dabei habe ich nichts anderes getan, als seinen Befehl auszuführen. Der Befehl lautete, mit meinen Männern nach Naumburg zu marschieren. Es war nicht klar, dass die entscheidende Schlacht bei Jena stattfinden würde, keiner von uns hatte eindeutige Meldungen erhalten. Napoleon nutzt nun die Gelegenheit, seinen Gefühlen freien Lauf zu lassen, der Rivalität und Eifersucht, die er mir gegenüber seit Langem empfindet. Angeblich verschont er mich Dir zuliebe. Ich glaube, in Wahrheit hasst er mich Deinetwegen.*

Glücklicherweise konnte er nicht sehen, wie viel Angst mir sein Brief einjagte. Ich ließ mir einen Tag Zeit, bevor ich die richtigen Worte für meine Antwort fand. Schließlich schrieb ich, ich könne seinen Verdruss nachvollziehen, und ich versuchte, ihn zu beschwichtigen. Bernadotte war ein guter, aufrechter Mann, doch wie er selbst wusste, brauste er rasch auf, und es fiel ihm schwer, bei Konflikten diplomatisch vorzugehen. Meine Hoffnung war, dass er und Napoleon sich wieder versöhnten oder sich in Zukunft wenigstens ruhig und sachlich begegnen würden.

Als Nächstes erfuhren wir, dass Napoleon im Triumph in Berlin, der Hauptstadt Preußens, einmarschiert war und im Stadtschloss der Hohenzollern residierte. Von dort aus schrieb er Joséphine einen Brief, bei dessen Lektüre sie in Tränen ausbrach und sich anschließend in ihr Bett zurückzog.

Am Nachmittag erfuhr ich den Grund. Da kam Pauline in unseren Salon und schwenkte einen Brief, den sie von Napoleon empfangen hatte. »Er hat einen Sohn!«, rief sie triumphierend.

Éléonore Denuelle hatte einen Jungen zur Welt gebracht, den sie nach der zweiten Namenshälfte seines Vaters Léon getauft hatte. Zwar war es ein unehelicher Sohn, doch er bewies, dass Napoleon nicht steril war und eine fruchtbare Ehefrau ihm einen Erben hätte schenken können. Sicherlich hofften seine Schwestern, dass er Joséphine nun verließ.

Am Abend rief Joséphine mich zu sich. Mit verweintem Gesicht lag sie in ihrem Bett und wirkte inmitten der vielen Kissen und der schweren Bettdecke unglaublich zart. Auf dem Nachttisch stand ein Tablett mit dem Abendessen, das sie nicht angerührt hatte. Sie klopfte auf die Bettkante. Ich ließ mich darauf nieder.

»Er will mich nur eifersüchtig machen«, erklärte sie mit zittriger Stimme. »Um sich meiner Liebe zu versichern. Er hat mir nie verziehen, dass ich mich in der ersten Zeit unserer Ehe noch anderweitig vergnügt habe. Nun stellt er mich auf die Probe. Aber ich werde diese Probe bestehen und ihm treu bleiben. Danach, wenn er wieder bei mir ist, wird unsere Liebe sich zu neuen Höhen aufschwingen.«

Vielleicht hatte sie recht. Einige Tage später schrieb Napoleon, er sei mit der Grande Armée auf dem Marsch durch Polen, um sich in absehbarer Zeit den entgegenkommenden Russen zu stellen. Er wünschte, sich mit Joséphine in Warschau zu treffen.

Am Tag darauf las sie uns beim Mittagessen Stellen aus seinem Brief vor. »*Die Nächte ohne Dich sind lang und kalt. Ich sehne mich nach Dir, bin nur von Schnee und Eis umgeben. In diesem trübseligen Leben bist Du meine einzige Quelle der Wärme und Freude.*«

Errötend ließ Joséphine den Brief sinken. In den vergangenen Wochen hatte der Kummer an ihr gezehrt, doch nun lebte sie sichtlich auf. »Den Rest kann ich nicht vorlesen, er ist zu intim.«

Pauline verließ den Speisesaal. Caroline und Elisa folgten ihr.

Joséphine lächelte in sich hinein und verspeiste ihr Mahl erstmals seit Wochen mit Appetit.

Es war ausgemacht, dass ich die Kaiserin begleiten und gleichzeitig meinen Mann wiedersehen würde, der mit der Grande Armée nach Osten gezogen war. Nach der langen Trennung konnte ich den Tag unserer Wiedervereinigung kaum erwarten. Am schönsten wäre es natürlich, wenn auch Oscar bei uns sein könnte, doch er war in Paris bei seinem Kindermädchen und seinem Lehrer besser aufgehoben.

Wir begannen uns auf die beschwerliche Reise durch das polnische Tiefland nach Warschau vorzubereiten. Vor Dezember würden wir nicht aufbrechen, und man hatte uns erklärt, dass wir mit Kälte, Regen oder auch Schneestürmen rechnen müssten.

Joséphine hatte zahllose Reisetruhen mit Kleidung und Schmuck nach Mainz gebracht, die wir nun wieder sorgfältig packten.

Inmitten unserer Arbeit erreichte Joséphine ein Brief von Napoleon. Élise und ich waren in Joséphines Schlafzimmer und sortierten ihren Schmuck in die Schmuckkästen, als der Brief gebracht wurde. Die Schwestern Bonaparte waren in Mainz unterwegs.

Joséphine riss den Brief erwartungsvoll auf und setzte sich auf ihr Bett, um ihn zu lesen. »Das glaube ich nicht«, sagte sie leise. Sie kroch in ihr Bett und rollte sich zusammen.

Élise und ich sahen uns unsicher an.

»Madame«, wagte ich mich vor. »Können wir Ihnen helfen?«

»Nein.« Sie drehte sich zu mir um.

Im einfallenden Tageslicht erkannte ich, dass sich in ihren Augenwinkeln Krähenfüße gebildet hatten. Ihre Sorgen, Enttäuschungen und ihr Alter machten sich langsam bemerkbar und kündigten eine Schlacht an, die sie nicht gewinnen konnte.

Wie seltsam, dass ich nie gedacht hatte, ihre Schönheit könnte eines Tages vergehen. Sie war noch immer schlank, ihre Bewegungen waren anmutig, und wenn sie gut gelaunt war, wirkte sie sprühend und voller Lebensfreude. Aber ihr Leben war nicht immer einfach gewesen und das hatte seine Spuren hinterlassen.

Auch die nächste Zeit würde nicht einfach werden, wie mir schien.

»Niemand kann mir helfen.« Joséphine hielt mir den zerknüllten Brief hin.

Ich strich die Seite glatt und las, was Napoleon geschrieben hatte. *Ich glaube, es wäre besser, wenn Du den Winter in Paris verbringst. Die Straßen nach Warschau sind schlecht und der Boden ist gefroren. Eine derartige Strapaze kann ich Dir nicht zumuten. Überdies geziemt es sich nicht, dass eine Kaiserin in Tavernen übernachtet und sich in einem Feldlager aufhält. Kehre nach Paris zurück.*

Mit anderen Worten, Napoleon hatte seine Frau ausgeladen, ihr sogar den Befehl erteilt, nicht zu ihm zu kommen. Seine Gründe verstand ich nicht, aber vielleicht waren es nur Ausreden, hinter denen etwas anderes steckte.

Wenige Tage später erhielt ich eine Depesche von Bernadottes Adjutant, in der er mir mitteilte, dass mein Mann bei einem Gefecht am Hals von einer Kugel getroffen worden war und mit knapper Not überlebt hatte. Er war von seinem Pferd gestürzt und auf einem Karren zu einem Feldarzt transportiert worden. Nun befand er sich in einem ostpreußischen Schloss Schlobitten, und der Feldarzt fürchtete um Bernadottes Leben.

Panisch lief ich zu Joséphine und las ihr die Nachricht vor. »Fahren Sie zu ihm«, sagte sie.

Ich bedankte mich, doch ich war zu durcheinander, um einen klaren Gedanken fassen zu können.

»Ihre Reisetruhen sind sicher noch gepackt«, sagte Joséphine.

»Ja, Madame.«

»Brechen Sie sofort auf. Und falls Sie Napoleon sehen … sagen

Sie ihm, dass ich ihn liebe, mich nach ihm sehne und mich überall mit ihm treffen würde, auch in Tavernen und Feldlagern.«

Als ich die lange Reise nach Ostpreußen geschafft und Schloss Schlobitten gefunden hatte – ein schlichtes Bauwerk, das von einer alteingesessenen Adelsfamilie bewohnt worden war –, war mein Mann auf dem Weg der Besserung.

Ich setzte mich an sein Bett, küsste ihn und hielt seine Hand, voller Erleichterung, dass er mir nicht genommen worden war.

Wir verbrachten stille, gemeinsame Tage. Es war zu kalt, um draußen spazieren zu gehen, doch ohnehin war Bernadotte noch so schwach, dass er nur wenige Schritte laufen konnte. Am liebsten ruhte er auf einem Sofa am Kamin. Dann setzte ich mich zu ihm und dankte dem Himmel, dass seine Halswunde gut heilte.

Napoleon und sein Gefolge hatten ihr Quartier in einem Schloss Finckenstein südlich von uns aufgeschlagen.

Eines Abends, als Bernadotte und ich unter schweren Plumeaus im Bett lagen, fragte ich ihn, ob Napoleon ihm einen Krankenbesuch abgestattet habe.

»Nein«, antwortete er. »Nach meiner Verwundung hat er mir ein einziges Mal geschrieben. Danach habe ich nichts mehr von ihm gehört.«

Über seinen Zwist mit Napoleon sprach Bernadotte nicht mehr, deshalb fragte ich auch nicht danach. Ich wollte nicht, dass er sich aufregte. Viel lieber erzählte er mir von einem Sieg, den er in einer Stadt namens Lübeck gegen die Preußen errungen hatte.

»Es war phantastisch«, schwärmte er. »Wir hatten schwedische Offiziere gefangen genommen, Verbündete Englands, die sich nach Lübeck abgesetzt hatten. Ich beschloss, sie nicht als Gefangene, sondern als Gäste zu behandeln. Bei unseren Gesprächen haben sie mir von ihrem Heimatland erzählt. Dort muss es schön sein, wir sollten einmal dorthinreisen.«

»Schweden«, murmelte ich schläfrig und gähnte. »Ja, warum nicht.«

Doch dann fragte Bernadotte etwas, das mich wieder hellwach machte. »Hast du schon gehört, dass Napoleon sich in eine polnische Gräfin verliebt hat?«

Ich drehte mich zu ihm um. »Was sagst du? Nein, davon wusste ich nichts.«

*Napoleon verliebt?* Es war allseits bekannt, dass Napoleon Geliebte hatte – mehr, als man an einer Hand zählen konnte –, aber bisher waren für ihn bei keiner dieser Damen große Gefühle im Spiel gewesen. Ich war mir sicher, dass er nur für Joséphine Liebe empfand.

»Es ist wahr. Unser kleiner General ist in diese Frau vernarrt.«

»Und wer ist sie?«

»Gräfin Maria Walewska.« Im Gegensatz zu mir wirkte Bernadotte nicht sonderlich überrascht. »Sie ist bei ihm in Schloss Finckenstein und der Grund, dass er Joséphine gebeten hat, nicht zu ihm zu kommen.«

»Also waren die schlechten Straßen, die Kälte und die unzureichenden Unterkünfte eine Ausrede«, murmelte ich.

»Warum wundert dich das?« Bernadotte lachte. »Hast du Napoleon für einen Heiligen gehalten?«

»Nein, aber ich dachte nicht, dass er sich verliebt. Das klingt nach etwas Ernstem.«

Bernadotte schnaubte verächtlich. »Alles, was ihn betrifft, ist etwas Ernstes.«

Ich kroch tiefer unter die Decke. »Hast du sie schon gesehen?«

»Ja. Und sie ist das genaue Gegenteil von Joséphine.«

»Inwiefern.«

»Blond. Mädchenhaft. Zurückhaltend. Hat sich seinen Avancen anfangs widersetzt, was Napoleon nicht mehr gewöhnt ist. Er hat sie bei seinem Einmarsch in Warschau gesehen. Sie stand in einen Pelz gehüllt am Straßenrand und winkte nicht. Er war fasziniert und hat ihr täglich Blumen schicken lassen.«

Ich dachte an Joséphine, die mich vor meinem Aufbruch gebeten hatte, Napoleon auszurichten, dass sie ihn liebe und sich nach ihm sehne. Es waren keine leeren Worte gewesen, Joséphine liebte ihren Mann tatsächlich.

Bernadotte sprach weiter. »Napoleon hat sie zum Essen eingeladen, doch sie hat abgelehnt. Er dachte, sie würde sich zieren und hat ihr Schmuck zukommen lassen. Sie hat den Schmuck zurückgeschickt und ihn darauf hingewiesen, dass sie verheiratet sei. Das hat Napoleon erst recht gereizt. Du weißt, wie sehr Männer Eroberungen lieben.«

»Und was hat er dann getan?«

»Er hat sie immer wieder eingeladen. Schließlich hat ihr Mann ihr zugeredet, dem Werben nachzugeben, da Polens Zukunft von Napoleon abhänge.«

»Wie merkwürdig.« Ich zog die Decke bis zu den Ohren. In diesem Schloss zog es überall. »Was weißt du noch über diese Marie … Waska.«

»Maria Walewska. Sie ist vermögend und schön. Spricht fließend Französisch, ist intelligent –«

Ich stieß ihn mit meinen kalten Füßen an. »Hast du dich auch in sie verliebt?«

Bernadotte beugte sich über mich und küsste mich, doch seine Wunde schmerzte noch zu sehr, um uns mehr zu erlauben. Mit einem Seufzer legte er sich wieder zurück. »Ich bin nicht in sie verliebt, aber ich bewundere sie. Maria Walewska taktiert nicht, sondern versucht, sich treu zu bleiben, was in den Kreisen unseres Kaisers selten ist. Sie war nicht darauf aus, Napoleons neueste Errungenschaft zu werden, wünschte weder Geschenke noch den Einfluss, der mit der Rolle seiner Geliebten verbunden ist. Sie liebt ihren Mann nicht, der alt und gebrechlich ist, doch wäre es nach ihr gegangen, wäre sie ihm treu geblieben. Inzwischen teilt sie Napoleons Bett und er sieht keine andere Frau mehr an.«

Ich ließ mir das durch den Kopf gehen. »Aber es muss eine ganz neue Liebe sein. Noch vor einer Weile hat er Joséphine aufgefordert, zu ihm zu kommen. Vielleicht ist es doch nur eine kurze, heftige Affäre.«

Bernadotte schüttelte den Kopf. »Es ist zwar noch ganz frisch, aber er liebt sie und ist verrückt nach ihr. Sie wohnt bei ihm und schläft nachts mit ihm in einem Bett, was er bisher nur Joséphine gestattet hat. Tagsüber schleicht er angeblich wie ein liebeskranker Jüngling um sie herum. So etwas habe ich seit Joséphine nicht mehr über ihn gehört.«

Zu meinem Erstaunen erhielt ich am nächsten Tag einen Brief von Napoleon, in dem er mich nach Schloss Finckenstein einlud.

Ich fuhr zu ihm. Natürlich tat ich das, niemand schlägt die Einladung eines Kaisers aus. Doch ich muss zugeben, dass mich auch die Neugier trieb. Ich hoffte, einen Blick auf Gräfin Walewska zu erhaschen.

Zu meinem Leidwesen empfing Napoleon mich allein in einem Arbeitszimmer.

In diesem Zimmer standen sein Stuhl und sein Schreibtisch auf einem Podest, so dass er auf seine Besucher hinabschauen konnte. Zugenommen hatte er auch wieder, doch am verblüffendsten war sein Gesichtsausdruck. Napoleon wirkte zufrieden, vielleicht sogar glücklich.

»Désirée Clary – nein, Désirée Bernadotte.« Er stand auf und winkte den Bediensteten fort, der mich zu ihm geführt hatte. »Wie es mich freut, im unwirtlichen Polen ein hübsches französisches Gesicht zu sehen.«

Ich deutete einen Knicks an. Offenbar hatte er sich vorgenommen, charmant zu sein. Er bat mich, auf einem Sessel Platz zu nehmen, und ließ sich mir gegenüber nieder. Ich gratulierte ihm zu seinem Sieg über Preußen.

Napoleon neigte dankend den Kopf. »Wie war die Fahrt hierher? Nicht zu kalt für eine Frau aus Marseille?«

»Ich hatte einen warmen Pelzmantel.«

Napoleon musterte mich mit schief gelegtem Kopf. Um seine Lippen huschte ein Lächeln. »Ich kann mir kaum vorstellen, dass das Mädchen, das ich einmal kannte, einen Pelzmantel trägt.«

Ich zwang mich, ruhig und entspannt dazusitzen. »Ich hätte mir vieles von dem, was seither geschehen ist, nicht vorstellen können.«

Er lachte und trommelte mit den Fingern auf die Armstütze seines Sessels. »Wie geht es Ihrem Mann? Ist er auf dem Weg der Besserung?«

»Ja, Sire, danke der Nachfrage.«

»Er wird froh sein, dass Sie gekommen sind, um ihn zu pflegen.«

»Ja, das ist er.«

»Sehr schön.«

Ich fragte mich, warum er mich zu sich gebeten hatte. Wenn er sich nach Bernadottes Gesundheitszustand erkundigen wollte, hätte es auch ein Brief getan.

Während ich überlegte, ob ich ihm Joséphines Botschaft ausrichten sollte, öffnete sich die Tür und eine schöne, blond gelockte Frau, die es offenbar nicht nötig hatte anzuklopfen, kam herein. Als sie mich entdeckte, wirkte sie verlegen und schenkte Napoleon ein schüchternes Lächeln. »Entschuldigen Sie, ich wusste nicht, dass Sie …« Ihre Stimme verebbte, doch ich hatte den harten polnischen Akzent herausgehört. Sie sah mich an, große blaue Augen, die mich rasch von oben bis unten maßen und einen bekümmerten Ausdruck annahmen. Es war der Kummer eines Kindes, arglos, unverhüllt und gleichsam resigniert. Angesichts Napoleons Ruf glaubte sie wohl, auf eine Nebenbuhlerin gestoßen zu sein.

Napoleon streckte die Hand nach ihr aus. »Komm her, mein Engel.« Ihr Blick war ihm nicht entgangen. Ihm entging nie etwas. »Die Dame gehört zu meiner Familie. Désirée Bernadotte ist die Schwester meiner Schwägerin Julie und die Frau von Marschall Bernadotte.«

»Oh!« Auf ihrem hübschen, glatten Gesicht zeichnete sich Erleichterung ab. Sie trat zu Napoleon.

Er griff nach ihrer Hand. »Désirée, darf ich Sie mit Gräfin Maria Walewska bekannt machen?«

Sie wandte sich mir zu. »Ich habe schon so viel über Sie und Ihren Mann gehört, Madame, und freue mich, Sie kennenzulernen. Wie geht es Ihrem Mann? Wahrscheinlich fühlt er sich besser, seit Sie bei ihm sind und ihn mit Ihrer Liebe umgeben.«

Ihr Französisch war tatsächlich einwandfrei, und der polnische Akzent hatte eigentlich etwas Reizvolles.

Ich bedankte mich und erklärte, dass es Bernadotte täglich besser gehe.

»Wir haben uns Sorgen um ihn gemacht.«

Napoleon schenkte ihr einen feurigen Blick und tätschelte ihre Hand. »Könntest du uns einen Augenblick lang allein lassen, Liebste, ich muss etwas mit Désirée besprechen. Es wird nicht lang dauern.«

»Natürlich«, antwortete sie und nickte mit wippenden blonden Locken. »Ich hoffe, wir sehen uns bald wieder, Madame Bernadotte. Bitte richten Sie Ihrem Mann meine besten Grüße aus.«

An der Tür warf sie Napoleon noch einen neckischen Blick zu. Dann war sie fort und nur der Fliederduft ihres Parfums blieb zurück.

Für einen Moment starrte Napoleon noch wie verhext auf die Tür, die sich hinter seiner Geliebten geschlossen hatte. Dann fasste er sich und konzentrierte sich wieder auf mich. Über die

Gräfin verlor er kein Wort. Ebenso wenig erkundigte er sich nach Joséphine, obwohl er wusste, dass ich noch vor Kurzem bei ihr gewesen war.

Mit geschäftsmäßiger Miene stand er auf, durchquerte den Raum zu einer schweren Holztruhe und klappte den Deckel auf. »Zar Alexander ist an einem Frieden mit Frankreich gelegen, und er hat mir drei wundervolle Pelzmäntel zukommen lassen. Es sind Mäntel, wie man sie im russischen Winter nötig hat.« Er holte einen schweren dunkelbraunen Pelz aus der Truhe. »Ich frage mich, wem ich sie schenken soll.«

Ich hatte keine Ahnung, worauf er hinauswollte, und schwieg.

»Die Mäntel sind sehr wertvoll, und ich werde einen für mich behalten. Meine Mutter bekommt den zweiten, vielleicht stimmt er sie froh. Über den dritten habe ich eine Weile nachgedacht und dann entschieden, dass Sie ihn haben sollen, Désirée.«

Für einen Moment verschlug es mir die Sprache. *Ich? Warum ich?* Und aus welchem Grund? Napoleon tat nie etwas ohne Grund.

Bevor ich ihn danach fragen konnte, sprach er bereits weiter. »Als Gegenleistung –« Er brach ab und blickte erneut zu der Tür, durch die seine jüngste Eroberung verschwunden war. Dann seufzte er und sah mich wieder an. »Als Gegenleistung erwarte ich Ihre Freundschaft … sollte ich sie einmal brauchen.«

# KAPITEL 31

*Paris, 1807*

Im Juli war es in einer ostpreußischen Stadt mit Namen Tilsit zum Frieden zwischen Frankreich, Russland und Preußen gekommen.

Triumphierend zog Napoleon am 15. August, seinem Geburtstag, in Paris ein und wurde mit Salutschüssen begrüßt. Am Straßenrand umjubelte ihn eine Menschenmenge, aus jedem Fenster beugten sich Leute, um einen Blick auf ihren erfolgreichen Feldherrn und Kaiser zu erhaschen.

Zur Feier seiner Siege hatte Napoleon vor einem Jahr den Bau eines Triumphbogens inmitten der Stadt in Auftrag gegeben, doch bisher waren von diesem nicht mehr als die Fundamente zu sehen.

Bernadotte und ich hätten mit Napoleon und seinen Truppen in die Stadt einziehen sollen, doch uns stand der Sinn nicht nach diesem Tamtam. Stattdessen eilten wir zu unserem Sohn, den wir seit langer Zeit nicht mehr gesehen hatten.

Oscar war gerade acht Jahre alt geworden und rannte uns entgegen, als unsere Kutsche vor unserem Haus in der Rue d'Anjou vorfuhr.

»Maman, Papa!«, rief er mit vor Freude überkippender Stimme.

»Oscar!« Mir schossen Tränen in die Augen, und ich drückte ihn an mich, wollte ihn überhaupt nicht mehr loslassen. Schmerzhaft berührt nahm ich wahr, dass er die prallen Pausbacken eines Kindes bereits zu verlieren begann und zum Jungen wurde. Aber wenigstens war sein Körper noch weich und bereit, sich an mich zu schmiegen.

»Ich habe eure Kutsche kommen sehen«, sprudelte er hervor. »Ich habe den ganzen Morgen gewartet, weil ich wusste, dass ihr heute kommt.«

»Wie groß du geworden bist«, sagte Bernadotte und zerzauste Oscars Haar. Da sein Hals noch immer steif war, bückte er sich mühsam, um unseren Jungen zu umarmen.

»Habt ihr mir etwas mitgebracht?«, fragte Oscar mit aufgeregt glänzenden Augen.

»Hm«, machte Bernadotte. »Es kann sein, dass in meinem Gepäck ein paar Zinnsoldaten stecken. Die hat mir ein schwedischer General geschenkt. Wir werden sie in meinem Arbeitszimmer aufstellen, dann kann ich dir vorführen, wie wir die Preußen besiegt haben.«

»Du musst mir zeigen, wo du warst und was du getan hast, als du sie zurückgetrieben hast.«

Mein Mann strahlte. Im Gegensatz zu Napoleon war unser Sohn vom militärischen Geschick Bernadottes felsenfest überzeugt.

Noch bevor unsere Reisetruhen ausgepackt waren und Bernadotte und Oscar sich den Zinnsoldaten widmen konnten, erhielten wir eine handgeschriebene Einladung von Joséphine, die uns bat, an diesem Abend mit der Familie Bonaparte in den Tuilerien zu speisen.

Als wir dort ankamen, standen die Fenster des Palasts offen, um die Düfte des warmen Sommerabends von draußen hereinzulassen.

Joséphine begrüßte uns in einem fliederfarbenen, mit Pfauenfedern verzierten Gewand. An ihren Armbändern, Ringen und der Halskette glitzerten Diamanten, und ich roch wieder den lieblichen Jasminduft ihres Parfums. Doch unter all der Pracht wirkte sie unwohl, die Augen waren geschwollen und das Rouge auf ihren Wangen konnte ihr Blässe kaum verbergen.

»Ich bin froh, dass Sie gekommen sind«, sagte sie und schlang einen Arm um meine Taille. »Wahrscheinlich sind Sie im siebten Himmel, endlich wieder zu Hause und bei Ihrem Sohn zu sein.«

»Das Jahr ohne ihn war lang.«

»Zu lang. Wir wollen hoffen, dass unsere Männer so bald nicht mehr in den Krieg ziehen.« Sie ließ mich los, um Julie und Joseph zu begrüßen, und erklärte, Napoleon werde jeden Augenblick erscheinen.

Julie begrüßte Joséphine liebenswürdig. Joseph dagegen lief wortlos an ihr vorüber zu seiner Mutter, küsste ihre Wangen und begann, sich mit ihr zu unterhalten.

Joséphine tat, als hätte sie den Affront nicht bemerkt. Doch sie entschuldigte sich bei Julie und mir und folgte Joseph. Vielleicht wollte sie hören, was er und seine Mutter zu bereden hatten.

Überglücklich schloss ich Julie in die Arme. Auch meine Schwester hatte ich seit Langem nicht mehr gesehen.

Sie hakte sich bei mir unter und führte mich durch die geöffneten Türen hinaus auf die Terrasse.

Ich musterte sie von der Seite. »Du siehst gut aus.« Sie trug ein lindgrünes Kleid, das ihr wunderbar stand, und ihre Wangen waren leicht gerötet. »Neapel scheint dir zu bekommen. Trotzdem wünschte ich, du wärst in Paris geblieben.«

»Du warst doch selbst fort«, antwortete sie. »Außerdem bleiben wir nun eine Zeit lang hier.«

»Das freut mich.« Ich drückte ihren Arm an mich.

Julie warf einen Blick zurück in den Empfangsraum. »Es ist alles wie immer. Joseph ist gerade erst zurückgekehrt, und schon streiten seine Mutter und seine Schwestern mit ihm.«

Ich drehte mich um. Mit zornigen Gesichtern redeten die Bonapartes aufeinander ein. Joséphine war nicht mehr bei ihnen. »Hoffentlich ist der Abend bald vorbei.« Ich wollte nach Hause, zurück zu meinem Sohn.

»Es geht wieder um Joséphine.«

»Ich wünschte, sie würden sich endlich mit ihr abfinden.« Jedes Mal, wenn die Damen Bonaparte glaubten, sie hätten Napoleon seine Frau vergällt, triumphierte diese über sie. »Joséphine hat mindestens so viele Leben wie eine Katze. Sie wird immer die Oberhand behalten.«

»Diesmal vielleicht nicht.«

Ich blieb stehen und starrte Julie an. »Wie kommst du darauf?«

»Sie hat etwas in Napoleons Räumen gefunden«, flüsterte Julie.

»Was? War es ein Bild seiner neuen Geliebten? Von Maria Walewska?«

»Schlimmer, es war eine Liste der heiratsfähigen Prinzessinnen Europas, unter denen Napoleon eine neue Ehefrau wählen kann. Sogar die Schwestern des Zaren sind darunter.«

Ich konnte es nicht glauben, die Vorstellung war einfach zu bizarr.

»Hinzu kommt, dass Joséphine von seiner Leidenschaft für diese polnische Gräfin weiß.«

»Ich bin ihr in Schloss Finckenstein begegnet.«

»Nein!« In Julies Gesicht malte sich die blanke Neugier. »Ist sie so schön, wie jedermann behauptet?«

Ich nickte.

»Napoleon hat vor, sie nach Paris zu holen. Er sucht bereits nach einem Haus für sie. Stell dir vor, auch sie bekäme ein Kind von ihm. Das würde die Lage für Joséphine noch verschlimmern.«

»Arme Joséphine«, sagte ich. »Die ganze Welt ist gegen sie.«

Julie lachte leise. »Arm würde ich sie nicht nennen. Hast du ihren Schmuck nicht gesehen?«

Napoleon erschien zum Essen. Es bestand aus gebratenem Huhn, Rosmarinkartoffeln und verschiedenen Gemüsesorten. Dazu tranken wir einen wundervollen Chambertin.

»Entschuldigt das einfache Mahl«, sagte Napoleon. »In Gedanken bin ich noch im Feld. An die Dekadenz, die an der Tafel der Kaiserin herrscht, bin ich noch nicht gewöhnt.«

»Wir sind froh, dass du gesund zu uns zurückgekehrt bist«, antwortete Joséphine. »In unserer Dankbarkeit hätten wir auch Hafergrütze gegessen.«

Napoleon murmelte etwas Undefinierbares und machte sich über sein Huhn her.

Joséphine, die keinen Bissen angerührt hatte, schob ihren Teller zurück und setzte sich gerade hin. »Ich glaube, jetzt ist der richtige Zeitpunkt.«

Es war eine rätselhafte Bemerkung, und wir sahen sie alle an.

»Ich wollte mit der frohen Botschaft warten, bis die ganze Familie versammelt ist«, fuhr Joséphine lächelnd fort.

Ich wartete gespannt. Vielleicht wollte sie uns mitteilen, dass sie endlich schwanger geworden war. Nein, das war ausgeschlossen, dazu war Napoleon zu lange fort gewesen.

»Mein lieber Sohn ist Vater eines kleinen Mädchens geworden. Es wird nach seinen Großeltern auf den Namen Joséphine Napoléone getauft.« Sie strahlte Napoleon an. »Ist das nicht wundervoll? Ein Baby für dich, das deinen Namen trägt.«

Was für eine verzweifelte Geste einer verängstigten Frau. Es war bekannt, wie gern Napoleon seinen Stiefsohn hatte, vielleicht hoffte Joséphine, ihr Mann würde das neugeborene Kind als Erbin betrachten.

Napoleon aß weiter und runzelte die Stirn. »Das Kind wird nur meinen Vornamen bekommen«, antwortete er übellaunig. »Ich warte auf einen Erben, der meinen Nachnamen trägt.«

In der Folgezeit wurde Napoleon von noch größerer Rastlosigkeit getrieben als zuvor. Immerzu nahm er sich neue Geliebte, ersann ständig neue Strategien, um England zu schaden, das wirtschaftlich bereits unter seiner Handelsblockade litt. Dann beschloss er, Portugal zu erobern, um die Atlantikgrenze Frankreichs zu verlängern. Spanien war bereits ein enger Bündnis- und Handelspartner Frankreichs geworden. Unser Land war eine Großmacht, die im Osten bis nach Warschau und im Süden bis zur Stiefelspitze Italiens reichte, doch Napoleon schien das nicht zu genügen.

Trotz des Reichtums, den er der kaiserlichen Protektion verdankte, verabscheute Bernadotte Napoleons Expansionsstreben. »Seine Kampfeslust ist unstillbar«, sagte er zornig. »Es ist wie ein Wahn. Als wolle er die ganze Welt erobern. Wie viele Männer dabei ihr Leben lassen, interessiert ihn nicht.« Wir waren in seinem Arbeitszimmer und unterhielten uns so leise, dass uns niemand belauschen konnte. »Im Krieg gegen Preußen gab es tagelang nichts zu essen, doch er bestand darauf, dass wir kämpften. Was glaubst du, wie lange halb verhungerte Soldaten durchhalten, ohne krank zu werden?«

Dann kam der Tag, an dem wir in die Tuilerien gebeten wurden, um in Napoleons Prunkgemach der Enthüllung des Krönungsgemäldes beizuwohnen, das Jacques-Louis David, Napoleons Hofmaler, nach drei Jahren Arbeit vollendet hatte.

Während wir, die geladenen Gäste, das Bild betrachteten, beobachtete Napoleon uns. Doch ich musste keine Begeisterung heucheln, das Gemälde war phantastisch. Die Dimensionen waren beeindruckend, zehn Meter breit und sechs Meter hoch, die Ölfarben leuchteten so intensiv, wie ich es noch nie gesehen hatte, und die Detailtreue, mit der die einzelnen Figuren wiedergegeben worden waren, war unglaublich. Ich hätte das Bild stundenlang bewundern können und immer wieder etwas Neues entdeckt.

Es störte mich nicht einmal, dass Napoleon auf die Darstellung zweifellos Einfluss genommen hatte. So war er selbst schlanker und schöner als in natura, seine Schwestern hielten Joséphines Schleppe mit lieblichem Lächeln, und Letizia, die an der Krönung nicht teilgenommen hatte, saß nun im Zentrum einer Empore und wirkte stolz und zufrieden zugleich.

Am schönsten war – außer Napoleon – jedoch Joséphine geworden. Sicherlich auf Napoleons Geheiß hatte David nicht Napoleons Krönung festgehalten, sondern den Moment, als Napoleon Joséphine krönte, und sie in anmutiger Demut vor ihm kniete.

Er liebt sie nach wie vor, ging es mir durch den Sinn. Es war auch bekannt, dass er noch immer in ihr Bett kam und sie weiterhin sein Geld mit vollen Händen ausgeben durfte. Doch das, was sie am meisten ersehnte und das sich nicht kaufen ließ, blieb ihr versagt.

An einem schönen, warmen Wochenende lud Joséphine meinen Mann, meine Schwester und mich zu sich nach Malmaison ein. Joseph, den Napoleon mittlerweile zum König von Neapel ernannt hatte, war auf dem Weg in sein Königreich.

»Wisst ihr, dass sie den Plan hatten, eine Schwangerschaft Joséphines vorzutäuschen?«, fragte Julie auf der Kutschfahrt.

»Wer sind ›sie‹?«, fragte Bernadotte.

»Napoleon und Joséphine. Angeblich war es seine Idee. Sie sollte tun, als wäre sie schwanger. Er wollte versuchen, seine Geliebten zu schwängern, um, wenn eine von ihnen ihm einen Jungen gebären würde, ihn als Joséphines Kind auszugeben.«

Ich blickte aus dem Fenster auf die Seine und verspürte erneut großes Mitleid mit Joséphine. Wie entwürdigend es sein musste, sich mit einer solchen Täuschung einverstanden zu erklären, nur um den Ehemann halten zu können.

»Joséphine hätte mitgemacht«, fuhr Julie fort. »Aber ihr Leibarzt und ihr Beichtvater waren dagegen. Napoleon hat getobt, als er es erfuhr. Es war ihre letzte Chance. Bald wird sie selbst für eine Täuschung zu alt sein.«

Ich dachte an die hässlichen Gerüchte, die über ihre Unfruchtbarkeit grassierten. Einige besagten, man habe sie seinerzeit im Gefängnis des Carmes sterilisiert, andere, dass ihre hausgemachten Verhütungsmittel während ihrer freizügigen Zeit sie unfruchtbar gemacht haben. Wieder andere behaupteten, ihr erster Mann, der brutale Vicomte de Beauharnais, habe ihr aufgrund ihrer Untreue etwas angetan und seitdem könne sie nicht mehr empfangen. Wenn man mich fragte, war eines wie das andere an den Haaren herbeigezogen. Sicher war nur, dass Napoleon sie unter anderem geheiratet hatte, um Erben zu bekommen. Und falls er einmal befürchtet hatte, seine Kinderlosigkeit könne an ihm liegen, wusste er es mittlerweile besser.

Wir fuhren durch die Tore von Malmaison und dann über eine baumbestandene Allee zu dem lang gestreckten Schlösschen, an dessen Haupttrakt sich auf beiden Seiten jeweils ein Turm und ein Seitenflügel anschlossen.

Ich war seit einer Weile nicht mehr hier gewesen, doch auch über das Leben in Malmaison kursierten die aberwitzigsten Gerüchte. Eines von ihnen lautete, Joséphine ließe die Orang-Utans aus ihrem Zoo weiß gekleidet an Banketten teilnehmen, ein anderes, dass sie und Napoleon nachts mit ihren Gästen nackt in den Wasserbecken der Springbrunnen badeten.

Ich ließ meinen Blick über das Schloss wandern. Den Park kannte ich von früheren Besuchen. Es war ein riesiges Gelände, das bis zum Ufer der Seine reichte und Möglichkeiten zum Jagen, Reiten und Spazierengehen bot. Er enthielt die Gehege für Joséphines exotische Tierwelt, die Treibhäuser, Blumengärten, Weingärten und einen Skulpturengarten. Ich hatte gehört, dass es inzwischen ebenso einen Pavillon gab, eine Grotte und einen Liebestempel, unter dem ich mir nichts Richtiges vorstellen konnte.

»Sieh dir das an«, sagte Julie, als wir die Kutsche verließen. So unauffällig wie möglich deutete sie auf einen Teich.

»Ist das etwa …?«

»Sieht ganz danach aus«, sagte Bernadotte.

Inmitten des Teiches und umgeben von Joséphines weißen und schwarzen Schwänen, erhob sich die hohe steinerne Statue Napoleons.

»Ein bisschen größer als der Mann selbst, aber genauso starrköpfig«, fügte Bernadotte hinzu. Julie und ich lachten.

Joséphine trat aus dem Schloss, in weißem Spitzenkleid und mit purpurrotem Band im Haar. »Wie schön, dass Sie gekommen sind«, rief sie. Sie wirkte entspannt, und gesundheitlich schien es ihr ebenfalls gut zu gehen. Vielleicht herrschte zwischen ihr und Napoleon wieder Friede. Sie küsste Julie und mich auf die Wange und erklärte, Napoleon komme erst am Nachmittag.

»Sie waren schon lange nicht mehr zu Besuch«, sagte sie vorwurfsvoll. »Aber ich werde Ihnen alles, was neu ist, zeigen. Ein Teil der Gemälde, die Napoleon auf seinen Feldzügen konfisziert hat, hängt hier. Doch meine größte Freude ist mein

Garten. Kommen Sie, wir machen einen kleinen Gang durch die Treibhäuser.«

Bernadotte blieb zurück, um die Dienstboten mit unserem Wochenendgepäck ins Schloss zu begleiten.

Julie und ich folgten Joséphine in das erste Treibhaus und bewunderten die Pracht der Dahlien, Lilien, Rosen, Amaryllis, des Hibiskus, Jasmins und der Orchideen, die die Luft mit ihren schweren, berauschenden Düften schwängerten.

Im nächsten Treibhaus wuchsen Orangenbäume, rote und violette Bougainvilleen ergossen sich wie Wasserfälle aus ihren Schalen.

Lachend deutete Joséphine auf große Töpfe mit schmalblättrigen dunkelgrünen Pflanzen. »Das ist die Schwiegermutterzunge. Die Spitzen der Blätter sind genauso scharf wie die Zungen dieser Frauen.«

Wir kamen an riesigen Farnen vorüber, einem Springbrunnen und einem Paneel mit einer Büste. »Das ist Rousseau«, erklärte Joséphine. »Napoleon schätzt seine Werke sehr. Ich musste all seine Schriften lesen, doch in Erinnerung geblieben ist mir nur der Satz: ›Der Mensch ist frei geboren und überall liegt er in Ketten.‹« Sie wandte sich Julie und mir zu. »Haben Sie sich auch mit ihm befasst?«

»Vor Jahren habe ich etwas von ihm gelesen.« Ich dachte an die unglückselige Zeit zurück, als Napoleon mich zwingen wollte, mich mit den Schriften auseinanderzusetzen, die ihn interessierten. Ich hatte es nicht geschafft, Joséphine hatte sich zweifellos mehr Mühe gegeben.

Als wir hinaus ins Freie traten, breitete Joséphine die Arme aus und hielt ihr Gesicht einen Moment lang in die Sonne.

»Haben Sie gesehen, dass wir den Teich vor dem Haus vergrößert haben, um vom Schloss aus eine schönere Aussicht zu haben? Louis XIV. hat das Gleiche in Versailles getan.«

Wir bogen um eine Ecke und blickten auf den Teich. Julie und ich gaben bewundernde Laute von uns. Dann spazierten wir weiter.

»Nur hier bringe ich Napoleon dazu, seine Pflichten einmal für kurze Zeit zu vergessen und sich zu erholen. Ich habe alles zu diesem Zweck anlegen und gestalten lassen.«

Ich wusste nicht recht, was ich dazu sagen sollte, aber Julie antwortete freundlich, das sei ihr, Joséphine, fabelhaft gelungen.

»Nur hier haben wir Frieden«, fuhr Joséphine fort. »Die Krone fordert von uns beiden einen hohen Tribut.«

Wir hörten das Rattern einer ankommenden Kutsche. Hunde bellten. Hinzu kamen Geräusche, die mir fremd waren, halb Brüllen, halb Grunzen.

»Was ist das?« Julie griff nach meiner Hand.

»Meine Affen«, antwortete Joséphine belustigt und wies auf eine Reihe kleiner, flacher Gebäude. »Sie gehören zu meinem Zoo. So gut wie mit jedem Schiff, das aus einem fernen Land zu uns kommt, werden mir Tiere geliefert. Napoleon und ich geben jedem von ihnen einen Namen.« Sie runzelte die Stirn. »Ich wünschte nur, er würde nicht mit ihnen experimentieren. Vor einer Weile hat er den Gazellen und Kängurus Schnupftabak gegeben. Die Tiere haben verrückt gespielt.«

Er lauter Knall zerriss die warme Luft. Julie und ich fuhren zusammen. »Nicht schon wieder«, sagte Joséphine ärgerlich.

»War das ein Schuss?«, fragte Julie ängstlich.

Als Erstes dachte ich, dass Napoleon in der Kutsche eingetroffen war und erneut jemand versuchte, ihn zu ermorden.

»Bitte, fürchten Sie sich nicht.« Joséphine blickte zum Schloss hinüber. Das Fröhliche, das sie ausgestrahlt hatte, war verflogen.

»Aber es klang wie ein Schuss.«

Joséphine seufzte. »Napoleon liebt es, Schießübungen zu machen und meine Schwäne als Zielscheibe zu benutzen.«

Das Abendessen sollte Anklänge an Napoleons Ägyptenfeldzug haben und fand in einem großen Zelt im Freien statt. Innen lagen orientalische Teppiche auf dem Boden, und wir saßen auf Schemeln an einem niedrigen Tisch. An der Decke hingen mit bunten Steinen verzierte Messingleuchten. Die Dienstboten, die uns Lamm, Fladenbrot, Schüsseln mit Gemüse und Hummus brachten, waren wie Beduinen gekleidet. Nur unsere Kleidung passte nicht dazu. Wir Frauen trugen helle Empire-Kleider, die beiden Männer Uniform.

Napoleon schien trotz des hübschen Ambientes missgestimmt. »Deine Schwäne haben meine Statue wieder beschmutzt«, sagte er mit zusammengezogenen Brauen und ließ sich mehrere Scheiben Lamm auf seinen Teller laden.

Joséphine strich die Serviette auf ihrem Schoß glatt. »Es sind Tiere, Liebster. Die armen Geschöpfe wissen es nicht besser.«

»Unsere Schwäne sind alles andere als arme Geschöpfe.«

Joséphine ging über den Einwurf hinweg und konzentrierte sich auf ihre Gäste. »Wissen Sie, dass das Lammfleisch aus unserer eigenen Schlachtung stammt? Auch die Butter, das Brot und die Früchte, die wir morgen frühstücken, kommen von unserem Land. Apropos Frühstück, dabei geht es bei uns ganz formlos zu, und meistens findet es nicht vor elf Uhr statt. Wir nutzen den Morgen, um –«

»Weißt du, was sie mit ihren Feinden machen?«, fiel Napoleon ihr ins Wort.

Joséphine sah ihn verblüfft an. »Wer?«

»Die Schwäne«, antwortete er gereizt. »Weißt du, was sie tun, wenn ein anderes Tier sie jagt?«

»Nein«, entgegnete Joséphine.

»Sie schwimmen im Kreis, um ihren Verfolger zu ermüden, und dann ...« Er schlug mit der Faust auf den Tisch. Der Wein aus meinem Becher spritzte auf mein Essen.

»Dann stürzen sie sich auf ihn.« Mit den Zeigefingern deutete Napoleon auf seine Augen. »Und picken ihm die Augen aus. Und dann ertrinkt er, der blinde Idiot.«

Joséphine senkte den Blick. Der Glanz ihrer Augen war erloschen, nur die Saphire an ihrem Ohrgehänge glitzerten noch.

»So viel zu deinen geliebten Schwänen.« Napoleon sah Joséphine unfreundlich an. »War dir ihre Hinterlist und Grausamkeit bekannt, als du sie zu deinem Emblem gewählt hast?« Als Joséphine nicht antwortete, stand er auf. »Ich bin satt.«

»Hat es dir nicht geschmeckt?«, fragte Joséphine.

Sicherlich kostete es sie Kraft, ihn so besorgt zu fragen und so liebevoll anzusehen.

Offenbar tat beides seine Wirkung. Statt davonzustürmen, fragte Napoleon, ob wir ein Spiel machen wollten.

Keiner von uns gab ihm eine Antwort.

»Ja«, sagte er und klatschte in die Hände. »Wir machen ein Spiel.«

»Eine schöne Idee.« Joséphine erhob sich. Wieder hatte sie ihr Essen kaum angerührt, und mir schien, sie wurde immer dünner. »An was für ein Spiel hattest du gedacht, *mon cher*?«

»Räuber und Gendarm.«

»Ein Spiel für Kinder«, murrte Bernadotte.

»Wie sieht es bei Ihnen aus, Désirée, machen Sie mit?«

Ich hob die Schultern. »Ich kenne das Spiel nicht.«

Napoleon lächelte boshaft und wandte sich zu Joséphine um. »Wie schön, ich glaube, wir spielen mit zwei Ahnungslosen.«

Wir mussten das Zelt verlassen und uns in den Musiksaal des Schlosses begeben.

Dort ließ Napoleon die schweren Vorhänge zuziehen. Danach bot nur noch die Kerze in seiner Hand ein wenig Licht.

»Zu unserem Spiel. Wenn ich die Kerze ausblase, ist alles dunkel.« Er wies auf einen schweren Eichentisch. »Der Tisch ist ein sicherer Bereich. Ebenso das Sofa dort in der Ecke. Ich bin der Gendarm. Ihr seid die Räuber und lauft von einem sicheren Bereich zum anderen. Ich muss euch fangen. Wen ich zuletzt fange, der hat gewonnen.«

»Und was bekommt der Gewinner?«, fragte Joséphine heiter.

Napoleon überlegte. »Er darf seine Kleidung anbehalten. Die Verlierer müssen sich ausziehen.«

»Ich werde mich nicht ausziehen«, erklärte Bernadotte.

»Natürlich nicht«, antwortete Napoleon abfällig. »Sie gehorchen meinen Befehlen ja nie.«

»Also gut«, meinte Julie resigniert. »Fangen wir an.«

Napoleon blies die Kerze aus. »Es geht los.«

Ich bewegte mich nur zwei kleine Schritte von der Stelle und wartete darauf, dass meine Augen sich an die Dunkelheit gewöhnten. Dann streckte ich die Arme aus und schlich mich zum Tisch. Ich hörte Joséphine kichern, aber außer kurzen, verschwommenen Bewegungen konnte ich nichts erkennen. Joséphine quiekte.

»Ich hab dich«, rief Napoleon. »Und den Arm kenne ich. Er gehört Joséphine.«

»Wie ein Vogel auf dem Weg zu seinem Nest findest du mich auch im Dunkeln.« Joséphine lachte.

»Du bist raus«, sagte Napoleon. »Und weiter geht's.«

Ich drückte meine Arme fest an meinen Körper und tappte vorsichtig durch den dunklen Raum, immer in der Hoffnung, nicht an ein Möbelstück zu stoßen.

»Verdammt!« Das war Bernadotte.

»Sie Stümper!«, rief Napoleon höhnisch. »Wieder eine ihrer großartigen Leistungen.«

Ich stahl mich von seiner Stimme fort. Mein Atem war unregelmäßig geworden. Ich wünschte, das Spiel wäre schon vorbei.

Ein Aufschrei ertönte. Julie war gefangen worden.

»Bleibt nur noch meine alte Freundin Désirée«, sagte Napoleon. »Ich hätte mir denken sollen, wie gut sie bei diesem Spiel ist.«

Lautlos bewegte ich mich in Richtung Sofa. Mit einem Mal umschlangen mich Arme. Es waren dünne, bloße Arme, und dann stieg mir Jasminduft in die Nase. Joséphine lachte leise. Ihr Atem roch nach Wein.

Noch während ich mich fragte, was das sollte, stieß sie mich von sich und ich landete in anderen Armen. Es waren Männerarme, aber nicht die meines Mannes.

Napoleon umklammerte mich, doch statt zu verkünden, dass er mich geschnappt hatte, beugte er mich nach hinten. Ich verlor das Gleichgewicht und fiel auf das Sofa. Im nächsten Moment lag Napoleon auf mir. »Wen haben wir denn da?«, fragte er lüstern.

»Ich bin's, Désirée.« Ich versuchte, mich unter ihm hervorzuwinden.

Seine Hände fuhren über meinen Körper und umschlossen meine Brüste. »Sie haben mich gefangen«, presste ich hervor. »Das Spiel ist vorbei.«

Napoleon war anderer Ansicht, denn im nächsten Augenblick waren seine Lippen auf meinem Hals. Ich versteifte mich, wollte ihn fortstoßen, wollte fort von seinem hart gewordenen Glied.

Dann flammte eine Kerze auf. Verzweifelt schaute ich ins Licht. Bernadotte hielt die Kerze in der Hand, in seinen Augen ein Ausdruck heißen Zorns.

Napoleon rappelte sich hoch.

Ich richtete mein Mieder und wunderte mich über das sonderbare Lächeln auf Joséphines Lippen. »Bravo, Liebster«, sagte sie. »Du hast uns alle geschnappt. Und Désirée hat gewonnen.«

Napoleon zog seine Uniformjacke glatt, zupfte an der engen Hose und lachte gezwungen. »Ich konnte nichts sehen und bin über Désirée gestolpert.«

Ich stand auf. Als ich auf Bernadottes Blick traf, schaute ich zur Seite. Hatte Napoleon recht? War er über mich gestolpert und alles ganz unschuldig gewesen? Nein, das war es nicht. Ich wusste genau, dass Joséphine mich umfangen und zu ihm gestoßen hatte. Ich verstand nur nicht, warum sie es getan hatte.

# Kapitel 32

*Wien, 1809*

Wieder einmal hatten wir erfolgreich gegen Österreich gekämpft und Napoleon sich in Schloss Schönbrunn in Wien niedergelassen, der Sommerresidenz des österreichischen Kaiserhauses.

»Sein Reichtum ist ihm zu Kopf gestiegen«, sagte Bernadotte. »Er glaubt, Schönbrunn könne mit seinen Schlössern nicht mithalten. Er hat es als langweilig bezeichnet. Aber schau dir diese Schlossanlage an. Ich wüsste nicht, was daran langweilig sein soll.«

Wir standen auf einem kleinen Hang, zu unseren Füßen breitete sich Schönbrunn mit seinen zauberhaften Gärten aus. Ich war hierhergekommen, um wieder mit meinem Mann zusammen zu sein, der in den jüngsten Schlachten ein Korps kommandiert hatte.

Aus der größten Schlacht, bei einem Ort namens Wagram, waren Napoleons Truppen, trotz großer Verluste, siegreich hervorgegangen. Nach der letzten Schlacht bei Znaim hatte der österreichische Erzherzog Karl um Waffenstillstand gebeten, und Napoleon hatte eingewilligt.

Trotz des Sieges war Bernadotte voller Zorn und Bitterkeit. Wieder hatte Napoleon an seiner Kriegsführung gemäkelt, ihn einen Nichtskönner genannt, ihm vorgeworfen, er sei nicht dort gewesen, wo man ihn gebraucht habe, und erneut damit gedroht, meinen Mann erschießen zu lassen.

Ich hatte Bernadotte zu einem Spaziergang überredet, in der Hoffnung, dass er sich beruhigte, bevor wir am Abend mit Napoleon und hohen Offizieren dinieren würden. Zudem war es mir lieber, dass Bernadotte seinem Ärger in einiger Entfernung von Schönbrunn Luft machte, wo ihn außer mir niemand hörte.

Doch wie es schien, war die Kluft zwischen den beiden Männern inzwischen unüberbrückbar geworden und mein Mann von Napoleon restlos bedient.

Da es ein schöner Sommertag war, ließen wir uns vor der Gloriette nieder. Von dort hatten wir einen Blick auf den Neptunbrunnen mit seinen kraftstrotzenden Marmorfiguren, auf einen Teil der Parkanlage und auf die Stadt Wien.

Ich hoffte, die Schönheit des Ensembles würde Bernadotte besänftigen, und nach einer Weile hörte er tatsächlich auf zu zetern.

»Hier ist Marie-Antoinette aufgewachsen«, sagte er schließlich. »Wir haben sie und ihren Mann unter anderem wegen ihrer Verschwendungssucht geköpft, und nun haben wir ein Kaiserpaar, das ihnen darin kaum nachsteht. Und niemand scheint sich daran zu stören. Wie leicht die Menschen zu beeinflussen sind. Und wie gut Napoleon sie zu lenken weiß.«

Er hatte recht, doch trotz ihres Reichtums hätte ich mit Joséphine um nichts in der Welt tauschen wollen.

»Wie geht es unserer armen, vernachlässigten Kaiserin?«, fragte Bernadotte spöttisch.

»Sag das nicht so«, erwiderte ich. »Sie sollte dir tatsächlich leidtun.«

Viele der hohen Offiziere hatten ihre Frauen nach Wien eingeladen. Napoleon hatte Joséphine befohlen, in Paris zu bleiben.

»Sie klagt, dass Napoleon ihr nur noch selten schreibt. Ihr ist bewusst, wie weit er sich innerlich von ihr entfernt hat. Die Hoffnung auf ein Kind hat sie, seit sie sechsundvierzig Jahre alt geworden ist, aufgegeben.«

»Das Schlimmste weißt du noch nicht.«

»Warum, was ist es?«

»Maria Walewska ist schwanger.«

Seufzend stellte ich mir vor, wie tief unglücklich diese Nachricht Joséphine machen würde. »Sie hat das Kind von Éléonore Denuelle hingenommen und wird auch bei Maria Walewska nichts sagen.«

Bernadotte schüttelte den Kopf. »Diesmal ist es anders. Maria Walewska ist eine polnische Adlige, keine einfache Kaufmannstochter wie Éléonore Denuelle. Darüber hinaus liebt Napoleon sie. Sie war während des Feldzugs bei ihm, und sie haben die Nächte zusammen verbracht.«

Trotzdem glaubte ich nicht, dass Napoleon Joséphine für sie verlassen würde. »Sie ist nur seine Mätresse. Und verheiratet.«

»In Frankreich gibt es maßgebliche Stimmen, die für Napoleons Ehe mit ihr sind. Sie ist hübsch, jung und formbar. Wenn das Kind ein Junge wird, könnte Napoleon versucht sein, ihn zumindest als seinen Sohn anzuerkennen.«

»Würde er Maria Walewska auch bitten, sich scheiden zu lassen und ihn zu heiraten?«

»Das halte ich persönlich für unwahrscheinlich.« Bernadotte lachte. »In seiner Anmaßung ist er auf Höheres aus.«

»Aber Genaueres wissen wir noch nicht, oder?«

Bernadotte zuckte mit den Schultern. »Ich jedenfalls nicht.«

Ich betrachtete die verschnörkelte, barocke Parkanlage von Schönbrunn und verspürte einen Anflug von Mitleid mit den Habsburgern. Wieder hatten sie sich von Napoleon demütigen lassen und mussten zusehen, wie er in ihrer Sommerresidenz Schönbrunn logierte. Sie würden Gebiete ihres Reichs verlieren und Frankreich hohe Reparationszahlungen leisten müssen, ebenso wie andere Herrscherfamilien Europas, deren Armeen von Napoleon geschlagen worden waren.

Als die Sonne allmählich zu sinken begann, strich eine kühle Brise über uns hinweg. Ich bekam eine Gänsehaut. »Komm, wir müssen uns noch zum Abendessen umziehen.«

»Natürlich«, antwortete Bernadotte grimmig. »Wer würde es wagen, Napoleon warten zu lassen? Abgesehen davon möchte ich ihm nicht erneut einen Grund zur Beschwerde liefern.«

Wir stiegen den Hügel hinab und näherten uns der Rückseite des Schlosses.

»Schau, wer da kommt.« Bernadotte stöhnte.

Eine kleine, rundliche Gestalt nahm die hufeisenförmige Schlosstreppe nach unten.

»Verdammt, er hat uns gesehen«, murmelte Bernadotte.

»Désirée!« Napoleon hob die Hand zum Gruß.

»Einen schönen guten Tag, Sire«, antwortete ich verlegen. Seit dem eigentümlichen Spiel in Malmaison war ich ihm nicht mehr begegnet.

»Ich freue mich, Sie zu sehen.« Napoleon lächelte schalkhaft.

»Immer, wenn der Spaß beginnt, sind Sie zur Stelle.« Er warf Bernadotte einen abschätzigen Blick zu.

Mein Mann wandte sich ab und schaute zu dem Dienstboten, der im Eiltempo auf uns zukam. Er wirkte aufgelöst, sein Haar stand ihm wirr um den Kopf.

»Was ist?«, fragte Napoleon den Mann unwirsch.

»Eine Petition, Sire.« Der Blick des Mannes hatte etwas Unstetes. »Eine Petition, die ich Ihnen überreichen soll.«

»Wo ist die Petition?«, fragte Napoleon stirnrunzelnd.

»Désirée«, sagte Bernadotte leise, griff nach meiner Hand und zog mich zu sich.

»Halt!« Wie aus dem Nichts tauchten zwei von Napoleons Ordonnanzoffizieren auf und stürzten sich auf den Mann, der etwas in der Hand hielt. Nur war es keine Petition, sondern ein Fleischmesser. »Tod dem Tyrannen!«, rief er.

Ich schrie auf und klammerte mich an Bernadotte.

»Schafft ihn fort«, sagte Napoleon mit aschfahlem Gesicht.

Weitere Ordonanzoffiziere kamen angerannt. Sie bildeten einen Kreis um Napoleon und eskortierten ihn zurück ins Schloss.

Mir wurde flau im Magen. Um ein Haar wäre Napoleon vor meinen Augen ermordet worden. Ich dachte an die vielen Feinde, die er sich mittlerweile gemacht hatte. Womöglich würde es unter ihnen immer wieder einen Attentäter geben.

# KAPITEL 33

*Château de Fontainebleau, 1809*

In unserer Kutsche war es so kalt, dass man den Atem sah. »Ist es nicht wundervoll?«, fragte Joséphine und deutete geradeaus. »Wie im Märchen.«

Wir fuhren über eine verschneite Allee zum Château de Fontainebleau, der neuen Winterresidenz unseres Kaiserpaars. Es glich tatsächlich den Schlössern in Oscars Märchenbüchern.

»Napoleon hat mir die französischen Könige aufgezählt, die hier gewohnt haben.« Joséphine zog ihre Zobelstola enger um ihren Reisemantel aus purpurrotem Samt. »Ich bin sicher, auch wir werden hier eine schöne Zeit verbringen.«

Als Napoleon entschied, ihm gebühre eine Winterresidenz, hatte sich Fontainebleau angeboten. Das Schloss lag nicht weit von Paris entfernt und war eindrucksvoll genug, um Napoleons Ansprüchen zu genügen.

»Das Schloss hat tausendfünfhundert Räume«, sagte Joséphine. »Waren Sie schon einmal hier?«

»Nein, noch nie.«

»Natürlich nicht.« Sie tätschelte meine Hand. »Ich vergesse immer wieder, dass Sie aus dem Süden kommen. Sie lieben Pinien, Palmen und sanfte Winde, keine Nadelwälder, schneebedeckte Felder und Schlösser mit Festungsgraben.«

Wir hielten vor dem Eingang des hufeisenförmig angelegten Schlosses. Auf der breiten Treppe aus schwerem Stein lag eine dünne Schneeschicht. Wie ich feststellte, hatte Napoleon in dem jahrhundertealten Bauwerk bereits einen Verweis auf sich anbringen lassen: In das Mauerwerk über dem Eingangsportal war ein Adler gehauen und vergoldet worden.

Bedienstete eilten herbei, um Joséphine aus der Kutsche zu helfen. Mit ihrem purpurroten Mantel war sie in der verschneiten Umgebung der einzige Farbklecks.

Ich stieg nach ihr aus.

»Wie froh ich bin, mir die Füße vertreten zu können«, sagte Joséphine. »Und endlich werde ich Napoleon wiedersehen.«

Oscar sprang aus der zweiten Kutsche, in der er mit seinem Erzieher und seinem Kindermädchen gesessen hatte. Lachend stäubte er mit den Füßen Schnee auf und formte Schneebälle, mit denen er nach mir warf.

Ich schnappte ihn mir und drückte ihm einen Kuss auf die Wange.

Ich hatte damit gerechnet, dass Napoleon seine Frau in Empfang nehmen würde, doch in der großen Eingangshalle stand nur seine Schwester Pauline.

»Paulette.« Joséphine konnte ihre Enttäuschung kaum verhehlen, auch wenn sie Pauline mit ihrem Kosenamen ansprach. »Wie lieb, dass Sie uns empfangen.«

Pauline lächelte hochmütig und schwieg.

»Wo ist mein Mann?« Joséphine legte ihre Pelzstola und ihren Mantel ab.

»Seine kaiserliche Hoheit ist beschäftigt und hat mich gebeten, Sie an seiner Stelle zu begrüßen«, erwiderte Pauline und sah nur mich an. »Er ist seit einem Tag hier und hat sich gewundert, dass seine Frau nicht da war, um ihn nach so vielen Kriegsmonaten zu empfangen. Das hat ihn nicht erfreut.«

Joséphine gab ihr keine Antwort, sondern bat die Dienstboten, ihr Gepäck in die Privatgemächer des Kaisers zu bringen. Dann fasste sie meinen Arm und sagte: »Bitte begleiten Sie mich, Désirée.«

Wir stiegen die große Treppe hinauf, vorbei an bemalten Täfelungen, die Alexander den Großen und die von ihm eroberten Frauen zeigten.

Ganz oben auf der Treppe stand Napoleon.

Ich fragte mich, seit wann er uns schon beobachtete.

Er stemmte die Hände in die Seiten und betrachtete seine Frau unfreundlich. »Joséphine, wie nett, dass du hierhergefunden hast.«

Joséphine raffte ihr Kleid und hastete die letzten Stufen hinauf. »Wieso bist du schon hier? Als ich deine Nachricht bekam, habe ich mich sofort auf den Weg gemacht. Ich hätte unmöglich früher kommen können.« Sie streckte die Arme nach ihm aus.

Napoleon schüttelte den Kopf und wehrte sie ab. »Ich dachte schon, es gäbe vielleicht wichtigere Dinge, die dich in Paris festhalten.«

Sein schneidender Ton ließ das Lächeln auf ihrem Gesicht gefrieren. »Was könnte für mich wichtiger sein, als zu dir zu kommen?«

Ich warf einen Blick nach unten, wo Pauline den Austausch mit hämischer Miene verfolgte.

Napoleon wandte sich mir zu. »Die Dienstboten werden Ihnen Ihre Räume zeigen. Ich bin sicher, Sie beide werden mit Ihrer Unterkunft zufrieden sein. Das Essen wird um sechs Uhr serviert.« Er machte auf dem Absatz kehrt und verschwand über den langen Korridor.

»Warte.« Joséphine lief ihm nach und rief: »Warum wohnen wir nicht in denselben Räumen? Ich möchte bei dir sein.«

Peinlich berührt ließ ich mir meine Suite zeigen. Bernadotte war zurzeit im Norden Europas und verhandelte ein Bündnis mit Schweden. Julie und Joseph würden erst am Abend aus Neapel eintreffen. Wie es aussah, würde ich den ersten Nachmittag in Fontainebleau allein mit Oscar verbringen, was wir genauso gut in Paris hätten tun können. Schon jetzt wünschte ich, das Wochenende wäre vorbei.

Ein Dienstmädchen hatte kaum begonnen, mein Gepäck auszupacken, als ich eine Frau schluchzen und klagen hörte. Ich trat aus meiner Suite hinaus in den Flur.

Am Ende des Flurs lag Joséphine auf den Knien und hämmerte mit den Fäusten gegen eine Tür. Dass andere sie sehen und hören könnten, schien sie nicht zu interessieren. »Schließ die Tür auf«, rief sie. »Weißt du nicht, was du mir antust?«

Ich nahm an, dass es die Tür zu Napoleons Gemächern war, die er abgesperrt hatte, und ich bedauerte Joséphine mehr als jemals zuvor.

Ich lief zu ihr. »Joséphine«, sagte ich leise. »Kommen Sie, ich helfe Ihnen in Ihre Räume.«

Sie sah zu mir hoch, die Augen tränennass. »Er hat mich ausgesperrt. Selbst die Verbindungstür zwischen unseren Gemächern hat er abgeschlossen.« Sie barg ihr Gesicht in den Händen.

Ich hörte Gekicher und drehte mich um. Am Ende des Korridors standen Pauline, Elisa und Caroline und amüsierten sich prächtig.

Ich strich Joséphine über den Rücken. »Kommen Sie, Madame. Ihnen geht es nicht gut, Sie sollten sich hinlegen.«

Joséphine schüttelte den Kopf. »Ich will nicht allein im Bett liegen. Und wenn ich in meine Gemächer gehe, schließt er mich dort womöglich ein.«

»Dann kommen Sie mit zu mir.«

Sie ließ die Hände sinken. »Bleiben Sie bei mir?«, flüsterte sie.

»Ja, wenn Sie das wünschen, bleibe ich bei Ihnen.« Mit sanfter Hand zog ich sie hoch. Sie war federleicht.

»Er will mich loswerden, Désirée, schon seit einer Weile will er das. Alle haben ihn dazu ermuntert. Zuerst hat er sich gesträubt. Nun versucht er, mir das Leben zur Qual zu machen, und hofft, dass ich von allein gehe.«

Langsam führte ich Joséphine über den Flur. Napoleons Schwestern waren verschwunden.

»Ich würde ihn nie verlassen. Niemals würde ich den heiligen Eid brechen, der uns bindet. Ich liebe ihn und würde ihm in die Hölle folgen. Es wäre für mich keine Hölle, solange er auch dort wäre.«

Ich war mir nicht sicher, ob dieser heilige Eid für Napoleon noch zählte. Zwischen ihm und Papst Pius war es zum Streit gekommen, der eskalierte, als französische Truppen in Rom einmarschierten und Napoleon den Papst zu seinem Untertan erklärte. Im vergangenen Juni hatte der Papst Napoleon exkommuniziert. Im Juli hatte Napoleon ihn verhaften lassen und in Isolationshaft gesetzt. Ich konnte mir nicht vorstellen, dass

Napoleon sich noch für einen Eid interessierte, den er vor dem Papst einmal in einer hastigen mitternächtlichen Zeremonie geleistet hatte.

»Was soll ich nur tun?«, fragte Joséphine zittrig.

»Wir werden das Einzige tun, was wir im Moment tun können«, sagte ich so beschwichtigend wie möglich. »Wir kleiden uns für das Abendessen an, bei dem wir Napoleon wiederbegegnen werden.«

Julie und Joseph kamen mit ihren beiden Töchtern kurz vor dem Abendessen an. Überglücklich stürzte ich mich in die Arme meiner Schwester. Danach herzte Julie meinen Sohn und erklärte, was für ein großer, hübscher Junge er geworden sei. Währenddessen küsste ich ihre kleinen Mädchen.

Gleich darauf war es Zeit zum Abendessen, und ich hatte keine Möglichkeit gehabt, Julie von den Vorfällen am Nachmittag zu erzählen.

Ich wollte es ihr auf dem Weg in den Speisesaal zuflüstern, doch oben an der Treppe stießen wir auf Pauline, so dass ich es vorzog zu schweigen.

Aber Julie war eine sensible Frau, sie spürte, dass etwas im Argen lag, und sah mich fragend an.

»Erzähle ich dir später«, wisperte ich.

Als Joséphine den Speisesaal betrat, war sie ganz in Weiß gekleidet, so wie Napoleon sie am liebsten sah. Doch am Tisch saß sie in sich zusammengesunken und mitunter überlief sie ein Frösteln.

Es war ein recht schweigsames Mahl, außer Napoleons Schwestern schien auch niemand Appetit zu haben. Sie ließen sich von allem etwas auftun und aßen mit sichtlichem Genuss.

Als sich das Essen dem Ende zuneigte und die Diener die Gemüseschüsseln und Fleischplatten abgeräumt hatten, wandte Napoleon sich an Joseph und sagte etwas so leise, dass ich es nicht verstand. Dann stand er auf. Ein Bediensteter eilte zu ihm, um ihm Kaffee einzuschenken. Anschließend wollte er zu Joséphine, um ihr die Sahne zu reichen, die sie – nur sie – bei allen gemeinsamen Essen in Napoleons Kaffee geben durfte.

»Nicht«, sagte Napoleon scharf. »Bring die Sahne her.«

Der Dienstbote kehrte zu ihm zurück.

Napoleon goss die Sahne in seinen Kaffee, leerte die Tasse und verließ den Speisesaal.

Joséphine wurde ohnmächtig.

Kurz nach dem Abendessen besuchte Napoleon seine Frau in ihrem Schlafzimmer. Doch statt der Lustschreie, die wir so oft von den beiden vernommen hatten, hörten wir nur Joséphines Schluchzer.

Die Schwestern Bonaparte weideten sich vermutlich an Joséphines Leid, tanzten in ihren Räumen und tranken Champagner.

Spät am Abend zog Joseph sich mit Napoleon und mit Jean-Jacques Cambacérès, Napoleons Erzkanzler und juristischem Berater, zu einer Besprechung zurück.

Wie früher teilten Julie und ich uns ein Bett. Oscar schlief mit Julies Töchtern im Kinderzimmer.

Als wir uns zur Nacht bereit machten, zog Julie die mit Edelsteinen besetzten Spangen aus ihrem Haar und legte sie auf den Nachttisch. »Napoleon hat Joseph gesagt, dass er Joséphine noch immer liebt.«

»In dem Fall hat er eine merkwürdige Art, es ihr zu zeigen.«

»Nur bei ihr sei er wirklich glücklich. Und er möchte sich nicht scheiden lassen, werde jedoch das tun, was für Frankreich das Beste ist. Seine Dynastie ist noch nicht alt, einen Erbfolgestreit würde sie nicht überstehen. Daher braucht er einen Sohn. Und zwar einen Sohn von seiner rechtmäßigen Ehefrau.«

Julie begann ihr Haar zu bürsten, in dem bereits die ersten grauen Fäden zu erkennen waren. »Er denkt an Julius Cäsar und Alexander den Großen. Keiner der beiden hatte Söhne, die ihre Reiche übernehmen konnten. Diesen Fehler möchte er nicht begehen.«

Am nächsten Tag erfuhr ich, dass Napoleon die Annullierung seiner Ehe wünschte. Dazu benötigte er triftige Gründe. Deshalb wollte er öffentlich erklären, weder er noch Joséphine hätte bei der Trauung die notwendigen Geburtsurkunden vorgelegt.

Ich erinnerte mich noch gut an jenen Abend in dem ungemütlichen Standesamt. Damals hatte Napoleon aus Liebe zu seiner Frau für sich und sie falsche Geburtsdaten angegeben. Und nun wurde Joséphine ihr wahres Alter zum Verhängnis.

Ebenso sollte die kirchliche Trauung ungültig sein, da sie

nachts heimlich und ohne Trauzeugen stattgefunden hatte. Papst Pius spielte in dem Zusammenhang keine Rolle, er wurde von Napoleon nicht mehr anerkannt.

In den Wochen nach unserem Besuch in Fontainebleau konnte ich verfolgen, wie Napoleon seine Pläne Schritt für Schritt umsetzte. Ich fragte mich, ob sich noch jemand außer mir vorstellen konnte, was währenddessen in Joséphine vorging, die nun erkennen musste, dass die Schwüre und Herzensergüsse ihres Mannes der Vergangenheit angehörten.

Im Januar des Jahres 1810 fand in den Tuilerien eine Zusammenkunft aller Familienmitglieder, der Familie nahestehenden Personen und hohen Minister statt, um die Scheidung von Napoleon und Joséphine offiziell bekannt zu geben.

Ich nahm ebenfalls daran teil und wunderte mich über den festlichen Charakter des Treffens, das zudem im Thronsaal stattfand.

Joséphine erschien in einem schmal geschnittenen, purpurroten Kleid aus Satin, das ihre zarte Figur betonte. In ihrem dunklen Haar glitzerte eine mit Diamanten besetzte Tiara. Sie wirkte gefasst und wurde von ihren Kindern Eugène und Hortense begleitet.

Joseph hatte mir berichtet, dass Napoleon am Morgen plötzlich am Boden zerstört gewesen sei und gewünscht hatte, den Scheidungsprozess rückgängig zu machen.

Zu meinem Erstaunen erfuhr ich von ihm auch, dass Joséphine erklärt hatte, nach der Annullierung ihrer Ehe nicht mehr öffentlich als Kaiserin auftreten zu wollen. Auf Napoleons Vorschlag, sie könne als seine Mätresse in den Tuilerien leben, war sie nicht eingegangen. Stattdessen wollte sie sich nach

Malmaison zurückziehen, wo Napoleon ihr jederzeit als lieber Freund willkommen sei.

Es war mir peinlich zu sehen, wie sich Letizia und Napoleons Schwestern herausgeputzt hatten und vor guter Laune förmlich übersprudelten.

Allen, die zu ihr traten, um sie zu begrüßen, schenkte Joséphine ein Lächeln. Diejenigen, die es nicht taten, ignorierte sie, ohne dass ihr auch nur der kleinste Kummer anzumerken war.

Während des Banketts saß sie an Napoleons Seite. Er hielt ihre Hand und war, im Gegensatz zu ihr, sichtlich aufgewühlt.

Aber wenigstens war er ihr gegenüber großzügig gewesen und hatte ihr sowohl Schloss Malmaison als auch die Hofhaltung einer Kaiserin zugestanden. Ihren Titel sollte sie ebenfalls behalten und eine beträchtliche Apanage zur Verfügung gestellt bekommen, um weiterhin standesgemäß leben zu können.

Als das Bankett beendet war, standen Napoleon und Joséphine auf. Er küsste sie tief bewegt, nahm ihre Hand und begleitete sie zur Tür. Es sah aus, als müsse sie ihn stützen.

Mir war bekannt, dass draußen Joséphines Kutsche wartete. Es war nicht erwünscht, dass wir uns von ihr verabschiedeten. Doch an der Tür wandte Joséphine sich noch einmal um und ließ ihren Blick über die Anwesenden gleiten.

Als sich unsere Blicke trafen, durchzuckte mich etwas, ein Gefühl oder eine Vorahnung, so stark, dass mir für einen Moment schwindelte. Ich spürte deutlich, dass dieser Abend noch nicht das Ende unserer Beziehung war. Joséphine war Teil meines Schicksals geworden, als sie mir meinen Liebsten und die Zukunft mit ihm genommen hatte. Trotzdem hatten sich unsere Wege nicht getrennt, im Gegenteil, wir waren uns immer nähergekommen. Und sie würde weiterhin zu meinem Leben gehören, das wusste ich, auch wenn ich nicht sagen konnte, auf welche Weise.

Joséphine lächelte und wandte den Blick von mir ab. Das Gefühl, das mich befallen hatte, verging.

Eugène trat zu ihr und flüsterte ihr etwas ins Ohr. Offenbar war es an ihm, sie hinauszugeleiten.

Joséphine verließ den Saal voller Würde.

Napoleon schien den Tränen nahe.

Seine Schwestern kicherten, ich konnte ihren Anblick kaum ertragen.

Gleich darauf hörten wir das Rattern einer abfahrenden Kutsche.

Ein unangenehmes Schweigen breitete sich aus. Ich fragte mich, ob es nun stets so sein würde. Hatte Joséphine die Freude und den Frohsinn mitgenommen, die diese Räume in den Jahren ihrer Herrschaft erfüllt hatten? Würden wir uns nun mit Napoleon begnügen müssen, der mit schwermütiger Miene zu seinem Platz zurückkehrte?

Auch mir war das Herz schwer. Zu Anfang unserer Begegnung war Joséphine die Frau gewesen, der ich großen Schmerz zu verdanken hatte. Doch mit der Zeit hatte ich gelernt, sie zu bewundern. Und nun stellte ich zu meinem Erstaunen fest, dass ich sie lieb gewonnen hatte.

# KAPITEL 34

*Paris, 1810*

Kaum jemand konnte sich vorstellen, dass Napoleon Joséphine tatsächlich ersetzen würde. Doch er belehrte uns eines Besseren.

Es hatte Stimmen gegeben, die behaupteten, er werde Maria Walewska heiraten. Andere waren der Meinung, dass er Anna Pawlowna, eine der Schwestern von Zar Alexander I., ehelichen werde. Diese Verbindung wurde als strategischer Schachzug gewertet, um den russischen Behemoth im Osten außer Gefecht zu setzen.

Aber eine Prinzessin aus dem Haus Habsburg? Die achtzehnjährige Tochter von Kaiser Franz II., Napoleons Erzfeind? Auf sie wäre so schnell niemand gekommen.

Was Marie-Louise von Österreich betraf, so war ich mir sicher, sie war mit dem Gedanken erzogen worden, eines Tages aus politischen Gründen verheiratet zu werden, um die dynastischen Interessen ihrer Familie zu vertreten.

Dennoch fragte ich mich, wie sie sich mit Napoleon als Bräutigam fühlte? Wie hatte sie reagiert, als man ihr mitteilte, sie werde den Mann heiraten, der Österreich so oft im Kampf besiegt und ihrem Land in den Friedensverträgen jedes Mal die härtesten Bedingungen diktiert hatte? Der sein Quartier in Schloss Schönbrunn aufgeschlagen und die Habsburger daraus vertrieben hatte. Hatte sie nicht schon in ihrer Kindheit gelernt, diesen Mann, der zudem doppelt so alt war wie sie, zu hassen?

Wollte sie in einem Land leben, in dem ihre Großtante Marie-Antoinette geköpft worden war? Wollte sie im Bett ihrer unglückseligen Verwandten schlafen?

Doch ganz gleich, was sie gedacht und empfunden hatte, am nächsten Tag würde sie Napoleon in der Kapelle des Louvre heiraten.

»Es heißt, dass sie Marie-Antoinette ähnlich sieht«, sagte Bernadotte am Morgen der Hochzeit, die wir nur vier Monate nach Napoleons Scheidung feiern würden.

Es war ein verregneter Aprilmorgen. Bernadotte und ich saßen beim Frühstück. Seitdem die Verbindung von Napoleon und Erzherzogin Marie-Louise von Österreich publik geworden war, hatte mein Mann schlechte Laune.

»Zahllose Franzosen haben im Kampf gegen Österreich ihr Leben gelassen. Und nun soll eine ihrer Prinzessinnen auf unserem Thron sitzen?«

Ich schaute hinaus in den Regen und versuchte, ein unverfänglicheres Thema anzuschlagen. »Was für ein scheußliches Wetter für eine Hochzeit. Und es sieht nicht aus, als würde es bald besser.«

»Die Straßen werden verschlammt sein.« Mit zusammengezogenen Brauen blätterte Bernadotte durch die Zeitungen. »Bei dem Regen werden die Pariser sich noch weniger als bisher für die beiden interessieren.« Bernadotte las mir die Schlagzeilen vor. Wie so oft drehten sich die Artikel um Joséphine.

Nach seiner Scheidung hatte Napoleon den Zeitungen verboten, über Joséphine zu schreiben, doch kaum jemand hielt sich daran. Die Franzosen liebten Joséphine und betrachteten sie weiterhin als ihre wahre Kaiserin. Joséphine war Französin, hatte sich als mittellose Mutter zweier Kinder an die Spitze der Pariser Gesellschaft hinaufgearbeitet, war an Napoleons Seite zur ersten Dame der Republik aufgestiegen und schließlich von ihm zur Kaiserin gekrönt worden. Es war undenkbar, dass die Franzosen einer blaublütigen, ausländischen Prinzessin den Vorzug geben würden.

Darüber hinaus war allgemein bekannt, dass sich Napoleon nach seiner ersten Frau sehnte, sie so oft wie möglich in Malmaison besuchte und in dem Park des Schlosses Hand in Hand mit ihr spazieren ging. Es hieß auch, dass sie nach wie vor miteinander schliefen. Das Band, das sie zusammenhielt, war offenbar stärker als das so mancher Paare, deren Ehe nicht beendet worden war.

Offiziell erklärte Napoleon jedoch, er sei von seiner österreichischen Braut hingerissen. Pedantisch, wie er war, ließ er die Unterlagen ausgraben, die die Hochzeit von Louis XVI. und Marie-Antoinette detailliert beschrieben, und bestand darauf, sie Schritt für Schritt nachzuahmen. Auch das kam im französischen Volk nicht gut an.

»Jean-Baptiste Bernadotte, Marschall des Kaiserreichs, Fürst von Pontecorvo, und Désirée, Fürstin von Pontecorvo.« So wurden wir an der Tür des Salon Carré im Louvre-Palast angekündigt, der zu einer Kapelle umfunktioniert worden war.

Hier würde Kardinal Fesch Napoleon und seine neue Braut vermählen.

Julie kam zu mir und deutete verstohlen auf Napoleons Schwestern, die erneut angehalten waren, Napoleons Ehefrau an diesem Tag zu dienen, und entsprechend zornig aussahen.

»Sie haben ihren Fehler erkannt«, flüsterte Julie. »Bei Joséphine hätte es keine Erben gegeben, die ihre Rivalen geworden wären. Bei Marie-Louise ist das anders. Sie ist erst achtzehn Jahre alt und kann Napoleon ein Dutzend Söhne schenken, die in seinem Herzen an erster Stelle kommen werden.«

Aber wenigstens nahm Napoleons Mutter diesmal an der Trauung ihres Sohnes teil.

Als Kardinal Fesch die Brautleute zu Mann und Frau erklärt hatte, begann in Paris ein Feuerwerk, in den Straßen wurde musiziert, in den Bäumen hingen Lampions, und in den Privathäusern waren in den Fenstern Kerzen entzündet worden. An die Armen von Paris wurde Essen verteilt.

Ich verspürte einen winzigen Stich, als ich den Heißluftballon entdeckte, der anlässlich der Hochzeit über Paris schwebte, doch dieses Gefühl war gleich wieder vergangen.

Über tausend Gäste hatten sich im Festsaal des Louvre eingefunden. Mein Mann und ich warteten in einer langen Schlange darauf, Napoleon und seiner frisch angetrauten Ehefrau gratulieren zu können.

Bernadotte trat ungeduldig von einem Bein aufs andere, zupfte an seiner Paradeuniform und sagte: »Wenigstens hast du künftig mehr Zeit zur Verfügung.«

Ich würde nicht zu Marie-Louises Hofdamen gehören, sie hatte ihr eigenes Gefolge aus Österreich mitgebracht. Sicherlich würde sie sich auch neue Freundinnen und Verbündete suchen; ich hatte ihrer Vorgängerin zu nahegestanden, um dafür infrage zu kommen.

»Weißt du schon, was du mit deiner freien Zeit anfangen wirst?«

Darüber hatte ich nachgedacht. »Ich werde endlich wieder mehr für Oscar da sein können. Vielleicht versuche ich mit ihm zu malen. Als Ausgleich zu den Schlachten, die ihr beide immerzu mit den Zinnsoldaten nachstellt.«

Schließlich waren nur noch zwei Gratulanten vor uns, und ich hatte Gelegenheit, mir unsere neue Kaiserin aus der Nähe anzusehen.

Marie-Louise war hübsch, aber nicht die Schönheit, die Joséphine einmal gewesen war. Wenn man mich fragte, fehlte ihr auch das gewisse Etwas, das ihre Vorgängerin so faszinierend gemacht hatte. Doch sie besaß jugendliche Frische und einen gewissen Liebreiz. Und wie mein Mann gesagt hatte, sah sie ihrer Großtante ähnlich – hatte das gleiche blonde Haar, den hellen Teint, das volle Gesicht und die vorstehende Habsburger Unterlippe, die bei ihr jedoch nur schwach ausgeprägt war.

Auch war sie nicht so schlank wie Joséphine, ihre Figur war eher rundlich, aber wohlproportioniert. Mit zunehmendem Alter und nach mehreren Kindern würde sie womöglich dick werden. Ebenso wie Joséphine überragte sie Napoleon. Als ich sah, wie viel Mühe es sie kostete, den Kopf mit der schweren Krone hochzuhalten, verspürte ich einen Anflug von Mitleid.

Dann standen wir vor dem Hochzeitspaar und wünschten ihnen alles Gute.

»Bernadotte.« Napoleon nickte meinem Mann knapp zu. »Und meine liebe Schwester Désirée.« Der rote Hermelinumhang, für den er sich an diesem Tag entschieden hatte, war keine glückliche Wahl gewesen, er ließ ihn noch kleiner und gedrungener erscheinen. Doch er lächelte überaus zufrieden. Warum auch nicht? Er hatte eine junge und attraktive neue Frau, konnte sich des Friedens zwischen Frankreich und Österreich rühmen und in vielleicht schon einem Jahr endlich den ersehnten Erben in den Armen halten.

Nach der Gratulationskur waren wir zu einem Hochzeitsball in die österreichische Botschaft geladen. Der Ball wurde von Karl Philipp Fürst zu Schwarzenberg gegeben, einem Vertrauten des österreichischen Kaisers. Er hatte die Verhandlungen über die Eheschließung Napoleons mit Marie-Louise von Österreich geführt.

Bernadotte kannte ihn als Kommandant der Österreicher aus den Kriegen mit Frankreich und verabscheute ihn aus ganzem Herzen. Dennoch hielten wir es für unklug, der Einladung nicht zu folgen. Es wäre Napoleon aufgefallen, und mein Mann konnte es sich nicht leisten, ihn noch mehr zu verstimmen.

»Wir tanzen ein einziges Mal, nur damit Napoleon uns sieht«, murmelte Bernadotte verdrossen. »Anschließend verschwinden wir unauffällig.«

Mir war das recht. Es war kalt, draußen regnete es in Strömen, und ich konnte mir kaum etwas Schöneres vorstellen, als mich zu Hause ins Bett zu verkriechen und eine warme Decke über mich zu ziehen.

Wir tanzten mit Julie und Joseph eine Quadrille. Ich ließ mich von meinem Mann führen und wunderte mich, wie schwerfällig er sich bewegte, obwohl er auf dem Tanzparkett sonst eine so gute Figur abgab.

Mitten im Tanz stieg ein beißender Geruch in meine Nase. Ich warf Bernadotte einen beunruhigten Blick zu. Er schnupperte in die Luft und drehte sich zu der Ecke des Saals um, wo ein Tumult entstanden war.

Ich folgte seinem Blick mit den Augen und sah, was geschehen war: In der Ecke hatten Kerzenflammen die Gardine an einem Fenster in Brand gesetzt.

»Komm.« Bernadotte nahm meine Hand.

Wir rannten zur Tür, Julie und Joseph folgten uns eilig. Hinter uns wurde geschrien. Als würden wir gejagt, stürzten wir die Treppe hinunter und hinaus ins Freie. Dort hatte der Regen aufgehört, und wir atmeten gierig die frische Nachtluft ein.

Auch andere Gäste drängten sich durch die großen Eingangstüren, von denen es zu wenige gab, um alle gleichzeitig hinauszulassen.

Die Flammen hinter den Fenstern loderten nun lichterloh, und die Schreie von drinnen ließen mir das Blut in den Adern gerinnen. Es würde nicht lang dauern, und das ganze Gebäude würde brennen.

Ich blickte mich um und suchte nach Napoleon und Marie-Louise, konnte sie jedoch nirgends entdecken.

# Kapitel 35

*Paris, 1810*

»Er glaubt, dass er verflucht ist«, sagte Bernadotte. »Nicht nur er, auch seine neue Ehe und die Kinder, die daraus hervorgehen werden.«

Wir lagen im Bett, ich hatte meine Beine um seine geschlungen. Seit dem Brand fühlte ich mich nicht gut. Es gab Augenblicke, da dachte ich noch immer, ich könnte Rauch riechen. Nachts schlief ich unruhig, hörte im Traum die Schreie der Menschen in dem brennenden Gebäude. Wie leicht hätten wir zu ihnen gehören können, wären wir nicht so dicht am Ausgang des Ballsaals gewesen und hätte Bernadotte mich nicht sofort und im Eiltempo nach draußen gezerrt. Einen Moment lang stellte ich mir vor, wie Oscars Leben als Waisenkind ausgesehen hätte, dann verjagte ich den Gedanken.

Das österreichische Botschaftsgebäude war abgebrannt. Seitdem suchten Feuerwehr und Gendarmen in den verkohlten Resten nach Leichen.

Die Schwester von Fürst zu Schwarzenberg war unter den Toten gewesen. Man hatte sie nur anhand ihres Schmucks identifizieren können. Napoleons Schwester Caroline hatte knapp überlebt und das Kind verloren, mit dem sie schwanger gewesen war.

Napoleon hatte die Katastrophe zum Anlass genommen, in Paris eine neue Feuerwehreinheit zu gründen.

»Nun wird er noch paranoider werden«, sagte Bernadotte seufzend. »Er wird überall Feinde wittern. Wahrscheinlich führt er bald wieder Krieg.«

»Mit wem? Die Habsburger gehören doch jetzt zur Familie.«

»Dann wird er sich England vornehmen. Oder wieder Preußen. Oder er geht gegen Russland vor.«

Ich drehte mich auf die Seite und sah meinen Mann an. In seinem Haar schimmerten die ersten Silberfäden. »Vielleicht bekommt Marie-Louise bald einen Sohn. Das würde Napoleon beruhigen. Er würde in Paris bleiben und Ehemann und Vater spielen. Zumindest für eine Weile.«

»Niemals.« Bernadotte schüttelte den Kopf.

Wir schwiegen eine Zeit lang. Dann nahm er mich in die Arme und sagte leise: »Ich muss dir etwas sagen.«

»Was?«

»Wenn ich in Frankreich bleibe, wird es mich das Leben kosten.«

Ich erstarrte. Wie um alles in der Welt kam er auf einen so entsetzlichen Gedanken?

Er streichelte meine Wange. »Napoleon wird nie aufhören, Krieg zu führen. Er wird von einem Hunger getrieben, der nie gestillt werden kann. Siege stellen ihn nicht zufrieden, vielmehr stacheln sie ihn an, weiterzukämpfen und noch mehr Gebiete zu erobern. Und solange ich durch meinen Treueeid an ihn gebunden bin, werde ich mit ihm kämpfen müssen. Ich werde mein Leben entweder auf dem Schlachtfeld verlieren oder er lässt mich irgendwann erschießen.«

Mir war, als würde eine kalte Hand nach meinem Herz greifen. »Wie kannst du so etwas sagen?«, fragte ich und blinzelte meine Tränen fort.

»Ich weiß, dass er mich loswerden will. Schon seit Langem. Er hat mir den Posten des Gouverneurs von Rom angeboten, obwohl bekannt ist, wie feindlich die Römer uns gesonnen sind. Seitdem Napoleon den Papst inhaftiert hat, sind sie es sogar noch mehr als früher.«

Ich dachte an jenen Abend zurück, als ich mit Julie am Fenster der französischen Botschaft stand, römische Rebellen Frankreich verfluchten und über den Zaun kletterten. »Glaubst du, es könnte dir wie Duphot ergehen?«

»Möglicherweise.«

Ich befreite mich aus Bernadottes Armen. »Ich werde nicht nach Rom gehen.«

»Das musst du nicht. Ich habe Napoleon bereits wissen lassen, dass ich den Posten nicht annehme.«

»Und wie hat er reagiert?«

»Er hat mich undankbar genannt und darauf hingewiesen, dass ich mich nach seinen Wünschen zu richten habe.«

Ich spürte, wie sich bei mir Kopfschmerzen anbahnten, und begann meine Schläfen zu massieren.

»Seit Wagram hasst er mich. Nein, wahrscheinlich schon seit Jena. Oder es hat noch früher angefangen.«

»Wann soll das gewesen sein?«

»Ich vermute, seit ich dich geheiratet habe. Oder zumindest seit wir Oscar haben.«

Ich schüttelte den Kopf. »Das glaube ich nicht.«

»Doch, Désirée. Er hat unser Familienglück gesehen und ist

neidisch geworden. Irgendwann ist sein Neid in eine Feindseligkeit umgeschlagen, die stetig größer wird.« Bernadotte tastete nach meiner Hand. »Deshalb müssen wir fortgehen.«

*Fortgehen?* Ich hoffte, in dem trüben Kerzenlicht sah Bernadotte nicht, wie erschrocken ich war. »Wohin?«

Er antwortete nicht.

Sein Schweigen machte mir Angst. »Ich möchte Frankreich nicht verlassen. Es ist unsere Heimat.«

»Fühlt es sich hier für dich tatsächlich noch heimatlich an?«, fragte Bernadotte mit rauer Stimme. »Joseph ist König von Spanien, Julie ist die meiste Zeit bei ihm. Joséphine lebt in Malmaison, und mit Marie-Louise hast du nichts zu tun. Für sie gehörst du zu Joséphine. Napoleon interessiert sich nicht mehr für uns, außer, dass er uns unser Glück neidet und mir grollt.«

Er hatte recht, sowohl was Napoleon als auch Marie-Louise betraf. Diese blutjunge Frau aus Österreich legte keinen Wert auf mich, und Napoleon dürfte außer seiner Nachkommenschaft und vielleicht seinen nächsten Feldzügen nichts im Kopf haben. Bernadotte und ich gehörten der Vergangenheit an.

Noch einmal fragte ich, wohin wir gehen sollten.

»Nach Schweden.«

»Nach Schweden?« Verdutzt wiederholte ich den Namen. Schweden war für mich ein fremdes Land, über das ich nichts wusste, das ich nicht einmal auf der Landkarte gefunden hätte.

»Schweden liegt im Norden Europas. Ein Teil seiner Küste grenzt an die Ostsee, ein anderer an die Nordsee.«

»Haben wir dieses Land besetzt?«

Bernadotte lachte leise. »Nein. Aber die Schweden mögen Frankreich und wollen ihr Bündnis mit uns stärken. Außerdem suchen sie einen Kronprinzen. Und dabei haben sie an mich gedacht.«

Nun verstand ich gar nichts mehr. »Haben die Schweden keinen eigenen Kronprinzen?«

»Nein. Ihr König Karl hat keine Nachkommen.« Bernadotte seufzte. »Er hatte einen deutschen Prinzen adoptiert, der sein Nachfolger werden sollte, doch der ist einem Schlaganfall erlegen.«

»Und wie kommen sie auf dich? Warum sollten sie sich einen Franzosen als Kronprinz wünschen?«

»Zudem einen bürgerlichen Franzosen«, ergänzte Bernadotte. »Als sie mich darauf angesprochen haben, konnte ich es erst selbst nicht glauben. Doch dann habe ich es verstanden. Schweden hat einen katastrophalen Krieg gegen Russland geführt und verloren. Das Land musste riesige Gebiete an Russland abtreten. Nun befürchten sie, bei einer erneuten Auseinandersetzung mit Russland ihre Ostseehäfen zu verlieren. Sie hoffen, dass Frankreich ihnen in einem solchen Fall zur Seite steht. Die Schweden kennen mich von unseren Bündnisverhandlungen. Sie mögen mich. Darüber hinaus sagen sie sich, dass ich durch dich mit Napoleon verwandt bin, und glauben, im Ernstfall hätte ich Einfluss auf ihn.«

»Ich weiß nicht, was ich sagen soll«, antwortete ich benommen. »Ich meine, geht das denn so einfach? Können die Schweden ihre Krone wirklich einem Außenseiter anbieten?«

»Anscheinend können sie das. Graf Mörner, der schwedische Abgesandte, ist zurzeit in Paris, um mit Napoleon darüber zu sprechen.«

»Ach.« Mehr fiel mir dazu nicht ein. Es ging mir zu schnell, und mir war, als würde ich von einem Rad herumgewirbelt, das ich nicht anzuhalten vermochte.

»Ich könnte Kronprinz von Schweden werden«, fuhr Bernadotte fort. »Und eines Tages König. Und du würdest Königin.«

»Aber …«

»Was aber?«

»Ich weiß nicht, ich …«

»Bitte, sag mir, was du davon hältst.«

Nachdem es schon so weit gediehen war, wollte er plötzlich wissen, was ich davon hielt? »Ich bin hier zu Hause. In Frankreich.«

Ich lernte Graf Mörner kennen und lehnte ihn ab. Es lag nicht an ihm, er war eigentlich ein ganz netter, wohlerzogener Mensch. Als er uns besuchte, wusste er sogar, mit Oscar freundlich umzugehen. Doch ich kannte den Grund seines Besuchs und wünschte ihn zum Teufel.

Es passte mir auch nicht, dass er und Bernadotte sich stets in das Arbeitszimmer meines Mannes zurückzogen und es keinem von beiden in den Sinn kam, mich zu ihren Gesprächen zu bitten.

Mörner kam mehrere Male zu uns. Wenn er ging, hatte Bernadotte gerötete Wangen und sein Haar war zerrauft, als hätte er sich körperlich betätigt. Doch seine dunklen Augen glänzten wie seit Langem nicht mehr, und er schien wieder voller Elan.

Ich wusste noch immer nicht viel über dieses Land im Norden Europas. Bernadotte hatte mir erklärt, Schweden sei eine konstitutionelle Monarchie, deren derzeitiger König Karl XIII. schwach und unbeliebt sei.

Wie es aussah, war das schwedische Parlament mit der Wahl Bernadottes als Kronprinz einverstanden. Immer neue schwedische Abgesandte wurden bei Napoleon vorstellig und baten ihn, Bernadotte von seinem Treueeid zu entbinden und ziehen zu lassen.

Wir erfuhren von ihnen, Napoleon sei nicht abgeneigt, meinen Mann aus seinen Diensten zu entlassen. Im Grunde musste nur noch Bernadotte zusagen. Und ich.

Ich jedoch wollte in Frankreich bleiben. Die Zeit, als ich mich in Paris fremd gefühlt hatte, war längst vorbei, inzwischen betrachtete ich die Stadt als mein Zuhause. Ich wollte nicht fort, wollte nicht in einem kalten Land im Norden leben, wo ich die Sprache nicht beherrschte und niemanden kannte. Selbst Louisiana, das Gebiet, in das Napoleon uns einst hatte verfrachten wollen, wäre mir lieber gewesen.

Dann wieder dachte ich an die neuen Zeiten, die an Napoleons Hof angebrochen waren, und fragte mich, ob ich mich in Paris wirklich noch so wohl fühlte, wie als ich zu Joséphines innerem Kreis gehörte. Die Sprache von Marie-Louise und ihren Vertrauten verstand ich ebenso wenig wie Schwedisch.

Wenn ich sah, wie mein Mann bei dem Gedanken, Frankreich zu verlassen, aufblühte, wie er wieder voller Lebensmut war, wurde ich weich gestimmt.

Zudem sagte ich mir, dass ich, falls mein Mann Kronprinz von Schweden würde, nicht ständig dort leben müsse. Ich dachte an die Kronen, die Napoleon seinen Geschwistern hatte zukommen lassen. Joseph war König von Spanien, zuvor war er

König von Neapel gewesen, trotzdem war Julie dann und wann in Paris. Auch Napoleons Schwester Caroline, die inzwischen Königin von Neapel war, sah ich des Öfteren in Paris. Würde das dann nicht auch für mich gelten?

Darüber hinaus wäre es für Oscar nicht schlecht, einen so glänzenden Titel wie Prinz von Schweden zu erhalten. Eines Tages könnte er sogar König dieses Landes werden – eine schwindelerregende Vorstellung und mehr, als ich jemals gewagt hätte, für ihn zu erträumen.

Doch gerade als ich mich für die neuen Aussichten zu erwärmen begann, hörten wir von Graf Wörner, dass Napoleon nicht mehr gewillt sei, Bernadotte freizugeben. Nun mied er die schwedischen Abgesandten, sagte die Unterredungen mit ihnen ab und setzte keine neuen Termine an.

»Er spielt mit mir«, erklärte Bernadotte wütend. »Da siehst du, wie wenig er mich schätzt. Es ist höchste Zeit, von ihm fortzukommen.«

Dann erzählte Mörner, dass Napoleon von den schwedischen Abgesandten verlangt hatte, seinen Stiefsohn Eugène de Beauharnais als Kronprinz zu wählen. Kurz darauf hieß es, Eugène habe dieses Amt ausgeschlagen.

Wir fragten uns, was Napoleon sich als Nächstes einfallen ließe, um Bernadotte einen Knüppel zwischen die Beine zu werfen.

Dann luden Kaiser und Kaiserin – im ersten Moment hatte ich bei ihr an Joséphine gedacht – uns zu einem Diner in die Tuilerien ein.

Wir kamen an einem warmen Sommerabend in den Tuilerien an. Die Luft war erfüllt vom Duft der Blumen, und in den Bäumen gaben die Vögel ihr Abendkonzert.

Unsere Gastgeber empfingen uns in einem der zahlreichen Salons, Napoleon mit einem verkniffenen Lächeln im Gesicht.

Marie-Louise, die ich nun erstmals in Ruhe begutachten konnte, erinnerte mich an ein Mädchen, das sich mit den Sachen seiner Mutter verkleidet hatte. Ihre Haltung und ihre Manieren waren natürlich einwandfrei, schließlich war sie von Kind an als Prinzessin erzogen worden. Nur schien sie sich in ihrer Rolle als Ehefrau – oder als Napoleons Frau – nicht ganz wohl zu fühlen. Sie – Napoleon übrigens auch – wirkte steif und gezwungen. Aber vielleicht lag es daran, dass sie noch nicht vertraut miteinander waren.

Obwohl sie eigentlich hätten glücklich sein sollen. Unter dem weich fallenden gelben Kleid von Marie-Louise erkannte man die verräterische Wölbung ihres Bauchs. Auch ihr Teint war so strahlend, wie ich es von schwangeren Frauen kannte. Womöglich würde sie Napoleon tatsächlich einen Sohn und Erben schenken.

»Lassen Sie uns gleich essen«, sagte Napoleon. Anscheinend stand ihm der Sinn nicht nach Höflichkeitsfloskeln.

Wir gingen in einen kleinen Speisesaal, wo umgehend der erste Gang aufgetragen wurde.

Napoleon und Marie-Louise aßen schweigend.

Wehmütig dachte ich an die Essen, bei denen Joséphine auf jeden ihrer Gäste eingegangen war. Immer hatte sie für interessante Gespräche und eine anregende Atmosphäre gesorgt.

Zum Schluss, als wir beim Kaffee waren und Marie-Louise

ihrem Mann die Sahne einschenken durfte, räusperte sich Napoleon und sah meinen Mann an. »Bernadotte, mein alter Freund«, sagte er, und seine Augen erinnerten mich an kalte grüne Steine. »Vielleicht sollten wir uns über Schweden unterhalten.«

»Gern.« Bernadotte sah dem Bediensteten zu, der ihm den Kaffee servierte.

»Deshalb sind Sie doch gekommen.«

»Ich bin gekommen, weil Sie uns eingeladen haben.«

Napoleon rührte die Sahne in seinem Kaffee unter, hielt den Blick dabei jedoch auf meinen Mann gerichtet.

Ich hatte gehofft, die Schwangerschaft seiner Frau hätte ihn milde gestimmt, doch das schien nicht der Fall zu sein. Auch wunderte es mich, dass er die gesegneten Umstände seiner Frau nicht erwähnte, schließlich war es die frohe Botschaft, auf die er endlos lange gewartet hatte.

Napoleon zuckte mit den Schultern. »Meinetwegen sollen Sie Ihre Krone haben.«

Meine Brust schnürte sich zusammen. Nun würde die Entscheidung nur noch von mir abhängen.

Napoleon nahm einen Schluck Kaffee, sah meinen Mann immer noch an. »Ein Junge aus dem Béarn, der ohne Vater groß geworden ist. Zu arm, um sich eine Anwaltslehre leisten zu können. Und ihm bietet man einen Thron an.«

Ich hätte ihn an einen armen Korsen erinnern können, der Kaiser von Frankreich geworden war, doch das tat ich natürlich nicht.

Napoleon stellte seine Tasse ab. »Das Angebot, das man Ihnen gemacht hat, verdanken Sie mir und meinem Ruhm. Ich hoffe, dass Sie sich darüber im Klaren sind. Die Schweden möchten mein Wohlwollen erringen.«

Ich warf Bernadotte einen raschen Seitenblick zu.

Sein Kiefer mahlte. Wahrscheinlich war er dabei, die Antwort, die ihm auf der Zunge lag, hinunterzuschlucken. Der schwedische Thron musste ihm sehr am Herzen liegen.

»Es gibt nur eine Bedingung«, fuhr Napoleon fort. »Wenn Sie die erfüllen, gebe ich Ihnen meinen Segen und Sie können in den eisigen Norden ziehen.«

Bernadotte atmete langsam ein und aus. »Und die wäre?«

»Sie müssen mir schriftlich garantieren, dass Schweden niemals gegen Frankreich Krieg führt.«

Mein Mann lehnte sich zurück. Es dauerte einen Moment, bevor er antwortete: »Ich verstehe Ihren Wunsch, Sire, und mein Kopf wie auch mein Herz möchten ihn erfüllen. Nur kann ich Ihnen das nicht garantieren, es würde Schweden zu einem Vasallenstaat Frankreichs machen.«

Napoleon zog die Brauen zusammen. »Ich muss darauf bestehen, Bernadotte. Ich kann nicht riskieren, dass Sie eines Tages auf Ihre Landsleute schießen.«

Bernadotte seufzte. »Aber wie kann ich Ihnen eine schriftliche Zusage geben, die nicht nur mich, sondern auch künftige Herrscher Schwedens bindet?«

Napoleon sah mich an. Vielleicht dachte er, ich würde mich für ihn einsetzen. Ich senkte den Blick.

Enttäuscht wandte er sich wieder meinem Mann zu. »Wie immer sind Sie anderer Meinung als ich. Würde Sie ein ansehnlicher Geldbetrag umstimmen? Sagen wir, eine Millon Franc?«

Bernadotte schüttelte den Kopf. »Es ist keine Frage des Geldes, sondern des Prinzips.«

»Das ist es bei Ihnen immer«, antwortete Napoleon griesgrämig.

»Soll ich ein größerer Mann als Sie sein und die Krone ablehnen?«, fragte Bernadotte.

Für einen Moment entglitten Napoleon die Gesichtszüge, dann stieg Zornesröte in seine Wangen und es sah aus, als wolle er meinen Mann anfahren. Ich wagte kaum noch zu atmen.

Doch Napoleon fasste sich. »Na schön, Bernadotte«, sagte er kalt. »Gehen Sie. Möge sich unser Schicksal erfüllen.«

Auf der Rückfahrt wirkte mein Mann bedrückt.

»Was hast du?«, fragte ich. »Napoleon ist einverstanden. Ich dachte, das würde dich freuen.«

»Es freut mich auch. Aber mir macht die Schwere der Aufgabe zu schaffen. Kronprinz oder auch König zu sein, das bedeutet, dass mich ein ganzes Volk beobachtet.«

Ich nahm seine Hand. »Das muss nicht sein. Denk an Joseph. Er ist nur selten in Spanien und trotzdem König dieses Landes.«

Bernadotte entzog mir seine Hand. »Verstehst du nicht, um was es geht?«

»Doch. Du hast gesagt, dass du Kronprinz von Schweden werden willst. Und eines Tages König. So wie du auch Fürst von Pontecorvo bist.«

Er sah mich gereizt an. »Nein, Désirée, Schweden ist nicht wie Pontecorvo. Und ich werde auch nicht wie Joseph sein und Schweden dann und wann einmal besuchen. Wir werden dort leben. Du wirst meine Königin und Oscar mein Nachfolger werden.«

Zuletzt willigte ich notgedrungen ein. Doch die Bedeutung dieses Schrittes begann mir erst richtig bewusst zu werden, als Bernadotte Paris im September in einer schwedischen Uniform verließ und Graf Mörner über das ganze Gesicht strahlend zu ihm in die Kutsche stieg.

Oscar und ich standen in der Rue d'Anjou und winkten ihnen nach.

Ich musste an Marie-Antoinette und Marie-Louise denken, die in einem fremden Land den Thron bestiegen hatten. Auf dem Weg nach Frankreich hatte jede von ihnen in Braunau am Inn, an der Grenze zwischen dem österreichischen und französischen Einflussgebiet, ihre österreichische Kleidung gegen französische getauscht. Sie waren auf französische Art frisiert und parfümiert worden, um ihnen ihre neue Identität nahezubringen.

Und dann dachte ich daran, dass es noch vor Jahren hieß, für Franzosen werde es keine Monarchien mehr geben, und mein Mann hatte sich »Tod den Königen« auf den Arm tätowieren lassen. Wie anders Ansichten und Realitäten im Lauf der Zeit werden konnten.

Bernadotte hatte in den vergangenen Wochen einen Schwedischlehrer gehabt und die Sprache mit Eifer zu lernen versucht. Ich hatte mich geweigert, an dem Unterricht teilzunehmen.

Noch immer hoffte ich, mit Oscar in Frankreich bleiben zu können. Als Ehefrau eines französischen Offiziers hatte ich mich daran gewöhnt, eine Weile von meinem Mann getrennt zu sein, die Hauptsache, ich durfte ihn dann und wann besuchen.

Doch nun sollte Bernadotte in Schweden bleiben, und ich wusste nicht, ob ich das Leben dort ertragen würde – in einem Land, wo die Winter endlos lang, kalt und dunkel waren und die Sommer kurz.

Doch Bernadotte war unnachgiebig gewesen und hatte darauf bestanden, dass mein und Oscars Platz an seiner Seite war. Zu Weihnachten sollten wir bei ihm sein.

Da Julie in Spanien war, wandte ich mich an meine Freundin Élise und bat sie, mich als meine Hofdame nach Schweden zu begleiten. Unter Marie-Louise hatte sie ihre Stelle als Hofdame verloren.

Zu meiner Freude war Élise bereit, mit mir zu kommen.

Im Dezember begannen wir zu packen. Der Plan war, dass wir von Paris aus mit drei Kutschen nach Hamburg und von dort aus nach Dänemark reisten. Das war weiter, als ich jemals von zu Hause fort gewesen war. In Dänemark würden wir mit dem Schiff den Öresund nach Schweden überqueren.

Ich wusste nur ungefähr, wie mein neues Heimatland aussah. Aber noch weniger wusste ich, wie mein Leben dort aussehen würde.

# Teil IV

## Kapitel 36

*Stockholm, 1811*

»Du musst deinen Namen ändern.« Bernadotte sagte es, als wäre meine Namensänderung nicht mehr als eine Formalität, doch er wich meinem Blick aus und tat, als sei er mit dem Sitz seiner Uniform beschäftigt.

Ich starrte ihn mit offenem Mund an. Er stand an einem Fenster, vor dem dichter Schnee fiel. Der ewige Winterwind, der über die grauen Gewässer rund um Stockholm wehte, wirbelte die Flocken auf.

Ich räusperte mich und spürte wieder meine Halsschmerzen. »Warum soll ich meinen Namen ändern?«

Bernadotte sah mich noch immer nicht an. »Er klingt … zu französisch.«

Ich saß dick eingemummelt im Bett und hatte mir Kissen in den Rücken gestopft. Im Nebenzimmer war Élise dabei, meine Reisetruhen auszupacken. Oscar war bei ihr und spielte mit seinen Zinnsoldaten. »Zu *französisch*?«

Bernadotte zuckte die Achseln.

»Wir sind Franzosen, natürlich tragen wir französische Namen.«

Er seufzte.

Ich verschränkte die Arme vor der Brust. »Die Schweden

wissen, dass wir Franzosen sind, immerhin musste Mörner nach Paris kommen, um dir die Krone anzutragen. Man wollte dich, *weil* du Franzose und mit Napoleon verbunden bist.«

»Das ist mir bekannt.« Er sah aus, als müsse er sich zur Ruhe zwingen. »Aber nun sind wir hier. In Schweden. Wir vertreten Schweden. Meine Minister würden eine Namensänderung als symbolischen Akt begrüßen. Als Zeichen, dass wir uns unserem neuen Land zugehörig fühlen.«

»Jean-Baptiste ist auch ein französischer Name«, erklärte ich trotzig.

»Richtig.« Er drehte sich zu mir um. »Deshalb habe ich meinen Namen geändert.«

Mir fehlten die Worte.

»Offiziell bin ich nun Karl Johann, Kronprinz von Schweden.«

»Karl Johann.« Ich wiederholte den Namen mehrmals und verzog das Gesicht.

»Ein guter schwedischer Name.« Bernadotte trat vor den Spiegel und musterte sich.

Ich hustete und zog die Bettdecke enger um mich. »Aber es ist nicht *dein* Name.«

»Jetzt schon.«

Glaubte er wirklich, wir müssten nur unsere Namen ändern, um Schweden zu werden? Sollte ich Frankreich, das Land meiner Herkunft, einfach vergessen? Auch das Leben, das ich dort geführt hatte? Fühlte mein Mann sich so wenig an sein Heimatland und an unsere Vergangenheit gebunden, dass er beides mit seinem neuen Namen abschütteln konnte?

»Ich habe meine Minister um Vorschläge für deinen Namen gebeten.«

Ich spürte die aufsteigende Zornesröte in meinen Wangen.

»Sie haben einen Namen vorgeschlagen.«

»Und der wäre?«

»Desideria.«

Sollte das ein Scherz sein? Nein, dazu war Bernadottes Gesicht zu ernst. Ich blickte zum Fenster. Der Schneefall hatte aufgehört, nun war alles grau – der Himmel, die steinernen Gebäude, das Wasser.

So war es seit dem Tag, an dem wir den zinnfarbenen Öresund im Nebel überquert hatten, eine Überfahrt, auf die wir wegen des stürmischen Winterwetters drei Tage hatten warten müssen.

Wir erreichten Stockholm mitten in der Nacht, fuhren durch die verschneite Hauptstadt, in der es so kalt war, wie ich es noch nie zuvor erlebt hatte. Wir wurden mit Salutschüssen empfangen, an den vereisten Straßen standen Menschen und winkten uns mit schwedischen Fähnchen zu. Ich fragte mich, wie sie es in der bitterkalten Dunkelheit aushielten. Ich trug einen Pelzmantel und hatte eine Pelzdecke über mich gebreitet, trotzdem fror ich und dachte, mir würde nie wieder warm werden.

Sehr bald schon begann ich mich nach Farben zu sehnen und hätte gern gewusst, ob die Sonne überhaupt jemals über diesem gottverlassenen Land schien. Selbst in den Räumen unseres Schlosses fror ich. Ich erinnerte mich, wie kalt mir Paris nach Marseille vorgekommen war, doch das war nichts im Vergleich zu Stockholm.

Deshalb hatte es auch nicht lang gedauert, bis ich mich erkältet hatte. Immer lief ich mit roter Nase und Taschentuch herum, hustete und hatte Halsschmerzen. Ob es mein Schicksal war, nie mehr die Sonne sehen zu können?

»Die gute Nachricht lautet, dass Oscar seinen Namen nicht ändern muss.«

»Warum nicht?« Ich putzte mir die Nase.

»Weil es den Namen Oscar auch im Schwedischen gibt. Bei ihm muss aus dem c lediglich ein k werden.«

»Dafür können wir uns bei Napoleon bedanken.«

Bernadotte zog die Brauen zusammen. »Was soll das heißen?«

»Guck mich nicht so böse an. Den Namen hat Napoleon ausgesucht, falls du dich erinnerst.« Ich war so schlecht gelaunt, dass mir dieser Seitenhieb Freude bereitete.

Bernadotte ging darüber hinweg. »Allerdings muss er zum protestantischen Glauben übertreten. Wie wir beide auch.«

Ich lachte. Das war mit Sicherheit ein Scherz gewesen.

»Es ist mein Ernst, Désirée.«

Ungläubig schüttelte ich den Kopf. »Aber wir sind Katholiken. Frankreich ist ein katholisches Land.«

»Und Schweden ist ein protestantisches Land. Seine Monarchen müssen Protestanten sein.«

Ich war nie sehr religiös gewesen, doch auch der katholische Glaube gehörte zu mir als Französin. Bis zum Ausbruch der Revolution war ich auf einer Klosterschule gewesen, selbst während der Jakobinerherrschaft hatte ich mich dem katholischen Glauben zugehörig gefühlt. Und wenn ich meinem Glauben sogar in den Jahren des Schreckens treu geblieben war, würde ich ihn mir gewiss nicht von irgendwelchen schwedischen Ministern ausreden lassen. All das wollte ich Bernadotte sagen, doch meine Worte gingen in einem Hustenanfall unter.

»Du hustest immer noch«, stellte Bernadotte fest.

Um ihm zu zeigen, wie schlecht es mir ging, hustete ich noch heftiger. Sein Blick wurde besorgt.

Ich wartete, bis ich wieder sprechen konnte. »Natürlich huste ich noch. Wie soll ich in diesem eiskalten Schloss denn genesen?«

Bernadotte seufzte schwer. »Du musst ruhen und wieder gesund werden. Ich werde dir eine heiße Brühe kommen lassen.«

»Ich ruhe seit Tagen.« Ich war mir sicher, dass es mir in diesem Land niemals besser gehen würde. Ich sehnte mich danach, Vogelstimmen zu hören und Bäume in voller Blüte zu sehen. Ich wollte in einen Orangenschnitz beißen, den süßen Saft kosten und Sonne auf meiner Haut spüren. Wenn ich Glück hatte und trotz meiner Halsschmerzen einschliefe, würde mich vielleicht ein schöner Traum nach Frankreich entführen.

»Ich lasse dich schlafen.« Bernadotte steuerte die Tür an.

Ich gab ihm keine Antwort.

An der Tür blieb er stehen und wandte sich um. »Denk an morgen, Désirée.«

»Was ist morgen?« Ich griff nach einem Kaschmirschal, den ich vor Jahren in Paris gekauft hatte, und wickelte ihn um meinen Hals. In Paris war es für ihn zu warm gewesen, hier wäre ich ohne ihn verloren.

Bernadotte blickte zum Fenster, vor dem es wieder schneite. »Morgen wirst du dem Hof offiziell vorgestellt.«

»Nun, meine Liebe, wie gefällt es Ihnen in unserem Schloss?«

Königin Hedwig war eine schlanke, hochgewachsene Frau mit einem blassen, schmalen Gesicht und einer ungewöhnlich hohen Stirn, die früher sicher einmal hübsch gewesen war. An diesem Abend trug sie ein schweres, dunkles Kleid aus Damast, die Ärmel bestanden aus hellgrauer Spitze.

Élise, die bereits den ersten Klatsch am Hof aufgeschnappt hatte, hatte mir berichtet, die Kinder von Königin Hedwig seien alle in jungen Jahren gestorben. Nun war sie zu alt, um Nachkommen gebären zu können. Bernadotte hatte mir erklärt, dass sie eine deutsche Prinzessin war, mit Namen Hedwig Elisabeth Charlotta von Schleswig-Holstein-Gottorf. Wie ungelenk sich der Name anhörte.

Sie saß an der Seite des kränkelnden König Karls XIII. Er rutschte unruhig auf seinem Sessel herum, zupfte an seinem Kragen, strich über sein spärliches weißes Haar und schien sich in seiner Uniform und der schweren Ordenskette unwohl zu fühlen. Dann und wann blickte er sich nervös in dem Salon um, wo wir uns vor dem Essen eingefunden hatten.

»Hedwig hat das Sagen, das weiß jeder«, hatte Élise mir erzählt, als sie mir in mein steifes Brokatkleid aus dunklem Purpurrot half. »Zwar behauptet sie, vor allem an Handarbeiten interessiert zu sein, doch in Wahrheit mischt sie in der Politik mit. Jeden Tag setzt sie sich mit dem König zusammen, um seine Termine festzulegen, Petitionen zu beantworten und Briefe zu schreiben. Bei den Ratstreffen sitzt sie bei ihm. Sieh dich vor, wenn du mir ihr sprichst.«

König Karl hatte mich an diesem Abend mit einem Nicken begrüßt, weiter nichts.

Seine Frau sah mich erwartungsvoll an. Richtig, sie hatte mir eine Frage gestellt, aber ich wusste nicht mehr, welche.

»Wie gefällt es Ihnen in unserem Schloss?«

Ach ja, danach hatte sie gefragt. Aber was sollte ich darauf antworten? Es wäre unhöflich, ihr die Wahrheit zu sagen. Ich konnte nicht erwidern, ich sei die Pracht der Tuilerien und von Fontainebleau gewohnt, oder ihr von Malmaison vorschwärmen, von der Freskenmalerei seiner Salons, den Räumen voller Gemälde italienischer Künstler. Sollte ich ihr erzählen, wie sehr mir all das im Stadtschloss der schwedischen Könige fehlte?

Als ich zu lange schwieg, sprang Bernadotte für mich ein. »Meine Frau kommt aus dem Süden Frankreichs. Aus Marseille. Im Frühling, wenn die Sonne scheint, wird sie sich hier wohler fühlen.«

All diese Gespräche fanden auf Französisch statt. Mein Schwedischunterricht würde erst in den nächsten Tagen beginnen.

»Eine zarte Blume des Südens also.« Hedwig lächelte bemüht. »Ich hoffe, Sie können sich an das Leben an unserem Hof gewöhnen.«

Das konnte ich ihr beim besten Willen nicht versprechen.

Hedwig fuhr fort: »Wie ich gehört habe, fällt es Ihnen schwer, sich anzupassen.«

»Ich weiß nicht recht, was Sie meinen, Hoheit.« Ich blickte mich suchend nach Élise um. Sie hätte gewusst, wie man mit dieser unangenehmen Frau umgehen musste, doch ich konnte sie nirgends entdecken.

»Ihr lieber Mann lässt Ihnen fortwährend heiße Brühen bringen, und nie scheinen sie genug Wolldecken zu haben.«

Ich dachte an Joséphine. Sie war von einer verlotterten Zuckerrohrplantage gekommen und doch so viel liebenswürdiger und königlicher als diese Frau gewesen, die von Kind an als

Prinzessin erzogen worden war. Nie im Leben hätte Joséphine jemanden, den sie gerade erst kennengelernt hatte, absichtlich in Verlegenheit gebracht.

Glücklicherweise wurden wir zum Essen gebeten, und ich konnte Hedwigs Verhör entfliehen.

Da mein Mann an diesem Tag seinen achtundvierzigsten Geburtstag feierte, wurde das Essen ihm zu Ehren gegeben. Schon als die ersten Schüsseln und Platten in den Speisesaal gebracht wurden, stieg mir ein widerlicher Geruch in die Nase.

»Darf ich, Madame?« Ein Diener machte Anstalten, mir etwas von einer Platte aufzutun.

Ich nickte ergeben.

Er führte seinen Fischlöffel unter etwas Glitschiges und Labberiges und legte es auf meinen Teller. Es roch nach rohem Fisch. Mir drehte sich der Magen um.

»Wie schade«, sagte Hedwig. »Unser Essen sagt ihr auch nicht zu.«

Ich löste meinen Blick von dem schlaffen grauen Ding auf meinem Teller und blickte meine Gastgeberin an. »Das habe ich nicht gesagt.«

»Es sieht sehr gut aus«, erklärte Bernadotte. »Wie nennt sich das Gericht?«

»*Inlagd sill.*« Es war das erste Mal, dass König Karl sich zu Wort meldete. »Der eingelegte Hering gehört zu unseren Nationalgerichten.« Er nahm einen Bissen.

Hedwig sah mich mit hochgezogenen Brauen an. »Sie Ärmste, wahrscheinlich wäre Ihnen eine Bouillabaisse lieber.«

»Bitte, meine Liebe, Sie sollten unsere Neuankömmlinge rücksichtsvoller behandeln.« Es war Sophie Magdalene, die alte

Königinwitwe, die gesprochen hatte. Sie war mit König Gustav III. verheiratet gewesen, so viel hatte ich inzwischen erfasst. »Ich erinnere mich noch, wie Sie als scheues junges Ding zu uns gekommen sind, auch wenn man sich das heute kaum noch vorstellen kann.«

Die Königinwitwe lebte weiterhin am Hof, an dem der Bruder ihres verstorbenen Ehemanns regierte.

Ich fragte mich, ob es zwischen der damaligen und der derzeitigen Königin Spannungen gab. Wenn, wollte ich damit nichts zu tun haben. Auch wenn ich eines Tages Königin sein sollte, würde ich mich niemals an Zwisten und Eifersüchteleien beteiligen, so etwas widerstrebte mir grundsätzlich.

Hedwig ging über den Einwurf Sophie Magdalenes hinweg. Sie aß ein Stückchen Hering und schien nachzudenken. Dann wandte sie sich wieder mir zu. »Werden Sie, ebenso wie Ihr Mann und Ihr Sohn, zu unserem Glauben konvertieren, Desideria?«

Ich warf Bernadotte einen Blick zu, der ihm sagen sollte, dass ich genug von dieser Unterhaltung hatte und er sich bitte einschalten solle. Aber er war in ein Gespräch mit den Grafen Mörner und Löwenhielm vertieft. Beim nächsten Essen, das schwor ich mir, würde ich darauf bestehen, zwischen ihm und Élise zu sitzen.

Die Antwort blieb mir erspart, ich musste schon wieder husten.

## KAPITEL 37

*Stockholm, 1811*

»Ich glaube, Hoheit wollten sagen ›Ich habe einen kleinen Jungen‹. Ist das richtig?«

Ich nickte und fragte mich, was ich diesmal falsch gemacht hatte.

Mein Lehrer, ein zurückhaltender Mann namens Wallmark, sah mich ernst an. »In dem Fall sagen Sie ›*Jag har en liten pojke*‹.«

Ich wiederholte den Satz so gut ich konnte.

»Sehr schön.« Mein Lehrer schien zufrieden.

»Was hatte ich denn falsch gemacht?«

»Sie hatten ›*Jag är*‹ gesagt. Ich bin ein kleiner Junge.«

Oscar und Bernadotte brachen in Gelächter aus. Ich lächelte Wallmark entschuldigend an. »Leider fällt mir Schwedisch nicht leicht.«

»Und leider haben wir unsere Hausaufgaben nicht gemacht«, fügte Bernadotte hinzu und setzte eine zerknirschte Miene auf. »Meine Frau und ich sind schlechte Schüler. Nur Oscar ist fleißig.«

»Sie brauchen Zeit«, antwortete Wallmark. »Und Übung.«

Das Problem war, dass ich keine Lust zum Üben hatte und mich der Unterricht langweilte. Warum sollte ich Schwedisch lernen, wenn ich nur mit Bernadotte, Oscar und Élise reden wollte? Im Übrigen sprachen auch alle anderen am Hof fließend Französisch. Wie man mir erklärt hatte, war das seit der Zeit unseres Sonnenkönigs an den europäischen Höfen der Fall.

Mein Mann hatte keinerlei Hemmungen, Französisch zu sprechen, er unterhielt ganze Abendgesellschaften in unserer Sprache.

Überhaupt konnte ich kaum glauben, wie leicht es ihm fiel, in Schweden neue Freunde zu gewinnen und sich im Schloss zu bewegen, als wäre er hier seit Ewigkeiten zu Hause. Bei Staatsempfängen hielt er Hof, als wäre er bereits König, und mit seinen Ministern verkehrte er wie mit Kameraden. Er hörte jedem zu, fragte nach, antwortete, scherzte, merkte sich jeden Namen. Kurzum, er tat alles, um hier heimisch zu werden. Ich tat nichts dergleichen.

Als der Winter sich langsam seinem Ende näherte, obwohl es noch immer überall grau und kalt war, hatte ich mich widerstrebend an meinen Tagesablauf gewöhnt.

Nach Bernadottes Morgenaudienz fanden er, Oscar und ich uns zum Schwedischunterricht ein. Wenn man mich fragte, machte nur Oscar Fortschritte, doch mein Mann bestand darauf, dass er und ich die Sprache gleichermaßen lernten. Es war qualvoll. Wenn wir etwas auf Schwedisch sagen sollten, nickte Wallmark immer mir zuerst zu, und jedes Mal mussten Bernadotte und Oscar mir helfen.

Eines Morgens bat Wallmark mich, das Wetter zu beschreiben.

»*Snö*«, antwortete ich stolz. Das Wort für Schnee hatte ich seit meiner Ankunft täglich gehört.

Wallmark nickte mir aufmunternd zu. Bernadotte sah mich mit zusammengezogenen Brauen an, er wartete darauf, dass ich endlich einmal einen ganzen Satz zuwege brachte.

Ich ignorierte ihn und wandte mich Oscar zu. »Weißt du, dass ich meinen ersten Schnee erst im Alter von neunzehn Jahren gesehen habe? Du dagegen wirst ihn jedes Jahr monatelang sehen. Die Sonne dagegen, die scheint hier eher selten –«

An der Tür wurde geklopft. Ich runzelte die Stirn. Wir verbrachten so wenig Zeit als Familie, musste uns ausgerechnet jetzt jemand stören?

Graf Mörner steckte den Kopf durch die Tür, wer hätte es anders sein können. Er war Bernadottes Vertrauter und ständig an seiner Seite, sah meinen Mann öfter als ich, die ich sein Bett teilte.

Er wirkte außer Atem, als hätte er sich auf dem Weg zu uns abgehetzt. »Es geht um König Karl. Er hat einen Schlaganfall erlitten, und wir wissen nicht, ob er ihn übersteht.«

König Karl überstand den Schlaganfall, war jedoch nicht mehr in der Lage, sein Bett zu verlassen. Immer wieder schlief er ein und war bald nur noch ein Schatten seiner selbst. Sogar Hedwig sah ein, dass er seine Amtsgeschäfte nicht mehr zu führen vermochte. Und so wurde mein Mann früher als erwartet Regent von Schweden und Stellvertreter von König Karl.

Ende des Frühlings setzte endlich Tauwetter ein, die Tage wurden länger, und die Sonne erschien lange genug über dem Horizont, um den Erdboden ein wenig zu wärmen.

Bernadotte verbrachte die Tage mit seinen Ministern, mit Wörner und den Brüdern Löwenhielm in seinem Arbeitszimmer, kümmerte sich um Petitionen und diskutierte mit ihnen die Berichte, die aus diesem weiten Land eingegangen waren. Darüber hinaus versuchte er, der Unruhen Herr zu werden, die im schwedischen Parlament aufgrund der neuen Machtverhältnisse entstanden waren. Die Nachbarstaaten – Dänemark, Norwegen und Russland – dagegen machten Schweden zurzeit keine Sorgen. Stattdessen war es Napoleon, der meinem Mann Schwierigkeiten bereitete.

Wie so oft im Frühling schien Napoleon der Sinn nach einem Krieg zu stehen, und so hatte er Bernadotte aufgefordert, mit ihm am Kampf gegen England teilzunehmen. Außerdem sollte Bernadotte dafür sorgen, dass er den englischen Handelsschiffen den Zugang zu den Ostseehäfen konsequenter als bisher versperrte.

Das schwedische Parlament war den Handelskrieg zwischen England und Frankreich leid. Schweden war seit dem letzten Russisch-Schwedischen Krieg geschwächt und konnte sich keine neuen Auseinandersetzungen leisten.

»Schweden hat nichts gegen England«, sagte Bernadotte, »warum also sollten wir uns mit der größten Seemacht der Welt anlegen?«

Aber es gab auch eine gute Nachricht aus Paris. Ein Jahr nach ihrer Hochzeit hatte Kaiserin Marie-Louise einen Jungen zur Welt gebracht – Napoleon François Charles Joseph Bonaparte. Ganz Frankreich befinde sich in einem Freudentaumel, hatte Julie mir geschrieben und von dem Ball in den Tuilerien berichtet, dem Freudenfest in Paris, dem Feuerwerk auf den Champs-Élysées und der freien Verköstigung für die Pariser.

Wie gern ich dabei gewesen wäre und wie sehr ich mich nach meiner Schwester sehnte.

Aber wie konnte ich meinen Mann verlassen und nach Frankreich reisen, wenn sich zwischen ihm und Napoleon ein neuer Streit anbahnte?

Eine Zeit lang war ich hin- und hergerissen. Zu guter Letzt siegte mein Heimweh.

# KAPITEL 38

*Plombières-les-Bains und Paris, 1811–12*

»Es sind nicht nur die Thermen.« Ich ließ meine bloßen Füße in das warme Wasser hängen. »Sondern auch das Land. Frankreich. Das hilft mir mehr als alles andere.«

Julie tauchte ihre Hand ins Wasser und bespritzte mich. »Ich dachte, mittlerweile magst du nur Gewässer, in denen Robben und Eisbären schwimmen.«

Ich schauderte. »Bitte, erinnere mich nicht an Schweden.«

»Die Gräfin von Gotland möchte nicht an ihre Goten erinnert werden?« Julie lachte. Gräfin von Gotland war der Name, unter dem ich in Plombières-les-Bains abgestiegen war.

»Wenn ich es tue, erkälte ich mich wieder, und ich bin gerade erst aufgetaut.«

Julie und ich waren zu den Thermalquellen von Plombières-les-Bains in den Vogesen gefahren, deren heilende Wirkung bereits den Römern bekannt gewesen war.

Vor Jahren waren Julie und Joséphine hier gewesen, damals, als sie sich beide verzweifelt wünschten, schwanger zu werden.

Meine Gedanken wanderten zu Joséphine. »Wie geht es ihr?« Es war sonderbar, doch es war noch immer nicht notwendig, Julie zu erklären, wen ich meinte.

Sie seufzte. »Ich habe sie seit Monaten nicht gesehen. Aber

ich weiß, dass Napoleon sie heimlich besucht. Er möchte nicht, dass man es am Hof herausfindet. Oder dass die Presse Wind davon bekommt. Oder noch schlimmer, seine neue Ehefrau.« Sie zuckte mit den Schultern. »Man sagt, dass Joséphine leidet.«

»Das wundert mich nicht.«

»Sie liebt ihn noch immer. Und er sie. Das Problem war nur, dass sie ihm keinen Sohn schenken konnte.« Julie wischte sich Schweißtropfen von der Stirn. »Sie ist tapfer.«

»Natürlich ist sie das.« Nicht nur Joséphine, jede von uns war es. Tapfer zu sein war Frauenschicksal.

Mein schwedischer Leibarzt hatte mir diese Kur verschrieben, nachdem meine Erkältung nicht besser geworden war.

Überglücklich hatte ich Stockholm mit Élise verlassen, die ebenso gern wie ich nach Frankreich zurückgekehrt war.

Julie war von ihrem Landsitz nördlich von Paris gekommen, um die Kur mit mir zu machen.

Wir ließen es uns gut gehen. Morgens schliefen wir lange, nahmen unser Frühstück auf der Terrasse des Grand Hotel ein, gingen spazieren, schliefen wieder ein Stündchen auf dem Balkon und wenn wir wach wurden, hörten wir den Wind leise im Laub der Bäume rascheln.

Bernadotte hatte mir die Reise zugestanden, schließlich ging es um meine Gesundheit. Nur Oscar hatte ich nicht mitnehmen dürfen. Er war nicht mehr mein kleiner Junge, sondern in diesem Sommer zwölf Jahre alt geworden. Nun wuchs er zu einem jungen Mann heran, der eines Tages die schwedische Thronfolge antreten würde. In diesem Sinn wurde er in Stockholm erzogen.

Leider ging der Sommer allmählich zur Neige, die Tage

wurden kürzer, die Luft am Morgen und am Abend war frischer geworden. Auch das Licht nahm schon eine herbstliche Farbe an, einen warmen Goldton, der die gleißende Helle der Sommertage ablöste.

»Bleib hier«, sagte Julie eines Abends beim Essen.

Es war das erste Mal, dass wir eine warme Stola brauchten, und ich dachte beklommen an den kommenden Herbst – und den Winter.

»Ich bin Königin von Spanien, aber deshalb wohne ich doch nicht auf Dauer im Königlichen Palast von Madrid. Erst recht nicht während der heißen spanischen Sommer. Warum sollen wir darunter leiden, wenn unsere Männer Kronen annehmen? Bleib in Frankreich, Désirée, du hast noch immer euer Haus. Verbring den Winter mit mir in Paris. Oscar fühlt sich in Schweden wohl, und dein Mann ist beschäftigt. Sie werden dich sicherlich einen Winter lang entbehren können. Warum willst du schon wieder zurückkehren und deine Gesundheit aufs Spiel setzen?«

Ich dachte an die Reise nach Schweden, vor der mir graute, an den endlos langen Winter, an Hedwig, an die Abendessen mit eingelegtem Hering. Bis zum Frühling würde ich die Sonne nicht sehen – eine schreckliche Vorstellung.

Als ich nachts kaum noch ein Auge zutat und nervöser wurde, riet mein Arzt mir von der Rückreise ab. »Die Strapaze würde die Fortschritte, die Sie hier gemacht haben, ruinieren. Sie brauchen Ruhe, nicht eine lange Reise, an deren Ende ein harter Winter auf Sie wartet.«

Ich hatte in Plombières-les-Bains keine Fortschritte gemacht, sondern gefaulenzt, aber das behielt ich für mich.

Ein ums andere Mal sagte ich mir, dass Oscar in Schweden glücklich und Bernadotte von morgens bis abends beschäftigt war. Sie würden mich nicht vermissen.

Schließlich schrieb ich meinem Mann, dass der Arzt mir empfohlen – strengstens empfohlen – habe, in Frankreich zu bleiben, und ich hoffte, dass er, Bernadotte, damit einverstanden war.

In den Wochen darauf ging mir bisweilen durch den Kopf, dass Bernadotte sich während meiner Abwesenheit in Schweden eine Geliebte nehmen könnte. Ebenso wie die meisten Männer brauchte er eine Frau, und an seinem Hof gab es genug hübsche Frauen, unter denen er wählen konnte. Aber damit musste ich leben. Wenn es ihn glücklich machte und mir gestattete, in meinem geliebten Frankreich und bei meiner Schwester zu bleiben, würde ich diesen Preis zahlen.

Das neue Jahr begrüßte ich zusammen mit Julie in meinem Haus in der Rue d'Anjou.

Im Übrigen kamen außer ihr Napoleons Schwestern hin und wieder vorbei und fragten mich über Schweden und die Pläne meines Mannes aus, wahrscheinlich spionierten sie für ihren Bruder.

Für die Menschen, die mich nicht kannten, war ich weiterhin Gräfin von Gotland.

Mein Mann und mein Sohn fehlten mir. Doch neben ihnen hatte es in Schweden nichts gegeben, das ich vermisste.

Das Leben in Paris war dagegen noch interessanter als früher geworden. Napoleon war dabei, die Stadt nach seinen Vorstellungen umzugestalten. Die Straßen und Plätze, die ihre Namen unter den Bourbonen und in den Revolutionsjahren erhalten hatten, mussten nun den Ruhm seines Kaiserreichs wiedergeben. Sie wurden nach ihm, seiner Familie, seinen Schlachten, seinen Generälen benannt. Zudem ließ er neue breite Straßen anlegen und großartige Gebäude errichten. Der Bau der Pfarrkirche La Madeleine, der unter Louis XV. begonnen worden war, wurde nun beendet und zur Ruhmeshalle zu Ehren der Soldaten der Grande Armée bestimmt. Mit den vielen Säulen ringsum glich sie einem antiken Tempel.

Doch trotz des Fortschritts, der Bautätigkeiten, der Kunstsammlung im Louvre und trotz des Wohlstands der Franzosen war die Stimmung im Pariser Winter des Jahres 1811 angespannt. Wieder wurde von neuen Mobilmachungen Napoleons gemunkelt.

Vielleicht war die Stimmung aber auch eine Folge des Großen Kometen, der bis vor Kurzem monatelang zu sehen gewesen war. Er hatte die Menschen beunruhigt, viele hielten ihn für ein böses Omen.

Am neunundvierzigsten Geburtstag meines Mannes, ich war gerade dabei, die Kohlezeichnung unseres schönen Pariser Hauses fertigzustellen, die ich ihm als Geschenk schicken wollte, stürzte Julie in meinen Salon.

»Julie, um Himmels willen.« Ich legte die Zeichnung ab. »Was ist los?«

»Joseph möchte nicht, dass ich es dir sage, aber ich sage es dir trotzdem.«

»Bitte setz dich.«

Sie ließ sich neben mir auf das Sofa fallen. »Napoleon ist heute in Schwedisch-Pommern einmarschiert und lässt in der Ostsee schwedische Schiffe kapern. Bernadotte kann wahrscheinlich nicht anders und muss das als kriegerische Handlungen auslegen.«

Und das an seinem Geburtstag. Es hätte mich nicht gewundert, wenn Napoleon, der nie etwas vergaß, diesen Tag absichtlich gewählt hatte.

»Du darfst deinem Mann nichts Verfängliches mehr schreiben, Désirée. Ab sofort werden all deine Briefe kontrolliert.«

Julie nahm meine von Kohle verschmierte Hand. »Versprich es mir.«

»Ja, ich verspreche es.« Ich betrachtete die Zeichnung unseres Hauses, diese kleine Erinnerung an Paris und unser früheres Leben, die meinen Mann im kalten schwedischen Winter hatte erfreuen sollen. Vielleicht durfte ich auch sie nicht mehr verschicken.

In den Wochen darauf verbündete sich Schweden mit Russland. Da es hieß, dass Russland sich auf einen Krieg gegen Frankreich vorbereitete, war das ein Schritt, der uns zu Feinden Frankreichs machte.

Kurz danach erfuhr ich, dass Schweden und Frankreich ihre diplomatischen Beziehungen abgebrochen hatten. *Gehen Sie*, hatte Napoleon bei unserem Abschiedstreffen in den Tuilerien gesagt. *Möge sich unser Schicksal erfüllen.*

Damals hätte ich nicht im Traum daran gedacht, dass unsere Länder zu Feinden werden könnten. Aber vielleicht war es für andere absehbar gewesen. Nun fürchtete ich, dass man den Großen Kometen tatsächlich als böses Omen betrachten konnte.

Als der Sommer nahte, machte Napoleon sich mit der Grande Armée und zahlreichen Truppen seiner Verbündeten in Richtung Russland auf.

Von der Rue d'Anjou drang wie immer der Lärm der vorbeifahrenden Kutschen zu mir herein, doch wenn ich aus dem Fenster schaute, kam mir die Straße fremd und beängstigend vor.

Mein geliebtes Paris war für mich feindliches Gebiet geworden und meine Briefe nach Schweden galten als Korrespondenz mit Bewohnern eines feindlichen Landes.

Ich hörte auf zu schreiben. Bernadotte tat das Gleiche. Nur Oscars Briefe erreichten mich noch, unschuldige Schilderungen seines Unterrichts, des Wetters und der Pferde in den königlichen Ställen.

Mitunter kam ich mir in Paris wie in einem weit entfernten Land vor, wo ich mich unsicher fühlte und über mir stets eine dunkle Wolke schwebte.

Zwar genoss ich den Schutz meines Schwagers, doch der einzige Mensch, der mich noch besuchte, war Julie. Sogar die Schwestern Bonaparte blieben mir nun fern, sie hatten erfasst, dass ich nichts über Bernadottes militärische Pläne wusste. Ich war ihnen nicht mehr von Nutzen.

Immerzu stellte ich mir vor, wie schwierig das Leben meines Mannes sein musste. Er würde nicht gegen Frankreich kämpfen wollen, das Land, das er aus ganzem Herzen liebte. Und doch war er gezwungen, die Interessen Schwedens zu vertreten. Dabei wünschte er sich nichts sehnlicher, als dass in Europa endlich Frieden einkehrte.

Im Sommer hatten Napoleons Truppen, ein Riesenheer von etwa 475 000 Mann, die Memel in Litauen erreicht und begannen den Angriff auf Russland.

In zwanzig Tagen werde Napoleon Russland besiegen, schrieben die französischen Zeitungen. Vielleicht würde er es tatsächlich schaffen. Die russische Bevölkerung, in der Mehrheit abergläubische Bauern, hielten ihn für den Antichristen, der für den Beginn der Endzeit stand. Sie wagten es kaum, sich gegen ihn zu wehren.

Im September läuteten in ganz Paris die Glocken, um Napoleons Sieg in der Schlacht von Borodino westlich von Moskau zu verkünden. Wenig später erfuhren wir, dass seine Truppen in Moskau einmarschiert waren. Napoleon machte den Kreml zu seiner Residenz.

Paris feierte den Erfolg mit Feuerwerken.

In Moskau kam es zu Bränden, die drei Viertel der Stadt vernichteten. Offenbar war es den Russen lieber, ihre Stadt vor ihrem Abzug niederzubrennen, als sie den Franzosen zu überlassen.

Ich hatte Angst, Bernadotte werde die Russen mit einer schwedischen Armee unterstützen, doch das tat er nicht.

Trotzdem war ich zutiefst unglücklich und wusste nicht, wie ich mich verhalten sollte. Sollte ich im Herbst nach Schweden zurückkehren und dort erneut den Winter verbringen, oder wollte ich in dem Land bleiben, das mein Zuhause war, mich jedoch als Feindin betrachtete?

# Kapitel 39

*Paris, 1812–14*

Wieder hatte sich eine Koalition gegen Frankreich gebildet. Dieses Mal bestand sie aus Russland, Preußen, England, Österreich – und Schweden. Manchmal dachte ich, dass selbst Gott sich dieser Allianz angeschlossen hatte, einfach, weil Er die ewigen Kriege in Europa leid geworden war.

Im Winter hatten der Schnee und die Kälte in Russland das erreicht, was Napoleons Gegnern bisher nicht gelungen war. Die Grande Armée war besiegt worden, das Heer bis auf 40 000 Mann dezimiert.

Es war so gekommen, wie Zar Alexander vorhergesagt hatte: *Die Franzosen sind tapfer, aber wir haben den Winter auf unserer Seite.*

Erst nach und nach drangen die entsetzlichen Nachrichten bis zu uns nach Paris durch. Wir lasen von dramatischen Rückzügen unserer Truppen durch Eis und Schneestürme, von Temperaturen, die bis auf 35 Grad unter null gesunken waren. Wir erfuhren, dass die Soldaten verhungerten, erfroren, von russischen Kosaken getötet wurden oder dass sie desertierten.

Die Bilder, die diese Berichte in mir auslösten, waren furchtbar und verstörten mich. Im Geist sah ich sich auftürmende, schneebedeckte Pferdekadaver; Soldaten, die qualvoll gestorben waren; verzweifelte Männer, die versuchten, sich von Pferdefleisch und Hundefleisch zu ernähren, oder die, wie Gerüchte besagten, zu Kannibalen geworden waren.

Als ich hörte, dass Napoleon das, was von seiner Grande Armée noch übrig war, verlassen hatte und nach Frankreich zurückgekehrt war, wollte ich es erst nicht glauben. Doch es traf zu. Seine Männer gingen auf dem Rückzug aus Russland elend zugrunde, doch Napoleon hatte es rechtzeitig zum Weihnachtsball in die Tuilerien geschafft.

Voller Bitterkeit sagte ich mir, dass er von jeher verstanden hatte, in erster Linie für sein eigenes Wohlergehen zu sorgen.

Zu Beginn des nächsten Jahres war das, was von Napoleons Truppen übrig geblieben war, bis zur Oder zurückgewichen. Doch Napoleon gelang es, neue, wenn auch schlecht ausgebildete und viel zu junge Soldaten auszuheben, mit denen er abermals in den Kampf zog.

Aber er war nicht mehr in der Lage, die Stellung an der Oder gegen die anrückenden Preußen und Russen zu halten.

Julie und ich trafen uns nun beinahe täglich in meinem Haus, lasen zusammen die Zeitungen und bangten um das Schicksal Frankreichs.

Napoleon war nicht so unverwundbar, wie wir lange geglaubt hatten, und die Staaten, die er in der Vergangenheit besiegt und besetzt hatte, schienen entschlossen, sich endgültig von dem Mann zu befreien, der so viel Leid über sie gebracht hatte.

Langsam rückten die feindlichen Truppen auf Frankreich zu.

Bernadotte war mit seiner Armee in der Nähe von Brüssel, und ich fragte mich, ob wir uns bald wiedersähen. Ich sehnte mich nach ihm.

Oscar war glücklicherweise in Schweden und in Sicherheit.

Eines Nachmittags kam Julie in heller Aufregung zu mir und berichtete, dass russische Truppen bereits am Rhein stünden und als Nächstes vielleicht in Frankreich einmarschierten.

Das Kaiserreich war dabei zu zerfallen. Die Bonapartes gerieten in Panik.

Und plötzlich war Napoleon wieder in Paris und zog sich nach Fontainebleau zurück, dem Schloss, wo er einst Joséphines Herz gebrochen hatte.

Über Joséphine hieß es, dass sie ihren Schmuck in ihre Kleider einnähen ließ, um ihn mitnehmen zu können, falls sie fliehen musste.

Marie-Louise blieb mit ihrem Sohn in den Tuilerien, als österreichische Prinzessin hatte sie nichts zu befürchten.

Joseph, als Bruder und enger Vertrauter Napoleons, beschloss, sich mit meiner Schwester in Sicherheit zu bringen. Sie würden an die Atlantikküste fahren, um, wenn nötig, über das Meer nach Amerika fliehen zu können.

Am Morgen ihrer Abreise umarmte ich meine Schwester. Es gab kaum Worte, die beschreiben konnten, was ich dabei empfand. Seit ich denken konnte, war Julie die Konstante meines Lebens gewesen. Sie war für mich wichtiger als Napoleon, ja, sogar wichtiger als mein Mann gewesen.

Ich zwang mich, meine Tränen hinunterzuschlucken, und drückte Julie an mich. »Das ist der schlimmste Abschied von allen, denn diesmal wissen wir nicht, wie es mit uns weitergeht.«

Julie küsste mich. »Das haben wir auch früher nicht gewusst. Wir haben seit der Revolution in unsicheren Zeiten gelebt.«

Nach diesem Abschied kapitulierte mein Körper. Mein Husten kehrte zurück, und ich bekam solche Gliederschmerzen, dass man mich ins Bett tragen musste. Als mein Arzt kam, gab er mir eine Arznei, die mich müde machte. Ich fiel in einen tiefen Schlaf.

Die Russen erreichten Paris als Erste, ihnen folgten die Preußen und Österreicher.

Die Pariser verbarrikadierten sich in ihren Häusern und rührten sich nicht. Ich fragte mich, wo die Schweden blieben.

Auch ich wagte mich nicht vor die Tür, doch durch einen Spalt in den Gardinen beobachtete ich das Geschehen in der Rue d'Anjou.

Ich sah goldbetresste russische Offiziere, einfache Soldaten in graugrünen Uniformen, sogar Kosaken in blauen Tuniken und Hosen, und hörte Bruchstücke ihrer unverständlichen Sprache. Ich erinnerte mich daran, dass diese Männer Moskau lieber niedergebrannt hatten, als die Stadt ihren Feinden zu überlassen, und konnte nicht fassen, dass sie nun in Paris waren, ihre Pferde an unseren Zäunen festbanden und in unsere Büsche urinierten.

Zar Alexander war an der Spitze seiner Truppen über die Champs-Élysées geritten, hieß es, und dass er in Talleyrands Stadtpalais in der Rue de Varenne wohnte. Man sagte auch, der Zar brenne darauf, Joséphine kennenzulernen.

Ich fürchtete mich, obwohl das eigentlich nicht nötig war. Seitdem die Truppen der Koalition in der Stadt waren, war ich sicherer als in den vergangenen Monaten. Schließlich war ich Kronprinzessin von Schweden und mit einem der führenden Mitglieder der Koalition verheiratet, auch wenn ich mich im Herzen noch immer als Französin fühlte. Ich wünschte nur, Bernadotte wäre bei mir.

Eine Woche nach der anderen wartete ich auf ihn. Wenn ich draußen Hufschläge hörte, fing mein Herz an schneller zu schlagen und ich stürzte ans Fenster, immer in der Hoffnung, Bernadotte käme durch das Tor geritten. Doch er kam nicht.

Am Ostersonntag wurde ich vom Läuten der Kirchenglocken geweckt. Ich streifte meinen Morgenmantel über und ging nach unten, um zu hören, ob jemand von der Dienerschaft bei seinen morgendlichen Besorgungen Neuigkeiten aufgeschnappt hatte.

Unten stand die Tür zu unserem großen Salon offen und ich sah jemanden, bei dessen Anblick mir Tränen der Freude in die Augen schossen.

»Fröhliche Ostern, Liebste.«

Ich stürzte in die Arme meines Mannes. »Endlich bist du da. Wenn du wüsstest, wie lange ich auf dich gewartet habe.«

Er hielt mich ein Stück von sich ab und begutachtete mich liebevoll.

Er selbst sah großartig aus, sein pflaumenblauer Offiziersrock war aus Samt, mit hohem Kragen und goldenen Epauletten, die Hose weiß, die Stiefel reichten ihm bis zum Knie. Sein Haar war länger als früher, das Gesicht von langen Märschen unter freiem Himmel wettergegerbt. »Du siehst gut aus«, sagte er.

»Du auch.« Ich zog ihn zu einem Sofa und ließ mich an seiner Seite nieder. »Ich war krank vor Sorge. Warum kommst du erst jetzt?«

»Ich war im Krieg«, antwortete er. »Es hat eine Weile gedauert, bis wir Napoleon besiegt hatten.«

In den nächsten Stunden erzählte er mir von den Kämpfen und schilderte die entscheidende Schlacht bei einer deutschen Stadt mit Namen Leipzig, die größte Völkerschlacht der Weltgeschichte, die zu Napoleons endgültiger Niederlage geführt hatte. Inzwischen bemühte die französische Regierung sich um einen Friedensvertrag.

»Talleyrand ist bereits Gastgeber des Zaren«, erzählte ich ihm.

»Und Joséphine hat den Zaren in Malmaison empfangen. Sie hat ihm den Garten gezeigt … falls es dabei geblieben ist.«

»Das freut mich für sie.« Ich klingelte nach einem Dienstmädchen und ließ uns Kaffee bringen. »Joséphine wäre bei Napoleon geblieben, auch nach seiner Niederlage. Aber er hat sie verstoßen und diese Habsburger Prinzessin geheiratet, weil sie besser zu seinen Plänen passte.«

»Diese Prinzessin wird ihn nun im Stich lassen.« Bernadotte griff nach seiner Tasse Kaffee. »Napoleons Sohn wird in Österreich erzogen werden und lernen, seinen Vater als Feind zu betrachten.«

Ich nahm einen Schluck Kaffee und wunderte mich, wie plötzlich sich das Schicksal nach so vielen erfolgreichen Jahren gegen Napoleon gewendet hatte.

»Wie war es in Paris?«, fragte Bernadotte.

»Wir haben uns verkrochen und uns ruhig verhalten. In den Straßen siehst du hauptsächlich ausländische Soldaten. Wenn du auf einen Franzosen triffst, kann es sein, dass er am Revers ein Abzeichen mit der bourbonischen Lilie trägt.«

»Wahrscheinlich wird der Bruder von Louis XVI. nun den Thron besteigen. Etliche der französischen Generäle haben sich für Napoleons Abdankung ausgesprochen und sich wieder den Bourbonen zugewandt.« Bernadotte stellte seine Tasse ab und runzelte die Stirn, die in den vergangenen Jahren um einiges faltenreicher geworden war. »Im Endeffekt war alles umsonst.«

Ich strich über seine Hand.

»Napoleon hat alles, was wir erreicht hatten, zerstört.« Er seufzte schwer.

Ich lehnte mich an ihn. »Aber wir sind in Sicherheit, uns wird nichts geschehen, oder?«

»Nein, uns wird nichts geschehen, Schweden gehört zu den Siegern«, antwortete Bernadotte unfroh. »Und Frankreich wird ohne ihn besser dran sein. Metternich, Talleyrand und Zar Alexander werden die diplomatischen Verhandlungen über Frankreichs Zukunft führen.«

»Du nicht?«

Er schüttelte den Kopf und starrte vor sich hin. Schließlich sagte er: »Man traut mir nicht. Vor den Schlachten habe ich versucht, die Koalitionspartner zu beraten, doch sie haben mir kaum zugehört. Sie wissen nicht, ob sie mich als Franzosen oder Schweden, als Feind oder Freund ansehen sollen.«

Ich streichelte die raue Haut seiner Hände und litt mit ihm. Natürlich hatte es ihn gequält, gegen sein Heimatland kämpfen zu müssen und sich mit denen zu verbünden, die für lange Zeit seine Feinde gewesen waren. In was für einer wirren Zeit wir lebten.

Ich suchte nach Worten, um ihn zu trösten, wollte ihn daran erinnern, dass er seiner Verantwortung für Schweden gerecht geworden war und ihn keinerlei Schuld treffe.

Bevor ich Luft holen konnte, wurde Bernadotte von einem Schluchzer geschüttelt. »Oh, Désirée«, murmelte er und schlug die Hände vor sein Gesicht. »Wenn du wüsstest, wie weh es getan hat, mit meiner Armee gegen ein Land vorzugehen, für das ich früher mein Leben gegeben hätte. Wie es mich gepeinigt hat, das Elend französischer Soldaten zu sehen. Dem ein oder anderen habe ich Geld zugesteckt, aber ich möchte mehr tun – viel mehr. Ich wünschte, ich müsste mich nicht wie jemand fühlen, der sein Land verraten hat.«

Ich legte einen Arm um ihn. »Du bist kein Verräter, Liebster.«

»Ich habe nicht gegen Frankreich gekämpft, sondern gegen ihn. Bitte glaub mir das.«

»Natürlich glaube ich dir.«

»Er hat unser Land ruiniert. Er hat die Revolution mit Füßen getreten und alles, wofür wir gekämpft haben. Und dann geht der Feigling hin und versucht, sich in Fontainebleau umzubringen.«

Das war mir neu. »Wenn er es nur versucht hat, dann war es ihm vielleicht nicht ernst.«

Bernadotte ließ die Hände sinken. »Nun kann er seinen Niedergang bis zum bitteren Ende auskosten.«

»Weißt du, was aus ihm werden wird?« Und was aus seiner Familie? Aus Julie?

»Nach seiner offiziellen Abdankung wird er auf die Insel Elba verbannt. Dort werden ihm seine Erinnerungen Gesellschaft leisten, und er kann darüber nachsinnen, wie viele Männer dank seines Größenwahns ihr Leben verloren haben.«

# Kapitel 40

*Paris, 1815*

An einem Morgen Mitte März begrüßte mich im *Moniteur Universel* eine Schlagzeile, die nur aus einem Wort bestand.

*NAPOLEON!*

Mehr war nicht nötig. Ich wusste sofort, was der Name bedeutete. Napoleon war wieder in Paris.

Beim Weiterlesen erfuhr ich, dass er die Insel Elba an Bord einer Brigg mit dem Namen *Inconstant* heimlich verlassen hatte, an der französischen Südküste gelandet und mit einer Gruppe getreuer Soldaten und Offiziere nach Paris geritten war.

Ich hatte den Artikel kaum zu Ende gelesen, als Élise, mit zerzaustem Haar und nur mit einem dünnen Morgenmantel bekleidet, in mein Schlafzimmer stürzte. »Ist er jetzt wieder an der Macht?«, fragte sie aufgeregt. »Und was wird dann aus König Louis? Sollen wir zu den Tuilerien fahren, um zu sehen, was los ist?«

Ich schüttelte den Kopf und bat einen Dienstboten, weitere Zeitungen zu kaufen und sich vor dem Palais des Tuileries unter die Menge zu mischen, die sich dort wahrscheinlich eingefunden hatte, um so viele Informationen wie möglich zu ergattern.

Gegen Mittag kehrte er zurück und bestätigte das, was im

*Moniteur* gestanden hatte. Napoleon war mit Mitgliedern seiner Garde aus Elba entflohen.

»Wie kommt es, dass es Napoleon stets gelingt, mich zu überraschen?«, fragte ich Élise beim Mittagsmahl, obwohl wir von dem Essen kaum etwas anrührten. Dazu waren wir zu angespannt.

»Er überrascht jeden«, antwortete sie. »Im Moment dürfte er sogar ganz Europa überrascht haben.« Sie lachte. »Ich stelle mir gerade vor, wie sehr er den österreichischen Kaiser aufgeschreckt hat.«

Ich blätterte in den Zeitungen. In allen stand das Gleiche. Am 26. Februar war Napoleon in Elba abends an Bord der *Inconstant* gegangen, die am 1. März im Hafen von Golfe-Juan eingelaufen war. In den Bergen nahe Cannes hatte er mit seinen Getreuen sein Lager aufgeschlagen. Anschließend nahmen sie den beschwerlichen Weg über die Seealpen und weiter durch die Provence. Achtzehn Tage hatten sie bis Paris gebraucht. Ein Teil der Bevölkerung hatte Napoleon unterwegs zugejubelt, weitere Soldaten hatten sich ihm angeschlossen. »Paris oder der Tod« lautete ihre Parole. Und nun, am 20. März, war er zurück in Fontainebleau und würde bald wieder in die Tuilerien einziehen.

In der Nacht, das erfuhr ich am nächsten Tag, war Louis XVIII., unser übergewichtiger und von der Gicht geplagter König, mit einer Kutsche aus Paris herausgeschafft worden. Im Gegensatz zu seinem unglückseligen Bruder gelang es ihm, sich in von den Koalitionspartnern besetztes Gebiet zu retten.

Am nächsten Tag waren Napoleon, sein Stab und seine Dienerschaft wieder in den Tuilerien. Auf seinem Weg dorthin winkte er der Menge zu, die ihn hochleben ließ.

In der Stadt gab es Feierlichkeiten, bei denen man einer Reihe Menschen ansah, dass sie noch immer nicht ganz an Napoleons Rückkehr glauben konnten.

Doch die Fahnen der Bourbonen wurden eingeholt, und überall wurde wieder die Tricolore gehisst.

Mein Mann war zurück in Schweden, so dass ich nicht erfuhr, wie die Herrscher Europas auf Napoleons Flucht aus Elba reagierten.

In Paris hieß es, in den Tuilerien lasse Napoleon die Tapeten mit den bourbonischen Lilien herunterreißen. Die Teppiche und Vorhänge mit den napoleonischen Bienen erschienen wieder, die Gemälde von Jacques-Louis David wurden erneut hervorgeholt und aufgehängt.

Ich fragte mich, ob es noch andere Menschen gab, die wie ich nicht wussten, was sie empfinden sollten.

Mit dem Verstand war ich auf der Seite von Bernadotte, der vor Zorn über Napoleons Flucht außer sich sein würde. Doch mein Herz jubilierte, weil Julie aus ihrem Exil in der Schweiz nach Paris zurückkommen konnte.

Es dauerte nicht lange, bis die gesamte Familie Bonaparte sich wieder in den Tuilerien eingenistet hatte und Julie mich zu sich einlud.

»Nimmst du die Einladung an?«, fragte Élise, während sie mein Haar bürstete, in dem nun ebenfalls die ersten Silberfäden schimmerten.

Ich beugte mich zum Spiegel vor und studierte mein Gesicht von Nahem. Die Aufregung der vergangenen Tage hatte meinen Augen Glanz verliehen, fast erkannte ich die junge Désirée wieder. »Natürlich nehme ich sie an.«

»Wird … er das gutheißen?«

Ich warf ihrem Spiegelbild einen fragenden Blick zu. Meinte sie Napoleon oder Bernadotte?

»Ich spreche von deinem Mann«, sagte sie.

»Julie ist meine Schwester.« Über Bernadottes Meinung zu meinem Besuch in den Tuilerien würde ich lieber nicht nachdenken.

An einem frischen Märzmorgen verließ ich meine Kutsche vor den Tuilerien. Auf dem großen Vorplatz exerzierten Soldaten. Menschen drängten sich zusammen, riefen Napoleons Namen und *»Vive l'Empereur«*. Es war, als wäre er nie fortgewesen.

Ich betrat den Palast, vorbei an Wachen in kaiserlicher Uniform, und ließ mich zu Julie bringen.

Sie war in einem Salon dabei, einen frisch ausgerollten Teppich mit dem Bienenmuster zu begutachten. Als sie mich entdeckte, raffte sie ihren Rock und eilte zu mir.

Wir fielen einander in die Arme, und ich glaubte, dass ich mich noch nie so sehr über ein Wiedersehen gefreut hatte.

»Wie froh ich bin, dich zu sehen.« Julie küsste mich.

Ich schmiegte mich an sie.

Sie nahm meine Hand. »Du musst mir helfen. Komm mit.« Sie führte mich durch eine Gemäldegalerie in den Musiksaal.

König Louis hatte die Möbel neu in seinen Lieblingsfarben Eisblau und Schneeweiß beziehen lassen, trotzdem war mir der Musiksaal noch vertraut. Wie oft hatten wir hier gesessen und

Joséphines Harfenspiel oder Gesang gelauscht. Danach waren wir meistens in den Nachbarsalon gegangen, um Karten zu spielen und zu plaudern.

Julie schien keine Zeit für Erinnerungen zu haben. »Napoleon möchte, dass wir alle Teppiche umdrehen. Die Dienstboten behaupten, es sind seine Teppiche. An den Bienen auf der Unterseite würden wir es erkennen.

Wir schlugen die ausgelegten Teppiche um. Es waren tatsächlich diejenigen, die Joséphine für sehr viel Geld hatte weben lassen.

»Gestern hatte sein Sohn Geburtstag«, fuhr Julie fort. »Jetzt ist der Junge vier Jahre alt. Napoleon hat daran gedacht, den Tag zu einem nationalen Feiertag zu erklären.«

Ich erinnerte mich an den 20. März vor vier Jahren, als ich in Schweden die Nachricht von der Geburt des Jungen erhielt und Julie mir von dem Freudenfest in Paris schrieb.

»Er möchte, dass Marie-Louise zurückkehrt«, erzählte Julie weiter.

Nominell war Marie-Louise noch unsere Kaiserin, doch in ihrem Herzen war sie immer eine österreichische Prinzessin geblieben, dessen war ich mir sicher.

»Wo ist sie jetzt?«

»In Wien. Bei ihrer Familie. Es heißt, dass sie einen Liebhaber hat. Ein Graf von Neipperg, der seit Napoleons Italienkrieg gegen ihn gekämpft und durch eine Verwundung ein Auge verloren hat.«

»Kennt Napoleon dieses Gerücht?«

»Natürlich. Napoleon kennt jedes Gerücht. Aber er weigert sich, ihm Glauben zu schenken.«

»Joséphine wäre zu ihm gekommen. Sie wäre in seine Arme geflogen. Auch auf Elba wäre sie bei ihm gewesen. Und hätte sie es gekonnt, hätte sie sein Schiff zurück nach Frankreich eigenhändig gesteuert.«

Wir gedachten der Frau, deren Geist weiterhin in diesen Räumen lebte. Im vergangenen Jahr war sie gestorben, nur wenige Tage nach Napoleons Verbannung. Am Abend hatte sie den Zar noch in Malmaison empfangen, am Morgen darauf war sie tot.

Natürlich wurde gemunkelt, Anhänger der Bourbonen hätten sie vergiftet, ihre Beliebtheit sei für sie eine Bedrohung gewesen, aber das glaubte ich nicht. Für mich war sie aus Gram gestorben. Wie oft hatte sie mir gesagt, ohne Napoleon könne sie nicht leben. Es war ihr ernst gewesen.

»Weißt du, was er nach seiner Rückkehr als Erstes getan hat?«, fragte Julie. »Nachdem er seine Soldaten begrüßt und verkündet hatte, nun werde er die Zügel Frankreichs wieder in die Hand nehmen?«

Ich überlegte. »Hat er sich nach der Truppenstärke erkundigt?«

Julie schüttelte den Kopf. »Er ist zur Kirche Saint-Pierre-Saint-Paul gefahren und hat ihr Grab besucht. Joseph hat mir erzählt, dass er geweint hat. Und dann hat er gesagt: ›Nur der Tod konnte das Band lösen, das uns vereint hat.‹«

»Er liebt sie über ihren Tod hinaus.« Ich begutachtete den Stapel Teppiche, den wir untersuchen sollten. »Sie hat nun ihren Frieden. Der wird ihm nie beschieden sein.«

Schon bald wurde uns klar, dass es erneut zum Krieg kommen würde. Schließlich lag es auf der Hand, dass die europäischen Herrscher Napoleons Rückkehr und Machtübernahme nicht einfach hinnehmen würden. Stattdessen begannen sie, ihre Streitkräfte zusammenzuziehen.

Und Napoleon blieb nichts anderes, als neue Truppen auszuheben. Darüber hinaus schlossen sich ihm zahlreiche Freiwillige an.

Auch Marie-Louise hatte sich gemeldet, jedoch nicht, indem sie ihre Rückkehr ankündigte. Sie verlangte die Scheidung und erklärte, weder sie noch ihr Sohn werden Wien verlassen.

Nun war Napoleon erneut ohne Erben. Ich stellte mir vor, wie er sich tief getroffen in seine privaten Gemächer zurückgezogen hatte, um diese Nachricht zu verdauen.

Bevor er wieder in den Krieg zog, hielt er eine Truppenparade ab. Zahllose Pariser sahen zu, wie ihr Kaiser an der Spitze seiner Truppen ritt und der jubelnden Menge zunickte.

Ich stand bei Julie und Joseph, als Napoleon an uns vorüberritt. Er trug seine Generalsuniform: dunkler Uniformrock, weiße Weste und weiße Hose. Er war noch immer beleibt – und, ebenso wie wir alle – älter geworden. Doch seine grünen Augen unter dem Dreispitz blickten so scharf wie eh und je und registrierten mit Sicherheit alles, ganz gleich, ob es um seine Truppen oder die jubelnden Pariser ging.

Joseph schwenkte die Tricolore, die Zuschauer stimmten die Marseillaise an.

Julie hakte sich bei mir unter. Um den Gesang zu übertönen, führte sie ihren Mund an mein Ohr und sagte: »Es ist, als hätte es die Monate auf Elba nie gegeben, oder?«

Ich sah der kleiner werdenden Gestalt auf dem Pferd nach, nahm die vielen winkenden Hände wahr, die leuchtenden Gesichter, und fragte mich, wie lange die Freude anhalten würde.

Aber vor dem nächsten Krieg konnten wir noch einmal Luft holen. Napoleon nutzte die Zeit, um die Verfassungsänderungen der Bourbonen rückgängig zu machen. Zu meiner Verwunderung verzichtete er darauf, diejenigen zu bestrafen, die sich auf ihre Seite geschlagen und Ministerposten bezogen hatten. Er wolle ein vereintes Reich, erklärte er.

Doch auch unsere Feinde hatten sich vereint und sie erklärten Frankreich den Krieg. Von Marie-Louise kam die Nachricht, sie stehe auf der Seite der neuen anti-französischen Koalition.

Bernadotte würde sich ihr nicht anschließen.

Die französischen Truppen rückten in Richtung Osten aus.

Anfangs waren sie siegreich. Dann stießen sie südlich von Brüssel, in einem Dorf namens Waterloo, auf die englischen Streitkräfte unter Feldmarschall Wellington.

Julie und ich verfolgten das Kriegsgeschehen in der Zeitung. »Waterloo«, sagte Julie. »Was für ein komischer Name.«

Julie und Joseph waren zu mir gezogen. Die Tuilerien schienen ihnen nicht sicher, falls Frankreich diesen Krieg verlieren würde.

Ich war glücklich, noch enger mit Julie zusammen zu sein.

Davon abgesehen erhielt Joseph von Napoleon Nachrichten aus dem Feld, die unsere Zeitungslektüre ergänzten. Er berichtete uns, dass preußische Truppen versuchten, sich mit Wellington zu vereinen.

Am 19. Juni wurde Joseph eine Depesche seines Bruders gebracht. Er überflog den Inhalt und wurde leichenblass. »Wir haben verloren«, sagte er tonlos und ließ sich auf einen Sessel sinken. »Waterloo war der Untergang. Die französischen Verluste sind zu groß, um weiterkämpfen zu können.« Er bedeckte sein Gesicht mit den Händen.

Julie begann zu weinen. Ich legte einen Arm um sie und dachte an Bernadotte. Ebenso wie wir würde er mit Frankreich leiden.

Joseph hob den Kopf. »Aber Napoleon gibt die Hoffnung nicht auf. Er will nach Paris zurückkommen und für Nachschub an Material und Soldaten sorgen. Er wird die Unterstützung des Parlaments gewinnen und den Patriotismus der Franzosen ansprechen.«

»Und was machen wir jetzt?« Julie sah ihren Mann an. Ihr Gesicht drückte die Furcht aus, die auch ich verspürte.

»Was schon«, antwortete Joseph. »Wir warten auf Napoleon.«

Zwei Tage später kehrte Napoleon nach Paris zurück.

Seine Hoffnung, mithilfe des Parlaments und patriotischer Franzosen weiterkämpfen zu können, erfüllte sich nicht.

Jeder wusste über die furchtbare Niederlage in Waterloo Bescheid, und der Marquis de Lafayette, einer der Helden der Revolution, rief die Kammern dazu auf, Napoleon zur Abdankung zu zwingen.

Währenddessen marschierten die verbündeten Armeen wieder auf Paris zu, und die Häfen Frankreichs wurden von der englischen Marine blockiert.

Am 22. Juni dankte Napoleon erneut ab und verkündete seine Bereitschaft, nach Amerika ins Exil zu gehen.

»Wird man ihm das erlauben?«, fragte ich Joseph. Auf Einladung Napoleons waren wir auf dem Weg in die Tuilerien. Um nicht aufzufallen, hatten wir eine einfache Kutsche genommen.

Joseph zuckte mit den Schultern und tauschte einen schmerzerfüllten Blick mit Julie.

Meine Schwester war blass und wirkte leidend.

Der Vorhof des Palasts war belebt wie eh und je. Dienstboten und Soldaten liefen umher, wirkten jedoch kopflos. Auch sie wussten, dass sich Paris feindliche Truppen näherten und Napoleons Zeit als Herrscher Frankreichs endgültig beendet war.

Wir betraten den Palast mit gesenkten Köpfen.

Joseph legte eine Hand auf Julies Rücken. »Lass uns nachsehen, ob die Dienerschaft für uns gepackt hat.« Er drehte sich zu mir um. »Wir treffen uns in Napoleons privaten Räumen.«

Julie sah mich fragend an. »Macht es dir etwas aus, allein zu sein?«

Ich schüttelte den Kopf.

»Es wird nicht lang dauern«, sagte Joseph. »Wir haben nicht mehr viel Zeit.«

Auf dem Weg zu den Privatgemächern war ich keineswegs allein. Überall waren Dienstboten zugange, die Napoleons Haushalt auflösten und seine Kunstsammlung in Sicherheit brachten. Vielleicht hatten sie Angst, die feindlichen Truppen könnten den Palast niederbrennen.

Ich durchquerte Galerien, in denen noch zahllose Gemälde hingen – wertvolle italienische, niederländische, spanische und deutsche Meister. Sie alle stammten aus Napoleons Eroberungszügen. Nun hatte er alles verloren und die Zeit seines Kaiserreichs war beendet. Es hätte Bestand gehabt, wenn er seine Gier, den französischen Herrschaftsbereich immer weiter auszudehnen, bezwungen hätte.

Gedankenversunken blieb ich im letzten Salon vor Napoleons Privatgemächern stehen und bewunderte die Wandbehänge.

»Désirée«, sagte eine seidige Stimme.

Ich fuhr herum.

Wie aus dem Nichts war Napoleon hinter mir aufgetaucht.

»Sire«, sagte ich. »Ich habe Sie nicht kommen hören.«

Er lachte. »Ich hatte schon Angst, ich wüsste nicht mehr, wie man sich anschleicht.«

Ich betrachtete den Mann, den ich nach seiner Verbannung nach Elba nur an dem Tag gesehen hatte, als er an mir vorüberritt.

Er war beinah kahl und fahl im Gesicht. Der Blick seiner grünen Augen, sonst so scharf und durchdringend, hatte etwas Ruheloses. »Wie geht es Ihnen?«, fragte er.

»Nicht besonders. Und Ihnen?«

Er ging über meine Frage hinweg. Mit einer fahrigen Geste strich er über seinen Uniformrock. »Ihre Schwester ist sicher. Ich möchte, dass Sie das wissen.«

Ich atmete auf. »Danke.«

»Natürlich werden sie und mein Bruder Frankreich verlassen müssen. Aber ihr wird nichts zustoßen, und mein Bruder ist ein guter Mann.«

Ich nickte.

Für einen Moment wurde sein Blick wieder so prüfend, wie ich es von ihm kannte. »Macht er Ihre Schwester glücklich?«

»Ja. Sie haben von Anfang an eine harmonische Ehe geführt.«

Er lächelte. »Erinnern Sie sich noch, dass Sie meinen Bruder hätten haben können?«

Ich zuckte nur mit den Schultern. Alte Geschichten gehörten der Vergangenheit an und dort sollten sie auch bleiben.

»Aber für Ihre Schwester war es nicht schlecht, dass sie meinen Bruder geheiratet hat.«

»Nein.« Ich fragte mich, worauf er hinauswollte.

Napoleon ließ seinen Blick über die Gemälde an den Wänden gleiten. »Joseph hat mir angeboten, statt meiner in die Verbannung zu gehen.«

Wie um alles in der Welt hatten die beiden sich das denn vorgestellt? Glaubten sie tatsächlich, unsere Feinde würden sich darauf einlassen?

»Ich habe sein Angebot ausgeschlagen. Joseph hat genug für mich getan.« Napoleon legte den Kopf schief und musterte mich. Dann beugte er sich vor und fragte leise: »Und was ist mit Ihnen?«

Ich dachte, dass ich nun zum letzten Mal in seine grünen Augen sah. Für einen Moment blitzte sein junges Gesicht vor mir auf, schmal und scharf gemeißelt. Mir war, als könnte ich die Sommerdüfte unseres Gartens in Marseille riechen, den warmen Wind spüren und den Gesang der Vögel hören, das Tuten der Schiffe im Hafen. Dann verblasste das Bild und verging. Vor mir stand ein Mann mit teigigem Gesicht, der abgekämpft wirkte und auf meine Antwort wartete.

»Was soll mit mir sein?«

Er verschränkte seine Hände auf dem Rücken. »Sind Sie mit Ihrem Mann glücklich geworden?«

Ich wich seinem Blick aus, der nun wieder bohrend geworden war.

»Es war besser für Sie. Ich meine, es war besser für Sie, nicht mich, sondern Bernadotte zu heiraten, das wissen wir beide. Aber macht er sie glücklich?«

Was für eine seltsame Frage, er wusste doch, dass Bernadotte in Stockholm und ich in Paris war. Dennoch sagte ich: »Ja.«

»Schön.« Napoleon nickte vor sich hin. »Das stimmt mich froh.« Er lächelte, doch das Lächeln wirkte gezwungen. »Ich war von allen der Glücklichste gewesen. Joséphine wäre mit mir in die Verbannung gegangen. Aber ich habe alles, was gut war, weggeworfen.«

# Kapitel 41

*Stockholm, 1818*

»Auf seine königliche Hoheit, Kronprinz Karl Johann.« Königin Hedwig prostete meinem Mann mit ihrem Champagnerglas zu. Auch die anderen an dem großen Bankettisch hoben ihr Glas und murmelten Glückwünsche.

Wieder war es ein eisiger Winterabend und draußen schneite es seit Tagen.

Im Speisesaal schimmerte das Licht zahlloser Kerzen und spiegelte sich im Schmuck der Gäste. Es war der 26. Januar, heute wurde mein Mann fünfundfünfzig Jahre alt.

»Wir wünschen Ihnen alles Gute. Und Gesundheit.«

König Karl, der an Hedwigs Seite saß, nickte. Zu mehr war er seit seinem Schlaganfall nicht mehr imstande.

Hedwig richtete ihren Blick auf mich und rang sich ein Lächeln ab, das ihre Augen nicht erreichte. »Ich trinke auch auf Sie, Madame, und freue mich, dass Sie endlich zu Ihrem Mann, Ihrem Sohn und an diesen Hof zurückgekehrt sind.«

Ich lächelte ebenso bemüht wie sie und griff nach meinem Champagnerglas. Ihr Trinkspruch war nur eine ihrer vielen Sticheleien.

Ich wäre gern in unserem Haus in der Rue d'Anjou geblieben. Als Ehefrau des schwedischen Kronprinzen hätte ich einen Platz am Hof Louis XVIII. einnehmen können, der nach Napoleons »Herrschaft der Hundert Tage« erneut den französischen Thron bestiegen hatte.

Zuletzt hatte der Wunsch meines Mannes den Ausschlag gegeben. Er hatte mir mitgeteilt, dass meine lange Abwesenheit seine Situation am schwedischen Hof erschwere. Seine Ratgeber drängten ihn, sich von mir scheiden zu lassen und eine junge schwedische Adlige zu heiraten, die ihm weitere Söhne schenken könnte. An willigen Frauen herrschte offenbar kein Mangel. Zudem kursierte das Gerücht, dass ich in Frankreich einen Liebhaber hätte.

Also gab ich nach. Ich wollte weder eine Scheidung noch dass Oscars Erstgeburtsrecht von einer zweiten Ehefrau und ihren Kindern bedroht wurde.

Nun war ich also wieder in diesem kalten Land, wo Königin Hedwig, die mächtigste Frau am Hof, mich noch unfreundlicher als zuvor behandelte.

Ich rechnete damit, dass Bernadotte in Kürze König sein würde. König Karl verließ seine privaten Gemächer nur selten, und wenn er es, wie an diesem Abend, tat, wirkte er leidend. Doch Hedwig wahrte den Schein. Sie wollte, dass es aussah, als wäre er weiterhin in der Lage, seine königlichen Pflichten zu erfüllen.

Nun wandte sie sich ihm zu. »Sollen wir den Tanz eröffnen?«

Dienstboten traten zu König Karl und halfen ihm beim Aufstehen. Mit keuchendem Atem führte er seine Frau auf die Tanzfläche. Ich wusste, nach dem ersten Tanz würden ihn seine Kräfte verlassen und er würde sich wieder in seine Privatgemächer zurückziehen.

Bernadotte sah dem Königspaar nach und sagte: »Hut ab, das ist für ihn nicht einfach.«

Die Musik setzte ein, das Königspaar machte die ersten Tanzschritte, als König Karl ins Stolpern geriet und stürzte.

Hedwig schrie auf, die Musik brach ab. Dienstboten eilten herbei, hoben Karl auf und trugen ihn hinaus. Hedwig folgte ihnen, eine Hand vor den Mund gepresst.

Am Morgen erfuhren wir, dass König Karl einen zweiten Schlaganfall erlitten hatte und unter ärztlicher Aufsicht stand. Sein Hausgeistlicher war ebenfalls bei ihm.

In den nächsten Tagen war die Stimmung im ganzen Land bedrückt. Jeden Morgen und Abend wurde mein Mann über den kritischen Zustand des Königs unterrichtet.

Bernadotte nahm an, dass er die Nachfolge bereits in den nächsten Tagen antreten würde. Viel würde sich für ihn nicht ändern, er führte die Regierungsgeschäfte seit Jahren als Regent.

Am 5. Februar saßen wir abends mit Mörner und den Brüdern Löwenhielm zusammen. Als sich die Tür öffnete und zwei Höflinge mit ernster Miene zu Bernadotte traten und sich tief vor ihm verneigten, wussten wir Bescheid.

Graf Mörner erhob sich und wirkte ergriffen. »Lang lebe König Karl XIV. Johann.«

Ich hatte an etlichen großen Hofzeremoniellen teilgenommen, aber bisher nie selbst im Mittelpunkt gestanden. Allerdings hatte ich mir auch nie vorgestellt, eines Tages zur Königin eines europäischen Herrscherhauses gekrönt zu werden.

Mein Mann hatte den Tag unserer Krönung, den 11. Mai, mit Zustimmung des Parlaments, zu einem Feiertag erklärt.

Als die Sonne am Morgen aufgegangen war, ertönten in Stockholm die ersten Salutschüsse. Wenig später begannen die Glocken der Stadt zu läuten. Herolde marschierten durch die Straßen und verkündeten Bernadottes Krönung als Karl XIV. Johann, König der Schweden, Goten und Wenden, und als Karl III. Johann, König von Norwegen.

Vor den Fenstern meiner Privatgemächer sah ich die vielen schwedischen Fahnen wehen. Auf der großen Beflaggung hatte Bernadotte bestanden, um der Feier Gewicht zu verleihen, schließlich war er der Erste einer neuen Dynastie und wollte einen majestätischen Eindruck machen.

Élise half mir beim Schminken, Frisieren und Ankleiden. Dazu brauchten wir den ganzen Morgen. Für mein Kleid hatte ich einen silbrigen Stoff gewählt, der zur königlichen Paradeuniform meines Mannes passte.

Bernadotte würde außerdem die Goldkrone von König Erik XIV. tragen, den die Schweden seit beinahe drei Jahrhunderten verehrten. An der Krone hatte Bernadotte zusätzlich große Diamanten anbringen lassen, die er aus Frankreich mitgebracht hatte. In der Hand würde er einen mit Smaragden besetzten Reichsapfel halten.

Élise setzte mir die mit Diamanten geschmückte Tiara ins Haar. Dazu passend trug ich eine Kette, Armreifen und Ohrringe aus Diamanten.

Ich verließ das Schloss mit meinem Mann und meinem Sohn. Unter ohrenbetäubendem Glockengeläut schritten wir über den Slottsbacken zur Storkyrkan, der Kirche, wo Bernadotte zum König und zum Oberhaupt der evangelisch-lutherischen Kirche Schwedens erklärt würde.

An beiden Seiten des Wegs drängten sich Menschenmassen. Ich nahm die Jubelrufe wahr, sah Menschen, die schwedische Fähnchen schwenkten, andere, die Kleinkinder auf die Schultern gehoben hatten, damit sie besser sehen konnten.

In der Kirche standen wir unter einem goldenen Baldachin. Oscar, mittlerweile ein hochgewachsener junger Mann, beobachtete voller Stolz, wie der Erzbischof von Uppsala seinen Vater salbte.

Wieder im Schloss nahmen Bernadotte und ich an der Stirnseite des Thronsaals Platz und empfingen die Glückwünsche und Treueeide eines endlosen Stroms Adliger, Bürgermeister, Parlamentarier, Minister, Diplomaten und Geistlicher.

Als der warme Sonnentag in den Abend überging, wurde gefeiert. Ich, seit heute Desideria, Königin von Schweden und Norwegen, verhielt mich so majestätisch wie möglich.

Dann und wann dachte ich an Joséphine. Sie war die eleganteste Herrscherin gewesen, die man sich vorstellen konnte. An sie würde ich niemals heranreichen. Doch seit heute verband mich mit ihr mehr, als dass wir denselben Mann geliebt hatten. Nun wusste ich, was es bedeutete, eine Krone zu tragen, die einem durch eine Laune des Schicksals zugefallen war. Vielleicht hatte auch Joséphine gespürt, dass diese Krone sowohl Geschenk als auch Bürde war.

# Kapitel 42

*Paris, 1821–22*

Ich ließ die Zeitung sinken und starrte Élise an. »Er ist tot«, sagte ich und konnte es nicht glauben. »Napoleon ist tot.«

Nachdem ich im vergangenen Winter in Schweden erneut krank geworden war, hatten die Ärzte mir geraten, mich in ein gemäßigteres Klima zu begeben, und ich war nach Paris zurückgekehrt.

Élise riss mir die Zeitung aus der Hand und las die Schlagzeile. »Unmöglich«, murmelte sie.

Offenbar gehörte Napoleon zu den Menschen, bei denen man sich einfach nicht vorstellen konnte, dass sie zum Schluss das gleiche Schicksal wie jeder andere erlitten. Doch im Alter von einundfünfzig Jahren war Napoleon auf Sankt Helena an Magenkrebs gestorben, wie man vermutete.

In den nächsten Tagen versank Paris in tiefer Trauer. Louis XVIII. mochte zwar König von Frankreich sein, doch die Menschen gedachten ihres Kaisers, als wäre er in Frankreich auf der Höhe seines Ruhms gestorben.

In den Häusern und Geschäften wurden die Fenster mit schwarzen Tüchern verhängt, die Fahnen auf Halbmast gesetzt.

Ich fragte mich, ob die Nachricht Bernadotte in Schweden erreicht hatte. Was würde er empfinden, wenn er hörte, dass sein ehemaliger Freund, Kamerad, Gegner und schließlich Feind von uns gegangen war? Der Mann, der die Republik zerstört hatte, die Bernadotte geliebt und für die er gekämpft hatte. Dem er seine Frau verdankte und der ihn freigegeben hatte, damit er die schwedische Thronfolge antreten konnte.

Ich schnitt den Zeitungsartikel aus und sandte ihn in meinem Brief an Bernadotte.

Wieder sah ich den jungen Soldaten aus Korsika vor mir, das lange dunkle Haar, die Augen grün wie die stürmische See. Ich erinnerte mich an sein ungehobeltes Benehmen, unter dem sich sein brennender Ehrgeiz nur schwer verbergen ließ.

Beim zweiten Mal hatte man ihn in weite Ferne verbannt, bis auf die Insel Sankt Helena inmitten des südatlantischen Ozeans, wo er unter englischer Aufsicht gestanden hatte. Wir hatten gehört, dass er dort wanderte, ritt, gärtnerte, las, mit seinen Bediensteten über vergangene Zeiten sprach, die meiste Zeit jedoch damit verbrachte, einigen der Getreuen, die ihn auf die Insel begleitet hatten, seine Memoiren zu diktieren. Bereits in den ersten Tagen nach seinem Tod begannen die Zeitungen Auszüge dieser zu drucken.

Ich war mir absolut sicher, genau das war Napoleons Absicht gewesen. Aus welchem anderen Grund hätte jemand, der wie er von der Weltgeschichte, von Heldenepen und dem Gedanken an seine Hinterlassenschaft besessen war, seine eigene Geschichte zu Papier bringen sollen? Napoleon wollte zum Mythos werden.

Natürlich wollte er ebenso das letzte Wort behalten. Zu seinen Lebzeiten hatte er anderen gesagt, was sie zu denken und zu tun hatten, und daran sollte sich auch nach seinem Tod nichts ändern.

Ich las die Auszüge begierig. Er hatte viel über Joséphine geschrieben, doch das war kaum verwunderlich. Auf einer unwirtlichen Insel wie Sankt Helena, wo es nur wenig Ablenkung gab, dürfte sie seine Gedanken erst recht beherrscht haben.

*Joséphine wäre mit mir in die Verbannung gegangen*, hatte er zuletzt zu mir gesagt.

Im Geist hörte ich ihre Stimme und dachte an ihre Worte damals in Fontainebleau. *Ich liebe ihn und würde ihm in die Hölle folgen. Es wäre für mich keine Hölle, solange er auch dort wäre.*

Er hatte sie bis zuletzt geliebt, auch nach ihrer Scheidung und nach ihrem Tod – danach vielleicht noch mehr als zuvor. Mit Sicherheit hatte er es bereut, sie für eine junge österreichische Prinzessin im Stich gelassen zu haben.

Marie-Louise wiederum hatte wahrscheinlich nicht einmal im Traum daran gedacht, ihn auf Sankt Helena mit ihrem Sohn zu besuchen. Der Junge lebte als Herzog von Reichstadt in Wien und hatte von Napoleon liebevolle Briefe erhalten. Sie drückten seine Sehnsucht nach dem Jungen aus, doch zu einem Wiedersehen war es nicht gekommen.

Seine Feldzüge und Siege schilderte Napoleon in leuchtenden Farben – Mantua, Pyramiden, Marengo, Austerlitz, Jena und Auerstedt, Preußisch-Eylau, Wagram, Smolensk, Borodino und noch viele andere. Seinen politischen Leistungen und seinen Errungenschaften als großer Reformer Frankreichs widmete er sich in epischer Länge.

Als ich auf meinen Namen stieß, zuckte ich zusammen und las die Zeilen über mich mit klopfendem Herzen.

*Ah, Désirée Clary – für mich wird sie immer Clary heißen. Ich raubte ihr die Unschuld. Folglich erschien es mir nur angemessen, sie später zu verheiraten. Zuerst versuchte ich es mit Duphot, der in Rom unglückseligerweise zu Tode kam. Danach war Bernadotte der Glückliche. Er war froh und dankbar, das aufzuschlecken, was ich zurückgelassen hatte.*

Mir wurde übel, und einen Moment lang drehte es sich vor mir. Voller Entsetzen und tief beschämt stellte ich mir vor, wie diese Zeilen nun in ganz Frankreich gelesen wurden. Diejenigen, die mich kannten, würden peinlich berührt sein, Fremde über mich und Bernadotte lachen. Doch es ging noch weiter.

*Angesichts ihres Vermögens und ihrer Beziehungen, die sie in erster Linie ihrer Schwester und somit mir verdankte, musste ich Bernadotte nicht lange überreden.*

Wie erstarrt sah ich Élise an, die mir gegenübersaß. Ich konnte nicht einmal weinen, spürte nur, wie das Blut in meinen Ohren rauschte, und musste mich zwingen, weiterzulesen.

*Zu sagen, Bernadotte wäre eine Enttäuschung gewesen, wäre untertrieben. Seinen ganzen Aufstieg verdankt er allein mir. Wenn ich daran denke, was er Frankreich angetan hat. Was er mir angetan hat. Er war ein Niemand, der General und dann Marschall des französischen Kaiserreichs wurde. Der reich wurde. Bernadotte war die Schlange, die Frankreich an seinem Busen genährt hatte. Er hat dem Feind die Strategien unserer Armee verraten.*

Ich konnte nicht weiterlesen und legte die Zeitung weg. *Bitte lieber Gott, lass meinen Mann diese Auszüge nicht sehen,* betete ich. Sie würden ihm das Herz brechen. Ich kannte seine Selbstzweifel und seinen inneren Zwiespalt, doch wie qualvoll wäre es für ihn erst, vor der ganzen Welt als Verräter dazustehen.

Sicher, Bernadotte hatte gegen Napoleon gekämpft. Dass er auf die Weise auch gegen Frankreich ins Feld gezogen war, war der Stoff, aus dem sich seine Alpträume speisten. Auch dass Napoleon Frankreich zuletzt nur noch geschadet hatte, hatte ihm als Entschuldigung letztlich nicht ausgereicht. Der Platz, den er nun in Napoleons Memoiren eingenommen hatte, war für ihn wahrscheinlich schlimmer, als wenn Napoleon ihn auf dem Schlachtfeld verwundet hätte.

Napoleon würde Bernadotte also noch nach seinem Tod verfolgen, vermutlich bis ans Ende seines Lebens.

Doch als ich nach Tagen von Bernadotte hörte, schrieb er mir nur, er trauere um Napoleon, den er als Feldherrn bewundert habe, und hoffe, dass er in Frieden ruhe.

Angesichts seiner Zurückhaltung fragte ich mich, ob er in Schweden einen anderen Menschen gefunden hatte, dem er sein Herz ausschüttete. Oder er hatte nicht mehr schreiben wollen, weil wir nicht wussten, wer unsere Briefe außer uns las.

Wenig später stellte ich fest, dass nun auch mein Mann an den Fortbestand seiner Dynastie dachte, denn da schrieb er, Oscar müsse heiraten, es sei höchste Zeit.

Er hatte recht. Oscar war zweiundzwanzig Jahre alt und Erbe des schwedischen Throns. Er brauchte eine Frau und Söhne.

Ich antwortete meinem Mann, dass ich mit ihm einer Meinung sei. In Oscars Alter hatte ich bereits eine große Liebe hinter mir, war von Duphot umworben worden, hatte Bernadotte geheiratet und einen Sohn zur Welt gebracht.

Eine Zeit lang hatte ich gehofft, Oscar werde eine von Julies Töchtern heiraten, Zénaïde oder Charlotte. Es waren entzückende Mädchen, die jünger als Oscar und als Prinzessinnen erzogen worden waren. Aber Bernadotte war strikt dagegen. Die Mädchen trugen den schlimmsten Nachnamen, den man zurzeit haben konnte.

*Ich möchte eine vorteilhafte Verbindung*, schrieb mein Mann. *Am liebsten wäre mir eine Schwiegertochter aus einer Königsfamilie. Ich denke an die bayerischen Prinzessinnen.*

Zu guter Letzt schickte er Oscar auf Reisen. Mein Sohn besuchte die großen europäischen Höfe, lernte die gekrönten Häupter und ihre heiratsfähigen Töchter kennen. Bernadotte berichtete mir über diese Stationen, und ich verfolgte das Ganze mit mütterlichem Interesse.

In Dänemark gefielen ihm die Töchter von König Friedrich nicht, schrieb mein Mann. In den Niederlanden war ihm Prinzessin Marianne zu jung. In Bayern hielt er sich eine Weile am Hof König Maximilians auf, der dem Haus Wittelsbach entstammte, einer der ältesten Familien des deutschen Hochadels. Bernadotte versprach sich sehr viel davon. Eine Verbindung mit den Wittelsbachern würde seiner Herrschaft in Schweden zuträglich sein; in grauer Vorzeit hatten Wittelsbacher auf dem schwedischen Thron gesessen. Eine Allianz mit ihnen würde Oscar und seinen Kindern den Erhalt unserer Dynastie sichern.

König Maximilian hatte eine Enkelin, die mit knapp sechzehn Jahren schon zu den begehrtesten Prinzessinnen Europas gehörte. Zwar war sie katholisch, doch das war ich auch. Es hieß, dass sie schön war, intelligent, charmant und im Besitz einer beträchtlichen Aussteuer. Bernadotte schrieb mir geradezu euphorisch, ihre Ehe mit Oscar würde bedeuten, Altes mit Neuem zu vermählen.

Über die junge Dame wurde auch gesagt, dass sie eine große Bewunderin ihrer Großmutter sei, einer anderen Joséphine, die Kaiserin von Frankreich gewesen war. Ihr Sohn Eugène war der Vater der bayerischen Josephine, die angeblich ebenso geistreich, anmutig und elegant wie ihre Großmutter war.

# Kapitel 43

*Aachen, 1822*

Als ich erfuhr, mein Sohn habe sich in Joséphines Enkelin verliebt, war mir, als schlösse sich ein Kreis, und ich brauchte eine Weile, um die Nachricht zu verarbeiten.

Mit vollständigem Namen hieß die junge Dame Joséphine Maximilienne Eugénie Napoléone de Beauharnais, Namen, die in mir einen Sturm der Erinnerungen auslösten.

Napoleon selbst hatte darauf bestanden, dass das Mädchen den Vornamen seiner geliebten ersten Ehefrau erhielt. Wessen Idee es gewesen war, sie ihm zu Ehren Napoléone zu taufen, vermochte ich nicht zu sagen.

Ich dachte an Joséphines letzten Abend in den Tuilerien, als ich das Gefühl gehabt hatte, dass unser Abschied noch nicht das Ende unserer gemeinsamen Geschichte war. Nun würde ich nicht nur ihre Enkelin treffen, sondern wie es aussah, würden unsere Familien künftig auch miteinander verbunden sein. Was für seltsame Einfälle das Schicksal hatte.

Auf dem Höhepunkt seiner Macht hatte Napoleon seinen Stiefsohn Eugène mit Auguste Amalia von Bayern verheiratet, der ältesten Tochter des bayerischen Königs Maximilian I.

Eugène musste den Überlebensinstinkt seiner Mutter geerbt haben. Auch während Napoleons Fall hatte er zu ihm gehalten und als Vizekönig von Italien bis zuletzt an seinen Kriegen teilgenommen. Dennoch war er am bayerischen Hof beliebt. Und als er sich nach Napoleons Verbannung mit seiner Familie in Bayern niederließ, erhielt er von seinem Schwiegervater den Titel des Herzogs von Leuchtenberg und des Fürsten von Eichstätt.

Nun würden Oscar und ich uns in Aachen treffen und gemeinsam weiter nach Eichstätt reisen, einem Ort in der oberbayerischen Hügellandschaft. Dort sollten Oscar und Josephine Zeit haben, sich besser kennenzulernen. Doch Oscar war bereits jetzt entschlossen, die junge Frau zu heiraten. Ob sie ihn sich auch zum Mann wünschte, wusste ich nicht.

Oscar erwartete mich in der Empfangshalle des Kurhotels, wo wir Suiten gemietet hatten. Meine Augen wurden feucht, als ich sah, was für ein hübscher junger Mann er geworden war, wie sehr er seinem Vater glich.

Als ich ihn umarmte und küsste, errötete er. Offenbar war er so scheu, wie ich es früher gewesen war. Es war eine Eigenschaft, die ich an meinem Mann nie wahrgenommen hatte, vielleicht hatte er sie nie besessen.

Bei seinem Anblick war ich mir sicher, dass Josephine sich ebenso in ihn verlieben würde, wie ich mich einst in seinen Vater verliebt hatte. Zum einen wirkte Oscar in seiner schwedischen Uniform ausgesprochen schneidig, zum anderen war er ein kluger und liebenswürdiger Mensch. Und eines Tages wäre er König von Schweden und Norwegen. Die Frau, die ihn abwies, müsste närrisch sein.

Am späten Nachmittag eines schönen Sommertags stiegen wir vor der Leuchtenbergischen Residenz in Eichstätt aus unserer Kutsche. Die Residenz lag inmitten des Ortes, der zu dem zauberhaften Altmühltal gehörte.

In der Eingangshalle erwartete uns eine kleine Gruppe, um uns willkommen zu heißen. Unter ihnen war Eugène de Beauharnais. Ich erkannte ihn sofort, er hatte die Augen seiner Mutter. Inzwischen war er ein gesetzter Mann um die vierzig und doch war mir, als hätte er sich kaum verändert.

Die Frau an seiner Seite war Augusta Amalia, Herzogin von Leuchtenberg und Fürstin von Eichstätt. Und noch eine Frau war da, von der ich sofort wusste, wer sie war, sie hatte die zarten Züge ihrer Mutter geerbt.

»Hortense«, sagte ich, »wie schön, Sie wiederzusehen.« Im Geist sah ich sie als junge Frau, wohlerzogen und zurückhaltender als ihre Mutter und doch mit einem ganz eigenen Liebreiz ausgestattet.

Natürlich war auch die Auserwählte meines Sohnes da und hatte vor Aufregung rosige Wangen. Sie knickste vor mir und erklärte, sie freue sich, mich endlich kennenzulernen. Als wären wir Freundinnen, flüsterte sie in mein Ohr: »Ich habe schon so viel von Ihnen gehört. Papa hat mir unglaubliche Geschichten erzählt.« Lächelnd trat sie zurück. »Entschuldigen Sie, ich habe vergessen, mich Ihnen vorzustellen. Ich bin Josephine.«

Ich fand sie ein wenig unverfroren, aber auch wundervoll natürlich. Lächelnd beobachtete ich, wie herzlich sie und Eugène meinen Sohn begrüßten.

Josephine sprühte vor Munterkeit, und trotz ihrer jungen Jahre schien sie selbstbewusster und ungezwungener als Oscar.

Gerührt stellte ich fest, dass Josephine beinah das Ebenbild ihrer Großmutter war, hochgewachsen, schlank und von entwaffnendem Charme, nur dass sie blond war und Joséphine dunkles Haar gehabt hatte.

Als wir die Eingangshalle durchquerten, schob sich ein dünner Arm unter meinen und erinnerte mich an längst vergangene Zeiten. Ich lächelte in mich hinein.

»Was haben Sie?«, fragte Josephine und sah mich mit den Augen ihrer Großmutter an.

»Nichts.« In Gedanken wanderte ich eine verschneite Pariser Straße entlang. Eine Frau, die ich gerade erst kennengelernt und die mir meinen Liebsten geraubt hatte, hakte sich bei mir unter, als wären wir die dicksten Freundinnen. »Es war nur eine Erinnerung.«

»Ah.« Als wüsste sie, wovon die Rede war, nickte Josephine und sagte: »Sie müssen sehr viele interessante Erinnerungen haben.«

Es waren schöne Tage, die wir in Eichstätt verbrachten. Wir machten Kutschfahrten durch das Altmühltal, wanderten und veranstalteten Picknicks. Abends aßen wir im Kreis der Familie, besuchten ein Theater, hatten Musiker zu Gast und einige Male tanzten wir auch.

Oscar behandelte Josephine aufmerksam und zuvorkommend. Er gefiel ihr, ich erkannte es an der Art, wie sie ihn anschaute oder ihm mit dem Blick folgte, wenn er mit ihr im selben Raum war. Zwar besaß sie bereits die souveräne Art ihrer

Großmutter, doch ebenso war sie noch ein Mädchen, das die Sehnsucht seines Herzens nicht zu verbergen wusste.

Am Abend vor unserer Rückreise kam Oscar in mein Privatgemach. Ich war bereits zur Nacht gekleidet und rieb Salbe in meine schmerzenden Hände. Mein Rheumatismus wurde mit jedem Jahr schlimmer.

Oscar warf sich auf mein Bett, was er zuletzt als kleiner Junge getan hatte. Ich entließ meine beiden Dienerinnen und wandte mich zu ihm um. »Was hast du, Oscar?«

Er schien etwas sagen zu wollen, überlegte es sich offenbar wieder anders und schwieg. Nach einem schweren Seufzer brach es aus ihm heraus. »Ich liebe sie so sehr, Maman.«

Ich massierte meine Hände. »Natürlich liebst du sie.«

Oscar errötete. »Glaubst du … glaubst du, sie liebt mich auch?«

»Ja«, antwortete ich fest.

Oscar runzelte die Stirn. »Und woher weißt du das?«

»Josephine ist wie ihre Großmutter. Die war auch keine Närrin und wusste, was für sie gut war.«

# Kapitel 44

*Auf dem Weg nach Schweden, 1823*

»Ist es in Schweden wirklich so kalt?«, fragte die frischgebackene Ehefrau meines Sohnes, während unsere Kutsche sich Hamburg näherte. Auf ihrer Stirn war eine kleine Sorgenfalte erschienen, und sie schauderte, obwohl es Juni und warm war.

Ich verbiss mir ein Lächeln. Als ich zum ersten Mal auf dem Weg nach Schweden gewesen war, hatte ich mich das Gleiche gefragt.

Ich tätschelte ihre Hand. »Nicht zu dieser Jahreszeit, meine Liebe. Im Juni ist es dort sogar sehr schön und sonnig.«

Meine Schwiegertochter wirkte beruhigt. »Danke, Madame.« Sie schaute aus dem Fenster auf die vorbeiziehenden grünen Wiesen und Felder.

Ich betrachtete ihr hübsches Profil und nahm an, dass sie an die Heimat dachte, die sie zurückließ und vielleicht schon vermisste. Ich fühlte mit ihr. Zwar war ich beinahe dreimal so alt wie sie und reiste nach Schweden, um wieder mit meinem Mann und meinem Sohn vereint zu sein, doch ich wusste bereits jetzt, wie sehr Frankreich mir fehlen würde.

Sicher, Josephine hatte einen freundlichen und gut aussehenden Ehemann und eines Tages würde sie die schwedische Königin sein, doch das Leben einer Frau war nie einfach. Auch nicht für die unter uns, die in den Augen der Welt Glück gehabt hatten.

»Oscar wird Sie mit offenen Armen willkommen heißen«, sagte ich aufmunternd.

Sie drehte sich zu mir um und lächelte. »Und ich freue mich, ihn wiederzusehen.«

Oscar war uns vorausgereist, um alles für die Ankunft seiner Prinzessin vorzubereiten. Ich hatte sie in Schloss Ismaning abgeholt, einer der Residenzen, die ihre Eltern seit ihrem Auszug aus Italien bewohnten.

Zuvor hatte ich noch einige Tage in München verbracht und die Gesellschaft von Josephines Familie genossen. Eugène und Auguste hatten ihre Kinder zu fröhlichen Menschen erzogen, auch nach Napoleons Sturz schienen sie in Eichstätt und Ismaning unbeschwerte Tage zu verleben. Wahrscheinlich lag es an ihrer ungezwungenen Art und ihrer nahezu bürgerlichen Gemütlichkeit. Sie aßen gemeinsam, plauderten, musizierten und abends lasen sie einander vor. Bei dem Abschied von ihren Eltern hatte Josephine geweint.

Mein Sohn hatte eine gute Wahl getroffen, davon war ich fest überzeugt. Josephine war klug, wohlerzogen, charmant und mir gegenüber so ehrerbietig, wie es sich für eine junge Schwiegertochter geziemte. Überdies sprach sie fließend Französisch und nur ein kleiner deutscher Zungenschlag verriet, dass es nicht ihre Muttersprache war.

Dank ihrer Kindheit in Italien sprach sie auch Italienisch, hatte Englisch und sogar ein wenig Russisch gelernt. Ihre Allgemeinbildung war ebenfalls beeindruckend. Sie hatte nicht nur Tanzen, Musizieren, Sticken und Anstandsregeln gelernt, sondern auch Literatur, Geographie, Geschichte, Arithmetik, Botanik und Astronomie als Schulfächer gehabt.

Zudem wusste sie, wie man auf gefällige Art Konversation machte. Meistens stellte sie mir Fragen über das Leben in Stockholm und Paris. Doch ein Thema schien sie besonders zu interessieren; immer wieder kam sie auf ihre Großmutter und Napoleon zu sprechen.

Nun wollte sie wissen, wie gut ich die beiden gekannt hatte. Ich fächelte mir Luft zu. Obwohl es noch früh am Morgen war, spürte man, dass es ein heißer Sommertag werden würde.

Amüsiert nahm ich wahr, wie vergeblich Josephine versuchte, ihre Neugier zu bezähmen, obwohl ihre Augen vor Wissbegierde funkelten.

»Ich habe beide sehr gut gekannt«, antwortete ich schließlich.

Mit großen Augen sah sie mich an. »Und, wie waren sie?«

»Was hat man dir denn über sie erzählt?«

Josephine schürzte die Lippen und dachte nach. Dann sagte sie: »Mein Vater hat seine Mutter sehr geliebt, auch wenn er vor meiner bayerischen Familie nicht über sie spricht.«

Das konnte ich nachvollziehen. Bayern war für lange Zeit Napoleons Verbündeter gewesen, doch die Truppen, die das kleine Land für seine Kriege stellen musste, die Soldaten, die in Napoleons Diensten starben, waren ein hoher Preis gewesen. In der Völkerschlacht von Leipzig hatten die Bayern schließlich die Seiten gewechselt und an der Seite der Koalition gekämpft.

»Aber ich habe einiges über sie gelesen«, flüsterte Josephine, obwohl außer uns niemand in der Kutsche war.

Sie lächelte verschmitzt und glich ihrer Großmutter in diesem Augenblick so sehr, dass meine Augen feucht wurden.

Ich lehnte mich zurück. »Vielleicht war das, was du über sie gelesen hast, wahr. Trotzdem wird es ihnen nicht gerecht werden. Sie waren beide überlebensgroß.«

Josephine beugte sich zu mir vor. »Stimmt es, dass Napoleon sie als Hexe bezeichnet hat?«

Ich lächelte. »Nicht ganz. Er dachte, sie hätte ihn verhext.«

»Warum?«

Ich ließ mir die Frage durch den Kopf gehen, bevor ich antwortete: »Ein Grund ist, dass er trotz seiner Klugheit nicht verstand, wie er eine Frau so grenzenlos lieben konnte. Sie hatte Macht über ihn. Aber sie hat ihn eher bezaubert als verhext.«

»Und der zweite?«

»Wie bitte?«

»Sie haben von *einem* Grund gesprochen. Welchen Grund gab es noch?«

Ich seufzte. »Als Napoleon sich von Joséphine scheiden lassen wollte, tat er das, was viele Männer in einer solchen Situation tun. Er versuchte, ihr die Schuld zu geben, und behauptete, sie habe ihn verhext, damit er sie heirate. Und deshalb sei die Ehe ungültig.«

Josephine runzelte die Stirn. »Aber es heißt, dass seine letzten Worte ihr galten. Da hat er gesagt, bald werde er wieder mit ihr vereint sein.«

»Das würde mich nicht wundern. Er hat sie bis zuletzt geliebt.«

Wie gebannt hing Josephine an meinen Lippen. »Und wie war sie?«

Wie war Joséphine? War es überhaupt möglich, sie mit Worten zu beschreiben?

»Deine Großmutter war eine richtige Frau und gleichzeitig eine große Dame. Ich habe sie sehr gern gehabt.«

Josephine drückte eine Hand auf ihre Brust, und ihre Wangen röteten sich. »Das möchte ich auch einmal sein.«

»Ich glaube, das wird dir gelingen.«

Danach schwiegen wir, jede in ihre Gedanken versunken. Vor den Fenstern tauchten die ersten Salzwiesen auf und in der Luft lag bereits ein salziger Hauch. Wie immer, wenn ich mich dem Meer näherte, begann mein Herz schneller zu schlagen.

Josephine räusperte sich. »Ich habe auch gehört …« Sie lief dunkelrot an, sprach aber tapfer weiter. »Ich habe gehört, dass er Sie geliebt hat. Vor meiner Großmutter. Und dass er Sie heiraten wollte. Ist das wahr?«

»Ja, das ist wahr«, entgegnete ich und dachte: *Mein Gott, wie lange das her ist.*

»Und warum haben Sie nicht geheiratet?«

»Weil Napoleon deiner Großmutter begegnet ist.«

»Oh.« Aufgeregt rutschte sie auf ihrem Sitz herum. »Aber wie –« Sie brach ab.

»Was? Sprich es ruhig aus.«

Josephine schüttelte den Kopf so heftig, dass die blonden Locken flogen. »Es wäre zu aufdringlich.«

Diese Sorge kam so spät, dass ich lachen musste. »Ich erlaube es dir.«

Josephine holte tief Luft. »Wenn Sie ihn geliebt haben und dachten, Sie würden ihn heiraten, wie konnten Sie dann meine Großmutter noch mögen?«

*Ja, wie konnte ich das?*

»Entschuldigen Sie, Madame, das hätte ich nicht fragen dürfen.«

»Schon gut, Josephine. Wahrscheinlich hätte ich mich an deiner Stelle dasselbe gefragt. Ich fürchte nur, dass ich es selbst nicht genau weiß.«

»Aber er hat Ihnen das Herz gebrochen, oder?«

Das hatte mich bisher niemand so unumwunden gefragt, nicht einmal Julie.

Eine Zeit lang überließ ich mich meinen Erinnerungen, die Schönes ebenso wie Schmerzliches enthielten. »Ja, das hat er getan.«

Josephines Miene wurde mitfühlend. Vielleicht wollte sie tröstend meine Hand drücken, doch das wagte sie nicht. Und ich wünschte es nicht.

Ich zuckte mit den Schultern und bemühte mich um einen fröhlichen Ton. »Aber dann habe ich Bernadotte kennengelernt, ich meine, König Karl Johann. Und darüber bin ich sehr froh.«

»Ich auch«, sagte Josephine mit einem glücklichen Lächeln. »Denn wären Sie sich nicht begegnet, gäbe es Oscar nicht. Den wir beide lieben.«

Ich wollte ihr zustimmen, doch in dem Moment durchzuckte mich etwas, und ich bekam eine Gänsehaut. Es war ein Bild, eine Vorahnung, wie ich sie schon einmal hatte, damals, als Josephines Großmutter die Tuilerien verließ. Ich versuchte, dieses Bild abzuschütteln, denn es zeigte Josephine von Kummer gebeugt.

»Madame, was haben Sie?«, fragte sie besorgt. »Sie sehen aus, als wäre Ihnen ein Geist begegnet.«

»Es ist nichts«, sagte ich und zwang mich, an etwas anderes zu denken.

Kurz vor Mittsommer schifften wir uns nach Schweden ein. Diesmal fuhren wir mit einem Schiff bis Stockholm. Ich wurde so seekrank, dass ich die meiste Zeit in meiner Kabine verbrachte. Ich verließ sie erst, als wir die ruhigen Gewässer der Saltsjön-Bucht vor Stockholm erreichten, und stieg mit wackligen Beinen an Deck.

Es war ein wunderbarer Sommertag, der Himmel tiefblau und wolkenlos. Wir passierten Inseln, an deren Ufer sich dichte dunkelgrüne Nadelwälder entlangzogen. Ich atmete ihren würzigen Geruch ein, den ich liebte, auch wenn er anders als derjenige der Mittelmeerküste war.

Als wir kurz vor Stockholm an Land gingen, war ich noch immer so schwach, dass man mich auf dem Weg über die Landungsbrücke stützen musste. Danach war ich froh, wieder festen Boden unter den Füßen zu haben.

Josephine blickte sich mit strahlenden Augen um und deutete auf die Reihe Kutschen an der Anlegestelle. »Sind die für uns?«

Mein Mann oder mein Sohn hatten offenbar einen guten Eindruck auf Josephine machen wollen; auf uns wartete die vergoldete schwedische Staatskutsche mit dem Staatswappen in Gold, Blau und Purpurrot. Um sie herum hatten sich Menschen versammelt, die uns zujubelten.

Auch die Straße nach Schloss Haga, unserer Sommerresidenz im Norden von Stockholm, wurde von Menschen gesäumt, die uns winkten. An der Einfahrt zum Schloss drängten sie sich zuhauf, wahrscheinlich wollten sie einen Blick auf die neue Kronprinzessin erhaschen.

Ich dagegen hatte nur Augen für meinen Mann, der mit Oscar im Eingang des Schlosses stand. Wie lange ich ihn nicht mehr gesehen hatte. Er war nun vollständig ergraut, doch hochgewachsen, wie er war, gab er in seiner Uniform noch immer eine imposante Figur ab.

Oscar wirkte verlegen und glücklich zugleich.

Beide wurden von Offizieren flankiert, und eine Militärkapelle spielte die schwedische Nationalhymne, die wir durch den Jubel der Menschen draußen vor dem Tor kaum hören konnten.

Bernadotte küsste meine Wange, mehr ließ sein königlicher Rang in der Öffentlichkeit nicht zu. Oscar begrüßte Josephine mit einem Handkuss und betrachtete sie errötend und hingerissen zugleich.

Als die Musik verstummte, kehrte Josephine zu der Menge am Tor zurück und gebot ihr mit einer Handbewegung zu schweigen. Die Leute gehorchten und sahen sie erwartungsvoll an. Und dann begann Josephine schwedisch zu sprechen.

Oscar war überwältigt. Bernadotte sah mich mit hochgezogenen Brauen an. Ich war ebenso verblüfft wie er und zuckte mit den Schultern.

Als Josephine verstummte, ging ein wahrer Beifallssturm los, und ich war mir sicher, dass sie sämtliche Herzen erobert hatte. Sie war nicht nur jung und schön, sondern auch so liebenswürdig, ihre Untertanen in ihrer Sprache zu begrüßen. Und die Schweden, die ich stets als distanziert, wenn nicht gar kalt empfunden hatte, dankten es ihr überschwänglich.

»Das hast du gut gemacht«, sagte ich, als wir die Empfangshalle betraten.

»Danke.« Ebenso wie ihre Großmutter lächelte sie mich von unten herauf an.

»Ich wusste nicht, dass du schwedisch sprichst.«

Sie durchquerte die Eingangshalle, als hätte sie hier ihr Leben lang gewohnt. »Ich hatte ein wenig Unterricht und meine Rede habe ich auf der Überfahrt geübt.«

# KAPITEL 45

*Stockholm, 1823–30*

Oscar und Josephine waren in München zunächst in einer katholischen Zeremonie per Stellvertreter getraut worden, so wie es an den europäischen Höfen oftmals gehandhabt wurde. Doch zwei Wochen nach unserer Ankunft wurde die Hochzeit in Schweden bekräftigt.

Zu meiner Freude schien an diesem Tag die Sonne, und es war warm. Am Morgen half meine Kammerzofe mir beim Ankleiden.

Anschließend ging ich zu Josephine. Sie saß in ihrem Schlafgemach, trug nur ein Unterkleid und begutachtete sich im Spiegel.

»Guten Morgen, Maman.« Josephine lächelte mein Spiegelbild an und stand auf. »Sie sehen wundervoll aus.«

Angesichts ihrer schlanken Gestalt und ihres liebreizenden Lächelns fühlte ich mich alles andere als wundervoll. Doch ich hatte mein Bestes getan und meinen fülligen Leib in ein Kleid aus taupefarbener Seide gezwängt. Dazu hatte ich meinen Topasschmuck angelegt. Allerdings würde mich an diesem Tage ohnehin kaum jemand ansehen.

Ich hielt Josephine meine Wange hin. Sie hauchte einen Kuss darauf und duftete nach Rosenwasser.

»Guten Morgen, meine Liebe. Hast du gut geschlafen?«

»Ich habe kaum ein Auge zugetan.« Sie griff nach meiner Hand. »Ich war zu aufgeregt. Und heute Nacht werde ich wieder nicht –« Sie schlug sich eine Hand vor den Mund und kicherte errötend.

Ihr Hochzeitskleid hing im Moment noch über einer Schneiderpuppe. Es war ein Traum aus cremefarbener und blassblauer Seide, besetzt mit Perlen und Diamanten.

»Es ist so schön.« Ohne das Kleid zu berühren, fuhr Josephine mit den Händen darüber. Dann deutete sie auf den bereitliegenden Schmuck. »Ich glaube, dieses Ensemble kennen Sie, oder?«

Auf einem dunkelblauen Samtbett lagen eine Kette und Ohrringe mit traubengroßen Diamanten und mit Diamanten besetzte Armreifen.

»Ja«, sagte ich gerührt.

»Napoleon hat den Schmuck für meine Großmutter anfertigen lassen.« Andächtig nahm Josephine die Kette auf und hielt sie sich vor dem Spiegel an. »Ich habe sie reinigen lassen. Sie sollen an mir ebenso funkeln wie an ihr.«

Wieder tauchte ein Bild aus der Vergangenheit vor mir auf. Eine schlanke Schönheit trug diesen Schmuck und glitt über eine Tanzfläche. Ihr Mann, der mit ihr tanzte, betrachtete sie fasziniert – nein, nicht nur er, sondern alle, die an diesem Abend geladen worden waren.

»Es ist, als wären sie für dich gemacht worden.«

Josephine war in ihr Spiegelbild vertieft und legte den Kopf auf die Seite. »Finden Sie, dass ich ihr ähnlich sehe?«

»Ja. Nur, dass du blond bist.«

»Sie hatte dunkles Haar, das weiß ich. Auch ihr Teint soll dunkler als meiner gewesen sein. Sehe ich ihr wirklich ähnlich?«

»Eure Ähnlichkeit lässt sich nicht an konkreten Dingen festmachen. Sie hat mehr mit der Art zu tun, wie du dich bewegst, lächelst und gestikulierst.«

Josephine ließ sich das durch den Kopf gehen. Dann nickte sie zufrieden. »Das macht mich stolz.«

»Das sollte es auch.«

»Glauben Sie –« Sie brach ab, draußen hatten die Glocken angefangen zu läuten. Die Menschen würden bereits zur Storkyrkan strömen, wo die Trauung stattfand.

Mit einem Mal schien Josephine scheu zu werden. »Glauben Sie, mein Kleid wird Oscar gefallen?«

»Er wird überwältigt sein, Josephine. Keine Frau kann schöner aussehen als du.«

Beeindruckt verfolgte ich, wie natürlich Josephine sich während der lutherischen Trauung verhielt. Sie, die als Katholikin erzogen worden war, benahm sich mit größerer Sicherheit als Oscar, der seit seiner Kindheit von dem gestrengen Erzbischof von Uppsala unterwiesen worden war. Als dieser die beiden zu Mann und Frau erklärte, waren von draußen Salutschüsse und der Jubel der Menge zu hören.

Josephines Wangen färbten sich rosig, als Oscar sie küsste. Ich tupfte mir meine Tränen ab.

Während des Hochzeitsballs am Abend sahen Bernadotte und ich den Tanzenden vom Rand der Tanzfläche aus zu.

Oscar und Josephine flüsterten und lachten, während sie tanzten. Es war, als wäre es ihnen bereits gelungen, einen Raum nur für sich zu schaffen.

»Ein schönes Paar«, sagte Bernadotte. »Ich hoffe, dass sie Söhne bekommen. Bald.«

»Wozu die Eile? Du bist doch selbst noch jung und voller Kraft.«

»Weder jung noch voller Kraft.«

»Ich glaube, wenn du Großvater werden willst, musst du nicht lange warten.« Unauffällig nickte ich zu dem Hochzeitspaar hinüber, dem man ansah, wie verliebt sie waren.

Mich dagegen drückte mein Korsett. Ich hatte während des Hochzeitsmahls zu viel gegessen. Auch spürte ich wieder meine rheumatischen Knochen. Womöglich hatte Bernadotte recht, vielleicht wurden wir tatsächlich alt.

»Die Kinder werden glücklich sein«, sagte ich.

Bernadotte und ich tauschten ein zufriedenes Lächeln.

»Das hast du gut gemacht«, sagte er und stellte sein Champagnerglas auf dem Tablett eines Bediensteten ab.

»Ich habe gar nichts gemacht. Das hat Oscar ganz allein geschafft.«

»Du warst bei ihm, als er um sie geworben hat. Du hast sie nach Schweden begleitet und auf herzliche Weise in unsere Familie eingeführt.« Bernadotte küsste meine Hand. »Ich bin froh, dass du wieder bei uns bist.«

Ich freute mich über seine Worte und seinen liebevollen Blick. Und dann interessierten mich weder die Regeln höfischen Benehmens noch die Menschen, die uns sahen – ich küsste meinen Mann vor den Augen aller.

Im ersten Augenblick wirkte er überrumpelt. Dann setzte auch er sich über die Vorschriften hinweg und drückte mich an sich. »Was meinen Sie, Madame Bernadotte, sollen wir uns zu den jungen Leuten aufs Tanzparkett wagen?«

Die Hochzeitsgäste bildeten eine Gasse, als mein Mann mich zur Tanzfläche führte.

Ich spürte Bernadottes starke Arme, die mich hielten, und dachte an einen Walzer vor vielen Jahren. Und mit einem Mal fühlte ich mich leicht wie ein junges Mädchen. Beschwingt drehte ich mich mit dem Mann, mit dem ich seit fünfundzwanzig Jahren verheiratet war.

Als ich in seine dunklen Augen sah, fing mein Herz wie damals an zu klopfen. Bernadotte lächelte, als hätte er meine Gedanken erraten.

Wir verbrachten einen ruhigen Sommer in Schloss Haga, der Sommerresidenz der schwedischen Könige. Sie lag nicht weit von unserem Stadtschloss entfernt, doch das Leben hier war unvergleichlich schöner.

Wie sich herausstellte, war Josephine eine große Blumenfreundin, die gern im Garten arbeitete. Mir lag es fern, deswegen die Nase zu rümpfen, vielmehr ermunterte ich sie, sich von unseren Gärtnern anleiten zu lassen. Dabei dachte ich voller Wehmut an die andere Joséphine, zu deren Leidenschaften der Park und die Treibhäuser von Malmaison gehört hatten.

Mein Mann war von seiner Schwiegertochter so angetan, dass er ihren Namenstag, den 21. August, zum nationalen Feiertag erklären ließ, zur Erinnerung an seine Wahl zum schwedischen Kronprinzen im Jahr 1810 und zu Ehren Josefinas, wie sie in Schweden genannt wurde. Künftig würde der 21. August der Josefina-Tag sein.

Als wir ihn zum ersten Mal feierten, versammelten sich vor dem Schloss zahllose Menschen, die unsere schöne Schwiegertochter sehen wollten. Sie winkte ihnen von einem Balkon aus zu und sah ganz allerliebst aus.

Es dauerte nicht lang, bis die Klatschmäuler an unserem Hof ein Gerücht in die Welt setzten, nach dem ich auf Josephine eifersüchtig sei, da mein Mann und mein Sohn ihr zu viel Aufmerksamkeit schenkten. Es hieß, dass wir uns deswegen stritten. Wenig später griffen Journalisten das Gerücht auf und schrieben, wieder einmal sei ich von einer charismatischen Schönheit mit Namen Josephine ausgestochen worden.

Ich ging darüber hinweg. Für mich war Josephine weder eine Rivalin, noch waren wir zerstritten. Stattdessen dankte ich dem Schicksal, dass Oscar eine Frau gefunden hatte, die er liebte und die seine Gefühle erwiderte.

Es war mir eine Freude zu sehen, wie zärtlich die beiden miteinander umgingen, wie viele gemeinsame Interessen sie hatten. Manchmal malten sie zusammen im Park oder sie sang abends, während Oscar sie auf dem Klavier begleitete.

Mein Sohn war ein guter Ehemann, der seine Frau gleichbleibend liebte und ehrte. In dieser Hinsicht hatte sie mehr Glück als ihre Großmutter. Ich hoffte, dass sie einander noch für lange Zeit zugetan sein würden.

Ich vermisste Paris und den Sommer in Frankreich. Andererseits war ich froh, wieder bei meinem Mann zu sein. Er hatte einen Husten, der mir nicht gefiel, und bisweilen spuckte er Blut. Deshalb bestand ich darauf, dass er nach dem Mittagessen ruhte und nach dem Abendessen mit mir im Park spazieren ging.

Königin Hedwig war vor fünf Jahren gestorben. Zu meiner Schande musste ich gestehen, dass ihr Tod eine Erleichterung für mich war. Ihr dominierendes Wesen hatte mich erdrückt. Nun war es mir recht, still im Hintergrund zu bleiben und zuzulassen, dass Josephine an unserem Hof die Hauptrolle spielte.

Zu guter Letzt fand ich mich sogar mit dem Leben in Schweden ab. Mein Sohn hatte so gut wie nichts mehr von einem Franzosen. Er sprach fließend schwedisch und erinnerte sich kaum noch an das Land, in dem er als Junge gelebt hatte.

Ich war nie schwedisch geworden. Auch Bernadotte war es nicht, in ihm steckte noch immer der Franzose. Demzufolge waren wir anders als die schwedischen Königspaare vor uns. So verlangten wir an manchen Tagen französische Gerichte, und zum Abendessen tranken wir französischen Wein. Danach nahm Bernadotte einen Cognac und Armagnac zu sich. Den schwedischen Brännvin, einen Kartoffelschnaps, rührten wir nicht an.

Als die kühlen Herbsttage begannen, ließen wir unsere Privatgemächer rund um die Uhr heizen. Unsere Dienstboten schwitzten, Bernadotte und ich fanden die Räume angenehm warm.

Nachts schliefen wir in einem Bett, eine Angewohnheit, die unsere Höflinge sonderbar fanden.

Die Zeiten, als Bernadotte Geliebte hatte, waren vorüber,

schließlich war er Anfang des Jahres sechzig geworden. Unsere Ehe verlief in ruhigeren Bahnen als früher.

Da Bernadotte mit seinen Ministern nach wie vor französisch sprach, konnte ich an den Diskussionen teilnehmen und meinen Mann, wenn wir allein waren, beraten. Er regierte mit sicherer Hand, doch ein Monarch im herkömmlichen Sinn wurde er nie. Unter anderem gab es kein Lever, wie es an anderen europäischen Höfen Sitte war. Stattdessen arbeitete Bernadotte am Morgen im Bett, erst recht an kalten Wintertagen. Bei starkem französischem Kaffee besprach er die wichtigsten Anliegen des Tages mit seinem Sekretär und diktierte die ersten Briefe.

Währenddessen döste ich an seiner Seite, las, schrieb Julie oder meinen Nichten. Es gab Tage, an denen wir nicht vor Mittag aufstanden. Falls sie keine anderen Verpflichtungen hatten, aßen wir dann gemeinsam mit Oscar und Josephine.

Schweden erlebte eine Zeit des Friedens, und mein Mann war im ganzen Land beliebt. Zwar war es für seine Minister und unsere Höflinge nicht immer leicht, mit unserer Lebensart zurechtzukommen, doch sie wussten, wie pflichtgetreu mein Mann war und dass er Schweden guttat. Nur bei mir sagte er manchmal, dass er im Grunde seines Herzens weiterhin Republikaner sei, wenn auch ein gekrönter.

Als nach dem langen Winter die Schneeschmelze begann, hoffte ich auf die Nachricht, dass Oscar und Josephine ihr erstes Baby erwarteten. Es dauerte nicht lang, bis Oscar uns die frohe Botschaft mitteilte.

Vor der Geburt meines ersten Enkelkinds wollte ich mit Bernadotte zu Julie fahren. Ich sehnte mich nach meiner Schwester, die zusammen mit Joseph in Florenz ein zurückgezogenes Leben führte. Immer wieder hatte ich sie gebeten, mich in Stockholm zu besuchen, doch Joseph war dagegen. Er war gesundheitlich angeschlagen und fürchtete, Julie könnte auf der Reise etwas zustoßen oder er allein sterben.

Eines Morgens, noch bevor die Dienstboten uns das Frühstück ans Bett gebracht hatten, erzählte ich Bernadotte von meinem Plan. Ich dachte, er wäre einverstanden, immerhin hatte er mir auch meine früheren Reisen genehmigt. Doch diesmal runzelte er die Stirn und schüttelte den Kopf.

»Warum nicht?«, fragte ich irritiert.

»Wir haben zu viel zu tun«, antwortete er.

»Ich habe nicht zu viel zu tun.« Ich setzte mich auf. »Wenn du nicht mitkommen möchtest, fahre ich allein.«

»Du hast einiges zu tun. Bald ist es Frühling und wir ziehen nach Haga. Wir werden Feste feiern und uns auf die Geburt unseres Enkelkinds vorbereiten. Josephine wird dich brauchen.«

»Das Baby erwarten wir im Mai. Bis dahin bin ich wieder hier.«

Bernadotte blieb hart. »Nein, Désirée, mit deinen Extratouren ist Schluss. Offenbar ist dir nicht klar, wie schwierig die Jahre ohne dich für mich waren.« Erneut schüttelte er den Kopf. »Das mache ich nicht mehr mit.«

Es war das erste Mal, dass er mir sagte, meine Abwesenheiten hätten ihm zu schaffen gemacht.

»Ich möchte den Leuten nicht noch mehr Gelegenheit geben, über uns zu tratschen«, fuhr er fort. »Wir müssen als glückliche Familie wahrgenommen werden, die dem Königreich vereint dient.« Er seufzte. »Stell dir vor, dir passiert etwas auf der Reise.

Was meinst du, wie sich das auf Oscar und Josephine auswirken würde, die gerade ihr erstes Kind erwarten. Und was es für mich bedeuten würde. Möchtest du riskieren, dass du deinen Enkel nicht mehr kennenlernst?«

Es passte mir nicht, dass er mir einen Strich durch die Rechnung machte, doch seine Sorge um mich und sein Wunsch, mich bei sich zu behalten, berührten etwas tief in meinem Herzen. Also begrub ich meine Reisepläne.

Mein Enkel kam am 3. Mai 1826 zur Welt, ein gesunder kleiner Junge, den wir aus dynastischen Gründen Karl nannten. Die Schweden feierten die Geburt eines weiteren Thronfolgers an den schönen langen Abenden, die im Mai begannen. Und ich war vom ersten Tag an in dieses Kind vernarrt.

Ein gutes Jahr später wurde sein Bruder Franz Gustav geboren. Im Januar 1829 brachte Josephine wieder einen Jungen zur Welt. Ihn nannten wir Oskar.

Mein Mann hatte sich viele Enkelsöhne gewünscht. Auch in dieser Hinsicht enttäuschte Josephine ihn nicht.

Ich rief meine Enkel zu mir und fragte, wer während des Feuerwerks auf meinem Schoß sitzen wolle.

»Ich, Grandmère!« Karl rannte zu mir.

Ich hob ihn auf meinen Schoß und drückte ihm einen Kuss auf den Kopf. Mit seinen dunklen Locken war er das Ebenbild seines Vaters und seines Großvaters und nach wie vor mein Liebling. »Du bist mein Schatz«, flüsterte ich ihm ins Ohr.

Bernadotte nahm Josephine den kleinen Oskar ab.

Wir feierten den Josefina-Tag. Wie immer im Sommer waren wir in Haga. Inzwischen erwartete Josephine bereits ihr viertes Kind, doch anders als bei den ersten drei litt sie während dieser Schwangerschaft.

Mir tat es weh zu sehen, wie die schnell aufeinanderfolgenden Schwangerschaften an ihr gezehrt hatten. Josephine war nicht mehr schlank und biegsam, sondern – mit Ausnahme des stets gewölbten Bauches – erschreckend dünn. Ihr Gesicht war blass und müde, die Augen umschattet, das einst so strahlende Lächeln wirkte verkrampft.

Doch sie hatte nicht nur körperlich gelitten. Ebenso sah man ihr an, dass sie in ihrer Ehe nicht mehr glücklich war. Verschwunden waren die zärtlichen Berührungen und das intime Geflüster. Wenn sie und mein Sohn sich nun unterhielten, waren sie kurz angebunden, sahen sich kaum an. Und wenn Josephine einen Raum betrat, hob Oscar nicht einmal mehr den Kopf, was sie wiederum nicht zu berühren schien. Die Zeiten, in denen sie auf seine Aufmerksamkeit und seine Meinung Wert gelegt hatte, waren vorbei.

Ich wusste, dass Oscar eine Geliebte hatte, jedermann am Hof wusste es. Es war Gräfin Jacquette Löwenhielm. Sie war verheiratet, doch ihr Ehemann schien nichts gegen ihre Liaison mit meinem Sohn zu haben.

Vielleicht war es kein Wunder, dass es so gekommen war. Josephine war in den vergangenen Jahren entweder schwanger, von einer Schwangerschaft erschöpft oder mit einem Neugeborenen beschäftigt gewesen, und Oscar war von schönen jungen Frauen umgeben, die ihm Avancen machten. Es war auch nicht ungewöhnlich, dass königliche Hoheiten eine oder mehrere Geliebte hatten – Bernadotte hatte ebenfalls einige gehabt –, aber ich hatte gehofft, mein Sohn wäre anders.

Natürlich wusste auch Josephine, welche Rolle Gräfin Löwenhielm in Oscars Leben spielte. Das machte mir Sorgen. Ich fürchtete um ihre Gesundheit, um die Gesundheit des nächsten Babys, um die Dauer ihrer Ehe und um den Seelenfrieden meiner kleinen Enkel.

Deshalb beschloss ich, mit meinem Sohn zu reden. Ich wollte nicht, dass Josephine es bereute, Oscar geheiratet zu haben.

Zuerst aber würden wir diesen Tag feiern, der sowohl Josephine als auch meinem Mann gewidmet war. Meine Enkel spielten unbeschwert und freuten sich auf das Feuerwerk. Wir Erwachsenen hatten in den vergangenen Tagen an Bällen teilgenommen, Theateraufführungen besucht und Paraden zu Ehren des Hauses Bernadotte abgenommen. Diese Stimmung mochte ich nicht verderben, indem ich meinem Sohn Vorhaltungen machte.

Wir saßen auf der Terrasse, mit Blick auf den Park, und warteten darauf, dass die Sonne noch ein Stückchen in Richtung Horizont sank. Karl rutschte aufgeregt auf meinem Schoß herum; es war das erste Mal, dass er länger aufbleiben durfte.

»Grandmère?« Karl befingerte die Rubinkette an meinem Hals. »Warum müssen wir noch warten?«

»Weil wir das Feuerwerk erst richtig bewundern können, wenn es dunkel ist.«

Gustav, der bis eben noch ruhig gespielt hatte, fing vor Müdigkeit an zu weinen. Josephine fragte sich laut, ob sie ihn ins Bett bringen lassen sollte. Oscar antwortete, an diesem Abend dürfe der Junge länger aufbleiben, es sei ein besonderer Anlass.

»Gustav ist zwei Jahre alt und interessiert sich noch nicht für besondere Anlässe«, erwiderte Josephine spitz.

Ich blendete die beiden aus und konzentrierte mich auf den Jungen auf meinem Schoß.

»Im Winter ist es immer dunkel«, sagte er. »Warum haben wir dann kein Feuerwerk?«

»Das ist eine gute Frage. Wir sollten mit deinem Großvater darüber sprechen. Das Dumme ist nur, dass wir im Winter nicht draußen sitzen können.«

»Warum nicht?«

»Weil es dann zu kalt ist.«

»Hm«, machte Karl. »Wann fängt der Winter an?«

»Wenn der Herbst vorbei ist.«

»Und wann ist Herbst?«

»Bald. Jetzt haben wir August. In wenigen Wochen ist der Sommer zu Ende und dann beginnt der Herbst.«

*Und dann steht uns wieder einer dieser fürchterlichen Winter bevor*, ergänzte ich stumm und schauderte bei dem Gedanken an die langen kalten und dunklen Tage.

Der August war in Schweden der letzte warme Monat, und wenn er zu Ende ging, wehte mich jedes Mal Melancholie an.

Ich drückte Karl an mich und kämpfte gegen ein ungutes Gefühl, das nichts mit den Jahreszeiten zu tun hatte.

*Heute Abend werde ich fröhlich sein*, befahl ich mir. Wir spürten die letzten Sonnenstrahlen des Tages und bald würde ein wunderbares Feuerwerk beginnen. Unsere Familie war gesund, und im Land herrschte Frieden.

Doch wie lange würde es so bleiben?

## Kapitel 46

*Stockholm, 1844*

Wieder einmal gaben wir einen Ball, um uns bei Musik und Kerzenschein über den langen Winter hinwegzutrösten.

An diesem Abend fand der Ball zu Ehren meines Mannes statt. Bernadotte wurde einundachtzig, ich konnte es kaum glauben.

Wir waren in unserem Schlafgemach. Ich sah zu, wie mein Mann sich im Spiegel begutachtete. Er war noch immer hochgewachsen, doch seine Schultern hatten sich gekrümmt. Es war, als kämpfe sein Körper eine Schlacht gegen das Alter – eine Schlacht, die niemand gewinnen kann.

Konzentriert rückte er die Orden auf seinem Uniformrock zurecht. Er war ein wenig steif geworden, und ich fragte mich, wo die Jahre geblieben waren. Ich selbst spürte meine müden Knochen jeden Tag.

Josephine hatte die Vorbereitungen für diesen Abend beaufsichtigt. Mittlerweile hatte sie fünf Kinder, vier Jungen und ein Mädchen. Ich fand, sie hatte ihre Pflicht, für den königlichen Nachwuchs zu sorgen, mehr als erfüllt.

Mit ihren siebenunddreißig Jahren war sie noch jung und hatte ihre frühere Schönheit zurückgewonnen. Sie war beliebt, klug und einflussreich, mehr, als ich es jemals gewesen war. Allerdings hatte ich nie gern im Mittelpunkt gestanden.

Glücklicherweise schrieben die Journalisten nicht mehr, ich sei auf Josephine eifersüchtig; sie mussten erkannt haben, dass ich mich mit meiner Schwiegertochter verstand.

Bernadotte fuhr sich durch sein schütter gewordenes, weißes Haar. »Wie ein Soldat fühle ich mich heute Abend zwar nicht, aber die Uniform macht wenigstens einen guten Eindruck.«

Ich trat zu ihm. »Du bist noch genauso schneidig wie an dem Tag, als wir uns begegnet sind.«

»Und du warst von jeher eine schlechte Lügnerin, Désirée. Es gehört zu den vielen Dingen, die ich an dir liebe.«

Ich lachte. »Sollen wir nach unten gehen?«

»Warte noch einen Moment.« Bernadotte griff nach meiner Hand.

»Du hast keinen Grund, nervös zu sein. Die Schweden lieben dich jedes Jahr mehr.« Ich wunderte mich über sein Zögern. Bernadotte war selten nervös.

Plötzlich wurde er blass und berührte seine Stirn. »Ich … ich glaube …«

»Was hast du?«, fragte ich beunruhigt und drückte seine Hand. »Möchtest du dich setzen?«

Bernadotte nickte schwach.

Ich führte ihn zu einem Sessel. Dann ließ ich seinen Leibarzt holen.

Dieser Arzt war seit Kurzem häufiger bei meinem Mann, als mir lieb war. Doch Bernadotte spuckte nun noch öfter Blut als zuvor und mitunter litt er an Atemnot und Herzrasen.

»Ruh dich ein wenig aus, dann geht es dir besser.« Ich streichelte seine Wange. »Wenn du möchtest, lasse ich dir einen Cognac bringen.«

Er starrte mit leerem Blick zu Boden. »Es ist ganz … merkwürdig«, sagte er schleppend. »Als wäre …« Er schloss die Augen.

»Ja, mach die Augen zu und bleib ganz ruhig. Der Arzt wird gleich –« Bevor ich den Satz beenden konnte, fiel Bernadotte kopfüber zu Boden.

Ich schrie.

Dienstboten stürzten in unser Schlafgemach.

»Wo bleibt der Arzt?«, rief ich panisch. »Seine Majestät ist ohnmächtig geworden.«

Ich kniete mich zu Bernadotte und nahm seine Hand. Sie war warm, aber reglos. »Bernadotte, komm zu dir«, flehte ich ihn an. »Bitte.« Ich drückte seine Hand. »Bitte, Liebster.«

Er rührte sich nicht. Ich winkte die Dienstboten fort, die Anstalten machten, ihn auf unser Bett zu legen. Ich wollte nicht, dass ihn jemand bewegte, bevor der Arzt erschienen war.

»Du darfst mich nicht verlassen«, flüsterte ich ein ums andere Mal und begann zu weinen.

Bernadotte regte sich nicht.

Ich dachte an einen anderen Winter vor vielen Jahren zurück. Auch damals hatte ein Höfling dem anderen zugeflüstert: »Der König hatte einen Schlaganfall.«

Das war bei König Karl gewesen, aber diesmal ging es um *meinen* König, meinen Mann.

Eine Woche lang saß ich an Bernadottes Bett. Ich verließ meinen Platz nur, um einige Stunden zu schlafen. In der Zeit lösten Oscar oder Josephine mich ab. Manchmal kamen unsere Enkel und setzten sich an das Krankenbett.

Hin und wieder bewegte sich Bernadotte und wurde wach. Doch der Mann, der mich dann ansah, war nicht mehr der, den ich gekannt hatte. Sein Gesicht war starr und ausdruckslos, und er schien keinen von uns zu erkennen.

Es waren qualvolle Stunden. Wenn er die Augen öffnete und mich ansah, nahm ich seine Hand. Einmal begann er zu stöhnen, öffnete die Augen weit und murmelte: »Wir müssen uns wehren.«

»Du bist in Sicherheit, Liebster«, sagte ich so sanft wie möglich und kämpfte mit den Tränen.

Die Ärzte hatten mir aufgetragen, ruhig mit ihm zu sprechen, ihn zu beschwichtigen und ihm immer wieder neu zu erklären, wo er sich befand.

»Bleib ganz ruhig«, sagte ich, als er sich aufbäumte. Ich legte meine Hand auf seine Brust. »Niemand tut dir etwas. Du bist in Stockholm, in deinem Schloss. Wir haben Frieden. Du bist ein guter König. Die Menschen lieben dich. Und ich bin deine Frau, deine Désirée.«

»Nein!« Er stieß meine Hand fort. »Nein!«

»Was hast du?«, fragte ich erschrocken und versuchte, seine Hand zu fassen.

Wieder stieß er mich fort. »Sprich nicht von 1813.«

Ich setzte mich zurück. Mein Mann wusste nicht, welches Jahr wir zurzeit hatten, doch das Jahr 1813 war ihm offenbar im Gedächtnis geblieben. Es war das Jahr der Völkerschlacht von Leipzig und er hatte sich der Koalition gegen Napoleon angeschlossen.

Bernadotte warf den Kopf hin und her. Aus seinen Augen quollen Tränen und rannen über seine eingefallenen Wangen. »Wie mein Herz schmerzt.« Seiner Brust entrang sich ein lautes Schluchzen. »Das kann ich nie wieder gutmachen. Das wird Frankreich mir nie verzeihen.«

Ich wischte seine Tränen ab. »Niemand ist dir böse, Liebster.«

In solchen Momenten wünschte ich, sein Geist käme zur Ruhe und er fiele wieder in seinen reglosen Schlummer. Alles war besser, als zuzusehen, wie er mit seinen Dämonen kämpfte.

»Maman, bitte gönnen Sie sich ein wenig Schlaf.« Josephine war lautlos ins Zimmer geschlüpft. »Sie sitzen schon so lange hier und werden zusammenbrechen, wenn Sie nicht schlafen. Wir rufen Sie, falls … falls sich etwas ändert.«

Ich gehorchte. Auf dem Weg aus dem Krankenzimmer zog ich meinen Spitzenschal höher und senkte den Kopf. Ich wollte nicht, dass die Dienstboten mir meine Erschöpfung ansahen.

Bernadottes Visionen und seine Reue waren zu erwarten gewesen. Niemand durchlebte Zeiten wie wir und behält seinen inneren Frieden. Wir hatten die Furcht kennengelernt, Kriege, Verluste, Umwälzungen – und immer hatten wir versucht, zu überleben.

Mein Mann führte seinen letzten Kampf heldenhaft aus, doch zum Schluss musste er die Waffen strecken. Anfang März ging er von uns.

Oscar, Josephine und ich waren bei ihm, als der Tod ihn mit sanfter Hand aus seinen Qualen erlöste.

Als wir ihn begruben, machten sich die ersten Boten des Frühlings bemerkbar. Das Staatsbegräbnis fand in blassem Sonnenschein statt. Nach dem Trauergottesdienst wurde Bernadotte in der Riddarholmskyrkan, der königlichen Begräbniskirche, beigesetzt. Von meinem schwarzen Witwenschleier verhüllt, sah ich zu, wie mein Mann als Karl XIV. Johann seine letzte Ruhestätte neben einer langen Reihe schwedischer Könige einnahm.

Ich hatte ihn als Bernadotte gekannt und geliebt, doch dieser Name wurde nicht mehr erwähnt.

*Auch gut*, dachte ich, *dann gehört er mir mit diesem Namen allein.*

Nach Bernadottes Tod verfiel mein Titel als Königin von Schweden. Oscar wurde im Herbst des Jahres zum König gekrönt und Josephine zur Königin. Sie hatte diese Rolle seit Jahren innegehabt, nun war es offiziell.

Zu meiner Erleichterung hatten Oscar und Josephine wieder zueinandergefunden. Wie mir schien, hatten sie sich vorgenommen, eine harmonische Ehe zu führen, selbst wenn sie nicht mehr von der früheren Leidenschaft geprägt war. Mir war klar, dass sie während seiner Regentschaft zu seinen klügsten Ratgebern zählen würde. Hätte sie die Möglichkeit gehabt, hätte niemand ein Land besser regiert als sie.

Ich hatte in meinem Leben viele Rollen bekleidet – Tochter, Schwester, Geliebte, Ehefrau, Mutter, Fürstin, Hofdame, Kronprinzessin und Königin. Nun übernahm ich meine letzten Rollen, die der Großmutter und Königinwitwe.

Die Schweden hatten mich von Anfang an für unkonventionell gehalten, wenn nicht gar für leicht bizarr. Ich war ihnen noch immer zu französisch. Doch das war nun bedeutungslos geworden. Am Hof waren alle Augen auf Josephine gerichtet, und ich begann die süßen Früchte der Freiheit zu genießen. Ich schlief, wann ich wollte, aß, wann ich hungrig war. Ich spielte mit meinen Enkeln und lehnte jede Einladung ab, die mich nicht interessierte.

Allerdings hatte ich noch eine Aufgabe zu erledigen, die meine ganze Kraft beanspruchen würde. Falls ich sie zu meiner Zufriedenheit erfüllte, würde ich meine letzten Tage in Frieden verbringen.

Dabei ging es um eine Auseinandersetzung, die ich lange vor mir hergeschoben – vor der ich mich gefürchtet – hatte.

Ich musste meine Rechnung mit Napoleon begleichen.

## Kapitel 47

*Stockholm, 1860*

Worte, Worte, Worte – auf sie läuft es immer hinaus, oder? Die Worte einer Denunziation, woraufhin ein Bruder verhaftet wird. Worte eines einflussreichen Jakobiners, die den Bruder vor der Guillotine bewahren. Zärtliche Worte eines Verehrers, geflüsterte Worte, die von Putsch und Verrat sprechen. Unausgesprochene Worte, die in Herzeleid münden. Ein Heiratsantrag, eine Geburtsanzeige, eine Wahl zum Kronprinzen, eine Kriegserklärung, Friedensverhandlungen ... immer geht es um Worte, entweder in der eigenen oder in einer fremden Sprache. Worte auf einem Grabstein.

Volksheld oder manischer Tyrann.

Böse Hexe oder bezaubernde Verführerin.

Patriot oder Verräter.

Prinzipientreu oder opportunistisch.

Treue Untertanin oder widerwillige Königin.

Die Menschen, die ich liebte, und ich, wir stiegen höher auf, als ich es mir jemals hätte vorstellen können. Doch was nützt das, wenn wir unseren Ruf nicht für die Nachwelt schützen? Wenn wir nicht kluge Worte finden, um anderen die Reise unseres Lebens zu schildern?

Napoleon hatte die Macht seiner Worte gekannt. Er wusste,

dass er mit seiner Feder sowohl Gutes erreichen als sie auch als Waffe benutzen konnte, um seine Feinde niederzustrecken. Wie eine Flut sind die Worte zu den Menschen geströmt, mit denen er über sich und seine Taten berichtete. Sogar in seinen letzten Jahren auf Sankt Helena schrieb er unaufhörlich, um die kriegsmüde Welt mit seinen Worten zu bombardieren. Mit Worten hatte er meinen Mann zum Verräter gestempelt und eine der intimsten Begebenheiten meines Lebens der Öffentlichkeit preisgegeben.

Aber Napoleon war nicht der Einzige, der mit Worten umgehen konnte.

Ich bin noch da, er nicht. Bald habe ich ihn um vierzig Jahre überlebt. Und sie – Joséphine – habe ich um sechsundvierzig Jahre überlebt.

Also benutze ich meine Worte, um meine Geschichte zu erzählen. Mein Mann ist nicht mehr, doch mit meinem letzten Rest Kraft und der Zeit, die mir noch bleibt, werde ich der Welt von unserem außergewöhnlichen Leben und unserer Liebe berichten.

Wenn ich an die Sechzehnjährige vor vielen Jahren denke, muss ich lachen. Wie viele Bücher und Unterweisungen Napoleon mir hat zukommen lassen, seinerzeit hieß er noch Napoleone. Ich sollte mich anstrengen und schulen, sollte diszipliniert sein, mich richtig ausdrücken. Damals tat ich es nicht, jedenfalls nicht zu seiner Zufriedenheit. Auch um meinen Schwedischunterricht habe ich mich nicht gekümmert. Ebenso wenig habe ich mich mit den Ritualen dieses Hofs vertraut gemacht. Erst in den vergangenen Jahren habe ich mich angestrengt und war diszipliniert.

Ich habe die Unterlagen und Briefe meines Mannes durchgesehen, ebenso die Briefe, die Napoleon ihm und mir geschrieben hat. Sie sind älteren Datums als die Memoiren, die er auf Sankt Helena verfasst hat, somit auch älter als seine Versuche, unser Bild für die Nachwelt zu zeichnen und festzulegen.

Napoleons Briefe an mich führen zu einem sechzehnjährigen Mädchen zurück und zu einem raubeinigen Soldaten aus Korsika, der dieses Mädchen im Süden Frankreichs umwarb. Bernadottes Briefe an mich sind die eines liebenden Ehemanns. Die Briefe, die er und Napoleon sich schrieben, sind die von Kameraden und später von Rivalen.

Bei beiden handelte es sich um ganz normale Menschen, die jedoch in außergewöhnlichen Zeiten lebten, die kämpfen, regieren, lieben und Feste feiern konnten.

Ihre Worte sind in meinem Besitz, ich habe sie aufbewahrt, denn sie enthalten auch meine Geschichte. Worte, Worte, Worte.

Ich habe mit einem Schriftsteller zusammengearbeitet, um meine Geschichte niederzuschreiben. Es ist ein Franzose, der zu einem guten Freund geworden ist. Wir haben dafür gesorgt, dass Napoleon nicht das letzte Wort behält.

Es war eine anstrengende Arbeit, die mich erschöpft hat. Doch ich musste sie tun, um inneren Frieden zu finden.

Nun ist sie getan. Oscar und Josephine haben meine Erinnerungen gelesen und mir versprochen, dass auch meine Enkel sie lesen werden und sie eines Tages an ihre Nachkommen weitergeben.

Worte, Worte, Worte. Ich sitze in meiner königlichen Loge der Oper und verstehe nicht, was gesungen wird, denn es ist nicht auf Französisch. Das macht nichts, ich fühle das, was die

Musik ausdrückt. Leider bin ich zu spät erschienen und werde nur noch den letzten Akt mitbekommen. Ich habe die Mienen der Operngäste gesehen und ihr Geflüster gehört. *Nie ist sie pünktlich. Kann die alte Königinwitwe die Uhr nicht lesen?*

Vor einigen Jahren, kurz vor meinem achtzigsten Geburtstag, habe ich mich eingeschifft, um nach Frankreich zu reisen. Ich wollte mein Heimatland wiedersehen, auch wenn es niemanden mehr gab, der mich dort willkommen heißen würde. Meine Mutter und Nicolas sind seit Langem tot. Joseph ist im gleichen Jahr wie Bernadotte gestorben, Julie ein Jahr später. Doch ich sehnte mich danach, noch einmal französischen Boden zu betreten.

Ich habe es nicht geschafft. Die wogende Ostsee hat mich so sehr geängstigt, dass ich den Kapitän, noch bevor die schwedische Küste aus meinem Blick verschwand, bat umzudrehen. *Ich reise nicht nach Frankreich, sondern kehre zurück nach Stockholm.* Ich hätte nicht gedacht, dass ich diese Worte jemals aussprechen würde.

Auf dem neuen Baudenkmal in Paris, dem Arc de Triomphe, wird Bernadotte unter den Generälen aufgeführt, die mit Napoleon ins Feld zogen. Ob er sich besser gefühlt hätte, wenn er das noch erfahren hätte? Hätte es ihm inneren Frieden gegeben, wenn er gewusst hätte, dass Frankreich ihm verziehen hat, auch wenn er es selbst nicht getan hat?

Zurzeit gibt es wieder einen Napoleon auf dem französischen Thron. Er ist der Sohn von Hortense, die Napoleons Bruder Louis geheiratet hatte; ich erinnere mich noch an seine Geburt. Dieser Napoleon errichtete das Zweite Kaiserreich. Der Gedanke, dass Joséphines Enkel auf dem französischen Thron sitzt, amüsiert mich. Er war Staatspräsident der Zweiten Republik, bevor er sich zum Kaiser proklamierte. Vielleicht kommt nach ihm die Dritte Republik – ein ewiges Auf und Ab, wie es scheint.

Im Jahr 1844, als alle Zeitungen über den Tod meines Mannes schrieben, wurde Alexandre Dumas, der Sohn von Bernadottes altem Kameraden, mit einem Roman berühmt. Der Titel lautet *Die drei Musketiere*. Eine der Hauptpersonen ist ein hochgewachsener, feuriger junger Mann, der am Hof König Louis' XIII. Hauptmann der Musketiere wird. Er erinnert mich an Bernadotte. Ebenso wie er stammt er aus dem Südwesten Frankreichs und ist ein leidenschaftlicher Patriot, der aus bescheidenen Verhältnissen kommend Karriere am französischen Hof macht.

Dumas' Vater hatte uns in den Tagen, als Napoleon die Macht an sich gerissen hatte, eine Zuflucht geboten. Vielleicht hatte er seinem Sohn von Bernadotte erzählt und ihn zu der Figur des jungen Musketiers mit Namen d'Artagnan inspiriert – manchmal glaube ich sogar ganz fest daran.

Es ist seltsam, dass man mir immer gesagt hat, ich brauche den Schutz anderer Menschen. Zuerst waren es meine Eltern, dann die Nonnen, mein Bruder, Napoleon, Joseph und Julie, Joséphine und Bernadotte. Ich habe es geglaubt, dachte auch, ich brauche die Hilfe anderer, um zu überleben. Doch nun ist von ihnen keiner mehr da, nur ich noch, und ich habe festgestellt, dass ich auch allein überleben kann.

Darüber muss ich lachen. Ich lache zu laut. Aus den Nachbarlogen werden mir Blicke zugeworfen. Es sind strenge, rügende Blicke, die mich noch lauter lachen lassen. Nun schauen auch die Operngäste im Parkett zu mir herauf, ebenfalls mit tadelnden Mienen. Früher hätte mir das etwas ausgemacht, nun finde ich es lustig.

Schade, dass ich erst so spät gelernt habe, mich um die Meinung anderer nicht zu scheren. Wahrscheinlich geht es uns allen so, obwohl es uns doch freisteht, nach unserem Geschmack zu leben, unser eigenes Glück zu schmieden – und unsere eigene Geschichte zu erzählen.

Meine Geschichte wird bald zu Ende sein. Ich bin dem Tod nun oft genug begegnet, um zu wissen, wann er sich nähert. Ich bin alt, sehr alt. Meine Knochen tun mir weh, das Blut, das durch meinen Körper fließt, ist schwerfällig geworden. Ich bin müde. Ich habe meinen Frieden gefunden.

Hätte ich Frankreich noch einmal sehen können, hätte ich mich von all den Orten verabschiedet, die mich zu Désirée gemacht haben. *Du musst deinen Namen ändern. Er klingt … zu französisch.* Hier wurde ich zu Desideria und Bernadotte zu Karl Johann.

Mit einem Seufzer sage ich mir, dass all das nun nicht mehr wichtig ist. Lächelnd nicke ich den Leuten zu, die mich noch immer entweder mit finsterer oder mitleidiger Miene mustern.

Ich stehe auf. Zwar ist die Aufführung noch nicht zu Ende, aber ich möchte gehen. Draußen werden meine Dienstboten meine Kutsche rufen, und ich werde mich durch die verschneite Stadt fahren lassen. *Runt och runt*, immer rundherum.

Wenn um Mitternacht Schnee fällt, der die leeren kopfsteingepflasterten Gassen bedeckt und den Glockenturm der Storkyrkan weiß pudert, wird die Phantasie geweckt. Man beginnt zu träumen und erinnert sich, das eine geht mit dem anderen Hand in Hand.

Die Erinnerungen wirbeln durch meinen Kopf und machen mich so schwindlig, als hätte ich in ein Schneegestöber geblickt. Sie werden zu Stimmen, lauter als das Klappern der Pferdehufe auf dem Kopfsteinpflaster.

Ein Mädchen, ein hübsches Mädchen erfährt die politischen Tumulte seines Heimatlandes. Es erlebt Herzeleid und neue Hoffnung. Das Mädchen wird zur Liebenden, zur Ehefrau. Zur Mutter und zur Hofdame. In den Sternen steht geschrieben, dass sie eine Krone tragen soll, sie wird Königin.

Ich war so viele Dinge, habe so viele Menschen gekannt und überlebt.

Und nun werde ich endlich heimgehen.

# EPILOG

Désirée Clary Bernadotte starb am 17. Dezember 1860 im reifen Alter von dreiundachtzig Jahren in Stockholm.

Ihr Vermächtnis bestand aus einem Königreich, das im Frieden lebte, und einer Herrscherfamilie, die ihren Sohn, ihre Schwiegertochter, vier Enkelkinder und eine wachsende Schar Urenkel umfasste.

Die Dynastie der Familie Bernadotte, die mit Désirée und Jean-Baptiste Bernadotte begann und von Oscar und Josephine verfestigt wurde, stellt noch heute die schwedischen Monarchen.

Die Nachfahren von Désirée und Joséphine Beauharnais sind in zahlreichen europäischen Adelshäusern zu finden.

Désirée wurde in der Riddarholmskyrkan in Stockholm an der Seite ihres Mannes bestattet. Sie lebt in ihren zahlreichen Nachfahren weiter.

# ANMERKUNG DER AUTORIN

Es begann mit einer Frage, die mein Vater mir stellte, einer der größten Geschichtsliebhaber, die mir jemals begegnet sind. »Allison, was weißt du über Désirée Clary? Désirée Bernadotte? Eine Französin namens Désirée?«

»Désirée?« Ich ließ mir den Namen durch den Kopf gehen. »Der Name sagt mir offen gestanden nichts.«

»Dann solltest du dich einmal mit ihr befassen. Mit ihrem Leben. Es ist unglaublich.«

Mein Vater gab mir also den wertvollen Tipp, der zu meiner Faszination mit Désirée Clary Bernadotte und den überlebensgroßen Personen ihres Umfelds führte und mich dazu brachte, über sie zu schreiben.

Als Autorin historischer Romane mit einer Leidenschaft für die Geschichten von Frauen, deren Leben und Vermächtnis im Lauf der Zeit überschattet wurden, erhalte ich häufig solche Tipps. Oftmals ist es nur der winzige Kern einer Geschichte, den mir andere Geschichtsliebhaber und Bücherfreunde geben; etwas, das darauf deutet, dass im Dunkel historischer Unterlagen eine großartige Story lauert, die darauf wartet, erzählt zu werden.

Bevor ich einem solchen Tipp nachgehe, Jahre meines Lebens mit Recherche, mit Nachdenken, dem Schreiben und Bearbeiten eines Texts verbringe und schließlich über eine historische Figur, Epoche oder einen historischen Ort spreche, müssen jedoch bestimmte Voraussetzungen erfüllt werden.

Ich muss spüren, dass ich eine historische Figur oder ein historisches Ereignis auf eine Weise betrachte, die bisher vernachlässigt wurde, insbesondere in Romanen, aber mitunter auch in Sachbüchern.

Ich muss spüren, dass diese Geschichte süffig, dramatisch und spannend ist, sowohl für mich als auch meine Leserschaft.

Ich muss spüren, dass die historische Figur – in der Regel eine weibliche – sich danach sehnt, ihre Nebenrolle im Leben anderer abzuwerfen. Ich muss spüren, dass sie uns von ihrem Leben erzählen und uns die emotionalen Wahrheiten dieses Lebens nahebringen möchte, so dass wir nachempfinden, wie sich die großen Ereignisse ihres Lebens für sie angefühlt haben.

Und schließlich muss ich von meiner historischen Person geradezu besessen werden.

So ist es mir ergangen, als ich Désirée Clary Bernadotte kennenlernte.

Nur dass bei ihr sämtliche Voraussetzungen doppelt und dreifach erfüllt wurden.

Als mein Vater den Namen Désirée erwähnte, hatte ich ihn noch nie gehört. Nach einer kurzen Internet-Recherche hatte ich einige karge Fakten zur Verfügung: Désirée war die erste Verlobte Napoleons.

Napoleon sprach und schrieb über Désirée und Bernadotte bis zum Ende seines Lebens; sie hob seine Liebesbriefe bis zu ihrem Lebensende auf.

Désirées Nachkommen zählen noch heute zu den adligen Herrscherfamilien Europas. Es sind gleichermaßen Nachkommen von Joséphine de Beauharnais, ihrer einstigen Rivalin und späteren Freundin.

Dennoch ist Désirée nicht allgemein bekannt, nicht einmal ansatzweise so bekannt wie viele ihrer Zeitgenoss:innen, Familienmitglieder, Freunde und Feinde, die bisweilen alles zugleich waren.

Désirées Geschichte hatte mich rasch gepackt und ließ mich nicht mehr los. Wie mein Vater sagt: Geschichte ist oftmals zu schön, um wahr zu sein. Noch schöner ist es, wenn sie wahr ist.

Besonders erstaunlich fand ich, dass Désirée und Bernadotte auf dem berühmten Gemälde von David zu sehen sind, das im Louvre hängt. Kostbar gekleidet stehen sie in der Kathedrale Notre-Dame, zusammen mit Julie und Joseph Bonaparte, den Schwestern Bonaparte und dem Rest des inneren kaiserlichen Kreises.

Als ich dieses Meisterwerk betrachtete, fragte ich mich unwillkürlich, wie kommt es, dass Désirée darauf abgebildet ist? Und was hat sie bei der Krönung des Mannes, der ihr Herz gebrochen hatte, empfunden? Und was bei der Krönung der Frau, für die Napoleon sie verlassen hat?

Diese Fragen stellte ich mir immer wieder, während ich Désirées Leben recherchierte. Auch bei den anderen Ereignissen ihres Lebens tauchten diese Fragen auf. Was hatte sie bei jedem von ihnen empfunden?

Doch am lautesten dröhnte die Frage: Warum hatte ich nichts über diese Frau gewusst, die in so außergewöhnlichen Zeiten gelebt hat? Warum haben wir zugelassen, dass Désirées Name irgendwo in den Tiefen der Geschichte verschwand?

In vieler Hinsicht war das Leben von Désirée Clary Bernadotte der Traum einer Autorin historischer Romane. Sie hatte so viele bedeutende geschichtliche Ereignisse miterlebt und Personen gekannt, die inzwischen mythische Dimensionen angenommen haben. Doch sie selbst hatte kaum Gelegenheit, als Hauptdarstellerin ihres Lebens hervorzutreten. Es gibt zahllose Biographien über Napoleon, Joséphine Beauharnais, Jean-Baptiste Bernadotte, die Bourbonen, die Bonapartes und die Habsburger. Doch ich habe nicht eine einzige englischsprachige Biographie über Désirée gefunden. Folglich habe ich Bruchstücke miteinander verbunden und Fäden anderer Lebensgeschichten miteinander verknüpft, bis das wunderschöne und vielfältige Bild von Désirée Gestalt annahm.

Die Werke über Napoleon, Joséphine, Bernadotte und die Mächtigen der politischen Kreise jener Zeit lieferten mir das Knochengerüst der Geschichte, das ich nach meiner Vorstellung mit dem Fleisch, dem Herz und den Farben Désirées versah. Während ich versuchte, aus historischen Fakten und Mythen eine fiktive Welt zu erschaffen, trat Désirée als Frau mit eigenem Willen und eigenen Entscheidungen hervor.

Einer der Kritikpunkte ihrer Rivalin am schwedischen Hof, der scharfsichtigen Königin Hedwig, war, dass Désirée »von Kopf bis Fuß Französin« gewesen sei. Glücklicherweise gab und gibt es solche Frauen auch in meinem Leben, allen voran meine französische Großmutter mütterlicherseits, Monique LeBlanc Rowland, die mir gezeigt hat, was es bedeutet, von Kopf bis Fuß Französin zu sein.

Außer meinem Vater war sie übrigens die Einzige in meiner Familie, die wusste, wer Désirée Clary Bernadotte war. Obwohl meine Großmutter Jahrhunderte nach Désirée lebte, haben mich ihre Geschichten aus den Jahren ihrer Klostererziehung inspiriert, als ich über Désirées Zeit im Kloster Notre-Dame schrieb, insbesondere bei der Episode, in der sich Désirée von ihrer Schwester anstecken lässt, um auf der Krankenstation nach Herzenslust schlafen und essen zu können.

So viel Geschichtliches wurde über, von und für Männer geschrieben, doch ich bin der festen Überzeugung, dass Frauen Herz und Seele zahlreicher historischer Momente bilden und ihr Leben überaus spannendes und inspirierendes Romanmaterial enthält.

Deshalb gibt es kaum Worte, um meine Aufregung zu beschreiben, als ich entdeckte, dass die schwedische Königin Josephine und Sisi, eine weitere Heldin der Geschichte, über die ich geschrieben habe, Cousinen waren. Bei beiden handelte es sich um freigeistige, intelligente Schönheiten aus dem Haus Wittelsbach, und beide stiegen aus ihren bodenständigen, bürgerlich lebenden Familien zu Regentinnen großer Reiche auf.

Bisweilen stelle ich mir vor, wie Désirée und Sisi – beides faszinierende Frauen in bedeutenden Zeiten, die ich ins Herz geschlossen habe und bewundere – bei einem großartigen Familienfest gemeinsam präsidiert hätten.

Mir gefällt auch die Symmetrie, mit der Désirée und Joséphine de Beauharnais – Rivalinnen, Freundinnen, Leidensgenossinnen – durch ihre Nachkommen verbunden sind, von denen einige noch heute einen Thron innehaben, wohingegen der Mann, der zwischen ihnen stand und von seiner Macht und seinem Vermächtnis besessen war, in diesem Punkt leer ausgegangen ist.

Die derzeitige schwedische Kronprinzessin Victoria trägt auch den Vornamen Désirée, ihre Schwester Madeleine heißt unter anderem Josephine.

Ich glaube, weder Désirée noch ihre Schwiegertochter Josephine hatten jemals vor, die ersten Frauen einer langlebigen, königlichen Dynastie zu werden, aber es freut mich für sie, dass ihnen genau das gelungen ist.

# DANK

Es gibt so viele Menschen, die diesen Roman möglich gemacht haben, und ich danke ihnen allen von Herzen, wohl wissend, dass dies nicht ausreicht.

Ich bin meinem Vater für jenes erste Gespräch und den Tipp, der mich zu Désirée und in ihre Welt führte, unendlich dankbar – ebenso meiner Mutter, meiner begeisterten und unermüdlichen Cheerleaderin. Meine Eltern sind von Geschichtlichem fasziniert und lieben Erzählungen. Glücklicherweise haben sie beides meinen Geschwistern und mir vererbt. Meine Eltern und meine Geschwister inspirieren mich und fordern mich thematisch heraus; es gibt keine anderen Menschen, mit denen ich lieber zusammensitze und mich unterhalte. Man weiß nie, wohin uns unsere Gespräche führen, doch sie sind stets interessant.

Ich danke meinen Schwiegereltern und meiner zweiten Familie Levy. Ich liebe euch alle und bin so froh, dass ich euch zusammen mit Dave als Gesamtpaket bekommen habe.

Ebenso habe ich das große Glück, wertvolle Freunde aus meiner Kindheit, meiner Schulzeit, meinen Collegejahren, meiner Arbeit im Nachrichtenwesen, meiner Heimatgemeinde zu besitzen, desgleichen ein wundervolles Netzwerk an Freunden und Kollegen in der Welt der Autoren und darüber hinaus – an euch alle geht ein großes Dankeschön.

Ich danke Lacy Lynch, Dabney Rice und dem Team bei Dupree Miller für ihren Zuspruch, ihre Expertise, ihre Begeisterung und ihren Humor bei jedem Schritt dieses faszinierenden und beglückenden Wegs.

Lacy, es fiele mir schwer, jemanden zu finden, der mehr tut, um Geschichtenerzähler zu unterstützen; deshalb widme ich diese Geschichte über eine unvergleichliche Frau Dir.

Kara Cesare, ich habe das große Glück, Dich sowohl als Redakteurin als auch als Freundin gewonnen zu haben. Danke, dass Du an mich und an Désirée geglaubt hast.

Ich danke dem ganzen Team bei Penguin Random House. Ihr seid in eurem Metier nicht nur die Besten, sondern ihr unterstützt auch jeden Schritt des Publikationsprozesses mit Enthusiasmus und Expertise: Gina Centrello, Kara Welsh, Kim Hovey, Jennifer Hershey, Sudan Corcoran, Jen Garza, Michelle Jasmin, Leigh Marchant, Debbie Aroff, Taylor Noel, Rachel Kind, Loren Noveck, Jesse Shuman, Virginia Norey und viele andere – ich danke euch.

Ich danke den Vertreter:innen, den Bibliothekar:innen, Buchverkäufer:innen, Buch-Blogger:innen, den Mitgliedern von Leserzirkeln, den Filmemacher:innen, die Romane auf die Leinwand bringen, und allen Leser:innen. Sie machen es möglich, dass ich, Büchernärrin, die ich von jeher gewesen bin, das Erfinden von Geschichten Arbeit nennen darf. Für das, was Sie tun, um meine Romane zu propagieren, kann ich Ihnen nicht genug danken, ebenso wenig für die Freude, die mir unsere Verbindung schenkt.

Zuletzt David und meine Mädchen: Ihr seid meine Geschichte. Ich danke Gott, dass wir sie Tag für Tag gemeinsam schreiben. Ich danke euch für eure Liebe, euer Lachen, eure Unterstützung und eure Lehren.

Ich stehe in der Schuld zahlreicher Biograph:innen, Historiker:innen, Herausgeber:innen und Memoirenschreiber:innen – der Menschen, die das umfassende und komplexe Geschichtsmaterial komprimiert haben, das diesem Roman als Inspiration diente.

Hier sind einige Titel für die Leser:innen, der tiefer in die faszinierende Welt der Französischen Revolution und des Ersten Kaiserreichs eintauchen möchten:


Alan Parker, *Bernadotte: Napoleon's Marshal, Swedens King*, London, 1991

Andrew Roberts, *Napoleon: A Life*, London, 2015

Kate Williams, *Ambition and Desire: The Dangerous Life of Josephine Bonaparte*, New York City, 2013

Gregory Fremont-Barnes, *The French Revolutionary Wars*, London, 2001

Terry Crowdy, *French Revolutionary Infantry: 1789–1802*, Oxford, 2004

Thomas Carlyle, *Die Französische Revolution*, Norderstedt, 2016

Leo Gershoy, *The French Revolution and Napoleon*, Upper Saddle River, 1964

Tom Reiss, *Der schwarze General: Das Leben des wahren Grafen von Monte Christo*, München, 2013

Warren Roberts, *Jacques-Louis David, Revolutionary Artist: Art, Politics, and the French Revolution*, Chapel Hill, 1989

William Doyle, *Origins of the French Revolution*, Oxford, 2001

*Die Französische Revolution*, Historiendrama, 1989

Hilary Mantel, *Brüder*, Köln, 2012

Charles Dickens, *Eine Geschichte zweier Städte*, Köln, 2018

Leo Tolstoi, *Krieg und Frieden*, Köln, 2007